联大学术文库

冯小禄　张欢◎著

流派论争

明代文学的生存根基与演化场域

中国社会科学出版社

图书在版编目（CIP）数据

流派论争：明代文学的生存根基与演化场域／冯小禄，张欢著 . —北京：中国社会科学出版社，2015.3

ISBN 978 - 7 - 5161 - 5588 - 2

Ⅰ.①流…　Ⅱ.①冯…②张…　Ⅲ.①中国文学—文学史研究—明代　Ⅳ.①I209.48

中国版本图书馆 CIP 数据核字（2015）第 037425 号

出 版 人	赵剑英	
责任编辑	李炳青　张 湉	
责任校对	季 静	
责任印制	李寡寡	

出　　版	中国社会科学出版社	
社　　址	北京鼓楼西大街甲 158 号（邮编100720）	
网　　址	http://www.csspw.cn	
	中文域名:中国社科网　　010 - 64070619	
发 行 部	010 - 84083685	
门 市 部	010 - 84029450	
经　　销	新华书店及其他书店	

印　　刷	北京君升印刷有限公司	
装　　订	廊坊市广阳区广增装订厂	
版　　次	2015 年 3 月第 1 版	
印　　次	2015 年 3 月第 1 次印刷	

开　　本	710×1000　1/16
印　　张	28.25
插　　页	2
字　　数	477 千字
定　　价	89.00 元

序 一

奉读小禄新作，想起一件往事。

20 世纪 70 年代末在北京师范大学读研期间，某日得到系里通知，黄药眠先生将于 1979 年 12 月 1 日下午为我们讲授明代拟话本《卖油郎独占花魁》，请大家预习此文。同学们始则兴奋，继则惶惑。以先生之大名，应该讲些在当时高深而前卫的理论问题，一篇白话小说，早已耳熟能详，能有什么微言大义呢。带着疑惑，我们到教室恭候。

先生来了，从口袋里掏出纸烟盒大小的纸片开宗明义：通过对这篇小说的分析，讲它在文学史上的地位，讲怎样将历史唯物主义的观点和方法运用于古典文学研究。当时的先生，身体已不是太好，思路却异常清晰。先生说，小说的背景，是在宋代南渡以后。当时的南方，城市经济有所发展，商人、工匠在社会生活中渐有地位，在文学作品中也有更大的影响，话本小说乃成为市民文学的主要形式。此前的唐人传奇，主角多为落魄文人，话本的主人公则大多是商人、工匠、伙计，即士大夫所谓的市井之徒。《卖油郎独占花魁》属明人拟话本，而明代城市经济的发展更甚于宋代。接着，先生分别就小说中的一个细节和一个情节，剖析主人公秦重的行为、心理特征，以进一步分析当时社会潜在的新因素及其对文学的影响。

一个细节是，小店员秦重勤勤恳恳，老老实实，一见美娘，即心生爱慕。为筹划见美娘需要的十两银子，"一路上胡思乱想，自言自语"。他设想"从明日为始，逐日将本钱扣除，余下的钱积攒上去。一日积得一分，一年也有三两六钱之数。只消三年，这事便成了。若一日积得二分，只消得半年。若积得再多些，一年也差不多了"。秦重果然按此规划去作，"时光迅速，不觉一年有余。日大日小，只拣足色细丝，或积三分，或积二分，再少也积下一分。凑得几钱，又打做大包块。日积月累，有了一大包银子，零星凑积，连自己也不识多少"。先生说，小说对秦重的心理活动与行为方式作的细致描写，活画出小生产者一钱如命的特点，这也是资产阶级在资本原始积累时期的行为习惯和心理特征。巴尔扎克笔下的葛郎台，与此应有相似之处。

一个情节是，秦重攒足银子去见美娘，之前却有一番犹豫："他相交的都是公子王孙，我卖油的纵有了银子，料他也不肯接我。"又想一回，道："我闻得做老鸨的专要钱钞，就是个乞儿有了银子，他也就肯接了，何况我做生意的，清清白白之人，若有了银子，怕他不接！"最终秦重去了，不但见到美娘，还以自己的诚厚换得了美娘的芳心。对此，黄先生又有如下分析："一、像美娘这种花魁娘子在等级制度森严的时代，卖油郎即使有钱，也无法问津。但从当时妓院的规定来看，只认钱，不认人，这就反映出了在货币面前人人平等的社会现象。打破了贵族制定的等级界限，资本主义就是这样抬头的。二、秦重虽然有钱壮胆，但始终觉得自己的身份、地位与美娘不相称，怕受到侮辱和拒绝。他的心情是胆怯的，这说明当时城市的市民虽然抬头，但尚未从旧习惯、旧思想中解放出来，还心有余悸。三、美娘从豪华宴席中回来，见秦重畏畏缩缩，瞧他不起，一连喝了几大盅以示拒绝。不料秦重反倒伺候她，甚至让她的呕吐物装进自己的衣袖，且并无占有她的意思。美娘因此受到感动，后来还倾心于他。秦重既无堂堂仪表，又无显赫地位，何以引得美娘倾心？这是因为美娘向往一个能平等待她，能够真正寄托终身的人，这在王孙公子那里不可能找到。美娘要求平等的愿望，是资产阶级以平等思想对抗封建等级制度的反映。"

对于秦重的自卑心理，黄先生还有如下分析："为什么中国的资产阶级在上升时期如此胆小？原因是欧洲的封建制度与中国不同，有共性，也有个性。欧洲贵族多居于城堡，商人多居于城市。有些地方，如古希腊，一个城市带上周围的领地，便是一个国家。商人有军队，甚至可组成联盟对抗封建诸侯。他们的商队四处经商，有自己的武装保护。所以，在欧洲的封建社会时期，商人有半独立的性质。中国则不同，中央集权制度下，行政、军事、经济大都集中在城市，商人受到严重的压抑。大的工厂多是官办，私营的很少。商人运商品到远处去卖，主要依靠官府保护，即有自己的保镖，实力毕竟弱小。正因如此，中国的市民和市民文学，表现出一

种强烈的自卑感。"（以上引文均出自本人当时的课堂笔记）

一篇白话小说，被黄先生以小见大，分析得如此深刻，对我确有振聋发聩的作用。当时我们正当读研的第三学期，根据教学计划，老师们的授课集中在明清文学。公安三袁是我当时自选的阅读重点，我从中发现了一些不同于以往的文学现象，正有进一步探究的浓厚兴趣。先生从小说讲到古代市民的自卑与软弱的历史原因，使我想起袁宏道在《答沈伯函》中感慨的"荆商之困极矣"！袁宏道回忆少年时所见沙市，工商业异常繁荣："器虚如沸，诸大商巨贾，鲜衣怒马，往来平康间，金钱如丘，绨锦如苇。"然而"不数年中，居民耗损，市肆寂寥。居者转而南亩，商者化为游客，鬻房典仆之家，十室而九"。原因在于"中官之虎而翼者至矣"，"穷奇之腹，复何所厌？垂危之病，而加之以毒，荆人岂有命哉！"① 中官代表皇权对新兴市民阶层和民间工商业的荼毒，目的似乎不仅在经济的掠取，其中还有一种天然的恐惧与仇视。中国封建集权社会构建于小农经济的土壤，尤以农民的"安土重迁"为其统治基础，故对以流通性为基本特点的商业活动持戒备的心态，"重农抑商"乃成为封建国家的基本国策。明代江南工商业的发达，必然令皇权及其维护者心生戒惧。兼以皇朝的腐朽与贪婪，中央政府乃利用宦官，巧立名目，以采办、征办、商税、矿税、建祠等名义，对江南进行杀鸡取卵式的掠夺。横征暴敛之下，工商业凋敝，自然会激起市民的不满与反抗。《明史·陈奉传》载："万历二十七年二月，命征荆州店税，兼采兴国州矿洞丹砂及钱厂鼓铸事。（陈）奉兼领数使，恣行威虐。每托巡历，鞭笞官吏，剽劫行旅。商民恨刺骨，伺奉自武昌抵荆州，聚数千人噪于途，竟掷瓦石击之，奉走免。"张溥《五人墓碑记》也记录了市民与东林党人共同抗击中官缇骑，倘无后者对市民权益的无止境剥夺，这样的"结盟"岂能存在？

在这样的背景下，中国的市民阶层在夹缝中艰难生存，一方面造就了其自卑与软弱的性格，另一方面也启发出了新的价值观念，并使市民阶层努力寻求一种新的生存方式。正是因为社会有了这样的变化，宋明白话小说才有了新气象，也才产生了像秦重这样的人物。尤其在明代，江南的资本主义萌芽作为推动社会发展的新因素，既影响了社会的价值观念与人际关系，也影响了文人与文人文学。袁宏道强作吴令，身心疲惫痛苦。他在

---

① 钱伯城：《袁宏道集笺校》，上海古籍出版社1981年版，第768页。

与丘长孺书信中说:"弟作令备极丑态,不可名状。大约遇上官则奴,候过客则妓,治钱谷则仓老人,谕百姓则保山婆。一日之间,百暖百寒,乍阴乍阳,人间恶趣,令一身尝尽矣。苦哉,毒哉!"① 袁宏道对官场人际关系的写生与批判,与正始名士之揶揄官场已有不同的意义。嵇康"任诞魏朝,独《家诫》恭谨,教子以礼"(张溥《汉魏六朝百三名家集题辞》)。阮籍固然放达任诞,却不欲儿子阮咸步自己后尘(刘义庆《世说新语·任诞》)。原因即在于嵇、阮并非不看重名教,而只是借此表达自己对曹氏亵渎名教的不满。而袁宏道的"遇上官则奴,候过客则妓",则已直指封建官场与封建礼教中的人身依附关系;其"备极丑状,不可名状"则更生动地呈现出他在这种折辱人格的依附关系中的痛苦与挣扎。在如此认识与心态的支配下,袁宏道们在浸淫于传统人生与文学的价值取向的同时,还竭力倡导以文学体认自我的"独抒性灵",从而赋予明代中叶文学以新的特点。

听了黄先生的讲课,深受启发,也给了我信心。我花了足足一个学期的时间,围绕公安三袁,读李贽、徐渭等相关人物的著作与事迹,编撰了《明代中叶文学思潮》的资料长编,希望以此为发端,继续探讨明代社会经济的新因素对文人以及文学产生的影响。启功先生为鼓励我,还预先为我题写了书签。遗憾的是,后来我的兴趣发生转移,去做古奥典雅的汉赋,辜负了先生的厚望,而耗费过自己心血的资料长编至今仍蒙尘高阁。

有幸的是,或许是缘分使然,小禄从我攻读硕士,从启功先生攻读博士,我们虽然从未向他提起这一课题,他却选择了这一研究方向,并坚持不懈,做得非常的精彩。以出版的博士论文为基础,他获得了国家社科基金项目的资助,现在又推出了新著《流派论争——明代文学的生存根基与演化场域》。他借鉴法国人皮埃尔·布迪厄的文学场域理论,视明代纷繁复杂的文学流派论争为一活泼互动的"文学场",而此场域又与为其生存背景的明代经济、政治与文化所构型的场域同构。我认为正是有后者与前者提供生存的大背景,而且有前者与后者之间的互动,作者才能把明代文学论争的深刻性、复杂性、尖锐性揭示得淋漓尽致。

本书有如下几个特点:

一、强烈精彩的问题意识。明代文学集团和文学流派众多,它们之间

---

① 钱伯城:《袁宏道集笺校》,上海古籍出版社 1981 年版,第 768 页。

的关系异常紧张,对立论争十分激烈,这些都写进了诸如"面向二十一世纪"的中国文学史教材,一定程度上可以说是"常识",但作者为什么还要花三十七八万言来阐释分析这个"常识"？是没做好调查工作？当然不是,小禄的博士论文早就指出在明代文学(特别是诗文)研究中,存在着研究价值确定的单元化和理论研究的静态化倾向,论者往往只强调文学流派之间紧张对立的一面,却忽略它们之间相互启发和补充的另一面,这就不仅遮蔽了文学发展的动力和文学流派关系的真相,还因此遮蔽了明代文人的真风貌和真精神。作者要做的工作,是在多维论争的场域中去"还原",还原为多数学者所贬抑和忽视的明代文学集团与流派的生存发展变化面貌和本质,"'还'个人、流派、集团的本来面目和精神光焰"。①

　　但这项研究工作实在庞大而复杂,非一朝一夕可以奏功,故作者又于2008年申请了国家社科基金项目的资助。看来只是在博士论文的题目上加进了"流派"一词,但研究的视野、内容和方法都有大幅度的深入和拓宽,完全是一部具有强烈而精彩的问题意识的明代文学流派研究新著。其视野更为宏阔,前及元末明初,后迄明末清初,立足文学而辐射政治、哲学和道德领域;内容更加丰厚,思考也更为透彻,深入到文学流派的生存策略和演化机制,深入到文学流派与八股文风尚的密切关系;方法也更加灵活,微观、中观和宏观等"三观"并用,呈现出一幅广揽博收、五光十色的明代文学流派生存与演化图景。它令读者从中看到了多样形式、多维态势和多种性质的流派论争之于明代文学生存与演化的重要作用,如作者所言,是"生存根基",是"演化场域"。

　　二、突破"瓶颈"的研究意义。明代文学研究,自"五四"以来,基本都集中在被视为通俗文学的小说、戏曲上,而诗文则由于其独创性减弱、陷入与唐诗宋文相仿等缘故,受到人们的批评乃至否定。对因诗文而起的各种流派论争,就更加不被重视了。且不说以《四库全书总目》为代表的古人和以梁启超、闻一多为代表的近现代人对明代文人论争的不满和不屑,即使是20世纪80年代之后的明代诗文研究,也对明代文人论争的正面、深远学术意义视而不见。可以说,对明代文人论争的认识和评价进入了一个艰难的"瓶颈期"。对此,作者截断众流,从正面突破,从根

---

　　① 《明代诗文论争研究·引论》,云南人民出版社2006年版,第6页。

底做起，以"香象渡河"的精神气魄，去催新研究的思维和格局。于是，作者从具有由古代迈向近代的巨大历史转折意义的明代文化出发，认真踏勘，充分估量了明代文人论争所表现的时代文化征候和通向近现代的文人气质。也就是如作者所保守断定的"潜近代"性质："'五四'以来历史学界对明代社会的资本主义萌芽的持续讨论，文学界对'五四'新文学运动与晚明文学的'隔代联姻'，以及中晚明文坛处处弥漫的繁荣腐烂和明代文人论争时的狂暴简截作风，都无不在提醒我们明代文学包括此处所论的文学流派论争，确实有着可以超越其封建专制时代古典文学阈限，而与近现代文学流派论争状况作对比学术联想的地方。"（见本书《结语》）

围绕上述学术判断，作者从"诗文统系和取法争论"、"主流文学流派的演化"、"主流文学流派和地域文学流派的关系"和"文学流派的时文根基和古文、时文之争"等四大论题，不仅准确地描述、分析了明代前期"渐趋紧张"的文学流派争论气氛，指出了一系列政治文艺斗争下的诗文统系和宗法争论，而且解剖了纷纭复杂、乱象横生的中晚明文学流派论争的多维思想态势和多种论争因素。读者借此可以了解，流派论争确实是明代文学集团的生存根基和演化场域；明代文学不再是主流文学流派之间简单的、直线式的不断向前更迭，而是有了它盛衰演化的文学思想机制、社会群体心理机制，以及多方对立、相互潜伏的文学流派对峙与融合关系。由于作者阐明了作为"场域"、"论坛"的文学流派论争之于明代诗文研究的新的重要学术意义，让一个看似老生常谈的旧话题，因为新的学术眼光的烛照与研究内容的投入，有了推陈出新、化腐朽为神奇的效果。盖"场域"者，近于今人所说的"对话""交往"理论，可以提供鲜活灵动的文学思想气息和文学演变图景。我认为作者做到了这一点。

三、新论域的开辟和新观点的迭出。仔细阅读本书，会有一种"从山阴道上行，山川自相映发，使人应接不暇"的观感，新内容、新论题络绎而至。

比如，针对政治道德气氛十分浓重、文学论争并不显著的明前期，本书采取了与之相宜的讨论主题和讨论方式，一方面抓住这个时期的主要文学流派，看其潜在的诗文统系和宗法争论；另一方面抓住时代的文化特征，或从总体论述一个时期的论争特点，或从政治冲突事件入手，分析其所折射的文艺思想冲突。前者表现在对景泰到弘治时期诗学多歧状况的梳理，指出由于理学的盛行，高扬宋诗的论调很是流行，以致需要为唐诗的宗法地位进行辩护，这就大大地丰富了明代的唐宋诗之争认识，补足其发展变化过程中的重要一环。后者表现在对元末明初文学流派论争特点的四个方面的归结，对聂大年与王直之争和"翰林四谏"等事件的深入分析，即较好地解释了明初文学集团、流派虽多，却无"门户流波"的时代气氛，以及文学政治化声音越来越强烈的时代特征。

针对中晚明文学流派论争激烈的特点，作者则注意呈现其对立论争之外的多维态势和复杂格局。在这方面本书的表现相当突出，用"主流文学流派的演化"和"主流文学流派和地域文学流派的关系"两个大的论题范围来总括提示，又用六章的篇幅来具体讨论。并且很多章节的问题设计颇见新意，具有展示文学史变迁的多种动力因素的自觉意识。比如下面这些观点即十分重要，很有启发性：前七子派与茶陵派的破裂实质是文权之争，体现出明代文权下移的历史性趋势；围绕徐祯卿的生前身后之争，映射出北学与南学、心学与文学的复杂对立和融合情形；后七子派的四面出击和四面受攻，体现了它最鲜明的文学流派性质和对文学独立的追求，是最具文人集团气质的文学流派；晚明地域流派的争盟意识、地域文化建构，解释了文学流派生存转换的文学主张策略和失去领袖的群体从众心理机制，等等。

而新论域的开辟，我以为当数作者对明代文学流派的时文根基和古文、时文之争的讨论了。时文，即人们常说的"八股文"，在明清文人的生活和生命中意义非凡。鄙夷辱骂也罢，羡慕赞扬也罢，明清文人和还未废除科举的清末民初人都与之脱不了干系。以前，启功先生曾有感于时人不懂"八股"为何物，却竟相冠以"谑谥""恶谥"，故作《说八股》一文以明其本来面目，详述其名称、体制和源流，言简意赅，切中肯綮。在跋语中，先生深情回顾了陈援庵先生对他的教益，说："科举未废之时，举业既属士子唯一出路，八股文自为必读必习之艺。"① 对此，本书将先生的议论推进到论八股文与中晚明文学流派的关系，可说是先生大雅之言的一种薪火相传，我心也感欣慰。本书通过细密的材料收集，从官方记录反映等三个方面，指出七子派的秦汉文宗法已经进入时文的写作轨道，这就丰富和推进了学界对古文作风和时文风尚关系的探讨。而对公安派一系的科举时文意见和文学流派主张的若合符契的深度揭示，则可让学界进一

---

① 《说八股》，《启功丛稿：论文卷》，中华书局 1999 年版。

步认识到时文与文学流派的紧密关系，确实已到了作者所指出的"根基"性质和与诗赋、古文"表里纠结"的程度。这是对文学流派主张与八股文关系的一次大胆而深入的讨论，可以引发一个崭新的论域。

总之，本书第一次比较宏大而客观深入地展示了明代诗文集团和流派论争的广泛激烈过程和广阔内容，揭示了文学流派盛衰转换的文学思想和社会心理机制，阐述了论争所映射的政治、思想诉求和文人生存境况、文学理论批评的进展。从这个角度上说，本书是一部具有丰富深刻内涵和多个研究层次的明代文学流派论争史。同时，也是第一次，本书较为全面地研究了不同群体尤其是著名诗文流派的科举时文意见，深入揭示了前后七子派、公安派、竟陵派的流派宗法策略与时文的表里相应并深入融合的特点。这对纠正人们对于文学流派论争和八股文的蔑视态度，是有积极的作用的。

是为序。

万光治

2013 年 9 月 20 日于成都

序　二

几年前，阅读冯小禄博士所修订出版的博士论文《明代诗文论争研究》，就清晰地感受到一股青春的锐气逸出笔端，敲击着读者的心灵。全书除了"引论"与"余论"以外，分为"文学政治时代""文学复古时代""文学师心时代"三编，共十九章，涉及十九个专题，讨论有明一代最为重要的一些诗文论争现象，资料丰富，论述深入，行文矫捷，文笔老辣，让人爱不释手。可惜的是，由于篇幅有限，许多见解未能充分展开论述，又不免令人感到意犹未尽。

时隔七年，冯小禄博士再次为学术界奉献一部煌煌大作——《流派论争——明代文学的生存根基与演化场域》。全书近四十万字，在前一部著作的基础上，另起炉灶，从"诗文论争研究"向更深、更广的"流派论争研究"领域挺进。初读该书，便令我顿生欣喜之感。同前一部著作以时代统辖专题研究的写作结构不同，这部新作采用的是以四大论争范围组合成编的结构方式。这四大论争范围包括"诗文统系与取法争论""主流文学流派的盛衰演化""地域文学流派和全国主流文学流派的竞争""中晚明文学流派的时文根基和古文、时文之争"。冯小禄博士选取这四大论争范围，不仅恰如其分地囊括了明代诗文流派论争的重要内容，而且别具慧眼地揭示了明代诗文流派论争的时代性、复杂性和多层次性，从而成为"文学流派论争研究"的成功探索。

从该书的整体内容来看，第一编、第二编大致上仍然采用以时代统辖专题研究的论述结构，写作内容与前一部著作略有重合交叉之处。第一编论述明初的浙东文派，明前期的台阁派、茶陵派、吴中派；第二编讨论正德、嘉靖时期的前七子派、六朝派、初唐派、中唐派、理学派、唐宋派、后七子派、公安派、竟陵派，这些流派的文学论争现象及其特色在前一部著作中都或多或少地有所涉及，有的还做了相当精彩的论述（例如对唐宋派、后七子、公安派等的讨论）。但是，旧的论题一旦进入新的论述框架，在题旨发掘、材料取舍、意义辨析、论述展开等方面，却都发生了实质性的重大变化。关于这一点，只要对读新著第二编第三章"晚明楚地三风的竞争及对三风的批判维护"与旧著下编第二章"三方论坛——公安派、竟陵派与后七子派的论争"，我们就不难看出，新著不仅材料更为丰富，层次更为清晰，内容更为深广，更重要的是，同旧著相比较，新著自觉地突出"流派论争"这一主旨，细致地描述了流派论争的演化过程和对峙态势，深刻地揭示了文学流派以论争求发展的生存策略和文化姿态，从而具有更为鲜明的理论思辨色彩（作者按：由于字数原因，本书的最终定稿还是删除了这一章，但保留郭老师的序言原文）。同时，在第一编、第二编中，冯小禄博士还特别指出"明初诗歌流派的组织性和盟主意识"、"明初文学流派的论争特点"、"诗学多歧：明前期不同流派的唐宋元诗取法论"、"初构明代文学正宗谱系：钱、黄、王的诗文流派批评"等颇富学术价值的研究专题，对"流派论争"进行了更为宏观的理论思考，从而实现了对前一部著作的整体性超越。

该书的第三编和第四编，更为鲜明地体现出这种"后出转精"的整体性超越。这两编不仅众多论题较前著焕然一新，而且这些全新的论题，在迄今为止的明代文学研究中，也以其新颖性、独创性、深刻性而独具风标。这些论题主要围绕着"地域文学流派和全国主流文学流派的竞争""中晚明文学流派的时文根基和古文、时文之争"两个方面展开，其中对北学与南学、心学与文学、时文与古文之间错综复杂关系的思考，在前贤研究的基础上，有了较为明显的推进，让人耳目一新。尤其是该书第一次较为全面地论述明中期和明后期一些重要诗文流派的科举心态、时文观念和古文观念，深入揭示诗文流派的宗法策略与时文表里相应并深入融合的特点，提出了一系列富于启发性的学术见解。例如该书认为，前后七子派倡导的秦汉文宗尚，已经步入时文写作的轨道；时文与古文、诗文流派的表里纠结和深度融合，证明主流文学流派思想风行程度与时文风尚变化的密切关系，这在提倡新变和性灵的公安派、竟陵派身上体现得最为明显。如果不是自觉地着眼于明代诗文流派论争的时代性、复杂性和多层次性，如果不是对明代诗文流派论争文献有着丰富的把握，对明代诗文流派论争现象有着透彻的思考，冯小禄博士是不可能提出并解决这些新颖、独创而深刻的论题的。

尤其值得称道的是，冯小禄博士的理论探索不仅是自觉的，而且是持续的，譬如剥笋，层层深入。在全书的"结语"部分，他用两万多字的篇幅，深入讨论在文学史研究中揭示文学流派论争的五个重要意义和作用，亦即揭示文学流派论争对于明代文人生存状况和终极人生价值的安顿意义，对于文学流派的审美思想策略选择和盛衰演化机制的意义，对于拓展文学批评空间、健全批评姿态和催生文学理论的作用，对于探求政治格局、学术思潮和个人重心转移的重要作用，对于展拓文学流派与科举时文关系研究的重要意义。实际上，这五个重要意义和作用，原本就是该书贯穿始终的五条主线，是作者书写策略的五个主要方面，同时也是该书学术价值的五个主要方面。换句话说，该书在明代文人生活和心态研究、中国古代文学流派及其演进研究、中国古代文学批评和文学理论研究、明代社会文化环境与文人思想研究、明代科举时文研究等领域，都较前人有着更新、更深、更广的掘进。

根据冯小禄博士的考察，同明前期文人相比较，以后七子派、公安派等为代表的明中后期文人具有极为浓厚的文士习气，他们对于以文学成名不朽有着终身以之的精神追求，而诗文写作和流派论争正是实现他们人生终极价值安顿的必要方式，对他们而言，"进入文学史"具有重要的精神生存意义和终极意义。袁宏道说："诗文是吾辈一件正事，去此无可度日者。"（《袁宏道集笺校》卷43《答黄平倩》）钟惺对此表示首肯，说："袁石公有言：'我辈非诗文不能度日。'此语与余颇同。昔人有问长生诀者，曰：'只是断炊。'其人摇头曰：'如此虽寿，千岁何益？'余辈今日不作诗文，有何生趣？"（《隐秀轩集》卷35《自题诗后》）冯小禄博士对明中后期文人的这种精神追求多加许可，我想，在当今"天下熙熙，皆为利来；天下攘攘，皆为利往"的社会里，他应该是以此自励，自觉地以文学学术研究与著述作为自己的安身立命之所与精神皈依之地，乐在其中。这无疑是一种理想化的生存方式，我愿以此与作者共勉。有理想烛照的人生应该是更为美好的人生。

是为序。

郭英德
2013 年 9 月 16 日草于北京京师园寓所

目　录

第一编　诗文统系与取法争论

第二编　主流文学流派的盛衰演化

绪　　论

本书以明代文学流派（主要是诗文，含文学集团、文社）的内外论争为主要研究内容，结合明代学术思潮、政治格局的转型和个人的思想重心转移，以流派论争的内容、性质、特点和意义为研究起点，论述不同历史时期诗文流派的组织特点、文学思想特点和论争特点，分析文学流派的竞争策略和文学流派更替的社会心理机制，全面揭示文学流派之间的复杂人事关系和文学批评论争关系，呈现文学流派的科举心态、时文观以及他们的文学流派策略与科举时文风尚的深层关系。除表现明代文学流派论争的多主体、多领域和多层次外，还尽可能揭示每次论争的文学理论批评精义，以及对政治格局、学术思潮转型和个人思想重点转移的"辐射"作用。多主体是指政治家、理学家、心学家、文学家，翰林台阁、进士、举人、诸生、山人。多领域是指涉及诗歌、古文、时文。多层次是指既有流派内外的论争，也有个人和文学流派的论争；既有文学流派之间的论争，也有政治家和理学心学家参与批判文学流派的论争；还有理学家和心学家的论争；还有理学家将心学和文学合并批判的论争；既有主流文学流派之间的论争，又有地域文学流派对于主流文学流派的批判与争盟；更复杂的是，随着时代风会的变迁和个人思想重点的转移，则其文学流派立场即可能发生变迁，甚至出现"自悔"等情形。

为体现明代文学流派论争的上述复杂情形和特点，本书题名《流派论争——明代文学的生存根基与演化场域》，采取论题和时序相结合的纵横论述方式，来表明论争对明代文学流派的生存和演化所产生的作用。由此，根据明代文学流派论争的性质和范围，本书特从四个大的论题，也即四编展开：诗文统系和取法争论；主流文学流派的盛衰演化；地域文学流派和全国主流文学流派的竞争；中晚明文学流派的时文根基和古文、时文之争。

一　立论依据

　　明代文学流派论争研究之所以能成为一个很有研究价值的课题，是它满足了以下几个前代文学所没有或少有的特征和条件，而为明（清）文学所特别突出，可看作明（清）文学发展的重要现象。

　　一、与先明文学流派相比，明代文学流派尤其是诗文流派数量众多，风格追求的趋同性、组织性和文学主张的针对性更强，多是"自觉""完整"型的文学流派。如前七子派、后七子派、公安派、竟陵派（加上不太"自觉""完整"的台阁派、茶陵派，可称为主流文学流派，占据了当时文坛的主流）、复社、几社、豫章社，以及晚明地域文学流派中的闽诗派、云间派、历下（山东）诗派，等等。即使不够"自觉""完整"的，如明前期越诗派、岭南诗派（南园五子，或五先生）、"东南五才子"、"景泰十子"等，中后期的各种诗社、文社、才子并称，也有相当紧密的共时文学唱酬联系，在创作理念、风格追求和人生价值观上具有趋向一致的特点，能代表一个时期、一个地域的文学创作和文学批评风气。而影响甚大的台阁体（派）、吴中派、茶陵派、唐宋派则可说在"自觉"与"不自觉"之间。这些都体现出明代文学流派构型的多层次性。

　　文学流派分为"自觉"和"不自觉"两种类型，见于《中国大百科全书·中国文学卷》："一种是有明确的文学主张和组织形式的自觉集合体。这种流派，从作家主观方面来看，是由于政治倾向、美学观点和艺术趣味相同或相近而自觉结合起来的，具有明确的派别性。他们一般有一定的组织和结社名称，有共同的文学纲领，公开发表自己的文学主张，与观点不同的其他流派进行论战。但这些还只是文学集团的意义，只有进而在创作实践上形成了共同的鲜明特色，这才是严格意义上的文学流派。这种有组织、有纲领、有创作实践的作家集合体，是自觉的文学流派。""另一种类型是不完全具有甚至根本不具有明确的文学主张和组织形式，但在客观上由于创作风格相近而形成的派别。这种半自觉或不自觉的集合体，或者是因某一个作家的独特风格，吸引了一批模仿者和追随者，逐渐形成了一个有特定核心和共同风格的派别；或者仅仅是由于一定时期内的一些作家创作内容和表现方法相近、作品风格类似而被后人从实践和理论上加以总结，冠以一定的流派名称。"① 即使按此严苛标准划分，有明一代至少也有上述 6 家属于"有组织、有纲领、有创作实践"的"自觉"型、"完整"型文学流派，而其他朝代符合此标准的，元代可算以杨维桢为首的铁崖诗派（或古乐府派），宋代有西昆体（派）、江西诗派（至于四灵、江湖诗派，则要打些折扣），唐代则韩柳古文派可算（韩孟诗派、元白诗派难算），六朝则勉强可算宫廷诗派，合起来也不过 5 家。正因《大百科全书》的流派标准过于严苛，很大程度是按近现代社会有了公开出版的刊物等文学状况来定制的，如"公开发表自己的文学主张，与观点不同的其他流派进行论战"和"有纲领"等即是如此，于是时贤又提出以流派统系、流派盟主（代表作家）和流派风格来作为等文学流派成立的三要素。② 假如按此标准划分，虽先明时期可增加很多诗文流派，但明代能增加更多，则有明一代文学流派的众多的特点就更加突出，成为文学发展到明代才出现的重要文化现象，而先明文学则不能有此时代特色。

二、进入明代中期，特别是前七子派崛起前后，文学流派间的关系，以及时文与古文、与诗文流派的关系更加紧张和复杂，存在相当广泛激烈的共时往复论争，文学批评的"狠霸"气味随处可见。而政治家集团和思想家集团对诗古文、时文和文学流派的批判，以及文学家集团的反批判，又加重了这种相互批驳的杀伐气氛。政治家集团的政治理性和思想家集团的道德学术理性，都对明代文学思想的发展状况产生了深刻影响，关于时文、文学之于国家意识形态、政教、风俗和道德纯良功用的训导、呵斥，加剧了本已激烈广泛的明代文学流派论争，使得论争存在于各种身份的人群中。文学流派和时文社团的内部关系也不太平，成员与领袖，成员与成员，在结合成文学流派的前、中、后三个阶段都存在文学主张（典范选择、写作方法、达成境界风格等）或身份位次的名利义气之争，这在后七子派和复社、豫章社（以艾南英为突出代表）中体现得非常明显。当然，明代前期文学流派论争气氛并没有那么的紧张激烈，共时往复的论争较少，历时单向的文学现象式批判较多，而这与当时政治意识形态的控

---

① 刘建军撰"文学流派"条，《中国大百科全书·中国文学卷》，中国大百科全书出版社1988 年版，第 952 页。

② 陈文新：《中国文学流派意识的发生和发展·引言》，武汉大学出版社 2003 年版，第 8页。笔者认为：要考察文学流派的论争，还是应该保留结社、主张"自觉"的说法。否则，如只是后人归纳，则无法考察其明确的针对性。

制较强，人们的读书视野狭窄，思想精神生活不够活跃，文学流派的发育不够自觉和完整有密切关系。不过，正是有了明前期文学流派批评的逐渐积累与对照，作为整体的明代文学流派论争才有了更为丰富的研究内容和研究方式。

与之相比，先明的有些文学流派虽也算"自觉"，并不都是后人根据风格、时代或题材、地域等归纳总结的"不自觉"型文学流派，但同时代的流派之间或流派内部成员之间并没有形成强烈的往复论争关系，多是后一个向前一个流派，或一成员向另一成员的单向批判。即以学者们争论的"自觉"型文学流派是产生于六朝，还是产生于中唐或宋代①分别来看，六朝的宫廷诗派被认为是"自觉"的，但其批判性很弱，多是陈述自己的主张，北朝的邢邵和魏收虽有相互讥嘲，但主要是名誉义气之争。中唐的张籍曾不满韩愈的"以文为戏"，可看作流派内部成员的争论，但不见韩愈对此的回应。宋代一个流派对另一个流派的批判倒是比较普遍，如批判"自觉"的江西诗派的流派和个人就很多，有"四灵"的发言人叶适、江湖诗派和严羽等，但难见被归入江西诗派的人们对此的反应；方回批判"四灵"与江湖诗派，也不太见两派的反应。如果将这些批判情况综合起来看，视方回为江西诗派的代言人，则这些流派间的批判也有了一些互动的意思，但显然没有明代中后期诗文流派的往复论争明显。另外，欧阳修曾以手中文权黜落"太学体"，乃至于太学生示威，虽有往复，但主要是行动而非思想的交锋。北宋石介（被认为是文风崛奇拗涩的"太学体"的领袖）作《怪说》以诋毁杨亿（西昆体领袖），苏轼之批评柳永词作风，李清照之不满苏轼的"以诗为词"，都是当事人已作古，无法回应。至于陈师道不满苏轼的"以诗为词"，可看作流派成员内部的争论，但我们也见不到苏轼对此的意见。而其他不指名道姓的泛泛批评和疾言厉色批判当时文学之不良现象，就更多了，此不赘列。

三、明代文学流派论争关系更加复杂，为研究带来了难度，同时也带

---

① 坚持"六朝"说的，可以石观海的《宫体诗派》（武汉大学出版社 2003 年版）为代表，坚持"中唐"说的，可以孟二冬的《中唐诗歌之开拓与新变》（北京大学出版社 1998 年版，第 54 页）为代表；坚持"宋代"说的，可以张宏生的《江湖诗派研究》（中华书局 1995 年版，第 2—3 页）为代表；而坚持"明朝"说的，则可以郭英德的《论明代的文学流派研究》（《求是学刊》1996 年第 4 期）为代表，其言："具有完整意义的文学流派，当自明代弘治年间李梦阳、何景明等前七子始。他们有大致相同的文学主张和创作倾向，相互标榜，形成风气。"

来了活力和前景。大抵说来，有这样几个方面的情况。

1. "自觉""完整"型流派与非"自觉""完整"型流派、集团、结社并存。当前者攻击后者，就显出一种要一统后者文学主张，取消其独立的文学传统，形成统一规整的文学普遍化主张的态势。如李梦阳敦促刚成进士的徐祯卿"改趋""图高"，不要满足于"吴中四才子"时期的皮（日休）、陆（龟蒙）传统，即有推广复古派"高格"的企图。在李梦阳劝诫下，徐祯卿坚定信心，完成了由不"自觉"的吴中派向"自觉"的七子复古派的转变。而当后者批判前者时，则有独立于"黄茅白苇，弥望皆是"时风之外的个性精神和文学写作追求，如徐渭、归有光、汤显祖的批判后七子派，就使得时代不同、各自独立的他们成了后来公安派推崇的思想和文学先驱，而成一种不自觉的"性灵派"组合。

2. "自觉""完整"型流派之间与内部成员之间既存在尖锐的论争，又存在共融式的联结和共存。特别是明代中后期的诗文流派，往往是各领风骚数十年，轮番占据文学主流，但在起伏盛衰交替的当口，却有一段联结的时光。如前七子派崛起前与茶陵派的共处，可以李梦阳、王九思为代表；唐宋派突起前与前七子派的同声同习，王慎中、唐顺之和茅坤均有；公安派冲锋前也有赞赏模仿七子派文风的经历；竟陵派脱离公安派之前，也有与公安派和谐相处的时段。交替之后，流派之间仍有共融互存的关系，并不等于一派既起，前派即绝迹消踪，也不等于流派之间一味对立，而是在理论建设上相互趋向融通，你中有我，我中有你。后七子派、公安派和竟陵派曾有一段高峰论坛时期，三方共存，信心论与信古论走向融合，于是调和文学流派之间冲突的"功臣"论在袁中道、钟惺等人手中出炉。至于文学流派内部成员之间的关系也不稳定，先是各方融入，通过争议确立大体一致的文学流派主张，最后可能因为各种原因的脱离、削弱原来的流派主张，前后七子派在此的表现非常突出。

3. 个人有多重文学流派或文学集团身份。在政治化时代的明前期，一个人往往有多个文学社团身份。以高启为例，他就同时兼为"北郭十子"和"吴中四杰"的领袖。到明代中后期，一个人则可能出入多个文学流派，或同时与很多文学流派成员交往。中期如金陵顾璘，他早期是"金陵三俊"（另两人为陈沂、王韦）、"江东四才子"（或称"金陵四大家"、"江南四大家"，另三人为刘麟、徐祯卿、朱应登）等文学集团之首；登进士第后为前七子派成员，为全国性称号"十才子"之一，又与茶陵派成员乔宇、储巏，理学家崔铣，初唐六朝派成员薛蕙、陈鹤等人交往；晚年又与唐宋派王慎中交往，赞赏其文学思想之变，嘉靖十五年他作有《赠别王道思序》。晚明可以安徽歙县潘之恒为例，他与后七子派、公安派、竟陵派的领袖都有相当深入的交往，而文学思想和创作风貌也不断发生变化。至于为数众多的山人，更是如此，其结果就像张岱的族弟张毅儒一样，在后七子派的王、李，竟陵派的钟、谭，陈子龙的几社、张溥的复社，以及作为地域文学前辈名人的徐渭之间摇来晃去，"胸无定识，目无定见，口无定评"①。而这还不包括那些参加其他名目、性质不一的诗文社团，否则情况更为复杂。这说明在明代，一个人的文学群体关系可由多种情况建立，地域可关联同乡，参加各类文社、诗社，科举可关联同年同志，为官可关联同僚、上下级，而宦游和个人交际又可关联各地之不同文学社团、流派。

4. 个人的文学主张可能会随境遇、年龄，尤其是时代思潮的变化而变化，影响到文学流派观念，就可能发起对自身流派的末流弊端的批判。这也是文学论争在明代的一种特殊表现方式——自我流派批判，体现了文学批评者和文学流派思想的歧变性。如前七子派倡导的文学创作纲领——"文必先秦两汉，诗必汉魏盛唐"的"二必"说和"骚赋期楚，文期汉，诗期汉、魏，其为近体也期盛唐"的"四期"说——在全国大范围流行开来之后，"窃取其语似"②的模拟流弊就如附骨之蛆，吞蚀着前七子派宗法典范的根基，而让领袖和追随者也要着手清理这些"入门抢劫"者了，如康海、王九思、王维桢、侯一元等人。这种情况在后七子派、公安派和竟陵派身上也都曾上演过。而就个人来说，随着政治格局的变化和哲学思潮的转型，其人生的价值重点也有可能发生转移，终极安顿问题就可能出现，由此频繁发生了中晚明文学流派大家的"善变""善悔"风潮，成为发人深思的文学流派事件，为深入考察明代诗文流派论争的哲学深度和政治广度带来了阐释契机。

四、落脚到文学和时文领域，明代文学流派的内外和自我论争，使得争论批判所涉之领域、层面非常宽泛，除开不足多道的名利位次之争外，

---

① 张岱：《琅嬛文集》卷3《又与毅儒八弟》，岳麓书社1985年版，第142页。

② 康海：《对山集》卷4《送文谷先生序》，《文渊阁四库全书》本。另参同书卷3《送白贞夫序》。

意义确实十分重大。譬如对文人生存状况和终极价值的认知，文学流派的审美策略选择和盛衰转换机制，文学批评空间的拓展、文学批评姿态的建设和文学理论的生成、深化，社会政治、哲学思想和个人演化状况，以及诗文流派与科举时文风尚的表里纠结乃至深度融合，都有揭示与表彰的意义。到了中后期，甚至文学流派的古文宗尚进入现实的时文写作轨道，影响了多变的时文风尚的更迭转换。而且正是由于有了对于时文的深刻体验，某些重要的诗文流派如七子派、唐宋派、公安派、竟陵派的流派策略与时文有了一种桴鼓相应的关系，甚至成了他们文学思想的根底和思维方式的表征，如倡导新变的公安派和主张"灵""厚"的竟陵派。这些都值得深入剖析疏解，总结提高，拓展对文学流派论争研究的广度和深度，使其学理性更强，研究内容和方法也更具生命力和启示性。

以上这四条足以说明明代的文学流派论争的激烈性和复杂性，具有相当丰富的研究内容和相当高的研究价值。

二　明代文学的"潜近代性"

尽管人们对明代文学流派论争的评价褒贬不一，然其本身所包孕的或消极（如文学流派的粗暴批评姿态、科举时文的功利性质和易变性格）或积极（如对思想空气的打开和文学批评空间的拓展、文学理论的创发等）的种种复杂情况，使得人们在讨论中国文学的"自生性近代"性时①，会将目光聚焦到以激烈反复的流派论争为表征的明代文学身上，以至来自不同学科的学者都主张应将近代文学的起始期追溯到明嘉靖年间，因为它较为鲜明清晰地体现了文学近代性的几个特征。② 我们以为，即使最保守地考察明代文学流派论争所映射出来的方方面面，也可以说明代文学确实具有最为严格的"近代性"（不是作为时代的近代，而是作为社会和文化、文学性质的近代）特征，可称为"潜近代性"。

明代文学流派论争的激烈和广泛程度，不仅远远超过了之前的时代，

---

① 关于"自生性近代"和"外来性近代"，参见［日］沟口雄三《日本人视野中的中国学》，李甦平等译，中国人民大学出版社1996年版，第130页。

② 黄霖、袁世硕、孙静主编：《中国文学史》第四卷《明代文学·绪论》，高等教育出版社1999年版，第3—4页。

更重要的是，它还证实了自身可以超越古典文学领域而通向近代世俗、独立、启蒙、公共的性质。它并不局限于明人对前人意见的争论，从而表现为诸多问题的类别和序列，如关于"穷而后工"、"和平之音"与"穷苦之词"、馆阁与山林、文与道、理与辞、时文与古文等，而是更多地将争论投向同时代人及其所在的文学集团、流派。他们交相往复，就所关心的问题论辩不休，涉及的范围细微、广阔，从文学形式因素的体制、格调、法度（字法、句法、章法、用韵）、情景、修辞的取舍衡量，到文学内容因素（情感与义理）的选择、学习取法的时段、方法和审美理想的皈依、文学大势的走向等的考察归纳，再到文学外部因素的与政治道德、学术思想、士风、仕风、民风等关系，都存在广泛的争议。像一片众声喧哗、激云飞渡的天空，充满着诡异的五彩斑斓和激情的光彩四射，正气与邪气，黑暗与光明，交织杂糅为可惊可叹又复可怖可哀的间色。这些又都突出表现为虽纷繁多歧却又矫枉过正的流派生存发展策略，及其所映射出的激烈批评姿态和偏执的扩展策略。这种情况从以李梦阳为代表的前七子派崛起郎署，散布全国，自下而上，历史性地从达官贵人（台阁派）手里夺得了文学权威话语权，自此明代文坛就进入了一个王失其鼎，群雄逐鹿，以争夺文权（文统）为标志的文学流派论争的潮流之中，就此引出了众多文学流派的起伏盛衰。而与明代的政治发展、学术演化相伴相随，直到这个王朝灭亡也没有停止。这种流派纷争又透过由明人清的钱谦益、黄宗羲和王夫之等人，蔓延渗透到清代文学流派的发展格局中，并最终在文学大势的向世俗降落、向个体确立、向公共领域张开，而与近现代文学联结贯通，成为后人总要追寻的一个重要来源。

对此，之前笔者曾从参与论争的作家的文化身份的众多、中晚明开放大胆的学术风气和明代所接受的丰富文学资源（创作和批评理论）等方面泛论，集中从文学价值的神圣化、文学功能的世俗化和文学传播的市场化等三个方面，论证"文学到了明代出现的异常状况，为明代论争培育了肥沃的土壤和适宜的气候。它们并不始于明代，但确实是到了明代才变得格外的显著"。由此，"使得文坛登龙术等怪现状也应运而生，中晚明文坛异常繁荣而腐烂。这些现象表明，明代文学已粗具近代性轮廓，可称为'潜近代'"。① 此处再增说第四个方面，即明代文学流派的救弊策略流

8

① 冯小禄：《明代诗文论争研究·概说》，云南人民出版社 2006 年版，第 16、27 页。

于短期效应，而文学流派的论争作风多呈现为于自是非人的极端。

　　陈书录先生曾指出："明代的诗文创作与理论批评，比较注重近期内互相印证，理论批评偏向实用型，诗文创作偏向验证型，流派与流派之间的嬗变往往处在补救型的格局之中，因而比较缺乏远见卓识，比较缺乏审美追求的高度。"① 由于要救正的不只是明代诗文创作的审美方向之弊，还有映射于其间的政治、学术和人生意义之弊，是故落脚到诗文流派的主张策略时，往往会为着现实的救正意图，而在申说流派创作和批评理念时，有意简单化、绝对化、粗暴化，以达到类似群体领袖说服陷入群体盲从心理的人们，跟着自己和流派走的一呼百应的效果——类似于时尚效应或病毒的传染效果。不过，当这一切发生新转化，则前一个流派及其领袖所树立的流于简单化、绝对化和粗暴化的流派策略，又恰恰成为下一个流派崛起的思维起点（当然，有些也是出诸后来流派的断章取义和故意曲解），由此演成明代文学流派之间呈现你方唱罢我登场的景象，其根底即在急于挽救时弊而必流于矫枉过正。而这个矫枉过正的心理机制大抵形成于前七子派崛起之时，面对严重宦官专权和荒唐的帝治所带来政治灾难，人格担当付之以诗文表达，要求郎署人员挺身而出，代替已经委靡了的内阁形象（以李东阳任首辅为标志）成为新的士林精神领袖和文学领袖。于是一代人以其整个的心理渴望，喊出了时代所需的只要第一义的诗文高标高格，满足人们对政治人格和审美品格相结合的高调诉求。后来的文学流派也各有其适时救弊之处，"能完成其历史的价值"，"能解决当时的主要矛盾"。② 尽管他们在做文学流派的相互论争批判时，常持论"偏胜，走极端，自以为是，不容异己"，有着类似现代"法西斯"的狠霸作风。③但是，从历史的结果往前看，这也正是近现代文学论争主于攻击嘲讽作风的远源。

　　不过，即使是这股妨碍文学批评健康姿态的"泼辣辣的霸气"，也有打破意识形态的严重桎梏，活跃时代的文艺氛围，打破文学创作和评选的阶层垄断，推动文学批评空间的建设，促进文学理论的运用、生成与升华

---

① 陈书录：《明代诗文的演变·动因篇》，江苏教育出版社 1996 年版，第 615 页。
② 郭绍虞：《中国文学批评史》，上海古籍出版社 1979 年版，第 420 页。
③ 郭绍虞：《明代文学批评的特征》，《照隅室古典文学论集》，上海古籍出版社 1983 年版，上编，第 513 页。

等正面积极意义。详细探讨文学流派论争之于文学批评空间的拓展和文学理论的生发深化作用，请参本书的"结语"，此处讨论的是山人、诸生的广泛加入，对于明代文学流派论争的活跃和明代文学创作大势向世俗降落、向个体确立、向公共领域扩展的昭示意义。

明代文学流派的繁荣和论争激烈，与明代政局发展、哲学流变息息相关，体现了时代的思想活跃和文艺自由。越往晚明纵深发展，随着大批山人布衣和遍布大江南北的文社的出现，昔日的"文在馆阁"、"文在郎署"最后下移为"诗在布衣"、"文在文社"。

> 唐以前诗在士大夫，唐以后诗在布衣，何以故？唐以前士大夫，岩居穴处，玩心千古，游目百家，其为诗文也，仰而摹其古法，返而运其心灵，轨则极于兼收，而神采期于独照，闭门研精，或一二十年而后出以示人，是飞卫、纪渻之技也。擅场名家，良非偶耳。今之士大夫则不然，当其屈首授书，所凝神专精止于帖括，置诗赋绝不讲，一朝得志青紫，孳孳而程簿书功令，偶一念及，曰：吾都不习吾，伊人将伧父我，我其稍染指哉？于是略渔猎前人韵语一二，辄奋笔称诗，辄托之杀青，诧之都市，骘者却步，赞者争前，乌知薰蕕黑白耶？而布衣韦带士，进不得志于珪组，退而无所于栖泊，乃始刿心毕力而从事此道。既无好景艳其前，又鲜他事分其念，用志也专，为力也倍，虽才具不同，要必有所就而可观也者，故曰在布衣。①

稍加括注，先唐和唐、宋时固然是文柄操于士大夫和公卿大臣之手，明前期其实也如此，那是台阁派的天下；到弘治、正德之际，前七子派崛起郎署，让文柄下移到除台阁、翰林外的一般进士群体，之后公安派、竟陵派也如此；而到晚明，布衣之"权能自立"，乃在于"各悬书以示人"② 的文社兴盛。以致让钟惺都曾思考，让天下文社都团结起来写作好文章，对抗已经坏烂的朝廷选拔机制和时文风习，使权操之在己，"逆夺有司之好

---

① 屠隆：《涉江集序》，载潘之恒《涉江集选》卷首，（清）陈允衡辑评，《四库全书存目丛书》本。

② 夏允彝：《岳起堂稿序》，载陈子龙《陈忠裕公全集》卷首，北师大图书馆藏清嘉庆八年孱山草堂刻本。

尚"，"士之文能使衡文者舍其所欲取以从我，则邪正真伪之关，士亦不可谓无权，而要不可责之一人也，故吾以为其道莫急于社"。① 所论虽不无天真，却可说明其时文社的高度发达，已经拥有了一定的话语权，可以影响主司的去取。之后复社统一主持社局，正可谓实现了钟惺的想法。

而这种文权的不断下移②，实际可以理解为文学写作和评阅赏拔的话语权利呈现出向社会中下层移动走近的趋势，到中晚明已扩散到官僚体制之外的山人布衣和诸生群体。中晚明文坛创作主体的社会阶层的下移化、多元化趋势，使得其间的文学流派组织更加庞杂，文学流派论争也更加激烈，其中确实有着广大的山人和诸生附着在庞大文学流派的外围，成为盟主和中坚层的点缀。③ 因此，山人和诸生的广泛存在，除了尚存的话语权限问题而被流派论争时批判为沉渣泛起的末流外，也确实说明了中晚明文学流派的极度繁荣、文学流派论争的激烈和文学流派风气转换的频繁，好似一夜之间，一个流派衰落了，另一派别就茁生壮大了，其间即有这些本没有流派之限而游走于流派之间的山人布衣的重要作用。明代文学大势的向世俗降落、向个体确立、向公共领域张开④，更应从这个层面去理解。文学流派论争的激烈，说明了文学批评空间的扩大，因为受众面、影响面扩大了；受众面、影响面的扩大，又说明不同的文学创作观念和文学批评理论体系进入更为广阔平凡的下层人物；至于这一群来源甚杂的下层人物是否真正完全掌握这些观念和体系的精髓，又显然属于另外一个层面的事情。

关于明代文学尤其是以公安派为代表的晚明文学之近代性问题，从"五四"新文学运动以来人们一直在提，其核心是高扬"性灵"旗帜，反对古典主义，重视私人情感抒发，表现自由、解放的个人主义精神，而背景是资本主义在明代的"萌芽"（关注明代的商业发展和明人的商人意

---

① 钟惺：《隐秀轩集》卷 19《静明斋社业序》，李先耕、崔重庆标校，上海古籍出版社 1992 年版。

② 郭英德：《传奇戏曲的兴起与文化权力的下移》，《中国社会科学》1997 年第 2 期。

③ 如在以王世贞为首的文学集团里，处于中坚的是"六子""五子"系列，而处于外缘的多是山人布衣。围绕在公安派、竟陵派周边的，也颇多山人和衲子。

④ 关于"中国近世文学公共领域"开始于明代嘉靖，可参郭剑鸣《关于中国近世文学公共领域的思考》，《学术研究》2004 年第 2 期。

识）和以李贽为代表的王学左派之哲学思潮盛行。① 我们认为，虽然上述很多命题并不可必为定论（如"资本主义萌芽"和公安派的"革命"问题，前者在经济学界尚非定论，后者属于"革命"、浪漫主义的时间其实很短，就回到了稳实的传统心理、为文状态），但仅就明代文学流派所表现出来的激烈广泛程度，以及明人对文学的看法，其实已很有"近代性"色彩。此"近代"是指明代中叶以后，在经济上表现为商业的崛起，在文学上表现为个性解放——文学被当成一项自足的事业可以与传统的德行、事功并为人生的归宿，这在后七子派身上表现得最为明显②，还有那些形形色色出入于各种流派之间的山人，都使得文学艺术可以成为一种个体的事业，与近代的职业文人很相近，明代文学确有"走向近代"的性质③——可以保守地称为"潜近代性"。此"近代"是指自 1840 年鸦片战争爆发到 1919 年的五四运动这一段时期。

三 本书的主要特点和意义

相比之前的《明代诗文论争研究》，本书的"新"体现在：第一，前书采用的是在三个大的时代下的专题讨论，以文学政治时代、文学复古时代和文学师心时代来指称三个不同时期的论争特点，而落脚在不同时期的论争气氛、主题、内容、特点上，本书则用诗文统系与取法争论、主流文学流派的演化、主流文学流派和地域文学流派的关系、文学流派的时文根基和古文、时文之争等四个大的论争范围来统领各个章节进行文学流派论争的深入研究，目的是体现明代文学流派论争的多层次性和复杂性。如此，既有纵向时序的演进，又有横向流派的多方向多层次展开，使得流派论争对明代文学生存和演化有更为重要的意义。第二，本书探讨了比前书更为多样的论争个案和论争形式，且都立足在文学流派上。它们或是政治斗争折射下的文艺论争，或是思想对立下的南北文学关系，或是地域文学

---

① 吴承学、李光摩：《"五四"与晚明——20 世纪关于"五四"新文学与晚明文学关系的研究》，《文学遗产》2002 年第 2 期。

② 冯小禄：《李攀龙受批判原因探论》，《贵州师范大学学报》（哲学社会科学版）2009 年第 1 期。

③ 李泽厚：《华夏美学》第六章"走向近代"，《美学三书》，安徽文艺出版社 1999 年版，第 401—414 页。

流派与主流文学流派的论争。特别是古文、时文（八股文）之争中的文学流派问题，前书和前人都很少涉及，而本书则专辟"中晚明文学流派的时文根基和古文、时文之争"一编，用两章来讨论中晚明主要文学流派与时文和古文风尚的密切关系。本书指出在人们熟知的唐宋派与科举时文风尚关系紧密外，七子派的秦汉文风尚也已深深地锲入了科举时文的发展过程。而公安派、竟陵派的文学流派理念与其对于科举时文的看法相互呼应，甚至是科举时文观成了他们发展文学流派理念的根基。第三，在研究理念上，本书突出了文学流派论争之于文学流派盛衰转化的社会群体心理机制和审美思想机制，提出了文学流派论争的五个重要意义和作用。这些想法最后形成了现在的这本《流派论争——明代文学的生存根基与演化场域》。

本书的关键词是"流派论争"、"生存根基"和"演化场域"。"流派论争"，含文学结社、交往所形成的不一定能称为自觉、完整的文学集团，他们和理学家、政治家集团，特别是自觉、完整的文学集团——今人称为文学流派，一起组成了推动明代文学前进发展的动力。这是一个大的观照明代文学（尤其是传统文学，如诗文）的视角，类似于今人所说的"交往理论"和"对话理论"等。"生存根基"，说的是明代文学特别是前七子派开始的主流文学流派，其存在、发展、壮大、衰落和演化，都以流派论争为主要的文学思想武器，针对当前文学流派的弊病而起的文学思想主张是他们生存的根本和基础。这是他们的生存发展策略。而当遇到新的挑战，比如出现模拟的末流而为其他集团（包括曾被攻击的前文学流派）所攻击，则有需要进行流派的自我批判，调整自己的文学流派策略。"演化场域"，则是为了突出主流文学流派之间盛衰转换的复杂性、多样性；并不等于新派一兴，旧有流派就烟消云散，而是多方对峙，相互调和。这在晚明就更加突出。而"场域"一词，就是为了突出这种多方对峙的文学态势。说明文学论争，突出表现为文学流派论争，是时代文艺思想状况的晴雨表和聚焦点，因它而文学史、文学批评和文学理论都有了一个生动鲜活的"场域"，各种丰富的时代文化消息都能在其中找到自己发言的"论坛"。

本书的学术价值主要有：

其一，第一次比较宏大而客观深入地展示了明代诗文集团和流派论争的激烈过程和丰富内容，揭示了文学流派盛衰转换时期的文学思想和社会心理机制，阐述了论争所折射的政治、思想诉求和文人生存境况、文学理论批评的发展。第一次较为全面地研究了不同群体尤其是著名诗文流派的科举时文意见，深入揭示了七子派、公安派、竟陵派的流派宗法策略与时文的表里相应并深入融合的特点。这对纠正人们对于文学流派论争和八股文的蔑视态度，有积极作用。

其二，突出了论争对于研究明代文学（含时文）演进和流派（含时文）风尚变迁的重要性。突破文学流派研究惯用的对立评价模式，树立新的客观细致、连环周密的研究理念。明代诗文流派论争具有多重主体、多种样式、文体和多种性质，有社会主体与文化主体、全国与地域、时文与诗文、共时和历时等的交互，使得明代文学的演进和流派风尚的变迁不是单线的文学流派的盛衰更替，而是多重文化诉求力量往复交锋而归结于文学审美思想和社会心理策略选择的综合结果。

其三，采用"三观"结合的研究路径，兼容政治、思想的文学研究视野和社会心理学的研究方法，具有方法论意义。微观考察唱和结社关系，中观探究流派内外论争，宏观烛照政治、思想诉求、文学流派策略和文人生存，三观结合，综合运用，体现出丰厚的层次和新颖的学术研究内涵。

其四，可通过文学流派的理论批评和古文、时文之争所呈现出的明代文人的活跃精神大胆气质和所表现出的中晚明社会与近现代相通的文艺、政治、思想症候，而对古代文学流派论争、科举时文与文学流派的密切关系之深厚的学术内涵和深广社会意义展开更为积极有效的研究。

是否如此，尚祈方家教之。

第 一 编

诗文统系与取法争论

　　根据明代文学论争演进的阶段性特征，笔者曾在《明代诗文论争研究》一书中将其分为三个大的时期：文化政治时代（洪武元年至弘治十八年，1368—1505）、文学复古时代（正德元年至万历十八年，1505—1590）和文学师心时代（万历十九年至崇祯十七年，1591—1644），本书则分别改称为文学政治化、文学复古化和文学世俗化三个时代。总体而言，第一个时代的文学流派论争的气氛，远不如中明和晚明那么热烈和针锋相对，其原因除了强权政治和统治理学的压制外，还有文学流派自身发育的不够成熟和自觉。对此，郑振铎有一段话可资参证："在李梦阳、何景明不曾出现以前，明初的诗文坛是异常的散漫、萎弱的……所谓'不知不识，顺帝之则'者，恰正是那时候文坛的实况。三杨的台阁体，固然是如此；李东阳辈又何尝不是如此。他们是庸俗，他们是低头跟着人走。他们没有创立一家之学、一派之说的野心。至于诗坛，情形却是相反；没有定于一尊的主张，也没有一个确定的批评主张。有学唐的，有学宋的，也有学元人的。有追踪于东坡之后的，有主张温、李的，有崇奉严羽之说的。他们是凌乱，散漫，各自争唱着。不曾有过挺身而出，揭竿而呼的诗坛的勇士。他们的能力，同样的也不能够达到独辟一径，独创一派的雄略宏图。他们的气魄还不够大，他们的呼声还不够高。所以都只是人自为战，绝不能够'招朋引友'以成一个大团体。"① 揭示了明代前期"各抒所长，无门户异同之见"②、"各抒心得，隽旨名篇，自在流出，无前后七子相猜相轧之习，温柔敦厚，诗教固如是也"③ 的创作气氛和温柔敦厚的理论宣扬特点。

　　于是这个时期诗文流派论争的特点是：1. 诗社、诗派多，而古文流派较少，明初是浙东文派，永乐到正统是诗文两栖的台阁派和茶陵派；2. 自觉完整型流派少，半自觉型流派多；3. 真正称得上流派之间针锋相对、往复激烈的争论更少；4. 争论的范围主要集中在流派（社团）的诗文统

---

　　① 郑振铎：《插图本中国文学史》第五十五章"拟古运动的发生"，人民文学出版社 1982 年版，第 818 页。

　　② 《四库全书总目》卷 190《明诗综一百卷》，中华书局 1965 年版，第 1730 页。

　　③ 陈田：《明诗纪事·甲签序》，上海古籍出版社 1993 年版。

系和取法对象选择上。但是，如果我们根据明前期的政治、思想发展状况，以所发生的"靖难之变"（1402年）和"土木堡之变"（1449年）两个政治军事大事件为断限，将明前期分为元末明初（主要为洪武、建文两朝，1368—1402）、永乐到正统（1403—1449）、景泰到弘治（1450—1505）三个时段来观察的话，文学流派的论争气氛还是有一个逐步加强的过程。到成化、弘治之际，文坛上已经出现了遥相对峙的京师茶陵派（此期台阁派的代表）、地方（山林）性气诗派（陈庄体）、吴中派，他们之间的关系表面平和，但有潜在的文学风格和文学思想交锋，而思想的开发和文学的积累，也已让明人在弘治十七年即说出了这样的话："嗟乎，世之矜持门户多矣！"① 虽是批评，却道出了弘治末期日渐张扬的文人个性。

由此也提示我们要转换研究明前期诗文流派论争的视角。针对天顺以前文学流派多数不够"自觉"、结社唱酬关系比较错综复杂、部分人士难以归派的特点，要注意从结社组织、师法所形成的文学统系、集团或流派盟主、地域文化传承以及文人爱大言、好讥评、喜比较风格成就高下的个性等方面，对其涉及论争的内容、性质、特点进行多层面的探索总结，还要从政治道德冲突影响及于文艺思想冲突的事件和现象，看其潜在的文学流派论争性质，如"翰林四谏"和丘濬压制庄昶等事件。对那些批判的针对性比较明显、存在隐性往复或对抗的文学流派批评，更要细密考察，深入揭示其背后的文学思想或政治、学术冲突要素。因为大致到天顺以后，文学集团和流派的增多，客观上使得潜在和显性的论争开始增强。

---

① 罗玘：《圭峰集》卷20《祭匏庵先生文》，《文渊阁四库全书》本。匏庵为吴宽的号，宽卒于弘治十七年。

第 一 章
"无门户流波":元末明初的诗文流派论争

    "明之初年,作者林立。"① 承元末而来,这个时期文学集团相当繁荣,尤其南方地区,可谓星罗棋布。然诗歌集团多而古文集团少,临时性的结社、兴到性的并称标榜多,真正具有文学流派性质,或有一个较长时间发展、体现出文学创作的源流(统系)征象的相对较少。诗派中的越派、闽派、吴中派、江西派、岭南派、"铁雅派"和古文中的浙东派大致可算,其他则不太明显。由于洪武到建文的社会生活是一个以政治一统和理学回归为主的时期,它们紧密结合,对文学创作现状及趋向发起了强烈的批判,对这个时期的文学流派论争开展颇为不利。"元、明之间,承先儒笃实之余风,乘开国浑朴之初运,宋末江湖积习,门户流波,涤除已尽。故发为文章,虽不以华美为工,而训词尔雅,亦颇有经籍之光。"②人们的精力主要投放到政治和道德建设上,文学的门户斗争还不突出。于是呈现出看似悖论的现象:文学集团和流派的众多可说表明了文学创作的活跃,却没有带来相应的文学流派论争的繁荣。文学流派除了进行本色的创作、交际,结成各种并不太固定的诗社、怡老社外,所进行的具有流派特征的文学理论批评,多为正面的诗统诗法、文统文法建设,而少与他派论争;对可能引起流派论争的正面批判,或者是泛化所批判的对象,归为某种不良的创作现象,而不点名道姓;即使是点名道姓批判,则这个被批判者,也多为已经逝去的文学人物。由此,总体上确实比较缺少明显的针对性和往复性。

---

    ① 《四库全书总目》卷 169《耕学斋诗集十二卷》,第 1475 页。
    ② 《四库全书总目》卷 169《强斋集十卷》,第 1476 页。

即便如此，也不意味着这个时期的流派思想建设和批判全无可取。相反，由于其时代的特殊重要性，站在元末明初交替更造、开启一代诗文创作理论基本特色的当口，则无论是点名道姓地对流派盟主批评，抑或是对诗文统系、法则的具体探讨和判断，都有值得深究的文学写作诉求和道德思想诉求，对明代诗学以后的思想发展有重要的奠基作用。

第一节　浙东文派的古文统系建设和论争

洪武、建文两朝真能称得上古文流派的，无疑是以浙东学派为学术思想基础的浙东文派。它符合作为一个文学流派的几条要求：

1. 有文学盟主和比较固定的成员。洪武时期盟主是金华宋濂、义乌王祎，成员有金华胡翰、苏伯衡，天台徐一夔，临海朱右等，宋濂弟子有宁海方孝孺、郭濬、王祎子绅，浦江郑楷、郑柏兄弟、郑济、郑洧兄弟等，以及义乌刘刚，海盐盛潜，临海叶见泰，金华刘养浩、楼琏，乌伤楼希仁等人。宋濂去世后到建文时期，盟主是方孝孺，成员有天台林右、赵象、陈叔英、王琦等①。方孝孺弟子甚多，有王绅子王稌及《明史·方孝孺传》所附录的同乡卢原质、郑公智、林嘉猷等人。

2. 有共同的文学主张。深受"理学流而为文学"的影响，都坚持以理为主的古文统系观，以六经为文章的最高价值取源，以汉、唐、宋文名家为正宗，以载道经世为文之功能，强调以道为文，以养气说为行文根本，推崇德流而为文的自然形成风格，反对雕琢，文法中又最强调辞达。

3. 他们多为同乡或毗邻之人，有较深的交往，形成了较密切的文学同盟和师从关系。宋濂、王祎同出柳贯、黄溍之门，被朱元璋称为江南二儒；宋濂又曾学于吴莱，而胡翰也曾从吴师道、吴莱学古文，从许谦学理学，为柳贯、黄溍赏识；苏伯衡之父苏友龙也曾师从许谦，洪武十年，宋濂卸任，荐以苏伯衡代，称其"学博行修，文词蔚赡有法"。② 苏伯衡则有《染说》赠方孝孺③。以王祎一家为纽带，其子绅为宋濂弟子，绅子稌

---

① 参方孝孺《逊志斋集》卷11《答胡怀秀才书》云："往年在浙东，获交才俊间。其最善者，眉山苏太史平仲（伯衡）、临海叶刑部夷仲（见泰）、浦阳郑楷叔度、天台林右左民、赵象伯钦、陈叔英元采、王琦修德，日夕相与周旋论议，唱酬往复。"《四部丛刊》本。

② 《明史》卷173《文苑一·苏伯衡传》，中华书局1974年版，第7310—7311页。

③ 苏伯衡：《苏平仲文集》卷3《染说》，《四部丛刊》本。

又为方孝孺弟子。

4. 在后代还有传响，浙东文派对后来台阁派的古文作风有明显影响，可视为后者在明代的滥觞。

一 "含文于道"：浙东文派的文统建设与批判

本来，从元代中期就已经盛行起一种馆阁文风："盖元大德以后，亦如明宣德、正统以后，其文大抵雍容不迫，浅显不支。虽流弊所滋，庸沓在所不免，而不谓之盛时则不可。"而这个馆阁文风的习染传承中，即有宋濂、王祎、胡翰等人的文学老师黄溍和柳贯，"以性理之学施于台阁之文"。① 受他们的直接影响，加上在明初也跻身台阁，知制诰，代天立言，也有了比较强的道统领率下的文统意识。这之间的传承，可以王祎《文训》一篇为典型材料。该文以类乎辞赋问答体的形式，展示了对"天地之间有至文"的训示和思考过程，作训示的是老师黄溍，逐次被引问作答的是学生王祎。在领受了关于作文的"大体"、"文理"以及"才"、"气"和"道"的关系教导后，对骈偶之文、科举之文、金石记志颂铭之文、朝廷巨文、纪事之文、诸子之文等一一突破，最后归结到"经者，载道之文，文之至者也"②。宋濂也在为叶见泰作的《叶彝仲文集序》和为朱右作的《白云稿序》中追述老师黄溍之言："作文之法，以群经为本根，迁、固二史为波澜。本根不蕃，则无以造道之原；波澜不广，则无以尽世之变。舍此二者而为文，则槁木死灰而已。"③ "学文以六经为根本，迁、固二史为波澜。二史姑迟迟，盍先从事于经乎？"④ 由此可见明初浙东文派确实非常重视文统的建立和文法的阐述，论文统时总是以经学为最高标准，强调"文外无道，道外无文"⑤，文以载道，道挥而为文；在讲文法时，又总从大体要求着眼，以雅正中和为主，讲一些对立性概念的关系，落脚到创作主体的道德修养和自然风格的追求。不过，与元代黄溍等人比，宋濂更强调将纪事之文（史）纳入以道为文的文统中，不别立史

---

① 《四库全书总目》卷167《闲居丛稿二十六卷》，第1443—1444页。

② 黄宗羲编：《明文海》卷131，上海古籍出版社1994影印文渊阁四库全书本，第3册，第410—414页。

③ 宋濂：《宋文宪公全集》卷16《叶彝仲文集序》，严荣校刻，《四部备要》本。

④ 同上书，卷6《白云稿序》。

⑤ 同上书，卷26《徐教授文集序》。

部之文，又在文统外，特别注意将道学家之文独立出来，盖他以为道学家本皆无意于文，却最能得文之精髓，表明了其理学在文学思想中的核心指导地位。这种重道于文、含文于道的文学思想发展到方孝孺，更是明白昭著。在《与王修德》其二中，为说明文章新奇，乃在道之新奇，而道之新奇乃在"惟发人所未尝言之理，则可谓之新，非众人思虑之所及，则可谓之奇"，所举例子皆是儒家传统的代表人物及其著作，如孔子《大传》，子思《中庸》，孟子《七篇》，周敦颐《太极》、《通书》，张载《西铭》，程颐《易传》和朱子的论著等，而绝不涉及在其他地方也有所肯定的古文家明道篇章（如韩愈的《原道》，后详）。①

在观察明初浙东文派所建立的文统时，以宋濂《徐教授文集序》、《文原》上下篇，苏伯衡《染说》，刘基《苏平仲文集序》，方孝孺《张彦辉文集序》、《苏太史文集序》、《答王秀才书》、《与舒君书》、《答王仲缙》等材料为主，可发现这样几个特点：

1. 无论从何种角度立论，六经都是文章的最高准绳和价值来源。三代以六经为总名，一般不具论，只一笔带过，即点明也往往以孔子为代表，是所谓的"尧舜禹汤周公孔子之心，见于《诗》、《书》、《易》、《礼》、《春秋》之文者"的圣贤之文②。其论述往往是："文至于六经，至矣尽矣，其始无愧于文矣乎？"③"立言如六经。"④"六经者，圣人道德之所著，非有意于为文，天下之至文也。"⑤

2. 文统都是以时代而论，由人数不等的代表作家组成。在讲述逻辑上，基本遵循时序原则，由三代顺流而下，形成一个以三代、战国、汉、唐、宋五个时间段为主的架构，春秋附入战国，秦附入汉，汉偶尔分东西汉（东汉的代表都为班固），晋（陶渊明）附入唐，宋偶尔分南北，而元、明一般不出现。之后，在这些时间段中分别填入自己认可的人物，苏伯衡《染说》提得最多，有二十人，都是各个时代文技之妙者：战国以孟子为代表；汉代提得最多的是司马迁、班固、贾谊、董仲舒，迁、固为纪实之文的代表，贾、董为载道之文的代表，至于司马相如和扬雄则受到

---

① 方孝孺：《逊志斋集》卷 9《与王修德》其二。
② 同上书，卷 11《答王秀才书》。
③ 宋濂：《宋文宪公全集》卷 26《徐教授文集序》。
④ 同上书，卷 12《吴潍州文集序》。
⑤ 苏伯衡：《苏平仲文集》卷 3《染说》。

很大考验，一般不列入，刘基和方孝孺对他们都有批判；唐代集中在韩愈、柳宗元，偶尔提到李翱，出现其他人物如皇甫湜、孙樵，则往往是作为反面教材；宋代以欧阳修为最高代表，几无异词，其他则是苏、曾、王氏，排序不同，人数不等，以六人为常，以四人为变，三苏被合为一家，以苏轼为代表，如方孝孺。至于元、明作家，是出于特别的论述需要才被提到。刘基《苏平仲文集序》从享国长久、疆域广大立论，延伸到元，目的是为了说明："今我国家之兴，土宇之大，上轶汉、唐与宋，而尽有元之幅员，夫何高文宏辞，未之多见，良由混一之未远也。"① 方孝孺《张彦辉文集序》一直点到元、明，点到乃师宋濂，当然是为自己的文统建设张本②。

3. 其文统不止是正面建立，还有对文章家系统内部作家的甄别，以保持文统的纯洁性，由此亦可见作为一个文学流派的思想宗法性和排他性。汉代的司马相如、扬雄和唐代的韩愈，即受到刘基、方孝孺等人程度不等的考量。刘基《苏平仲文集序》批评司马相如文"夸逞"而"侈"，怂恿"启"发了汉武帝"气盖宇宙"、征服四夷、劳民伤财之心，"然后仅克有终，文不主理之害，一至于斯，不亦甚哉！"方孝孺对司马相如的批判，从《答王秀才书》看，好像是受了韩愈的"牵连"，因为韩愈几次三番称赞相如而不提贾谊、董仲舒，方氏对此极为不解，以为"攻浮靡绮丽之辞，不根于道理者，莫陋于司马相如"。而其实他有确定不移的看法，在《与郑叔度书》中，他将司马相如与扬雄并称为"无识为已甚"，又说司马相如之徒为六朝"萎弱浅陋，不复可诵矣"的罪魁祸首。③ 只有在摆脱了道德伦理化语境，从文类其人的角度来整理古文家系列时，扬、马二人才又得到方孝孺《张彦辉文集序》的正面赞扬。不过，扬雄在以理明辞达立论的《与舒君》中，又与唐代李观、樊宗师，宋代黄庭坚等人一起，被列为"辞不达"的几个代表作家。④ 在方孝孺高张理学道德理论的勇气面前，即使是被人们都列入文统系列而多不言其思想不纯之弊的

---

① 刘基：《诚意伯文集》卷5，《四部丛刊》本。
② 方孝孺：《逊志斋集》卷12。
③ 同上书，卷10。
④ 同上书，卷11。

韩愈，他也要啧啧以言，尽管他并不能因此取消其唐文的代表"资格"①。并且方孝孺确有建立文统的愿望和行动，只"穷居少暇，未有所成"而已。在《答王秀才书》中，他说："仆窃悲其陋，故断自汉以下至宋，取文之关乎道德政教者为书，谓之《文统》，使学者习焉。违乎此者，虽工不录；近乎此者，虽质不遗。庶几人人得见古人文章之正，不眩惑于诡常可喜之论。祛千载之积蠹，为六经之羽翼，作仁义之气，摈浮华之习，以自进于圣人。俾世俗易心改目，以勉其远且大者。"此言此志，与南宋曾德秀编《文章正宗》的宗旨何其相似乃尔！

二 "图大略小"：浙东文派的文法建设与批判

与南宋以来通过选本或格法的方式谈散文写作艺术、名目常留于琐碎的"教师棋"不同，浙东文派往往即大处着眼，主要谈文章的功用和作家的修养（气）、天赋（才）、情思，而及于为文的体裁、章程、气势，不过多是做总体要求，并无更细琐的"枝节"内容。因此，他们所言虽广泛涉及古文创作的修养论、文体论、章法论、语言论、风格论和功用论等多个方面，重点却在修养论、功用论，其次在语言论、风格论，而文体（体裁）和章法仅偶尔涉及，至于构思、形象等则少有阐述。由功用论出发，他们常强调文之大、泛、杂性质，天文地文人文无所不包，制度军政道德纲常无所不及，言语辞翰仅为"事具而后载"②的结果，这和他们承袭了刘勰《文心雕龙·原道》的观点有关③，也和他们出身理学、不愿以文章家自居的社会身份意识有关。从修养论出发，他们常强调作文关键在

---

① 方孝孺《答王秀才书》称韩愈"言圣人之道者，舍《原道》无称焉；言先王之政而得其要者，求其片简之记，无有焉"，又因为韩愈"屡称古之圣贤文章之盛，相如必在其中，惟董、贾不一与焉"，而说"其去取之谬如此，而不识其何说也"。《与郑叔度书》虽肯定韩愈对相如、扬雄等人开启的六朝靡丽祸端的"洗濯刮磨而力去之"功，然又"颇恨其未能纯于圣人之道，虽排斥佛老过于时人，而措心立行或多戾矩度，不能造颜、孟氏之域，为贤者指笑，目为文人，心窃少之"，并引以为戒，不愿被以文士名。

② 宋濂《宋文宪公全集》卷26《文原》云："然而事为既著，无以纪载之，则不能以行远，始托诸辞翰，以昭其文。"

③ 宋濂《宋文宪公全集》卷6《白云稿序》开篇即引用刘勰《文心雕龙·宗经》的论文之语，可为证据。

于作家的主体修养和行文的"辞达"，理明气昌，辞达文明①，这是"有
德者必有言，有言者不必有德"（《论语·宪问》）的原始儒学思路，语
言、风格、章法等问题连缀其中，却无须特别讲明。按："辞达"为孔门
要言，出自《论语·卫灵公》，后为宋代苏轼《答谢民师书》大肆宣讲，
并得到浙东文派喜欢。苏伯衡为苏辙后裔，动辄称吾祖，方孝孺为文近苏
轼，他们讲"辞达"多半是受了苏轼的影响，如苏伯衡《染说》的"巧
拙"说、方孝孺《与舒君书》的"不见艰难辛苦之态，必至于极而后止"
说等最为显明②。之如此，是他们以理气、本末、文质论文，不愿意去讲
属于技术性的"枝叶"问题，否则即违背了他们所强调的"图大"的为
文追求和讲求润人无形的自然效果。

正是如此，看似应大讲古文作法的篇章，真正涉笔于此的并不多。宋
濂《文原》上篇相当于谈文学原理，追索文之本原和大义。到下篇不得
不谈文法时，却在抛出"为文必在养气，气与天地同，苟能充之，则可
配序三灵，管摄万汇"的正面立论，及从"高"、"厚"、"焰"、"峻"、
"深"、"变化"、"随物赋形"等方面铺张后，从反面来谈戕贼"文形"
（略当于文体）的"四瑕"、伤害"文之膏髓"的"八冥"和杀死"文之
心"的"九蠹"。如此讨论，很难让初学者得到什么诀窍，而只能领会一
个主旨，即必须回到创作主体的"养气"上来。如果说这还可理解，因
它本为已经了解"以道为文"的三位学生而作，然《文说》却是要送给
一位"好为文，问法于予"的少年王黼，则应大讲为文之法了，却仍然
是关于古文功用论、发生论和修养论的"老生常谈"，无一句及于细微的
文法。这种情况在苏伯衡《空同子瞽说》中也是如此，看来面面俱到，
一问一答，从功用到章法，无所不及，有的还所言甚多，要求甚多，然睹
其说明，皆以赋体的夸饰形象方式来论，并无多少描述性内容，即使言之
也都在两可之间。③ 其《染说》从染布之技之工说到"学士大夫之于文亦
然，经之以杼轴，纬之以情思，发之以议论，鼓之以气势，和之以节奏，

---

① 方孝孺《与舒君书》云："道者，气之君；气者，文之帅也。道明则气昌，气昌则辞
达。文者，辞达而已矣。然辞岂易达哉！"宋濂《文原》云："人能养气，则情深而文明，气盛
而化神，当与天地同功也。"

② 至于宋濂《文原》讲为文的"变化"和"随物赋形"，又是来自苏轼。参见孔凡礼点校
《苏轼文集》卷6《自评文》，中华书局1986年版。

③ 苏伯衡：《苏平仲文集》卷16。

人人之所同也",从主体修养到章法结构似都有涉及,但接下来说到"出于口而书于纸,而巧拙见焉"时,就只有一个"辞达"与"辞不达"如何差别,具体的妙技仍未显露。到方孝孺仍如此,其《答王仲缙书》所言:"盖文之法有体裁有章程,本乎理,行乎意,而导乎气,气以贯之,意以命之,理以主之,章程以皲之,体裁以正之。体裁欲其完……章程欲其严……气欲其昌……意欲其贯……理欲其无疵……此五者,太史公与待制君能由其法而不蹈其弊,而务乎奇怪者反之。"① 也是看起来完备,实际也只是总体要求。

在进行文法建设的同时,浙东文派也会批判。约言有二:

1. 批判入门的错误和志局的狭小,结果流为世俗的文士或文章家。宋濂《文原》开篇即言:"余讳人以文生相命。丈夫七尺之躯,其所学者,独文乎哉!虽然,余之所谓文者,乃尧、舜、文王、孔子之文,非流俗之文。"下篇再言:"大道湮微,文气日削,骛乎外而不攻其内,局乎小而不图其大。"结尾还言:"予复悲世之为文者,不知其故,颇能操觚遣辞,毅然以文章家自居,所以益摧落而不自振也。"显示出极强的理学家身份意识,要与文章家分开,表明自己所作之文乃六经圣贤之文,"非流俗之文",所以语态有种自觉的夸耀,"言虽大而非夸",行文理直气壮,阳刚风格毕露。有这种向经书圣贤自觉看齐的高卓追求,自也会希望他人也如此。如苏伯衡在临别赠言方孝孺时,作《染说》,即以"及时以道德自任"相期。方孝孺也确实发扬光大了这种身份意识,声称"夫文辞于学者至为浅事"②,认为世人学文错误,"盖不得其途故也。士之患,多厌常而喜怪,背正而嗜奇,用志既偏,卒之学为奇怪,终不可成,而为险涩艰陋之归矣"③。其愿望是:"夫人不生则止,生而不能使君如唐虞,致身如伊周,宣天地之精,正生民之纪,次之不能淑一世之风俗,揭斯道于无极,而窃取于文字间,受訾被垢,加以文士之号,不亦羞圣贤,负七尺之躯哉!"不愿以文士流声,他要向"明道"和"立政"二端行进。④

2. 批判文风不古,风格奇怪,语词不达。宋濂《文原》所列戕贼

---

① 方孝孺:《逊志斋集》卷10。
② 同上书,卷9《与王修德》其二。
③ 同上书,卷10《答王仲缙书》。
④ 同上书,卷11《答王秀才书》。

"文形"的"四瑕",可说是针对风格和语词,至于伤害"文之膏髓"的
"八冥"和杀死"文之心"的"九蠹",则是针对由创作主体的修养缺陷
所引起的风格不正、语词不力问题。这些错误的发生,在浙东文派看来,
是"今之为文者""伪焉以驰其身,昧焉以汩其心,扰焉以乖其气;其道
德蔑如也,其言行孛如也;家焉而伦理谬,官焉而政教泯,而欲攻乎虚
辞,以自附乎古,多见其不察诸本而不思也。"所以他们特别强调即使学
文,也应学圣贤之大,求本,回到修身养性的内在途径,走由内而外的正
确道路:"反之于身,以观其诚;养之于心,而欲其明;参之于气,而致
其平;推之于道,而俟其成。"① 这也与他们同时有着代降式的古文史观
密切相关。在他们看来,自以六经为载体的圣贤之文,或者是孟子之文以
后,"大道湮微,文气日削"②,人们即开始走上了"溺于辞翰"③ 的错误
道路,虽中间有过其实相当可议的汉、唐、宋高峰④,但总体仍如下坡之
车,难以回返;而他们要做的,是养气充道,挥道为文,直接唐虞三代的
经学传统,"一以经为本,而蹈袭近代以为美者,其尚有所发也哉!"⑤

三 "化今传后":方孝孺与王绅的论争

在浙东文派内部,曾发生了一场共时性争论,一方是王绅,一方是方
孝孺,留下的材料主要有方孝孺《答王仲缙书》其五和王绅《上侯城先
生第二书》⑥。据下列材料:

> 1. 建文帝时,用荐召为国子博士,预修《太祖实录》,献《大
> 明锐歌鼓吹曲》十二章。与方孝孺善,卒官。⑦
> 2. (洪武)三十一年闰五月,太祖崩。辛卯,即皇帝位。大赦

---

① 宋濂:《宋文宪公全集》卷29《文说赠王生黼》。

② 同上书,卷26《文原》。

③ 苏伯衡:《苏平仲文集序》卷5《王生子文字说》。

④ 方孝孺《逊志斋集》卷10《与赵伯钦书》云:"仆尝谓求学术于三代之后,宋为上,汉
次之,唐为下,近代有愧焉。"

⑤ 宋濂:《宋文宪公全集》卷6《白云稿序》。

⑥ 方孝孺:《逊志斋集》卷10。然王绅文集此文已失题并残,见《继志斋集》卷9,《文
渊阁四库全书》本。校以黄宗羲编《明文海》卷192所录王绅《上侯城先生第二书》,缺开篇
"向者不揣愚惑,辄献瞽言于左右,盖祈执事立言著书以"22字,第3册,第111页。

⑦ 《明史》卷二八五《忠义一·王祎传》附《王绅传》,第7416页。

天下，以明年为建文元年……丙申，诏文臣五品以上及州县官各举所知，非其人者坐之。

秋七月，召汉中府教授方孝孺为翰林院侍讲。

建文元年春正月……修《太祖实录》。①

3. 建文帝时，用荐召为国子博士，预修《太祖实录》，献《大明铙歌曲》十二章，卒于官。②

4. 戊寅，建文君即位，用荐者召拜国子博士，入史馆，纂修高皇帝实录。庚辰卒于官。③

5. 十一月一日某端肃奉书仲缙翰撰：尊契家兄长侍史俞兄子焉至，得书及所作文。④

可知王绅于洪武三十一年戊寅（1398）七月用荐召为国子博士。第二年建文元年正月以国子博士入史馆，参纂《太祖实录》。这在明人看来是入翰林，有了翰林编撰的身份，故方孝孺称王绅为"翰撰"⑤。次年庚辰（1400），王绅即去世。由此，上述方、王通信当作于建文一、二年间，论争亦在此际。

恢复论争的经过，当是如此。首先，王绅作书（依《明文海》题，可拟为《上侯城先生第一书》，然已不存）与孝孺，内容据《与王仲缙书》其五，当是劝孝孺及时著书，以"化今传后"。孝孺不同意，娓娓千余言，讲了很多理由，给王绅的感觉是"若有所论辨者"，于是回《上侯城先生第二书》，继续敦劝，结尾说如其所言要躬行，则"尚何暇恬居安处而俯与绅论辩去取乎哉"。这封书后，方氏如何反应，不得而知，但应该是接受了王绅建议，因为他后来写了很多以文明道的道德文章。

归纳方孝孺的论争要点有四：1. 自己智不足以知乎道，才不足以周

---

① 《明史》卷4《恭闵帝本纪》，第59—60页。

② 《四库全书提要·继志斋集》，第1234册，第651页。

③ 钱谦益：《列朝诗集小传》甲集《王博士绅》，第82页。

④ 方孝孺：《答王仲缙书》其三。

⑤ 《四库全书总目》卷170《继志斋集十二卷附录一卷》云："王泌《东朝记》以为成祖召（王绅）入翰林，编摩《太祖实录》，误也。"第1480页。然王绅确曾在建文帝时以国子博士的身份入史馆，与修《太祖实录》。而入史馆，在明人看来相当于入翰林，故孝孺本书以"翰撰"称王绅。

乎用，如仍妄发于言，就会像自己都鄙薄的扬雄、王通，既不能予人以启示规范，又与实际修养程度不合，于此很是不甘。2. 古代有颜回、黄宪这样的道德高尚之士，虽不著书，却圣人赞赏，后人想念。相比之下，王绅开列的与黄宪同时的著书之士，如仲长统《昌言》、王符《政论》、王充《论衡》，虽或于后人有益，人品却难与较。著书何益？3. 在"道"已被"自近世大儒剖析刮磨，具已明白"的当今，要紧的是"躬行"而非著书。4. 即使圣贤如孔孟，也未能化时人，则著书更不能化人。

王绅的反驳是：1. 针对第一点，认为太过矫情，"是犹惩人之病风而恶出，畏人之溺水而却游也，不已矫之太深而过情也哉"。2. 针对第二点，认为圣贤不独厚其身，为成己之学，"亦将用其余以补其不足"，著书立说，以为"成物"之义，"以是圣人虽不世出，而斯道不终泯者，以有斯文之足征也"。成己成物，著书有大用。3. 针对第三点，认为"是尤不可也"。缕述孔子"不忘于弟子之问答"成《论语》、曾子"用心于《大学》"、子思"汲汲于《中庸》"、孟子"反覆乎《七篇》之言"、周敦颐"必以心得之妙，笔之为书"，以及其他南北宋诸儒，都不曾"忘言"，"莫不各以著书为事"。4. 对第四点，王绅结以"反唇相讥"，既要躬行，何暇论辩？朋友之间，言及于此，确实也不再需要喋喋不休。

我们考察这次论争的目的，不是要揭露什么被隐藏的文人关系秘密——王、方之间无秘密，论争前是好朋友，论争后仍是好朋友。两人的这次争论，或者如他们自己所言是"论辩""论辨"，确实称得上是道义之争，虽然双方其实都因为卖弄学识而有些讥讽反嘲的成分。如方孝孺对王绅建议著书立说，以克服"少接见"的弊病，而让思想远达"遐陬僻壤"，说连至愚之人都知道不可能，就语含嘲笑，而王绅为驳对方的"道"已明尽说，也累累列举诸多圣贤著书，结以子之矛、攻子之盾的"战法"等，也有反唇相讥之意，然都尚属道义之交范围内的小小"斗气"。我们的目的，一是要说明，它丰富了明初文学流派论争的表现形式，有了共时性流派内部争论的性质。而其他则或是构筑一个自我论争的自足化语境，以"或语予曰"的对话设疑方式讨论一些文学或文学流派问题，如刘基《王原章诗集序》①，或是仅剩下论争一方的文献，如宋濂

① 刘基：《诚意伯文集》卷5。

《与章秀才论诗书》，就不见章秀才的原始材料①。二是要说明，这场争论在浙东文派的发生"必然性"。作为一个道学气息十分浓厚的古文流派，浙东文派的盟主和成员都有重道轻文却又不废文（文中有道，文以明道）的思想倾向。由此思想出发，他们希望觉悟世道人心，致君尧舜，齐政化民，而其要则在从我做起，从内心实诚做起，只有达到相当的道德高度，才谈得上去影响他人。由于方孝孺对自身自认为"资质不明，闻道日浅，行己之笃，不及古人"，故不同意王绅要他及时著书，以"化今传后"的建议。但问题还有另一面，当某人的道德在他人和朋友看来已很高了，则这时的他就有不可推卸的责任和义务，去做外扩化俗的工作，去教育尽可能多的世人，于是著书立说在讲学风气还不盛行的明初，就为十分推崇方孝孺的王绅所提出，希望方孝孺也如此去做。当遭到方孝孺继续"消解"自我的道德高度后，王绅坚称这是方孝孺"谦执"，然后再逐层抵击方氏言语中的弊病。如果不是道德崇高感十分庄肃，且走儒家内圣外王人生思想路径的古文流派，则很不容易发生这样的争论。如是他人，当大可以"独善其身"的道家方式做直接的放弃、撇开，然方孝孺是一位刻意追求道德纯洁②，高标远帜，坚毅刚猛，励志前进的儒家信徒，他不可能放弃、撇开，于是论争也就无法避免。

第二节　明初诗歌流派的组织性和盟主意识

与古文流派的比较稀少相比，元末明初的诗歌社团、流派活动就活跃多了。这与诗歌的更易于结社唱和、应酬交流有关，形成一种可与血缘、学缘和地缘关系密切而又能超越之的写作游戏，甚而产生精神共鸣。王世贞曰："胜国时，法网宽大，人不必仕宦，浙中每岁有诗社，聘一二名宿如杨廉夫辈主之，宴赏最厚。"③ 其实，不独浙江，在江南其他各地，在贬谪的官员和朝廷中也都能见到相当广泛的唱和结社情形。除以杨维桢、顾瑛等人为中心和下面几个要集中介绍的诗派结社唱和活动外，据钱谦益

---

① 宋濂：《宋文宪公全集》卷37。

② 如方孝孺《与郑叔度书》苛求韩愈的日常人格，"颇恨其未能纯"，《与王仲缙书》其五向往颜回、黄宪。

③ 钱谦益：《列朝诗集小传》甲前集《白羊山樵张简》引，上海古籍出版社1983年版，第30页。

《列朝诗集小传》记载，即有山人周砥避元末兵乱，与义兴马治唱和结集为《荆南倡和集》，归吴又与高启、杨基诸人游；上海顾或元末"与钱肃、赖良结诗盟"；浙江乐清朱希晦，"元季有诗名，与四明吴主一、箫台赵彦铭，称'雁山三老'"；福建莆田郭完"元末隐于壶山，以教授生徒为业，与方时举用晦等十二人结社"；福建崇安蓝智"元末弃去科举学，与其兄（蓝仁）师杜清碧，倡和为诗"。① 又据陈田《明诗纪事》引录，在洪武朝的北方贬谪之地，亦有唱和。此举三例：

1. 《水东日记》：苏州（吴江人）邹弘道（奕）有文行，国初谪关西（甘肃），与一时知名士若江右夹谷希颜、三衢徐兰与善、钱塘童权与可、天台姚文昌、钱塘杨志善、山东赵敬主一、秦州刘纯宗厚、同郡沈绛诚庄、陈禧彦吉、娄江丁晋仲敏为倡和友，诗文甚多。

2. 《新安文献志》：斐然（休宁江敬弘之字）师赵东山（汸），博学能诗。洪武初以吏谪濠梁。时会稽唐肃、钱塘董嘉、吴中王端、临川元瑄、甬东王冑、天台梁楚材、刘昭文，皆谪居濠上，相与结诗社。后免归。②

3. 明初北平诗家当以继本（李延兴字）为开先。③

在洪武朝廷，朱元璋一手抓武力和法制，另一方面一手也不忘兴起礼乐，招贤纳士，曾有过一段与文臣、武将相处颇为融洽甜蜜的时期。为政之暇，多次与群臣唱和，留下了为宋濂赋"醉学士歌"和品评朝中文人文才高下等一系列文坛韵事。就此，朱国祯曰："高皇帝诗发乎天籁，自然成音，当日赓歌飏言，匪仅詹（同）、吴（沉）、乐（韶凤）、宋（濂）四学士而已，若禄与权、吴伯宗、刘仲质、张翼、宋璲、朱芾、桂慎、戴安、王釐、周衡、吴喆、马从、马懿、易毅、卢均、裴植、李睿、韩文辉、曹文寿、单仲右诸臣进诗，咸赓其韵。"④ 影响所及，这个时期在诗社唱和的基础上所形成的诗派也是蔚然称盛。朱彝尊《静志居诗话》言：

---

① 以上见钱谦益《列朝诗集小传》甲前集《周山人砥》、《顾侍郎或》、《朱朝列希晦》、《郭处士完》和甲集《蓝金事智》，第30—31、53、66、68、115 页。

② 陈田：《明诗纪事》甲签卷24《邹奕》、《江敬弘》，第488、493 页。

③ 陈田：《明诗纪事》甲签卷28《李延兴》，第542 页。

④ 朱彝尊：《明诗综》卷1 上《春望牛首》引，中华书局2007 年版，第4 页。

惟其（朱元璋）爱才不及，因之触物成章；宜其开创之初，遂
见文明之治。江左则高、杨、张、徐，中朝则詹、吴、乐、宋，五先
生蜚声岭表，十才子奋起闽中，而三百年诗教之盛，遂超轶前
代矣。①

如果说"中朝四学士"，还因为"吴、乐韵语寥寥，宋（濂）亦非本
色，（詹同）于四子中遂为翘楚"②，仅是一时的奉和应制、共同娱主，还
算不上有多少风格追求的诗派，则以苏州北郭社为基础的吴中四杰（高
启、杨基、张羽、徐贲），以广州南园社（孙蕡、王佐、黄哲、李德、赵
介）为基础的岭南诗派，以闽中十子社为基础的闽诗派（林鸿为盟主），
则是文学作风趋同的诗歌流派。且前三派还有比较深厚的地域文学传统渊
源，从流派的人脉、文脉上作了历史的传承。至于胡应麟《诗薮》所言
国初五诗派："国初，吴诗派昉高（启）季迪，越诗派昉刘（基）伯温，
闽诗派昉林（鸿）子羽，岭南诗派昉孙（蕡）仲衍，江右诗派昉刘（嵩）
子高。五家才力，咸足以雄据一方，先驱当代。第格不甚高，体不甚大
耳。"③ 其中，以刘基为盟主的越诗派，在元末明初更应该称为浙江诗派，
创作成就上可仍以刘基为最高代表，而在总体的文学思想倾向上，则以宋
濂、方孝孺为本派盟主当具概括力；并且两人的职司、文学思想和创作倾
向，对后来以"三杨"为代表的台阁派有更直接的联系。以刘嵩为盟主
的江西诗派，其成员虽有些不大能确指固定，然而在钱谦益等人的寻根
讨源叙述里，却与闽派一样源远流长，对明代文学的发展有重要贡献。
此外，还应加上以杨维桢为盟主的铁雅诗派，其在明初活动的时间虽不
长（洪武三年离世），但作为明初批判的一个重要对象，必须考虑
进来。

总体上看，明初诗歌流派固然多不是针对型、主张型的文学流派，整
个流派包括盟主在内，往往都把主要精力放在了政治的退隐、进取和文学
创作的多样性实践上，而对文学集团的组织建设和具体有为的排他性的文

① 朱彝尊：《静志居诗话》卷1《明太祖》，人民文学出版社1998年版，第1页。
② 朱彝尊：《静志居诗话》卷2《詹同》，第117页。
③ 胡应麟：《诗薮·续编》卷1《国朝上·洪永》，上海古籍出版社1979年版，第342页。

学流派批判并不特别在意。一方面，诗派内部的联系往往比较松散，多是一定时期内，以相对固定的唱和结社等形式来进行所谓的文学流派"结盟"，而随各自处境的变化，尤其是居住地点的迁移，一个曾经较为稳固的成员构置，就可能发生增减。另一方面，在烽烟四起的元末明初，诗歌流派成员的创作重点乃是以文学来反映时代的更迭和个人的幽思，而当新王朝建立，人们的主要精力又转向了政治制度和意识形态的重建，属于个人和地域流派的想法很难提上议事日程。尽管如此，他们仍以确实广泛存在的结社唱和为基础，在一定的地域，以某些人物为中心，在诗歌统系、流派盟主、创作方法及审美风格、境界取向上拥有了一定的趋同性，从而形成了"自觉"程度不等、影响广狭深浅不一的诗歌流派，具有成为一个文学流派的基本素质。① 下面主要从流派的组织性和盟主意识等方面，简析明初各诗歌流派的性质。

元末明初的诗歌流派盟主事实上已经存在，但在向社会作公开发言的显意识上，却由于诗歌等纯文学活动在社会政治生活和精神生活中相对处于的三流地位②，而让那些事实上的诗派盟主们，并不太能以此自居。尤其是浙东文派麾下的浙江诗派盟主宋濂、方孝孺等人，更是强烈地表现出不愿被人视为"流俗文人"的意识。而且，流派盟主也往往是后人通过诗歌创作成就的考量，来"追认"的。对此，我们一方面要承认这些事实，另一方面又要分析这些盟主在思想作风和流派组织上的具体表现。

其由于区域创作风格的相似而取得的首先看主要活动于元末的铁雅诗派。"所谓铁雅派，实际上是一个以杨维桢为核心，以复兴古乐府为旗帜、主要由在野和半在野文人所组成并且具有文学独立意义的诗歌流派"，"曾由当事人所标举，并为同时人承认"，其特征主要有：一是组合方式带有松散性；二是构成与活动具有地域性；三是创作风格具有多样性。具体说来，杨维桢主要通过了玉山文人的多次雅集和浙中每年的诗社，而团结出一个"吾铁门称能诗者，南北凡百余人"③ 的跨越僧俗、女性、在野和半在野的大文人集团。以其"作为一个诗派领袖的魅力，而

---

① 陈文新：《中国文学流派意识的发生和发展》，武汉大学出版社 2003 年版。
② 立德、立功、立言三不朽的传统视野，使得即使是立言，也是重经、史、子的思想继承和发扬，而轻诗歌的抒发性情和文辞功能的。
③ 杨维桢：《可传集序》，载袁华《可传集》卷首，《文渊阁四库全书》本。

非诗派的规约章程"，拥有一大批"以交往为纽带""随聚随散"的唱和友（如李孝光、张雨、顾瑛、陈基、张简、袁凯、刘炳等人）和"以授受传承为纽带"而"显然要严密一些"，但"也无定期聚会唱和之约"的铁门诗人（如张宪、袁华、杨基、贝琼等人）[①]，比之一般由后人归纳的地域性诗派的组织性和风格、题材、体裁的趋同性还是要强一些。比如自制新题的古乐府和竹枝词、香奁体、宫词等，追求瑰崛婉丽甚至浓艳的偏向个人才情的诗词和诗旨等鲜明倾向。也正是因为如此，铁崖诗派才可能在元末明初造成极大的轰动效应。当然，也由于其并非有现代文学团体的"诗派的规约章程"，所以其约束性仍然相当有限。当真正的批评批判大量出现时，即使曾属此一派的成员，也不会对批判予以明确的反驳，甚至可能配合新的时代需要，而进行一些文学思想的修正，比如在明代担任过国子助教等职的贝琼等人。[②]

应该说，杨维桢的盟主意识还是相当自觉和突出的[③]。他通过多篇文献介绍了以他为首的诗派情况，最突出的是《玉笥集叙》和《冷斋诗集序》。前者言："泰定、天历来，予与睦州夏溥、金华陈樵、永嘉李孝光、方外张天雨为古乐府，史官黄溍、陈绎曾遂选于禁林，以为有古情性，梓行于南北，以补本朝诗人之缺。一时学者过为推，名余以铁雅宗派。派之有其人曰昆山顾瑛、郭翼、吴兴郯韶、钱塘张映、嘉禾叶广居、桐庐章木、余姚宋禧、天台陈基，继起者曰会稽张宪也。"向学生张宪和社会说明本派的文学宗旨是复兴古乐府，在当时造成了极大的影响，史官选样，学者推为铁雅宗派。语虽谦逊，却如数家珍，其实是相当自鸣得意的。后者言："曩余在钱唐湖上，与句曲外史（张雨）、五峰老人（李孝光）辈谈诗，推余诗为铁雅诗。雷隐震上人、复原报上人，传余雅为方外别派……今年至祁上，（行己方）上人出《冷斋全集》求余评，内有和余古

---

① 黄仁生：《杨维桢与元末明初文学思潮》，东方出版中心 2005 年版，第 184—187、196—198 页。

② 冯小禄：《理学对文学的超然批判——以元末明初围绕批判杨维桢为例》，载《中国诗歌研究》，中华书局 2007 年版。

③ 参王世贞《艺苑卮言》卷 6 言："吾昆山顾瑛、无锡倪元镇（瓒），俱以猗、卓之资，更挟才藻，风流豪赏，为东南之冠，而杨维桢实为主斯盟。"丁福保辑《历代诗话续编》本，中华书局 1983 年版，第 1040 页。

乐府题……嘻，可与震、报同列吾派矣。"① 又将三诗僧列入传承自己独特的古乐府诗风的"方外别派"。

浙诗派除刘基外，在创作上多不以诗歌创作成就见长。或许正是这个原因，胡应麟《诗薮》才另立一个越诗派而以刘基为盟主，而与其他四派并立，他应该主要是从诗歌创作成就来考虑的。在明人看来，"迨于明兴……大约立赤帜者二家而已：才情之美无过季迪（高启），声容之雄，次及伯温（刘基）。当是时，孟载（杨基）、景文（袁凯）、子高（刘嵩）辈实为之羽翼。而谈者尚以元习短之，谓辞微于宋，所乏老苍，格不及唐，仅窥季晚。然是二三君子，工力深重，风调谐美，不得中行，犹称殆庶，翩翩乎一时之选也。"② 而为了比较高启、刘基二人创作成就的高下，有人还将晚出了二十五年的高启放在刘基之前，说："洪武间，高侍郎先鸣，文成次之，固已咀其精华，窥其堂奥。"③ 实际是，"伯温早受知于虞道园……特不与杨廉夫、顾仲瑛辈结诗酒之社，然视四杰、十友，皆后进也。"④ 如果从能代表浙江地区的学术思想的角度上看，宋濂的文学创作尤其是文学思想更有资格成为浙东文派在洪武朝诗学领域的代表人物。虽然他多次自称不善于诗，但也多次自称长于知诗⑤，为很多当时的诗人、文人作过序言，且在同为开国文臣的刘基的认识里，也仍推宋濂为明文第一。相比之下，刘基所作的不多文学批评比较明显地带有其个人的遭际特征，强调诗歌的讽刺用政功能，反不如宋濂所论更能符合浙东学派"理学流而为文学"、以文论诗的诗学批评特质。再就文学盟主的传承来说，宋濂之于方孝孺，即如同欧阳修之于苏轼，有一个明显的"文权"交接过程，而方孝孺也确实保持了乃师重道轻辞、以文论诗的特点，且更加理学化、严格化。

透过宋、方二人都不愿以"流俗文人"自居的声言，我们即可发现他们非常坚定的文学盟主作风。在他们的诗学理念里，诗歌应该和古文向

---

① 两文转引自黄仁生《杨维桢与元末明初文学思潮》，第 185 页。

② 王世贞：《艺苑卮言》卷 5，《历代诗话续编》本，第 1023 页。

③ 朱彝尊：《明诗综》引陈彝仲语，第 65 页。

④ 朱彝尊：《明诗综》引陆冰修语，第 67 页。

⑤ 如宋濂在为西江诗派盟主刘嵩所作的《刘兵部诗集序》中说："濂虽不善诗，其知诗决不在诸贤后……使（孟）郊、（韩）愈复生，当不易吾言矣。"其《樗散杂言序》也说："予虽不能诗，而论诗颇谓有一日之长……非深于诗者，殆未有以知予意之所存也。"

圣贤经书学习的追求向度保持一致，也向诗歌领域的最高代表《诗经》学习，以之为评论的最高价值准绳，创作的最高取法来源，因为其中有经朱熹总结归纳的精练完整体式和做法——三经（风、雅、颂）三纬（赋、比、兴）。在诗人的修养论和创作论上，他们也提出与古文一致的要求，强调积养，认为诗歌是一"气"之所为，强调自然行文，不在修辞、声律等枝叶上下功夫。他们的诗歌史，往往都是代降论的，被分割成古意不断削损而律化人工不断增强的几段。是故，他们极力反对将儒者和诗人、诗和道分开的做法，声称："自此说一行，仁义道德之辞遂为诗家大禁，而风花烟鸟之章流连于海内矣，不亦悲乎？"① "人孰不为诗也，而不知道，岂吾所谓诗哉？"②

再看岭南和江西诗派。

关于岭南诗派成立的原始材料，主要见于广东顺德人孙蕡《西庵集》。其《南园歌赠王给事彦举》云："昔在越江曲，南园抗风轩。群英结诗社，尽是琪琳仙。南园二月千花明，当门绿柳啼春莺。群英组络照江水，与余共结沧州盟。沧州之盟谁最雄？王郎独有谪仙风……当时意气凌寰宇，湖海声诗万人许。"③ 言其与"群英结诗社"于越江曲抗风轩，其中王佐（字彦举）的诗才最高，有李白的气质和作风，享有很大的诗坛声誉。关于结社的"群英"和初起时间，孙蕡又在与王佐分离"十余年"后所作的《琪琳夜宿联句一百韵并序》追述："河东与余焚香瀹茗，共语畴昔。因思年十八九时，承先人遗泽，得弛负担，过从贵游之列。一时闻人相与友善，若洛阳李长史仲修（德）、郁林黄别驾楚金、东平黄通守庸之（哲）、武夷王征士希贡、维扬黄长史希文、古冈蔡广文养晦、番禺赵进士安中及其弟通判澄、征士讷、北平蒲架阁子文、三山黄进士原善，皆斯文之表表者也，共结诗社南园之曲，豪吟剧饮，更唱迭和，翩然鸑鸶凤，铿尔奏金石。而河东与余为同庚，情好尤笃。"④ 言南园诗社成员甚多，而赵介（字伯贞）不在其中。据赵介《听雨》诗"南园多酒伴，有

---

① 宋濂：《宋文宪公全集》卷46《题许先生古诗后》。
② 方孝孺：《逊志斋集》卷4《读朱子感兴诗》。
③ 孙蕡：《西庵集》卷3，《文渊阁四库全书》本。
④ 孙蕡：《西庵集》卷8。

约候新晴"推测,当是"入社较晚。"① 初起时间据"年十八九时",则在元至正十五六年间②。此派创作风格并不统一,主张也不见有多大影响,但在后人的读解里,以其结社为盟的事实,而或称为"南园五先生"(孙蕡、王佐、黄哲、李德、赵介,见黄佐《明音类选》),"五杰"(徐泰《诗谈》),"广中四杰"(无赵介,顾起纶《国雅》),"国初五先生"(屈大均《广东新语》)③,并有兴起后来岭南诗派的作用。之后,黄佐兴起,追随后七子派的梁有誉、欧大任、黎民表等人再起,都将南园五子视为本邦荣耀而盛情标举,成为自己创作的精神来源之一。

本派的盟主就当初结社事实和创作成就、影响而言,都是孙蕡。朱彝尊《静志居诗话》评:"仲衍才调,杰出四人,五古远师汉魏,近体亦不失唐音,歌行尤琅琅可诵,微嫌繁缛耳。集句亦工。"④ 除赵介终身不仕外,其他四人都有入明为京官的经历,其交往和影响面还是较宽的。他们多有应制赋诗的"光荣"。孙蕡为翰林典籍时,曾应制赋《醉学士歌》赠宋濂,又有应制游钟山诸诗;"庸之(黄哲)官翰林典籍时,左丞相徐达北伐捷闻,太祖命赋诗称旨。未几,祈雨钟山获应,御制七言诗志喜,庸之复应命奉和"⑤,王佐有《应制赐宋承旨马》等。

以泰和刘崧为盟主的江西诗派(或称西江诗派、江右诗派),有比较固定的唱和友及门人。宋濂言:"乃束书走豫章,与辛敬、万石、周浈、杨士弘、郑大同游。而此五人者,负能诗名,见刘君皆惊异之,相与扬榷风雅,夙夜孳孳,或忘寝食,反征之于古,瞭然白黑分矣。"刘永之也说:"当是时,豫章万石、大梁辛敬、襄城杨士弘、秣陵周浈、郑大同,亦以歌诗自雄,子高与之驰骋上下,名声相埒。石之齿最长,特折辈行与友,而尤亲善者,同郡旷逵也。"⑥ 刘崧《奉同旷伯逵、周叔用、徐仲孺登秋屏阁,是日闻淮郡有警,风沙黯然,赋呈万德躬(石)、孙伯虞诸君

① 陈田:《明诗纪事》甲签卷9《孙蕡》按语,第200页。另参郭绍虞《明代的文人集团》的进一步考证,《照隅室古典文学论集》,上编,第535—536页。
② 何宗美:《文人结社与明代文学的演进·南园诗社》下册,人民出版社2011年版,第8页。
③ 陈田:《明诗纪事》甲签卷9《孙蕡》,第198—199页。
④ 朱彝尊:《静志居诗话》卷3《孙蕡》,第70页。
⑤ 陈田:《明诗纪事》甲签卷9《黄哲》,第204页。
⑥ 宋濂:《刘职方诗集序》,刘永之《刘职方诗集序》,载刘崧《槎翁诗选》卷首,《北京图书馆珍本丛刊》本,第99册,书目文献出版社2000年版。

子》等诗也可见其唱和情形。其弟子有萧翀等人。同时江西能诗者，又有刘炳、刘承直称"江西二刘"（徐泰《诗谈》），还有建昌新城刘绍、黄肃、南城胡布、张达等人。陈田评曰："余衡其（刘炳）品于西江明初诗家，在子高（刘嵩）之次，与新城刘子宪（绍）正足旗鼓相当。"① 由于刘嵩在明代跻身高位，"洪武三年，以人材举（兵部）职方郎中，迁北平按察副使，坐事输作京师，还乡。十三年，手敕召为礼部侍郎，署吏部尚书，请老。十四年，召为国子司业，卒于位。"② 与宋濂、林鸿等人均有密切交往，而被后人视为明初江西诗派的盟主。

在刘嵩特起于元末明初的文坛之前，又有泰和陈谟以其学缘、人脉和文学风格对台阁派的杨士奇有影响。《四库全书总目》说他："至文体简洁，诗格春容，东里渊源实出于是。其在明初，固泬泬乎雅音也。"③ 陈谟（1297—1388），字一德，号心吾。明初聘修《礼书》，辞归。有《海桑集》。朱彝尊称："征君大德遗民，虽应弓招，未縻好爵。杨东里（士奇）、梁不移（兰），皆其弟子。洪武庚戌，曾校文广东，则孙仲衍（蕡）乃其所取士也。又尝主奉新清节书院讲席。"并引述刘子高（嵩）的评价："先生巨篇大轴，流播郡邑，幅巾野服，翱翔山水之间，门生儿子，扶携后先，使人望而敬之，狎而爱之。"④ 刘嵩也尊敬陈谟，视为可以楷法的前辈。就此，钱谦益将由刘嵩到杨士奇的江西风格传承作了一个勾勒："国初诗派，西江则刘泰和……泰和以雅正标宗……江西之派，中降而归东里，步趋台阁，其流也卑冗而不振。"⑤ 《四库全书总目》承之："史亦称嵩善为诗，豫章人宗之，为西江派。大抵以清和婉约之音，提导后进。迨杨士奇等崛起，复变为台阁博大之体，久之，遂浸成冗漫。北地、信阳乃承其弊而力排之，遂分正、嘉之门户。然嵩诗正平典雅，实不失为正声，固不能以末流放失，并咎创始之人矣。"⑥ 联系四家所言来看，明代前期的江西诗派发源于陈谟，继起于刘嵩，光大于杨士奇。对此，可在杨士奇为刘嵩文集所作的跋语中得到印证，其称："然先生于明经，于

---

① 陈田：《明诗纪事》甲签卷17《镏（刘）炳》，第350—351页。

② 钱谦益：《列朝诗集小传》甲集《刘司业嵩》，第88页。

③ 《四库全书总目》卷169《海桑集十卷》，第1476页。

④ 朱彝尊：《静志居诗话》卷5《陈谟》，第121页。

⑤ 钱谦益：《列朝诗集小传》甲集《刘司业嵩》，第89页。

⑥ 《四库全书总目》卷169《槎翁诗集八卷》，第1467页。

古文，尤所笃好，诗特其余事耳。先生德义在人，治行在史。"① 很能体现西江一派的精神传承，重道德事功、经术古文，而轻诗歌创作，以为"余事"。

总体来说，明初江西诗派的组织性相对较为松散，是后人主要通过地域文学的角度来做的一种归类性认识，由此以官位、创作成就的突出和代表性而被推出来的盟主刘嵩，其诗学的盟主意识也就显得不够突出。但其《诗集自序》所呈露的诗学思想，却在通达一般的诗学要素中，又切合了已形成传统的江西理学渊源，以"人情"、"物理"之"本"来统领风格（"体"）的"雅正和平"和学习兼乎众味的"变"。声称："是道也，前乎千百岁之已往，后乎千百岁之方来，其能深造而全之者，固不多见。其真知而信之者，亦寡矣。"② 透露出与浙东派和高启相似的诗学雄心。而且，其一句为闽中派领袖林鸿《鸣盛集》所做序言的"宋（诗）不足征"论，引来了黄容的肆口批判，也表明了其诗学意识中的排他性因素③。

最后看组织性更强的吴中派、闽中派。

北郭十子社、吴中四杰的盟主从各个方面来说都自非高启莫属。在浙派王祎《缶鸣集序》的追述里，以高启为首的吴中派，还被认为是在继承唐陆龟蒙、宋范成大、元陈子平的地域诗歌传统。④ 其创作成就，人们公推为"天才高逸，实据明一代诗人之上"⑤。北郭社的发起、组织、记录等由他完成。高启作于元至正二十五年的《送唐处敬序》云："余世居吴之北郭，同里之士，有文行而相交善者，曰王君止仲（行）一人而已。十余年来，徐君幼文（贲）自毗陵，高君士敏（逊志）自河南，唐君处敬（肃）自会稽，余君唐卿（尧臣）自永嘉，张君来仪（羽）自浔阳，各以故来居吴，而卜第适皆与余邻，于是北郭之文物遂盛矣。余以无事，朝夕诸君间，或辩理诘义以资其学，或赓歌酬诗以通其志，或鼓琴瑟以宣湮滞之怀，或陈几筵以合宴乐之好。虽遭丧乱之方殷，处隐约之既久，而

---

① 杨士奇：《东里集·文集》卷 10《刘职方诗跋》，《文渊阁四库全书》本。

② 刘嵩：《槎翁文集》卷 10，《四库全书存目丛书》本。

③ 冯小禄：《刘嵩"宋绝无诗"说考论》，《中国韵文学刊》2006 年第 1 期。

④ 王祎：《高季迪诗序》，载高启《高青丘集》附录，（清）金檀辑注，徐澄宇、沈伯宗校点，上海古籍出版社 1985 年版，第 980 页。

⑤ 《四库全书总目》卷 169《大全集十八卷》，第 1471 页。

优游怡愉，莫不自有所得也。"① 可见，北郭社事之兴起发展，均与高启的居处苏州北郭有关。如果以动态、松散、自由、泛主盟的眼光看北郭诗社，将不止作为核心的"四杰"，主力的"高启十友"，其"社友"可能达到二十四人之多②，具有成为全国性文学流派的规模。在此期的诗歌流派中，由于其所在的文化中心位置和在元末群雄争霸的特殊地位，而非常引人注目，与以杨维桢为首的铁雅诗派交相辉映，成为东南地区影响最大的两支诗歌流派。

在元末明初这样一个特殊的群雄变乱时代，高启对张士诚据吴时的出处十分谨慎。相应地，其文学盟主意识不仅不突露，反而有所压抑，似乎有意将自己装进一个私人的精神圈子里，自说自话，只强调诗歌"吟声呷呷，不绝于口吻"③的自我抒情作用。即使是其"磊落嵌崟，极其生动"④的《青丘子歌》，也主要说其虽于穷独苦困中，亦不废以诗歌追逐物像、展示精神追求的爱好，气概固然豪迈，但并非是对着大众和社会的讲说，而是"自吟自酬赓"的。但到了征修《元史》至京师为官后，得与很多学派的人士交流，加强了对自身诗学道路的"自信"和确认，其文学盟主的"大家意识"才变得显豁起来，其《独庵集序》可为证词。在这篇为本派成员衍斯道上人（姚广孝）诗集《独庵集》所作的序言里，高启面向大众和社会敞开他的"兼师众长"、成就"大方"而"免夫偏执之弊"的诗学雄心，不以集大成的杜甫，"善旷而不可以颂朝廷之光"的陶渊明和"工奇而不足以咏丘园之致"的李贺自限地步。⑤这对那些动辄以杜甫为极致、以陶渊明为高不可及、以李贺为奇丽而究心模拟追踪的诗学主张而言，是一份难得一见的"大家意识"，并对明代中后期复古派作家创作力成"大家"的情结有启示作用。⑥再进一步，这份"成家"方案还可说针对了崇尚杜甫、陶渊明的浙东派和奉李贺为诗风来源的铁雅诗派。只是在辞官返乡后，这种文学盟主意识又变得低落黯然了许多，这大

---

① 高启：《高青丘集·凫藻集》卷2，第871页。
② 刘体乾：《江苏明代作家研究》，东南大学出版社2010年版，第97页。
③ 高启：《高青丘集·凫藻集》卷3《缶鸣集序》，第906页。
④ 朱彝尊：《明诗综》卷8《青丘子歌》，引周青士评语，第331页。
⑤ 高启：《高青丘集·凫藻集》卷2《独庵集序》，第885页。
⑥ 陈文新：《明代诗学的逻辑进程与主要理论问题》，武汉大学出版社2007年版，第55—62页。

概与其终于得脱洪武朝铁血牢笼的忧谗畏讥的心境有关①。

闽中派以闽中十子社为基本组织形式,其盟主为福清林鸿,成员有长乐陈亮字景明、王恭字安中、高棅字彦恢、闽县郑定字孟宣、周玄字微之、侯官王褒字中美、唐泰字亨仲、将乐黄玄字玄之、永福王偁字孟扬,无锡浦源和林鸿的其他弟子赵迪、林敏、陈仲宏、郑关、林伯璟、张友谦等人,至少有 16 人之众。往前从地域诗人传统追溯,古田张以宁和崇安蓝仁、蓝涧兄弟为林鸿的先导。钱谦益说:"国初诗派……闽中则张古田(以宁)……古田以雄丽树帜……闽中之派,旁出而宗膳部(林鸿),规摹唐音,其流也肤弱无理。"② 朱彝尊说:"二蓝学文于武夷杜清碧,学诗于四明任松卿,其体格专法唐人,间入中晚。盖十子之先,闽中诗派,实其昆友倡之。"③ 值得一提的是,王偁又名列永乐中"东南五才子"品题之列,高棅著有《唐诗品汇》、《唐诗拾遗》等宣扬闽中派诗学主张的著作,而无锡浦源之不远千里、以"吾家诗也"的赞见诗作而被邀入社,成为闽中派一员,既可说明林鸿"老于诗学"在当时的影响④,又可说明闽中派有相当的组织性,注重创作风格的求同。

林鸿的文学盟主意识最突出的见于其与高棅的诗学讨论:"先辈博陵林鸿尝语余论诗,上自苏、李,下迄六代。汉魏骨气虽雄,而菁华不足;晋祖玄虚,宋尚条畅,但务春华,殊欠秋实;唯李唐作者可谓大成。然贞观尚习故陋,神龙渐变常调,开元、天宝间,神秀、声律,粲然大备:学者当以是为楷式!"⑤ 延续南宋闽中前辈严羽《沧浪诗话》的诗学思想,卓然以盛唐为法,截断众流,对或崇尚《诗经》、古体汉魏、反对律化的理学化文学观和坚持"诗当取材于汉魏,而音节以唐为宗"⑥,而不专主盛唐的元代主流诗学来说,是具有震撼人心、奔走一世诗人的效果的,明代中后期的复古派在此受到了很大影响。正是惩于七子派诗学模拟之弊,

---

① 参高启洪武四年十二月《姑苏杂咏序》所言:"况幸得为圣朝退吏,居江湖之上,时取一篇与渔父鼓枻长歌,以乐上赐之深,岂不快哉?"《高青丘集·凫藻集》卷 3,第 907 页。

② 钱谦益:《列朝诗集小传》甲集《刘司业嵩》,第 89 页。

③ 朱彝尊:《静志居诗话》卷 4《蓝仁》,第 90 页。

④ 参徐𤊹《浦舍人集题辞》,载浦源《浦舍人集》,《北京图书馆珍本丛刊》本,第 98 册。另参朱彝尊《静志居诗话》卷 4《浦源》附录引愚山(钱谦益)语,第 102 页。

⑤ 高棅:《唐诗品汇·凡例》,《文渊阁四库全书》本。按:此语后又见载胡震亨《唐音癸签》、朱彝尊《曝书亭集》和《明史·文渊·林鸿传》。

⑥ 王祎:《王忠文集》卷 5《练伯上诗序》述杨士弘《唐音》语,《文渊阁四库全书》本。

钱谦益才将闽中派与江西派在后来台阁体、七子派的发展而归咎于始作俑者。

第三节　明初文学流派的论争特点

由上节所述可知元末明初这六个诗歌流派，在组织性和盟主意识各有强弱不等的表现，但即使是最强的铁雅诗派、吴中派和闽中派，都不具有很明显的排他性。也即，他们都不是针对型的"自觉"流派。他们往往是在一定的诗学话域里申述自己的诗学主张，碰到同调时（如林鸿的"吾家诗"，高启的增加"自信"），会表示由衷的欢迎，而为了加强自己主张的权威性，也会举起批评的武器。但一者，这多是出于个人的意见，最多加上师说、友言，而非群体流派的立场；二者，他们批判的往往只是文学现象，而不指向某位具体的个人，即使是个人，也要么是此人已死，无法起而辩论，如对杨维桢的批判，要么此人是批评者的晚辈、弟子，只见作为教导者的老师意见，如宋濂之教育章秀才。由此，这个时期的文学流派论争主要具有如下特点。

第一，批评的现象化，同时也是模糊性。这在浙派表现最为突出，尤其是宋濂。他在元时为宋末元初戴表元所作的《剡源集序》中，猛烈批判宋代文学界和思想界的四种不良表现，称："辞章至于宋季，其弊甚久，公卿大夫视应用为急，俳谐以为体，偶俪以为用，靦然自负其名高稍上之，则穿凿经义，檃括声律，孳孳为哗世取宠之具。又稍上之，剽掠前修语录，佐以方言，累十百而弗休，且曰：我将以明道，奚文之为？又稍上之，骋宏博则精粗杂糅，而略绳墨，慕古奥则删去语助之辞，而不可以句。"① 这并不是纯粹的学术研究，而是学术思想有为的表现。对还生活在元朝的宋濂来说，宋季文风对元朝有影响，而他作为浙东学派黄溍的弟子，自有责任担当起"障其狂澜"的使命。正是如此，他的批判锋芒才不会指向具体的某位个人，而是几种影响甚大的现象，诸如以诗文钓名、求科举得利、自居高明瞧不起文学而实则空疏的假道学家以及一味奇古为文的作风，等等。

具体到诗学领域，宋濂多会列举当前诗坛的病状。《杏庭摘稿序》以

---

① 宋濂：《宋文宪公全集》卷1。

《诗经》为最高准绳，提出和平严雅的审美风格、境界，抨击当时的三种不良表现：以意气奔放自豪；造为艰深之辞；学妓女打扮媚人。① 《樗散杂言序》总结的三种不良表现则是：骋才者"大风扬沙，天地昼晦，雨雹交下，万汇失色"；纵辞者"组织事实，矜悦葩藻，僻涩难知，强谓玄秘"；惑技者"牛鬼蛇神，骋奸眩技，庞杂诞幻，不可致诘"。② 与前文相比，只是将第三种病状换成了"诞幻"。《药房樵唱序》则以"古意渐削"、"情衰"失落为着眼点，批判六种使得"诗道几乎熄矣"的诗坛现状：吴趋楚艳，哇淫；牛鬼蛇神，诞幻；霆飞霰掷，粗厉；胡呗梵吟，荒忽；伧言粤语，俚鄙；莺文蝶卉，流连。③ 也是在前二文的基础之上，加上"粗厉""荒忽"，合为六病。《霞川集序》则集中批评世间诗人的流连光景，对道德纲常和政治毫无作用，又特别批判了所谓的灵感说："世之号善吟者，往往流连光景，使人驰骛于玄虚荒忽之场；控之非有，挹之非无，至造为奇论，谓诗有生意，须人持之，不尔，便将飞去，此何为者哉？"在他看来，这实际是以诗为诗之病，乃"殊不知诗者本乎性情，而不外物则民彝者也"④。可见，宋濂在批评时，多指向流行现象而非具体的某流派个人。

王祎也大抵如此。其《练伯上诗序》批评元末"气运乖裂，士习遽卑，争务粉绘，缕刻以相高，效齐梁而不能及"的不良流风⑤。《盛修龄诗集序》批评"而今世之为诗者，大抵习乎其辞而不本于其情，故辞虽工而情则非者"的错误学诗方式，不知其实所仿效的唐诗名家都是以情为诗，而其辞不同。⑥《黄子邕诗集序》则抨击不遵循《诗经》明白易知有用传统的错误修辞方向："惟衒其才藻而漫衍华缛，奇诡浮靡之是尚，较妍蚩工拙于辞语间，而不顾其大体之所系。"并说这种错误乃自"江左以来，迄于唐、宋，其习皆然，是其为弊，固亦非一日矣"⑦。由此可知，王祎在使用疾言厉色的批评武器时，也是将对象现象化和历史化。刘基也

---

① 宋濂：《宋文宪公全集》卷37。
② 同上书，卷46。
③ 同上书，卷37。
④ 同上书，卷46。
⑤ 王祎：《王忠文集》卷5。
⑥ 王祎：《王忠文集》卷7。
⑦ 同上。

不例外。其《照玄上人诗集序》批评"以哦风月弄花鸟为能事，取则于达官贵人，而不师古，定轻重于众人"的广泛现象，《王原章诗集序》反对诗坛上盛行的"自适"作风。

至于作为宋濂嫡传弟子的方孝孺，也常使用综合列举诗坛病状的方式。其《刘氏诗序》抨击的就是"大异于古"的"近世之诗"的四种表现："工兴趣者，超乎形器之外，其弊至于华而不实；务奇巧者，窘乎声律之中，其弊至于拘而无味。或以简淡为高，或以繁艳为美，要之皆非也。"① 学的也是乃师的批判模式。

总之，浙派的批评很多都是在诗歌创作中所出现的目的、做法、风格、境界等方面的问题。对此，如果非要按这种现象去"索隐"所针对的对象，则在元末造成了极大轰动效应的铁雅诗派和强调隐逸的高启，就都有可能。但这并非浙东学派的批判意图。在重视文以明道、诗以明道的浙东学派看来，为小小的诗歌技艺而产生纷争，是不值得也没必要的。所以他们把评判的对象往往现象化、历史化、模糊化，以表明其宽阔的学术胸襟。浙东学派的传人，自应该图大，而不能停留在小小的游艺性的技术层面上。

第二，批评的自设性，往往自为论争。这以刘基作于元末的《王原章诗集序》最为典型，在关于作诗贵自适还是重刺戒的问题上，以辞赋手法自设问答，为其论诗歌创作意主讽刺辩护。首先他称赞了王原章的诗歌有"忠君爱民之情，去恶拔俗之志"，"非徒作也"。之后，就用三次问答来揭示这些当时被人忽视，而实际有所规避的得祸、疑难问题：

1. 或语予曰：诗贵自适，而好为论刺，无乃不可乎？

予应之曰：引《尚书·虞书》"诗言志"语，《诗大序》（他称为卜子夏）强调风诗的讽谏功能，化用《周礼》关于太师采风的观政功能，说明诗主论刺来自伟大的《诗经》传统，并反唇相讥："使为诗者俱为清虚浮靡，以吟莺花、咏月露而无关于世事，王者当何所取以观之哉！"

2. 曰：圣人恶居下而讪上者。今王子在下位而挟其诗以弄是非之权，不几于讪乎？

曰：仍举经过圣人删选的《诗经》体制与篇章为例，说明"出

---

　　① 方孝孺：《逊志斋集》卷12。

于草茅间巷贱夫怨女之口"的"变风变雅大抵多于论刺,至有直指其事,斥其人而明言之者。"再度反驳说:"使其有讪上之嫌,仲尼不当存之以为训。后世之论去取,乃不以圣人为轨范,而自私以为好恶,难可与言诗矣。"

3.曰:《书》曰:"惟口起羞。"昔苏公(轼)以谤诗速祸,播斥海外,不可以不戒也。

曰:引孔子"邦有道,危言危行;邦无道,危行言孙(逊)"语,并说:"王子生圣明之时,而敢违孔子之训,而自比于土瓦木石也耶?"①

虽然这段文字是出自刘基一个人的手笔,但联系到论诗主刺在历史上的稀少和所身处的元末动乱时代背景看,如果不以这样自设论辩的方式来为自己的诗学主张辩护,则此文一出,定会引起很多人的争论。这一点和宋濂等人有很大的不同,而带有刘基的个人特征。应该说,提出诗主论刺是需要个人勇气的,因此弥足珍贵,特别在此标出。②

这种问答式诗论,又见于宋濂《皇明雅颂序》、王祎《文训》、苏伯衡《空同子瞽说》等,但它们都不如刘基此篇典型。

第三,对可能引起的论争,往往采取预先回避的态度。

李志光《高太史传》说高启:"为文尚气,多辩难攻击之体。"③ 征诸高启所为的几篇诗学论文,似乎不太吻合,其盟主意识除在明初的《独庵集序》偶露峥嵘外(语气却相当和缓),之前和之后不只是淡薄,甚至是害怕,而自述甘于边缘创作的心态,何来引发"辩难攻击"?即使盟主意识比较突出的杨维桢和林鸿,在表述自己的诗派意见时,也主要是在相对狭小的场域里。林鸿说"当以是为楷式"时,语气并不绝对,何况还是在师弟子或朋友之间交流诗学意见的私人场合。杨维桢在罗列某人可入我派时,也每每是对年轻后辈讲的。

这种对可能引起的论争比较敏感的反而是在理学、事功上有积极追求的浙东派。他们论诗有一个突出特点,即断言某个时期之后即"无诗",

---

① 刘基:《诚意伯文集》卷7。
② 周群:《刘基评传》,南京大学出版社1995年版,第284—288页。
③ 高启《高青丘集》附录题为《凫藻集本传》,第994页。

或没价值，无须词费。应该说，如果单从语气上来看，是非常决断、易于引起争论的。但他们在做这样的断言时，往往会予以解释，以此来舒缓这个严峻判断所可能带来的误解。比如，方孝孺《读朱子感兴诗》一开篇就亮出"三百篇后无诗矣"的大判断，立即接上解释"非无诗也，有之而不得诗之道，虽谓之无亦可也"，之后再阐释真正的诗应该如何。① 这是承袭了宋代邵雍、朱熹等人的意见，以《诗经》为最高的价值源泉和衡量标准，作诗和论诗都要取决于它。宋濂《樗散杂言序》说《诗经》之后诗歌有三变："一变而为楚骚"，"再变而为汉魏之什"，"三变而为晋宋诸诗"。然后发问："呜呼，三变之后，天下宁有诗乎？非无诗也，诗之合于古者鲜也。"这是受到了元代后期"诗当取材于汉魏，而音节以唐为宗也"② 主流诗学的影响。而在缕述唐宋诗歌史在末期之变时，又往往使用"无足观矣"、"无以议为矣"③，这又是持政教论、观风论的观点论诗的题中应有之义。大判断之后又出以立足于自己诗派立场的解释，不给人以太过决绝的态度，这大概与他们自认为是遵守学术思想传承，"守规蹈矩，不敢流于诡僻迂怪者，先师之教使然也"④。而对可能引起争论的麻烦而又必须要讲时，则他们的处理是，像宋濂，要么先自占地步，只说自家的"豪杰"意见，不准备辩论。比如他说："世有豪杰之士知文与道非二致者，必以余说为不谬；苟非其人，则以好高尚夸尤之矣，予一听焉，无事乎辨也。"⑤ 要么预先设下陷阱，如果有人不同意他的意见，就表明不同意者其实是自甘堕落。比如他说："有讪濂陷于一偏而不可为训者，非知言者也；不加功于文者也，是胶柱调瑟尔，弗知变通者也。"⑥

第四，批评的单向性，缺乏互动的论争。这是本时期文学流派批评的最大特点。

即使当这些诗歌流派把批判的对象更加明确为某一地区非常流行的写作现象，甚至是如杨维桢、高启这样的个人，那也是因为所批判的是某某体和这些人物往往已经作古，进入了"近代文学史"，所以也不大能激起

① 方孝孺：《逊志斋集》卷4。
② 王祎：《王忠文集》卷5《练伯上诗序》。
③ 同上。宋濂《答章秀才论诗书》也有类似提法。
④ 宋濂：《宋文宪公全集》卷29《书刘生铙歌后》。
⑤ 同上书，卷26《徐教授文集序》。
⑥ 同上书，卷26《复公文集序》。

互动型的反批判。

宋濂曾著文批判了元代两种比较具体的区域写作现象。一是流行于南宋末年又在元代有所延传的永嘉四灵诗派。其言:"永嘉旧传四灵识趣凡近,而音调卑促;近代或以为清新者,竞摹仿之。濂每谓人曰:'误江南学子者,此诗也。'闻者且信且疑焉。"① 四灵诗派曾为学者叶适极力表彰,推崇为与宋诗异趣的唐味,而学唐的元人也有因其"清新"而"竞摹仿之",造成了比较大的影响。在宋濂的诗歌演变史看来,四灵之学唐,乃是政教日下、人格日卑、"驳乎不足议"的晚唐,而非"有颖悟绝特之资,而济以该博宏伟之学,察乎古今天人之变"的学识和天资。因此,他断言:"误江南学子者,此诗也。"其实这是一种在历史上很有影响的以诗观人论和以诗观政论的结合。坚持大诗文观审美的宋濂,自会将这种乱世末世之诗视为不当提倡而要予以纠正的不良风气。另一是"江南体"。其言:"间有倡为江南体者,轻儇浅躁,殆类闾阎小人骤然习雅谈而杂以亵语。每一见之,辄闭目弗之视。诗而至于使人弗之视,则其世道之甚下也为何如哉?"② 则不知其何所指云,或许就是以复兴古乐府写作为名而实际涉了正统人士所不愿看到的宫词、香奁体和咏伎诗题材等写作的杨维桢一派,"讴歌世俗生活,肯定人的欲望","讴歌女性生活,肯定男女之情"③,但宋濂并未指明。而就杨维桢与宋濂的关系而言,两人交情颇深,杨氏为宋濂文集作序,宋濂为杨作墓志铭,内中曾借他人之口,说到杨氏溢出常规的生活态度和为文作风,但宋濂都持坚决的辩护态度,并声称杨维桢乃"文人之雄"。当然,如果此"江南体"真是意指杨维桢等,则因其命名的巧妙,也不会引起什么反复论争,而这或许正是为人谦谨的宋濂所可能采取的文学批评态度。

因此,总体来看,元末明初诗歌流派争论确实缺乏明显的针对性和互动性。与他们更乐于用各种风格不同的创作来反映元代由衰及乱的末世飘零和苦闷以及喜逢新朝的喜悦和彷徨外(如刘基和高启)相比,个人和流派诗学思想的建设批判并没有完全提到文学的发展日程上来。他们主要还是遵循宋元以来的传统意见,比如理学家中朱熹的重视《诗经》和汉

---

① 宋濂:《宋文宪公全集》卷16《林伯恭诗集序》。
② 同上书,卷46《樗散杂言序》。
③ 黄仁生:《杨维桢与元末明初文学思潮》,第246—253 页。

魏之论，诗歌批评家中严羽的标举汉魏盛唐之论等。当然，按着固有的文人个性，他们仍会用自己的敏感神经偶尔或大胆或谨慎地表达着自己的诗学意见，由于思想认识和追求的不同，其间也会形成一些关于诗歌创作的本原、作用、做法和风格、境界等的冲突，如果各方面条件具备（文学的重要、流派的发展和交流的顺畅），是可能形成激烈的文学流派论争的。但在那一个朝代更迭，生命和政治比文学、文学流派更为重要的"革命"时期，这些确实存在的大小冲突，最终也由于变幻的时代烽烟和政治风云而显得如薄雾轻烟，无足轻重（当然其中也有消息的传递和批判对象的含糊问题）。人们的思想都忙着向新的大一统儒家政治转型，以跟上新的快速变化的时代节奏——洪武朝一系列的政治大绞杀和文坛的无端风波，以及建文朝的忙于削藩。

第 二 章

台阁派统制:永乐到正统的诗文流派论争

受强权政治的窃夺监视和伦理道德一统规范的强烈影响,从永乐到正统末的士大夫精神生活在表象的盛世和乐气氛下,实质却是相当压抑而沉闷。

朱棣的靖难成功,带来大批骨鲠忠节之臣和"读书种子"的纷纷消亡。如果说洪武一朝的文士之难,乃主要是"波及"①而非直接打击对象,其原因在于新王朝奠基,一方面不得不振起法制,以重典治国,情不容法,法外施杀,另方面又特别注意清除那些对绝对皇权产生威胁的武臣和权相,在其中一些无辜文人,如高启、王彝、宋濂和唐肃等,成了城门失火而被殃及的池鱼,或受牵连被杀、流放、谪戍耕田至死,命运辗转飘忽,让人感叹唏嘘。而活过建文末期的文士们的灾难,乃是士人群体人格的疾速滑落,革故鼎新的永乐朝得以实现皇叔对侄儿江山的篡夺,除了这是一场争权成功的皇室内部"家事"②,可毋庸作为读书人以所谓儒家死节名义置喙操心外,而其统治慑服人们的心理基础,则是"诛十族"、"瓜蔓抄"等惨绝人寰形式威胁下的恐怖和战栗。就此而言,以保护宗族绵延和渴望有为的名义,人格软弱的台阁派代表"三杨"们确实无可厚非。他们(包括胡广、李贯、解缙、吴溥和杨士奇、杨荣、金幼孜、黄淮、胡俨等)首先躲过了那场关于屠杀的劫难,选择了逃避死亡,顺从

---

① 陈田《明史纪事·乙签序》云:"高皇雄猜,诛戮功臣,波及文士;再经靖难之阨,海内英流,仅有存者。"第 581 页。

② 《明史》卷 141《方孝孺传》,第 4019 页。

或主动献媚新政权①。之后出于时代意识形态和行政制度建设的需要，通过辛勤努力和加倍的小心翼翼，逐步从政治活动后台的文学侍从、政策顾问，走上了帝国政治权力架构中的一个重要前台，使得具有"票拟"权的内阁成为"次君主权力层"②，成为运行了一千多年的丞相制被废除后的文官集团代言人，对王朝的政治决策和学术思想发表着他们的意见。

于是，这个时期盛行的就是以"三杨"为代表的台阁派，他们写作纯正和平、典雅纡徐的台阁体。

当然，从制度上说，"政在三杨"③的内阁在明代有一个发展过程。大抵而言，终洪武一朝，有其名而未得其实。洪武十五年十一月所谓的五殿阁大学士，同废除丞相制之后临时设置的四辅官一样，因为"帝方自操威柄，学士鲜所参决"④。身为翰林学士承旨的宋濂等人虽曾知制诰，自认为是以文辞为职的翰林中人，也还不是典型的台阁派作家。到永乐行政，内阁制度初步形成。但在名义和职责上，仍未突过洪武时翰林学士的范围。宣德后，内阁地位日益突出，开始掌握了"票拟"大权，可对很多国家大事提出处理意见。到正统时，"票拟"由阁臣"三杨"专掌，从此形成定制，就有了上述说法。阁臣开始超越部院之权，无丞相之名而有丞相之实。在明代阁权（以票拟大权为核心）成为一项政治制度后，台阁就在君主和大臣间获得了重要的枢纽位置。这种制度性的保障，使得台阁能承担各项重要的国家政治事务，从而在社会政治生活中占据除君主之外的领导地位。这个领导往往以一个集体台阁的面貌出现⑤，而内阁又与翰林院、庶吉士等有密切关系，与此相适应，典型的台阁体文学就出现了。而其影响力的明显衰降，则要到正德年间前七子派复古运动兴起之时。李东阳是明前期较典型的台阁思想作家。他自登第始就由翰林而馆阁，四十多年不出国门，其思想虽与典型台阁文学思想有距离，但总体讲，仍包蕴在台阁派中。当然，又必须指出，土木堡之变和夺门之变，还

---

① 《明史》卷143《王艮传》、《周是修传》。同书卷148《杨荣传》则说："杨荣……成祖初入京，荣迎谒马首曰：'殿下先谒陵乎，先即位乎？'成祖遽趣驾谒陵。自是遂受知。既即位，简入文渊阁，为更名荣。"第4138页。

② 谭天星：《明代内阁政治》，中国社会科学出版社1996年版，第44—45、222页。

③ （清）夏燮：《明通鉴》卷21，沈仲九标点，中华书局1959年版。

④ 《明史》卷72《职官志序》，第1729页。

⑤ 关文发、严广文：《明代政治制度研究》，中国社会科学出版社1996年版，第31页。

是使得这个时期的内阁由于其继承人员平庸或恶劣的人格素质和政治素质
而强烈动摇，加之国势的飘摇转换，以"三杨"为标志的台阁体文学风
范失去了应有的物质和思想土壤。由此作为一个文学流派的"末流""肤
廓"之弊开始显现，民间学术思想建设和批评开始抬头，为下一时期文
学流派论争提供了一些新方式。

在台阁派文学占统治地位的这段时期，其对社会生活，尤其是文化精
神生活的控制非常明显。后来明人常常提及前期台阁中人奉官小心勤政，
绝不张扬矫饰，生活方式俭朴，精神生活单纯，颇见政治怡人、理学润人
之教化功效。① 号称"东杨"的杨荣即"尝语人曰：'事君有体，进谏有
方，以悻直取祸，吾不为也。'故其恩遇亦始终无间"②。皆可揭示台阁人
员徙倚两间的依违取荣心态。因此，这个时期的精神生活，从台阁到大
众，都是贫乏呆滞的，批评的进展也是缓慢传统的，人们很少就文学和文
学观念展开正面的往复论争。颂圣颂世的和乐、满足、庆幸、自得心态洋
溢在台阁人员诗文的字里行间，"鸣盛"是主题词③。受此时代主流气氛
的控制，其他非台阁官员及在野人士，要么积极向规律化的台阁声音靠
拢，要么在自己的小圈子里发挥着诗文固有的陶冶性情、说理论道功能，
可以流于小小的义气之争，但不大会为此而产生长篇大论。

从文学流派的角度上看，虽然这个时期只有台阁派可算一个组织性很
强、统系意识和盟主意识都较鲜明的文学流派，其他以文会、唱和、诗社
的名义所形成各种的文学创作和批评活动都较为松散和随意，难以形成人
员较为固定、文学主张较为鲜明、盟主意识也比较突出的文学流派，以与
台阁派抗衡。不过，由于地域文学传统和前此文学流派作风的延续等因
素，这个时期的诗文流派论争仍有值得深入探讨的内容。

---

① 赵贞吉《刘文简公文集后叙》记："闻长老言：先朝居侍从禁林之臣，皆尚质守法，兢
兢耽僦屋以居，借马而出，酿数十钱而饮，杜门简交游，人人知慎重。循至秉用，尤避权势，远
形迹，祖法国是，心心目目，畏毫发离去，即皇恐大罪不可赦。洁清负重，不事表暴。嗟乎若
此，即文事可知已。"载《明文海》卷237，第3册，第618页。

② 《明史》卷148《杨荣传》，第4141页。

③ 冯小禄：《论明代台阁体文学"鸣盛"的渊源及缺失》，北京师范大学文学院编《励耘
学刊》文学卷第六辑，学苑出版社2008年版。

第一节 "三杨"台阁派的诗文统系和论争特点

总体来说，由于其强烈的政治性和理学性，"三杨"台阁派成员都有较强的"鸣国家之盛""鸣国家之治"的"鸣盛"意识。在古文上，主张向仁宗推崇的欧阳修文风学习，要求具有思想淳朴、内容正大、表述典则的雍容和雅、平正纤徐等特征。在诗歌上，主张向被认为是得了君子性情之正的盛唐诗歌学习，反映时代的"治世"特点，要求具有"清粹典则，天趣自然"的诗美特征。

一 台阁派古文统系的儒学政治性

自韩愈以道统论文建立文统论后，历代文人都有续写，其核心乃是文以明道，以道统文。到"三杨"时期，文统论在继续强调元末明初文人一以贯之的文以明道思想同时，又有极力鼓吹政治实用性的新特点。与文学家比，典型台阁作家的文统论显然是儒学政治型的。

如同杨士奇在为本派作家胡俨作的《颐庵文选序》，台阁派文统大体由两部分组成：1. 文章家系统，即"文学之士"系列。如司马迁、司马相如和班固等人"往往不当于经"，因此不能做汉代文章的代表，而唐、宋的文章家如韩愈、欧阳修等人则"能反诸经，概得圣人之旨，遂为学者所宗"。2. 别立而杂入文统的儒学系统。汉代董仲舒因为"治经术，其言庶几发明圣人之道"，被推为汉代文人的统率，而在宋朝，则标榜周敦颐、程颐、程颢和朱子等理学文的重要意义，称他们"笃志圣人之道，沉潜六经……故见诸其文，精粹醇深，皆有以羽翼夫经"①。这又超过了对韩、欧等人的相应评述。盖文章家在文，而理学家在道，文章家以文明道，而理学家是直接圣源经义传统，有着"体"和"用"、"源"和"流"的差别。这种在世俗的古文家系统中又加入一个性质有异的儒学家系列来作分别论述，强调"道"对"文"的统摄超越作用，宋濂《徐教授文集序》已有揭示，他从文道合一的角度，言汉代的三个文人只"得其（经书）皮肤"，韩、欧"得其骨骼"，而宋代"五夫子得其心髓"

---

① 杨士奇：《颐庵文选序》，载胡俨《颐庵文选》卷首，《文渊阁四库全书》本。

（另一个为讲"气"的张载）①。当然，如果只叙述文章家系列，则汉代上述三人自也是文章学习的典范，如杨荣《送翰林编修杨廷瑞归松江序》所开列的大名单："以谓三代而下，莫盛于汉、唐、宋，帝王之治虽曰有间，至于儒者，若汉之贾谊、董仲舒、司马迁、扬雄、班固，唐之韩愈、柳宗元、李翱、皇甫湜，宋之欧阳修、二苏、王安石、曾子固诸贤，皆能以文章羽翼六经，鸣于当时，垂诸后世。"② 就比较接近刘基、苏伯衡的系统（参前）。

在典型台阁作家的文统论中，推崇六经对后代文的统摄涵括作用，并不特别，之前坚持文统建立的作家，大都有如是认识和安排；特别是对六经的表述，更强调其政治功能和意识形态作用。他们认为六经之为"圣人之文"，是因为"能明人伦、资治道"："明人伦"是强调礼教对社会意识形态的纲维扶持，"资治道"是强调对治国安邦的建设补益，即肯定六经在政治上的"经世"作用。相对而言，明初浙东派的六经论虽也可说包含了此等内容，却因为其"其大无内，其小无外"的讲述意图，而使得政教意识要么与其他功能混在一起，要么以"至矣，尽矣，蔑以加矣"之类的话一笔带过，而并不如此耀人眼目。请看宋濂、方孝孺"其大无内"式的六经表达："凡存心养性之理，穷神知化之方，天人感应之机，治忽存亡之候，莫不毕书之。皇极赖之以建，彝伦赖之以叙，人心赖之以正，此岂细故哉？"③ "圣人之言不可及，上足以发天地之心，次足以道性命之源，陈治乱存治，而可法于天下后世，垂之愈久而无弊，是故谓之经。"④ 确实是"包括广大如斯"⑤，则经学之于"明人伦、资治道"的意识不能得到有力提讲。

是故，在"三杨"台阁派推尊的文学理论资源和经典范本里，首先是圣贤的经书⑥，其次是对经书、经术阐释的传、注、疏、解等学术著

---

① 宋濂:《宋文宪公全集》卷26。
② 杨荣:《文敏集》卷13，《文渊阁四库全书》本。
③ 宋濂:《宋文宪公全集》卷26《徐教授文集序》。
④ 方孝孺:《逊志斋集》卷11《与郭士渊论文》。
⑤ 宋濂:《宋文宪公全集》卷6《白云稿序》。
⑥ 解缙《文毅集》卷7《周金宪彦奇文集序》在以"游"论文后，也接以这样的套话："圣人之文存者，可见议论有《易大传》，叙事有《春秋》，其答问言行有《论语》，是岂有待于外哉，岂有待于外哉？"《文渊阁四库全书》本。

述，再次是有资于治国之道的史传书籍（迁、固），最后是策、奏、疏等有关政事运作的论文。需要注意的是，贾谊的纳入，不因为他是汉赋名家，而由于其《过秦论》、《治安策》等长篇政治论文；董仲舒被塑为汉文榜首，如刘基所言，是他有著名的天人三"策"，而如杨士奇等人所言，乃在其治的是经术之学，能发明理道。这些都是能与政治制度建设相联系的大制作、大手笔，是实用性的政治文体，经世、适用之文。最后才轮到真正的文学——赋、古文，如司马相如、扬雄等，还常因为炫耀文辞受到贬斥。

与明初浙东派相比，"三杨"台阁派的古文统系总体是承延其基本框架，而在解释强调时又凸现自身和时代要求：1. 在继续强调古文统系的儒学性、高扬理道对于古文的本体意义之时，映现出已经"得道"的台阁政治品格。相比之下，"犹未得位"的明初诸人仍谨守待时而效的学者品格，似乎他们讨论的主要还是一个属于学术范畴内的包容性命题，言载道传道之古文，确实具有理学修身和政治实用的属性。到"三杨"时，这不再是一个需要申辩阐述的命题，而只需处处以儒学道理和政治设施来说明即可。这只需看看他们的诗文集序，送人之官的赠序，为各级各类学校的兴建和他人的族谱、字号、斋房、做寿、挽诗所作的记、说、序等文，即不难发现这个鲜明的特点。

2. 其古文统系本身是包含了经学指导下的汉、唐、宋名家结构，而具体谈论时，却有意无意地将欣赏崇尚的重点下移到"理明文顺"的宋文①，特别是让醇正典雅、纡徐委备、富于一唱三叹情调的欧阳修文成为这个时代的主导流行风格，而他如韩、柳、苏、王，则较少得到正面奖倡的机会。这既与很多台阁派人员来自江西相关，即使仅从狭隘的乡曲观念出发，他们也会推崇本地先贤文风的典型代表欧阳修（王安石、曾巩皆为欧阳的学生，不足成为表率）②，何况欧阳文风本身即值得追踪仿效，能代表"刀礴之余，从事樽俎"，又"沐浴膏泽"③的台阁人员的处世之道和行文风格。由此，凭借他们在社会政治道德生活中的崇高地位，加上

---

① 宋濂：《宋文宪公全集》卷13《朱悦道文稿后题》。

② 吉水解缙《文毅集》卷7《西游集后序》为江西诗歌推溯古今源流，即找到欧阳修等人。其同乡邹缉《书居士外集序》则记录了他多年搜寻抄录欧阳修文集各种版本的经历，载《明文海》卷234，第3册，第590—591页。

③ 陈田：《明诗纪事·乙签序》，第581页。

当朝皇帝成祖和仁宗的推重,使得这种虽好却又难免单一的风格相当畸形地流行于世,而实际造成了这个时期古文宗法和风格取向的狭隘化。于是,雍容和畅、切合为臣之道的"欧阳体"①,则因为符合君臣相处之道而流行于那个时代。

二 台阁派作家的崇盛唐诗观

如果说台阁派诗歌有尊尚汉、魏、晋意识,主要是受了诗学史对于古诗推崇的影响,则其诗学宗奉盛唐的观念,固然也与已经形成传统、惯例的认识有关,然追论起来,还有其政治儒学身份选择的因素。

受元末明初诗学普遍崇唐抑宋元风气的影响,台阁派已有了借学唐而追古的思维和古体宗汉魏晋近体宗盛唐的实践。金幼孜《吟室记》说:"夫诗自三百篇以降,变而为汉魏,为六朝,各自成家,而其体亦随以变。其后极盛于唐,汹汹乎追古作者,故至于今,言诗者以为古作不可及,而唐人之音调尚有可以模仿,下此未足论矣。"② 即揭示这种诗学策略。杨士奇在自题诗集序时,也表露了以《诗经》为"诗之源",以《楚辞》、汉魏晋和盛唐李杜高岑孟韦诸家为"诗正派"的"泝流而探源"的诗学追求③。于是,分体而学(古体学汉魏,有时融入晋宋,近体宗盛唐)的诗歌宗尚也就形成了。如杨士奇说罗性:"诗古体宗汉魏,近体宗盛唐,书法钟元常。"④ 说陆闿:"其文章长于诗,古体宗魏晋宋,近体主盛唐,兼工书法,极力钟元常、王逸少父子。尝曰:去此非第一义。"⑤ 而杨士奇自己也有"近体以盛唐为至"的认识⑥。刘定之在谈到非台阁作家万安郭季球的诗歌宗法时,也说:"其五七言古体出入李杜,律绝则仿盛唐诸贤而为之。"⑦ 所以,刘玥《赠翰林修撰罗先生序》才说馆阁中人"为诗若文必韩、柳,必李、杜"⑧,有着一种类似世间诗人的高格追求,

---

① 黄佐:《翰林记》卷11《评论诗文》,《翰学三书》本,第139—140页。
② 金幼孜:《金文靖集》卷8,《文渊阁四库全书》本。
③ 杨士奇:《东里续集》卷15《题东里诗集序》,《文渊阁四库全书》本。
④ 杨士奇:《东里文集》卷22《罗先生传》,刘伯涵、朱海点校,中华书局1998年版。
⑤ 同上书,卷9《跋〈与右兰生往复诗〉后》。按:陆闿与弟陆颙,号"兴化二陆"。
⑥ 杨士奇:《东里续集》卷59,《书张御史〈和唐诗〉后序》言:"诗自三百篇后,历汉、晋而下有近体,盖以盛唐为至。"
⑦ 刘定之:《南郭子诗序》,载《明文海》卷259,第4册,第35页。
⑧ 刘玥:《古直先生文集》卷10,《四库全书存目丛书》本。

而这也符合朱棣的希望要求。

值得注意的是，台阁作家有着本质的诗歌"鸣盛""鸣治"意识，即有一种能与政治道德的强盛祥和局面相配合的唱赞歌、叹幸运的诗歌功用观。在这种主流意识引导下，盛唐的国势之盛、人才之隆，就与诗歌的黄金时代相得益彰。杨士奇为同派作家金坛虞谦所作的《玉雪斋诗集序》即推销这种实际已经扭曲了文学史实的诗歌想法，在典型台阁作家这个阅读主体的超强意图作用下，盛唐诗歌的多样风貌和创作心态被单一化，都有了"和平易直"的诗心和"清粹典则，天趣自然"的诗美，其"声律风骨始备"的诗歌特征反显得不那么重要。这种显而易见的"误读"，暴露的正是台阁的政治理学身份，要求诗歌具有反映强盛现实的功能。这是从政治出发，要求作诗能纳万端变化不已之"情"，而入和平温厚一致之"性"，得其"正"，斥其偏、怪、险、急、奇，这是理学对于人心"治理"的要求，对作家的修养人品提出一个理性化的规定。

对此，其同门师兄弟梁潜《雅南集序》亦有同样认识："诗以道性情，而得夫性情之正者尝少也。《三百篇》风雅之盛，足以见王者之泽者，及其变也，王泽微矣，然其忧悲欢娱哀怨之发，咏歌之际，尤能使人动荡感激，岂非其泽入人之深，久犹未泯耶？自汉、魏以降，其体屡变，其音节去古益远。至唐，作者益盛，然皆有得乎此，而后能深于诗也。"[①]这种主张诗歌要得"性情之正"，以一致归纳之"性"统制变化无常之"情"，让作品具有自然为词、感发人心的温厚和雅特征，在台阁派实在普遍得很，几乎是当时的一种套话。

再看下面这个时期并非典型台阁作家的言论：

1. 诗言志也，发于志之初矣，疑浩荡而不羁；发于之有得，宜平和而闲雅；发于志之所不遂，则或激烈而不平，或委靡而不振，吾见多矣。其或不遂而发于声诗，有和平忠厚之意，则实由乎德性所存，学力所至，得丧荣辱交于前，而不动于中，故其气和平而言自忠厚，夫岂勉强所能哉？[②]

2. 余闻诗以理性情，贵乎温厚和平，固不以葩藻富丽为尚也。

---

① 梁潜：《泊庵先生文集》卷5，《北京图书馆珍本丛刊》，第105册。
② 柯暹：《东冈集》卷3《友云诗集序》，《北京图书馆珍本丛刊》，第103册。

今观集中长篇短章春容尔雅，无斧凿痕，而理趣兼至，盖其心志坦夷，故词语浑成，而不假于雕琢也，然非学识之超迈，曷能臻于此哉！①

3. 惟诗为文之精者也，发乎情性，而止乎礼义……缘情指事，驾苏、李而凌元、白，其言慨而不激，直而不肆，殊得诗人温柔敦厚之旨，诚不负一代之名家也。

4. 君子有以涵养于中，则所感发而见诸吟咏者虽津津无穷，皆不乖乎性情之正。②

5. 咸作诗以挽之……皆婉而不迫，哀而不伤，盖得乎性情之正。③

这里集中说第3、4、5条。《青城山人诗集》的作者王璲，字汝玉，以字行，长洲人。永乐后在翰林院任职，官至左赞善，可算台阁派中人。不过他平生以才子自诩，并非理学家所奖扬的规行矩步的和平温雅类人物，与解缙等号为"东南五才子"，与闽中王偁等并称"翰林四王"，"互相矜许，遂被轻薄名"④，怎会有景泰元年任资善大夫、南京吏部尚书的萧山魏骥和翰林侍读学士、奉训大夫、兼修国史的彭城刘铉所指认的理学风度呢？至于说作挽诗也能"婉而不迫，哀而不伤，盖得乎性情之正"，则只能说是台阁派文学审美理念推扩盛行开来的结果。总之，即使是这些非典型台阁派作家在谈及诗文创作动力时，也多强调"性""礼义"对于"情"的先发统领和后期制约作用；在谈及作法、风格和境界时，又多强调自然积累式的修养为文，先君子贤人式的做人，则诗文之出自然具有君子贤人的风度，达成一种"类其为人"的审美风格和境界，而不必也不能像世间诗人文人绞尽脑汁，在诗文技法上下功夫，因为这些都是枝叶表皮。由此来看，"三杨"台阁派的诗文观又确实是以明初浙东派文学思想为基础而作了一些发展，因而落实到对一些具体审美活动的评判时，标准

---

① 王琏：《友石先生诗集序》，载王绂《友石先生诗集》卷首，《北京图书馆珍本丛刊》，第100册。按："王琏"，原刻误作"王进"。

② 魏骥：《青城山人诗集序》，刘铉《王先生诗集序》，并载王璲《青城山人诗集》卷首，《北京图书馆珍本丛刊》，第100册。

③ 罗亨信：《觉非集》卷1《追封景城伯马公挽诗序》，《北京图书馆珍本丛刊》，第103册。

④ 钱谦益：《列朝诗集小传》乙集《王宾客璲》，第166页。

和对标准的态度也很难截然划分，方式和口吻也都差不多。

三　"不激不随"：台阁派的盟主策略和论争特点

对台阁派代表人物"三杨"和同时期的其他台阁派成员而言，一方面由于听闻过洪武朝的大肆杀戮，又经历过永乐朝的斧锯生命，自身也有关于祸福生死的或长或短的系狱体验（也有人因此付出了生命的代价，参前），因此，对来自帝王的权威和政治生涯中的风波有着一种本能的"疑畏"① 惕厉心理，绝不"以悻直取祸"②；另一方面由于"投靠"当朝政治和当令理学的主动积极表现，当权的政治和理学又确实给了他们相应的物质和精神奖赏，让其位极人臣，享受着普通人难以企及"天上"光荣，譬如应制作诗赋，邀请观览皇家殿阁、园林，赐宴、赐物，赐假休沐，同人燕集等。这两种高峰体验，使得台阁中人大多有一种以矜持控制为主调的和乐、自得、幸运心理。他们一般不会大喜，因为确实有过难忘的伤痛，身边也总在发生同样的事件。不过也不会太悲伤，因为他们也确实享有了世人只能想象的"幸福"，那是一种随时在帝王目光"关怀"下，当然也是监视下的幸福。即使在比较私人休闲的精神生活、文学生活里，都受到皇上的关照，他们要感谢生活，感谢时代，感谢当朝皇帝的恩遇。说到底，台阁中人，本就是皇家之人，本质上无所谓真正的私人空间，尤其在精神生活尚处于皇权凌厉的"述朱"时代。

有这样一种随时随地需要注意态度和表情的台阁翰苑身份感，本质上是一种和平温厚、与人无害的儒家君子人格，因而他们的文学流派盟主意识自也不会太张扬，而是趋于内敛，在认可执行符合儒家理念的皇帝关于文学的意见的前提下，以一种清晰的理性心态和成熟的政治身份，来发表对于世间文学和文学流派的看法。又由于他们多崇尚欧阳修等人纡徐委备、娓娓道来的朴雅文风③，强调以理服人，以事说人，以姿态悦人，所

---

① 黄佐《翰林记》卷6《召慰》载："编修杨士奇始入内阁，每敷对，望见天颜，犹有惧色。太宗召而慰之曰：'朕知尔文学，亲擢于此，尔但尽心，勿自疑畏。'"《翰学三书》本，第74页。
② 《明史》卷148《杨荣传》，第4141页。
③ 陈文新在谈到欧阳修盟主意识时，曾说要注意其对诗学理念的娓娓道来方式，"因为正是这种传播方式，使他的诗学理念在宋代这种特殊的时代氛围中能顺利地被人接受"。对台阁派盟主策略而言，也是如此。《中国文学流派盟主意识的发生和发展》，第149页。

以虽不时会有一些具体地对下属文学人员或其他文学流派的批评意见（多是现象性的泛泛批评），却不大会引起反复激烈的论争。即使当争论真的来临，他们也多半会采取一种当时自谦（或退避）和事后“自戒”的方式来处理。

作为明前期台阁派中资历最老、修为最深和交往最广泛的代表人物，杨士奇的古文创作典型体现了欧阳修式的文风，雍容和雅，不疾不徐，评议通达，清声润人，“文章不务胜人，惟求当理”[①]，“与讲学之家骄心盛气，以大言劫伏者异欤”[②]；为人也是“从容详慎，不激不随”[③]，有自己的定见，但又不以自己的强势压人。尽管如此，其盟主意识和策略仍有所显露，这里说比较突出的几个表现。

第一，通过改作他人文章，来体现偶露峥嵘的文学盟主意识。黄佐《翰林记》曾记录了这样一个故事：“太宗在北京有白鹊之瑞，行在礼部行南京庆贺，自皇太子监国以下及五府六部例各进表。时杨士奇以病在告，监国表命庶子、赞善呈稿，殿下不怿，命尚书蹇义持以示士奇，士奇曰：‘甚寂寥，且不著题，似贺白龟、白鹿皆可。’因命改益。士奇改一联云：‘望金门而送喜，驯彤陛以有仪。’后增一联云：‘与凤同类，跄跄于帝舜之庭；如玉之辉，翯翯在文王之囿。’义以进，殿下喜曰：‘此方是帝王家白鹊！’适内使陈昂进御馔，彻以赐之，且有旨使勉进药食，早相见也。”[④] 这一方面体现了杨士奇在写作贺表等应制对上文字的深厚功力，除了能把握这类题目所要求的体式、内涵、情调，还能从修辞表达上予以实现，切题的同时又写出符合皇家身份礼仪的华贵雍容气象，所谓“帝王家白鹊”是也；另一方面也体现了杨士奇在当时文坛的领袖地位，他人之不能如此，或许是文学自身的才华、学养不足（如蹇义），或许是对皇家气象本就少有领悟体验（如庶子、赞善，这些本来服务东宫的左右春坊官员），只有在两个方面都有所储备，才可能完成上述任务。经过他的妙笔改动，上上下下确实都甚为满意，皇太子赐膳，庶子、赞善们也松了口气，皆无异议。

---

① 《四库全书总目》卷170《抑庵集十三卷后集三十七卷》评王直语，第1484页。

② 《四库全书总目》卷170《古廉集十一卷附录一卷》评李时勉语，第1485页。

③ 黄佐：《翰林记》卷8《备顾问》，《翰学三书》本，第94页。

④ 黄佐：《翰林记》卷11《撰表笺》，《翰学三书》本，第132页。

不过，同样的改作事情落到同为"三杨"之一的杨溥身上时，情况就不同了。面对陈循，虽欲有所改易，却为其愤怒所止。叶盛《水东日记》载："杨文定公（溥）最善王检讨振、张修撰益，相见辄出所作就二人评，有所改易，即乐从。公亦喜改人文字。泰和陈学士（循）当笔撰祭文，公欲有所易，陈忿然不平，见于颜色，公即已之。"①

第二，对于属下不符合台阁体规范的文学情趣，他虽不当面指责，但通过自己的实际行动予以阻止，尤其是当涉及皇太子的培养责任时。这是他自己的记录："永乐七年，赞善王汝玉每日于文华后殿道说赋诗之法。一日，殿下顾臣士奇曰：'古人主为诗歌者，其高下优劣如何？'对曰：'诗以言志。'明良喜起'之歌，'南薰'之诗，是唐、虞之君之志，最为尚矣。后来如汉高《大风歌》、唐太宗'雪耻酬百王，除凶报千古'之作，则所尚者霸力，皆非王道。汉武帝《秋风辞》气志已衰。如隋炀帝、陈后主所为，则万世之鉴戒也。如殿下于明道玩经之余，欲娱意于文章，则两汉诏令亦可观，非独文词高简近古，其间亦有可裨益治道。如诗人无益之词，不足为也。'"② 在这里，纯文学的情趣被高尚的儒家王道实用思想极为正当地剥夺了，而且还让被否定的王汝玉和被敦训的皇太子都说不出话来。因为他所言句句都在理在情，语气态度也非常委婉。对皇太子而言，这确实是出于臣为君的一片赤诚，要致君尧舜，努力实现王道，如此好心耐心，安能不默然接受？对王汝玉，他也只是以叙述事实的口吻来交代这件事情的前奏，并没有做过多的激情发挥。然其实可以想见，他是对这种行为和志趣不大满意的（"每日"之述可见），但他并没有当面指责，只是一笔带过。

按：王汝玉，长洲人。"少从杨维桢学"③。一门均善文学，有"一门三王"之说；其在翰林院供职，有"翰林四王"之说；与解缙等人，被称为"东南五才子"。其诗赋上的才华甚为时人推重，当时应制作《神龟赋》被评为第一，解缙次之，深受当时还是皇太子的朱高炽喜爱。他有着比较浓厚的吴中才人"矜许""轻薄"的气息④，则以自己擅长的赋诗

① 叶盛：《水东日记》卷3《诸公才学心量》，第27页。
② 杨士奇：《东里文集·圣谕录》，中华书局1998年版，第394页。
③ 《明史》卷152《王汝玉传》，第4191页。
④ 钱谦益：《列朝诗集小传》乙集《王宾客璲》，第166页。

之法导诱后来的仁宗，应该是事实①。当时，王汝玉供职于为东宫太子服务的詹事府之下的左春坊从六品左赞善，而杨士奇早入阁，又兼着从五品的左谕德职务，王汝玉是杨士奇的直管下属。所以可认为，这是一件虽然没有发生却实际存在的诗学理念交锋，既可看作台阁派内部的争论，又可看作还没有强大的吴中派和强势台阁派的冲突。

第三，对其他文学流派能够包容。譬如对明前期一直受理学批判的杨维桢，杨士奇能在肯定出处大节的前提下，也肯定包括《香奁》体在内的诗歌创作，其言："余又见《复古诗集》，读其《琴操》，不让退之；其宫词，不让王建；其古乐府，不让二李；其《漫兴》、《冶春》、《游仙》等题，即景成韵，使老杜复生，不是过也。而《香奁》诸作，尤娟丽俊逸，真天仙语。读此，而其他可以概见矣。窃恨生晚，不得撰丈履从后也。"该文末署"正统元年丙辰春三月初吉，庐陵杨士奇谨识"②。如此，则其在晚年对文学流派的异质作风却颇能出以一种宽容乃至赞赏的态度。大概在理学性不是太强的时候，如果能在为臣大节上无什疵病，则推举其诗歌能与古人媲美，甚至有些过分之词，也不是特别不可思议的事。盖他在评论其他当代文人诗人的取法和成就时，也往往以汉魏晋唐名家来做肯定。这种门面话，老于世故风波的杨士奇自不会不说的。

第四，面对论争的突然来临，他会想办法以君子之道来解决，事后书之以为戒惧。杨士奇即记录了洪武三十一年戊寅（1398）冬，自己因为赶路避雨而与乡下私塾先生及其主人所发生的一件趣事："有学馆教者延余坐，童子从旁诵长吉《梦天》诗，其句及字音多误。余私告教者正之，应曰：'吾受之吾师如此！'意若不怿然者。顷之，入告其主人。主人出，不复问余所从来，揖余曰：'子奈何非吾师？'余叹而不应。童子益朗诵不休。余厌闻，欲起避之，而欲不止。既久，余告主人曰：'读此汝无所用，曷如读杂字书得用也？'曰：'然。'曰：'吾以杂字与汝易此，何如？'曰：'可。'遂以钞一贯纳主人，曰：'此可得杂字十数部。'主人喜……独教者于余言终不能平。"③ 其后文记录了他事后的感慨，遗憾读错字的老师不能改过迁善，而乡下主人颟顸，不能择名师，此即其"寓

① 《明史》卷148《杨士奇传》记此事在永乐六年，第4132页。当以杨士奇自记为确。

② 杨士奇：《跋复古诗集后》，转引自黄仁生《杨维桢与元末明初文学思潮》，第329页。

③ 杨士奇：《东里续集》卷19《李长吉诗》。

戒"。本处引此，非为讨论其道理的正误，而是要借此说明典型台阁派中人对待论争的态度和策略，也像他们的为人做官，"不激不随"，有自己的原则，但又不正面冲突。

这一点，王直也有类似的表现。《水东日记》载："王抑庵先生典选，遇不如意事，好诵古人诗以自宽。一日，有新得给事中即欲干挠选法者，曰：'偶然题作木居士，便有无穷求福人。'御史有言吏部进退官不当，则曰：'若教鲍老当筵舞，更觉郎当舞袖长。'要多切中云。"① 以这样一种皮里阳秋、打肚皮官司的态度对待可能引起激烈纠纷的事件，则其对待文学批评和论争的态度和策略也就可想而知。是故在台阁体占主流的明前期，真正激烈的往复论争相当罕见。

第二节　台阁派统制下的文学流派论争

这是一个台阁化占绝对主流的时期，人们不强调论争，甚至反对论争，所以真正反复激烈的文学论争相当罕见。有的虽然发生了面对面的争论，但不是有关文学而是有关政治或艺术的，如陈登与滕用亨之争篆书事，王直之与聂大年事。有的可推测出确实发生了文学意见的对立，但并未形成事实上的论争，如杨士奇和王汝玉关于帝王为文的不同典范取向。有的涉及文学创作取向的争论，但论争的往复性却在之后的记录中变得比较简单，如"二洪"之争。有的是单方面的对于已逝文学流派人员的文学作风批判，自难激起本人的反馈，如黄容之批判高启、杨维桢、刘嵩。② 有的是关于创作成就的意气之争，只剩下一些结果记录。还有关于诗法诗统的单方面批判者。这些都缺乏具体的针对性和交锋的往复性，但反过来讲，它们也丰富了古代文学流派论争的形式，而且其背后也仍有比较深刻的文学和政治思想背景，值得深入考量。

一　"二洪"之争

此期的文人并称很多，显示了其时的文人标榜虽受到"不务胜人"

---

① 叶盛：《水东日记》卷4《王抑庵诵古诗自宽》，第40页。
② 黄容：《江雨轩诗序》，载叶盛《水东日记》卷26。详细讨论，参见冯小禄《明代诗文论争研究》，第77—93页。

和谨言慎行的时代气氛影响，但仍一有机会，就顽强表现文学易于自鸣得意、旁若无人的精神气质，而社会在品题总结时，也会出之以文人并称的传统方式。如果是当时就有的并称，则可能出现"耻名杨后，愧居骆前"之类的排名问题，涉及才华、成就和风格、取向等方面的比拼。有些今天看来或许确实无谓，而有些却值得深挖，在表面的意气之争背后，是诗学取法的争论，是时代诗学创作和标榜气氛的反映。譬如"二洪"之争。

"二洪"之争见于多条文献，以钱谦益所载最具戏剧性：

> 当时词林称四王，皆有才名，希范与闽人王偁、王恭、王褒也。而希范早入，偁最自负，推重希范，不敢以雁行进。希范尝与修撰张洪论诗，自诵所作，窃比汉、魏。张哂而未答，复自谓曰："终不作六朝语。"张曰："六朝人岂易及？无论士衡、灵运，且自视比江、沈云何？子诗傍大李门墙，犹未窥其奥也。"希范始屈服，曰："平生喜读大李诗，君评我甚当。"修撰，吴中宿儒也，作《学古诗叙》，备载其语，以为学诗者夸诞之戒云。①

希范为钱塘王洪字，张洪字宗海，常熟人，本处合称"二洪"。此处言"词林四王"为闽中三王和王洪，与朱彝尊、陈田所言为钱塘王洪、无锡王达、闽中王偁、吴中王汝玉不同，当以朱、陈二氏所言为确。②盖翰林（词林）四王和东南五才子（加解缙）的称号本为一个具有较大范围（东南）和全国性质的文学称号，将"闽中三王"合在一处，就如同王汝玉三兄弟合在一处称"翰林四王"一样不合理。③试看刘昌《悬笥琐探》的记载：

> 吉水解学士缙，天质甚美，为文不属草，顷刻数千余言不难，一时才名甚噪。时杭有王洪希范，吴有王璲汝玉，闽有王偁孟扬，常有王达达善，皆官翰林。四人者词翰流离，孟扬常谓希范曰："解学士

① 钱谦益：《列朝诗集小传》乙集《王侍讲洪》，第170页。
② 朱彝尊：《静志居诗话》，第153页；陈田《明诗纪事》，第222页。
③ 朱彝尊《静志居诗话》卷6《王璲》云："翰林四王并称，而汝玉弟璲汝器、琏汝嘉，一门又有三焉。"

名闻海内，吾四人者，足以撑柱东南半壁。"识者谓为知言。①

此即"翰林四王"并称的较早源头，谓此四人可撑起文坛的东南半壁江山。至于解缙虽也是东南五才子之一，然其"名闻海内"，已超越了区域限制，而为全国文坛的领袖人物。所以，就性质而言，东南五才子乃一全国性文学称号，具有一定的文学流派性质。五人间有密切交往钱谦益记载：

> 永乐初，（王汝玉）进检讨春坊赞善，预修大典。仁庙在东宫，特深眷注，尝与群臣应制，撰《神龟赋》，汝玉第一，解缙次之。汝玉后进，声名大噪，出诸老臣上，又与解缙、王偁辈互相矜许，遂被轻薄名。仁庙监国，宫寮多得罪，汝玉与徐善述、梁潜辈，先后下诏狱论死。②

解缙也在与成祖关于一时人才的对答中，肯定了王汝玉的文学才华，而成祖以之询问，也可见汝玉在当时辅佐东宫太子监国群臣中的声名。在应制《神龟赋》的"比赛"中，汝玉甚至超过了才气纵横、当时深为成祖宠幸的解缙（见《明史》本传）。他们之间的"互相矜许"，一班老臣如杨士奇等人心中定会暗自不满，而有了前述关于太子文学好尚的"争论"。王偁也"矜己凌人"，"修《永乐大典》时，诸儒群集，有凡例未当者，王孟扬曰：譬之欲构层楼华屋，乃计工于箍桶都料，得不有误耶？"③临死所撰《自述诔》，显得极为苦闷哀伤，解缙"尝称其人品在苏长公之列"④。

正是以这种若有若无的名气之争为背景，才有了"二洪"关于诗歌取法和创作成就的正面反复争论。在这场论争中，《诗经》之外的诗歌史实际被王洪分成了三个时段，具有不同的价值取向：汉魏，晋（陆机）和六朝（谢灵运、江总和沈约），盛唐（李白）。汉魏和盛唐得到充分尊

---

① 转引自陈田《明诗纪事》甲签卷10《王偁》，第222页。
② 钱谦益：《列朝诗集小传》乙集《王宾客璲》，第166页。
③ 陈田：《明诗纪事》乙签卷5《王洪》，第665页。
④ 王兆云：《词林人物考》，转引自陈田《明诗纪事》甲签卷10《王偁》，第222页。

重，并成为王洪自己诗歌创作的正当来源，而晋和六朝，尤其是绮丽六朝被置于批判否定的时段。这是当时最为盛行的诗歌观念，为世间各派诗人所遵守，由此也养成了以取法时段来衡量创作成就的思维定式，似乎师法的对象时段越高、典范性越强，就越能暗示学习者自身的成就。很多学习者往往因此而自得，却似乎忘记了其间实际有一个价值能否被嫁接转换的问题：学习的对象水平高并不能等于学习的效果好。常熟张洪即以此攻击钱塘王洪。结果，王洪由于被抓住了根本取法来源是李白这个不为人知的秘密而屈服。今天看来，他既是倒在了自身所持的错误诗歌创作理念上，也是倒在了作为批评家的对方目光精准上。盖一般诗人在谈及自己的风格来源时，往往对真正得力处讳莫如深，一言三避，闪烁其词。四库馆臣称王洪："杂文皆朴雅，骈体亦工，诗尤具有唐格，而不为林鸿、高棅之钩摹。"① 可见他确实在以李白为代表的唐体上下过功夫，也取得了一定成就。

而这个论争事件被儒者张洪以胜利者的姿态记录在其《学古诗叙》里，以为世人学诗之告诫，则表明了儒家思想对于世间诗学的统一诉求，与杨士奇关于太子诗学教育思想一致，意在标榜一种理性冷静的作诗态度，不以诗学而以理学、政治为最高追求。所以，即使在他们不失客观清醒的分析取舍里，也包含有儒学、政事大于文学的轻蔑态度。不过，在世间的文献记录里，儒者张洪并没有像才子王洪那样受到更多的关注，他更多是在自说自话，将这场论争引向胜利的结局。如钱谦益所言，"歌诗非其所长"，只是以"国初老儒，贯穿宋人经学。归田之后，乡邦制作，咸出其手"。② 故才会有这样的告诫。

二 聂大年与王直之争

困居下僚的临川聂大年曾讥嘲过台阁派中坚人物、贵为吏部尚书的本乡人泰和王直，能以十年不忘之心待画，却不能以此心待天下遗才；不过临死时又求王直为自己作墓志。此事最早见载于刘昌《悬笥琐探》，之后姜南《蓉塘诗话》卷七、钱谦益《列朝诗集小传》和《明史·文苑二》都有载录，只是态度略有不同。

_____

① 《四库全书总目》卷 170《毅斋诗文集八卷附录一卷》，第 1483 页。
② 钱谦益：《列朝诗集小传》乙集《张修撰洪》，第 175 页。

　　王文端公直尝以诗寄钱塘戴文进索画，且自序昔与文进交时，尝戏作一联，至是十年而始成之。临川聂大年题其后曰："公爱文进之画，十年而不忘也。使公以十年不忘之心，待天下之贤，则天下岂复有遗才哉！"语亦稍闻于公，公置之不省。后大年举为史官，困于逸议，卧病逆旅，自度不可起，乃使所亲投诗于公家，中二联云："镜中白发难饶我，湖上青山欲待谁？千里故人分橐少，百年公论盖棺迟。"公得诗泣下曰："大年余吾铭其墓耳！"明日而大年卒，公为墓志，有曰："吾以大年之才必能自振，故久不拟荐，而乃止一校官耶！"大年之言固为正论，公不以为意，至泣而铭其墓，真所谓休休有容者矣！①

此事起于求画，终于墓志，中间也无具体的文学意见论争，却涉及在台阁派一统天下之时，所显现出的文学下层人士的生存状况，以及几乎出于阶层本能的对位居朝廷中枢、掌握升黜之权的高层文官的反感。

　　按《明史》本传，王直为永乐二年（1404）二十八位庶吉士之一，进入翰林院供职。仁宗即位迁侍读，进侍读学士、右春坊右庶子。宣德初，进少詹事。正统三年，进礼部侍郎兼侍读学士。自正统五年后在高级管理部门任职，八年升任有选拔荐举任用之权的吏部尚书。景泰元年加太子太保，进少傅、太子太师。英宗复辟，乞休。天顺六年卒。而聂大年的情况是，擅长诗文书法，在当时可称名士，所以才可能在戴文进为王直所作画上题词，叶盛推举其诗为"三十年来作家绝唱也"②。然科场一无所得，在非进士不得入翰林、非翰林不得入内阁的明代官场中，只能蛰居清寒的下层教官之职。直到宣德末年才因为才学突出，受人推荐为县学的初级教官——仁和训导，之后升仁和教谕，迁常州教谕。"景泰六年，征诣翰林，修《实录》，卒于京师。"③ 由此可以想象，他在看到身为吏部尚书高官的王直居然为一幅画而耿耿于怀十年，虽是出于对戴画的推崇之诚，

---

　　① 刘昌：《悬笥琐探》，转引自陈田《明诗纪事》乙签卷22《聂大年》，第916页。

　　② 叶盛：《水东日记》卷4《聂大年警句》，第41页。

　　③ 钱谦益：《列朝诗集小传》乙集《聂教谕大年》，第193页。姜南《蓉塘诗话》卷7《聂大年》，景泰六年作景泰八年，周维德辑校《全明诗话》本，第778页。然张廷玉等《明史》卷286《文苑二·聂大年传》，亦作景泰六年卒，第7340页。则以景泰六年为是。

却不免因此想到自己的卑微处境，而指责王直辜负了为国选才用才的为官职责，以致自己虽才华横溢，却难得晋身之阶，生计艰窘，前途渺茫。这又和他自署桃符时的心态相符："文章高似翰林院，法度严如按察司。"①对社会的严重不满，导致他不自觉地流露出与台阁派争文学盟主的冲动。但这种冲动和不满并不可能真正实现，其临终仍求王直为自己一生作盖棺定论的墓志文，就说明其时的文权仍丝毫无损地掌握在台阁派手里。文权的革命性下移要到一个广泛团结与台阁派作风迥异的群体——前七子派——崛起之后。

值得注意的有这样几点：第一，聂大年的泄愤之言传到王直耳中，王直的态度"不怒亦不荐"，虽未狭隘到出手报复，但也未开阔到施以援手。而在聂大年的临死求文时，王直也不无动情地为自己没能及时援拔而遗憾，博得了刘昌等人"休休有容"的评价。这是为台阁当权人物的典型遮饰之语。"公正"的《明史》只说"遂为之志"②。当然，从另一角度讲，其能不报复，已属难能可贵。只是聂大年的仕途偃蹇，遏抑他的不是王直，又会是哪位"达官"，还是整个被他嘲讽的翰林院和官僚体制？才士的作风是不受社会主流认可的。第二，为何聂大年临死仍托王直作墓志文呢？这就与台阁派在当时文坛的独占性地位密切相关。对于明人来说，他们已经形成一种观念，那种立在墓前、昭示主人生平的墓志文，一定要请达官贵人为之，才足以为死者增重。罗玘《馆阁寿诗序》言："有大制作，曰：此馆阁笔也。有欲记其亭台，铭其器物者，必之馆阁；有欲荐导其先功德者，必之馆阁；有欲为其亲寿者，必之馆阁。"③王直在翰林院工作二十多年，又是现任吏部尚书，是当然的最佳人选，何况他们之间还有"不打不相识"的缘分？聂大年也未能免俗。第三，王直对待这个本来很容易引发激烈争论的文学事件，以一种"不怒亦不荐"的折中方式使其烟消云散，则很能表明台阁派对待论争的消极态度。他们讲求的是"休休有容""冲融雅饬"的"君子"④、宰臣风度。

---

① 叶盛：《水东日记》卷5《聂大年署桃符》，第51页。

② 《明史》卷286《文苑二·聂大年传》，第7341页。

③ 罗玘：《圭峰集》卷1，《文渊阁四库全书》本。

④ 朱彝尊：《静志居诗话》卷6《王直》，第160页；陈田：《明诗纪事》乙签卷8《王直》，第721页。

第 三 章

渐趋紧张:景泰到弘治的诗文流派论争

从文学思潮发展变化的角度讲，由景泰到弘治初确实处于台阁文学思潮和复古文学思潮这两个高潮之间，创作和思想都具有过渡期的特点。[①]

往前说，以政教伦常为意识形态要求、以雍容和雅为审美典范的台阁派文学至此期虽仍占据着文坛主流，内阁预机务的政治基础也仍存在，阁臣和翰林院、坊、监以及各部门高级文官也仍继续按着职能身份的思维惯性，发表着台阁腔调和台阁的风格，但由于正统十四年的土木堡之变以及随后发生的代宗登基，皇太子废立和夺门之变等事件，而使得原本就依赖阁臣与皇帝或太后的长期配合、并不十分牢固的政治基础变得风雨飘摇。国势、皇权的不稳，阁臣的投机与匆遽更换，让景泰、天顺时期帝国的政治伦理再也没有太平盛世之相，于是相应的"歌德"调子除了在应制应景等特殊场合由应职官员发表外，再难成为人们包括台阁体文学的主创者们在内的思想和情感波流。成化二十三年的社会政治生活总体来说倒比较稳定，但"垂拱天子"、"万岁阁老"[②]、"纸糊三阁老、泥塑六尚书"[③] 等戏言和民谣的出现，却显露了上层集体昏聩的真相，政事和文化均乏善可陈，再难重现"三杨"时期的精明雍雅气象。至于成化初年发生的"翰林四谏"事件本身，又在一定程度上意味着一个朝代的学术和思想积累到百年左右，无论其上层统治如何注意其强权政治的严苛和意识形态的灌

---

① 廖可斌:《论明代景泰至弘治中期的文学思潮》,《杭州大学学报》1991 年第 3 期;罗宗强:《论明代景泰以后文学思想的转变》,《学术研究》2008 年第 10 期。

② 《明史》卷 168 《万安传》,第 4523 页。

③ 同上书,第 4528 页。

输，也会从旧的传统壁垒中生发出新的生活态度和思想火花。"述朱"学派的正向发展能充分发挥社会中坚层的原始儒学精神，如罗伦批判李贤的夺情起复，即是对人伦大常的根本遵从，而庄昶等三人的拒绝歌颂粉饰时代，也是对人臣正直修为的起码强调。而反向发展，则会带来陈献章的江门心学，从理学的黑房间开出一扇追求潇洒"自得"风貌的小窗，追寻孔颜乐处情怀和光风霁月的理学家气象，为沉闷的学术界带来一些新鲜空气。

往后讲，这个时期的台阁风范虽已和社会现实有些貌合神离，台阁派自身的文学写作和思想也发生了一些蜕变，开始透露出对社会生活的思考和个人思想感情的抒发，但其为大一统皇权专制服务的根本性质和以"文学"为职责的翰林台阁制度却没有改变。这个时期的台阁派依然延续前辈们已经形成固定传统的应制、集会、唱和作风（如李贤的赏花唱和），翰苑风流仍在传响（如柯潜的学士柏、学士亭等），翰林院庶吉士也仍在继续培养。到弘治时，随着吴中士人凭借其博雅学风和文学才力再度在科场和翰苑集体崛起，而与以李东阳为中心的各方人士共聚京师，台阁文学再度兴盛，这就是以李东阳为首的茶陵派。至于李东阳成为事实上的文学流派盟主，可以其弘治八年入阁为标志。这个全国性的文学流派，在追求宽博正大又不失风雅流丽的文学写作中，本身就有极强的分段学习经典文学体制、声调的复古因素，为弘治、正德之交出台更为高标卓著的诗文宗法准备了文学思想和文学训练条件。只是由于郎官们的"意外"崛起，而让文权历史性地下移到了郎署，从此明代文学史叙事的主要角度就集中到了台阁人员以外的郎署、外省、举人、山人身上。

总体上看，本时期文人结盟意识较元末明初有所增强，文人并称、文学集团和文学流派在数量和质量上有所提高①，追求思想自由、极力彰显个性的风气也日渐变浓。不过，自觉的文学流派意识仍不够充分，尤其是各诗派的盟主意识并不鲜明。而这就导致本时期的文学流派即使进行正面的文学批判，也缺乏较为明显的现实针对性。如以胆大狂放著称的桑悦，

69

在反一体化的和平论诗腔调时，也没有明确其反对的对象就是其时盛行的台阁派；而他明确的批判对象，实际是指向已经成为历史的诗论著作，如元代杨士弘的《唐音》和高棅的《唐诗品汇》。由此，在这个时期公开的激烈的文学流派论争仍然较少。文学流派内部和彼此之间的关系大体上和平友好，即使存在个性追求、风格取法和人生立场的差异，人们也常以一种看不见的交流方式取得一种和平过渡，以达到最终的共融。流派内部的可能论争，可以内结外扩的吴中派为例。其成员往往都有比较鲜明独特的文学表现手法，放在其他时间和地方，即很容易成为冲突的基础，然在吴中，却是同年龄段之间相互欣赏鼓励，不同年龄段则前代扶持后代，形成一种个性鲜明而关系友善的文艺氛围，几乎没出现什么严重的内部纷争。这或许要感谢吴中人既追求个性又渴望宽博的区域艺术气氛。即使他们中的某些人中第为官、离开吴中，进入更为广阔复杂的思想文艺圈子，也不曾鄙薄过自己的文化出身地，留守者也因为他们的文化融合、扩大了本地影响而引为骄傲，将其塑造为代表本地文化的楷模以激励后人，如他们对待吴宽、王鏊等人。流派之间的可能论争，则可以来自吴中的吴宽、张泰、陆容、陆釴等人为例，他们在进京为茶陵派成员的过程中，应该有过诗文风格转换，最终实现与李东阳及其他茶陵派成员的共识共守，这其中就有多方的思想交融的因素。

当然，时代思想的积累发展和转向变异到底还是给这个时期的文学流派打上时代的烙印，正面的文学流派批判虽不多见，然牵涉文学的事件却屡屡发生：理学的尊崇带来了对内阁大臣为臣之道的强调，于是有翰林人员罗伦上疏反对台阁大臣李贤的夺情起复，为此引发宪宗朝初期引人注目的"翰林四谏"事件。而强调群体价值的一体化"述朱"时代又开了一扇小小的追求个体受用的心学之窗，以其与程朱理学有别的人生价值追求和心学风貌显示，煽动起一股新的诗学潮流，导致陈庄体的性气诗派广泛流行于思想界和文学界。由于其与隐逸（"山林"）诗歌传统的关系密切，事实上造成了诗歌界里台阁派和山林派（加上苏州府吴中派）的朝野分离，使得融合台阁、山林成为这个时期的重要诗学命题，这在茶陵诗派身上表现得尤为明显。虽然诗歌界对此并无明显的人事冲突（李东阳与陈献章、庄昶、沈周等人保持了相当友好的相互欣赏的朋友关系），但来自政界的台阁重臣丘濬压制性气诗派领袖庄昶事件，却可理解为此时的文学背景，这也是政治斗争牵涉文学人物的典型例子。由于陈庄体与宋代诗歌取法的关系密切，事实上也造成诗歌界关于取法的争论，并由此丰富了这个时期的唐宋元三朝诗合论的考察角度和内容，更重要的是，它为下一个文学复古时期提供了批评的标靶。

也就是说，这个时期存在诸多隐性论争因素，只是没有上升到显性的文学流派论争层面，文学思想冲突被以一种折光和聚光的方式反映了这个时期的文学流派论争。因此，我们也就以折光和聚光的方式来进行考察描述、分析阐释。

第一节　台阁派内部的政治、文艺斗争："翰林四谏"事件分析

这次"翰林四谏"事件发生在成化二年（1466）和三年（1467），被记录在《明史》卷一七九各相关人物本传里。且《章懋传》明确将章懋（1437—1522）在成化三年冬为翰林院编修时，为谏阻"宪宗匠以元夕张灯，命词臣撰诗词进奉"一事，与同官黄仲昭、检讨庄昶一起上疏谏阻，结果以"妄言"罪，"并杖之阙下，左迁其官"，而与成化二年五月以言内阁首辅李贤夺情起复事被黜，刚成为状元修撰仅二月的罗伦，并称为"翰林四谏"，且被说成是当时就有的称呼。① 可见这两个连续发生在新进翰林院官员与内阁大臣、皇帝的矛盾事件在当时的巨大影响和人们对"翰林四谏"群体形象认识的同一性。

这四个人被放在一起是有道理的：一是罗伦和章懋等三人所谏具体对象虽不同，却都指向了过去被认定为陈规旧法、"祖宗故事"的大事和作为人伦根本的孝道，只是罗伦批评的是台阁重臣的尽孝问题——"为君者，当以先王之礼教其臣，为臣者当据先王之礼事其君"②，章懋等三人暗指的是皇帝的尽孝问题，表面上却表现为认定翰林官员的文化职责不在诗词等琐事上，拒绝一向以为正当的点缀欢乐的元宵诗词应制。四人都没使用什么先进前卫的思想武器，只是凭着一股新进翰林官员的政治热情，

---

① 《明史》卷179《章懋传》，第4751页。弘正间姜南《蓉塘诗话》卷4即首载此事，《全明诗话》本，第752页。

② 黄宗羲：《明儒学案》卷45《诸儒学案上三·文毅罗一峰先生伦》，沈芝盈点校，中华书局 2008 年版，第 1071—1072 页。

用最为熟悉，也是主流社会所灌输的主流意识形态，甚至"教条"去真正地思考了一些人们已习惯成自然的大小事情，是否与所受的家庭伦理教育和国家制度所预设的翰林官员职责使命相符合，并且将思考结果以人臣尽忠最常用的方式——上疏——表达出来，结果却戳穿了广泛流行于大臣和皇帝的政治生活中的虚伪和荒谬，而难逃受杖被贬。

二是此四人乃同年进士，都是科场上和仕途上的得意者。他们都是成化二年进士，罗伦廷试第一，直接授官翰林院修撰（从六品），章懋会试第一，与黄仲昭、庄昶等又考选为庶吉士，散馆后与黄仲昭同授翰林编修（正七品），庄昶为翰林检讨（从七品），都是为人艳羡的官品不高却门第清华、前途远大的翰林院官员，如一路平稳，则很可能成为台阁重臣。史言："成祖初年，内阁七人，非翰林者居其半。翰林纂修，亦诸色参用。自天顺二年，李贤奏定纂修专选进士。由是非进士不入翰林，非翰林不入内阁，南、北礼部尚书、侍郎及吏部右侍郎，非翰林不任。而庶吉士始进之时，已群目为储相。"① 这四人正在天顺二年以后。

三是四人上疏进谏后，都被贬官。之后或辞官终身不出，或多年后方出，而出也以求退为急。罗伦谪为福建市舶司副提举，"明年召复原职，改南京。居二年，遂不复出……十四年卒，年四十八"，嘉靖中"追赠左春坊谕德，谥文毅"。章懋贬为临武知县，以人论救，"改南京大理左评事。逾三年，迁福建佥事……政绩甚著。满考入都，年止四十一，力求致仕……家居二十余年"。弘治十六年出为南国子监祭酒，正德二年辞归，"世宗嗣位，即家进南京礼部尚书，致仕……赠太子少保，谥文懿"。黄仲昭谪湘潭知县，在道，改南京大理评事。连遭父母丧，服除，不出。弘治元年，除江西提学佥事，"久之再疏乞休，日事著述"。庄昶谪桂阳州判官，寻改南京行人司副。居三年，连丁父母忧，"丧除不复出。卜居定山二十余年"，弘治七年方复官。

四是他们都有较强的理学或心学色彩，热衷明理讲学，这在明代可谓开风气之先。辞官还乡后，四方学者仰其高风，从学者甚众，罗伦人称一峰先生，章懋称枫山先生，黄仲昭称未轩先生，庄昶称定山先生。就中，

---

① 《明史》卷70《选举志二》，第1701—1702页。

唯庄昶"生平不尚著述，有自得，辄见于诗"①，表现出与陈献章虽不完全契合却又相通的诗学和心学思路："以无言自得为宗，受用于浴沂之趣，山峙川流之妙，鸢飞鱼跃之机，累见源头，打成一片，而于所谓文理密察者，竟不加功"②。这说明他们当初上疏虽可能是出于一时的政治热情，却并非心血来潮，而是有一个严肃深刻的思考过程，接下来的辞官之举，讲学之倡，即延续了对官场惯例的思考和对天理人心、出处之道的把握。

还有一个更为具体的、对台阁翰林文学的官僚体制和职责进行反思的章懋等三人的上疏内容，值得深入分析。此据《明史·章懋传》将疏文大意录于下：

> 顷谕臣等撰鳌山烟火诗词，臣等窃议，此必非陛下本怀，或以两宫圣母在上，欲备极孝养奉其欢心耳。然大孝在乎养志，不可徒陈耳目之玩以为养也。今川东未靖，辽左多虞，江西、湖广赤地数千里，万姓嗷嗷，张口待哺，此正陛下宵旰焦劳，两宫母后同忧天下之日。至翰林官以论思为职，鄙俚之言岂宜进于君上。伏读宣宗皇帝御制《翰林箴》有曰："启沃之言，唯义与仁。尧、舜之道，邹、鲁以陈。"张灯岂尧、舜之道，诗词岂仁义之言？若谓烟火细故不足为圣德累，则舜何必不造漆器，禹何必不嗜旨酒，汉文何必不作露台？古帝王慎小谨微必矜细行者，正以欲不可纵，渐不可长也。伏乞将烟火停止，移此视听以明目达聪，省此赀财以振饥恤困，则灾祲可销，太平可致。③

疏文包括两个内容：一是君道和臣道问题。皇帝为尽孝道，特举行元宵灯火，征集翰林官员写作鳌山烟火诗词，以怡悦两宫圣母。如此兴师动众、大造欢乐声势的举动在章懋等三人看来，与当时国家局势的动荡不安的气氛极不协调。按他们的理解，这是一个四海多虞、天下堪忧的时代。作为

---

① 以上见《明史》卷179《罗伦传》、《章懋传》、《罗仲昭传》、《庄昶传》，第4750—4754页。

② 黄宗羲：《明儒学案》卷45《诸儒学案上三·郎中庄定山先生昶》，第1078页。

③ 《明史》卷179《章懋传》，第4751页。

帝国的最高领导人皇帝和两宫圣母，应该承担起君道责任，以四海赤子为心，为天下人之父母，扫平叛乱，拯救灾民，而不应制造安定祥和的节日气氛来粉饰太平。三人实际是在重提古老的君道问题，即："德为善政，政在养民。"① "君人者，国之元，发言动作，万物之枢机。枢机之发，荣辱之端也。失之毫厘，驷不可追。故为人君者，谨本详始，谨小慎微。"② 作为治理天下、惠泽万物的君主，应该注意表率天下，育养人民。与此相应，是臣道问题。作为一个真正忠于君主的正直臣子，即使按明太祖朱元璋的看法，也应是"虔恭不殆"③，"在内则和而不同，在外则不避权势，所以上昭君德，下福黎民"④，坚持"修身洁己，静性存公……然后匡君未善，以治生民"⑤。臣谏君，君纳谏，这才是真正的君臣相须相待之道："臣不谏君，是不能尽臣职，君不受谏，是不能尽君道。臣有不幸，言不见听，而反受其责，是虽得罪于昏君，然后有功于社稷人民也。"⑥ 于是三人决定不"曲学阿世"，而要以所受的皇帝鸿恩和翰林院庶吉士的精英教育，以《六经》孔孟之道为思想支撑，谏劝君主停止烟火浪费，移以救民于水火，消灾祲，致太平。

二是翰林官员的岗位职责问题。作为皇帝近侍的"内制"官⑦，明代翰林院体制一开始就与备皇帝顾问、参与朝廷大事的议论决策相关，是帝国内廷一个重要组成部分。在朱元璋废除长达一千多年的丞相制度后，翰林院官员更变成了辅助皇帝决策的内阁大学士的重要来源，而受到历任皇帝的重视，赋予了他们更多的官员的和文化的职责。其中最为重要的一点，就是章懋三人疏文所申明的"翰林官以论思为职"的议政、参政功

---

① 孔颖达等：《尚书正义》卷4《大禹谟第三》，李学勤主编《十三经注疏》，标点本，北京大学出版社1999年版，第89页。

② 董仲舒：《春秋繁露义证》卷6《立元神第十九》，苏舆义证，中华书局1992年版，第166页。

③ 朱元璋：《劳翰林承旨宋濂》，载钱伯城等主编《全明文》卷7《朱元璋七》，上海古籍出版社1992年版。

④ 朱元璋：《谕建阳知县郭伯泰县丞陆镒敕》，《全明文》卷25《朱元璋二十五》。

⑤ 朱元璋：《谕太师李善长敕》，《全明文》卷7《朱元璋七》。

⑥ 余继登：《典故纪闻》卷2，中华书局1981年版，第20页。以上参张兆裕《明代的政治思想》，载张显清、林金树主编《明代政治史》，广西师范大学出版社2003年版，第1046、1064页。

⑦ 关文发、颜广文：《明代政治制度研究》，第103页。

能（包含劝谏功能，所谓"言责"），而非"供奉文字"的文学歌颂功能（包含典试、编史等文化功能），虽然后者也是作为文学侍从、御用文人不能回避的职责之一。当社会现实飘摇动荡，举目疮痍，与发自内心的咏歌太平、倾诉欢乐的感情完全相背时，帝王还要求翰林官员制造诗词，粉饰太平，愉悦君上，哪怕是为着最为崇高朴素的孝道，翰林官员也应该鄙薄之，拒绝之，不承担这种实际是愧对君主、愧对社稷人民的职责。

　　不过，话又说回来，这是章懋等人站在其未来的翰林院高级官员殿阁大学士的岗位职责，而并非其当时所担任的编修、检讨的史官的职责。试看《明史·职官志二》对他们各自执掌的介绍："（翰林院）学士掌制诰、史册、文翰之事，以考议制度，详正文书，备天子顾问。凡经筵日讲，纂修实录、玉牒、史志诸书，编纂六曹章奏，皆奉敕而统承之。诰敕，以学士一人兼领。大政事、大典礼，集诸臣会议，则与诸司参决其可否，车驾幸太学听讲，凡郊祀庆成诸宴，则学士侍坐于四品京卿上。""史官（即修撰、编修、检讨等）掌修国史。凡天文、地理、宗潢、礼乐、兵刑诸大政，及诏敕、书檄，批答王言，皆籍而记之，以备实录。国家有纂修著作之书，则分掌考辑撰述之事。经筵充展卷官，乡试充考试官，会试充同考官，殿试充收卷官。凡记注起居，编纂六曹章奏，腊黄册封等咸充之。"① 再对比明人黄佐《翰林记》的介绍："学士之职：凡赞翊皇猷，敷敕人文，论思献纳、修撰制诰书翰等事，无所不掌。侍读学士之职：凡遇上习读经史，则侍左右，以备顾问，帅其属以从。侍讲学士之职：凡遇上讲究经史亦如之。侍读、侍讲，视侍读学士、侍讲学士，凡入侍，其职亦如之……史官之职：修撰掌撰述，编修掌纂辑，检讨掌检阅，凡史事俾专掌焉。"② 可见以"论思献纳""备天子顾问"，以文字（撰述制诰、书翰）为业的，确实是翰林院最高官员——学士才有的职掌。

　　然章懋等人也没错，一方面，史官确为翰林院学士的论思、文字工作做了大量准备，说他们以此为业并不为过；另一方面，作为翰林院官员，是应将最高长官的任务当成本单位的最高职责。于是在疏文中，宣宗皇帝宣德七年六月所御制的《翰林院箴》就被章懋三人抬出来，作为对所有翰林院官员的普遍要求和最高指示："启沃之言，唯义与仁；尧舜之道，

① 《明史》卷73《职官志二》，第1786页。
② 黄佐：《翰林记》卷1《职掌》，《翰学三书》本，第3页。

邹鲁以陈。词尚典实，浮博是戒。谋议所属，出愆于外。心存大公，罔役
于私。昔人四禁，汝惟励之。献纳论思，以匡以益，以匹前休，钦哉
无斁。"①

最后，值得深入分析的是翰林官员对待写作应制歌颂诗词的态度，以
为："张灯岂尧舜之道，诗词岂仁义之言？"将诗词与尧舜之道、仁义之
言截然分开，断断以为诗词无用。此言与章懋尚实用不尚创造的为学倾向
一致："懋为学，恪守先儒训。或讽为文章，曰：'小技耳，予弗暇。'有
劝以著述者，曰：'先儒之言至矣，芟其繁可也。'"也与庄昶"不尚著
述，有自得，辄见于诗"相通，盖表现理性自得的诗里有尧舜之道、仁
义之言。这种强悍武断的文学功能认识，可说既有深远的历史传统，特别
是理学兴盛后，强调政治道德的实用功能而否定文学的载道言志功能便甚
嚣尘上，流为一般的道学腔调。又可说与翰林院的体制特点有关：翰林院
本是一个政治、学术、文化色彩十分浓厚的中央机构②，其官员的儒学角
色非常自觉，对于多数不切实用的文学有一种"天然"的歧视。之前就
曾发生过杨士奇对热衷诗赋的王汝玉的排斥，而以"诗小技，不足为
也"，倡导一种典则正大、有益政体的经政文风（参本书前文）。

但章懋等人的前辈，包括排斥文学家王汝玉的杨士奇，也都做过数量
不少的应制诗文辞，歌颂各种大型节日活动、滂沛洋溢的皇家恩德以及安
泰祥和的盛世气氛，其中即包括章懋三人所反对的元宵鳌山灯会③，然而
他们一定都是以一颗真诚不欺的心，抱着真实客观的态度去反映自己眼中
的社会现实，其中就没有一点假借粉饰、自欺欺人吗？关于这一点，今人
多以为那是歌功颂德、粉饰太平的御用文人之所为，并不一定是真实的反
映，然而杨士奇们为何不也以同样的名义去拒绝呢？尤其切实的是，除章
懋三人外，其他翰林同僚也没有以同样的理由来慷慨陈词、严肃拒绝这项
"光荣"任务，这又当如何解释？

这就与他们各自的人格追求选择有关了。查三人的同年进士文集，发
现属茶陵诗派的程敏政所作的《篁墩文集》中即有作于是年的《元夕灯

---

① 黄佐：《翰林记》卷1《职掌》，《翰学三书》本，第6页。
② 唐金英：《明代翰林群体的社会文化功能》，载吴琦主编《明清社会群体研究》，中国社
会科学出版社2009年版，第130页。
③ 以杨荣《文敏集》为例，卷1即有《元夕赐观灯》、《上元赐观灯》诗五古一首、七古
二首、七律九首，元宵词五首（《瑞鹤仙》、《满庭芳》、《应天歌》、《醉蓬莱》、《画堂春》）等。

诗十首应制》,分题为《起火》、《牡丹》、《金莲》、《木香》、《石竹》、《玉簪》、《古老钱》、《蝶恋花》、《飞火》、《金菊》。① 就是说,在章懋三人拒绝的时候,程敏政却欣然赋笔。其作于成化乙未(1475)的元宵观灯应制诗有云:"五朝故事传来久,乐与民同上元酒。想像先皇得众心,尚有灯词播人口。太平喜是百载过,边燧不惊天气和。古来张弛皆有道,实心一日非为多。"② 此诗与章懋等三人疏文所言的事实和感受不同,完全是一幅太平盛世的欢乐祥和气象。难怪陈田在节录《明史·章懋传》上述文字,又引录程氏乙未灯诗说:"未免近于迎合上旨矣!"③ 需说明,这段按语是陈田在引录了杨慎一段关于章懋三人不撰元宵词事件的议论文字而作出的。基于不撰元宵词的后果,往往是"别开倖门",杨慎以为还不如在歌颂的"丽语中寓规谏意",方是不得不应制作诗文辞时的正确选择。而且他本就认为文武之道,一张一弛,翰林官员遇佳节好日,撰作精致美丽的文字以表达欣悦之情,即使圣人也不会非议,宋代诸位前贤亦早有此先例。则陈田的意思是,程诗并没有按后来杨慎的理解去做,而只是根本不顾社会现实,一味阿谀取容,迎合君上私欲,不在诗中寄寓正当的政治讽谏了。这确实反映出程敏政等人与章懋三人的人格和人生追求的不同。

平实而不任褒贬言,自小就以神童荐的程敏政对于作颂圣诗是不陌生的,之后到弘治朝,也仍对孝宗的光顾经筵、道先生辛苦而感激涕零,作诗纪之。④ 大概在程敏政看来⑤,应制作元宵诗实在是一个可以炫耀其赅博学问和文学才华的大好机会,他不会错失良机。何况,在之前完全不能说是太平盛世的景泰、天顺之际,也仍有许多的台阁翰苑人物歌颂他们臆想或管窥出来的太平盛世,程敏政这样做,也不算多么丢人。值得补充的是,程敏政乃成化二年的榜眼,直接授官翰林编修。但"翰林四谏"的

---

① 程敏政:《篁墩文集》卷62,《文渊阁四库全书》本。

② 同上书,卷64《成化乙未元夕观灯应制》。

③ 陈田:《明诗纪事》丙签卷5《黄仲昭》,第1008页。

④ 参陈田《明诗纪事》丙签卷5《程敏政》所引《殿阁词林记》及所作按语,第1000—1001页。

⑤ 其诗文集《篁墩集》,《明史·艺文志》著录为一百二十卷,陈田《明诗纪事》著录为九十三卷,可谓卷帙浩繁。或许正是这个偏于自恋的文化性格特点,才让可能并非荣耀的"元夕观灯应制诗"留存,让今人可以比较在同一个事件上的不同看法、做法。

人格表现则大为不同，虽然他们学的都是圣贤书，走的都是儒者路：罗伦"为人刚正，严于律己。义所在，毅然必为，于富贵名利泊如也"①；章懋清高如鹤，具有独立的学者品格，在庶吉士馆时，就敢于不按常规出牌，不按上司的意图写作颂扬的诗赋，而是揭破不同人等的苦乐不均，所谓天下太平，和平共享，其实乃是骗人骗世的假话②，"既归，屏迹不入城府。奉亲之暇，专以读书讲学为事，弟子执经者日益进。贫无供具，惟脱粟菜羹而已。四方学士大夫高其风，称为枫山先生"，"通籍五十余年，历俸仅满三考。难进易退，世皆高之"③；黄仲昭"性端谨，年十五六即有志正学"④，之后也一直坚持；庄昶"自幼豪迈不群，嗜古博学"⑤，贬后不久即辞官归隐二十余年。

总之，"翰林四谏"事件在成化初年发生，确实深刻反映了那个时代人们社会价值观念的分崩离析，标志着台阁派在政治道德和文艺理念上的种种内部斗争及未来的文艺思想走向。它告诉我们，即使是最为保守而天真的理学训育，只要受教者能赋予其一种真实观察的角度、认真体悟的精神和坚持表达的信念，也可以具有强大的瓦解能力，可以击破用意识形态和常规故事所编织出的谎言虚词之网。而这是训育者所没想到的。其作用和效果正如反方向的心学运动一样，将奉行近百年的僵硬理学、唯现实派、唯乡愿派哲学的假道学面目击破，推进了明代思想发展，使重践履和重心悟成为下一个时期的思想主流。而在文艺思想层面，正是因为"翰林四谏"的拒绝歌功颂德，才使得之后重振的台阁派、茶陵派不得不在无法逃脱的台阁内容和口味之外，寻找新的可以增强其文艺吸引力和艺术表现力的对象，这就是山林文学。他们必须在台阁和山林之间做大量的融合统一工作，去除台阁体的僵化，留存其规制的宏丽，去除山林体的理气（陈庄体）和随意（沈周的吴中派），留存其声调（陈庄体）和向隐的人格（沈周的吴中派）。这就是李东阳等人所要做的艰难的弥合工作。平静的湖面下确有看不见的思想和风格冲突暗流。

---

① 《明史》卷179《罗伦传》，第4750页。
② 刘永澄：《邸中杂记》，转引自陈田《明诗纪事》丙签卷5《章懋》，第1009页。
③ 《明史》卷179，《章懋传》，第4752页。
④ 同上书，第4753页。
⑤ 同上书，第4753页。

第二节　台阁与山林的多种论争态势

随着台阁派到正统后的衰落,文坛格局实际是多个流派共存。在朝廷渐次崛起了以李东阳为首的京师茶陵派,最大限度地融会了来自吴中和其他籍贯的官僚成员,而又与挺立于乡间和都市的山林文学风范——陈庄体和不仕的吴中派——构成了人际关系虽友好而内在追求却不同,实际存在着诗学观念之隐性抗衡的复杂微妙情况。这可以李东阳为中心视点来观照。此外,还有比较明显的吴中派桑悦对台阁派文学观念的反拨和台阁派代表人物丘濬对性气诗派领袖庄昶的政治压制等,都是考察这个时期诗文流派论争所应关注的。

一　茶陵派与陈庄体、沈周

作为人格模式、诗学观念的台阁和山林事实上在提出之时即是对立的,而延传到李东阳等人手中,也仍保持了基本的对立模式。试看下面有关台阁和山林论述的历时梳理:

1. 文章虽皆出于心术,而实有两等:有山林草野之文,有朝廷台阁之文。山林草野之文,则其气枯槁憔悴,乃道不得行,著书立言者之所尚也。朝廷台阁之文,则其气温润丰缛,乃得位于时,演纶视草者之所尚也。故本朝杨大年、宋宣献、宋莒公、胡武平所撰制诰,皆婉美淳厚,过于前世燕、许、常、杨远甚,而其为人,亦各类其文章。王安国常语余曰:"文章格调,须是官样。"岂安国言官样,亦谓有馆阁气耶?①

2. 昔人之论文者曰:有山林之文,有台阁之文。山林之文,其气枯以槁;台阁之文,其气丽以雄。岂惟天之降才尔殊也,亦以所居之地不同,故其发于言辞之或异耳。濂尝以此而求诸家之诗,其见于山林者无非风云月露之形、花木虫鱼之玩、山川原隰之胜而已。然其情也曲以畅,故其音也眇以幽。若夫处台阁则不然。览乎城观宫阙之壮,典章文物之懿,甲兵卒乘之雄,华夷会同之盛,所以恢廓其心

---

① 吴处厚:《青箱杂记》卷 5,李裕民点校,中华书局 1985 年版,第 46—47 页。

胸，踔厉其志气者，无不厚也，无不硕也，故不发则已，发则其音淳庞而雍容，铿訇而锽鞈，甚矣哉所居之移人乎!①

3. 予闻昔人论文，有山林、台阁之异。山林之文，其气瑟缩而枯槁；台阁之文，其体绚丽而丰腴。此无他，所处之地不同，而所托之兴有异也。②

4. 朝廷典则之诗谓之台阁气，隐逸恬淡之诗谓之山林气，此二气者，必有其一，却不可少。

5. 作山林诗易，作台阁诗难，山林诗或失之野，台阁诗或失之俗，野可犯，俗不可犯也。③

6. 文，一也，而所施异地，故体裁亦随之。馆阁之文铺典章，裨道化，其体则典则正大，明而不晦，达而不滞，而惟适于用。山林之文尚志节，远声利，其体则清耸奇峻，涤陈难冗，以成一家之论。二者固皆天下所不可无，而要其极有不能合者。④

第1条出自宋人吴处厚的议论，乃是后人谈论此话题的基础，其言意已透出偏向台阁审美的迹象，所举例子也都是台阁人物及作品审美风貌。第2、3条为明初宋濂的议论，即延续了这种看似不偏不倚而实际侧重台阁的趋势，观所用的对立描绘语可知：说到山林气貌，都是其气憔悴、瑟缩、枯槁等拘束困窘字眼，好的也不过是其情曲畅、其音眇幽等偏于阴柔幽渺的字眼，而说到台阁都是温润丰缛、其气丽雄、其体绚丽丰腴等志得气满、雍容醇庞等偏向厚实坚重、无所瑕疵的正貌端格。确实只有到了李东阳手中（第4、5、6条），山林、台阁虽仍被对立表述，然已是双峰对峙、各有所长，两相并重、不分轩轾；枯槁的山林换成了人格审美性极强的隐逸恬淡、清耸奇峻，对身处朝廷而又向往审美闲适的李东阳产生了极大的吸引力。但是"作山林诗易，作台阁诗难"的艺术评价和"要其极不能合者"的冲突感受，又让崛起的台阁派、茶陵派领袖李东阳的弥合努力变得事实上不可行。值得一提的是，其弟子何孟春又将上述吴处厚和

① 宋濂：《宋文宪公全集》卷2《汪右丞诗集序》。
② 同上书，卷13《蒋录事诗集后》。
③ 李东阳：《麓堂诗话》，《历代诗话续编》本，第1384、1387页。
④ 《李东阳集·文前稿》卷21《倪文僖公集序》，周寅宾点校，岳麓书社1984年版。

李东阳《麓堂诗话》的文字与宋代王安国说"文章格调,须是官样"的文字抄录在一起,说:"古今名家,取譬于诗文如此。"① 可见这也是茶陵派一系所共同关心的重要诗学命题。

可以看到,李东阳确实在诗派融合上做了很大努力,如下示几条材料:

1. 陈白沙诗,极有声韵。《崖山大忠祠》曰:"天王舟楫浮南海,大将旌旗仆北风。世乱英雄终死国,时来竖子亦成功。身为左衽皆刘豫,志复中原有谢公。人众胜天非一日,西湖云掩岳王宫。"和者皆不及。余诗亦有风致,但所刻净稿者未之择耳。

2. 陈公父论诗专取声,最得要领。

3. 庄定山未第时,苦思精炼,累日不成一章。如"江稳得秋天"、"露冕春停江上树",往往为人传诵。晚年益豪纵,出入规格,如"开辟以来元有此,蓬莱之外更无山"之类。陈公父有曰:"百炼不如庄定山",有以也。②

4. 说者谓:诗为有声之画,画为无声之诗,二者盖相为用而不两能,若诗之为声尤其重且难者也。石田寄意林壑,博涉古今图籍,以毫素自名……流传遍天下。情兴所到,或形为歌诗,题诸卷端,互以相发。若是者不过千百之十一,故多以画掩诗。及其抚事触物,感时怀古,连篇累牍,则藏于家,非遇知者,敛不自售。今既梓行而人诵,则诗掩其画亦未可知,而惜予之不尽见也。③

第1、2、3条都是对陈庄体而言,称赞陈献章论诗专取声和作诗极有声韵,欣赏庄昶未第时诗歌千锤百炼,可说都是在自己固定的欣赏范围内所做出的吸纳努力。然值得指出的是,这些称赞和欣赏,并没有离开其一直坚守的台阁身份和讲究诗艺的诗人立场,对陈庄以诗讲理学、心学体悟的诗派特征,李东阳却只字未提。而所提到的庄昶"晚年益豪纵,出入规格",则与其说是欣赏,不如说是指瑕,心学作风下的出入规格,只能当

---

① 何孟春:《余冬诗话》卷上,《全明诗话》本,第685页。
② 李东阳:《麓堂诗话》,《历代诗话续编》本,第1384页。
③ 《李东阳集·文后稿》卷14《书沈石田诗稿后》。

成诗歌的"旁门"来理解；李东阳欣赏的还是庄氏早年比较纯粹的诗人作风。第4条则专门针对以画蜚声而不仕的吴中派领袖沈周。在此李东阳可谓煞费苦心，将本来溢出台阁正规评价边缘的沈周诗歌从巨大的画名、艺名（画掩其诗）和隐逸的在野人士、山林文学中解脱出来，而以一种逆向思维，从"升"（相对于诗"降"于技艺之末）的角度提出在野人士作诗功效之极致，"亦可以通鬼神，夺造化"。其意仍是要将沈周诗歌融入进台阁体制的话语圈，以求得"朝廷邦国"与"闾巷山林"的同体异用（当然，在李东阳心目中，台阁和山林的功用仍有小大之殊）。而从另一个角度讲，这也可看出作为台阁派的李东阳企图弥合山林文学的诗学规范努力。

进军京城成为茶陵派重要一员的苏州吴宽，也有意所获得的翰苑台阁身份推尊，而实际也是改造山林隐逸文学的本质和面貌，使其趋向茶陵派的"清婉和畅"审美口味。如针对欧阳修的"穷而后工"说，认为只是"工于悲"，提出"不若隐而工者之为工"，表彰沈周诗"不清婉和平，则高亢而超绝"，而讳言与"入皇朝来，偃兵息民，天下向治。及承平日久，人情熙熙"的和平盛世气氛不相吻合的"穷""悲"字样。① 推崇高启诗歌"萧散简远，得山林江湖之趣"，可与清闲和适的韦、柳、王、岑相翱翔，"以成皇明一代之音"②。赞扬友人陈启东诗："专以唐人为法，故其出语清圆和畅，有王、岑、高、刘之风。"③ 最突出的恐怕是为台阁人物刘珏诗集所作序言，将台阁审美口味发挥到极致，认为李、杜二家外的唐人诗，皆"清婉和畅，萧然有出尘之意"，特别是韦应物和柳宗元。④这与杨士奇《玉雪斋诗集序》认为盛唐诗的可贵在于"诸君子清粹典则，天趣自然，读其诗者，有以见唐之治盛"的评价一脉相承，只是杨归治道、吴重高趣的积养罢了。

不过，这番辛苦努力，看来只是李东阳和吴宽强欲站在台阁派立场来统合山林文学的风格和手法，以增强衰弱台阁派的文学审美魅力，而在内在对立的两者间取得一定程度的平衡，以表现山林体向台阁体趋向融合的

---

① 吴宽：《匏翁家藏集》卷43《石田稿序》，《四部丛刊》本。
② 同上书，卷49《题重刻缶鸣集后》。
③ 吴宽：《匏翁家藏集》卷50《题陈启东诗稿后》。
④ 同上书，卷44《完庵诗集序》。

态势。但对于山林文学的创作主体——陈庄体和不仕的吴中派来说,却没有表现出与李东阳等人同样的思维动向,没有主动向台阁体的典则正大风范靠拢。陈庄体及其性气诗派仍然安适于讲学般的咏性自得天地,不仕的吴中派也仍"沉溺"于都市之隐中的山水、图书、艺术审美中。陈庄体深锲于理学传统的"孔颜乐处"和"圣贤气象",切身体会着天心与物理的水光交融、鸢飞鱼跃,诗意与山林,山林与理趣在他们的诗歌里得到了较为完美的互通,使得陈庄一派能较长时间内以一种在野儒者和高士形象(实际为扩展理学思脉和情趣的学者本质)活跃于思想界和文学界,成为那个时期衰落的台阁派和衰落的人心之有力反照,而得到人们的广泛关注。而吴中强大的隐逸文化传统和家族隐逸气质,以及本地优美的水乡风光、深厚的人文优势和融城镇与乡村于一体的丰富多彩的交游赏玩生活①,使得以沈周为代表的未仕吴中派人员和返乡的吴中籍官员,有非常充分的理由让自己不再像元末士人那样去哀叹穷约苦闷,而是欣然地集体陶醉于这种既有山水图书园林,又有书画艺术审美的诗意境界。也就是说,这场成化时期的台阁、山林融会的努力只是李东阳、吴宽的"单相思",并没有得到对方的热烈回应,台阁派和山林派仍然维持着无法调和的内在隐形对立,尽管他们的人际和流派关系总体尚好。②

二　桑悦斥言台阁文学观念

来自吴中派的常熟桑悦,反对成化间仍然持续的台阁体文学观念时虽未指名道姓,仍值得在此做些引录评述。因为从桑悦所职卑来说,他对台阁派文学观念的批判,也可看成是山林与台阁关系的另一种形式反映。

桑悦(1447—1503)为人的狂放作风自王世贞《艺苑卮言》③、钱谦益《列朝诗集小传》表出后,即被《明史·文苑传》节录,广为流传。

---

① 吴宽《石田稿序》即追溯吴中诗派由唐陆龟蒙开启的诗性隐逸传统和沈氏家族三代以来的"好隐"气质,以及这里优越的自然人文环境:"若相城有沈氏,顾独好隐。盖自缃庵征士,已有诗名于江南。二子贞士、恒吉继之。至吾友启南,资更秀颖,虽得于父祖之教,自能接乎宋元之派,以上溯乎鲁望。且其宅居江湖间,不减甫里之胜,宾客满座,尊俎常设,谈笑之际,落笔成篇。"

② 薛泉:《李东阳研究——以政治心态、文学思想为核心》,湖南人民出版社 2007 年版,第 69—70 页。

③ 王世贞:《艺苑卮言》卷 6,《历代诗话续编》本,第 1041—1042 页。

现以更简练的钱《传》录下：

> 时常熟有桑悦者，字民怿，尤怪妄，亦以才名吴中。书过目，辄焚弃，曰："已在吾腹中矣。"敢为大言，以孟子自况。或问翰林文章，曰："虚无人，举天下惟悦，其次祝允明，又次罗玘。"为诸生，上谒监司，曰"江南才子"。监司大骇，延之较书，预刊落以试悦，文义不属者，索笔补之。年十九举成化元年乡试，试春官，答策语不雅训，被斥。三试得副榜，年二十余耳，年籍误二为六，遂除泰和训导。

其实，他和当时的翰林院官员、后来台阁派的要人丘濬、李东阳等人都有不错的交情。其成化元年（1465）十九岁中举的座主，应即本年以翰林侍讲身份主持应天府乡试的丘濬①。然在第二年的会试中，其策论"怪妄"，为翰林检讨莆田吴希贤（汝贤其字，茶陵派成员）和仍为侍讲的丘濬所黜。"三试得乙榜，年二十六，籍误以二为六，用新例辞不许，除泰和训导。"任职时间应在成化八年（1472）。时为翰林修撰的李东阳赠诗云："十年三度试春闱，亲见声华满帝畿。甲第久惭唐李郃，奇才终误宋刘几。功名岁晚非蓬鬓，湖海官贫尚布衣。试看孤鹰下林落，壮心还向碧天飞。"肯定桑悦的才气声名，希望他得偿所愿，如孤鹰壮心向天飞，"怜才之意，溢于言外。"②从成化三年（1467）起，丘濬因参与纂修《英宗实录》成，升侍讲学士，五年充殿试读卷官，之后丁母忧还乡守节，直到成化九年才免丧复职。钱谦益曰："仲深（丘濬字）尝召令观所为文，绐曰：'出某集。'民怿心知之，曰：'明公谓悦不怯秽乎？何得若文，而令悦观？'仲深为屈服。民怿既之官，仲深属提学掾，令物色善遇之。"③此事应发生在成化元年至五年间。而桑悦狂言翰林文章虚无人，又当在其辞官还乡、祝允明弘治五年（1492）中举之后④。

不过，就在任职泰和训导期间，桑悦即已批判台阁派中正和平、追求

---

① 丘濬：《琼台诗文会稿重编》卷9《应天乡试录序》。
② 陈田：《明诗纪事》丙签卷4《桑悦》，第997页。
③ 钱谦益：《列朝诗集小传》丙集《桑柳州悦》，第284页。
④ 罗玘是成化丁未（1487）进士。一般言，一个士人的声誉鹊起，与他的科举名声密切相关。

平顺易见的审美口味（时间在成化中），以及培养这种口味的台阁体选本《唐诗品汇》。

其诗歌史论以三百篇为最高标准，以所确立的基本手法赋、比、兴为核心，分三个大的时段逐次讨论创作者的诗风与时代气运盛衰之间的密切关系，认为即使圣贤也不得违背时代的衰乱之状况而强为中正平和之音，以反拨流行于当时的台阁派论调。第一段为先秦时期，以变风变雅、周公和屈原作品为例，说明即使是号称大经大法的《诗经》和"比兴略备，真有三百篇遗意"的《离骚》，都会"愤激风云而气撼山岳"，"郁抑不平"，"驰骛于变风雅之末流"，声称"风雅变中之变，又不可专委之人也"。第二段，由汉到晋，情况亦是如此："自秦而汉，去古未远，五言之作，古意犹存。如《唐山夫人乐章》，鸣汉之盛，与颂仿佛，而灵芝摇荡等语，汉之风雅又日变矣。降至魏晋，乱日多而治日少，则能诗如曹子建、阮嗣宗、张茂先、陶渊明辈，将何所饮以发和平之音耶？"由此得出结论："大抵三百篇以后，取其诗之上薄风雅，当味其意之浅深何如，不可专论其辞之平不平也！"最后一段为唐代，指出唐诗的盛中晚可以反映唐家事业和制度的变迁。但是当今作诗者多不师从世所公认、能"略存汉魏比兴，而颇解古人用意觳率"的陈子昂、李白、杜甫、韩愈四家，"而他师，岂不以王摩诘、刘长卿、韦应物之流皆意随句绝而平顺易见哉？"① 显然，这仍是在反拨主流台阁派诗学主张"平顺易见"而实际松软沓冗的腔调。不过，其诗学的由唐而汉魏晋而三百篇的上溯法和所使用的"诗海"比喻，与"三杨"台阁派的相关议论相比，并不见有多少创新之处。

桑悦反台阁派选本的言论见于《跋唐诗品汇》。《唐诗品汇》为闽中诗派高棅于洪武二十六年（1393）编成，与其在此基础上精选的"声律纯正"的《唐诗正声》二十二卷，"终明之世，馆阁宗之"②。桑悦认为高棅之编虽在元人杨仲弘《唐音》基础上作了更为细致的"分编定目"工作，但主要见解都不出杨书范围，其实只得全唐诗歌"柔熟之一体"。然后声言："是诗盛行，学者终身钻研，吐语相协，不过得唐人之一支

---

① 桑悦：《唐诗分类精选后序》，载《明文海》卷212，第3册，第353—354页。
② 《明史》卷286《文苑二·高棅传》，第7336页。

耳。欲为全唐者，当于三百家全集观之！"① 提出"全唐诗"观念，意在要求诗歌风格的健康多元，而非柔音曼节的千篇一律，造成沉冗肤沓的慵懒气习。

不过，我们不能太高估桑悦文学思想的反叛性。桑悦的大言，如以孟子自居，言馆阁无人，做时文不循规矩，等等，都多半仅限于口气，而非思想本身。即其《庸言》称己诗超过李、杜而论，亦是老生常谈。说己诗"根于太极"，"功用大矣哉"，责备李、杜只是"咏伤月露，搜尽珠玑"，不懂是理，以及结尾引用邵雍"删后无诗"的套话②，都是正统理学家和他自己所经常使用的，他也不嫌烦复③。倒是《复王元勋秋官书》所表露的《诗经》、《离骚》共为诗祖后，唐代杜甫和宋代苏轼、黄庭坚都"能自为之祖"④，还有些超出常格，不乏灼识，潜在地肯定了一个时代有一个时代的诗歌体式和表现特征（对应到朝代诗歌宗法，他其实是唐宋兼宗），与其在《唐诗分类精选后序》中所坚持的据时而论风格的思想吻合。不过，他还是在结尾加上了一句："邵子云：删后无诗。"让今人顿悟到，即使口气大如桑悦者，当涉及比较敏感的当代思想问题，仍不能指望其立即突破。桑悦诗学思想总的来说仍在传统的理学思想范围内，只是他加上了文人的认知和名士的做派。

三 丘濬与庄昶的冲突

台阁重臣丘濬抨击压制退朝还乡讲学赋诗的性气诗派领袖庄昶事件，被记录到《明史·庄昶传》⑤，此当是以湛若水《定山庄先生祠堂记》为蓝本：

> 定山先生初以成化丙戌进士改翰林庶吉士，授检讨。不奉诏作鳌山诗，上疏责难，杖之，调判桂阳。寻入为南京行人副。久之，以二

---

① 桑悦：《跋唐诗品汇》，载《明文海》卷213，第3册，第355—356页。
② 桑悦：《思玄集》卷2，明万历四十四年翁宪祥刻本。
③ 仅就笔者视野所及，本期引用邵雍"删后无诗"说的，即有桑悦《复王元勋秋官书》、《唐诗分类精选后序》，胡居仁《流芳诗集后序》，张宁《学诗斋卷跋》，薛瑄《读邵康节击壤集》等作。
④ 桑悦：《思玄集》卷9。
⑤ 《明史》卷179《庄昶传》，第4754—4755页。

艰去,不复起。王巡抚恕访之,欲以白金十五镒理其庐,却之。居定
山垂三十年,累荐不起。学士琼台丘公濬嫉之,曰:"引天下士夫背
朝廷者,自昶也。使吾当国,必不容之!"及丘入阁,荐者又累至,
有旨取用。先生曰:"此其时矣。况出特旨,非寻常部檄者比,其可
不行?"遂行。大学士徐公溥语邵二泉宝曰:"当复翰林,乃惬公
论。"其语李学士东阳曰:"定山,君之故人,君宜注意。"及赴吏
部,三揖不跪,曰:"第令不失己,官职外物耳。"吏部题复行人副。
西涯语吏部曰:"留都根本之地,定山当官此。"遂迁南司封郎中。
到任二月,得中风疾,迁延野寺。明年丙辰十月,告疾归定山,丘公
亦卒。又明年遇考察例,南冢宰青溪倪公岳以老疾罢之,乃先生告去
已改岁矣。①

对庄昶来说,其一生有两个重要的政治事件:一是成化三年与章懋等人上
疏谏内廷张灯和拒不赋诗为朝廷助兴,结果被廷杖二十,贬官,最终归隐
二十余年;二是在内阁大学士丘濬抨击的压力下被迫复出,结果又遭压
制。由台阁而山林、由山林而官场的人生路线,使得庄昶受压于丘濬而变
成一个当政的台阁人物压制前山林人物(也是前翰林人物)的事件,折
射出很多层面的问题。本书的分析,以实行压制的丘濬人格为中心,兼及
其理学和文学表现,受压制的庄昶只在做对比时出现。

在翰林院初级官员庄昶等人上谏疏的成化三年冬,丘濬(1420—
1495)因与修《英宗实录》成,已由侍讲升任翰林院中级官员侍讲学士。
而由其写作《学士四荣》、《奉天侍宴》、《史馆进书》等诗来看,丘濬是
很以这些馆阁清华、为朝廷和皇帝服务的工作而自豪。由此也可以肯定,
丘濬的立场和思想作风与程敏政一致,都站在朝廷和皇帝一边,不同意庄
昶等人的冒失无礼行为,觉得朝廷的廷杖和贬官责罚都是正当的。再从他
后来苦心经营"阁老饼"讨好皇帝,作删节了有关宦官文字的《大学衍
义补》进献皇帝看,其思想连当令的宦官都觉得无害②,皇帝则更觉得奖
励这样识大体、知大节的"忠臣",下令将之板行天下,不仅可为自己捞

①　庄昶:《定山集·补遗》,《文渊阁四库全书》本,另参同书所附湛若水《明定山先生墓碑铭》。

②　陈洪谟:《治世余闻》下篇卷1,中华书局1985年版,第40页。

来热爱理学、致力圣学的明君名声，更能以此要求大臣躬体圣怀，替朝廷分忧，为皇权服务。披挂着理学名臣的灰色外衣，受过庶吉士教育和翰林院官员制度严格培养的丘濬，一步一步踏上了内阁大学士的通途。成化五年充殿试读卷官。十一年充会试副总裁。十三年续修《宋元纲目》成，升翰林院学士，祭酒缺，升国子监祭酒，为人师表，培养如他一样的理学人才。"时经生文尚险怪，濬主南畿乡试，分考会试皆痛抑之。及是，课国学生尤谆切告诫，返文体于正。"成化十六年 60 岁时，加礼部侍郎，掌国子监事。"濬以真德秀《大学衍义》于治国平天下条目未具，乃博采群书补之。孝宗嗣位，表上其书，帝称善，赉金币，命所司刊行。特进礼部尚书，掌詹事府事。修《宪宗实录》，充副总裁。弘治四年，书成，加太子太保，寻命兼文渊阁大学士参预机务。尚书入内阁者自濬始，时年七十一矣。濬以《衍义补》所载皆可见之行事，请摘其要者奏闻，下内阁议行之。帝报可……八年卒，年七十六。赠太傅，谥文庄。"

以这样的心术背景和为官历程，加上他"好矫激，闻者骇愕"和"持正"① 的个性，则琼山人丘濬对贬官还乡，却以讲学作诗获得极大名声，引起多人追随的原翰林体制中的庄昶非常反感，并扬言"率天下士背朝廷者，昶也"，自也不算意外。虽然这个"罪名"实在扣得太大，有鼓动怂恿一帮人与朝廷作对的意思，语气里明显张扬出一股昔日朱元璋"凡天下士不为君主用者可杀"的威严肃杀之意。难怪庄昶在听到这样的性命操于他人之手的巨大威胁时，实在不敢无动于衷地承担如此滔天罪名，而不得不把本来可能已坚定的隐逸之心收拾起来，惴惴不安地奉诏复出，结果遭到丘濬以南京行人司副原职而非翰林原职的待遇。时间在弘治七年，但丘濬对庄昶的不满却是早在成化初期就存在的。对现在被人们封为"庸俗化、肤浅化"乡愿哲学代表的丘濬来说②，如此也许确实算出了一口郁积胸中已久的恶气。第二年他就与世长辞了。

不过，所谓乡愿，并不是对谁都好的老好人，而是指他不像一般的忠耿之士，坚持所谓的君臣相处之道，担负人间正义和大臣节操（如"翰林四谏"）。在君主和臣子、天理和人欲冲突时，他会相当坦然地站在君主的权势和自我的功利欲望一边，而不管其平素学习标榜的理学精神和君

---

① 以上引文均见《明史》卷 181《丘濬传》，第 4808—4810 页。
② 陈文新：《明代诗学的逻辑进程与主要理论问题》，第 7 页。

子气节,因为这至少可求得自身的安乐平顺,哪怕在世人看来实在是相当庸俗乏味。请看丘濬这几篇自表心迹的"纯文学作品":"今朝五十三,年年岁岁平安过。如斯而已。不须更问如何。则可自有前程。别无外事。但求诸我,把眼界挣开,肚皮宽放。偃然坐。忙中躲。少日东涂西抹。到如今、要他作么?深知物理,饱谙世味,不过些个好。植深根,更安固蒂,冀成结果。待从今、向后年添一岁,受人拜贺。"(五十三岁作《水龙吟·癸巳初度》)"五十年来加七岁,古稀相去十三年。饱谙世味只如此,痛绝尘缘任自然。举世不为齐客瑟,后人或取蜀儒玄。人生但得平平过,不用操辞更问天。"(五十七岁作《丁酉春偶书》)"前生自是白牛翁,再见苍龙岁舍同。身世悠悠还是客,颠毛短短返成童。两间俯仰期无愧,百事修为贵有终。此去古稀年不远,桑榆晚景好收功。"(六十一岁作《辛丑初度》)[1] 他的《左右箴铭》也是面对不能必得的功名富贵,希望能"安分""息心",《左箴》认"命",《右箴》曰"罢"(放下),以此提醒自己:"遇有事焉,或相知者之相慰藉,则随所寓以自解云。"[2]

但是面对下属或同事,他却可能摆出十足的官架子,而固执己见,绝不妥协,如《明史》本传所载录的几件事。以着这样的乡愿哲学,对名士派头十足的江南才子桑悦,丘濬或可因为对方的文学才华感觉自惭形秽,因而心甘情愿、不惜自贬身价去刻意笼络照顾。然对以讲学作诗闻名的庄昶,则多半不会做如此想。因为他自己也善于此道,讲理学,丘濬做过皇帝的经筵讲官,声音宏畅,做过专门培养理学官僚人才的国子监祭酒和专管国家礼仪制度的礼部尚书,后又身为文渊阁大学士;讲文学,他不但会作诗填词,还会写戏曲作品,并以之宣扬其所领悟体会的人生大道和社会的纲常伦理——著有传奇《投笔记》、《举鼎记》、《罗囊记》和著名的《五伦全备忠孝记》四种,主张戏曲作品应当毫不隐讳地去宣扬主流意识形态、封建伦理纲常:"一场戏里五伦全,备他时世曲,寓我圣贤言",批评其他人"做的多是淫词艳曲,专说风情闺怨,非惟不足以感化

---

① 丘濬:《重编琼台会稿》卷5,《文渊阁四库全书》本。
② 蒋冕:《琼台诗话》卷下,《全明诗话》本,第666页。

人心，到反被他们败坏了风俗"。① 此言与其抨击庄昶之语何其相似乃尔！

当然，丘、庄二人的学术和文学的内容、性质大有差别，应该说代表了成化时期两种不同的模式和路向：丘濬治的是最为靠近封建社会主流意识形态的当令理学（礼学），真诚起来时他会认为这才是真正有效的经邦济世之学，人格上他却是严正和滑头的政治家的结合，"学博貌古，然心术不可知"②，而他的文学又是为此服务的；庄昶则由正统僵硬的理学潜向了异质的自得心学，由体制内走向了体制外，又由体制外被迫再次回到体制内，结果受到顽固体制的打击报复。就诗歌表现来说，庄昶的诗歌是豪放与潇洒的结合，带有较强的逆时而动的反叛性质，而丘濬虽也是"不事锻炼"，追求"矩度自合"，"吐语操持不用奇，风行水上茧抽丝。眼前景物口头语，便是诗家绝妙词"③，也有理学家作诗的派头，但所表达的人生观是沉浮官场的安乐平常心，相当陈腐可厌。正是如此，两人才在士人侍君和出处的问题上发生强烈分歧，最终导致站在朝廷高位的丘濬对处于政治劣势的庄昶的抨击和压制，且后者几无还手之力。

从本质上说这是一个政治事件，但由于两人都是思想界和文学界的重要人物，所以又可看作是不同思想和文学流派论争中的一个事件。思想和文学的交锋处于潜在的隐性层面，但其中折射了思想和文学的交锋。

第三节　诗学多歧：明前期不同流派的
唐宋元诗取法论

与台阁派占绝对统制地位的永乐至正统时期的唐宋元三朝诗合论明显定于唐诗一尊相比，一进入国势纷扰的景泰年间，诗学取法格局即开始剧烈震荡。"景泰十才子"作风不一，而以绮丽的晚唐诗风，实际是吴地的元末诗风为主，至于汉魏晋唐的正宗诗学反在其中显得孤清寡落，与之前的兴盛无法相提并论，从此台阁派也随着政治格局的纷乱而进入较长的衰落期。直到成弘之际以李东阳为首的茶陵派才再度振起，如"《大韶》一

---

① 丘濬：《五伦全备忠孝记》第一出副末开场，《古本戏曲丛刊》本，商务印书馆1954年版。

② 陈洪谟：《治世余闻》下篇卷1，中华书局1985年版，第39页。

③ 朱彝尊：《静志居诗话》卷7《丘濬》，第191页。

奏，俗乐俱废；中兴宗匠，邈焉寡俦"①，如"老鹤一鸣，喧啾俱废"②。即使此番振起挟带着台阁的势力，堪称浩大，也几乎聚集了全明各地的人员参与其中，师友同事，门生故吏，翰林官员，方面大员，只是谁也不再能一统天下诗学。诗派林立，诗学多歧，充满虽非针锋相对，而实际上却含沙射影的激烈对立和批判反驳。

景泰到弘治的诗坛很不平静，激荡着若干围绕着唐宋元三朝诗歌的争论旋涡。一方面在茶陵派内部，由于来会人员众多，其各自携带的诗学传承和地域浸染相当庞杂，使得李东阳很难以比较死板的诗学宗法（譬如台阁派一直相传的汉魏晋盛唐诗学路向）来约束诗派成员，何况李东阳本人也不能完全坚持之。因此，即使这个时期影响最大的茶陵派，也是以一种宽博自由的姿态来处理唐宋元三朝诗的位置和取法问题。另一方面在茶陵派之外，诗坛上实际活跃着至少三个大的隐然对峙的流派：第一，隐居山林讲学、赋诗言志的陈庄体性气诗派。此派声势相当大，虽其成员很不稳定，但却代表了与朝廷疏离的山林思想和文学创作力量，由于高标宋诗尤其是邵雍等人的性气诗传统，受到后人的高度重视，将其作为与崛起的台阁——茶陵派抗衡的突出代表。加上为宋诗辩护的张宁、罗伦与抨击唐代李杜、高扬义理和宋代邵雍的"删后无诗"论的理学家胡居仁等人，几乎从未出现的尊宋排唐论在理学得道和陈庄体风行的背景下得以登上三朝诗歌争论的舞台，宋代理学诗连同宋诗都得到了前所未有的推崇。第二，以诗书画艺见长、隐居水乡中的都市的吴中派，创作实践上多是唐宋兼施，宗法上比较排斥元诗尤其元末诗。虽其自身声势可能为书画等艺术成就所掩，而由于其地域文化和科第的发达，使得本派诗学得以在京城为中心的全国范围内传播，实不可小觑。第三，未被茶陵派收编的没落台阁派，譬如未被划入茶陵派的刘翔、刘定之、何乔新、丘濬等人，他们在当时的政界和文学界都有重要影响，他们对于唐宋元三朝诗歌的评论也颇值得注意。由此，我们拟出两个相互关联的话题来讨论。

一　理学盛行背景下的高扬宋诗论

在唐宋元诗歌是相对的整体结构思维里，明前期的人们基本达成一个

---

① 徐泰：《诗谈》，《全明诗话》本，第 1208 页。

② 沈德潜、周准：《明诗别裁集》卷 3《李东阳》，上海古籍出版社 1979 年版，第 75 页。

关于诗歌取法的具有连续性的"共识"：第一，唐诗不仅是当代学习的典范，也是上溯往古、追踪风雅的桥梁，在三朝诗歌中最值得取法。这是自元代中期以来就占据诗学主流的"尊唐得古"①观念的继续，普遍遵循复古道路，而以具体典型的唐诗作为通向诗歌之源《诗三百》的桥梁。第二，宋诗是唐诗的异类，背叛了可以复古的唐诗，效之需要勇气。第三，元诗矫宋"恶习"，是唐的同类，却多不足以成为效法的楷模。三朝诗合成一个整体的取法框架。这样，对宋、元诗歌的认识都是以唐诗尤其是盛唐诗为基点标准，由此也可见宋、元诗歌在不同的诗学风潮里的地位变化。但我们又必须说，这只是一般性的可以称为长期的主流认识，但还有特殊时期、特殊的学派和流派，则可能颠覆之，让三朝诗歌的取法地位发生倒转，从而出现"唐诗不足法"、"元不及宋"和"宋诗最得理"或等为宋诗辩护的论调（三说均为笔者所拟）。譬如在陈庄体大行其道的成化时期，以理学的长时间君临天下为思想文化背景，世间诗人自"成化以还，诗道旁落，唐人风致，几于尽隳"②，一批理学家和新兴的心学家大肆鼓吹义理性气、功夫详密、积养作诗，即带来对唐诗乃至盛唐诗的宗法抨击，以为"唐诗不足法"。元诗，因为其效法唐诗、矫正宋习、与唐诗同类的特征，虽大部分时间都被主流诗学压抑乃至屏蔽，仍得到世间数量不少的作者的学习（他们多处于无名状态），积累至久，自也会跃升出来，提出朝代诗歌评价和取法中的"元过宋诗"论，而为理学家批评，提出"元不及宋"的论断。于是，在理学家和心学家联手打倒了世间诗人的唐代和元代诗歌宗法后，主张直接心源，将"讲理"的宋人诗歌作为取法榜样的"宋诗最得理"的诗歌理想也就挺身而出，成为成弘之际诗歌界论争的一个主旋律。

先看"唐诗不足法"论。支持这个观点最为明确的，当数布衣终身的著名理学家江西余干人胡居仁（1434—1484）。他与陈献章俱师吴与弼，然为学路数迥异："其学以主忠信为先，以求放心为要，操而勿失，莫大乎敬，因以敬名其斋。端庄凝重，对妻子如严宾。手置一册，详书得

---

① 戴表元《剡源集》卷9《洪潜甫诗序》指出宋诗不能复于唐音，"唐且不暇为，尚安得古"！《文渊阁四库全书》本。

② 胡应麟：《诗薮·续编》卷1，第345页。朱彝尊《静志居诗话》卷10《李梦阳》也说："成、弘之间，诗道傍落，杂而多端。"第260页。

失，用自程考。鹑衣箪食，晏如也。"① 是非常传统的理学家路数，强调言行合一、礼心合一、修身与修心践履的切实，轻视烦言多语的著述为文。他对诗人多推崇教仰的诗界楷模唐代大诗人李白、杜甫横加苛责，表现出极其狭隘的理学家实用主义伦理立场："世之谈诗者，皆宗李、杜。李白之诗，清新飘逸，比古之诗温柔敦厚、庄敬和雅，可以感人善心，正人性情，用之乡人邦国以风化天下者，殆犹香花嫩蕊，人虽爱之，无补生民之日用也。杜公之诗，有爱君忧国之意，论者以为可及'变风'、'变雅'，然学未及古，拘于声律、对偶；《淇澳》、《尸鸠》、《板荡》诸篇，功夫详密，义理精深，亦非杜公所能仿佛也。呜呼，后世王道不行，教化日衰，风气日薄，而能言之士不务养性情，明天理，乃欲专工于诗，以此名家，犹不务培养其根，而欲枝叶之盛也，其可得乎？邵康节言删后无诗，其以此也。"② 他谨守宋代邵雍"删后无诗"说教导，寸步不离，与其思想立场谨守程朱教导一致。《明史》本传称他与曹端："笃践履，谨绳墨，守儒先之正传，无敢改错。"③ 因此，对诗歌的态度（不独唐诗）与程朱一致，是作也可、不作更好，即作也要"务养性情，明道义，使吾心正气和"④，得诗之本，而切不可颠本为末，只作雕辞琢句、无益理道性气、人伦日用的诗人。对他而言，即使作所谓的"有本"诗，也还有个真正儒者的中和气象问题，如陈献章、庄昶在当时风行一时的以理直气壮为特征的洒脱豪旷诗风，也是他所不欢迎的。史载胡居仁"与罗伦、张元祯友善，数会于弋阳龟峰。尝言，陈献章学近禅悟，庄昶诗止豪旷，此风既成，为害不细"。⑤ 对陈献章、庄昶等人心性修炼近于禅学及所表现出的非真正儒者气象的豪旷洒脱性气诗风，深为世道忧虑。对陈献章为学近禅的批驳，也是"一编之中，三致意焉"⑥。在他的理解中："人清高固好，然清高太过，则入于黄、老。人固难得广大者，然广大太过，则入于庄、佛。惟穷理之至，一

---

① 《明史》卷282《胡居仁传》，第7232页。
② 胡居仁：《胡文敬集》卷2《流芳诗集后序》，《文渊阁四库全书》本。
③ 《明史》卷282《儒林传序》，第7222页。
④ 胡居仁：《胡文敬集》卷2《流芳诗集后序》。
⑤ 《明史》卷282《胡居仁传》，第7232页。
⑥ 黄宗羲：《明儒学案》卷2《崇仁学案二·文敬胡敬斋先生居仁》，第30页。

循乎理，则不见其清高、广大，乃为正学。"① 由此也可理解，当淮王请刻其诗文时，他会以"尚需稍进"婉言谢绝②，而对世间诗人李、杜，自会以为入错了门，走错了路。

再看"元不及宋"论。作为与明代切近的元代，其诗歌理论作风并不会在短时间内就因为政体的结束和人们的批判而消失，其潜在的影响力和吸引力仍相当大。学杨维桢的瞿佑等人和吴兴诗派邱吉③，就是其中尚不醒目的群体，而这个时期的"景泰十才子"和吴中派的部分成员也有比较强的好绮丽的元诗作风。宋诗虽然在这个时期得到了性气诗派的大力播扬，也得到了茶陵诗派和吴中派主要成员的喜好和取法，成为成弘之际十分引人瞩目的诗歌创作和理论辩护现象，但其异类性不仅早为其自家人（特别是理学家朱熹与诗论家严羽）所承认，更被长达一百多年的元王朝所压抑，由此自进入明代始，宋诗一直处于需要为其存在合理性进行辩护的地位。相比之下，元诗虽曾因"粗豪"不文而常受讥嘲，但也因其学唐而被认为方向正确，比之不类诗的宋，在诗歌学习的实践操作层面上显得更为合理。是故，尽管屡有精英人物以第一义相号召不要学有缺陷的元诗，然在实际的诗歌练习和创作实践中，仍有不少人暗中以元诗为直接效法对象，并把学元诗当作入唐的桥梁，而唐诗又是"得古"的。由此组成了一个由元而唐、由唐而古的三环联套的思维逻辑。初步检索，这个时期明确学过元人的，有"景泰十才子"中作风绮丽的刘溥、苏平、沈愚、王淮等苏浙诗人和李东阳、庄昶（两人都学刘因，李东阳还称赞过虞集、马祖常等元诗人）。

---

① 黄宗羲：《明儒学案》卷 2《崇仁学案二·文敬胡敬斋先生居仁》，第 37 页。

② 同上书，第 29 页。

③ 朱彝尊《静志居诗话》卷 6《瞿佑》说瞿佑："幼为廉夫（杨维桢字）所赏，拾其唾余，演为流派，刘士亨（泰）、马浩澜（洪）辈争效之。"卷 8《邱吉》又说："瞿宗吉（佑）以《香奁》八题，见赏于杨廉夫。自是以后，从而效之，拾西昆之唾余，杂以鼓词院曲之秽字，诵之欲呕。吴人刘昌谟倡无题诗，初不见好，而一时和者纷纷，众推吴兴邱大祐（吉）为最，故沈启南（周）赠诗有'西汉人材东阁外，六朝诗句北窗中'之句。"陈田《明诗纪事》乙签卷22《刘英》也说："钱塘马浩澜、刘邦彦（英）诗词妍丽，扬瞿存斋（佑）之余波，刘较马似为胜也。"而刘英又和吴兴诗派的邱吉有交往，邱吉赠其诗云："酒畔吴歌红线毯，袖中章草紫霜毫。风流更在诸公上，日日题诗付薛涛。"关于邱吉，钱谦益《列朝诗集小传》乙集《丘吉》言："其诗纤丽，主温、李，为吴兴诗人领袖。唐惟勤（广）、张子静（渊）继之。"则瞿佑、刘泰、马洪、刘昌谟、邱吉、刘英等人的诗风中都有杨维桢一派学西昆体艳丽的影子，而瞿佑在其间做了过渡。

　　周瑛就提到其时有人学诗从元诗入手的情况。周瑛（1430—1518），字梁石，别号翠渠，福建莆田人。成化五年（1469）进士，累官至四川右布政使。① 有《翠渠摘稿》。论学"与陈献章始合而终离，其学以居敬为主，与贺钦相近"。② 属"述朱派"理学家，《明儒学案》入《诸儒学案》。其《跋陈可轩诗集》批评："古者之诗，大要以养性情为本。自后世观之，唐诗尚声律，宋诗尚理趣，元诗则务为绮丽以悦人。然而今之学诗者，喜自元入手。岂绮丽之语易移人，而澹白之辞难以造意耶？"赞赏陈可轩诗"去元诗远矣"，可看作为宋诗鼓吹。他又颠倒诗词与道学的关系，说"诗辞"是道学之旁出，表明其理学家的文艺观。其《题王皆山〈白云樵唱〉后》说："闽中旧为道学渊薮，诗辞其绪余也。然诗辞亦道学旁出，其抽思造意，探玄索微，出入造化，联络万汇，其高妙处，与性命相流通。诗所寄非浅浅也。"③ 皆山，乃"闽中十子"王恭的号，本以学唐名世，且有"宋元诗不足论"的宣言（参本书前文），而本文强加该段冒头，寻其地域文化传统的道学渊源，不止张冠李戴，由此可见理学家的话语强势和宋元比较论中的"宋过元诗"论。

　　最后看"宋诗最得理"论。其代表是性气诗派领袖陈献章，虽然其在诗歌作风上是诗道统合，不分唐宋，追求自得之乐，又不放松对诗歌自身审美特质和品质的考究锻炼④，既要"性情真"，又要"风韵好"⑤。这里看他对唐宋诗的具体评说。从格律之变、古体变为近体的角度，陈献章同意诗盛于唐的传统说法。对习惯并称的李、杜，其实更心向开启有宋一代诗风的杜甫。对其他诗人，他接受朱熹的诗歌史意见，晋、宋取陶渊明，唐取韦应物、柳宗元，盖以为一脉相承，得冲和雅澹之趣。对宋代文人诗，他认为苏轼、黄庭坚与唐代李白、杜甫一样都是世人学诗的楷模，"其余作者甚多，率不是过"。⑥ 对陈师道也极有好感："无人不羡黄、陈辈，高步骚坛角两雄"，"后山亦到今不死"，并称许陈诗与杜诗都"雅

---

　　① 黄宗羲：《明儒学案》卷 46《诸儒学案上四》，第 1093 页。

　　② 永瑢等：《四库全书简明目录》卷 18《翠渠摘稿》，上海古籍出版社 1985 年版，第 787 页。

　　③ 周瑛：《翠渠摘稿》卷 4，《文渊阁四库全书》本。

　　④ 冯小禄：《从诗和道的统合看陈献章的诗史意义》，《中国韵文学刊》2007 年第 3 期。

　　⑤ （明）陈献章：《陈献章集》卷 3《与汪提举》，孙通海点校，中华书局 1987 年版。

　　⑥ 同上书，卷 1《夕惕斋诗集后序》、《认真子诗集序》。

健"，可疗诗歌品质的"俗与弱"。① 但他所真正向往的诗歌榜样还是宋代理学家的诗歌，于此最推崇北宋邵雍，将其与杜甫并称二妙："子美诗之圣，尧夫更别传；后来操翰者，二妙少能兼。"② 还有程颢的诗，与邵雍一样，"真天生温厚和乐，一种好性情也"③，具有儒者气象。由此可知，陈献章诗歌理论的取法系统仍然归宿于朱熹门庭，诗歌渊源和风格追求也属于邵雍开启的性气诗，而对诗法的研讨揣摩又脱不了宋代江西诗派的印记。因此，对长久以来的唐宋诗之争虽未作正面评价，却以实际做派表明其是倾向并肯定宋诗和宋道学诗的。

能推出"宋诗最得理"论调的，还有与胡居仁、陈献章为友，同时也是理学家的状元罗伦（1431—1478）。他从长达三十九年的"醉梦"中"猛省"后，顿悟"诗文"求工、"科名"求得的虚幻不实，不若"从事圣贤之学"之"成人"④，俨然为一笃志甚刚、正君善俗的道学家。论诗也更趋于道学家之论，极力为宋诗张本。《萧冰崖诗集序》提出"诗非为传世作也，本乎情性，止乎礼义；诗不能以不传也，若三百五篇是已"的论诗主张，为宋诗，确切说是南宋理学诗鼓吹。⑤ 推崇萧氏江西诗派的宗法学习和理学正派嫡传。如此，罗伦褒扬的就是含有理学诗和文人诗在内的整个宋诗，这对于成化年间"宋诗最得理"论调盛行是有张大军势之功的。

为宋诗讲理声张辩护的大有人在，不以理学而以言事著称的张宁即为其中之一。张宁（1426—1498？），字靖之，海盐人。景泰五年（1454）进士，授礼科给事中。累官至都给事中。因与内阁不合，出为汀州知府。后自免归，家居三十年不出。《明史》有传。他和丘濬、伍方为进士同年，一生都保持着较深的友谊⑥。在《学诗斋卷跋》中，他既为宋儒之诗辩护，也为讲"理趣"的宋文人诗辩护。他将传统的"兴观群怨"顺序改为"观兴群怨"，强调诗歌的"观"世风盛衰的教化功能，指责即使是

---

① 《陈献章集》卷5《夜坐因诵康节诗偶成》，卷3《与伍光宇》其三，卷4《次王半山韵诗跋》。

② 同上书，卷5《随笔》其六。

③ 同上书，卷1《批答张廷实诗笺》。

④ 罗伦：《一峰文集》卷8《与刘素彬书》，《文渊阁四库全书》本。

⑤ 同上书，卷2。

⑥ 朱彝尊：《静志居诗话》卷七《伍方》，第192页。

诗人推崇的盛唐诸家，也犯了驰骋"声律"之末而忘记《诗经》"大义"之本的错误。由此，他将发挥义理、讲说性命的道学诗直接与先秦儒家学说和汉儒诗教说联系，以为这才是作诗的根本途径。之后再申言"理趣""经典"对文章各体和声韵的统率作用。在其意中，"经典"是圣贤之言的渊薮，"理趣"是阐发圣贤微言大义的要诀，后世作诗自当"切理达情"，"本始于圣贤之言"，"寓理趣于声律之内"，打破诗文的文体限制，"托著述于比兴之余"。否则，非但比不上有"学问"的宋诗，也远离了《诗经》的教义。总之，道德经典之文，无碍于诗①。

张吉推崇朱熹《感遇诗》，一如当初元稹之推崇杜甫，谓朱诗集诗史之大成："兼苏、李之体制，陶、孟之风调，韦、柳之音节，非汉、晋以下词人所及。生乎后者，不根于此，而有能诗声，我不敢知也。"② 看似出于纯文学批评的眼光，而实际是理学家立场在作怪。他声言人们作诗要以此为"根"，又是一种典型的颂朱论，强挽后世诗人皆入此道。张吉，字克修，余干人。成化十七年进士，官至左布政使。有《古城集》。朱彝尊称他"穷理讲学"③。

总之，这是一个理学盛行背景下的宋诗高扬乃至以为宗法的时代。吴宽和李东阳之言证实了这一点："近时学诗者，以唐人格卑气弱，不屑模仿，辄亦苏、黄自负者比比，卒之不能成，徒为阳秋家一笑之资而已。"④ "今之为诗者，能轶宋窥唐，已为极致……而或者又曰'必为唐'、'必为宋'，规规焉俯首缩步，至不敢易一辞，出一语。"⑤

二　飘摇的护唐诗论

在理学家、心学家的联合打击下，一向非常稳定的唐诗宗法地位在这个时期受到了自元代以来的最大挑战，变得十分飘摇动荡：要么被分成了唐宋兼宗（如茶陵派、吴中派的几位首脑人物），或唐元并学（如李东阳、庄昶等）；要么根本失去其宗法地位，而为宋诗所取代（如性气诗派）。后来胡应麟《诗薮》即说："成化以还，诗道旁落，唐人风致几于

① 张宁:《方洲集》卷 21《学诗斋卷跋》,《文渊阁四库全书》本。
② 转引自朱彝尊《静志居诗话》卷 8《张吉》,第 223 页。
③ 同上。
④ 吴宽:《匏翁家藏集》卷 50《题陈启东诗稿后》。
⑤ 《李东阳集·文前稿》卷 8《镜川先生诗集序》。

尽躏。独文正才具宏通，格律严整，高步一时，兴起何、李，厥功甚伟。是时，中晚唐、宋、元诸调杂兴，此老砥柱其间，固不易也。"① 虽所言主推李东阳的砥柱中流作用，但也说明当时多调杂兴，唐诗的宗法地位受到严重威胁。表1呈现的是这个时期主要诗派成员的诗法学习情况。

表 1　　　　　　　　　　　成弘间流派作家诗法

诗派	作家	诗法	出处
陈庄体	陈献章	五言冲淡，有陶靖节遗意，然赏者少。徒见其七言近体效简斋、康节之渣滓，至于筋斗样子，打乖个里，如禅家呵佛骂祖之语，殆是《传灯录》偈子，非诗也。如其古诗之美，何可掩哉？然谬解者，篇篇皆附于心学性理，则是痴人说梦矣	《升庵诗话》卷七《陈白沙诗》，《历代诗话》本，第779页
		粤人以诗为诗，自曲江始；以道入诗，自白沙始	《广东新语》卷十二，第348页
	庄昶	刻意为诗，酷拟唐人，白沙推之，有"百炼不如庄定山"之句。多用道学语入诗……流传艺苑，用为口实	《列朝诗集小传》第266页
		其诗亦全作《击壤集》之体……录之以备别格	《四库全书总目》第1492页
台阁派	丘濬	其诗如仙翁剑客，随口所出，皆足惊人。虽或兼雅俗、备正变，体裁不一，然谛视而微讽之，气机流触，天籁自鸣，格律精严，亦不失人间矩度	程敏政《篁墩文集》卷三十八《书琼台吟稿后》
	杨守陈	诗格深稳，在唐、宋之间	《静志居诗话》第187页
	王越	虽意在取法盛唐，然往往流入《击壤》一派	《静志居诗话》第188页

① 胡应麟：《诗薮·续编》卷1。

续表

诗派	作家	诗法	出处
吴中派	沈周	其诗初学唐人，雅意白傅，继而师眉山为长句，已又为放翁近律，所拟莫不合作。然其缘情随物，因物赋形，开阖变化，纵横百出，初不拘拘乎一体之长	文徵明《沈先生行状》①
	史鉴	为文纪事有法，诗不屑为近体，冥搜苦索，欲追魏、晋而上之	吴宽《史明古墓表》
	刘钰	其诗专法唐人	吴宽《完庵诗集序》
		攻于唐律，时人称为"刘八句"	《列朝诗集小传》第 204 页
	崔澄	集中和唐诗多至三百七十余首，恪守唐人矩矱，而未成变化	《静志居诗话》第 235 页
茶陵派	李东阳	原本少陵、随州、香山，以追宋之眉山、元之道园，兼综而互出之	《列朝诗集小传》第 246 页
	谢铎	学杜甫、陶渊明、苏轼、黄庭坚	林家骊《谢铎及茶陵诗派》第 267—269 页
	彭泽	少为诸生，偏好独见，得唐人家法	《麓堂诗话》
	杨一清	古诗原本韩、苏，近体一以陈简斋、陆放翁为师	《静志居诗话》第 219 页
	吴宽	诗醲郁深厚，自成一家，与亨父、鼎仪皆脱去吴中习尚，天下重之	《麓堂诗话》
	张泰	为文务己出，视韩、柳若不暇模拟，直欲追两汉、先秦以上；诗则根据杜子美。少尝学李白	陆钶《大明故翰林院修撰张亨甫先生墓志铭》②

---

① 钱谦益《列朝诗集小传》言："石田之诗……少壮模仿唐人，间拟长吉，分刌比度，守而未化；已而悔其少作，举焚弃之，而出入于少陵、香山、眉山、剑南之间……其或沈浸理学，典而近腐，质而近俚，断烂朝报，与村夫子兔园册，亦时不免。"上海古籍出版社 1993 年版，第 290 页。朱彝尊《静志居诗话》卷九言："石田诗不专仿一家，中晚唐、南北宋靡所不学，每于平衍中露新警语。"人民文学出版社 1998 年版，第 232 页。

② 张泰：《沧州集·沧州续集》附录，《四库全书存目丛书》本。

续表

诗派	作家	诗法	出处
茶陵派	陆钑	其初诗主少陵，文主昌黎，后则专尚太白、六一间，以其所自得参之	李东阳《春雨堂稿序》
	程敏政	论诗唐宋兼宗。《李白墓》云："采石人家空奠酒，盛唐诗派不传衣。"《宿宛陵书院》云："云胡倡唐音，趋者若邮传。坐令诗道衰，花月动相眩。千载宛陵翁，惟我独歆羡。……如何近代子，落落寡称善。纷纭较唐宋，甄取失良贱。"	《篁墩文集》卷六十七
其他	谢绩	其诗始规仿盛唐诸人，得宛转流丽之妙，晚独爱杜少陵，乃尽变其故格，益为清激悲壮之调	李东阳《王城山人诗集序》
	张弼	自言"酒杯不及陶彭泽，诗法将随陆放翁"，故其律体全学剑南……与定山辈专效《击壤》者不同也	《静志居诗话》第214页
	费昭霁	若其造语虽近师乎宋，然方之今人空疏卑弱，熟软枯淡，辄以盛唐自诧者殊科	吴宽《园中四兴诗集序》
	陈启东	少喜吟咏，专以唐人为法，故其出语清圆和畅，有王、岑、高、刘之风。予与之别十年矣……自是而柳、而韦、而谢、而陶，若升阶耳	吴宽《题陈启东诗稿后》
	丁镛①	相看不用道名姓，开口一笑先谈诗。君诗不作宋元语，开元大历相追随。虽云专师李与杜，亦或下友参与维。其余佥期之问辈，蔑视何异群小儿	吴宽《赠别丁凤仪刑部》
	倪光	古诗效初唐，音格流丽，近体不减王右丞。句如"路柳官桥晓，山花野店春"，"平林藏宿雾，疏雨带春潮"，真不亚盛唐也	《静志居诗话》第187页引李杲堂语
	张渊	尝梦东坡，性又嗜坡诗，故号梦鹤，杜用嘉（琼）更为梦坡。亦与沈启南善	《列朝诗集小传》第293页
	陈蒙	正统中，四明苏秉衡（平）号能诗，允德喜，步骤之，遍拟杨伯谦《唐音》……卒以诗人称	《列朝诗集小传》第294页
	杨荣	工于诗，会试舟中，取《唐音》和之，月余成帙。一时风尚和《唐音》，而都水能得其风致。徐子元《诗谈》，与慈溪张式之同品	《静志居诗话》第220页引黄宗羲语
	洪贯	诗法盛唐，尝拟杜陵《秋兴八首》，传至京师，李文正大加赏叹	《静志居诗话》第221页

① 丁镛，字凤仪，上元人。成化五年进士，授刑部主事。历员外、郎中，出为兴化知府。有《石厓集》。见陈田《明诗纪事》丙签卷六《丁镛》，第1032页。

可见，除陈庄体以道学为诗，实际以讲理咏性的宋代文人诗和学究诗为主体外，其他诗派和个人对宋诗也有比较强烈的应和表现。

表中所列台阁派三位人物，丘濬的诗歌作风其实与陈庄体最为接近，都是所谓的信手书写，口语自然，不假安排锻炼。只在咏写的内容和情趣上有所差别。丘濬偏于正统理学家对世间物欲情事的理性认识，显得酸腐迂浊，沉闷乏味，犯了李东阳所说的台阁体的"俗"字，而陈庄则偏于借助了禅学的心学家对"孔颜乐处"气象的表露和自得的傍花随柳、鸢飞鱼跃情趣的呈现，显得旷达潇洒，时有清新雅致，得了李东阳所说的山林体的"野"字。虽"野"可犯，而"俗"不可犯，但两者的分野随着各自的向人生、为学宗旨的极端攀附而相应地放松诗歌技艺的品级质地，则也会荡然无存。朱彝尊即看到这一点："（丘濬）诗不事锻炼，而矩度自合。其《与友人论诗绝句》云：'吐语操持不用奇，风行水上茧抽丝。眼前景物口头语，便是诗家绝妙词。'其言未尝不是，第恐学者因之流于率易，堕入定山一派不可也。"① 只是他不喜欢陈庄体的堕入风雅恶道，才担心丘濬的诗论让世人误会。究其实而言，两者都易于滑入迂腐的恶趣。古人大多不敢正面抨击被塑造为理学名臣而实为乡愿哲学家的丘濬的文学作风，对那种戴着刚毅端稳的假面又有着官方保护的假道学，人们只能在不十分违背自身艺术鉴赏力的条件下，竭尽所能地称赞它超出了一般的评价标准，具有别样的风格。② "浙东三杨"中号镜川先生的杨守陈，也有较强的理学意识，在其诗学中，也不太分唐、宋、汉，而是有情则出，有理则述，唐宋兼宗。李东阳评之曰："当其意得，杂体及七言古似宋，五七言律似唐，五言古似汉。"③ 至于以武名世的王越，自作诗立意本在高雄厚壮、激凉凄楚的盛唐边塞诗风上，然受到时代"宗宋"思潮的强大影响，也"往往流入'击壤'一派"④，言讲道理，屡述不休，语淡意浅，味同嚼蜡，了无精美的诗意，只见讲学语录的沉闷拖沓。

吴中派领袖沈周的诗学虽所评诸家重点不同，关于所学先后对象的意

---

① 朱彝尊：《静志居诗话》卷7《丘濬》，第192页。
② 参程敏政、李东阳、钱谦益和朱彝尊对丘濬诗文的评语。
③ 《李东阳集·文前稿》卷8《镜川先生诗集序》。
④ 朱彝尊：《静志居诗话》卷7《王越》，第188页。

见也有差异①，但都有一共同认识，即其师法实际相当庞杂，并"不专仿一家，中晚唐、南北宋靡所不学，每于平衍中露新警语"。②而沈周诗歌"平衍"风格的得来，又与所学杜甫、白居易、苏轼、陆游的善述讲理之风有密切关系，发展到极端，放纵其发达的散文议论习性，则会出现如钱谦益所指出的如理学诗、性气诗之类的弊端："其或沈浸理学，典而近腐，质而近俚，断烂朝报，与村夫子兔园册，亦时不免。"③宋诗作风向本以文辞奔放华靡、标扬唐诗学、追求高格的吴中地区降临（表中所列刘钰、崔澂专尚唐诗，史鉴则力欲追古魏晋以上，不屑近体），也可说明其时理学渗透能力的强大，已有无孔不入之势。

茶陵派的宋诗浸染更加明显。除早年的彭泽"得唐人家法"以外，从盟主李东阳到成员程敏政，都可以说是唐宋兼宗，两不偏废。李东阳曾学元，来自吴中的吴宽、张泰和陆钶可能有过先唐后宋、所谓"脱去吴中习尚"的转换过程④。值得说明，茶陵派的宋诗师法仍与陈庄体不同，并未将陈庄最为心仪的师法典型——邵雍作为学习对象。是故茶陵派创作虽有理学气息，却不大谈心性、太极、无极、静坐等儒学术语，他们将学习对象专注于讲学问趣味和尚法度气度的宋代文人身上——苏轼、黄庭坚、陆游、范成大、欧阳修和梅尧臣。其他师法宋代文人诗的还有张弼（学陆游）、费昭霁、张渊（嗜苏轼）等人。

据表1统计，除陈、庄外，其他诗派和个人明显师法过宋人的有12人，加上实际具有宋诗特征的丘濬，共13人，在24人中占一半以上，虽未超过明确习唐的20人，但已是这个时代非常突出的诗学现象。唐宋诗的宗法之争达到了有明以来的最高潮。唐诗的独尊地位受到宋诗强有力的挑战。明诗宗法也开始飘荡起来，先前几乎无须证明的唐诗合理性和师法问题在这个时期开始需要详细证明与重申，于是为唐诗辩护的言论也开始

---

① 集中可参钱谦益《列朝诗集小传》丙集《石田先生沈周》第290页所列李东阳、吴宽、杨循吉、王鏊、文徵明，祝允明和钱氏自己的意见，以及朱彝尊《静志居诗话》卷9《沈周》第232页所述看法。

② 朱彝尊：《静志居诗话》卷9《沈周》，第232页。

③ 钱谦益：《列朝诗集小传》，第290页。

④ 比照沈周的师法，可能也是学绮丽的李贺等。而白居易则由于其在吴地文化传统中的重要地位，自来就受到吴人的推崇。至于皮、陆等人以和韵的方式进行唱酬，联结感情，则是吴中派的重要组织形式。

多了起来。

先看为唐诗的合理性进行辩护的言论。走向儒家学派思想极端的狭隘理学家，可能会以其高悬的理道有用标准指斥世间诗歌的荒废徒劳，既无助于个人理性修养的提高，也无助于世道人心的培育。这时，被奉世间诗歌当然取法的唐代李白、杜甫就首当其冲，成为重点批判的对象，目的是杀鸡给猴看，让为诗人、文人名义而辛苦勤奋的人们迷途知返，回到儒学正道，走修齐治平之路。在他们眼里，与最高的儒学相比，文学实在只是"小技艺"，近于"玩物丧志"。这可以说是北宋程颐和明代胡居仁等人批判李、杜的心理和思想动机。而此期新兴的心学家对文学、诗歌的态度也大抵如是，只是表面看来并不那么狭隘顽固而已。他们以为自风雅后，准确说是魏晋以降、古体变为律体后，古意即连同古道都处于一个不断损耗和丧失的过程中，然而世间诗人们（"诗家者流"）仍不顾念"受朴于天，弗凿于人，禀和以生，弗淫于习，故七情之发，发而为诗"的《诗经》作诗精神，大都陷入了"矜奇眩能，迷失本真，乃至句锻月炼，以求知于世"，"然已限其拘声律，工对偶，穷年卒岁为江山、草木、云烟、鱼鸟粉饰文貌，盖亦无补于世焉"的泥潭中不能自拔。陈献章于此郑重声明：世间诗人所奉以为楷模法则的"作者莫盛于唐"和李、杜大家，都不是最好最高的诗歌，"语其至则未也"。① 然则最好最高的诗歌，是能将分裂了数千年的道和诗重新弥合浑融起来的，抒写自得之性情气象，兼有"李、杜之制作"和"周、邵之情思"的"妙不容言"② 的诗歌。偏于诗而离开道的唐诗和李、杜，以及宋代文人诗的代表黄、陈，自此就在性气诗派中失去其高尚的宗法地位。③ 当然，在道、理、儒家气象这个"大本"占有了创作思想高地后，实际的创作过程，也不妨取资于他们，尤其是杜甫。所以陈庄体的诗歌创作本质上是非唐非宋，而实际表现上则是亦唐亦宋，并无唐宋诗的宗法之争的。

对此，也有人也以理道的名义来维护唐诗和唐代律诗的存在合理性，他就是台阁派何乔新的《唐律群玉序》。他首先提出"诗自'风雅'、

① 《陈献章集》卷 1《夕惕斋诗集序》。

② 张诩：《白沙先生行状》，《陈献章集·附录二》，第 880 页。

③ 陈献章《认真子诗集序》，诗歌界的杜甫和融道诗于一体的邵雍成为其最为心仪的师法人物，前者管诗艺的"制作"，后者管"情思"的正邪。

《骚》、《选》之后，莫盛于唐"的鲜明命题，然后自我设问，自为论争，为选唐律诗辩护："夫诗者，人之性情也。唐之律诗，其音响节族虽与古异，然其本于性情而有作，则一而已！读者因其辞，索其理，而反之身心焉，则可兴可观可群可怨而有裨于风化者，岂异于'风雅'、《骚》、《选》哉？"① 认为唐律之音响节族虽与古之《诗经》、《离骚》、《文选》有别，但精神命脉却无异，都是出于性情，有益社会的大教化，读者因之索理，反于身心，兴观群怨和风化的功能都能得到实现。这是典型的扯虎皮充大旗的辩护方式，以理学诗教观为选诗行为开道。由此亦可见其时理学主流意识的庞大，已到了需以它为挡箭牌来抵挡所有可能的进攻了。

再看重申唐诗宗法地位的言论。实践中的唐代诗歌取法并未因这个时期理学的狂盛和性气诗歌的几夺其席而失去其取法效用。究实而言，取法唐诗的仍占上风。以茶陵派为例，他们仍坚持学习典型的唐诗，极力追踪学习集先唐诗学大成、又开有宋一代尚理尚法风气的杜甫，把他当成唐代楷模；其次是作风浅易深情又喜唱和的白居易，个性鲜明、光彩照人的李白和"横空盘硬语，妥贴力排奡"的韩愈；至于边塞诗格的代表高适、岑参，山水田园诗格的王维、孟浩然，以及中唐的刘禹锡、刘长卿等人，也得到了这个诗派成员的广泛热爱和推崇。而在"其他"个人的诗法习练中，和唐、拟杜之作层出不穷，如陈蒙、杨荣和洪贯等人②。诚如四库馆臣所言："考自北宋以来，儒者率不留意于文章。如邵子《击壤集》之类，道学家谓之正宗，诗家究谓之别派。相沿至庄昶之流，遂以'太极圈儿大，先生帽子高'、'送我两包陈福建，还他一匹好南京'等句，命为风雅嫡派。虽高自位置，递相提唱，究不足以厌服众心。"③ "自真德秀《文章正宗》出，始别为谈理之诗……自（金）履祥是编出，而道学之诗与诗人之诗千秋楚越矣。夫德行、文章，孔门即分为二科。儒林、道学、文苑，《宋史》且别为三传。言岂一端，各有当也。以濂、洛之理责李、杜，李、杜不能争，天下亦不敢代为李、杜争。然而天下学为诗者，终宗

---

① 何乔新：《椒邱文集》卷9《唐律群玉序》，《文渊阁四库全书》本。
② 天顺朝李贤景泰三年十月也有赓咏杜律的诗人行为。参李贤《古穰集》卷7《赓咏杜律序》，《文渊阁四库全书》本。
③ 《四库全书总目》卷170《薛文清集二十四卷》，第1486页。参同书卷165《仁山集六卷》，第1419页。

李、杜，不宗濂、洛也。此其故可深长思矣。"① 实际上世间大多数诗人还是主要以唐诗为取法对象。

　　由此看到，当唐诗宗法地位遭到来自思想界（理学）的轮番打击时，文学界却并没有做出多么强有力的反应，要么是扯虎皮充大旗，打个虚晃，为唐诗找到理学中的立足点；要么只是单方面重申，不做正面抵抗。个中底蕴，还是上引四库馆臣语说得透彻："以濂、洛之理责李、杜，李、杜不能争，天下亦不敢代为李、杜争。"这些文学家也都有相当强的理学思想，包括那位以思想狂放、敢于大言著称的桑悦也是如此。入室操戈，还要等到郎署文学兴盛、前七子派崛起之时。

---

　　① 《四库全书总目》卷 191《濂洛风雅六卷》，第 1737 页。

第 二 编

主流文学流派的盛衰演化

现有文学史的固有描绘，由于其提纲挈领、要言不烦，更重要的是由于著者个人的主观好恶和时代的文学舆论，总会流于粗线条和简要化，从而不可避免地掩盖了文学史和文学流派演变的复杂细节。比如《明史·文苑传》和一般文学史教材对于明代文学主流盛衰演化的概括叙述和罗列式评论，即让人感觉到似乎明代传统文学的演进，就是几个大的文学流派的前后更迭，从台阁派经茶陵派、前七子派而演绎到唐宋派、公安派、竟陵派和明末的复社、几社。① 如果只是以此来研究尖锐复杂的明代文学流派论争，则显然会像"远水无波，远人无目"一样，观者只能得其隐约的画意，而不能得其切实的真面貌。

事实上，明代文学集团和流派众多，性质和影响程度不一，既有占据全国和一个时代文坛主流、造成了极大影响的，也有暂时的齐名、结社并称和仅限于一地的多个文学集团。由此可以从影响程度上，将明代具有自觉、完整程度不等的文学流派，分为主流文学流派和次要文学流派或地域文学流派。通观整个明代的文学流派，据我们分析研究，可称为主流文学流派的，明前期是浙东派、台阁派，明中晚期是茶陵派、前七子派、唐宋派、后七子派、公安派、竟陵派，它们的影响可说都是席卷朝野，波及全国。而其他如明初的诸诗派②，之后是主要在野的吴中派、陈庄体，以及在前后七子派之间、为时比较短暂的六朝、初唐、中唐诗派，晚明众多的地域性诗歌流派和文社，都应看成是次要文学流派或地域文学流派。

鉴于明前期文学流派之间论争的针对性和反复性不是太明显，本编主要研究自前七子派崛起后所带来的明代中后期的主流文学流派之间，或主流文学流派过渡到次要文学流派争鸣的盛衰演化关系。③ 其中由于拙著已

---

① 《明史·文苑传》关于明代主流文学流派的演进，只有寥寥二百八十余字，第7307 页。而如袁行霈总主编，黄霖、袁世硕、孙静分卷主编的《中国文学史》第四卷《明代文学》，除明前期外，其主要讲的文学流派和社团，就是上述这些。

② 其中江西诗派由于大批江西人士在朝堂的持续崛起，实际影响应该很大，可归到台阁派。至于其本身，还是视为次要的文学流派。同样的道理，闽派的诗宗盛唐的实际性全国影响，也放进台阁派来处理。

③ 之所以以前七子派的崛起作为主张性、"自觉型"文学流派的开始，是它带来了明代文学权威的下移趋势。具体阐述，详下。

经以"三方论坛"为题，初步讨论过以李维桢为代表的后七子派与同在楚地的公安派、竟陵派的论争关系，故本编实际以四章的篇幅，分别研讨前七子派和茶陵派的论争关系（在"文权之争"这个视野下），唐宋派加上理学派（包含心学家）对前七子派的秦汉古文宗风的批判（以上为一章）。研讨前七子派进入衰势之后所出现的诗歌宗法新变及争论，包括前七子派的余脉和新起的六朝、初唐、中唐三诗派（以上为一章）。他们加上前面的唐宋派、理学派在古文的批判，以及性气诗派，就成了矢志继承前七子派的后七子派的批判目标，而展现出他们独具特色的文学流派特征——集体追求文学不朽（以上为一章）。最后研讨到明末清初时期以钱谦益、黄宗羲、王夫之为代表的诗文评论家，他们对于明代诗文流派正宗谱系的构建和对于明代诗文流派"邪宗"谱系的批判，以见出易代背景下的明代文学流派意见（以上为一章）。本编四章的内容与下面第三编所讨论的主流文学流派和地域文学流派的竞争，构成了不同层面的明代文学流派论争观照视角，前者着眼于主流文学流派，后者着眼于地域文学流派。正是主流文学流派之间以及主流文学流派与次要文学流派、地域文学流派之间的盛衰演化和争鸣的复杂关系，才构成了明代文学流派论争研究的多元视角和学术内涵。

第 一 章
"世之矜持门户多矣":茶陵、前七子派
与理学、唐宋派

为文好奇的李东阳门生罗玘（1447—1519），在为弘治十七年去世的吴宽（1435—1504）作祭文时，曾对其时已很浓厚的门户对立论争风气大有感慨，说："嗟乎，世之矜持门户多矣！任学术者，非周则张，或自以为程、朱；语文章者，非柳则苏，或自以为韩、欧；谈诗歌者，非梅则黄，或自以为李、杜；论史学者，非寿则兢，或自以为迁、固。其所以自待者，可谓厚矣，而世卒莫之许焉者，皆是也。"① 可为弘正之际文学流派论争常是诗文兼谈、广及哲学和史学等时代思潮的一个总体概括。这个时期发生了主流文学流派从茶陵派到前七子派的更迭，其标志是"文权之争"。

而到嘉靖十年左右，唐宋派从古文领域崛起，一方面提倡已形成悠久传统、以文以明道为宗旨、以简易明白为语词要求的唐宋文风，特别是宋代欧阳修、曾巩文风；一方面又借助新兴的王学思想灌溉，着力从文统、文法和文辞方面批判前后七子派古奥生涩的秦汉文风，由此上演了古文领域的由秦汉而唐宋的流派宗法更迭。参与批判七子派秦汉文风的，除了唐宋派一系之外，还有这个时期持有浓重政教思想的理学家们。

第一节　文权之争:前七子派与茶陵派关系原论

关于前七子派与茶陵派的关系，时贤已就前人诸多或相类同或相反驳

---

① 罗玘：《圭峰文集》卷20《祭匏庵先生文》。

的论述做出了十分深入细致的疏解，并得出了一些高论①，本书则从陈田《明诗纪事》以来就有的"文权下移郎署说"再稍做延伸探讨，指出前七子派从茶陵派的脱茎自立到张大高扬的过程，除关系到当时政治斗争的格局外，从文学流派的起伏兴衰来说，其实乃是前七子派向高踞社会政治等级体制之上、又具有文化制度优势的台阁派代表茶陵派争夺文坛话语霸权的过程。凭借其制度性的文学操练和掌握优势，茶陵派欲固守其所享有的对官方和世间文学书写的主宰权利。然而借助时代文化对于古学和文学的深切需求，以及日渐迫切的现实吁求，弃去了时文之累而蛰伏于郎署外省的前七子们已不再甘于依照旧例，只在有兴之余以文学来缘饰本职的吏事（这是李东阳们所愿看到的），而是要大显身手，将他们对这个时代的政治看法和文学看法以文学创作理念的鲜明态度非常干脆透彻地表达出来，创造一种与这个风云激荡、理性飞扬的时代精神更相吻合跃动的新文学，却无惧于与茶陵派（可认为是本期的台阁派代表）展开面对面的论争和战斗。

这番斗争的结果，最终以身居郎署的前七子派获得空前胜利，这彻底改变了明代文学的书写品评权利一直从高层相传的发展进程。代替台阁派，前七子派也拥有了新的话语霸权，带来了新的文学创作理念及其词语的流行。当然，也由此注定了以后新文学流派在兴起时，即有意针对之前文学流派的流行之弊发动新的文学清算，从而造成明代文学流派发展中你方唱罢我登场的文学话语权力更替的特殊景象。

追论其源，则是从前七子派开始的，因为之前的文权交接多半是以一种类似于政治法权上的禅让传承方式来完成的，从某位文坛领袖传到下一位继任者手中。如李东阳的全国文学盟主地位，除以官位不断上升、最后跻身内阁首辅的方式取得社会各界公认外，还要靠他自己秉笔叙述的台阁派文柄谱系来完成文坛盟主宝座的交接程序。请看他为其庶吉士馆师、官至礼部左侍郎兼翰林学士、谥号文安的刘定之所写文集序，内中即追溯了明代台阁派"文柄"的传承谱系，从洪武的宋濂，到正统时的杨士奇，

---

① 目前梳理两派关系最细的当数薛泉《李东阳研究》，专辟一章《李东阳与前七子关系》从接受和反接受着眼梳理，湖南人民出版社 2007 年版。其他涉及的尚有简锦松《明代文学批评研究》，台湾学生书局 1989 年版；廖可斌《明代文学复古运动研究》，上海古籍出版社 1994 年版；黄卓越《明永乐至嘉靖初诗文观研究》，北京师范大学出版社 2001 年版；黄卓越《明中后期文学思想研究》，北京大学出版社 2005 年版。

又由杨士奇传到刘定之,"乡里之彦,每以属诸先生","其文伟然,大鸣于时,固一代之盛哉";现在又从刘定之传达了李东阳手里,"先生尝阅东阳阁试《炎暑赋》,进而谓曰:'吾老矣,纵不死,亦当去矣,子必勉之!'"① 刘定之,江西永新人,与杨士奇为同乡。这番话,与昔日欧阳修放苏轼出一头地之语,本质与效果皆一致,都是以政权禅让的方式来交接文权。《明史·李东阳传》也肯定了其在当时的文坛领袖地位:"自明兴以来,宰臣以文章领袖缙绅者,杨士奇后,东阳而已。"② 而李东阳本来是想把天下文柄交给自己看好的弟子邵宝等人的③,结果被不守规矩、越位而出的前七子派硬抢了过来。

对此,何景明似也有自觉意识,其《汉魏诗集序》结尾即曾言:"夫文之兴于盛世也,上倡之;其兴于衰世也,下倡之。倡于上,则尚一而道行;倡于下,合者宗,疑者沮,而卒莫之齐也。故志之所向,势之所至,时之所趋,变化响应,其机神哉!"④ 对他们发动的那场轰轰烈烈的文学复古运动,究竟是处于衰世还是盛世,何景明应该是心知肚明。不管是觑定了时势还是应和了时势,总之在他们高昂的复古志向下,结果也确实完成了这革命性的巨功伟业,将文权从茶陵台阁派手里抢了过来。后来王世贞在为何景明文集作序时即有深刻感受:"是二君子(何、李)挟草莽,倡微言,非有父兄师友之素,而夺天下已向之利而自为德。於乎,难哉!"⑤ 越到后来,王失其鼎,群雄逐鹿,中晚明文坛的文权争夺就更激烈复杂了。

一 "文权下移"说的提出

鉴于前七子派在发展壮大的过程中确有一段追随茶陵派文学思想并与之亲密相处、奉其领袖成员为师友、其实是同派的历程,作为继前七子派而起但中间又隔着古文之唐宋派、诗歌之初唐派、中唐派、六朝派的后七子派,在重述这段风云诡谲的文权变换史时,又有意识地调整了论述角度

---

① 《李东阳集·文前稿》卷5《呆斋刘先生集序》。另参同书卷9《倪文僖公集序》所述文柄传承谱系,也是从宋濂到杨士奇再到刘定之,其意甚明。
② 《明史》卷181《李东阳传》,第4824—4825页。
③ 钱谦益:《列朝诗集小传》丙集《邵尚书宝》,第271页。
④ 何景明:《大复集》卷34,《文渊阁四库全书》本。
⑤ 王世贞:《弇州山人四部稿》卷64《何大复集序》,《文渊阁四库全书》本。

和针对对象，将茶陵派和前七子派先后继起的文学同盟关系比作一场政治革命中的首倡者和成功者的关系，一如历史上陈胜吴广起义之于汉高祖刘邦。王世贞说："长沙公少为诗有声，既得大位，愈自喜，携拔少年轻俊者，一时争慕归之。虽楷模不足，而鼓舞攸赖。长沙之于何、李也，其陈涉之启汉高乎？"① 语气确实相当轻佻，有李东阳茶陵派为草莽、七子派为正宗之意。承王世贞言，胡应麟也说："成化以还，诗道傍落，唐人风致，几于尽隳。独文正才具宏通，格律严整，高步一时，兴起何、李，厥功甚伟。"② 他放弃了王世贞的陈涉、汉高的露骨比喻，算是缓和了茶陵派和七子派的紧张关系，然也只是有限承认李东阳"高步一时"及其"兴起"前七子派的功劳。值得注意，两人都有意识地将茶陵派和前七子派视为了前后继起的文学同盟关系③，并且胡应麟还将两派共同革新的对象隐隐指向了造成"诗道傍落，唐人风致，几于尽隳"的陈庄体性气诗派上。从文学史事实言，这当然也有根据，因为七子派在诗歌宗法上多是宗唐排宋，而陈庄体又典型地延续了宋代理学家邵雍的诗歌作风。

如此调整两派的关系，可谓用心良苦：第一，可减少来自茶陵派的反攻击，为后七子一派的兴盛找到更多的支持者和同盟军，扩大七子派的影响。第二，转移人们的注意力，将前七子派的批判对象从茶陵派转移集中到文学复古运动最大的敌人——宋诗上，重塑诗歌的审美理想和审美法式。从这个角度说，后人的很多论著确实被胡氏的移花接木骗了，也跟着说前七子派的革命对象不是茶陵派，而只是性气诗。第三，将茶陵派和七子派塑造为同盟关系，可让前七子派逃脱可能有人要套上的以下犯上之罪。

果不其然，后来钱谦益为着他心目中的文学流派统系即是如此做的。其言："国家休明之运，萃于成、弘，公以金钟玉衡之质，振朱弦清庙之音，含咀宫商，吐纳和雅，沨沨乎，洋洋乎，长丽之和鸣，共命之交响

---

① 王世贞：《艺苑卮言》卷6，《历代诗话续编》本，第1044页。

② 胡应麟：《诗薮·续编》卷1，第345页。

③ 在王世贞前，前七子派余脉、嘉靖五年进士、长洲人袁袠的《少司马武陵陈公集序》（《衡藩重刻胥台先生集》卷14，《四库全书存目丛书》本），台湾学者简锦松《明代文学批评研究》认为袁氏"乃欲引二李为前后相承之同派也"，第227页。在王世贞后、胡应麟前，嘉靖四十一年进士穆文熙也说："李公才情兼美，于何、李有倡始功，大似唐之燕、许。"朱彝尊《明诗综》卷22《李东阳》引，第1109页。

也。北地李梦阳一旦崛起, 侈谈复古, 攻宰窃剽贼之学, 诋谇先正, 以劫持一世; 关陇之士, 坎壈失职者, 群起附和, 以击排长沙为能事。王、李代兴, 祧少陵而祢北地, 目论耳食, 靡然从风。"并攻击始作俑者王世贞的上述比喻, 以为文坛的正统仍在李东阳的典雅台阁一系, 李梦阳及所带动的前后七子派, 才是窃据一方争霸的草莽, 他们干了"诋谇先正"的悖伦犯上行为, 且声称王世贞晚年悔其为争夺复古派文权而发的少年未定之论。① 怀有极端文学流派正统意识的钱谦益与王世贞一样, 也根本不愿意承认茶陵派与前七子派确实曾经有过的师友关系, 所以他用的是"先正"而非"先师", 目的是要将李东阳塑为诗坛正统, 而将前七子派贬为邪门歪道。

不曾想这番也是评论者的有意"改造", 遭到曾受其指导奖掖的王士禛的揭露: "海盐徐丰厓 (泰)《诗谈》云: '本朝诗莫盛国初, 莫衰宣、正。至弘治, 西涯倡之, 空同、大复继之, 自是作者森起, 于今为烈。'当时前辈之论如此。盖空同、大复及西涯之门。牧斋《列朝诗集》乃力分左右祖。长沙、何李, 界若鸿沟, 后生小子竟不知源流所自, 误后学不浅。"② 指出李梦阳、何景明曾为李东阳弟子, 两派实有割不开的承传联系。不过, 王士禛只是就两派在弘治间的情况而论, 却没有谈到正德、嘉靖后的两派关系。再后, 沈德潜在编选《明诗别裁集》时又著说在王世贞和钱谦益两造之间作了一些调停, 以为李、何是继东阳而起, "廓而大之", 造成了一代文学之盛的大好局面③, 而没有直接点明文权的变换问题。

直到近人陈田方揭出这一重要命题: "胡元瑞 (应麟) 谓孝庙以还, 诗人多显达。茶陵 (李东阳) 崛起, 蔚为雅宗, 石淙 (杨一清)、匏庵 (吴宽)、篁墩 (程敏政)、东田 (马中锡)、熊峰 (石珤)、东江 (顾清) 辈羽翼之, 皆秉钧衡、长六曹, 挟风雅之权以命令当世, 三杨台阁之末流, 为之一振。然踪希宋体, 音阕盛唐, 乐府或创新制, 叠韵竞侈联篇。

---

① 钱谦益:《列朝诗集小传》丙集《李少师东阳》, 第 245—247 页。

② 王士禛:《池北偶谈》卷 15《谈艺五》, 靳斯仁点校, 中华书局 1982 年版, 第 345 页。

③ 沈德潜、周准编:《明诗别裁集》卷 3《李东阳》言: "永乐以后诗, 茶陵起而振之, 如老鹤一鸣, 喧啾俱废。后李、何继起, 廓而大之, 骎骎乎称一代之盛矣! 王元美谓长沙之于何、李, 犹陈涉之启汉高, 此习气未除, 不免抑扬太过, 宜招后人 (如钱谦益) 之掊击也。"第 75 页。

追李、何起，而坛坫下移郎署。古则魏、晋，律必盛唐，海内翕然从之。譬之力侔贲、育，则勇夫夺气；音希《韶護》，则他乐不请。取法乎上，势不得而阻也。"① 提出了从"三杨"台阁派以来一直到以李东阳为首的茶陵派都是"挟风雅之权以命令当世"，结果到以李梦阳、何景明为首的前七子派崛起，"而坛坫下移郎署"。这就是明代中期的文权下移说。

二 为文权而分裂的两派关系指实

两派最为公开明朗化的分裂事件发生在正德三年（1508），作为翰林院官员（修撰）的康海，并没有按惯例将去世母亲的各种墓文写作交给同一个体制下的馆阁诸公，而是交给了一帮志同道合、品级较低的文社好友，自己作《行状》，王九思为《墓志铭》，李梦阳写《墓表》，段㽵书《传》。张治道《翰林院修撰对山康先生行状》记载："戊辰，先生同考会试……无何，丁母忧，归关中。往时，京官值亲殁，持厚帑求内阁志铭，以为荣显。而先生独不求内阁文，自为状，而以鄂杜王敬夫为《志铭》，北郡李献吉为《墓表》，皋兰段德光为《传》。一时文出，间者无不惊叹，以为汉文复作，可以洗明文之陋矣。西涯见之，益大衔之，因呼为'子字股'。盖以数公为文称'子'故也。若尔，非大衔也耶？"② 王九思《明翰林院修撰儒林郎康公神道之碑》亦云："其年秋，太安人弃养，公将西归合葬平阳公。诸翰林之葬其亲者，铭、表、碑、传，无弗谒诸馆阁诸公者，公独不然。或劝之，乃大怒，曰：'孝其亲者，在文章之必传耳，官爵何为？'于是自述《状》，以二三友生为之。刻集既成，题曰《康长公世行叙述》，遍送馆阁诸公。诸公见之，无弗怪且怒者。"③ 两文都作于康海去世的嘉靖十八年（1539），距事件发生的正德三年，已有三十年之久。即便如此，对于这场有关前七子派和茶陵派、台阁派关系的重要

---

① 陈田：《明诗纪事·丙签序》，第 931 页。

② 张时彻：《皇明文范》卷 53，《四库全书存目丛书》本。

③ 王九思：《渼陂续集》卷中，《四库全书存目丛书》本。李开先《对山康修撰传》（《闲居集》之十）即以此为据记录，并说："吕九川而深讶之，以为此官供状也，尚以此刻送人，何也？"为其后来免官张本。李开先《康王王唐四子补传》又说："忌者假以国老文为其所作，就正于对山，对山不知，从而批抹少存者。忌者呈之国老，诸老咸恶之矣。"则是有人嫉其才，在康海和阁臣之间挑唆。而这又当出于王九思上文所述："盖公在翰林时，论事无所逊避，事有不可，辄怒骂。又面斥人，遇见修饰伪行者，又深嫉之，然人亦以此嫉公。"

事件,两文还是做了可以互相补充的记载。其间容或有想象夸张的成分,然据王九思与康海的一世朋友加儿女亲家的交情,则前七子派确曾为康海母亲墓文的写作问题,而与当时台阁派和茶陵派的双料代表李东阳发生激烈冲突这个事实,是可必的。并且,这场冲突的本质,是身居下位的前七子派,以关中康海为突出代表,主动向高居社会政治文化高位的茶陵派、台阁派争夺俗世文章写作权的文权之争,即使为之得罪现管的上级亦不恤。

而这场冲突之发生,关键即在于两文所提到的墓文写作"故事"或曰"旧例"。明人提及此点的文字很多,有陆容的《菽园杂记》,那是包括卿大夫在内的社会各阶层人们都出重金求内阁大臣做墓文的情况:"今仕者有父母之丧,辄遍求挽诗为册,士大夫亦勉强以副其意,举世同然也。盖卿大夫之丧,有当为神道碑者,有当为墓表者,如内阁大臣三人,一人请为神道,一人请为葬志,余一人恐其遗己也,则以挽诗为请。皆有重币入赘,且以为后会张本。既有诗序,则不能无诗,于是而遍求诗章以成之……受其赘者,不问其人贤否,为活套诗若干首以备应付。及其印行,则彼此一律,此其最可笑者也。"[1] 有罗玘《馆阁寿诗序》,讲的是更为多样的求馆阁写各种亭台记、器物铭和墓文、寿诗等,且可能求者终身而不得的情况:"有大制作,曰:此馆阁笔也;有欲记其亭台、铭其器物者,必之馆阁;有欲荐道其先功德者,必之馆阁;有欲为其亲寿者,必之馆阁。由是之馆阁之门者,始恐其弗纳焉,幸既纳矣,乃恐其弗得焉。故有积一二岁而弗得者,有积十余岁而弗得者,有终岁而弗得者。噫,其岂故自珍哉?为之之不敢轻,而不胜其求之之众也。"[2]

再看记录康海父亲墓文写作事件的文字:"康对山以状元登第,在馆中声望籍甚,台省诸公得其謦欬以为荣。不久以忧去。大率翰林官丁忧,其墓文皆请之内阁诸公,此旧例也。对山闻丧即行。求李空同、王渼陂、段德光作墓志与传。时李西涯方秉海内文柄,大不平之。值逆瑾事起,对山遂落职。"[3] 也称翰林官员丁忧、墓文皆求内阁诸公作是"旧例"。"旧例"和正史上记载的各种"故事"一样,实际具有不成文法的威力,破坏它就要冒一定风险。康海去破坏了,就要承担后果。果然,正德五年,

---

① 陆容:《菽园杂记》卷15,第189页。
② 罗玘:《圭峰集》卷1。
③ 何良俊:《四友斋丛说》卷15《史十一》,中华书局1959年版,第126页。

刘瑾以谋反罪伏诛，作为同乡的康海和王九思受到牵连，先后落职还家，从此再没能重返仕途，走上了借酒浇愁、填曲泄愤的放纵之路。

其次还在于康海、李梦阳等人由于学习秦汉文而形成的互相称"子"、被馆阁大臣蔑称为"子字股"的文风，迥异于当时以"和平畅达"流行天下的李东阳茶陵派文风。这在后来人的眼光看来，也是一个重要的"得罪"原因。除上引张治道文外，还有朱应登子曰藩《袁永之集序》也以此重述那段文权斗争史，且涉及的范围更大，扩展到整个前七子派："弘、德时，海内数君子出，读书为文，溯自韩、欧以上，稍变前习，一时士大夫翕然趋焉，而柄文者顾不之喜，目其文曰'字子股'。乃数君子亦抗颜不之恤，各以其志勒成一家之言，行于世。然以天下公器趋舍相诮，识者非之。"①

何乔远《名山藏》则集中到王九思一人前后学习之变来重述："李梦阳起而倡古文辞，九思一洗旧习从之。东阳因呼九思、梦阳文为'子字股'，盖以其互称'子'为重也。刘瑾请调诸翰林为诸曹郎，九思得吏部主事，历文选郎中，拒绝请托，虽瑾不得行。瑾诛，诸翰林夕复官，东阳以其文异己，言：'官至郎中者，可无复。'九思仍吏部。居顷，言官深恶王纳悔，并劾九思：'堂上堂下，一陕三吏部，非瑾党何从得此?'堂上谓尚书（张）彩也。坐出为寿州同知。"②

嘉靖六年李梦阳为朱应登生平作的《凌溪先生墓志铭》，则将弘治十二年朱氏登第后前七子派所面对的控压目标扩大为两个：一是以理学著称的台阁派人物，"执政者"刘健，对文学予以彻底地否定，声称李白、杜甫只是酒徒，不足多道；二是茶陵派首领，"柄文者"李东阳，称前七子派之作是"卖平天冠"。在他们的联合打压下，"凡号称文学士率不获列于清衔"③。李梦阳代整个前七子派的仕途遭遇所发出的叹恨之意，可见对此的痛彻感受。

由此可见，在前七子派一系的遭遇认识里，从康海、王九思、李梦阳到张治道、朱曰藩，确实有一个文学宗法和政治际遇被台阁派（茶陵派

---

① 朱曰藩：《山带阁集》卷28，《四库全书存目丛书》本。
② 何乔远：《名山藏·文苑记·王九思》，北京大学出版社1993年版。
③ 李梦阳：《空同集》卷45。

和理学家）所压制的艰难过程。① 而这又和当时前七子派成员要么多未能融入翰林台阁体制，如李梦阳、朱应登、徐祯卿、何景明等以古文词著称的文学名士，连庶吉士门槛都未进入；要么即使进入了也因为政治风波而被体制所赶出（如康海和王九思）有关。② 仕途的隐秘失意和高昂的文学宗法就这样牵连起来，组成你中有我、我中有你的难分难解局面。要具体指实所针对者为何人何事，其中肯定有岁光飘忽、时代抵牾之处。何况这些前尘旧事，被以一种后知选择的目光进行了筛选过滤，已经融入了一些后来才明白的当代史学感受。然无论如何，这个事实是可以肯定的，即前七子派的崛起确实是在和台阁派、茶陵派争夺文学话语霸权，并以仕宦的偃蹇不达赢得了复古派文学的发展空间，推行斩截的新诗文宗法，改变了明代文学自上而下的叙述方式，而将以普通进士官员为主的郎署文学和外省文学推到了文学创作思想的前台。远离了翰林体制和京师官衙的复古派文学士，又在各地继续推行其诗文创作理念和法式，甚至深入到乡野草间。由此复古运动有了多层作家群落，培养了士人在还未解决登科大计时就早早地从事古文词的创作训练，从而铸造了明代文学有别于其他时代的"复古"特色。

所以，发生在正德三年的这场本来可能无足多道的寻常墓文写作事件，却因为康海当初欲代表前七子派与台阁派、茶陵派争文权，结果落得台阁的报复打击，罢职还乡，而变得意义重大，不可小觑，成为传主生平的重要大事。所以叙述者王九思、张治道在此关节点上都浓墨重彩地进行书写。张治道还曾对其前因作了交代说明：一是早在弘治十五年廷试，康海制策得到弘治皇帝的大加赞赏，钦点为当科状元，名震天下之时，即引起了其时台阁诸公包括李东阳等人在内的不满，而种下最初的祸根③；二是到弘治十八年，与李梦阳、何景明、徐祯卿等人在都下结"为文社，讨论文艺，诵说先王"，为其时"为中台，以文衡自任，而一时为文者，皆出其门，每一诗文出，罔不模效穷仿，以为前无古人"的李东阳所大

① 何乔远《名山藏·文苑记·李梦阳》、李贽《续藏书》卷26《修撰康公》、钱谦益《列朝诗集小传》丙集《王寿州九思》等书都认为前七子派的秦汉古文写作是在与以李东阳为代表的台阁茶陵文风相对立争持，只态度有别。
② 简锦松：《台阁文权之衰落》，《明代文学批评研究》第二章，第52—81页。
③ 简锦松《明代文学批评研究》以为张治道在歪曲事实，实际当初李东阳（包括刘健）都十分欣赏康海的廷试对策，并留下了赞扬的批语，第75—76页。

不满。这就是张治道文基于后来的政局和文坛发展情况而做出的一种预设叙述逻辑，意即从康海一登第为状元始，即有提倡先秦两汉古文和汉魏盛唐诗歌的想法①，要与李东阳茶陵派一争文权高低，墓文行动乃是实现文权转移的重要举措。两派之争，在所难免。前七子派取得了古文宗法的胜利："一时文出，见者无不惊叹，以为汉文复作，可以洗明文之陋矣！"茶陵派则取得了政治斗争的胜利，"自立门户，不为其所牢笼"的李梦阳、康海、何景明、徐祯卿等前七子派中人纷纷被打击，"在仕路遂偃蹇不达"，与茶陵派的"后进有文者"多官运亨通适相反照。②

黄卓越先生曾对七子派和李东阳的冲突说了一段发人深思的话："七子派与李东阳的冲突已不限于文学领域，而且也扩至政治等领域，有时又两者搅缠在了一起，也正因为在冲突的过程中，七子派等所代表的正义性质，从而使其能由政治伦理上取得的优势而被顺利地推到历史进程的前沿，李东阳则因其于政治风浪中充当的蜕化角色，而削弱了原来的光环。至此而后，台阁固有的道德、文章、权力三位一体的格局出现严重的剥离，无法再行统一，即权力的优势不再代表道德与文章上的优势，而且其权力本身也处于相对下坠状态。"③ 以此为本部分的结束。

三　茶陵派的文学虚应

虽然后来前七子派（尤其是关中派，或称西北派）一系言之凿凿，将批判锋芒直指茶陵派首领李东阳，但毕竟都是当事人李东阳已经下世、时隔多年后的记载。当时并未将这些斗争情事，用可靠的文献记载方式明确表述出来，也就更别提那些经过后世有心读者读出来的暗讽情况。④ 所以，要寻找李东阳及茶陵派成员一面对于前七子派所发动的系列"进攻"的反应，便显得难乎其难。在这里，我们只能找一些侧面案例。

---

① 康海：《对山集》卷 3《渼陂先生集序》，《文渊阁四库全书》本。

② 何良俊：《四友斋丛说》卷 15《史十一》，第 127 页。

③ 黄卓越：《明永乐至嘉靖初诗文观研究》，第 99—100 页。

④ 如李梦阳正德元年六月为李东阳六十大寿生日所作的《少傅西涯相公六十寿诗三十八韵》，由于全诗三十八联七十六句主要称赞其书法成就，而且只有一联中的一句"文章班马则"评价其文学成就，还只及文章不及诗，即被陈田以为"轩轾已见微意"，至作《凌溪先生墓志铭》则几于指实，而今人也有袭其说、以为两派暗中摩擦的论据。参陈田《明诗纪事》丁签卷 1《李梦阳》按语，第 1136 页；廖可斌《明代文学复古运动研究》，第 82 页。

　　对李东阳而言，其在正德朝的际遇可谓既喜又悲：喜的可能是个人仕途的飞黄腾达，终到位极人臣，做了内阁首辅；悲的是偏逢艰难时局，宦官刘瑾等颐指气使，动辄矫诏欺霸、打压人臣，又有同年焦芳在旁虎视眈眈，随时准备取而代之，正气日暗，左支右绌，倍感压抑。偏于柔滑怯弱的个性和恋禄保位的心理，使得士林领袖李东阳处于正德初年政局和文坛的风口浪尖下，人们的议论颇为纷纭，甚至连老门生罗玘都不理解他的苦心弥缝、一直不退，要求解除师生关系，"不然，请先削生门墙之籍"。①得意弟子乔宇，似也要与他保持一定距离，李东阳回信乔宇，不由得诉说内心不白之苦衷："近得两书，寒温外别无一语，岂有所惩，故为是默默者邪？计希大于仆不宜尔。或前书过于自辩，致希大不自安？盖于希大有不容不尽者。今道路谤责之言洋洋盈耳，仆曷尝置一喙于其间哉？顾进退之迹，无以自明，如所误极，亦理之所必有者。而希大悔其误，岂于仆之素心亦有未谅者邪？"②在一个以对上对同僚小心应付、对自己默默思量为主的特殊时期，李东阳大概是顾不得与康海、李梦阳们做正面的文学反击。所以，除能从王九思、康海等人以刘瑾党羽的罪名被政治打击，落职罢官，而猜测到李东阳可能是在借机报复泄愤外，其他的就只能靠一些侧面的评述用语及其倾向来猜度了。黄卓越先生认为李东阳致仕后所写作的《瓜泾集序》中的"钩棘晦滞之病"、"掇拾剽窃于片言只语间，虽有组织绘画之巧，卒无所用于世也"，《董文僖公集序》中的"诘屈怪诞之语"，《刘文和公集序》中的"朱子深慨夫文之弊，谓今之为文徒得减字法与换字法耳。夫为文而法止于是，又恶知有所谓气者哉"等语句，"均为七子所发，且甚有忿忿不平之念，与其固有的为台阁文时的雍容平正相比已属失格。"③可参。

　　李东阳本人如此，其他茶陵派成员的反应也多半如是。即有针对，也大抵是推崇维护李东阳的正面高大形象，而偶尔以言语做些旁敲侧击的功夫，向着前七子派围攻的"虚影"做些"暗战"的工作，这可以谢铎《读怀麓堂稿》和李东阳门生梁储《贺阁老西涯李公七十诗序》为例。前文言李东阳："出其绪余，发而为文，则根据六经，泛滥百家，随所欲

---

① 罗玘：《圭峰集》卷21《寄西涯先生书》。
② 《李东阳集·文后稿》卷10《再与乔希大宗伯书》。
③ 黄卓越：《明中后期文学思想研究》第一章，第53页。

言，无不如意……故独立之憎，终不能胜同俗之悦。"① 可看作是不满前七子派的群攻李东阳，算是为朋友和本派文学宗旨护法。后文则以台阁派一贯的评论尺度，阐明李东阳一生的文学业绩，首先强调其"根本六经，沈浸子史"的醇正博厚修养，接着指出其文可分两部分：一是经世致用之文为大，"若人告奏议之文，代言应制之文，纂修笔削之文"；二是文学之文，虽为余事，"然叙事如《书》，铭赞如《诗》，简严如《春秋》，雄深雅健如司马氏，或清新俊逸而有余味，或纡徐含蓄而可深思，或至足之余，溢为奇怪，沛然莫御，而皆安流。"总之"不专一能，兼具诸体"②，包含了前七子派赖以自诩的古文诗歌才艺，而又有他们所无法完成的台阁用世之文。暗中维护之意，也较为明显。此文作于正德十一年李东阳七十岁生日时，算是提前的盖棺论定；两月后，李东阳即辞世了。而攻击前七子派古文宗法之意较为明显的，则是顾清在与聂豹通信时所言："近世高才之士，以汉唐而下之文为不足法，而必欲力进于古人。其志甚高，论甚伟。后进习闻其说而不得其所以然，摆落拘缠，自出机杼，往往未及释氏所谓小乘禅、第二义，而骛寻于外道者有之。其剽猎记诵为口耳之资者，又在所弗论也。"③ 不过时间已经到了嘉靖初期，指责的是生吞活剥前七子派古文宗法的"无名"末流。

　　至于以不与交往的方式表示对前七子派的不满，据学者梳理，似也只有何孟春，不过也仅限于与康海、王九思，而与李梦阳则还是维持了相当良好的朋友关系。④ 其他如乔宇、储巏、邵宝等茶陵派人士⑤，与前七子派成员都交情不错，并未因为后人认定的文学流派归宿的不同而对立。因此，钱谦益《列朝诗集小传》所划出的两派对立，更多应该是一种无形的派系观念，不一定要落脚到你嘲我讽的现实层面。何况两派在文学思想观念和创作作风上颇多出入的地方，只要不去穷究其异，又何妨思想互通？对立是存在的，但不一定要流于显攻；斗争是存在的，但多半会是

---

① 谢铎：《桃溪净稿》卷30，《四库全书存目丛书》本。
② 梁储：《郁洲遗稿》卷4，《文渊阁四库全书》本。
③ 顾清：《东江家藏集》卷39《答聂文蔚论文体书》，《文渊阁四库全书》本。
④ 简锦松：《明代文学批评研究》，第48、78页。
⑤ 李梦阳在正德七年为江西提学副使期间作《独对亭铭》，还深情追忆弘治时期与邵宝的交谊："予无似，追昔从邵公讲道许下，今廿余年矣。不谓继官而同地，均业共职有兹来也。"《空同集》卷60。

"虚应"。只有当一切尘埃落定,当事人都逝去,对立斗争的真相才可能由历史叙述者之口倾泻出来,显得当初的事实就是那么肯定和激烈。而其实未必。因为,即使在"矫激取名"①的明代正德时期,也还有比文学更为重要的政治;只有当文学牵蔓到政治,文学之士的命运被关注,文学的宗法和权利也才跟着被关注。这是笔者考察了时贤关于两派关系的讨论后得出的基本看法。

第二节 由秦汉到唐宋:政教理学派和唐宋派一系的古文批判

酝酿于弘治后期、风靡于整个正德朝的前七子派诗文宗法,可说自其诞生壮盛之日起,就不断有来自各界的质疑、反对和规劝的声音,而当其进入衰降阶段的嘉靖前期,批判的幅度和力度就越来越密集猛烈。本节讨论古文领域中对于前后七子派秦汉宗法的批判,主要从偏向政治教化和程朱理学的理学派(称为政教理学派)和大体与王、唐、茅三人同志的唐宋派一系的批判来讨论。由于政教理学派的批判秦汉宗法里(他们大抵也不满王守仁心学一派),也含有对于唐宋文"以文明道"的内容及其平顺文风的大致肯定,而两派又颇多人事和思想的往来乃至对立争论的地方。职此,本节取名"从秦汉到唐宋",观察他们在前七子派古文宗法的反应以及相互之间的复杂论争态势。

一 政教理学派对秦汉宗法和王学末流的并置批判

钱锺书先生《谈艺录》曾缕列中外文学史上一人的诗文创作水平不齐、理论认识和自作趋向差异和同一时代同一地方会发生文学和思想路向的背驰等现象,补充一条说:"有明弘、正之世,于文学则有李、何之复古模拟,于理学则有阳明之师心直觉,二事根本根本牴牾,竟能齐驱不倍。按王龙溪《曾圣征别言》记阳明初从李、何倡和,既而弃去。"又解释说:

①《四库全书总目》卷170《抑庵集十三卷续集三十七卷》:"盖明自中叶以后,文士始好以矫激取名。"第1485页。

　　董容斋首拈出阳明义理与何、李词章之歧出而并世。《容台集·文集》卷一《合刻罗文庄公集序》："成、弘间师无异道,士无异学。程、朱之书立于掌故,称大一统,而修词之家墨守欧、曾,平平尔。时文之变而师古也,自北地始也,理学之变而师心也,自东越始也";《重刻王文庄公集序》:"公仕于弘、正之朝,是时海内谈道者,东越未出,谈艺者,北地未著。"黄黎洲《明文授读》卷三十六李梦阳《诗集自序》评语云:"其时王文成可谓善变者也。空同乃摹仿太史之起止、《左》、《国》之板实,初与文成同讲究之功。文成深悟此理,翔于寥廓,反谓文成学不成而去。空同掩天下之耳目于一时,岂知文成掩空同之耳目于万世乎。"盖谓词章之真能"复古"者亦即义理师心之王阳明,道统文统,定于一尊。黄氏此论,固能一新耳目,其心无乃亦欲尽"掩耳目"耶。①

　　引万历董其昌之说,以为乃明人中"首拈出阳明义理与何李词章之歧出而并世"者。此不确。观下引嘉靖时期崔铣、顾璘、张岳等人将王学末流与复古末流并置批判的文字,则董其昌之前,早有人著先鞭。

　　自正德五年徐祯卿和心学宗师王守仁、湛若水再度相逢于京师、谈到性命之学后,文学复古之士的思想归宿问题就成为文学界和思想界的热门话题。一方面是文学复古士主动向理学、心学靠拢,另一方面也是理学、心学家的竞相招揽与争夺,理学、心学和文学三方之间充斥着很多潜藏的论争,吾谨、郑善夫、何景明、李梦阳、顾璘和薛蕙等人都是其中的典型例子。② 而对持政教理学中心观的人们来说,文学界前七子派的文学复古末流和思想界王守仁的王学末流,都是他们所要着力批判的对象,而往往捆绑在一起。

　　崔铣,字仲凫,一字子钟,河南安阳人,弘治十八年进士,官至南京礼部侍郎,谥文敬。其事迹见《明史·儒林传》。四库馆臣称:"铣力排王守仁之学,谓其不当舍良能而谈良知,故持论行己,一归笃实。其争大礼,劾张璁、桂萼,风节表表,亦不愧其言。所作《政议》十篇,准今

---

① 钱锺书:《谈艺录》,补订本,中华书局1996年版,第303、613页。
② 冯小禄:《明代诗文论争研究》,第236—292页。

酌古，无儒生迂阔之习。"① 崔铣的并置批判言论至少有三处。一见于嘉靖十九年与前七子派中坚、南京复古派领袖顾璘的通信：

> 自朱子大注群经，尊者崇为国是，诵者习为士阶，后儒兢相模衍，遂成讲套。古文则仿欧、苏，流于庸痿，弘治中二三子思起文弊，慧者谈道德以胜之，乃至阳诋名贤，阴用梵释；考其行谊，不逮常人，撑眉竖目，居之无忌，实繁其徒，炽而未艾。仰读高文，专伐此辈，整庵（罗钦顺）之外，才见一人。此论不息，上关国运，微哉微哉！②

在此，崔铣将李、何领导的文学复古运动与王守仁倡行的心学运动并论。"弘治中二三子"指康海、李梦阳和何景明等人，他们代表前七子派发起了向欧、苏作风，实质也就是台阁派、茶陵派趋于柔腻软靡的古文作风的复古运动，以先秦两汉文倡之；"慧者"指王守仁心学一派，在前七子派成员的归道过程中，徐祯卿、吾谨、郑善夫等人都曾和王学发生或浅或深的联系，"谈道德以胜之"，即其意。而王学在昔日为前七子派成员、今日又都有较浓厚而不同的程朱理学思想的崔铣（偏向理学）、顾璘（偏向政治）看来，却是最应该批评的，因为其诋訾正统理学，暗用佛禅，热衷讲学，淆乱人心，对社会和人心的危害很大。又见于他为本期理学家代表人物罗钦顺的七十寿序和《漫记》中：

> 昔周道微而霸臣兴，宋论繁而霸儒竞。霸臣必借强大以假仁，霸儒必抗高玄以迈学。均之，求遂其胜心焉尔……弘治中，士厌文习之痿而倡古作，嗣起者乃厌训经之卑而谈心学。是故嘅颜后之失传，申象山之独造，创格物之解，剽禅寐之绪，奇见盛而典义微，内主详而外行略矣。③

> 弘治以前，士攻举业，仕则精法律，勤政事，鲜有博览能文者；

---

① 《四库全书总目》卷171《洹词十二卷》，第1500页。
② 崔铣：《洹词》卷12《答顾东桥侍郎书》，《文渊阁四库全书》本。据简锦松《明代文学批评研究》考证，本信作于嘉靖十九年，第334页。
③ 崔铣：《洹词》卷10《太宰罗公七十寿序》。

125

间有之,众皆慕说,必得美除。自孝皇在位,朝政有常,优礼文臣,士奋然兴,高者模唐诗,袭韩文。阁老洛阳刘公恶之,教人看经穷理,弘治末颇知习左氏、《史记》矣。今日士著书则自谓周、汉,摛词则自任风雅,然皆六朝余习。讲学戒于相袭,各择一义为门户,敷演令不可破。甚者崇好佛经、老子,曰:精于六经,大抵钓名以致利而已。其行犹夫人,其心之诈则莫测也。①

认为前七子派复古运动和王守仁心学运动之兴起并非偶然,都针对弘治以前文艺和理学(举业)的弊病而起,有一定的合理性,但发展到后来,各自都出现了末流:秦汉派是溺于文辞,不知上达,纯是六朝文士的习气,而六朝是其所谓的"贼乎诗"的时代②;心学末流则简直是理学、经学和政教的反动,不仅修身致思的路向是异端的禅学、老学,而且倡行起一种打着讲学修行之名而实际谋求个人名利的不良学风,于世道人心所害非浅。两个运动的弊病都亟待洗刷整理,相较而言,又以心学末流的纵横恣肆为最急迫。其间固然有实际危害的考量,也有崔铣曾深入参加文学复古运动,对文学复古运动有好感的原因。崔铣文本身即已相当的奥涩颇折,近于李梦阳的有意简古。顾璘在与王廷相通信中说:崔铣和李梦阳都是"老而益工",都有很强的复古文士习气。③ 至于崔铣视刘健为复古派宗尚秦汉文的不桃先驱,则自是出于个人私情,力图修复当初刘健曾与复古派人士为难的一段情感冲突缝隙④,而将压制复古派的政治责任推到李东阳等其他执政者身上。

与顾璘《赠别王道思序》的文学思想转向差不多一致,崔铣后期也在对秦汉文宗尚的反思中承认唐宋文人也在学习两汉文的"格王正事,罔非经义"精神,与道关系密切,两者在文辞风格上各有自己的特点;

---

① 崔铣:《洹词》卷11《漫记》第八条。

② 崔铣《庸书》言:"诸子贼乎文者也,六朝贼乎诗者也,无与忘贼乎学者也。夫刍拳,天下之至美也,王公食蕨,则以为大美。夫庄也列也佛也,申也韩也,沈也谢也,宋儒辟而废之矣,今猎之以为奇,珍之以为真,眩视发闻,六经又晦矣哉!"同上书,卷3。

③ 顾璘:《顾华玉集·凭几集续编》卷2《启浚川公》,《文渊阁四库全书》本。

④ 参李梦阳《空同集》卷66《论学下篇第六》云:"'小子何莫学夫《诗》?'孔子非不贵诗。'言之不文,行而不远。'孔子非不贵文。乃后世谓文诗为末技,何欤?岂今之文非古之文,今之诗非古之诗欤?阁老刘闻人学此,则大骂曰:'就做到李、杜,只是个酒徒!'李、杜果酒徒欤?抑李、杜之上更无诗欤?谚曰:'因噎废食',刘之谓哉!"

而对宋来说，还有一个"践履为章"的司马光、"道德为用"的程颐之重实践道德的体道重事为文传统，超越了一般文人和宋人的为文精神，直接孔门经学血脉，"游艺者有矩矱矣"。① 这是一种重道观念下的秦汉、唐宋文对照观，为时代的古文宗法由秦汉而唐宋准备了属于以道为主、道文互重理念下的潜渡转换思路。

顾璘的并置批判，则见于赠本期著名理学家吕柟之序中：

> 今天下之师三：曰文辞，曰经义，曰道学。文辞者，选辞炼文，拟艺作者，掞国家之章采，然其务华失实，不底于大义，使人荡而忘本，君子所惧也。经义者，抱六艺之遗，寻绎衍说，涉猎支肤，不为无助，然破裂圣真，假筌蹄以干利禄，一切不求之身，徒美口耳而已。道学者，谈性命之微，别天下之分，虽未必实有诸己，然指示门户，分析幽眇，庶几穷大道之实际，及其敝也，立异尚新，不遵先圣之途轨，渎诸屏孺，失区别之教，悖善诱之法，使人躐意高远，废下学而希上达，视前二端取利差大，其害亦随以甚。②

他将当时的文辞、经义和道学之弊并列批判，以为心学之害甚于文学和科举时文之弊。实则经义可归于道学，而此处的道学之弊又主要指向王学讲学之弊。吕柟，字仲木，号泾野，陕西高陵人，正德三年状元，官至南京礼部右侍郎。事迹见《明史·儒林传》。四库馆臣称："柟之学出薛敬之，敬之之学出于薛瑄，授受有源，故大旨不失醇正。然颇刻意于字句，好以诘屈奥涩为高古，往往离奇不常，掩抑不尽，貌似周、秦间子书，其亦间渍于空同之说者欤？"③ 此言如果移评崔铣文风，可能更贴切。

将秦汉复古运动与王学讲学末流并置反思批判的，不止崔铣、顾璘（两人均与前七子派有深刻的粘连维护关系），还有其他奉行程朱思想关心世道人心的人们，如惠安张岳在与王学弟子聂豹的通信。拙著已录其全文，本处录其首尾两段文字：

---

① 崔铣：《洹词》卷11《古文类选序》。参同书卷3《刻文章正宗序》。
② 顾璘：《顾华玉集·息园存稿·文》卷1《赠吕泾野先生序》。
③ 《四库全书总目》卷176《泾野集三十六卷》，第1571页。

　　大抵今之论文章者，必曰秦汉，盖以近时之软熟饾饤为可厌也；讲读者，必曰自得，亦以传注之拘滞支离、学之未必有得也。夫真能以秦汉之文，发其胸臆独得之见，洋洋乎通篇累牍，而于根本渊源之地，未必实有得焉，君子未敢以作者归之也。况所谓秦汉者，乃不出晚宋之尖新，稍有异于今之软熟者尔，实亦无以异也。暗郁而不章，烦复而无体，奔走学者于谲诞险薄之域，反不若浅近平易，犹得全其未尽之巧之为愈也。秦汉之文，见于班马氏所载多矣。其深厚醇雅之气，明白正大之体，曾有一言一字谲诞乎哉？今之自诧为秦汉者，恐未必于班、马之书有得也。有得于中，则其发也必不掩矣。乃欲厚自与而疑学者，其亦可悲也夫……文章、议论，古人讲学不以为先也；今也穷日力以从事于此，犹不得其要领，况其远且大者乎？此类得失，本无足辨，然场屋去取，学者趋向系焉。新学小生心目谫薄，一旦骤见此等议论，必以为京师好尚如此，其弊将至诡经叛圣，大为心术之害，有不可不深忧而豫防者。①

　　与崔铣的观察思路一致，张岳也看到了前七子秦汉宗法和王守仁讲学运动几乎同时并起的社会现象，以及它们的末流运行态势，并将对它们的反思批判一统到性理和政事、教化的高度上来，讲出其深沉忧虑。这"确实也把握住了明代中期学术的大变动，盖李梦阳、何景明所倡导的文学复古运动和王阳明所引领的思想领域的异动，从文学和思想两个方面撼动了原有的文学和思想格局。当沉闷却稳固的秩序被打乱后，原有格局中的思想者和文学者就会有巨大的担心，就会以'洪水猛兽'的心情注视着这些可怕事物的出现，而想预防其担心的后果出现"②。相较而言，张岳则更为关心下一代年轻人受"京师好尚"影响传染的问题，而将对两者的批判结合到科举时文考试上来，希望聂豹在执行巡按御史之责时，注意在这些方面进行有力的引导和规劝。

二　唐宋派一系对前后七子派的秦汉文风批判

　　在唐宋派三位代表人物中，唯唐顺之曾在嘉靖二十九年（1550），与

---

① 张岳：《小山类稿》卷6《与聂双江巡按》其二，《文渊阁四库全书》本。
② 冯小禄：《明代诗文论争研究》，第250页。

洪朝选在私下将前后七子派的首领李梦阳和李攀龙绑在一起批判:"所示济南生文字,黄口学语,未成其见,固然本无足论。但使吾兄为人所目摄,此亦丰干饶舌之过也。且空同强魂,尚尔依草附木,为祟世间,可发一笑耳。"① 语气尖刻,大有道学家见到文坛沉渣再泛的鄙薄厌恶之感。但如此直言批斥,即使在相当自信的唐顺之处,也是仅此一见。其他针对前七子派的言论,多用可以意会、不需言传的讥笑嘲弄、揶揄或自我挖苦等方式,来予以流行现象式的抨击,而不点名道姓。其他与唐宋派三代表有相近意见者,在批评前后七子派的学秦汉时,也大都采取此种方式。②

王立道(1510—1547),唐顺之妹夫。字懋中,号尧衢,无锡人。嘉靖十四年进士(1535),选庶吉士,授编修。卒时,年仅三十八岁。其文学诗文创作和思想也趋近唐顺之,四库馆臣云:"其诗虽微嫌婉弱,而冲容淡宕,不为奇险之语,犹有中唐钱、刘之遗。文则纵横自喜,颇于眉山为近。其《论文书》有云:兵无常形,以正胜者什九;文无常体,以奇善者什一。《盘诰》之文则六经之什一耳。效而似者犹未可为常,而况其万不类也哉? 其言深中当时北地诸人摹仿周秦之弊。即其所为文可识矣。"③ 所谓《论文书》,即《与友人论文书》。该书主张文从道出,奇自正出,黜奇变而申正达,是典型的经过庶吉士培养的翰林台阁口吻,充满浓厚的道学气,承袭明初浙东派的论文方式,推崇道德流而为文的自然作文方式和雍容典雅的欧式文风或舒放畅达的苏式文风。所谓"古之君子内足而外章,德至而言立,莫不平易正达,温纯尔雅","三代而上所谓文章之士,即道德之徒也。自夫岐而二之,而后世始无文也"④,等等是也。在这样的文论观下,前七子派的秦汉艰涩文风可知在批判之列。其《拟重刊文章正宗序》也是如此,所抨击的后世之文的种种表现,"非缔绘藻饰悦耳目以为佳,则或剽盗陈言,熟烂可厌;非穷探冥搜为荒唐不经之语,则鄙俚而无足观;而不然者,又或钩章棘句,奇涩聱牙,险谲神鬼,高媲皇坟,务以刿目鉥心,骇眩愚俗,而实则假艰深文其浅近"⑤,

---

① 唐顺之:《重刊荆川先生文集》卷6《与洪方洲郎中》,《四部丛刊》本。

② 关于唐宋派与前后七子派的关系,可参黄卓越《明代中后期文学思想研究》、黄毅《明代唐宋派研究》等著作。

③ 《四库全书总目》卷172《具茨集五卷》,第1507页。

④ 王立道:《具茨集·具茨文集》卷5《与友人论文书》,《文渊阁四库全书》本。

⑤ 王立道:《具茨集·具茨文集》卷4《拟重刊文章正宗序》。

都可以说是在针对前七子派的末流。其实这也是台阁文学和明初文学所坚持的一向口味，所谓"夫文主于志，辅于气。志定而气完，则其思不涸，其词雍容，蔚然而有章，粹然而不叛于道"① 是也，至此与唐宋派合流，而共同批判偏向秦汉古奥风格的错误倾向。由此可以这样说，前七子派诗文尤其是文章复古作风，遭到了来自理学（含心学）、政治、翰林台阁和文学界内部宗法变动流派的联合批判。

薛应旂（1500—1572后），字仲常，号方山，武进人。嘉靖十四年进士，官终陕西提学副使。"尝及南野（欧阳德）之门"，名列"南中王门"②，与唐顺之同乡同窗，都是举业名家，有着深厚的交谊③，可看作唐宋派的成员。薛应旂批判前七子派的古文宗法及末流之弊，见于其《答熊元直检讨》中。观其序列的由先秦而唐宋的古文辞系统，全以理、道为核心，以六经为源泉，以"纪纲人事，维持世道"为己任，以"有益民生日用"为功用，所持标准既如此，判定结果必如彼：尊六经，黜秦汉，扬唐宋。薛应旂反感目前正在流行的秦汉派，由此及彼，先前的秦汉文受了学他的后人的拖累。明代秦汉派的糟糕表现被他漫画化了：要么无知无识，依傍前人；要么故作高论，支辞蔓说；总之，没有心得，一无是处。④ 而他后面关于"辞达"的阐述，又可以看出与唐顺之论文的参合熔融之处。其说之要，是"意"和"词"的妥帖结合："胸中真有一段意思"，即有得；"直书之"，即语言"明白简切"。⑤ 而他要求应酬文也要不为无益空言，而要有益身心，则又可看到当时心学的流行态势。

当然，如果学习者都只是模拟古文的外壳而不及内在的义理和人格归宿，则仿效唐宋和模拟秦汉，其实是五十步笑百步，因为它们都违背了理学家所强调的先有其人（格、品）、其事而后自然为文的作文路数。此种思想见于其为同门休宁人胡孺道所作的《霞州文集序》：

---

① 王立道：《具茨集·具茨文集》卷4《玉河小稿序》。

② 黄宗羲：《明儒学案》卷25《南中王门学案一·提学薛方山先生应旂》，第592页。

③ 李开先《荆川唐都御史传》言唐顺之"业师乃包庵叶林，而窗友则方山薛应旂也"。《李开先集》卷十，路工辑校，中华书局1959年版。

④ 薛应旂：《方山先生文录》卷4《答熊元直检讨》，《四库全书存目丛书》本。

⑤ 唐顺之《与洪方洲书》云："进来觉得诗文一事，只是直写胸臆……扬子云闪缩诡怪，欲说不说，不说又说，此最下者。"《重刊荆川先生文集》卷7。

今之论文者动谓先秦、两汉，又谓韩、柳、欧、苏、王、曾七大家。呜呼，是则然矣。夫使为文者于理道有所发明，于世教有所裨益，而文又如其所尚，文不足尚哉？惟其无当于理道、无关于世教，而徒剽窃、口耳假借、形似影响，而曰：吾秦汉矣！吾秦汉矣！七大家一下勿论也，群称共和，其不足以炫饰观听哉？然不过叔敖之优孟耳，君子不谓之文也……或无是情而必为之辞，或非其事而漫为之说，虽步趋秦、汉，模拟韩、欧，咸可抹也。①

不过，道学家的批判重点还是在秦汉派上。由前后七子派的秦汉古文宗法推而及于汉魏盛唐诗歌宗法，薛应旂也一体捆绑批判：

今之艺林词客论文若诗，动曰先秦两汉，其次则魏晋六朝，其次则唐，而宋以下弗及也。至观其所为文若诗，则率皆无本之言，而模拟缀缉，多不关于性情理道，于世无益。诚若是，则何贵于立言哉？②

某不佞尝窃闻诸人矣：文自典谟之外，则曰先秦两汉；诗自风雅之外，则曰苏李曹刘；甚则衙官屈宋，奴仆命骚，而唐宋以下诸人勿论也。此其为说，前代固已有之，迨我弘、德以迄于今，则兹说益炽以昌，而稍知操铅椠、事笔札者，盖人人能言之矣。夫是之意，岂不欲追古作者，务去陈言而语必惊人哉！及观其为文，则率多钩棘轧茁以为工险怪诡僻以为奇，既不可以阐道纪事，又非所以舒惨达情，其去古昔诸名家，何啻仓素？顾且自相夸诩，而群称共和，余盖不知其所终也。③

虽然唐宋文在文章外观的风容色泽上可能输给风驰电掣的秦汉文一筹，但在发挥道理为文上却比秦汉文更接近六经和儒家的本源。因此，从这个角度上说，学习唐宋文的代表韩、欧，就不再是学习作为唐宋人的韩欧，而是学习超越世代、直接挥道为文的千古至文。而这个千古至文，都是统一

---

① 薛应旂：《方山先生文录》卷11《霞洲文集序》。
② 同上书，卷11《东圩家藏集序》。
③ 同上书，卷11《留省稿序》。

在儒家高悬的理、道上的，包含了诗歌和古文两个领域。有此思想，薛应旂所不满而批判前后七子派者，即不仅是古文领域的秦汉宗法，还有诗歌领域的汉魏盛唐宗法。而批判的原因不完全在于这些宗法对象本身有多大错误，而在于学习者不得其法，只从诗文的外壳入手去生吞活剥地模拟，结果造成了理学家和重理的文学家所不喜欢看到的诗与人的分离、道与文的分离，认为这样就失去了最为根本的古文"阐道纪事"功能、诗歌"舒愫达情"功能。因此，理学家和重道的文人手中所持的道德伦理纲常和儒家式的光明俊伟人格，就不仅是针对模拟古文外壳之病的良方，也是针对模拟诗歌声调体式之病的良方。

随着古文风尚由秦汉而唐宋的更迭成功，薛应旂又有直接点明批判李何复古宗法的言论，见于其为唐宋派领袖王慎中文集所作序言：

> 夫我明一代之文，实自宋潜溪（濂）、方逊志（孝孺）倡之，二公精诣绝识，根极理要，其为文度越前古，不啻商彝周鼎，匪直一代之冠冕而已。迨至弘、德间，习尚旋流，识趣日溺，于是李献吉、何仲默各以文自负，一时人士尠有定见，亦遂翕然归之。何之言，犹或近于理道，李则动曰《史》《汉》《史》《汉》，一涉于六经诸儒之言，辄斥为头巾酸馅，目不一瞬也。夫《史》《汉》诚文矣，而六经诸儒之言，则文之至者。舍六经诸儒不学，而唯学马迁、班固，文类《史》《汉》，亦末技焉耳，何关于理道，何益于政教哉！迩数年来，其识日益炽，摹拟者日益众，而文日益陋矣。乃思荆川子往称遵岩之文类于（子）固者，岂直以子固（曾巩）之文为极致哉？①

他把王慎中放在了接续明初宋濂、方孝孺所开创的以道为重的文统谱系里，而抨击以李梦阳、何景明为代表的前七子派不学六经、宋儒等道理之文（至文）而只学司马迁、班固等小技式的文人之文，目标和归宿都已落在了学六经的宋人（以曾巩为代表）和学宋人的王慎中、唐顺之之下。

---

① 薛应旂：《遵岩文粹序》，载《明文海》卷240，第3册，第659页。另参其所作《宋方文语序》，推举王阳明"会文切理"，可接续宋濂、方孝孺传统，抨击七子派诗必汉魏盛唐、文必先秦两汉的宗法模拟，所谓"文称《左传》、《国语》、《史记》、《汉书》，诗祖苏武、李陵、三曹、刘桢"是也。载《明文海》卷240，第3册，第659页。

如此立论，薛氏自会认为近年来接续李、何的后七子派，是更加地日下日陋。对道学家和重道的文人来说，他们更重视经由六经所培育出的儒家式人品修为，以及人品修为达到一定程度的自然之文，不文饰过甚，辞达意即止，恰好。其理想境界就是："夫道以文而显，亦以文而晦；文以人而传，亦以人而泯。古今之为文者多矣，上下千百年间，号称名家者，亦无虑数十辈，而其遂传而不泯者，非其人品卓越，必其言几于道者也。"① 其文章正统谱系说，与茅坤后期的唐宋派正统文论建设思路如出一辙。

洪朝选（1516—1582），字舜臣，号芳洲，福建同安人，与王慎中为同乡。嘉靖二十年进士，累官刑部右侍郎。登第前，曾向家居的唐顺之问学，又曾在王家坐馆半年，与其讲学论文，对王氏非常了解。② 登第后又努力向同游者通报王慎中由秦汉而唐宋的文学创作和思想的转换，并与持反对意见者辩护，声称"不知学马迁莫如欧，学班固不如曾"③。其自为文，在王慎中和唐顺之的影响下，也颇得王氏赞赏，向"嘉靖十子"之一的李元阳推举说："吾乡有洪芳洲先生，文词直得韩、欧、曾、王家法，与唐荆川君最相知。其所作视荆川不啻王深甫之于南丰，张文潜之于东坡，充其所极，当为本朝名家。"④ 王慎中去世后，洪朝选为其文集作序，赞其文"上之足以躏藉六朝之沈、陆，下之足以凌厉近代之徐、李，余子碌碌，固未足仿佛其藩篱者，况敢往其堂奥乎？"⑤ 标举王文成就超过了前七子派的徐祯卿、李梦阳。在前七子派盛行的嘉靖后期，他与茅坤等人一起撑持着唐宋派的领地。

唐顺之的入室弟子万士和（1516—1586），字思节，号履庵，常州府宜兴人。嘉靖二十年进士。累官至礼部尚书。朱彝尊《静志居诗话》载："履庵出荆川之门，诗派从其师指授。然《荆川集》中罕存酬和之作，故履庵有'姓名不挂更何论'之句。及督学贵阳以后，诗另入一格。荆川

---

① 薛应旂：《方山先生文录》卷11《龙湖先生文集序》。

② 林士章《通议大夫刑部左侍郎静庵先生洪公朝选志铭》言其曾"客毗陵僧舍，与荆川应德同业一年而归，与遵岩王公讲学论文，自是闻见益博"。载焦竑《国朝献征录》卷47，上海古籍出版社1986年影印明万历刻本。

③ 王慎中：《王遵岩先生文集》卷20《寄道原弟书十六》，《北京图书馆珍本丛刊》本，105册。另参同卷《与道原弟书九》，与洪氏议论振兴宋文之志，而其时洪氏尚未之信。

④ 同上书，卷22《与李中溪书》。参朱彝尊《静志居诗话》卷12《洪朝选》，第352页。

⑤ 洪朝选：《王遵岩文集序》，载王慎中《王遵岩先生文集》卷首。

乃许之曰:'让汝出头。'盖荆川初入馆局,诗学初唐,晚年效邵尧夫,谓其天机自动,未免颓然自放矣。履庵虽宗《击壤》,而习染未深。"① 唐顺之《万思节工于诗,而近又学谢,次韵答之》诗有云:"衣钵寂寥吾且老,文章锻炼子能工。"② 视万士和为文章衣钵弟子。四库馆臣也说:"盖士和受业唐顺之,能不染七子雕绘之习。"③ 万士和在诗歌领域为性气诗的理趣鼓呼,刊行唐顺之生前诗歌选本和所作诗为《二妙集》,追述其诗歌意见,反对模拟前人字句的七子派家法,宣扬唐宋派的心学自得精神。重精神理趣而轻格律声调,强调创作主体精神之同而轻文字体制之异,论诗如论文,诗文合一,是道学家对待文艺的最基本眼光。万士和所述唐顺之晚年的诗文议论,即具上述特点。其言虽未直接指向坚持严格辨体学习的七子派和重视理趣的性气诗,但潜在的贬低和褒扬之意非常明显。④ 至于所述诗歌史,推举骚汉魏选和杜甫,而鄙薄其他唐人无关性情,流连光景,主要是为了其理趣标举张本,倒非有意批驳嘉靖前期的新变诗歌流派。

丁自申,字朋岳,福建晋江人,王慎中的同乡后进。嘉靖二十九年(1550)进士,官至梧州知州。他不同意"文自秦汉而下,韩、柳二家最为近古,宋欧、苏、曾、王虽称大家,其格局去古远矣"的判断,以为欧阳修可与韩愈并列,不能因为唐、宋的时代之格即抑之于柳宗元下,而苏轼、曾巩、王安石三人"文各有优劣,其优者可亚于欧。盖一代一人之文,各有其至者,系于人,不系于时也"。然后抨击秦汉派作风,推举唐顺之、王慎中文为当代正典:"今世古作独称关西前后二氏,兄向所论,谓得秦、汉奇伟之气,此固无论韩、欧也。然则仲舒渊懿醇雅之文,亦不足法与?以愚所见,谈今之文而效秦、汉之作,是越产而燕语也。夫燕语岂不奇劲有余音哉?而以越人学之,则虽酷效穷年有不相似者。不若就越语而求中原之正音,则虽语之不燕,无害也。近见吴、闽一二名公文集,据理敷词,春容典雅,盖一代之正音在是矣!其集具在,试与关西二氏较之,其气格之高下,岂无可言者?敢以请于吾兄质正。"⑤ 这里的

---

① 朱彝尊:《静志居诗话》卷12《万士和》,第352页。
② 唐顺之:《重刊荆川先生文集》卷8。
③ 《四库全书总目》卷177《履庵集十二卷》,第1593页。
④ 万士和:《二妙集序》,载《明文海》卷240,第3册,第657—659页。
⑤ 丁自申:《与王九难郎中》,载《明文海》卷156,第2册,第634—635页。

"关西前后二氏"应是指李梦阳、康海，而"吴闽"即指唐顺之、王慎中。其拿出的论辩策略是典型唐宋派的思维方式：秦汉距明时代远，文字、制度文化等有很大差异，而宋离明近，且拥有理、法、辞的优越性，所以学秦汉不如学唐宋，或者说学唐宋可以作为明人学秦汉的舟楫。而由本信可知，王九难是一位持秦汉派宗法的人，他坚持以时代风格高下来定作家成就的高下，故有崇李、康得秦汉文风和贬抑宋文的看法。这是一次唐宋派和秦汉派的正面交锋。丁自申"为文出入欧、曾之间"，是闽中王慎中而后，与福建乡人惠安李恺、同安洪朝选共同推举（唐）宋文风的重要代表人物。[1]

胡直（1517—1585），字正甫，号庐山，泰和人。嘉靖三十五年（1556）进士，官至福建按察使。"少骀荡，好攻古文词。年二十六，始从欧阳文庄问学，即语以道艺之辨……年三十，复从学罗文恭，文恭教以静坐。"《明儒学案》入"江右王门"。据其《困学记》自述，年少时"酷嗜词章，时传李、何诗文，辄自仿效"。即使到嘉靖二十年，胡直跟随欧阳德问学、领教道重艺轻的道学宗旨后，思想仍多次辗转反复，曾尝试文学、冲举、禅学等领域。嘉靖二十六年，胡直师从罗洪先学"主静无欲"，三十三年欧阳德去世才若有所悟，一归王学，与唐顺之、赵贞吉等人游，又二年方登第[2]，尚在后七子派主要成员后。胡直曾刻《击壤集摘要》，极力推崇邵雍性气诗。又有《论文二篇》，抨击秦汉派，可看作唐宋派的后嗣。胡直在秦汉、唐宋文的宗法之争中，坚决抛弃了其年少时的前七子派宗法习染，而变成一立场坚定的道学家，站在了唐宋文一边，以为韩愈、三苏之文乃直承孔、孟圣学，批评李梦阳导扬了只知学习秦汉文辞的不良风气——此言应该是指向后七子派。然后又站在道学家的立场，为作文分了三个等级：最高的自是圣贤之文，"道法备于身，不得已而文之"；其次是文人之文，"依仿道法，而笼挫于百家，囊括于群体者"；最下的是以道法为赘余，只在文辞之艺上下功夫，没有出息，连文人都说不上。[3] 这种论议，比的唐顺之都更加狭隘。其所判议的标准，是标准的儒家之道的纯粹性和直接性，对此，庄子的思想自是外道，即使是

---

① 李清馥《闽中理学渊源考》卷60《郡守丁槐江先生自申》，《文渊阁四库全书》本。
② 黄宗羲：《明儒学案》卷22《江右王门学案七·宪使胡庐山先生直》，第511—526页。
③ 胡直：《衡庐精舍藏稿》卷14，《文渊阁四库全书》本。

荀子的思想也显得驳杂，唐宋文的代表韩愈、苏轼等人也于道为间接，所以只能沦为第二类，至于司马相如等世人眼中的文人，由于无关于道，则连文人都不是。关于这一点，在他的一篇驳议文中有明确表述，他坚持王学为圣门正宗的立场，不可轻诋。① 此又可见当时王学兴起所引起的复杂斗争，一方面要与抨击心学的其他理学门派作斗争，另一方面又要攻击溺于文辞的后七子派。

① 胡直：《与唐仁卿》，转引自黄宗羲《明儒学案》，第530—531 页。

第 二 章

心灵调适和宗法位移：由前七子到六朝、初唐、中唐三派

如果要一语概括从正德到嘉靖思想转化情况，可用一"变"字。很多人都有"变"的思想历程。而人们在盖棺论定时，也总乐于指出这个时期的某人有多少"变"。① "变"确乎是明代中期文学的主调。这是一股带有集体转型性质的文学思想风潮，与后来万历三十年李贽自杀所引起的士人人生价值观和文学观转向，可说后先相顾，值得注意。之所以如此，是因为正德到嘉靖前期的政治格局和学术格局的剧烈演化，影响了文学士的仕宦际遇和文学思想。

就政治言，正德朝的抗击刘瑾等宦官和嘉靖朝的"大礼议"等事件，给前七子派和嘉靖前期新起的诗文各派以深重的影响：第一，正德二年权宦刘瑾制造的53人"奸党榜"，让前七子派很多成员或被勒令致仕，或仕途艰蹇。正德五年的刘瑾伏诛，又让康海、王九思等人落职罢官，他们文学创作的主要心思由传统诗文转向了纵情任性、嬉笑怒骂的杂剧；复出的李梦阳则由于文人个性的倨傲简率，不久就丢了官，到正德十四年干脆被罢职，闲住大梁；徐祯卿、何景明则分别在正德六年和十六年早早去世。第二，台阁和皇权之争是嘉靖初年的政治大事。嘉靖三年七月"大礼议"，出现了大批京城官员集体跪哭请愿的"左顺门事件"，结果多人被杖罚，或丢官，或充军，或外谪，严重改变了他们本来可能辉煌的人生路线。之后还发生了张璁（后乞世宗赐名为孚敬）与翰林院官员的冲突

---

① 其间详细情况，请参冯小禄《明代诗文论争研究》，第 213 页。

事件，由于前者之前没有庶吉士和翰林院官员的经历，双方的人生观念冲突激烈，张璁"以是嫉词林特甚，尤恶诗人文人，八才子无得免者"①。

就学术格局来说，正德三年，远谪贵州龙场驿丞的王阳明于生死迷蒙中洒然悟道，开启了明代思想界的最大异动旋风。外悬的"天理"为内持的"良知"所替代，成为人们参悟新生命的重要思考标准。明代思想界和文学界谭心论性、了悟人生终极价值的思想气氛一时间勃发振奋，进入一个特别活跃的开放时代。随着王阳明在正德十四年七月擒获反叛的宁王朱宸濠，加上随后附和"大礼议"的成功，新兴的王学以其从学人员的大幅度进入嘉靖朝堂上层而真正站在了时代思潮的风口浪尖上，由此开辟了向广大社会和普通士人影响的现实力量，活跃的文学之士鲜有不受其牢笼熏染的。虽然王学本身不断遭到传统的理学和政治界的经世致用之学的攻击批判，一度还被宣布为"伪学"，但都没有影响到其所催生的信心维度的有力前行。在王阳明身后（嘉靖九年十一月逝世），王学继续向万历朝深入演化，诞生了很多思想流派，由此所导引的思想界内部和学界与文界的论争气氛更加复杂激烈，给其间的文学流派抹上了极为斑驳的文学思想转换色彩。而这第一波，就是嘉靖前期的文学士"善变"风潮。

而这个"变"的文学风潮，落实到古文领域，就是唐宋派的崛起，转而批判僵硬晦涩的前七子派及其末流的秦汉文作风，提倡文以明道、有真知灼见的平顺通畅的唐宋文，尤其是宋文（实际上科举时文领域也是如此）。落实到诗歌领域，就是主张新变的六朝派、初唐派、中唐派的短暂流行，他们反对前七子派的"诗必汉魏盛唐"的狭隘主张和字面模拟，要求多元化，向作为唐诗之源的六朝诗歌、具有"含蓄深厚，生意勃勃"特点的初唐诗歌和凝练精洁的中唐诗歌学习，从而与古文的唐宋派一起适应了这个"分裂的价值多元化时代"所需要的"多元化的心灵景观"。②而在新诗派兴起之时，还有属于前七子派系的旧派，他们中既有人坚持原来的诗歌宗法体系，蔑视新派，也有人应和新风，力求在原有的宗法基础上做些新变努力。由此产生了多个群体内部及群体之间的争论。

---

① 朱彝尊：《静志居诗话》卷11《张孚敬》，第296页。
② 冯小禄：《唐宋派与前子派关系原论》，《上海交通大学学报》（哲社版）2006年第5期。

第一节 坚持还是变通：前七子派系的
诗歌取法实践及争论

通观进入嘉靖元年的前七子派核心成员及其余脉的诗歌实践和诗歌宗法议论，不难发现，一方面，确实前七子派一系在"诗必汉魏盛唐"、"宗杜"、"反宋"等问题上发生了值得注意的质疑和反思，进而在写作风格和取法途径上做出扩展到初唐的努力变化；另一方面，前七子派留下的中坚层如王廷相、顾璘等人在与余脉黄省曾、陈鹤等人的对话交流中，仍坚守着排斥六朝诗歌取法的强硬态度，而余脉中又有如袁袠、孙陞这样的后起之秀，要坚持诗法学习的严格"图高"策略，使得究竟是坚持还是变通，即使在一个人身上也显得相当的复杂。没有人完全不变，也没有人完全变了，有的地方变通了（如具体实践和取法范围），但有的地方还在坚持（如复古的最高标准和立场），这是前七子派一系在面对复杂难解的诗文复古困境时所显现的思想景观。为较清晰地展示这个复杂局面，我们必须先明确前七子派的诗歌宗法和实际取法，然后再逐次讨论上述相关问题。

诚如当今学者所认识到的，在关于前七子派诗歌复古统系的认识上，即使在前七子派自身的表述那里，也难以得出"诗必汉魏盛唐"，进而"诗必盛唐"，再进而"诗必杜甫"的认识。而且就他们自身的复古宗法实践言，也是显得相当的宽博格上，努力向最高的古体、古意、古词追踪，绝不会自甘停落在近体诞生之后的盛唐，以及虽为诗坛宗主，但利钝杂陈、方向多岐的杜甫身上。[①]情况的复杂在于，在前七子复古派的诗歌统系认识和实践里，盛唐进而杜甫，又确实占据了除《诗经》、汉魏晋外最为崇高、耀人眼目的独特地位，这也是绝大多数人的客观认识。并且，在一种武断粗暴的领袖心理和失去判断能力的无意识群体心理的相互配合作用下，"诗必汉魏盛唐"，进而"诗必盛唐"，最后是最为简捷方便的

---

① 黄卓越在对前七子复古统绪进行分段解析后，总结说："虽在前七子阶段有反宋元之明确取向，但并非就此而导致了全面的尊唐，尊唐的情况虽然有之，特别是由于李、郑等诗坛翘楚的习杜，更给人以强烈的印象，然即便在所称的代表诗人李梦阳处，也非唯一或甚至首要的选择，尤其是将对近体的尊崇视为复'古'的主调，显然与复古主旨及其时代观有违。"《明永乐至嘉靖初诗文观研究》，第190—200页。

"诗必杜甫"口号和评价，也会跃然而出，成为一个时期最为突出的标志前七子派诗学的口号。

"群体因为夸大自己的感情，因此它只会被极端感情所打动。希望感动群体的演说家，必须出言不逊，信誓旦旦。夸大其词、言之凿凿、不断重复、绝对不以说理的方式证明任何事情——这些都是公众集会上的演说家惯用的论说技巧。""个人一旦成为群体的一员，他的智力立刻会大大下降……群体仅仅能把感情提升到极高——或相反——极低的境界。"① 想象当初"诗必杜甫"、"诗必盛唐"、"诗必汉魏盛唐"这样一连串的相似口号，被以"断言法、重复法和传染法"等三种十分有效力的群体领袖宣传手段宣传出来时，前七子派所推崇的诗学理念就很容易占领其时风起云涌、亟须群众领袖的大众心理渴望。在台阁重臣无法抗击宦官外戚专权和规劝皇帝停止荒唐儿戏时，才气雄鸷、具有国士风的李梦阳等人勇敢无畏地站出来，挺立于政治斗争的最前列，成为那个时期的群体领袖，征服了当时万众期待的人心。在那样一种情况下，李梦阳说什么"作诗必须学杜，诗至于杜子美，如至圆不能加规，至方不能加矩矣"② 的话，也就是可以理解的了。当面临一种激烈的时代气氛，需要如此简短的断言时，是不需要去考虑其间繁复的逻辑推理和证据证明的。"做出简洁有力的断言，不理睬任何推理和证据，是让某种观念进入群众头脑最可靠的办法之一。一个断言越是简单明了，证据和证明看上去越贫乏，它就越有威力。一切时代的宗教书和各种法典，总是诉诸简单的断言。"而就进入群体心理的人们来说，都有一种像动物一样的模仿天性："模仿对他来说是必然的，因为模仿总是一件很容易的事情。正是因为意见、观念、文学作品甚至服装，有几个人有足够的勇气与时尚作对？支配着大众的是榜样，不是论证。"③ 于是，以关中派为核心的前七子派诗文宗法风行："夫文必先秦两汉，诗必汉魏盛唐，庶几其复古耳。自公（康海）为此说，文章为之一变。"④

---

① ［法］古斯塔夫·勒庞：《乌合之众：大众心理研究》，冯克利译，中央编译出版社2005年版，第34、35页。

② 顾璘述李梦阳论诗法语，转引自何良俊《四友斋丛说》卷26，第234页。

③ ［法］古斯塔夫·勒庞：《乌合之众：大众心理研究》，第102、104页。

④ 王九思：《渼陂续集》卷中《明翰林院修撰儒林郎康公神道之碑》，《四库全书存目丛书》本。

但时代心理会变化，群体心理也会跟着变化。随着前七子派诗歌宗法口号向外扩展气氛的消逝，其成员由于以郎署官员的出位而思，遭到了来自皇帝和专权宦官势力对于他们的沉重打击，顿然失去了其强悍武断的领袖气质，而群众也在这突然的打击下狼奔豕突，不再热衷前七子派的宗法。这时，那少数的几个曾经从行者，最先醒悟过来，开始以前七子派反对者的形象出现在大众面前，倡导人们向内转，向多元化突破，从而引发了新一轮的模仿效法狂潮，这就是杨慎、薛蕙、陈束、皇甫兄弟所曾起的作用。他们在前七子派诗法理念的基础上，加以调适，其实仍在复古派范围内，成为换汤不换药的六朝、初唐、中唐派。风云际会之后，是雪渐冰残。原来提倡的领袖和从众模仿的大众——包括留下的前七子派中坚及余脉——也蓦然回首，要么径直投奔到新的诗派队伍里，接受新的时尚元素传染；要么开始反思曾经跟随的诗派理念，虽不一定完全抛弃旧主，但也有适时趋新的变通姿态；要么则顽固地坚持，成为人们嘲笑的落伍者。

一　前七子派余脉的新变及争论

在前七子派一系里，有主动迎合初唐风格者，企图将诗歌的盛唐宗法往前推移到初唐，这就是何景明的弟子樊鹏。作者按：在陈束、唐顺之等人于嘉靖十年左右提倡初唐诗、造成声势浩大的初唐风之前，已有何景明对此作出过思考和尝试。正德二年他先是在《海叟集序》中说自己："学歌行、近体，有取于（李、杜）二家，旁及唐初、盛唐诸人，而古作必从汉魏求之。虽迄今一未有得，而执以自信，弗敢有夺。"[1] 之后又在正德十一年到十三年间，作《明月篇序》，将杜甫、初唐四杰的诗歌与三百篇、汉魏诗在音调、意旨上作比较，而选择了"去古远甚"，但音节可歌，能通风人之义的初唐诗作为自己的模效对象。[2] 在其不失丰博的识见和宽阔的视野下，初唐诗歌虽未被当成最高的宗法（因为其工富丽，在文辞的修成境界上有欠缺），但已成为前七子派实践取法的重要对象之一。应该是在何景明的影响下，河南祥符人李濂，在谈到诗歌取法时，也基本是模仿何景明《海叟集序》的口吻和判断结果，只阐述得更为具体而已。其大意是："人有恒言：诗莫盛于唐。仆意唐但盛于歌行、近体

---

[1]　何景明：《大复集》卷34《海叟集序》，《文渊阁四库全书》本。
[2]　何景明：《大复集》卷14《明月篇序》。

耳。五言古体，其衰于唐乎？何以知其然也？夫有唐好古之士，自陈拾遗后，莫若李、杜……窃欲五言古诗必从汉魏晋人，歌行、近体必则李、杜，而更以初唐、盛唐诸公参之，自中唐以下无论也。虽今茫无所得，自信颇固。"① 连行文语气都在模仿何氏。

嘉靖十二年春（1533），樊鹏编成《初唐诗》三册，只选律诗，不及古诗，认为"律诗当于初唐求之，古诗当于汉魏求之"。在何景明诗歌宗法基础上向前位移，将律诗的取法样板由以李白、杜甫为核心，实际是多元化的初唐、盛唐诸公取径，狭窄到初唐一个时段。而其所赏慨的"含蓄浑厚、生意勃勃"的初唐诗风之美与生机，也与何氏所选择的风调意识有别，其间实有一大段的心灵变迁。盖在何景明时，尚有积极干政之意识，而此时樊鹏则寄希望于尚未完全发散、充满生机活力的初唐气息，来为一个新的文学和心灵时期开路。② 樊鹏这个论断和评价得到了新初唐派诗人湖广京山王格的赞赏，认为是"不易之论"。王格主要从时序和文体立论，将律诗的宗法资格从盛唐移到初唐，以为初唐占据了律体的开创位置，而这个位置与《诗经》之于四言，屈原之于赋，初汉之于五言，是"当变更之始，为创制之宗"，得风格之"中"，乃"元气"所为，表现的是以初唐诗风为宗的宗法立场。③

樊鹏曾将此意与康海讨论："初唐诗，如春园草木杂生，未放之花，含蓄浑厚，生意勃勃。盛唐则陶洗锄尽，条理可观，生意稍薄矣。近日名家，冠绝海内，自许古人之上。或失之犷者，稜角峭厉，而乏温柔敦厚之旨，或失之易者，流丽光泽，而少含蓄浑成之趣。所以然者，孜孜于杜，未尝上引而上之也。"④ 此即其《编初唐诗叙》的言论，而又对当前的诗歌动向有所不满（指向"粗"、"易"的李梦阳），要求调整取法样板，在杜甫所在的盛唐基础上，做出"上引"到"含蓄深厚，生意勃勃"的初唐风格努力，以维持复古创作的勃勃生机，其实仍是诗歌复古道路的"格上""图高"策略。据嘉靖十五年（1536）康海为樊鹏诗集所作序，称自己原来在翰林院时即喜欢初唐诗："其词虽缛，而其气雄浑朴略，有

---

① 李濂：《嵩渚文集》卷90《答友人论文书》，《四库全书存目丛书》本。
② 樊鹏：《编初唐诗叙》，载《明文海》卷220，第3册，第446页。
③ 王格：《初唐诗叙》，载《明文海》卷225，第3册，第515页。
④ 朱彝尊：《静志居诗话》卷10《徐祯卿》引，第263页。

《国风》之遗响。"则康海对初唐诗的喜好，又重在其所关联的开国气象对未来唐朝政治的深远影响，其时间又可能比何景明还早。然味其宗旨，却不同意樊鹏等人扬初抑盛的举动。他虽赏初唐"气"可胜六朝，但仍主张诗歌当以汉魏盛唐诗为宗法，与名家大家云集的集大成盛唐相较，初唐仍有等级的分差。① 而就在康海与樊鹏关于初唐诗宗法问题讨论的次年，嘉靖十六年（1537），陈束为高叔嗣文集作序，即又开始否定其曾参与倡导的初唐宗风，认为初盛唐诗，各有其弊，而其私心所向，又到精洁的中唐了。②

类似于樊鹏不限盛唐、杜甫而投向新潮的，在前七子派的关中余脉里，还有许宗鲁和乔世宁等人。许宗鲁（1490—1559），咸宁人，正德十二年进士胡侍（1492—1553），粟阳人，正德十二年进士。两人的诗风，据也属前七子派余脉、倡导学杜的王维桢观察，与讲究学杜的张治道不同，是"婉丽秀俊""接辙钱、郎，合券阴、何"，但实际对二人的趋向中唐、六朝风格都不满意。③ 对许宗鲁诗，王世贞说："五七言位置匀稳，首尾妥洁，气格粗备，可当作手。使更推思入玄，取材进古，得不飒飒其言哉！"④ 朱彝尊说："诸体皆工，寓和婉于悲壮之中，譬之秦筝，独无西气。"所谓无"西气"，即没有因学杜的拗怒而不得的亢硬之气，乃赞语。乔世宁（1503—1563），字景叔，号三石，耀州人，嘉靖十七年进士。为诸生时，曾受学于何景明，被认为是前七子派的正宗余脉。孙应鳌说："明兴，当弘治、正德间，文治郁起。是时，北地空同李子、信阳大复何子为之宗。三石子与空同子同产于秦，相距甚迩，少即慕效焉。稍长，为诸生，适大复子来秦为督学使，首目三石子必且鸣世……遂赫然以诗文雄关中，斯师承之正辙也……文不作汉以后语，诗不作唐以后语，洗剔敚繁陋之习，一裁于造化性情之真。"⑤ 朱彝尊也说："何仲默视学关中，景叔亲受诗法，谭必移日。故其诗整而不浮，可与许少华（宗鲁）肩并，余蔑有过焉者。"⑥ 不过，乔世宁后来论诗却有了变化，在宗杜之时，又推

---

① 康海：《对山集》卷4《樊少南诗集序》，《文渊阁四库全书》本。
② 陈束：《苏门集序》，载高叔嗣《苏门集》卷首，《文渊阁四库全书》本。
③ 王维桢：《王氏存笥稿》卷14《后答张太谷书》，《四库全书存目丛书》本。
④ 王世贞：《明诗评四》，《全明诗话》本，第2034页。
⑤ 孙应鳌：《三石集序》，载乔世宁《丘隅集》卷首，《关中丛书》本。
⑥ 朱彝尊：《静志居诗话》卷10《许宗鲁》、《乔世宁》，第289、350页。

崇沈佺期、杜审言和苏颋等初唐诗人，与樊鹏等人推崇初唐的思路一致。据刘绘《答乔学宪三石论诗书》，乔世宁曾主张"七言律起于唐，沈、杜为宗，而律体尤难"，又对"工说者（严羽）以崔颢《黄鹤楼》为唐律第一"，而"独取苏颋《春望》，以为格律完粹，冠于诸子"。① 陈田《明诗纪事》转引之，说"与李、何持论稍不同"，并称乔诗"五律有唐人格意，清圆宛转，不愧作者"。②

越往后，就连被认为是原来前七子派的接班人选，也会开始反思本派的诗歌宗法理念，而作出疑问的解释。这除了倡导新风气后又迅速脱离、趋向理性思维的薛蕙外——还有李梦阳的同乡后辈高叔嗣，早年曾羡慕仿效过前七子派的文学风格，后来成为趋向闲适精致的中唐派代表，都放在新派讲——还有少年受知于李濂。李濂（1489—1566），字川父。正德八年河南乡试解元，正德九年进士。其反思前七子派诗歌宗法的著名言论，被反七子派宗法的钱谦益揭露出，当成了前七子派的掘墓人。③ 李濂反对李、何的唐人无选、宋人无诗论，以为李梦阳等人的桀骜，与明初诗人的温厚和平相比，在人格气象和修成境界上还颇有不如，又抨击模拟的诗歌作法，要求自然的真趣，有趋向主体创作的心性真诚要求。而这大概与其失官之后长期从事史学著述有关。他著有《祥符先贤传》八卷、《祥符文献志》十七卷、《汴京遗迹志》二十四卷、《医史》十卷、《嵩渚集》一百卷等。

二　坚守前七子派宗法立场及争论

有变化趋新的，也有坚守前七子派基本宗法立场而不愿改变的，这中间既有前辈中坚人物如王廷相、顾璘，也有后起的南北余脉如张治道、王维桢、孙陞、孙宜等人。

就王廷相（1474—1544）本人的思想历程来说，当然也有比较显著的变化。在正德时期，他大抵是一个复古热情高涨的文学士，而到嘉靖时期，随着官位的跻身台阁大臣行列，其本就拥有的理学家身份即与政治家身份联结，在论到一些具有台阁色彩的作家作品时，往往多从大文学观的

---

① 载《明文海》卷 160，第 2 册，第 661 页。
② 陈田：《明诗纪事》戊签卷 20《乔世宁》，第 1809 页。
③ 钱谦益：《列朝诗集小传》丙集《李金事濂》，第 325 页。

视角来关心文学的政治实用和道德教化功能。比如为官至刑部右侍郎的大
庾刘节（1476—1555）所作的《刘梅国诗集序》，在强调了一番前七子复
古派严格辨体认识，表示很难达到最佳模拟效果后，即说："厥才广博，
岳藏海蓄；厥气逸荡，霆奔风掉；厥辞精润，金相玉质。又皆本乎性情之
真，发乎伦义之正，无虚饰，无险索，无淫取，可以移风易俗，可以助流
政教，所谓温柔敦厚，发乎情，止乎义礼，以形诸四方之风者，不其在是
乎！君子曰：梅国之诗，有风雅之遗教焉。故于体不论。"为唐龙所作的
《石龙集序》，则强调无意为文，近乎理学家的口吻。为刘节所辑《广文
选》作序，则称："文者，载道之器，治迹之会归也。"又近于台阁派口
吻。为严嵩作的《钤山堂集序》，则将经世致用和理学心性结合，在阿谀
了严嵩诗比孟浩然、文揆欧阳修后，说这些都不足道，重要的是严嵩为人
的纯素、正直、整肃、敦大、浑厚，才能发挥出辞旨的冲淡、雅则、简
严、温润。① 王廷相也开始轻文重道了，在与自己赏识的山东门生薛蕙谈
诗歌写作时，在做出简要指点后，即开始劝薛蕙别耽溺文辞，可以就此罢
手，从事理学，"大较君子之学，视诸诗文，即子云所言雕虫耳"。② 从纵
向的时间流程来说，其文学思想确实发生了值得重视的变化，而这与他后
期的交游唱酬对象多为台阁、理学中人有关。

　　不过，在评论一些较为纯粹的文学士的文学创作时，王廷相也仍能不
主要以其政治家、理学家身份，而是以复古文学家身份来发言。这方面的
表现很多，比较突出的有为李梦阳作的《李空同集序》，为何景明作的
《何氏集序》，都站在高度肯定赞颂文学复古的立场予以分体论述，以李、
何为明代文学复兴的大家典范。③ 这里再举他与前七子派余脉的两封论文
书信，一给何景明的妹夫孟洋（字望之），一给曾投书李梦阳称弟子的吴
中人士黄省曾。④ 与孟洋书所持的唐宋元三朝诗歌合论，仍坚持崇唐黜宋
蔑元，所执的复古思维仍是典型的"格上""图高"取法策略。至于事
景、天才和人力、复古的志向的"复古三难"表述，可见其仍认为复古
事在人为，不能走旁门左道，仍是排斥其他写作方式的前七子派思维。而

---

① 以上文均见王廷相《王氏家藏集》卷22，《四库全书存目丛书》本。
② 同上书，卷27《与薛君采二首》。
③ 以上文均见王廷相《王氏家藏集》卷23《寄孟望之》、《答黄省曾秀才》。
④ 同上书，卷27。

与黄省曾书，除尽前辈责任，认真指出其风格所在，乃是值得警惕的六朝和中唐风格外，重点则指出黄氏《晋康乐公谢灵运诗集序》①对谢灵运的推奖太过，已有轶越本派复古统系以汉魏晋为宗的危险。这实在是对新变的六朝、初唐、中唐风的一个严厉批评，表明了作为前七子派中坚的严正立场。虽然其得出的对于谢灵运文辞风格的"可佳"和诗学走向的"可恨"认识，与何景明《与李空同论诗书》所提出的"诗弱于陶，谢力振之，然古诗之法亦亡于谢"，意脉一致，然结合其嘉靖后所获得的政治家身份，则又可能多了一份别样的政治关怀。然无论如何，这样的坚持，是有道理的。

至于其与郭维藩的长篇论诗书②，从概念到范畴，从风格要求到写作路径，都还是典型前七子复古派的思维方式和构建方式。只是在其他人那里没能充分地展开，而王廷相的表述，则由于其理学家的思考习惯，不满足于只作一些判断，而是面面俱到，但由此并不能说明王廷相在本质上与其他前七子派成员有多不同。

与王廷相相似的是顾璘，由于笔者已有讨论，此不赘③述。

张治道（1487—1556）的复古意识除见于为康海所作行状、标举"文必先秦两汉，诗必汉魏盛唐"的宗法和反对茶陵派的宗旨外，其自身的复古倾向，比较集中的可看《答友人论诗书》。④在这封与昔日座主的书信中，他相当自信地表达了"汉、魏、六朝齐驱，李、杜、初唐杂用"、力追前古的志向和创作取法的范围。至于愤怒批判当今短视者的"前不可追，后将日下"论调，所用以支撑的理论精神，除一般科举习得的"阴阳之统情性"、"性以定气"的理学论调外，应该说主要还是受到了李梦阳思想的影响。如"情以命思，思气成词，自不可遏；安而为常，激而为变，抽应遇感，千古如契"之于李梦阳的"情者动乎遇者也"、

---

① 黄省曾：《五岳山人集》卷25，《四库全书存目丛书》本。按：推谢灵运为千年一人，在王廷相看来自属太过，故有此规劝。

② 王廷相：《王氏家藏集》卷28《与郭介夫学士论诗书》。

③ 冯小禄：《明代诗文论争研究》中编"变：文质人移——以顾璘为中心"，第212—236页。

④ 载《明文海》卷160，第2册，第665—666页。本文结尾言："仆昔为高明所取，故著此言以见标的。"则在其登第后。

"夫诗，发之情乎？声气，其区乎？正变者，时乎"① 等说，可谓后先相继，如出一辙。而解决途径，还是立志图高，由"格以代降"的诗史走向，转而强调人力和信心，以逆流而上的勇敢气宇，去追踪时序越往前的经典范本，到达诗歌之最初的"骚""雅"本源。所以他说："今不法'骚''雅'而法汉、魏，不法汉、魏而法李、杜，趋向既卑，蹈历斯下，鞭策虽勤，围范难逃，况不至李、杜者哉！"在此，他自然不是要否定前七子派"诗必汉魏盛唐"宗法，而只是表达其类似于李梦阳"图高不成，不失为高，趋下者，未有能振者也"、"学不的古，苦心无益"②、不能安于风格卑近的想法。

与唐顺之、王慎中等人有密切交往的江以达（1502—1548 后，字于顺，号午坡，贵溪人，嘉靖五年进士），虽有过抨击前七子派模拟末流的言论，但在新变时风中，仍坚持前七子派诗文宗法，表彰李梦阳的骨鲠气节和诗文成就，以为超过了欧阳修、苏轼。就此，《四库全书总目》说："朱彝尊《静志居诗话》曰：'午坡以北地文出庐陵、眉山之上。又谓：昌黎诗不逮文，尚染习气'云云。今考其语，见集中所载《张东沙集序》。然其与霍渭崖论文书云：'模形者神遗，断句者气索，景会者意脱，蕊繁者荄衰。譬诸画地为饼，以馈则难；刻木为人，束之衣冠，与之酬色笑而施揖让则不可。'其于正、嘉之时剽窃摹拟之病，又未尝不知之，而趋向如是，何耶？"③ 馆臣不明白抨击流派末流和遵从宗法，实是一个硬币的两面：在文学宗法变更的时代，要坚持旧宗法，就必会抨击破坏旧宗法的末流。这在很多前七子派身上都有表现。

关中华州王维桢（1507—1555，嘉靖十四年进士）则可说得上是前七子派余脉中比较坚定的复古者，虽然其间面对压力也曾犹疑动摇过，但在孙陞的鼓励下，又重拾信心，不顾他人讪笑，仍走高格的学古之路——"为文法司马迁，诗法汉魏，其为近体法盛唐，尤宗杜氏少陵。居常好深沉之思，务引于绳墨，必结构中度而后修辞。"④ 王维桢《与孙季泉宫允书》对此做过坦陈："桢从事文辞，积有岁年，乃多牴牾弗合，至复自

---

① 李梦阳：《空同集》卷51《梅月先生诗序》、《张生诗序》。
② 同上书，卷62《与徐氏论文书》、《答周子书》。
③ 《四库全书总目》卷177《江午坡集四卷》，第1583页。
④ 孙陞：《王氏存笥稿序》，载王维桢《王氏存笥稿》卷首。

疑。顷值季公持格众之见，称为正路，令勿改服，因遂自信肆力迈往矣。"① 所谓"正路"，乃孙陞《与王太史论文书》所谓的："文以载道，道所不改也。从古立言名家，率尚法，法亦所不改也。以君之才，本足振古，而又有遗世轶群之识。尝谓今人号为攻古文词者，假饰形肤，取媚时眼，不过举业余习，任所便安处耳……君□有定力。昔在馆试，违众从古，坚不肯下，此君所自谓也。昔固主异，今则主同，非仆所知也……君今欲何之乎？文舍西京，词舍汉魏，近体舍盛唐诸家，则必落他代凡作。君于他代凡作，贬黜严甚，仆知其必不苟从也明矣，彼之不从而又此之舍，则谁可者，无已，兼之乎？志分者体必杂，技多者业不精。冬青之树而责之春红，非其性也；千里之马而导之万径，乖所之也。君制本自近古，壹意迈往，何所弗至？轻失其故，他日必悔！"② 坚持前七子派文法西京、古诗法汉魏、近体宗盛唐诸家的最高格法，定心一志，坚意迈往，才情和努力结合，只要选定好正确的道路，就一定能实现预定的复古目标。此言与前引王廷相论文学复古"三难"的诗学思维一致。

在这样的认识下，劝王维桢勿改辙而坚持走复古路的孙陞（字志高，余姚人，嘉靖十四年榜眼，官至南京礼部尚书，谥文恪），自也是前七子派余脉中坚定的复古论者。只是在盛唐诸家中，他看中的不是被前七子派和王维桢仿效最多的尚气格的杜甫，而是尚"调"的清淡闲适的王维、孟浩然。他们之间的宗尚实质都是盛唐，只具体风格和人生境界有所差异，故在论及李、何之争时，孙陞的解释是："历数古今名家大方，宗杜者不废王右丞。"以为"格"和"调"是两不偏倚的："格"主"结构"，杜甫尚之；"调"主"风容色泽"，王维尚之。说李、何的主张实践各有道理，而实际应该紧密结合："故诗不得舍声调而专气骨，不得遗色相而事模拟，乐不得废音响而寻条理。诗本难言，然可意求；格由深造，亦从调入。"③ 把前七子派对于格调说的探讨推进到更为精细透彻的程度，又可说是论争带来的积极成果。

王维桢在嘉靖前期提倡前七子派重格重法的学杜方式，而在其任职国子监祭酒的南京，却是中唐、六朝派的天下，新旧两派的竞争虽未公开

---

① 孙陞：《王氏存笥稿序》卷14。
② 孙陞：《孙文恪公集》卷14，《四库全书存目丛书》本。
③ 孙陞：《孙文恪公集》卷14《与陈山人论诗书》。

化，然潜在的不和谐，是连当事人都明白的。试看作为其门生故吏的何良俊为他和孙陞的唱和集所作序："槐野专主于杜，其力稍劲。季泉则既备风骨，复多俊语，而应制与五言之作尤为擅场，则以主于杜而旁出于王右丞故也……槐野一日语良俊曰：'夫七言之有杜，如至圆不能加规，至方不能加矩。今人多不喜杜，此何故也？'良俊曰：'先生重风骨，故喜杜。今人多重声调，故喜学钱、刘。钱、刘之诗非不流便可喜，然一诵则兴象都尽，岂得如少陵深厚隽永耶？'槐野首肯之。"① 在这里，何良俊并没按着自己趋向新派的诗学爱好来评判风骨和声调之争，而是几乎违心地站在崇杜一边而抑时兴的中唐风格，这种表态显然带有讨好座主上司的偏谀。

第二节 六朝·初唐·中唐：新派的诗法及争论

关于嘉靖前期针对前七子诗歌宗法之弊所新起的诗歌流派的时间，据曾经的初唐派提倡者之一陈束的回忆，是在"嘉靖改元"，说"后生英秀，稍稍厌弃（李、何提倡李、杜诗学），更为初唐之体。"② 而实际陈束、唐顺之、李开先、皇甫汸、吴子孝等新派领袖及成员，都是嘉靖八年才登第，则新派之起当在此年后，而非嘉靖元年。对此，朱彝尊从"明诗八变"说的诗史高度，将初唐派、中唐派之起，实际定在了他们登第的嘉靖八年，所谓"嘉靖初，八才子四变而为初唐。皇甫兄弟五变而为中唐"是也③。又据万安人朱衡（1512—1584）的《李北山诗序》记载，这股新风在其"释负"中进士的嘉靖十一年（1532）前后。该文提到了针对前七子派"诗必盛唐、李、杜"宗法而最先兴起的"厌薄李、杜"的初唐派，继续"抉奇""效齐、梁诸人语"的六朝派，以及"栋文者"惩初唐、六朝派之弊而发起的"崇冲淡，直吐胸臆"、实质是性气诗派的作风。对这三派，朱衡及其友人李北山均表反对，而提倡一种"守先民之训"的"情物互萦"、文质兼备的诗风④。再据嘉靖二年进士、鄞县丰熙于嘉靖十三年甲午（1534）的介绍，则新变的初唐、中唐诗风已经兴

① 何良俊：《何翰林集》卷10《孙王倡和集序》，《四库全书存目丛书》本。
② 陈束：《苏门集序》，载高叔嗣《苏门集》卷首，《文渊阁四库全书》本。
③ 朱彝尊：《静志居诗话》卷21《曹学佺》，第636页。
④ 朱衡：《李北山诗序》，载《明文海》卷265，第4册，第104页。

起，与朱衡所言相符。其言："夫今海内之士论诗必曰杜少陵，论文必曰司马史氏，间学焉，而或近之，亦不过得其声色貌象之似耳。丘子诗则志在初唐，而或谓其有（长）庆、（大）历之步骤，文则志在《礼经》，而或谓其出左氏之轨辙，得非欲以其不似以学其似与？"[①] 但据王世贞的言说，则主要有四派，《明诗评·后叙》列的是"猎齐梁之下"的六朝派（以吴县二黄、四皇甫为代表）、"为道理语"的陈庄体、归田后"黜意象，凋精神，废风格"的王慎重、唐顺之派和坚执前七子派尊杜诗学的关中王维桢派[②]，《艺苑卮言》列的是"尚辞"的六朝派、"存理"的性气诗派、"喜华"的初唐派（景龙）和"畏深"的中唐派（元和）。[③] 前者是王世贞登进士后不久所作，代表的是早期意见，后者王世贞有过反复修改，可视为其定论。就此，本节我们主要讨论诗歌领域中新起的初唐派、六朝派和中唐派，而将本期的性气诗派（陈庄体和王唐归田后的诗风取向一致，两者可并为一派）放到下节讨论；关中王维桢派实可是前七子派余脉，已在上节讨论。

胡应麟《诗薮》则指认了嘉靖前期包含王维桢派在内的四个新诗派成员："嘉靖初，为初唐者，唐应德（顺之）、袁永之（袠）、屠文升（应埈）、王汝化（格）、任少海（瀚）、陈约之（束）、田叔禾（汝成）等；为中唐者，皇甫子安（涍）、华子潜（察）、吴纯叔（子孝）、陈鸣野（鹤）、施子羽（渐）、蔡子木（汝楠）等，俱有集行世。就中古诗冲澹，当首子潜；律体精严，必推应德。同时为杜者，王允宁（维桢）、孙仲可（宜）；为六朝者，黄勉之（省曾）、张愈光（含）；允宁于文矫健，勉之于学博洽，皆胜其诗。"[④] 不过实际上，我们不能拘泥地以为某人就只属于某派，特别是六朝、初唐和中唐派，其成员诗风习染常有交叉，往往含跨了两种以上的流派特征。如胡应麟未列的杨慎，精熟初唐、六朝，尤以六朝体闻名于世，薛蕙是初唐、汉、晋兼为，后来还有性气诗的通俗讲理趋向，高叔嗣则从前七子派跨步到中唐派，成为中唐派的杰出代表人

---

① 丰熙：《南行集序》，载丘云霄《止山集》卷首，《文渊阁四库全书》本。
② 王世贞：《明诗评》，《全明诗话》本，第 2040 页。
③ 王世贞：《艺苑卮言》卷 5，《历代诗话续编》本，第 1023—1024 页。
④ 胡应麟：《诗薮·续编》卷 2，第 363 页。

物，而皇甫兄弟则初唐、六朝、中唐均有突出表现。①

结合多种意见，我们暂将杨慎、薛蕙、徐献忠等人视为六朝派的代表人物（徐献忠编有《六朝声偶集》，而黄省曾、张含因其师友关系和论诗主张，还是放在前七子派余脉来对待②），初唐派的代表人物有归田前的唐顺之（归田后转向性气诗派）、陈束（后来转向中唐派）、王格（为樊鹏编《初唐诗》作序推介初唐派诗法，参上节）、屠应埈、任瀚、田汝成等，中唐派的代表则是皇甫四兄弟（冲、涍、汸、濂，以涍、汸为突出）、高叔嗣、李开先、华察、蔡汝楠（其诗风多变，又与唐宋派成员关系密切）等人。

一　六朝派的诗法及争论

王世贞《艺苑卮言》卷六言："徐昌谷有六朝之才而无其学，杨用修有六朝之学而非其才。薛君采才不如徐，学不如杨，而小撮其短，又事事不如何、李，乐府、五言古可得伯仲耳。"③ 论及徐祯卿、杨慎和薛蕙的六朝才学问题。关于前七子派和杨慎的六朝习尚情况，学界已有较为详细的讨论④，本处只论薛蕙等人对于前七子派诗法及其末流的异动，以及为六朝诗法鼓呼的论调。

薛蕙（1489—1541），字君采，亳州人。正德九年甲戌（1514）进士。早在正德三年（1508）薛蕙还是州学生的时候，谪为亳州通判的王廷相即十分赏识他，称许其"可继李、何"⑤，看成前七子派的接班人。但在经过了宦海沉浮和思想界的影响后，薛蕙的思想重心转向了佛老等义

---

　　① 陈田《明诗纪事》戊签卷 8《唐顺之》罗列"嘉靖初学初唐者"，有薛蕙、皇甫涍兄弟、高叔嗣、袁袠、唐顺之和陈束。戊签卷 18《许应元》又说："嘉靖初，薛君采、陈约之辈，倡初唐之体，一时七古颇少劲健之篇。"第 1536、1744 页。另，崇安丘云霄（字凌汉，号止山。由贡生官至柳城知县）也是本期的初唐中唐派成员，见丰熙《南行集序》，丘云霄《止山集》卷首。

　　② 关于张含的文学流派定位，参冯晓庐《张含应归为哪一派》，《思茅高等师范专科学校学报》2005 年第 2 期。

　　③ 王世贞：《艺苑卮言》卷 6，第 1045 页。

　　④ 雷磊：《杨慎诗学研究》第六章《明代六朝派的演进》，中国社会科学出版社 2006 年版，第 145—180 页；陈斌：《明代中古诗歌接受与批评研究》第二章《嘉靖六朝派及其诗学承担》，上海三联书店 2009 年版，第 97—185 页。

　　⑤ 王廷：《吏部考功郎中西原薛先生行状》，载薛蕙《考功集》附录，《文渊阁四库全书》本。薛蕙《戏成五绝》其一自言："束发从师王浚川，文章衣钵幸相传。尔时评我李何似，白首摧颓只自怜。"《考功集》卷 8。

理之学。为此，他还曾将精心撰著的《老子集解》寄给苏州著名理学家魏校，结果对方根本不看，还嘲笑说他之前用力于徒劳的诗文，而今又走上了异端之路。薛蕙不再关心诗文的成就，而是苦苦追寻人生的终极归宿，开始觉得传统的"文艺未为尊"① 说法很有道理，即使再写作诗文，也是咏叹心性境界的性气诗派作风和"一切皆为浅语"② 的风致。为此，他还希望老师王廷相不要再追求文士的"工且多"，而应"更少约之。其近于怨调、宫体、豪气态露者，一切弗录"，"使复于简质"。③ 他还走出了初唐、六朝文风的浓丽，发展到对于"清远"风格的推尚，认为："曰清曰远，乃诗之至美者也，（谢）灵运以之。'白云抱幽石，绿筱媚清涟'，清也；'表灵物莫传，蕴真谁为传'，远也；'岂必丝与竹，山水有清音'，'景仄鸣禽夕，水木湛清华'，清与远兼之也。"④ 有此眼光，在李何评价中，他自然偏向了"俊逸"的何景明，而不满"粗豪"的李梦阳⑤。盖"俊逸"可通向初唐四杰的风调、六朝诗人如鲍照、谢灵运等人的词迈，本就是"清远"的人格和意象追求。有此眼光，他自然对前七子派的生吞活剥末流强烈不满，自然会以才学和性情为重，要求对前七子派典型诗法"诗必汉魏盛唐"进行突破，给处于盛唐诗法诗风来源的初唐、六朝诗歌予以取效地位，而应对个人才学、性情的多元化调适需要。此见于他嘉靖十六年丁酉（1537）正月为杨慎流放云南的《南中集》所作序中：

> 国朝能诗者，盛于弘治、正德之际，其时数君子始尚古学，文体为之一变。至于今日，鸿笔丽藻之士彬彬间出，数君子为有工矣。然此数君子者，亦各才有高下，学有疏密；虽其高才嗜学者，要未有穷其学之所至，竭其才之所能者也。尝以为，知其所近而暗于远者，学

---

① 薛蕙：《戏成五绝》其三："雅知文艺未为尊，次第沿流直讨源。不但诗学高一格，信然闻道小群言。"同上书，卷8。

② 顾璘：《顾华玉集·凭几集》卷5《与后渠书》。

③ 薛蕙：《考功集》卷9《答王浚川先生论文书》。

④ 胡应麟：《诗薮·外编》卷二，第151页。清代王士禛认为明代孔天胤和薛蕙的清远之论，开了其神韵说的先声，《池北偶谈》卷18《神韵》条，靳斯仁点校，中华书局1982年版，第439页。

⑤ 薛蕙：《考功集》卷8《戏成五绝》其四："海内论诗伏两雄，当时倡和未为公。俊逸终怜何大复，粗豪不解李空同。"

所易能，而后其所难，人之公患也；眩于时好而不寤其所短，沿于流
俗而不进求其上，世之常弊也。语曰：取法乎上，仅得其中；取法乎
中，斯为下矣。余惧将来者徒随先进之后，而雅道之日趋下也……盖
余畴昔所愿见，乃今得之先生（杨慎）矣。……虽然，即此卷而论
之，唐之四杰不能过也。①

其所使用的为初唐、六朝习尚开道的"取法乎上"诗学取法思维，其实
仍来自前七子派及其所继承的南宋严羽等人的思维模式，可谓以子之矛攻
子之盾。赞许杨慎诗虽初唐四杰不能过，则是表扬新变的初唐诗风。

蔡汝楠（1516—1565），字子木，号白石，德清人。嘉靖十一年进
士，累官至南京工部右侍郎。其诗学多变，据洪朝选嘉靖三十四年春所介
绍，其有由"初学为六朝""既而学刘长卿"，最后"又学为陶、韦"的
归宿道学情趣的历程。② 朱曰藩（1501—1561），字子价，扬州府宝应人。
朱应登之子，嘉靖二十三年（1544）进士，累官至九江知府。陈文烛评
其诗云："古诗宗六朝，律则初唐之才藻，而盛唐诸家之体裁。"③ 是说他
在保持了乃父"北学"宗"盛唐体裁"的同时，又趋向了新起的初唐、
六朝派。而杨慎则直接赞许他与自己诗学追求的相同："盖取材《文选》、
乐府，而宪章于六朝、初唐，不事蹈袭，不烦绳削。"④ 朱曰藩对杨慎十
分仰慕，曾在嘉靖二十八年托巡抚云南的副都御史顾应祥带信给远流云南
的杨慎，并附上己作一卷求正，杨慎回信给他，表示了热烈的欣赏之
情。⑤ 嘉靖三十八年己未（1559）正月初七（人日），召集南京一帮文人
雅士"悬用修画像于寓斋，焚以东官香，荐以阳羡茶，赋《人日草堂》
之诗"，画《人日草堂图》寄杨慎，作《人日草堂引》记此一文坛韵
事。⑥ 不过，朱曰藩在古文宗法上仍坚持为李梦阳代表的秦汉作风辩护，
而与"金陵三大家"之一的陈沂责备新起的唐宋派"与摹拟秦汉者何以

① 薛蕙：《升庵诗序》，转引自王文才、张锡厚辑《升庵著述序跋》，云南人民出版社 1985
年版，第 127 页。
② 洪朝选：《送蔡白石叙》，载蔡汝楠《自知堂集》卷首，《四库全书存目丛书》本。
③ 陈文烛：《山带阁诗序》，载朱曰藩《山带阁集》卷首，《四库全书存目丛书》本。
④ 杨慎：《山带阁诗序》，同上书。
⑤ 陈斌：《明代中古诗歌接受与批评研究》，上海三联书店 2009 年版，第 118—119 页。
⑥ 朱曰藩：《山带阁集》卷 31《人日草堂引》。

异",而谓当今文坛为佛教所谓的"末法之日",需作狮子吼,但又怕"魔得其便,飞精射人",引来不必要的论争。① 其原因还是在于,固然他与乃父的诗文追求已发生了一些变化,也自然痛恨人人指责的前七子派复古模拟末流,但衷心所向,仍不能忘却乃父在追逐复古文学时所遭到的政治打压:"而柄文者顾不之喜,目其文曰字子股。"②

徐献忠(1493—1569),字伯臣,号长谷,松江华亭人。嘉靖四年(1525)举人,累试不第。至嘉靖十九年(1540),出官奉化令,嘉靖二十三年(1544)罢职,此后再未出仕。嘉靖三十二年(1553)春,徐献忠迁家吴兴,与其时的岘山遗老社有密切联系,并著《长谷集》,编《六朝声偶集》、《唐诗品》、《乐府原》等。王世贞谓:"献忠诗法初唐,又多六朝语,杂组成章,积贝为饰。如入万花之径,终靡三山之骨。"③

《六朝声偶集》有嘉靖十九年刻本,卷首有沈恺序,卷末有徐献忠自序。两序虽都承认在盛衰政教论和典雅风格论的传统诗学视野下,作为整体的六朝诗歌确有其不可讳言的局限性,但在诗歌技法和声律体式上,六朝诗歌又有不容忽视推进唐诗发展、促进盛唐诗歌繁荣兴盛的诗史作用。沈恺言六朝诗:"去古浸远,风流日下,倡为声律,靡然同风。盖偶丽俳巧之习胜,而温柔敦厚之体微矣。"而在当世"论诗往往祖尚唐人"的诗学风气里,"唐固足尚矣。然缘裔穷宗,要有所自,溯流达支,岂无本源?故唐律者,后人之规范也,而六朝者,有唐之所自出也。直以六朝用文以掩质,故始发而未全;唐人由质以成文,故体备而并美……无亦六朝者,乃武德之先驱,开元、天宝之滥觞乎?"④ 徐献忠也说:"予读六朝人诗,取其偶切成律者焉。夫六朝人诗,绮靡鲜错,失之轻且弱。予虽取之,安得而掩焉。乃予究观诗人之作,代出意匠,以增前人之能,则敷文之极,而流弊之至于此也。乃后世之为律者,实六朝人创始言之。至于今承信宗袭,世无有废律而成诗者,则六朝之泛波,亦岂可少哉?"⑤ 在举

① 朱曰藩:《山带阁集》卷33《跋空同先生集后》。

② 朱曰藩:《袁永之集序》,载袁袠《衡藩重刻胥台先生集》卷首,《四库全书存目丛书》本。

③ 王世贞:《明诗评二·徐邑令献忠》,《全明诗话》本,第2013页。

④ 沈恺:《六朝声偶集序》,载徐献忠编《六朝声偶集》卷首,《四库全书存目丛书》本。

⑤ 徐献忠:《六朝声偶集后序》,载徐献忠编《六朝声偶集》卷末。又见徐献忠《长谷集》卷5《六朝声偶集序》,《四库全书存目丛书》本。

世宗唐、宗李杜、宗杜诗的前七子派诗学风气里，他们与杨慎等人一样，也要求学唐应该学唐之所学，即要学六朝，从而为六朝习尚赢得了合法性。

意外的是，在一向偏狭顽固的理学目光中，六朝诗也获得了少数人如薛应旂的支持。它除了拥有前述诗人所宣称的唐诗取法来源之外，还以理学家所一向坚持的以诗观世的政教思维，为其留下观察其时教化状况的一席之地。薛应旂说："今天下论诗者谓不关理，论理者多病诗，一及六朝，不道究观，而袭闻传听，已概拟其侈靡矣。乌乎，诗本性情，邪正污隆，理无不在。不有独见，率同耳食，未可与论诗，可与论理也与哉……然则斯集也，其殆（王通）《续诗》之散逸，固非直两汉之余波、初唐之滥觞也。矧夫诸侯不贡诗，行人不采风，乐官不达雅，国史不明变，而列代之风泯焉久矣。论世以征化者，于斯可以弗之观耶？"① 反对诗歌界和思想界的成见，认为不仅诗歌界不能轻弃六朝——"两汉之余波，初唐之滥觞"，即使道学界也不能轻弃六朝，因为天理无所不在，"无诗不关理"，六朝诗也得其一份天理，自有其存在和后人重视的理由。这里的批评实有李梦阳等人对六朝诗和理学诗的评论意见在内作话语背景。

"嘉靖八才子"之一的李开先则提到了这个时期六朝诗风和前七子盛唐诗风对立的情况："世之为诗有二：尚六朝者，失之纤靡；尚李、杜者，失之豪放。然亦以时代南北分焉：成化以前，及南人纤靡之失也；弘治以后，及北人豪放之失也。"又以明画论明诗，认为唐顺之如戴静庵"生成变化，下视同行"，李梦阳如吴小仙"健纵，粗且简者，更不可及"，薛蕙如陶云湖"细润"、高叔嗣如杜古狂"精奇"，而李梦阳"才高而有出入三子者，守法而酌量乎南北之间者也。视成化、弘治时，不滋盛哉！"② 又站在融合南北和六朝、李杜文学之长的李梦阳一边。

二　初唐派的诗法及争论

嘉靖初期登第为进士中的很多文士大都有过追随前七子派诗文宗法的经历，只是当前七子派末流的生硬模拟弊病日益显露，而新的时代心灵调适需要也越来越强化之时，他们才能对前七子派诗文宗法有所突破。而

---

① 薛应旂：《方山先生文录》卷 9《六朝诗集序》。
② 《李开先集》卷 5《海岱诗集序》。

且，诗歌和古文突破的程度和节奏并不一致。他们首先突破的还是在咏写性情的诗歌领域，于是，先后出现了六朝派、初唐派和中唐派等扩大诗歌宗法习尚的现象。而古文宗法的大幅度转换到唐宋，出现唐宋派，则还是比较滞后的事情，至少要到嘉靖十五年左右。于是在嘉靖五年的进士、庶吉士群体中，我们看到的占主流的诗文宗法还是"文必秦汉，诗必盛唐"的换一种方式表达："文必秦汉，诗必大历以还。"其人员有"吴袁永之（袠）、华子潜（察）、陆浚明（粲），越屠文升（应埈），秦赵景仁（时春）"①，还有湖广京山人王格和没有成为庶吉士的闽人王慎中等。所谓"诗必大历以还"，即"诗必盛唐"。到嘉靖八年的进士群体中，诗歌领域开始出现异动，有了初唐、中唐（六朝）之好，其代表人物是唐顺之、陈束、任瀚、李开先、皇甫汸、吴子孝等人；而古文领域还是老样子，"文学秦汉"。对此，唐顺之的弟子姜宝诚实供述："吾师荆川先生入馆局之初，尝学西汉为文，学初唐、中唐为诗。"②而只是通过后来古文转向唐宋的追认，李开先才说："唐、王诗祖初唐，而文兼宋体，一切豪憨方俊，冒套撞搏，悉薄视之不屑焉。"③就其当初情形，当以姜宝所说为是。

从历史记录来看，唐顺之、陈束、王慎中是本期初唐派的倡导者。虽然他们后来很快就离开了这个风尚，而投入到中唐派（陈束）或性气诗的怀抱；并没有即此一体终老。对此，李开先说："大抵李、何振委靡之弊而尊杜甫，后冈（陈束）则又矫李、何之偏而尚初唐。"④陈田说："嘉靖初，薛君采、陈约之辈，倡初唐之体，一时七古颇少劲健之篇。"⑤在陈束、唐顺之、王慎中之外，又加上了早先的薛蕙等人。

初唐风气盛行诗坛之时（前七子派阵营的樊鹏、袁袠，从前七子派转变出来的薛蕙、朱曰藩，加上六朝派的杨慎、徐献忠和中唐派的皇甫兄弟等），即有了调和盛唐和初唐诗歌宗法的言论出现。此即初唐派屠应埈

---

① 李维桢：《大泌山房集》卷113《太仆寺少卿王公行状》，《四库全书存目丛书》本。

② 姜宝：《履庵万公集序》，载万士和《万文恭公摘集》卷首，《四库全书存目丛书》本。

③ 《李开先集》卷10《何大复传》。参卷6《市井艳词又序》言："荆川（唐顺之）始登仕籍，究心汉魏，继则四子（初唐四杰）、二张（九龄、说），后酷爱刘随州（长卿），而晚唐（如寒山子）亦多取焉。"则其登第之始，还是前七子派的诗必汉魏盛唐宗法，之后才是初唐风的提倡，转向中唐风格、性气诗倾向。故他一度喜欢蔡汝楠的转向中唐式的陶、韦风格。

④ 同上书，卷10《后冈陈提学传》。

⑤ 陈田：《明诗纪事》戊签卷18《许应元》，第1744页。

为黄佐文集所作序言："综华究实，中盛于唐。后有作者，则以唐为宗矣。明兴，统一经术，诗道未振，而缉熙艺苑，朝不乏人。至成化、弘治间，宇内晏宁……天下靡然兴于诗云。于时学者率祖杜氏，近乃崇尚初唐，而彼此互观，粲然焉彪焕。譬则椒兰菌桂，殊荣异质，而各飏其馥；球琳弘璧，错陈间列，而各擅其精。"① 认为初唐和盛唐宗法可以"彼此互观"，相得益彰，共襄文坛和政坛盛事。屠应埈（1502—1546），字文升，平湖人。嘉靖五年进士，选庶吉士。累官春坊右谕德。有《兰晖堂集》。朱彝尊评其诗："取材六代，具体初唐，烂若春葩，将以秋实，是众作之有滋味者。"②

　　不过，初唐风还未盛行到后七子派来攻击之时，当初的倡导者们就已经拔刀相向。先是陈束在嘉靖十六年为中唐派代表人物高叔嗣遗集所作序言③。该文高屋建瓴，从明诗（派）在各个发展阶段上的代表人物和诗法宗尚讲起，说明其间所发生的重要诗风因革，而重点将高叔嗣放在前七子派的杜诗宗法和嘉靖初期的初唐体之争中，看高氏的作为。在陈束的描述里，高叔嗣经历了登第前的前七子派宗杜之习（李梦阳），登第后的初唐、六朝之习（薛蕙），到自己孤身独往，博采名家众长，不再拘泥初唐、盛唐之争的诗学宏博心态，从而造就了中唐的精深成就。陈束指出纠偏的初唐之体学不得其法，仍会落得学杜甫不得其法的同样下场；当初笑人齿缺，今为人笑狗窦大开。学的对象不能代替学的方法，重要的是一种宽博的学古心态和独立的主体才情的回归，二者之间有一个美好结合，才能结出真正丰硕的成果。陈束（1508—1540），字约之，鄞县人。嘉靖八年进士，选庶吉士，改授礼部主事，复改翰林院编修，累官至河南提学副使。卒时年仅三十三。有《后冈集》。皇甫汸评其诗："早铸四杰，晚镕二张（九龄、说），遒轸于平原（陆机），晞驾于康乐（谢灵运）。"④ 高叔嗣（1501—1537），字子业，号苏门，祥符人。嘉靖二年进士。累官湖广按察使。卒时年仅三十七。有《苏门集》。他是嘉靖前期中唐派的代表人物，钱谦益《列朝诗集小传》引录多家评论，列于"丁集"之首，以

---

① 屠应埈：《屠渐山兰晖堂集》卷9《泰泉集序》，《四库全书存目丛书》本。
② 朱彝尊：《静志居诗话》卷12《屠应埈》，第326页。
③ 陈束：《苏门集序》，载高叔嗣《苏门集》卷首。
④ 皇甫汸：《皇甫司勋集》卷36《陈约之集序》，《文渊阁四库全书》本。

见其"丁状成实"深意①，可见高叔嗣在钱谦益心目中的诗学重要性。

唐锜又在陈束基础上与杨慎纵论明代中期诗歌流变云："弘治间，文明中天，古学焕日，艺苑则李（东阳）怀麓、张（泰）沧洲为赤帜，而和之者多失于流易；山林则陈（献章）白沙、庄（昶）定山称眉目，而议者皆以为旁门。至李、何二子一出，变而学杜，壮乎伟矣。然正变云扰，而剽袭雷同；比兴渐微，而风骚稍远。唐（顺之）子应德箴其偏焉。嘉靖初，稍稍厌弃，更为六朝之调、初唐之体，蔚乎盛矣，而纤艳不逞，阐缓无当，作非神解，传同耳食，陈子约之议其后焉。"②肯定陈束对于初唐体之病的评价，只在李何复古运动对象中加上了性气诗派代表陈庄体，并将茶陵派的代表人物谢铎换成了张泰，略有差异。唐锜，字元荐，云南晋宁州人，杨慎好友；"杨门六学士"之一。钱谦益《列朝诗集小传》在"高叔嗣"条特意节录陈束的上段序文，又在"陈束"条特意节录唐锜本段文字，说："以元荐之论，合于约之苏门之序，弘、嘉之间文章升降之几会，略可睹矣。余故录约之之诗，次于苏门之后，而详著之如此。"③

发现了唐宋文、脱离了初唐体之好的王慎中也开始批评时人的竞相学初唐，而站在"诗必盛唐"的前七子派诗歌宗法一面。其《寄道原弟书第十五》集中表露这种思想。他批评习尚初唐而沾沾自得的时人，以为离李梦阳、何景明的成就尚远，不满他们对李、何的过激批评，坚持前七子派的盛唐诗歌宗法。其理论核心仍然是"第一义"，认为初唐诗"本未是诗之佳者"，只有盛唐诗方具宗法资格。其所主张的学诗方法之要，是"择术须高"，从上往下，而从初唐学起，则是从下往上，即此亦可见提倡初唐者的"学问"不行，"又眼不明"，路径错了，自然结果必糟。其所不满于初唐诗歌者，又主要在于从整体上看缺乏个人特色，风格变化也不足，而盛唐则是"人人有眼目，篇篇有风骨"。可见其宗奉盛唐的要义，是希望作者要有鲜明有力和灵活多变的个人风格。对于初学为诗者，他强调学力与识见比才力更重要，入门的正确和见多识广才是一条稳妥的

---

① 钱谦益：《牧斋有学集》卷14《列朝诗集序》，（清）钱曾笺注，钱仲联标校，上海古籍出版社1996年版，第679页。

② 杨慎：《升庵诗话笺证》卷4《胡唐论诗》，王仲镛笺证，上海古籍出版社1987年版，第127—128页。

③ 钱谦益：《列朝诗集小传》丁集上《陈副使束》，第373页。

学诗之路。① 这些主张和思路，与陈束之论着眼点不同，而与前七子派思想可说一脉相承。只是他将诗必盛唐李杜，换成了盛唐六家，有丰富前七子派诗法之意，而与后来谢榛的"十四家"思维趋向一致。② 但对于初唐诗歌的宗法资格，他是彻底否决了。王慎中自作诗"亦以盛唐为宗，杂出于晋魏风雅，旨趣玄妙，音节冲融，不专守唐人字句，而模写变化远矣。"③ 坚守前七子派诗歌宗法，只是警惕其末流的模拟字句之病。

三　中唐派的诗法及争论

在嘉靖前期的中唐派成员中，吴中长州四皇甫（冲、涍、汸、濂）是一个重要的家族文学群体。朱彝尊曰："四皇甫诗，源出中唐，兼取材于潘（岳）、左（思）、江（淹）、鲍（照），清音亮节，净扫氛埃。高苏门（叔嗣）、华鸿山（察）、杨梦山（巍）而外，无有及之者。"④ 据皇甫汸为皇甫冲所作《行状》记录看，由于父亲皇甫录为官京师的关系，老大皇甫冲（1490—1558，字子浚，号华阳山人，嘉靖七年举人）以及三兄弟对于前七子派的诗歌宗法早有所了解，后遇孙一元、方太古等山人才受到触发，寻求突破⑤。老二皇甫涍（1497—1546），字子安，号少玄。嘉靖十一年进士。同年有孔天胤、蔡汝楠等人。授刑部主事，累官至浙江按察司佥事，以不职论黜。其诗学宗尚也有一个变化过程："方其家食含章……笔札之间，笃嗜工部。既而何、李篇出，病其蹊径，专意建安。尝曰：'诗可无用少陵也。'至解巾登仕，与蔡（汝楠）、王二行人广搜六代之诗，披味耽玩，稍回旧好，雅许昌谷。乃曰：'诗可无用近体也。'又与王文部（慎中）、李司封、唐（顺之）、陈（束）二编修剧谈开元、天宝之盛，而心醉焉。乃曰：'诗虽选体，亦无使尽阙唐风也。'至为歌行，一本乐府，而参以太白，隐括《铙吹》之余。犹曰：'七言易弱，恐降格钱、刘也。'故其诗特工五言，而七言近体薄不经想。"⑥ 皇浦涍嘉靖十一年进士及第，已经摆脱了前七子派宗尚杜甫的偏狭，开始批判其末流的模

① 王慎中：《王遵岩先生文集》卷20。
② 关于王慎中诗学思想的详细讨论，参冯小禄《明代诗文论争研究》，第257—262页。
③ 《李开先集》卷10《康王王唐四子补传》。
④ 朱彝尊：《静志居诗话》卷13《皇甫冲》，第373页。
⑤ 皇甫汸：《皇甫司勋集》卷57《华阳长公行状》，《文渊阁四库全书》本。
⑥ 同上书，卷40《司直兄少玄集序》。

拟弊病，登第后受宗尚六朝的时风影响，开始肯定徐祯卿保持吴中诗风的路数，之后又在盛唐、选体、中唐等诗风宗尚和乐府、歌行、五言、七言等诗歌体式之间反复比较斟酌，诗学堂庑变得深宏，开始具有了自己"特工五言"的特色。当然，这中间都离不开和同人的探讨，表现了这个时期诗学气氛的浓厚和多变，所以，皇甫汸记录之时，都要突出与其二兄交往的同时代文学名人。当形成了自己的诗学和创作品格后，其路向即如文徵明所言是上溯格高："为文必古人为师，自两汉以下，咸有所择，见诸论撰，居然合作。诗尤沈蔚伟丽，早岁规仿初唐，旋入魏晋，晚益玄造，铸词命意，直欲窥曹、刘之奥而及之，惜乎未见其止也。"①

由于有一个深睹李何复古创作求合古体之"迹"而泯灭个性、遭人议论的过程，皇甫涍一方面十分佳许复古蹊径较少的本地复古前辈徐祯卿，收集其遗稿为《徐迪功外集》二卷，而对李梦阳"守而未化，蹊径存焉"的评价不以为然，以为徐祯卿达到了"作者韵度鲜朗，情言超莹"的境界，不必在"守化""蹊径"这个问题上苛求。② 另一方面又对人们苛论前七子派复古创作之"迹"而不求宽博高尚的做法很不满意，以为复古之路未错，而错在人们的见识和狭隘心态。其重点指向这个时期的文学批评态度（谈诗者），认为诗歌创作只要坚持复古的正确道路，时间工夫既久，则自然有望达到化境。于是，谈诗者就也不必对这些学古初期的弊病吹毛求疵，求全责备。更要紧的是，作诗歌流派批评的人不要闻声吠影，人云亦云，而要扩大诗学视野，消除流派壁垒成见，不要肯定法唐（近体）就叱责学习汉魏（古体），赞赏六朝（选体）派的新趋向就诋毁前七子派的盛唐宗法，而是要汉魏与唐、律体与古体并观共视，方能促成文学复古全盛的时期到来。③ 这不是指向前七子派，而是指向新起各派，观其对于学古之"迹"的申明可知。

至于在古文宗法上，皇甫涍虽也批评前七子派秦汉式创作所留下的模拟痕迹，但把它看成是文学流派和风尚所不可避免的弊病。其曾对兄冲言："非班、马、曹、刘不足以造其极。盖今之为文者，王（袆）、宋

---

① 《文徵明集》卷33《浙江按察司金事皇甫君墓志铭》，周振甫辑校，上海古籍出版社1987年版。

② 皇甫涍：《皇甫少玄集》卷23《徐迪功外集序》，《文渊阁四库全书》本。

③ 同上书，卷23《因是子乐府序》。

（濂）称一代之宗，李、何为中兴之冠。然王、宋反元习之靡而不能不病于声；李、何矫一时之弊而不能不泥其迹。"所以其兄总结其诗文取向是："故其为文，雅意于《史》《汉》《庄》《骚》间，而于诗独有取于迪功。"① 在经学上，他也主张有取于汉学，以为至少有致学之功，可补宋学末流之失："主之以宋，辅之以汉，达于文章，而能贯乎性命，养其本原，而不遗乎事业。"②"滐之所以有取于汉者，非谓其于道果有所见也，特嘉其致学之功，亦可以辅世儒之不逮，故特援而进之，以警夫末流之弊。但其立言之间，意有所主，颇失其低昂之节而不自觉耳。若曰宋之儒有践履之诚，而汉亦有之，宋之儒得道统之传，而汉亦能之，则区区之见，岂若此其谬哉？"③ 保持了吴中派固有的较为宽博的学术视野，而与前七子派思想趋向一致。

老三皇甫汸（1504—1583），字子循，号百泉。嘉靖四年举人，八年进士。在四兄弟中早达，最先成进士，也最先摆脱了科举对于文学创作的牵累。其一生老寿，活到八十岁，与王世贞长期对峙，并为隆万时期吴中文坛之硕望。"皇甫子循诗名与王元美相累，吴下能诗者，朝子循而夕元美。或问其优劣，周道甫曰：'子循如齐、鲁，变可至道；元美如秦、楚，强遂称王。'"④ 不过，其官运则比较坎坷。自中进士授官国子博士一直做中下层京官，嘉靖十三年冬转水曹郎，十七年迁工部虞衡司郎中，却因为得罪武定侯郭勋，次年外谪为黄州推官。后召为南京吏部稽勋司郎中，到嘉靖二十四年乙巳当考查，又因得罪南京吏部尚书张润，嘉靖三十年外谪为开州同知，次年量移处州同知。嘉靖三十三年谪云南，次年升云南按察司金事，嘉靖三十五年大计论黜落职，未再出仕。可以这样说，两京为官让他站在了诗风多变的时代前沿，确立了基本的诗坛名声，而外省辗转又让他结交了不同地域的朋友，扩大诗名的影响面和诗作的风格面。由此，虽然其最终的文学史定位是文学六朝、诗法中唐，但他的文学流派批评态度却比较复杂。像他的诸位兄弟，其实也像绝大多数这个时期的人们，皇甫汸在承认李何前七子复古派的正确路线和所取得的基本诗文业绩

① 皇甫冲：《皇甫少玄集序》，载皇甫滐《皇甫少玄集》卷首。
② 同上书，卷22《奉华阳兄弟第二书》。
③ 同上书，卷22《奉华阳兄弟第三书》。
④ 冯时可：《雨航杂录》，转引自陈田《明诗纪事》戊签卷五《皇甫汸》，第1467页。

之外，也会攻击前七子派领袖及其末流之病；在李、何、徐三鼎足评价中，又会比较自然地结合时代风气和吴中情结而偏向徐祯卿；对新起的诗文各派，他也不妨在正面赞美之余，又于他处抨击这些流派的末流。

关于他的生平经历与其诗法学习、创作风格转变的密切关系，最直观的材料是其暮年（万历二年）自白了。现将其自作诗文集序所介绍的基本情况制成表 2：

表 2　　　　　　　皇甫汸交友与诗法诗风变化

事件	时间	地点	交友	诗法诗风
在家	1510	长州	时伯氏、仲氏与中表黄鲁曾、省曾、洞庭徐缤、秦人孙一元、越人方太古谈诗，余髫而旁侍，窃耳之，腹私诽焉。	余七龄而能诗
及登进士	1529—1539	北京	山人张诗，诸曹郎夏言、李遂、江以达、吴樾、田顼、高叔嗣、高仲嗣、邹守愚、王慎中、周祚、胡尧时、李宗枢，由外至者方豪、邝灏、邝汴、李士允、闽山人傅汝舟、高瀔、同年吴子孝、唐顺之、任瀚、杨祜、陈束、李开先、吕高、栗应麟、栗虹谈，长官严嵩、李廷相、霍韬、陆深、马汝骥、王廷相、刘讱、许宗鲁、郑宪、黄佐、李默	于是为关洛之音
承遣齐安	1539	黄州	王廷陈、廖道南、冯世雍	此三人者咸楚材也，间为楚音，此其一变也
起补南署	1540—1545	南京	许谷、蔡汝楠、施峻、王廷幹、侯一元、徐京	多江左之音
奔阙补职	1551	北京	王世贞、李攀龙及诸进士、谢榛	其言与关洛稍异，乃独为燕赵之音，又其一变也
迁滇臬	1555—1556	云南	张含、李元阳、杨慎、周满、谢东山	又间为蜀音

由此可见，皇甫汸登第之前的交友往往以家族的祖父兄弟、亲戚为核心而向周围的家族朋友展开。在这里，他和他的兄弟从"北学"的黄省曾那里得到了关于李、何复古派的诗学理念。嘉靖八年皇甫汸登第为京官

期间，又以在京同年进士为核心，广泛交往各曹郎、曹卿和游京的各地山人。从山人张诗那里，他再次感受到了前七子派群体当初出场的激动情景："孝武朝长沙（李东阳）有开阁之风，海内群彦云集，为拊髀焉，时方推毂李、何、徐、边、熊、薛，皆其选也。"所以皇甫汸早期的诗风，是追随前七子派首领的"关洛之音"（李梦阳为陕西庆阳人，何景明为河南信阳人）。"以才见忌"于顾鼎臣，"于是乎承谴齐安"到湖广黄州后，与楚地三才交往，又一变为激越悲愤的"楚音"。之后到南京，多江左之音，即初唐、六朝习尚。再到北京，与后七子派首领交往，却不再投入"关洛之音"的合唱，而独为悲歌慷慨的"燕赵之音"，以示自我成熟的诗学立场。再到云南，与四川、云南、贵州人士交往，又时杂凄苦幽丽的"蜀音"。① 其目的是为说明自己的阅历所造成的宽博审美评论观，以求得世人的恳认："嗟乎！余殆东西南北之人也。本之二京，参之列国，变亦尽矣，心良苦矣，非一朝一夕也。程材效伎，折衷于作者，亦多矣。"② 这是一种以地域文化文学传统为主而又结合当时的诗歌流派理念的诗学评论体系："始为关洛之音，变而为楚，再变而为江左，三变而为燕赵，四变而为蜀。"③ 但其实，他又对各地域之音存在着双重认识，一方面肯定它们有其不可替代的地域文学特色，有促成参与者文学创作风格兼容并蓄、走向广大的一面；但另一方面也正因为其地域文学个性和特色的突出，强调过甚，或者止步于此，即有可能走向风格偏执的反面，出现"关中之诗粗，燕赵之诗厉，齐鲁之诗侈，河内之诗矫，楚之诗荡，蜀之诗涩，晋之诗鄙，江西之诗质，浙之诗啴，吴下之诗靡"④ 的不良状况。

在李、何、徐复古三鼎足评价中，基于所在的新诗派要求，皇甫汸与乃兄皇甫涍一致，站在徐祯卿一边。⑤ 而在茶陵派领袖李东阳和以李、何为代表的前七子派诗歌复古运动之间，他持前者引领后者、而不视后者为前者的反动或对立的态度。⑥ 也即在他的诗学流派发展观念里，李东阳和

---

① 皇甫汸：《皇甫司勋集自序》，该文末署："万历甲戌闰腊既望"。转引自陈文新《中国文学流派意识的发生和发展》，武汉大学出版社 2003 年版，第 325—326 页。

② 同上。

③ 朱彝尊：《静志居诗话》卷 12《皇甫汸》，第 374 页。

④ 同上。

⑤ 皇甫汸：《皇甫司勋集》卷 35《盛明百家诗集序》。

⑥ 同上。

163

前七子派是一体复古，都应予以肯定赞赏。这不同于前后七子派的态度。

至于皇甫汸节引唐顺之《董中峰侍郎文集序》的论断，说"弘治以前，未尝言秦汉而能尽其才，近守绳墨而不离乎法。盖病乎世之决裂以为体，饾饤以为辞"，是为了赞扬徐缙之文的才法兼备，"未尝言秦汉而能尽其才，近守绳墨而不离乎法"，并非直接针对李、何复古派，而最多只是前七子派末流。观其下文即可知其立场底蕴："公之文庶几类此，而诗则方驾李、何，翼响迪功矣。"① 徐缙是弘治正德时期前七子复古派的成员，与李梦阳、何景明、陆深、徐祯卿有非常深的交情和文学往来。由此可知，皇甫汸对前七子派的秦汉古文可能不无微词，尤其是末流，而站在要求广博才学的六朝骈文立场一边②，由此而可能趋向于唐宋派一边（唐顺之是其进士同年），但对李、何、徐的诗歌复古本身却应主要是肯定赞颂。这是应该明确表出的。

其实皇甫汸不仅对七子派的诗文宗法末流可能会批评，即使对初唐、六朝派的末流，他也会批评："今或未辨音节，罕闲兴寄，剽缀靡辞，诡于风雅。俗方贵耳，群起吠声，譬爝火之燔，其能争光于日月乎?"③ 结合皇甫涍《徐迪功外集序》批评时人欣赏徐祯卿的靡丽"纤下"少作，而不能识齐梁真风味，则皇甫汸此处批判的是嘉靖前期新起的六朝、初唐之风。他批评这些人是"生剥张（九龄）篇，行剽沈（佺期）集"④。

总之，吴中皇甫兄弟矗立于风云变幻的嘉靖前后期诗坛中，在前七子派、新起各派和后七子派之间各有坚持和回避。坚持者，乃复古诗学之道路和自我之性情、才学；回避者，乃复古诗学及新派之生吞活剥末流。"始而宗师少陵，惩拆洗之弊，则思追溯魏晋；既而含咀六朝，苦雕绘之穷，则又旁搜李唐。当弘、正之后，畅迪功之流风，矫北地之结习。"⑤ 其一半在此，另一半又在新派。

---

① 皇甫汸：《皇甫司勋集》卷36《徐文敏公集序》。

② 参其对习效六朝文与秦汉文的比较，见皇甫汸《解颐新语》卷8《杂纪》，《全明诗话》本，第1415页。

③ 皇甫汸：《皇甫司勋集》卷36《徐迪功外集后序》。

④ 同上书，卷60《题周山人留别诗后》。又见其《解颐新语》卷7《讥评》，《全明诗话》本，第1413页。

⑤ 钱谦益：《列朝诗集小传》丁集上《皇甫金事汸》，第414页。

第 三 章
四面出击:后七子派的内外之争和
集体文学追求

　　以李梦阳、何景明为代表的前七子派诗文宗法和写作精神,经古文的唐宋派和嘉靖前期新变诗歌各派的短暂中断,又由李攀龙、王世贞、谢榛等人高高擎举起来,形成了后七子派文学复古运动。作为新变派代表之一的皇甫汸在隆庆四年为俞宪的《盛明百家诗》作序时,回顾了明代诗歌风尚演变发展史,给出了几个重要的时间段,从中可了解其心目中后七子派的兴起时间,是"庚戌而后,参轨于大历,防渐于元和矣"[①]。其诗史观以唐诗分期比明诗发展,以明初为初唐,所谓贞观、永徽是也;以嘉靖八年己丑后为明诗的兴盛期,所谓开元、天宝是也,即嘉靖前期诗歌新变各派所兴起之时;而将后七子派兴起的时间定在嘉靖二十九庚戌,以之为明诗的中唐滑落期,所谓大历、元和是也,盖有不满之意。

　　"灭灶再炊,异军特起。"[②] 矢志继承李梦阳、何景明文学复古志向的后七子派再度崛起于京都文坛,即面临着十分复杂的政局和文坛局势。政治上先是嘉靖后期的严嵩当政,给本文学流派的发展空间带来了极大变数,由于持续的政治对抗,后七子派成员纷纷离开了京城,分散到各地。至嘉靖三十九年冬王忬被处死,王世贞兄弟才在嘉靖四十一年五月严嵩被处置后,再出来为官。后是隆庆、万历之际的张居正当权,其对讲学和文学的极度厌恶,也使这个时期后七子派成员的仕途充满了诸多变异:一是

────────────

　　① 皇甫汸:《皇甫司勋集》卷35《盛明百家诗序》,作于隆庆庚午（1570）。又见俞宪《盛明百家诗》卷首,《四库全书存目丛书》本。

　　② 陈田:《明诗纪事·戊签序》,第1395页。

有上升的空间，王世贞最后位列八座，累官至南京刑部尚书；二是万历四年，王世贞罢官家居，随着老境意绪的产生和文学声誉日隆来，其自身的文学思想和创作也在不断调整。而文坛上也是流派观念和人事交往错综交缠，既有文学流派主张悬珠，甚至时出讥嘲批判者以至老死不相往来，如李攀龙、王世贞之于王慎中、唐顺之；也有流派之间虽有差异却又有一定程度的交情，如王世贞与茅坤、蔡汝楠、归有光等人；徐中行和茅坤、蔡汝楠等人都大体维持着文学交流的基本友情。

总体说来，后七子派在崛起之初所要对付的文学流派，无论派内派外，都包含诗歌和古文两个领域。他们需要四面出击，才能建立本派的文学声威：诗歌领域中有对前七子派诗歌宗法异动的初唐派（"景龙"）、中唐派（"元和"）和六朝派（"尚辞者酌风云而成月露"），以及复古创作实绩不惬人意的前七子派余脉（学杜甫的关中王维桢，包括孙宜等人），还有这个时期一直延续的性气诗派（"存理者扶'感遇'而敧'咏怀'"）①，而古文领域中则主要是从前七子派蜕变而出的唐宋派，这是他们最大的劲敌，双方在古文正统论、法度论、精神论和终极归宿上都存在着广泛的争夺。伴随上述的四面出击，后七子派自身也在不断壮大，派外的斗争在延续，而派内关系也变得异常复杂。随着人员的出入和增多，从嘉靖后期以李攀龙为中心的"五子"（实为六子）、"三甫"，到隆万时期以王世贞为中心的"五子"、"后五子"、"广五子"、"续五子"、"四十子"等。后七子复古派发展为一个成员阶层庞杂、思想多变的大文学流派，其组织性和宗法性在强化的同时，又不断伤害本派的健康发展，为后来公安派成为新文学风尚埋下了伏笔。当然就其实而言，当初四面出击的过程实际也是四面受攻的过程，在前七子派向其他文坛各派开火之时，其他各派包括理学家、心学家、政治家也不断批判后七子派；更重要的是，在复古风尚最终以王世贞去世为标志而解体、失去其一统山河地位后，对后七子派的批判才如火如荼。

第一节　后七子派与唐宋派的论争

唐宋派主要人物中，嘉靖二十年王慎中由河南参政突然被免职，时年

---

① 王世贞：《艺苑卮言》卷五，《历代诗话续编》本，第 1023—1024 页。

仅三十三岁,从此闲居乡野。到嘉靖三十八年,与弟惟中又突遭官司,被人"诬侮""为盗杀人"①,忧愤成疾,七月十七日猝然辞世,"寿止五十一"②。嘉靖十九年十二月唐顺之,与罗洪先、赵时春(时称"三翰林")上疏请皇太子出御文华殿,结果三人"俱黜为民"③。一直到嘉靖三十七年,唐顺之才以兵部主事的身份再度出山,然嘉靖三十九年四月一日即去世,年五十四岁。嘉靖十七年茅坤成进士后,只有嘉靖二十三年短暂任职京师的经历,其他大多在外省和南京。嘉靖三十二年,由广西佥事迁大名兵备副使,第二年中劾,削籍返乡。到王慎中、唐顺之去世后,茅坤成为唐宋派的耆宿,在万历二十九年去世,还远在后七子派老寿的王世贞之后。后七子派中李攀龙嘉靖二十三年成进士,嘉靖二十五年还京、二十六年授官刑部主事,王世贞于是年成进士,人们以此年为"后七子复古运动的开端"。嘉靖二十九年,徐中行、梁有誉、宗臣、余曰德、高岱、魏裳(皆授官刑部主事)、吴国伦(中书舍人)、张佳胤(滑县知县)等人成进士,结成刑部诗社。"从嘉靖三十年到三十一年春,是复古派诸子活动最集中最频繁的一段时光。凡休沐之暇,都在一起商榷唱和,不许有不同的主张,甚至不许有另外的交往。"④ 并倡为"五子诗",实为六人。由此可见两点:第一,当后七子派于素来引领文坛风尚的京城扛起前七子派修辞复古大旗而崛起壮大时,反对前七子派古文宗法的唐宋派主要代表均不在此,两派无法发生正面直接的冲突。两派主要成员之间,除茅坤与李攀龙、徐中行、王世贞等人有过不深的接触,发生过流派宗法的争执外,与王慎中、唐顺之则几无往来,即使有反对批判意见,往往也多是单方面的纪录。第二,两派并存的时间其实相当长。两派的关系,虽说不上水深火热,但也绝不太平,除双方的单向批判外,还有了后七子派与唐宋派的追随者或次要成员,如李攀龙与吴维岳、王世贞与蔡汝楠等人,直接发生了一些有关流派宗法的争论。

大抵而言,在王慎中、唐顺之还在世时,后七子派虽对他们有所不满,但主要在私人通信场合,较少公开攻击。如王世贞在授任刑部官员后

① 王慎中:《王遵岩先生文集》卷19《与邓寒山总兵》。
② 《李开先集》卷10《遵岩王参政传》。
③ 《世宗实录》卷224,转引自黄毅《明代唐宋派研究》,上海古籍出版社2008年版,第145页。
④ 廖可斌:《明代文学复古运动研究》,第212、215页。

167

与吴中陆粲通信，即直言对王、唐文的不满意："某所知者，海内王参政、唐太史二君子号称巨擘，觉挥霍有余，裁割不足。"① 当然，文学流派观念之间的冲突长期积累还是会公开爆发。嘉靖三十一年（1552），李攀龙作《送王元美序》，意在唤起吾党，与王世贞共揭李梦阳的复古大旗，有了点名批判王、唐之说。这是在继承李梦阳的思想："宋儒兴而古之文废矣。非宋儒废之也，文者自废也……而今之文，文其人，无美恶，皆欲合道德传志，其甚矣！"② 如果说李梦阳所言还停留在攻击理学兴起后人人都对道德伦理极其看重，以致为作墓文和传志时，往往不顾其人真实品行而胡乱以道德高尚、伦常敦醇相标榜，从而失去古文承史而来的"实录"意义，则到李攀龙，即不再龟缩于传统理学的范畴来讨论古文的理辞关系，而是直接从文学本位出发，要求辞得理俱、以辞为本的古文审美品性和叙事功能的实现，推倒唐宋派以理为主、以辞为辅的理辞观和平易浅显的作文观。本来，其还在山东郡学为诸生时，身为提学副使的王慎中还曾赏识他，常以之为诸生作文之首。但文章追求的不同，还是让李攀龙走上了与唐宋派完全不同的道路，他要重振李梦阳开辟的"修辞"大业，所以此时亦不惮于公然地以王慎中、唐顺之二人的籍贯来代称二人，称二人带动了一股弥漫天下的不良文风，以理压倒了古文以辞为重的文体特性。李攀龙有很强的文学盟主意识，在看穿了大众的盲从心理后，就十分坚定自信地指出：尽管目前唐宋派对秦汉文"不便时制"等的虚声恐吓起到了蒙蔽的作用，但只要有人像他一样率先站出来指责唐宋派的错误再加上王世贞等年少后生的英勇无畏支持，就能改变文坛为唐宋派所控制的沉闷现状。当然，李、王也需要打出一面足以招揽人心的鲜艳大旗，那就是前七子派盟主李梦阳和他所宣扬的秦汉（左、马）标志。③ 李攀龙转"天下风靡之士"以从我的决心是坚定不移的，他深信个人的真知独见一定能，引领迷蒙大众走上他所指出的光明成功大道。其语气和态度很像一位教主，关于文学主张和观念的教主，难怪他在得意之时会发出"微吾竟长夜"的浩叹。

本文有三点值得疏解：第一，早在本文写作的五年前，即嘉靖二十六

---

① 王世贞：《弇州山人四部稿》卷125《与陆浚明先生书》。
② 李梦阳：《空同集》卷66《论学》。
③ 李攀龙：《沧溟先生集》卷6《送王元美序》，包敬第点校，上海古籍出版社1992年版。

年王世贞登进士、李攀龙授官刑部主事时,两人即已通过李攀龙的山东同乡、王世贞的同年进士濮州人李先芳认识,有了共襄文学复古大业的想法,但直至本年才公开面世。第二,本文第三段的复古宗旨"文章经国大业,不朽盛事。今之作者,论不与李献吉辈者,知其无能为已",后来又为徐中行和王世贞等人抄录奉行,当成整个后七子派的文学复古宗法。见王世贞《艺苑卮言》卷七、《王氏金虎集序》等文和徐中行《重刻李沧溟先生集序》。第三,通过王世贞多年后与李攀龙乡人许邦才的通信可知,王世贞对李攀龙的本次赠言有非常强烈的认同感。只是其明确的赞同宣言,还要等到一个合适场合来宣布,即下文要叙及的《赠李于鳞序》。在与许邦才信中,王世贞扼要复述了李攀龙对于目前文坛现状的深刻分析和扭转唐宋派风气的志向:"然自开后几千年哉,北地、信阳稍廓复而未大,今彬彬名述作者家,虽无究于衷,或犹有概也。文弊矣!怅怅焉瞽行而聩听之,三尺童子无不自称子长、昌黎也。何有哉!世所以为文者,其原始于无识而利于易得名,又利易成,负融显者,把持其柄而胁天下使从我,袭腥逐臭之徒,纷纷然是其是矣。吾二人幸稍有知,无怵且眩也。"①

　　嘉靖三十二年(1553),王世贞与思想趋近了唐宋派的蔡汝楠进行了一场面对面的辩论,并写进了为李攀龙出知顺德而作的《赠李于鳞序》,可说是对李攀龙上文呼吁重建文学复古大业的一个响亮回应。②本文前段可见后七子派兴起的文学流派背景:唐宋派盟主唐顺之、王慎中虽蛰伏林下,但由于他们在文坛已经造就的话语权威和弟子们(如万士和等人)在朝堂的权势推行,其唐宋派的文学理念早已代替了前七子派的文学理念而风行天下,成为当今人们所谓的共识。而现在李攀龙要逆时风而上,推倒王、唐的文学话语霸权,重树前七子派文学大旗,则在文学流派理念的推行过程中一定会遭遇很多的人事和文学纷争。并且,对后七子派来说,还有一个不利因素,即前七子派代表三人中,徐祯卿不习古文辞,何景明长处在诗,李梦阳古文辞不雅训,他们在古文界的声誉并不好,打出这样一张有缺陷的古文实践王牌,即使对天资超卓的李攀龙来说,也并非易事。所以王世贞谈到了"不得志于今"则"征之于古"的外表坚定其实无奈的文学信念。本文后段,则由对李攀龙文的评价引出了王世贞、蔡汝

---

① 王世贞:《弇州山人四部稿》卷134《答许邦才》。
② 同上书,卷57。

楠代表各自的七子派、唐宋派，而对古文的宗法、立场和技法进行大辩论，其主要论题是理和辞、文章和政事的关系。这场辩论先由蔡汝楠批判李攀龙古文引起，王世贞当面未予申辩，而在为李攀龙送行为文时才将心底对蔡汝楠的反驳想法和自己的文学流派立场告诉李攀龙，并表示即使是整个唐宋派对我眈眈敌视，我且甘心而愉快，公开批判王、唐，支持李攀龙高扬前七子派的复古理念。本文和李攀龙《送王元美序》是后七子派崛起标志的文学流派文献。

王世贞、蔡汝楠两人相识于王世贞中进士后授官刑部主事的嘉靖二十七年，中介人是七子诗社的前身、刑部诗社曾经的首领吴维岳。① 据王世贞记载，蔡汝楠后又曾与徐中行论文，"不合而罢"②。加上茅坤与李攀龙、王世贞、徐中行等人的论争，以及吴维岳与李攀龙的冲突③，则后七子派与唐宋派一系确实存在尖锐激烈的文学流派观念冲突，尤其是古文的秦汉、唐宋宗法所辐射的一系列技法和人生价值选择。

再看王世贞对七子派在古文领域正统地位的坚持声明：一是为陈文烛文稿所作序言。其文意有四层：第一层，王世贞搁置了诗歌领域的宗法统系论争问题（盖在其意中，诗歌正宗在七子派一边，无须辩论），而直切本文主题——古文领域的门户之争，也即秦汉、唐宋文的宗法论争为何一直起伏不休。第二层解释原因，认为核心在于秦汉派首重文法，而唐宋派首重达意，两者各有所偏，前者易为法所制，从而损伤文气和文意，后者易为意所制，从而放纵意（信心）的滋漫，流于庸易。但王世贞并非各打五十大板，而是偏重攻击唐宋派的傲慢狂妄姿态，并不能让七子派心悦诚服，反而颇为轻视，以为其实庸凡得很，于是，宗法纷争在所难熄。第三层，王世贞提出自己解决两派纷争的主张，意和法两不偏废，两相为用，并以《左传》和《史记》为典范说明之。第四层，以大自然界的飞禽、走兽和灌林、乔木各有法则而又不失其真性情、真"生气"为理论制高点，批判一般的秦汉派模拟者只是剽窃秦汉文外壳却没有作为活物的"风容色泽精彩流动"之"生气"，批判唐宋派自以为信心任才就断然舍

① 参王世贞《明诗评后叙》："亡何，予为郎……已，又因吴（维）岳识山东冯惟讷、湖州蔡汝楠。冯博洽，多记六朝、初唐语，格颇小近，自出为鲜，饶才不当如是耶！蔡少年雅慕建安，晚始淘洗，攻钱、刘之业，莹然不污，厌然索矣。"《全明诗话》本，第2041页。
② 王世贞：《艺苑卮言》卷7，《历代诗话续编》本，第1065页。
③ 冯小禄：《明代诗文论争研究》，第284—292、297—298页。

弃秦汉宗法的行为，认为这是不懂大自然界万事万物所总藏的"法则"。最后一层，王世贞推出了陈文烛这个典范，是"法""意"的相互制约、相互开发，达到了文质彬彬的君子文高度。其归宿还是在以左丘明、司马迁为代表的秦汉文宗法上，而重点批评唐宋派的错误，要求古文回到拥有"真"性、"生气"和"法则"的秦汉文轨道上来。①

二是为唐顺之故乡（晋陵）施姓官员所编秦汉派科举文选所作序言。按：晋陵为明代常州府在晋、唐的郡称②，则所谓"其在嘉靖间，而晋陵为尤盛"，指的就是唐顺之③。茅坤以经书、理道的最高名义而为唐宋派所设置的古文正统谱系，在此遭到了后七子派以其前辈所发现的先秦两汉古文文法的直接对抗，唐宋文被置于了古文发展时序的秦汉下游。王世贞借施君之口否决了正统思想所树立的理道原则，抨击其易于构文和易于得名，教育学习唐宋文者转向学习秦汉文，而不必考虑正统理道。应该说，理论虽不见得出彩，但不恤抗道、力撑文事的勇气十分可嘉。后七子派就是要用思想并不醇正、甚至流于异端的秦汉文，来与公认得思想正统的宋代古文和明代唐宋派古文抗衡，并将此种重文的理念输入到科举时文的创作程序之中。其古文正统论实际已突破了理学和经学的限制，而显出与前七子派不同的气息。与前七子派文论多有传统儒学和理学因素不同，后七子派整体说来，是一个文士气息十分浓厚突出的文学集团和文学流派（详见第三节）。

第二节　后七子派对嘉靖前期各新旧诗派的批判

后七子派的诗文宗法，大体是继承前七子派以关中西北派为代表的"文必先秦两汉，诗必汉魏盛唐"，这与他们自觉要完成前七子派所未竟的诗文复古大业密切相关。对此，李攀龙、王世贞和徐中行、汪道昆等人都有非常明确的表白。也正是如此，《明史·文苑传序》才笼统地说："王、李之持论，大率与梦阳、景明相倡和也。"④ 不过，具体到诗歌宗法

① 王世贞：《弇州山人四部稿》卷 67《五岳山房文稿序》。
② 于成龙等编：《江南通志》卷 5《舆地志·常州府》，《文渊阁四库全书》本。
③ 王世贞：《弇州山人四部稿》卷 68《古四大家摘言序》。
④ 《明史》卷 285《文苑传序》，第 7307 页。

上，仅说后七子派"诗规盛唐"却并不准确。因为它只说到了律诗（近体）的最高标准，还没有涉及古体诗的最高标准"诗必汉魏（晋）"表达，而这对于酷好辨体学习古代的七子派诗学来说，是不可或缺的重要一环。为便于与嘉靖前期兴起的各新旧诗派的诗法实践统系作对照，此处先交代后七子派的诗歌宗法表述，而以说法更为全面准确的王世贞为据。王世贞的表述也很多，我们又以其《王氏金虎集序》、《与张助甫书》和《徐汝思集序》所述为据①，从中可见后七子派诗文分体学习的情况（见表3）

表3 　　　　　　　　　　　后七子派诗文宗法

一、古文：1.《尚书》→2. 战国：《左传》、《战国策》→3. 西汉：《史记》

二、诗歌：1.《诗经》→2. 骚：屈原（宋玉）→3. 赋：司马相如（扬雄、张衡）→4. 乐府：汉魏《鼓吹曲辞》、《相和曲辞》、六朝清商琴舞杂曲佳者→5. 古诗：A. 五言古诗：汉代：（枚乘）、苏武、李陵→曹魏：曹操、曹丕、曹植……晋代：陶渊明、谢灵运；B. 七言古诗：曹丕《燕歌行》→杜甫、李白→6. 律诗：初唐：沈佺期、宋之问→盛唐：李白、杜甫、王昌龄

注：数码"1—6"表示发展的阶段，中间用"→"表示；"A、B"表示并列的体式；"……"表示"旁及"、不列为正宗；"（）"中的人物表示虽非最高代表、大家，却是可以学习的正宗、名家。

由上可见：第一，前后七子派非常重视由于时代变化所必然发生的诗（文）内容、体式和风格的变化，除六经（含《诗经》、《尚书》）不可模仿，其各样体式的典范作家作品都有一个发展成熟的过程，在某个时代某位作家达到最高阶段后，则这个体式就陷入一个衰降的过程中，而不再能成为立志图高的复古者所应该学习的对象。这就是包括七子派在内所有具有复古文学思想的人们和派别都有的一种文学代降论史观。对此，王世贞述李攀龙的诗文宗法云："属居曹无事，悉取诸名家言读之，以为纪述之文厄于东京，班氏姑其狡狡者耳……盖于鳞以诗歌自西京逮于唐大历，代有降而体不沿，格有变而才各至，故于法不必有所增损而能纵其夙授神解于法之表，句得而为篇，篇得而为句。"②古文中连班固《汉书》都不予考虑。第二，典范正宗作家中，后七子派又特别分出大家（屈原、李

---

① 分见王世贞《弇州山人四部稿》卷21、卷121、卷65。

② 分见王世贞《弇州山人四部稿》卷83《李于鳞先生传》。

杜）、名家（宋玉、沈宋、王昌龄）和"旁及"（晋代陶、谢）三类，体现了他们极为严格的区分作家总体成就、风格的等级意识和学习效果的纯正意识，由此否定那些超出了"旁及"范围的学习行为。这是与其他流派相比显得更为绝断的地方，所以他们要做大量的辨正时代、作家和体制、风格的前期工作。① 于是他们的写作经常表述为："殆欲超大历而上之"②，"不作贞元而后语"③。而王世贞自评时也是在较量学习成果的时代风格及其纯正程度："大约仆于诗，大历而后者阑入十之一，文杂贞元者二十之一，六朝者百之一。"④ 第三，后七子派的分体辨正意识确实非常突出，诗歌系列之变化情况被分出了六个阶段，还将骚和赋、乐府和古诗分开，古诗又分五古、七古，近体诗又分律诗和绝句，律诗又分五律、七律、排律，绝句又分五绝、七绝、六绝等。

一　对吴中多变诗风的批判

当前七子派进入嘉靖前期，即开始走上了衰弱的道路，其诗文复古的模拟病症日益显露，成为包括本派在内不少派别的批判对象。一时之间，诗坛荡起了新变的旋风，纷纷出现了向六朝、初唐和中唐诗歌学习的新趋向。而在明代文学创作重镇的吴中，这三股新风也表现得甚为突出，成为出身本地的王世贞在考虑融入并创造新的复古文学伟业时所批判的对象。由于这些吴中人士往往是王世贞的乡贯前辈和亲朋好友，在当地享有崇高的声望人脉，具有巨大的舆论导向力，容易给胆敢悖逆的人们以强烈的"异类"压迫感和出卖故乡的负罪感。所以我们看王世贞的吴中批判陈词，固然能感觉到一股理性后的毅然决然、勇猛超越，但也能清晰感觉到那份来自心底深处的孤独、惆怅和失望纠结的复杂情绪。当然，在吴中，也有王世贞十分仰慕的前辈，如前七子中唯一的南方代表徐祯卿，可以成

---

① 如宗臣《读太史公杜工部李空同三书序》自述："夫周则左丘明，楚则屈、宋，汉则董、贾、苏、李、长卿、枚叔、班固、扬雄，魏则曹、刘、应、徐，六朝则潘、陆、江、鲍，唐则太白、长吉、陈、杜、沈、宋、卢、骆、韩、柳，非不采厥英华而日诵之，顾不若三书（《史记》、《杜工部集》、《空同集》）者时岁与岁，时栉与栉……"《宗子相集》卷13，《文渊阁四库全书》本。

② 王世贞：《弇州山人四部稿》卷65《徐汝思诗集序》。

③ 同上书，卷68《王少泉集序》。

④ 同上书，卷128《答吴瑞谷书》。

为他弃软媚吴中、取正音中原的楷法榜样，不过，对徐祯卿，王世贞又有一份大业未成而中道崩殂的痛惜感受。于是，当徐祯卿身后诗文集的整理出版和身后诗歌评价在王世贞面前展开时，吴中人士几乎众口一词地抬高徐祯卿而诋毁复古导师李梦阳的思想和成就的言论，又让王世贞不得不忍痛出面，站在整个文学而不是地域文学的偏狭立场予以批驳申斥。这些都是我们在展开具体论述之前所应了解的。

作为"吴人"的王世贞，少时曾是吴门风雅领袖文徵明和他的儿子文彭、文嘉所喜欢的"小友"①，对吴中文学的气质、传统和现状可说了如指掌。还未登第的他所持文学观，应该还是吴中传统的以性情自然为首出的流丽为文样式和讲求博雅闲畅的生活审美情趣，不是特别注重诗文气格的高昂豪迈和声律的雄壮沉厚。② 即使到嘉靖二十六年王世贞登第为进士到观政大理寺的最初阶段，与京师李先芳、吴维岳等刑部诗社成员为中心的主流文学人士交往，也并没有感到与自身的吴中文学特色与之有何冲突。因为其时的整个诗坛，从吴中到首都，从刑部各郎署到翰林、台阁，主流还是六朝、初唐和中唐的此唱彼和风气，并没有一定的大雅宗归。请看王世贞对本期结识的诗人的评述：濮阳人李先芳"格调出襄阳、嘉州间，秀越温润，悟入象外"；因李识秀水仲春龙，"雅尚亦在襄阳，及一二右丞，才具微短"；因仲氏识华亭莫如忠，"颇清令，蔚蔚唐人"；刑部主事吴维岳"诗实小巧尖新，足炫市肆，亡论风格恁指云"；"因吴识山东冯惟讷、湖州蔡汝楠"，冯"多记六朝、初唐语，格颇近小，自出为鲜，饶才不当如是耶"，"蔡少年雅慕建安，晚始陶洗，攻钱、刘之业，莹然不污，厌然索矣"；因李攀龙识金华徐文通，"徐虽用力少，其巽受勇迈，种种见道，诚一时之隽哉"；天台王宗沐"齿最卑，最擅中曹称，自谓得初唐，未易许也"。③ 由上可见，确实除李攀龙外，李先芳、冯惟讷两位北方人与其他六位南方人的诗风都是趋向嘉靖前期新起的六朝、初唐和中唐风格。其中李先芳的诗风虽说是取法盛唐的孟浩然、岑参，但也非典型李杜式的飘逸悲壮，而是"秀越温润"，近于王慎中所提倡的宽泛"唐六家"风格。

---

① 王世贞《赠休承八十》言："衰劣惭余比蒲柳，辱君父子呼小友。"同上书，卷9。
② 参王世贞《明诗评后叙》对自己诗学经历和其时吴中青年才俊的诗学趋向的叙述。
③ 王世贞：《明诗评后叙》，《全明诗话》本，第 2041 页。

　　可以说直到与早一届登第的山东历城人李攀龙结识,受其重树李何一元式复古宗法影响,王世贞才开始一改诗学宗趣,而觉得老家吴中的水乡气质和软媚清靡风格于今格格不入。按汪道昆的说法,就是"王郎生吴中,雅不喜吴语"①。王世贞自己也将这一变化路线说得很清楚:"某,吴人也。少尝从吴中人论诗,既而厌之。夫其巧倩妖睇、倚门而望欢者,自视宁下南威、夷光哉?然亦无奈乎客之浣其质而睆之也。思一遍观中原,上下绝艺之士而不可得。故闻大梁有李献吉者,自北地游宦家焉。大梁则人人习古歌诗,后进蹑影,称说李氏家言矣。乃黠者瓜分而蝇袭之,标帜传响,以为己有,而忘其自。而独高子业与今大卿李公一二北地指云。"②为弃旧图新,弃小就大,成就文章不朽的宏伟事业,王世贞无论多不情愿,也需要对吴中多歧诗风进行严厉无情的批判。

　　但在这个一系列猛烈批判之初,王世贞还是真切感受到了自己在吴中清丽(本音、乡音、大传统)和中原高格(相对吴中,虽是正音、精英的,却又是异质、小传统的)之间的纠结:一方面,从诗学的理性认知说,中原高格对吴中地域现状具有学理的普适性(格高声宏,面宽质精)和位次级别上的压迫性(以朝对野,居高临下),一定程度上是精英文化对大众文化、中心文化对地域文化的强势征服;另一方面,从吴中现状说,由其自三国六朝而来的悠久传统,加上元末明初的文艺繁荣,成化弘治到正德、嘉靖的人才辈出,造就了家族文学的兴盛,其吴中话语愈来愈显得浑沦强厚,很难在其中找到自己的知音、支持者。何况生于斯,长于斯,身为吴人,对"人人好褒扬其前辈"③的吴人心理是心知肚明的。如果现在要反戈一击,却没有果敢的勇气和本领——即深厚宽博、擘肌分理的诗学修养和直切要害、展示远大前景的高强辩论能力——仅凭染指未深的"少陵氏集"、"李何二君集"诗学领会④和"稍稍学为诗"⑤的创作实绩(而且作为文学偶像,老杜和李、何前一个时期刚被打倒过),还未充分建立自信的王世贞,即使再青春俊发、年少得志,也会感觉到一种欲语无人的孤独感怅惘和失望感。即使建立了相当的诗学自信心和雄心,王世

---

① 汪道昆:《太函集》卷20《顾圣少诗序》,《四库全书存目丛书》本。
② 王世贞:《弇州山人四部稿》卷64《李氏山藏集序》。
③ 同上书,卷117《李于鳞》。
④ 王世贞:《明诗评叙》,《全明诗话》本,第1995页。
⑤ 王世贞:《明诗评后叙》,《全明诗话》本,第2041页。

贞在遇到攻击其复古思想宗祖李梦阳和当今复古思想导师兼兄长李攀龙之时，也是最先选择沉默，过后再告诉李攀龙该如何切中肯綮地去辩护战斗。请看王世贞嘉靖三十一年（1552）七月与李攀龙的通信，其中就涉及吴中诸生对李梦阳和王慎中、唐顺之的截然不同态度以及王世贞当初的沉默和事后的愤怒、孤寂落寞情绪。为便于说明此种复杂情况，在下引录书信文字中，我们插入相应的按语。

> 吴下诸生，则人人好褒扬其前辈。燥发所见，此等便足衣食志满矣，亡与语汉以上者。其人与晋江、毗陵固殊趣，然均之能大骂献吉，云："献吉何能为？太史公、少陵氏为渠剽掠尽，一盗侠耳！"（可见吴中青年维护乡邦先贤，谨守现状，极力排斥七子派宗法，而对唐宋派的首领王慎中、唐顺之虽不必亲近，却还会表示一定的敬意——引者注，下同）仆恚甚，乃又笑之，不与辨（当初沉默）。呜呼！使少有藻伟之见可以饰其说，仆安能无辨也？（自承文学批评修养不足）夫献吉盗，太史公、少陵氏而不怨也；吴子辈尊二君子，二君子不知也（俗语所谓热脸贴在冷屁股上，如此直白地以普通人情反驳，确实论辩素养和水平不足）。仆甚怪公实，持吾辈五作遍示人，人那可与语？适自辱矣（反怪梁有誉公开张扬六子结盟之诗召来论争，可见其气急败坏的样子）。古之人文成，而欲传之通邑大都，已又欲藏之名山；传之通邑大都以候识，其甚指浅也，藏之名山、还造化，非名山弗称也，其喻寓深也。（由跟吴中少年的失败论争，王世贞想到了世人对于七子派宗法的顽固激烈的排斥，而不禁颓然灰心，是否自己所参与的这场新文学复古大业不能取得当世承认，其知音还得在渺渺后世？所谓"其喻深也"在此。由此亦可见吴中排斥北方文学人物和观念的浑沦强厚气氛）①

这与一年后（嘉靖三十二年）面对蔡汝楠攻击李攀龙的最初沉默和之后的反馈情形，基本一致，只是经过了一年的修炼，王世贞的理论反驳水平高明多了，详见《赠李于鳞序》。由此可以推知，要没有李攀龙和六子社团的站队支持，王世贞可能连写出对明代诗人（包含吴中诗人）的首份公开"判决"书宣言书——《明诗评》，都是不大容易的。据《后叙》

① 王世贞：《弇州山人四部稿》卷117《与李于鳞书》。

"盖予居京师七年，友师李攀龙"①，《明诗评》当完成于嘉靖三十三年。

　　对李、何去世之后诗坛新起各派的扼要批判集中可见《明诗评叙》和《后叙》，在两文中，吴中诗派人士又都是重点批判的对象，他们的人数最多。在王世贞和后七子派看来，吴中是诗法诗风最为混乱的地区，集聚了七子派宗法所要批判的各种不良病症，是后七子派再度推行高格诗歌理念的主要障碍，必须予以毫不留情的批判。《前叙》首列攻击李梦阳为杜甫"盗侠"的人，据《与李于鳞书》可知为吴中少年，很可能就是《后叙》第一个提到的吴中年轻诗人陆之裘，他"高自许可，以乡先生迪功（徐祯卿）而下不论"。《前叙》接下"呈堂"的是抛弃杜甫的宗主地位，而追逐杜审言（杜甫祖父）、沈佺期（字云卿）、宋之问（字延清）的初唐之风和上溯六朝诗人等表现；在《后叙》中，就直接点名道姓，批评吴人黄氏、皇甫氏的滑稽可笑情状，"文喈齐梁之下，具而夸于人曰：吾乃得其精矣，彼为少陵氏者何？""如倚门之妓，施铅粉，强盼笑，而其志矜国色犹然哉"。这些"判词"看似顽皮调笑，其实尖刻辛辣，处处点到痛处，却是有案可查，体现了王世贞早年跌驰自雄，放言臧否的特点，"能文字，讥评人"。② 对比皇甫汸关于二兄皇甫涍实际也是整个皇甫四杰的共同诗学道路认识的《司直兄少玄集序》，即可知王世贞此处所言非虚。《后叙》后面还依次罗列了陆之裘、彭年（背后是文氏家族）和俞允文的各自不足，则吴地诗人合计至少在十一人之上（二黄、四皇甫、三文，加陆、彭二人）。

　　不过，俞允文最初"弘丽"的初唐取向在王世贞看来是有趋向七子复古派的发展潜力的，是他在吴中的知音。对此，他曾跟李攀龙说俞氏是他在吴中不可多得的"能熟建安以上诗，便许仆天下士"的人，而其他则是"吴下诸蒙，政若八百人俱迷阴陵道中"。③ 后来王世贞又著文追许俞氏早年能突破吴中舆论，终于获得了相当不菲的文学复古成就，为此他十分高兴。④ 俞允文（1513—1579），字仲蔚，昆山人。年四十即弃诸生，业诗。名列王世贞《广五子篇》。顾章志也说他："稍长即游心文艺，然

---

① 王世贞：《明诗评后叙》，《全明诗话》本，第 2041 页。
② 《汤显祖全集》卷 29《周青莱家谱序》，徐朔方笺校，北京古籍出版社 1999 年版。
③ 王世贞：《弇州山人四部稿》卷 117《与李于鳞书》。
④ 同上书，卷 64《俞仲蔚集序》。

雅不好举子业，唯喜读古文辞及临摹法书。作为歌诗，极力模拟古人，动以晋魏为法，大历以下弗论也。"①

还有其同年进士章美中，诗法取向据王世贞说也是少有的不拘泥于吴中六朝、初唐和中唐风格的人，得到了王氏的热烈推举："吴中能诗者，雅好靡丽，争傅色，而君独尚气；肤立，而君独尚骨；务谐好，而君独尚裁；吴中诗，即高者剽齐梁，而下者不免长庆以后，而君独称开元、大历。诸能诗者不下数十百家，大要交相誉以求树，驰赞四方之贤豪以鼓其价，而君独杜门吾伊吴语，所与唱酬者仅四五君子，以余之不肖，亦得从四五君子之后而交于君。程之古而稍不协，不但已也。君之精于诗，意直欲取其独见而上媚千古，稍取千古之所谓工者而自快……以故君之名不能遍于不知者之耳而入于真知者之心。试读之，其不沛然而雄于气，苍然而老于骨，卓然而深于裁者几希？"② 章美中，字道华，先世常熟人，其父徙家吴县石湖，遂为吴县人。嘉靖丁未进士，除大理评事，累官四川按察司副使。与皇甫汸、王世贞友善。其生平仕履见王世贞《四川按察使章公传》，传中称章氏："于诗近体宏爽开壮，有开元、大历风。"③ 与本文所述诗学趋向相同。但钱谦益则说："王伯谷（稚登）叙其诗，以为季朗（魏学礼）工六朝，道华工初唐，而循之（章美中子士雅字）兼得之。"④ 看来各有自己的流派归宿认定。

而"吴下诸蒙"的代表在王世贞看来莫过于归有光的中表陆明谟（字汝陈）了，两人曾为归有光文的评价发生过激烈争执。陆氏"以不能推毂熙甫"致书责难，王氏答书，做了攻击面更广的回答，几乎将所有吴中前辈名士都"酷评"了一番。真是"齿牙之锷，颇及吴下前辈"⑤，体现了"早年自命太高，求名太急，虚憍恃气，持论遂至一偏"⑥ 的性格特点。王世贞"酷评"的前辈名单实际可分成诗人和文章家两类（唯王宠两评）。对吴中前辈诗人，他态度坚决，都是非常简洁的否定性评价，显出其久熟于心的自信，如前半部分说杨循吉"漫衍而无力"，祝允明

① 顾章志：《俞先生行状》，载俞允文《仲蔚先生集》附录，《四库全书存目丛书》本。
② 王世贞：《弇州山人四部稿》卷66《玄峰先生集序》。
③ 同上书，卷81。
④ 钱谦益：《列朝诗集小传》丁集中《章副使美中》，第485—486页。
⑤ 王世贞：《读书后》卷4《书归熙甫文集后》，《文渊阁四库全书》本。
⑥ 《四库全书总目》卷172《弇州山人四部稿一百七十四卷续稿二百七卷》，第1508页。

"迫诘而艰思"，徐祯卿"清微而类促"，六朝派黄省曾"铺缀而无经"，前七子余脉王宠"蹈袭而鲜致"，中唐派袁袠"率易而乏情"、皇甫兄弟"闲丽而近弱"。而对作为文章家的吴中前辈，王世贞态度则审慎多了，斟酌下语，虽最后都未许以满意评价，然都还有部分的肯定，从陆粲、归有光到顾璘、陆容、张泰、王宠皆如此。① 而与他们作对比，以为当今古文第一人的，正是后七子派的领袖、王世贞的"友师"李攀龙②，认为李氏古文品格纯正，叙事技法高明，达到了化工境界。与之相比，即使笔力稍胜陆粲的归有光以及顾、陆、张、王都相隔不少层级。这些吴中前辈，又多曾有北学中原的背景，如黄省曾、袁袠之于李梦阳，王宠之于胡缵宗，顾璘、徐祯卿名列前七子派的中坚，从思想渊源上说，都可说是王世贞的复古先驱。但在严格的七子派诗文宗法评论视野下，即使是这些前辈，也没有得到王世贞完全的肯定，反而彰露了很多毛病。这也说明，在后七子这个文学团体，同志、同调之间确实流行相互"讥弹""弹射""评摧"以取得当世定评，有着不让"百岁后传耳者执柔翰而雌黄其语"③ 的文人精神；当然，如果是对他派，可能就更不客气，或者只客气了。而这据说来自曹植与丁廙的相互"讥弹"而成为"美谈"的故事④。

二　对性气诗派的批判

前七子派和杨慎等人均曾对以陈献章、庄昶为代表的性气诗风（宋诗理性作风）表示过强烈的不满和批判，以为理学的迂腐道学气息及其参悟话语过多地侵入了诗歌言志缘情的领地，造成了诗歌审美品质的污染、表达能力的下降和诗歌界声音的混乱，要求理学退回到自己的理学范围，不要再越入诗界。但是这股"异类"作风并没有因为文学界的巨大反对声浪而稍有停歇，反而随着王阳明心学在思想界的得道而不断扩大其在文学界的影响范围，古文领域的唐宋派运动和诗歌领域的性气诗作风延承就是其明显表现。对此，继承了前七子派诗文复古职志、又更进一步高扬文学不朽的后七子派自然不会善罢甘休，与在古文领域批判唐宋派、高

---

① 王世贞：《弇州山人四部稿》卷 128《答陆汝陈》。
② 王世贞：《明诗评后叙》，《全明诗话》本，第 2041 页。
③ 参王世贞《弇州山人四部稿》卷 77《书与李于鳞论诗事》、卷 84《朱邦宪传》。
④ 曹植：《与杨德祖书》，转引自郁沅、张明高编选《魏晋南北朝文论选》，人民文学出版社 1999 年版，第 25 页。

扬秦汉古文魅力的同时，也对作为陈庄体的下传王守仁、王慎中、唐顺之及其门徒们的性气诗作风进行了尖锐的批判，并由此牵及对理学、心学和科举时文损害文学的批判。

王世贞《明诗评后叙》和《艺苑卮言》卷五，均将性气诗派列为要扫除的重要诗风之一。本来陈、庄早已过世，之所以旧事重提，是两人导扬带动了本期王慎中、唐顺之、洪朝选、万士和的诗歌作风，以"始作俑者，其无后乎"的流派论争思维追究其始，陈、庄脱不了干系，故《明诗评后叙》一并提出，以见源流因果。而《艺苑卮言》卷五所言"存理者"一派，即性气诗派。但在《明诗评》的具体题目批评中却没有洪朝选、万士和，这是他们还没资格进入；而进入《明诗评》的王慎中、唐顺之和王守仁又被明显分成了早期和后期，基本肯定他们早年的追求和诗歌风格，而否定后期的讲学理气诗风。而这个讲学理气诗风又与陈献章、庄昶密不可分，是故此五人都被放在了《明诗评》后两个较次的等级。这又与《明诗评三》将唐顺之早年诗风列入最高的第一等级形成强烈反差，以彰显王世贞欲惩治这股诗坛不正之风的用心。此意在王慎中、唐顺之的后期评论里有特别点明。他说："太史近亦滥觞，互相标榜，所谓狐白之裘，而反袭饰嫫母以为西子者也。如道思旧作本可，二三仆故抑之，使世人罔啜其糟，毋曰蜉蝣撼树也。"[1] 至于湛若水的被批判，是其《白沙子古诗教解》对陈献章诗的乱加褒扬，认为陈诗寓有"道德之精"，是"以诗为教"[2]，而这种认识在王世贞看来无疑掩蔽了陈献章作为诗人的真正特色和成就，并引发了诗坛连绵不绝的性气风尚。就此，王世贞说如果要做陈献章的"忠臣"，即应该攻击湛若水，由此亦可见王世贞为铲除后七子复古阻力的批评思维。

值得说明的是，王世贞批评陈庄体并非只是他个人和七子派系列的意见（李梦阳也批评过），还可以说是代表了整个诗歌界的"公论"。除七子派批判陈庄体外，还有杨慎和他的杨门六学士集团也批判陈庄体。王世贞对他们的批评意见，即是在杨慎集团言论基础上的"接着说"。王世贞

---

① 王世贞：《明诗评三·唐太史顺之》，《全明诗话》本，第 2027 页。
② 湛若水：《白沙子古诗教解序》，《陈献章集》附录一。湛若水也推崇庄昶诗，以为"精金千炼"，"谓'诗法如是，学者亦必出于是'"。见朱彝尊《静志居诗话》卷 9《湛若水》，第 255 页。

称"(庄)昶与陈献章俱号山林白眉",盖出于名列杨门六学士的唐元荐。唐元荐在与杨慎通信时说弘治朝诗坛有两大派别,一为以李东阳、张泰为首的翰苑馆阁风范,"而和之者多失于流易",另一即号称山林"白眉"的陈庄体,"而识者皆以为旁门"。①"旁门"即"异类"。对此,杨慎自己也有批评:"白沙之诗,五言冲淡,有陶靖节遗意,然赏者少;徒见其七言近体,效简斋、康节之渣滓,至于'筋斗'、'样子'、'打乖'、'个理',如禅家呵佛骂祖之语,殆是《传灯录》偈子,非诗也。若其古诗之美,何可掩哉?然谬解者,篇篇皆附于心学性理,则是痴人说梦矣。"②至于王世贞批评庄昶的"鸟点天机"、"梅挑太极"等诗句,之前又见于杨慎的四川挚友安磐对杨廉(号月湖)的批判。③而杨慎,在王世贞心目中尽管不是本派中人,对其六朝诗风也颇存讥讽之意,但对其宏博的学问著述和作六朝诗文之学还是衷心肯定和佩服的④,而具体到对性气诗派的态度,两派立场则完全一致。并且,王世贞还有一段与友人讨论切磋各自心目中的当代文学泰斗的经历,让他对杨慎在当代文学的巨大影响有深刻记忆,而在多年以后都还要旧事重提,写进崇拜杨慎的友人文集序言里。⑤这位友人就是李士允,字子中,河南祥符人,正德丁丑进士。在《艺苑卮言》中,王世贞将他和杨慎放在六朝风格中一起批评⑥。

王世贞还单独罗列批评唐顺之后期性气诗作风的种种俚俗表现,并将之与在诗界名声很差的庄昶作风并论。声称:"近时毗陵一士大夫,始刻意初唐精华之语,亦既斐然。中年忽窜入恶道,至有'味为补虚一试肉,事求如意屡生嗔',又'若过颜氏四十岁,便了王孙一裸身',又咏疾则

---

① 杨慎:《升庵诗话》卷7《胡唐论诗》,《历代诗话续编》本,第774页。
② 杨慎:《升庵诗话》卷7《陈白沙诗》,第779页。另参朱彝尊《静志居诗话》卷9《湛若水》条对湛若水之流解性气诗的批评。
③ 安磐:《颐山诗话》,《文渊阁四库全书》本。
④ 意ára嘲讽如:"杨用修如暴富儿郎,铜山金埒,不晓吃饭着衣。李子中如刁家奴,煇赫车马,施散金帛,原非己物。"佩服杨慎六朝之学而鄙其才如:"徐昌谷有六朝之才而无其学,杨用修有六朝之学而非其才。"赞扬博学如:"明兴,称博学饶著述者,盖无如用修。"还记录其谪滇的逸闻逸事,对其有一份由衷的同情。分见王世贞《艺苑卮言》卷5、卷6,《历代诗话续编》本,第1035、1045、1052—1054页。
⑤ 参王世贞《弇州山人四部稿》卷64《李氏山藏集序》、卷67《李氏在笥稿序》。
⑥ 王世贞《艺苑卮言》卷5:"杨用修如暴富儿郎,铜山金埒,不晓吃饭着衣。李子中如刁家奴,煇赫车马,施散金帛,原非己物。"《历代诗话续编》本,第1035页。

'几月囊疣是雨淫',阅箭则'箭箭齐奔月儿里',角力则'一撒满身都是手',食物则'别换人间蒜蜜肠'等语,遂不减定山'沙边鸟共天机语,担上梅挑太极行',为词林笑端。"① 此"毗陵士大夫"即唐顺之。按:"味为"联见唐顺之《囊痈卧病作三首》其二,"几月(岁)囊疣"句见同首其一。"若过"联见《有相士谓余四十六岁且死者,诗以自笑。古人云:死生亦大矣。此谓趁日力以进道者言之也。苟不进道,总是虚生,修短何辨焉?苟于道有见处,夕死可矣。则死生讵足为大哉?》四首其二。"一撒满(通)身皆(都)是手"句,见《峨眉道人拳歌》。②"沙(溪)边"联,则见庄昶(号定山)《与谢汝申饮北山周纪山堂,石洞老师在焉》诗③。

王世贞晚年又在为七子派后学、广东黎民表所作集序中特别提到了"经济诗"和"心学诗":"即在先朝,二三钜公宏儒发而称经济,超而称心学,以脍炙于世,而亦时时著其余于诗。第所谓诗,聊以寄吾一时之才以偶合于所嗜而已,非必其尽权法衡古也。"④ 语气虽较平和,没有嬉笑怒骂,也没有疾言厉色,与早期是一个明显的变化。但王世贞仍坚持认为它们除了寄寓一时之政治才性和儒者体悟外,这类为传统的观人诗学所首肯的功名道德之诗并不符合正宗诗坛的"法""古"要求,是格外、法外之诗。这种声音一定程度上体现了诗人要与儒者、政治家划分各自文化界域的要求,希望双方各有自己的话语领地,政治和道德不能因为其在社会权力结构中的权威地位,就可以不受诗歌格法的约束,当然也更不能以他们所理解的政治道德之诗来塑造只讲事功修养的诗歌规范。这种声音自文学进入自觉时代的曹魏之后就一直盛行于文学界,成为文艺界所暗自运作或明言反对的要求,也一直为儒学界和政治界所反对。双方的争斗确实非止一日。相较说来,在理学为主流意识形态的明代,理学界要求进入文学界尤其是诗歌领域、统一时或分离的儒林和文苑的主张,自明初一开始就已经以权威的官方史书编撰方式——《元史》只设《儒林传》,而将传统

---

① 王世贞《艺苑卮言》,转引自陈田《明诗纪事》戊签卷9《唐顺之》,第1535页。《历代诗话续编》本《艺苑卮言》无此条。

② 以上诗均见唐顺之《重刊荆川先生文集》卷3,括号中为异文。

③ 庄昶:《定山集》卷4,《文渊阁四库全书》本。

④ 王世贞:《弇州山人四部稿》卷66《瑶石山人诗稿序》。

的《文苑传》归附其下——公开宣扬开来。① 自此，占主流的文学评价体系就是自汉代以来形成传统的诗教论和"观人"论，诗歌自身的辨体、审音要求只在日常的诗格教习和一般的诗事评价中得到一定程度的培养和延续，并且还常常因此遭来理学的抨击，称"何其屑屑之多体哉"②。这种情况直到茶陵派李东阳之后才有了比较明显的变化，他重视诗歌的言志厉俗功能，也重视诗歌的韵律、体制，声称："诗与诸经同名而异体，盖兼比兴，协音律，言志厉俗，乃其所尚。"③ 前七子派又加快了这种趋势，倡导了声势浩大、影响深远的诗文复古运动，但又为儒学（理学和心学）和唐宋派所阻挠中断。后七子派则在高扬前七子派文学精神的同时，也比较彻底地断弃了其理学的归路，显得文士诗人气十足，故时常发出对理学及其性气诗歌的嘲讽批判声音。当然，到晚年，如同对待归有光文，王世贞对前述讲学诸公的诗也有了"异量之美"的欣赏心态，认为只要不执着于理学和文学的对立思维，其实他们的诗也有比较纯粹的诗人表现。其言："讲学者动以词藻为雕搜之技，工文者则举拙语为谈笑之资，若枘凿不相入，无论也。七言最不易工，吾姑举诸公数联，如……此薛文清（瑄）句也……此庄孔旸句也……此陈公甫句也……此王文成（守仁）句也。何尝不极其致？"④ 算是做了一个较为和平大方的解决。

三　对王维桢等前七子派余脉的批判

在后七子派群体崛起之初，也将为"时尚"所厌弃的前七子派末流和本期的诗法余脉作为自己的批判对象之一，目的是正本清源，重申本派宗法真意和理想境界，为本派的浩然前行扫清障碍。由此，在王世贞代表后七子派登坛誓众、宣读本派诗法统系的《明诗评后叙》之时，即将关中王维桢所代表的嘉靖前期前七子派余脉放在吴中六朝派、性气诗派之后，作为声讨对象之一而罗列出来。

　　　　弘、正间，李、何起而振之，天下彬彬然，知向风云。而其下

---

① 冯小禄：《从诗与道的统合看陈献章的诗史意义》，《中国韵文学刊》2007 年第 3 期。
② 王绅：《继志斋集》卷 5《刘大有诗集序》，《文渊阁四库全书》本。
③ 《李东阳集·文前稿》卷 8《镜川先生集序》。关于李东阳诗歌体系的讨论，可参李庆立《李东阳诗学体系论（代前言）》，《怀麓堂诗话校释》，人民文学出版社 2009 年版。
④ 王世贞：《艺苑卮言》卷 6，《历代诗话续编》本，第 1050—1051 页。

者，至或好为剽窃傅会，冀文其拙……一者，关中王维桢悉反诸作，推尊少陵氏，间出篇什，朝野重之。此其为道弥迩，为禂弥益重。何者？以宛转应接为少陵氏之旨，以棘涩粗重为少陵氏之语，至于神格无闻，四声未协，天下相率而聩听之，谓为真传而瞽行之，可不辨乎？①

本段前半批前七子派宗法末流，后半批王维桢。因为王维桢一意坚执于李梦阳之杜甫宗法，在当时也造成了极大影响，有一批盲目的追随者，故王世贞要严厉指出他其实并不深谙杜甫诗旨、诗法三昧，未得其真，先受其病，干扰了杜甫、李梦阳和七子派的正确诗法理念。对此，《艺苑卮言》有较详明的介绍："王允宁生平所推伏者，独杜少陵。其所好谈说，以为独解者，七言律耳。大要贵有照应，有开阖，有关键，有顿挫，其意主兴主比，其法有正插，有倒插。要之杜诗，亦一二有之耳，不必尽然。予谓允宁释杜诗法如朱子注《中庸》一经，支离圣贤之言，束缚小乘律，都无禅解。"②此种认识又见于王世贞为人所作杜律解序中："余束发游学士大夫，遇关中王先生允宁为杜氏近体，抗眉掀鼻，鼓掌击节，若起其人于九京而与之上下。既赏其美，又贺其迁。然至读所谓解，盖精得夫开阖节辏照映之一、正倒错之二法。"③

关于王维桢的诗歌成就，王世贞早年酷评为："高朗杰出，刻意少陵，一时藉甚之誉，海内无几。第宛转屈曲，既乏天然；粗重突兀，良背人巧。自负诗宗上乘，永无改辙。冤哉千余年杜氏，惜哉二十载王君！彼逐影追声之徒，何足道哉？"④口吻尖酸揶揄，替杜甫叫屈，因为有王维桢这样不良的模仿者。又替王维桢可惜，因为他一辈子都没有醒悟，白白辜负了"高朗杰出"的天分才情，全都是诗学方法弄错了的缘故啊。后来王世贞又将王维桢放在七子派学杜诸人中作比较："国朝习杜者凡数家，华容孙宜得杜肉，东郡谢榛得杜貌，华州王维桢得杜一支，闽州郑善夫得杜骨，然就其所得，亦近似耳。唯梦阳具体而微。"⑤王世贞认为还

① 王世贞：《明诗评后叙》，《全明诗话》本，第 2040 页。
② 王世贞：《艺苑卮言》卷 7，《历代诗话续编》本，第 1067 页。
③ 王世贞：《弇州山人四部稿》卷 66《刘诸暨〈杜律心解〉序》。
④ 王世贞：《明诗评二·王宫谕维桢》，《全明诗话》本，第 2012 页。
⑤ 王世贞：《艺苑卮言》卷 6，《历代诗话续编》本，第 1050 页。

是仅得杜甫的一支半爪，这是王维桢理论认识偏狭的必然结果。

王维桢卒于嘉靖三十四年，与王世贞等人还有所相接，《艺苑卮言》颇传其逸闻趣事。

> 王允宁为修撰时，余尝一再识之，长大白皙，谈说时事，慷慨激烈，男子也。于文，远则祖述司马、少陵，近则师称北地而已，意不可一世士。又好谩骂人，人多外慕而中畏之。其所最善者，孙尚书陞，时为中允。其同年敖（英）祭酒以书规劝之，允宁答云："仆犹夫故吾耳。顾于南中不宜，且南中亦不宜于吾，以故人取其近似者以为名，曰亢厉守高也。且仆戆直朴略，受性已定，犹仆之貌，修干广颡，昂首掀眉，揭膺阔步，皆造化陶冶，不可移易。古之挟仙术者，能蜕人骨，不能易人貌。今公责仆勿高勿卑，择中而居之，亦尝有以里妇之效颦闻于公者乎？仆即死勿愿也！"允宁后念其母老病，乞南，得国子祭酒。归省，道经华山，为文祭之。大约以母亲素敬神而不蒙庇，即愈吾母病，吾太史也，能为文以不朽神。其辞颇支离怪诞。居无何，以地震死。西安李户部愈素恨允宁，假华山神为文詈而僇之，今并传关中。①

大概正是出于对其独特个性的欣赏和七子派的内部问题等缘故，王世贞才在《艺苑卮言》的流派批评总纲中，将王维桢一派清出了批判的范围，而集中攻击六朝、初唐、中唐和性气诗派。

第三节 后七子派的集体文学追求和内部争论

即使与前七子派相比，后七子派文学追求也变得更加纯粹，为了文学事业，他们常常不恤与前七子派都要归附的理道和功名绝缘。由此，也为他们的流派内外关系带来更多不太平的因素：在流派之外，他们攻击古文领域的唐宋派、诗歌领域的嘉靖前期各派；而在流派组建、巩固和扩大影响的过程中，又不断地遭遇来自内部成员的激烈争论，其范围和程度都远远超过了他们秉志继承的前七子派。

---

① 王世贞：《艺苑卮言》卷7，《历代诗话续编》本，第1066页。

一 后七子派的集体文学追求

在前两节中，我们不断地在逼近一个重要的文学史判断，即后七子派的文人色彩相比其他明代文学流派（含前七子派在内）来说更为纯粹，是一个为了崇高的文学复古事业而可以宣称与理学（道德）、事功（政治）绝缘的真正文学家集团。"文自西京，诗自天宝而下俱无足观"①。"今之作者，论不与李献吉辈者，知其无能为已"②。为了古文的独立修辞能力，他们宁愿推举在理学文学观中有大疵病的战国秦汉之文（时代衰乱，政统无归；风格奇伟，可能流于艰涩），"视古修辞，宁失诸理"。为了诗歌审美质地的纯洁性，他们极为不满性气诗派拖沓无文的论理体道作风，坚决张扬汉魏盛唐的最高诗歌典范，宁愿"以意轻退古之作者"，也不愿作诗评诗选的老好人，"舍格而轻进古之作者"。③ 为了这个文学集团的作品能够留传后世，他们发扬曹植和丁廙的"讥弹"精神，在生前即定下文学作品的品格，不让毫不相干的后人信口雌黄，所以有"一再论诗不胜，覆酒盂，啮之裂，归而沉思竟日夕，至喀喀呕血也"之事④。文学复古事业在他们心目中，确实成了曹丕所谓的"经国之大业，不朽之盛事。年寿有时而尽，荣乐止乎其身，二者必至之常期，未若文章之无穷。是以古之作者，寄身于翰墨，见意于篇籍，不假良史之辞，不托飞驰之势，而声名自传于后"⑤，他们就要做这样的"古之作者"。他们将传统的三不朽次序做了颠倒，将前人视为"一小技""于道未为尊"⑥ 的文学放在了不朽系列的第一位，认为文学中含事功（"政事"），只要时机允可，文人也可以建功立业，利国安民。两相比较，事功甚至还只是"一

---

① 《明史》卷 175《文苑三·李攀龙传》，第 7378 页。

② 李攀龙：《沧溟先生集》卷 16《送王元美序》。

③ 王世贞《弇州山人四部稿》卷 67《古今诗删序》言："虽然，令于鳞以意而轻退古之作者间有之，于鳞舍格而轻进古之作者则无是也。以于鳞之毋轻进，其得而成一字以楷模后之操觚者，亦庶乎可矣。"

④ 王世贞《弇州山人四部稿》卷 65《宗子相集序》叙宗臣与吴国伦论诗事。

⑤ 曹丕：《典论·论文》，转引自郁沅、张明高编选《魏晋南北朝文选》，第 14 页。

⑥ 魏校《庄渠遗书》卷 4《答顾禹锡》称："昔人有言：文章一小技，于道未为尊。岂直未尊而已邪，溺志妨功，其为害道大矣。"《文渊阁四库全书》本。

时"之事,人生的"粗迹",而文学则是"千万年"之事①;其间的高下久暂,迥若云泥。并且文学中还包孕着大学问,所谓治"科举章程之业"、"性命"之学者都是薄衷浅智之人,而一般的狭小复古者也只会叫嚷喧嚣,不能与于文献的"撰述"大业。②

下面我们再具体看看他们的集体声明。

李攀龙有十分坚强的"自信"③品格,这让他领导文学潮流的效果十分明显,当时就已是"骇而尊赏者相半"。敢为天下先的勇气,让他不惮于向占据文坛主流的儒者和"家传户诵"的王慎中、唐顺之等人宣战,直指他们"持论太过,动伤气格,惮于修辞,理胜相掩",表示要追随古之左丘明、司马迁,近之李梦阳,继续开拓"修辞"的千古大业。觑破前辈文章成名的捷径,让他不惮于自我设险、断绝归路,走上追古厌今的文学复古之旅。在"对作"思维作用下,他决心逆时风而上之,"视古修辞,宁失诸理"④。汲汲的文学追求使他艰辛备尝,但以文章成就人生伟业的念头未有稍衰,其终身追求可说是以文章诗歌成名的文学士。

对此他有多方面、多层次表述,此举数例。第一,面对文学史和当代文坛,他说:"经传有依因,大雅未沦亡。知名自前代,骈翰各专场……中原二三子,春秋足翱翔。"⑤ "大雅久沈邈,时消作者至……虚名喜误人,依依千载事……凌厉子长气,文章此未坠。"⑥ 表示要与同志们共辟文学复古大业,震惊世人,转移文坛沉溺萎弱的风气,恢复司马迁的修辞成名传统,让大雅正宗重新回归文学士的手中,这才是真正的千载不朽之业。第二,对要以文章诗歌成名,他直言不讳,且相信在同志的共同努力下,文坛之权一定会掌握在"吾党""吾辈"手里,他日齐名是绝对的事:"高材吾党复谁过?文章矫矫驱群丑!失日难将四海求,逐来定死诸公手!"⑦ "流俗纷纷失肝胆,拿能结客声利场。近日操觚满京洛,江河决

---

① 王世贞《弇州山人四部稿》卷57《赠李于鳞序》称:"天地之精英发之于文章,而粗迹及政事亡二也,子何以一时而骄吾千万年?"

② 详参王世贞《弇州山人四部稿》卷126《与陈户部晦伯书》所论。

③ 李攀龙:《沧溟先生集》卷29《与许殿卿》。

④ 同上书,卷16《送王元美序》。

⑤ 《沧溟先生集》卷四《感怀》其二。

⑥ 卷4《五子诗·王元美》。

⑦ 同上书,卷5《击鹿行》。

注非其长。家握灵珠户和璧，及逢周客皆深藏。高材楩楠与杞梓，吾道麒
麟或凤凰……伊周屈宋傥易地，钧衡艺苑俱称良。"① "此辈交情虽可见，
吾徒大名终在口。"② "吾辈诗名大，其徒剑术疏。"③ "吾曹天地在，不惜
滞风尘。意气能无合，文章自有真。齐名他日事，侧目此时人。"④ 第三，
所以诗文在后七子派，是世间最值得追求的事业。即使将它和人们艳羡的
富贵、渴望归宿的经术比，他们也宁取之："文章万古垂大业，富贵浮云
非所求！"⑤ "中怀谁可喻，文章亦经国。"⑥ "诗名堪自见，经术敢相
诬？"⑦ 第四，所以他们欣喜与同志同调的相逢：

> 华发文章愧不工，独怜诸子调相同。西京矫矫多奇气，东海泱泱
> 自大风。三署仙郎携酒后，一时词客此亭中。⑧

可见，无论自勉还是勉人，李攀龙都以文章诗歌为毕生大业相期，希望能
追复大雅、西京、子长等古人的风格，并不以传统的道德（他追求
"狂"⑨）、经术为人生的最高价值目标，即使因此而为他人憎恨并招来仕
途坎坷亦不恤。为此，他们十分介意自己的复古文学创作在漫长文学史上
所留下的口碑，并以掌握评定文学的权力而自豪，而为人生最大的精神
享乐。

　　以文学成名追求不朽，是后七子派的集体价值观。在《送宗子相序》
中，李攀龙提到了宗臣为文章之士所拟的两个精彩比喻："鸣岐山"的
"灵鸟"和为朝廷增辉光的"麒麟"。宗臣《三报张范中》中即有这样的

---

① 《沧溟先生集》卷5《送元美》。
② 同上书，卷5《拂衣行答元美》。
③ 同上书，卷6《寄殿卿》其二。
④ 同上书，卷6《送元美二首》其一。
⑤ 同上书，卷5《送子相》。
⑥ 同上书，卷4《五子诗·宗子相》。
⑦ 同上书，卷6《春光二首》其一。
⑧ 同上书，卷4《韦氏池亭同元美、子与、子相赋四首》其二。
⑨ 李攀龙少年时即曾有"吾而不狂，谁当狂者"的放言（见王世贞《弇州山人四部稿》
卷83《李于鳞先生传》），中年时自认"终年著书一字无，中岁学道仍狂夫"（见李攀龙《沧溟
先生集》卷5《岁杪放歌》），直到晚年仍自称"鲁之狂士"（见李攀龙《与余德甫书》，同上书，
卷29）。

表达,他合称为"凤麟":

> 夫圣人未尝颛精文章之学,而六经□蔚,万世共嗟。左、马、曹、刘、李、杜者流,相继飚起,□难较圣文,后之言文者,亟称道之也。千载榛芜,李、何再辟,俾海内学士大夫重睹古昔,譬则凤麟在郊,群心快之。且凤麟之为天下瑞也,求其耕畤而驾远也,则谢牛马,而世卒不屈凤麟于其下者,以其文也。以其文,非以其用也。而世之论文者乃责其亡用于世,则何以责凤麟乎?谓凤麟之文而亡用可也,为凤麟之文而亡用而不及牛马也,即如妇人孺子而笑!《文选》者,凤麟之迹也,而鄙之以为不足读,是谓凤麟之不能耕驾而鄙之者也,非忌则愚!李、何之则古以缀文,是李、何之所以为天下重也,而乃诮其奔走奴仆之不暇,然则述黄虞姬孔而读仁义道德者,亦将奔走奴仆乎?[1]

在这里,宗臣非常坚定明确地表扬继先秦、汉魏、盛唐而起,高扬文学复古大旗的李梦阳、何景明,称他们为稀世罕见的凤凰、麒麟,是这个国家和人民的福气,不能站在迂腐可笑的道德家、政治家立场责备其缺乏实际用途。由此自然也不能责备文学士去学习《文选》,因为它是凤麟栖止之所,如果非要责备,则不是忌妒就是愚蠢。至于讥笑人们追随李梦阳、何景明"则古以缀文"是奴仆,则道德家也是在教唆人们为奴仆。很显然,宗臣的文人"凤麟"说,是越离于道德和政治之外的独立人格追求。此言针对的对象中无疑有理学家对李、何等文学复古士不能进于道而泥于文、入错行走错路的可惜论调[2],以及唐宋派以道德、政事为重而视文为枝叶的重道轻文论调。

晚年自称"于世澹然一无所好,而独时时好与客言诗"[3] 的吴国伦(1524—1593),在当初与李攀龙等人京城结盟时,即有以诗文复古大业

---

① 宗臣:《宗子相集》卷16《书部》。
② 吕柟《泾野子内篇》卷1:"霄问何子仲默。先生曰:'其诗有汉魏之风,是可取也;其文袭六朝之体,不可取也;然其人则美矣。'问李献吉。曰:'为曹、刘、鲍、谢之业,而欲兼程、张之学,可谓系小子失丈夫矣。'"《文渊阁四库全书》本。欧阳德《方山文录序》也有类似记载,载薛应旂《方山文录》卷首。
③ 吴国伦:《甔甀洞稿》卷43《鹪鹩集序》,《四库全书存目丛书》本。

相激昂的热烈想法。其与李攀龙诗云："涓旷不可作，古音日以微。举世好新声，引界当谁依？奕奕济南生，听曲识其非……庶几吾党士，一握扬清辉。抗志还大雅，乘时襭芳菲。斯道有中兴，但与流俗违。"① 希望以一种精诚协作、戮力共济的精英团队精神，振还大雅古音。在《楚游稿序》中，他又一反人们为方面大员诗文集作序而不以诗文本身相推重的习惯，认为重臣不当取重于诗的看法，是"竖儒饰说"，并重申孔圣人《论语》"不学诗，无以言"的老调，为文学的独立价值撑持其冠冕堂皇门面。② 这方面意见最为集中的，是他为台阁派鼎盛时期的重要成员胡俨所作文集序。他抨击中唐之后诗文不能复古之盛在创作主体上有三个不良表现，而最突出的就是道学家对文学的干涉：

> 中人承学，鲜究斯义，大较有三疾焉：师心者非往古而捐体裁，负奇者纵才情而蔑礼法，论道讲业者则又讥薄艺文以为无当于世。嗟乎，此不学之过也！藉令体裁可捐，则方员何取于规矩？礼法可逾，则华实不必由本根。谓艺文无定当于世，犹之则骐麟之不耕而以司晨病鸾凤也，不已诬乎？夫师心负奇，其词骸骸曼衍勿谈矣，乃论道讲业、名为圣人之徒也，何至叛体？要之训蹈鄙倍之戒，侏（僸）大雅，糟粕微言，以自掩其孤陋，犹曰：我具体圣人足矣，焉用文之？其谁欺乎？③

其所用来反击道学家的文学家比喻与李攀龙、宗臣一致，是骐麟、鸾凤，不可责以实用，而道学家之鄙薄艺文，是为了掩饰自己的孤陋。

王世贞除了暴露其喜欢"是古非今，此长彼短"、"戏学《世说》，比拟形似"④ 的文学士面貌真相的《明诗评》和《艺苑卮言》外，其《赠李于鳞序》结尾之说可算简洁骄傲，回应了世人关于文学士"易事自喜"的质疑，而不恤与唐宋派开战："天地之精英发之于文章，而粗迹及政事

---

① 吴国伦：《甔甀洞稿》卷5《五子诗和于鳞、元美作·李于鳞》。

② 同上书，卷41。

③ 同上书，卷41《胡祭酒集序》。又载胡俨《胡祭酒集》，题为《胡祭酒集后序》，作于隆庆四年（1570），《北京图书馆珍本丛刊》本，第102册。

④ 王世贞：《书西涯古乐府后》，转引自钱谦益《列朝诗集小传》丙集《李少师东阳》，第246页。

亡二也，子何以一时而骄吾千万年？吾故举之遗于鳞，即二君子之徒移目吾，吾且甘之矣。"① 他又多次提到他与李攀龙的文学结盟、励志文学复古之事，其中所洋溢的精神是典型的文学高于政治功业、道德伦理等不朽气质。这里看他对"三甫"之一的张九一的自承：

> 赖天之灵，不令入从中秘诸先生游而令游于鳞。故并盛年壮气，却黜人间之好，相与劙琢其辞，以为亡论身后名，即人生舍死亡足娱者。而又赖天之灵，不遂懜昧，自六经而下，于文则知有左氏、司马迁，于骚则知有屈、宋，赋则知有司马相如、扬雄、张衡，于诗古……盖日夜置心焉。铅椠之士，侧目谁何，独于鳞不以为怪，时有酬唱，期于神赏而已耳。②

他甚至觉得这是上天开眼，让他没有成为庶吉士，去读人们艳羡的中秘书，去与掌管文权的翰苑台阁人士交往（须知翰林清华，一向是进士们最想进入的文学侍从部门，有着远大的文学前途和仕宦前途），而有机会留在郎署、刑部，结识李攀龙成就了自己的人生爱好，字里行间荡漾着文学至上的高傲旋律。

徐中行（1517—1578）则以日升月落的经行过程来比喻从古而来的文之盛衰，其中即说到作为文学团体的前后七子派其实存在着一些差别，可为本处关于后七子派文学士集体形象的一个认识和总结：

> 夫文之所盛，其由来也尚矣！唐虞之际如日登曲阿，夏为之曾桑，商为之衡阳，而周为中天之运，岂不郁郁乎哉？迨风雅变而日斯昃。至于春秋，文在素王，爰集齐鲁之士，四方靡然从之，用晦而明，亦挥戈之力也，第返景所照，渐于下春悬车。战国仅如长庚，秦火则薄虞渊矣。汉建元辈为月出之光，倬彼云汉，三五其章，众星丽之，文亦为盛。东京而魏而晋，则濭明濭灭。唐复振，然宋渐不振，胡元蚀之，岂曰不极，然沦于蒙谷而拂扶桑。间有启明者出，国家斯如长夜而旦矣。百余年来，愈益斌斌，李献吉辈幸际其盛，亡虑十数

---

① 王世贞：《弇州山人四部稿》卷57。
② 同上书，卷121《与张助甫书》。

家，轶轹近而力修古词。然其旁引经术，尚称说宋人若功令。亦有力救其偏者，而于修词靡遑焉。习流日波，余不敢知，乃有不与献吉辈者，知其异于宋人者寡矣……王元美与余辈推之坛坫之上，听其执言惟谨，文自西京以下、诗自天宝以下不齿，同盟视若金匮圊渝。①

这个差别就是：前七子派尽管理学家看来还是沉溺于文辞，但在文学思想更为纯粹的后七子派看来，他们其实仍然"旁引经术，尚称说宋人若功令。亦有力救其偏者，而于修词靡遑焉"，并非决然的修辞之士。

也确实，他们对诗艺孜孜以求，付出了极其艰辛的劳动。陈田记载说："李于鳞初作诗操齐音，以仄为平，有窃笑者，即啮舌血滴杯中吞之，自是一变，无复龃龉。宗子相与吴明卿论诗不胜，覆酒盂啮之裂，归而淫思竟日夕，至喀喀呕血，苦心吟事如此。"② 由此看来，李攀龙以及其他后七子派成员，多是文人习气浓厚的文学士。而这自然会遭到提倡经学、理道、心性的儒学家和重视这些东西的文学家的猛烈批判。

二　盟主·座次·诗统：后七子派的内部争论

后七子派的内部争论可说一直贯穿于组建、巩固和扩大的全过程中。在组建之初，影响最大的内部交恶事件，莫过于谢榛和李攀龙等人的绝交，其实质就是文学流派盟主之争，之后也一直存在，只没有公开化。在"后七子"内部，也存在比较激烈的具体座次之争，特别是吴国伦和宗臣之间。到王世贞晚年，由于他异常欣赏浙江兰溪青年人胡应麟，颇有意将文学盟主之位相传，结果遭到了汪道昆之弟道贯的激烈反对，发生了一场争诗统的闹剧。

关于李、谢之争，古往今来不乏评判者，或站在谢榛一边声讨李攀龙等人的盛气凌人，凌越布衣；或为李攀龙等人辩护，折射出文学流派论争很多耐人寻味的信息。这次交恶的第一手文献，是李攀龙的《戏为绝谢茂秦书》③。本文确实一方面是"通篇模仿《左传·成公十三年》'晋使

---

① 徐中行：《天目先生集》卷13《重刻李沧溟先生集序》，《四库全书存目丛书》本。
② 陈田：《明诗纪事》己签《宗臣》，第1908页。
③ 李攀龙：《沧溟先生集》卷25。

吕相绝秦'一段,以'秦'射'茂秦'"①,但另一方面也是模仿嵇康的《与山巨源绝交书》,而行文风格则更近于《左传》,显示了后七子派的秦汉派古风作风。在这篇"戏文"也是"檄文"里,有三个地方值得特别重视。

第一,谢榛以一介布衣、山人的身份徙倚游历于地方王府、京师公主府和官宦衙门的谢榛生存状况。在此,我们见到了在赵王府的地位低下,连妇人都可以嘲笑他。在公主府邸的连番被欺凌驱赶,完全是对待打秋风的叫花子。而在与李攀龙等人的交往过程中,谢榛的待遇应该说有了一定程度的好转,至少被尊为"士",处于尊贵的宾客位置,还经常得以参与中层官宦文人的诗酒交往场合。不过,接下来的交恶责任(主要有两条,谢榛不主动谒见和恩将仇报,详下),都被李攀龙推到了谢榛身上,而李氏则仁至义尽。谢榛交往处境的被动性一目了然。也正是在这个意义上,事后读诗才知此事的徐渭,基于同样的游幕乞食的布衣身份,才为谢榛被李攀龙等"二三兄弟"所除名感到极愤怒,而觉得其间有科第阶层的凌轧,折射出中晚明作家阶层的复杂性和布衣作家艰难的生存境况。徐渭《廿八日雪》诗有云:"昨见帙中大可诧,古人绝交宁不罢?谢榛既与为友朋,何事诗中显相骂?乃知朱毂华裾子,鱼肉布衣无顾忌。即令此辈忤谢榛,谢榛敢骂此辈未?回思世事发指冠,令我不酒亦不寒。"钱谦益对徐渭该诗的评论是:"徒以诸人倚恃绂冕,凌压韦布,为之呼愤不平。"②科第、社会阶层的冲突确实席卷到了文学流派成员的交往过程中。

第二,李攀龙反复提到"二三兄弟",达十次之多,可见"二三兄弟"的文学结盟问题在这次交恶事件中至关重要。"二三兄弟"的进士团体感情,促发了这次"戏绝交"行为的发生。其间,王世贞又扮演了极重要的角色。试看这两条与李攀龙的通信:其一,"老谢此来何名?狼狈失策!六十老翁,何不速死?辱我五子哉!且不轻用常人态责于鳞,彼不记游燕集中力,真负心汉。遇虬髯生,当更剜去左目耳!"其二,"眇君子死未耶?即不得李绝书,吾二人飞诸怀数章,亦当□人

---

① 廖可斌:《明代复古运动研究》,第234页。关于李、谢交恶事件的详细情形,可参李庆立《后七子内部分化的一桩著名公案——李、谢之争考论》,《温州师范学院学报》(哲社版)1995年第4期;周潇《谢榛与李攀龙绝交始末辨析》,《青岛大学师范学院学报》2006年第4期。

② 钱谦益:《列朝诗集小传》丁集上《谢山人榛》,第424页。

地。"① 其厌恶的表情和狠辣的态度如在目前。出身华贵、年少成名、意气风发的王世贞等人和不名一第、老来狼狈人间而又有身体残疾（眇一目）的山人谢榛，自然很难真正地沆瀣一气。"二三兄弟"和谢榛的冲突在所难免。

第三，关于绝交的原因，李攀龙提到了"二憾"。即嘉靖三十二年秋在李攀龙赴任顺德知府时，谢榛不主动谒见，还态度恶劣，扬言瞧不起李攀龙等人一事；以及谢榛因为太行山论诗而不及之，至出言诋毁李攀龙任职不法，并离间诸子感情，结果为王世贞、吴国伦所揭穿之事②，最终导致了戏为绝交的结果。时间应在谢榛再游京师的嘉靖三十三年春。所谓"太行山称诗"，是指李攀龙归后所作《五子诗》，"出茂秦，登吴明卿"③，首王世贞，次吴国伦、宗臣、徐中行，殿梁有誉④，改变了嘉靖三十一年春与谢榛情好唱和时诸子所作《五子诗》"咸首茂秦，而于鳞次之"⑤、按岁排序的状况（作者按：吴国伦此时尚未进入"五子"实即"六子"的唱和团队）。此举让谢榛感到害怕，故出言求修旧好。不过，后来所发生的一连串交恶纠葛，使得戏绝交事件仍不可避免。由此可见，用于记述文学交谊的"诗歌排行榜"在以诗钓名的士大夫和山人心目中均占有十分重要的地位。特别是这个"诗歌排行榜"是经某位诗坛名人所精心排择而出，能否挂名和挂名的次第，就是一件至关重要的事情。难怪李攀龙《五子诗》除谢榛名，谢榛即"亦悔过之"。而也难怪，经此一役，虽然后来谢榛与李攀龙等"六子"仍持续着一定的情谊，并未真正割袍断交，然时过境迁，谢榛在李攀龙心目中，就不再是当初的"六子"之首了，而变成"二子"之次，居于谢榛所救的卢柟之后。⑥ 而也难怪，王世贞也十分热衷于编排"后五子"、"广五子"、"末五子"、"四十子"等各种诗歌排行榜名目。不过，这种托名人以不朽的想法，不独后七子派

---

① 王世贞：《弇州山人四部稿》卷117《李于鳞》。

② 关于谢榛谗毁李攀龙、"数其郡不法事"，见王世贞《魏顺甫（裳）传》，同上书，卷82。

③ 王世贞《艺苑卮言》卷七："又明年（嘉靖三十二年），余以使事竣还北，于鳞守顺德，出茂秦，登吴明卿。"

④ 李攀龙：《沧溟先生集》卷2《五子诗》。

⑤ 钱谦益：《列朝诗集小传》丁集上《谢山人榛》，第423页。

⑥ 李攀龙：《沧溟先生集》卷2《二子诗》。

中人如此，其他文学流派和时代也都有之。①

可以说，这场"绝秦"事件在一定程度上是李攀龙联合其他五子作为一个青年进士集团，而与布衣老诗人谢榛争夺"中原六子"这个新兴文学流派的盟主。

隆庆四年八月，李攀龙辞世，王世贞在名望和事实上都继承了后七子派的盟主之位。而吴国伦的长寿和汪道昆的声名鹊起，到万历初期又有了王、吴、汪三足鼎立，或王、吴对峙，王、汪两司马对峙等说法②；甚至连为文怪奇艰涩、最具七子派秦汉文风缺陷的苏州刘凤也曾起心谋夺后七子派盟主的宝座，而对王世贞不满③，但由于都没有实质性地影响到王世贞的流派盟主地位，故不再论。

除时隐时显的文学流派盟主争夺外，后七子派中还存在着相当激烈的文学座次之争和诗派接班人（诗统）之争。在集体排斥谢榛的过程中，同时就伴随着对流派座次的争夺。而这个文学座次，准确说是争除李攀龙、王世贞之外的第三名。为争第三名，吴国伦与宗臣上演了一场非常富于喜剧性的激烈争斗，其情形一度还相当严重。④ 李攀龙、王世贞则在稳坐谨守自己的第一、第二把交椅前提下，又在争风吃醋的两人间充当起分配人和调停人的角色。

隆庆四年，王世贞接过了李攀龙留下的后七子派盟主宝座后，其下任的流派盟主继承者问题就应该进入他的脑海了。虽然，目前我们并无确凿的证据；但他应该想过师法苏轼⑤的故事（当初欧阳修一见就许以未来的"文章盟主"，而在接过之后，又想把这个宝座传给自己的弟子们，一如

---

① 王廷相《王氏家藏集》卷27《答仇时茂》即说到时人遍求名人诗文"以为家乘之美"的现象，还极力绍介鼓励之。

② 钱谦益：《列朝诗集小传》丁集上《吴参政国伦》、《汪侍郎道昆》，第443、441页。

③ 作风怪奇的苏州刘凤也有盟主之思。他在与自己唱和友魏学礼（字季朗）的通信中，即不仅为两人的深奥晦涩风格辩护（提到了与黄姬水的争斗），还不满王世贞的一统天下："今天下半为王氏学。岂王氏才胜兄与仆哉？故藉势位耳。兄迩者立致青云之上，海内当复为魏氏学不久矣。魏氏学行，亦何异仆哉？"倒是说出了文学史的盟主大多是兼具高位的实情。见刘凤《与季朗书》，载《明文海》卷154，第621页。而这也是王世贞去世后的后七子派盟主争夺中，唯李维桢看来声势最大，只是举人的胡应麟和早早就被罢官的屠隆，则是有心无力。

④ 廖可斌：《明代复古运动研究》，第236—238页。

⑤ 钱谦益《列朝诗集小传》丁集上《王尚书世贞》言："元美病亟，刘子威往视之，见其手子瞻集不置，其序《弇州续集》云云，而犹有高出子瞻之语。"第437页。

禅门宗祖的衣钵相传），找一个自己信赖的前途远大的文学青年。当然，最好能跟自己的气质和追求有些相似，才敏学赡，诗文气格雄伟又兼善众体，还能从事广博精深的学术撰述，真正成就不朽的伟业。这个可遇而不可求的青年人才，居然让王世贞给碰到了。如此，我们就很容易理解王世贞当初如获至宝般的激动喜悦心情。这个人就是浙江兰溪人胡应麟（1551—1602）。

胡应麟的父亲胡僖，嘉靖三十八年进士，与王世贞之弟、人称"小美"的王世懋为同年。万历四年，胡应麟中举，王世懋来兰溪访胡僖，为之绍介于王世贞①。半年后，胡应麟致书王世贞，并附上诗作求教，结果王世贞大喜②。在回赠诗《胡元瑞见赠之作，推挹过甚，聊此奉答，兼识赏怀》其二中说："代兴天地有词坛，国士谁能不让韩？"③ 不仅以"国士"期之，还非常明确地希望他继承七子派的复古大业。后又几次敦请胡会面。到万历八年夏，胡应麟才终于成行，其时正在闭关学道的王世贞闻讯大喜，破关而出相会。④ 王世贞为胡应麟《绿萝馆诗集》作序，竟然说出了连胡自己都意外的肯定期许，已有将七子派衣钵传授于他之意。⑤ 而他的"后我而作者，其在此子矣夫！其在此子矣夫"之言，无疑是向世人宣告，胡应麟就是本文学流派盟主的接班人，十分兴奋。胡应麟回复王世贞信中说："既因缘次公（王世懋）绍介坛坫，青云之附，窃幸庶几，诚不自意执事过相期拔，暴之万众，授以千秋。"⑥ 对王世贞的"过分"青睐也觉得有些意外。

之后胡应麟寄来全集，王世贞更加欢喜，作长诗题《曩余为胡元瑞序〈绿萝馆稿〉，仅〈寓燕〉、〈还越〉数编耳。序既成，而元瑞以新刻全集凡十种至，则众体毕备，彬彬日新富有矣。五言古上下建安、十九首，乐府等篇遂直闯西京堂奥。余手之弗能释也，辄重叙其意，并寄答五

---

① 王世贞：《弇州山人续稿》卷68《胡元瑞传》，《文渊阁四库全书》本。

② 同上书，卷44《胡元瑞绿萝馆诗集序》。

③ 同上书，卷14。

④ 关于胡应麟与王世贞的交往详情，可参廖可斌《明代复古运动研究》，第253—254页；李庆立、崔建利《试析钱谦益对胡应麟的评价》，《山东师范大学学报》（人文社科版）2003年第1期；王明辉、刘俭《胡应麟与王世贞关系考论》，《安庆师范学院学报》（社科版）2006年第1期。

⑤ 王世贞：《弇州山人四部稿·续稿》卷44《胡元瑞绿萝馆诗集序》。

⑥ 胡应麟：《少室山房类稿》卷111《报长公》其三，《文渊阁四库全书》本。

言律二章》。内中有言：“登坛牛耳定，绝代凤毛骞。崛起三曹后，横行七子前。”（其一）“屈指中原业，居然大国风。名方千古借，才岂万人同？历块孙阳骏，摩霄北地雄。”（其二）①希望胡应麟能继承自己的诗学志向，续掌后七子派的文学盟主。

到万历十一年秋，在王世贞弇园，即发生了汪道昆（字伯玉）之弟道贯（字仲淹）“争名”，也即沈德符所说的“争诗统”，实际也就是争未来文学流派盟主的事件。考察这件事情本身，则又与之前吴、宗争座次一样有些喜剧色彩。

王世贞在临别送行诗《送伯玉同二仲、元瑞、清洋抵玉龙桥，望玉山作》中说：“离筵太白肯离残，欲尽贤豪且细看。青雀又分孤旆色，玉龙空并两峰寒。骄从麈尾争名晚［自注：仲淹被酒，与元瑞争名而哄］，老向刀头忍泪难［自注：伯玉与余最老而最相知］。何事不留三凤住，王家兄弟少琅玕。”②可见确有道贯与应麟酒醉“争名”事。但这个“名”非小名，乃是执未来文学的“牛耳”。对此，王世贞万历十四年所作《末五子篇》（依次为赵用贤、李维桢、屠隆、魏允中、胡应麟）中称胡应麟，就说得十分明显：“胡郎天挺豪，弱龄富篇咏。突窥济南室，摆脱信阳境。高岭秀繁条，何所不辉映？顺风扬妙音，畴能不倾听？沉思穷正变，广心饶比兴。牛耳终自归，峨眉竟谁并？已睹千仞翔，徒劳众口竞。”③万历十六年，王世贞在为胡应麟所作诗中也侧面证实了他的推举胡应麟言行引起了文坛争论的风波：“时余方禅居昙阳观，称病谢客。闻元瑞来，喜不自胜，与语。久之，出其所著《少室山房诗》（作者按：即《绿萝馆诗集》），余得而序焉，所以属元瑞甚重，而用是颇有龂龂者。余二人俱不顾。”④所谓“龂龂者”和“众口”中，就有汪道贯，他是当面起而争夺。

关于这次后七子派两个年轻后辈当面争夺“诗统”的冲突，沈德符的描述相当生动，值得引录：“胡元瑞好使酒，一日寓西湖，适汪太函司马携弟仲淹来杭，王元美伯仲并东南诸名士大会于湖中。仲淹正病，其诗

---

① 王世贞：《弇州山人续稿》卷12。
② 同上书，卷17。
③ 同上书，卷3。
④ 王世贞：《弇州山人续稿》卷68《胡元瑞传》。

颇有深思秀句，心薄胡之粗豪，忽起谓元美曰：'公奈何遽以诗统传元瑞？此等得登坛坫，将置吾辈何地？'汪、王三先生出仓卒不及答，元瑞亦识仲淹气盛，第怒目视。戚元敬少保实偕二汪渡江同席饮，出软语两解之，胡大怒移骂，至目为粗人。戚惊避，促舆度岭去，满座不欢而罢。"①对照胡应麟在与王世贞通信中所述的坚决护卫王世贞和七子派的宗法立场情况看："护法持教，所当自力。以故遇有谤佛之调达，孽孔之桓魋，无弗昌言疾论，面折其非。而怒螳盈道，桀犬成群。坎井之蛙，告海则惊；醯瓮之鸡，语天则笑。招尤启衅，实系于兹。"②则沈德符的记述不独时间、地点有误，还有关于胡应麟先只怒目而视、后就对劝解的戚继光大骂之说，也不一定是事实，而可能是出于自己不满后七子派的流派立场（沈德符作诗和论诗主张近于竟陵派③）而故意抹黑胡应麟，塑造其不雅的"粗豪"形象。

从后来的发展来看，这次醉酒争名事件并未给胡应麟和汪道昆兄弟带来多大的不良影响。王世贞万历十八年廿七日去世后的第二年春，胡应麟应汪道昆之邀入新都参加了由汪组织的规模庞大的白榆社，还在那里盘桓了两个月。按胡应麟本贯方志《婺书》的说法："元瑞之重以弇州，弇州殁，入白榆社。白榆者，汪司马社也。司马殁，诸词客裹粮入婺者踵相接，莫敢异同。"④胡应麟似乎最终还是实现了王世贞的理想，在汪道昆去世后取得后七子派的盟主之位。万历三十年胡应麟卒于家，年五十二，终身没考取进士，只是举人。

---

①　沈德符：《万历野获编》卷23《金华二名士》，中华书局1959年版，第583页。

②　胡应麟：《少室山房类稿》卷111《报长公》。

③　钱谦益《列朝诗集小传》丁集下《沈先辈德符》言："其论诗宗尚皮、陆及陆放翁，与同时钟、谭之流，声气歙合，而格调迥别，不为苟同。"第657页。朱彝尊《静志居诗话》卷17《沈德符》言："其诗宁取公安、竟陵，欲尽反历下、琅琊之弊。故多艳字侧辞，雪飒星碎，未免病于才多也。"第515页。

④　转引自陈田《明诗纪事》己签卷6《胡应麟》。

第 四 章
初构明代文学正宗谱系:钱、黄、王的
诗文流派批评

　　当帝国命运的车轮不听明人召唤地向着绝境向前挪移时,明代最后二三十年的士人精神氛围十分紧张。这几十年发生的各种事件及其征象,似乎让世人都预见了那可怕的结局——他们所效忠的明王朝就要覆灭了。乱世、亡国之音已经响起,不管他们抱着何种感情,作出何种反应,是积极还是消极,是败坏还是拯救,都不能解除这个亡国的噩梦。军事上兵凶战危,内地流寇四起,勒紧了明王朝的脖子,而建州也越来越凶相毕露,称王称霸,伺机吞噬明王朝已经千疮百孔的躯体。思想上心学纵横,道、禅漫空,侵蚀到了明人的精神和心脏,让本来最应该听命当局雅正要求的时文,也呈露偏锋,达曰知命,文字诡秘,机法悬露,但都还想抓住灭顶之前的最后稻草。而文学上,公安派冲锋所留下的"鄙俚公行,雅故灭裂,风华扫地"①硝烟尚未散尽,性急的竟陵派就迫不及待地粉墨登场,"孤衷峭性"②,流为"嘄音促节"③。嘘枯吹生,僵而未死的复古余烬又借尸还魂,云间派陈子龙等人起而扬王、李复古残旗,企图扫荡文苑"魍魉"的"侏僸之音"④,但又染上了六朝幽怨的腔调。时文社团也是风起云涌,

---

　　①　钱谦益:《列朝诗集小传》丁集中《袁稽勋宏道》,第567页。
　　②　钟惺:《隐秀轩集》卷17《简远堂近诗序》,李先耕、崔重庆标校,上海古籍出版社1992年版,第249页。
　　③　钱谦益:《牧斋初学集》卷30《徐司寇画溪诗集序》,(清)钱曾笺注,钱仲联标校,上海古籍出版社2009年第2版,第903页。
　　④　陈子龙:《安雅堂稿》卷3《李舒章仿佛楼诗稿序》,《明代论著丛刊》本,台北伟文图书出版社有限公司1977年版。

充溢着诡谲的争斗气息。

二百七十六岁的大明王朝到底还是死在了北京景山崇祯皇帝上吊的那棵歪脖子树上。余下的好些"顽石"① 明人，如本章集中考察的钱谦益、黄宗羲和王夫之等，并不甘心这个历史学家经常计算的结果，"天崩地解"② 之下，还将它硬生生地延长了几十年（南明），其中实充溢了多样缥缈叵测的心灵悸动。不得不静下心来的明人，在乡野草莽开始共同思考一个非常严肃重大的问题：号称有史以来得天下最正的明王朝为什么就灭亡了呢？凝注到最能集中反映时代精神的文学上，他们对其萌生、壮盛和一步步走向衰竭的发展过程作出了一次较为系统全面的梳理，并构建出他们心目中的明代诗文流派谱系。由于这个文学谱系构建的时间也那样的切近和特殊，关系到一代王朝学术、精神尤其是政治的兴衰成败，以至他们，其实就是以明王朝"遗民"自居的人们（辞去了清朝礼部侍郎官职的钱谦益，也有这种忠于前明、支持抗清的心志和行动，虽然他曾"失洁"），宁愿牺牲其所宣扬的学术客观公正，也要将其所理解的明代文学流派发展变化史，带有主观色彩地书写出来。"门户"斗争的"霸气"、"戾气"、"习气"，在他们是无法避免的，正如同他们所批判的明代诗文流派论争的"门户""戾气""霸气"和矫枉过正的"习气"一样。

我们从诗歌流派谱系的构建、古文正统谱系的确立和流派批评态度三方面来讨论钱谦益、黄宗羲和王夫之等人。可以看到在诗歌流派上他们的立场和看法大体一致，以明初为盛，高度赞扬以刘基、高启为代表的各抒性情、无门户习气的诗歌创作，对台阁派末流和性气诗派有所不满，而集中批判前后七子派的复古思维，竭力表彰李东阳及其茶陵派，以及明代中期吴中派自成一体、不染复古时风的独立精神和所取得的成绩，肯定公安派的革新精神和性灵书写，集中批判竟陵派诗文中的乱世、末世特征。对此，钱谦益和王夫之的意见最为集中，他们分别有《列朝诗集》（含《小传》）、各种诗文集序言和《明诗评选》、《姜斋诗话》等。在古文统系上，与诗歌流派谱系有吻合处，他们都盛称明初宋濂、方孝孺等人所开辟的文道合一、宗奉韩、欧的典雅写作传统，批判前后七子派的秦汉复古思

---

① 王夫之康熙三十年辛未作绝笔《船山记》云："船山，山之岑有石如船，顽石也，而以之名。"《王船山诗文集·姜斋文集》卷2，中华书局1962年版，第40页。

② 《黄宗羲全集》第十册《留别海昌同学序》，沈善洪主编，浙江古籍出版社1986年版。

维背离了这一正确道路，让明文进入了一个发展误区，又极力表彰唐宋派一系对七子派纠正所做出的努力。对此，黄宗羲的意见最为明晰，其编辑有《明文案》、《明文授读》和《明文海》等大型明代文学总集，钱谦益也有推崇归有光及唐宋派、嘉定文派而斥责秦汉派的明确主张，王夫之则在时文观上有批评"四大家"言论。而在流派批评态度上，三人都共同否定七子派的诗学道路和古文作风，以及竟陵派的诗歌面貌，批判的立场十分鲜明，用词也相当粗暴，往往与人格、学问、政局相连，比较之下，又以对竟陵派的批判态度最为恶劣，直称为乱世之音、亡国之音，不留任何回旋余地。这一方面深刻影响了后世对这两派的评价，造成了明代文学流派谱系在清代的重新梳理和争论，同时也暴露了三人身上依然留存的明代诗文流派（或者准确说，是所有自觉的文学流派）主于矫枉过正的论争作风。

第一节　钱谦益构筑的明诗流派正统和伪体谱系

明代诗歌的发展史，殆是明代诗歌流派（当然这些诗歌流派，大多兼长或兼涉于文，如台阁派、茶陵派和七子派、公安派、竟陵派）兴衰起伏的演变史，其中固然有时间的交叉和理念上的交通之处，但总体格局体现为"你方唱罢我登场"的更替场面。而在每一次的更替中，不同诗歌流派都有自己的发展谱系。在前七子派真正独立登场时，他们构筑的诗歌谱系大体是按照古诗宗汉魏晋、近体崇初盛唐的规范标准进行排列，而没有宋、元和明代前期各个诗歌流派（包括明初各派、台阁派和茶陵派、性气诗派、吴中派，除了他们重新推举选出的袁凯）的位置。而到了后七子派，由于流派生存发展的情势不同，在明代诗歌流派中，他们渐渐肯定了明初诸人和李东阳茶陵派对于前七子派兴起的"首义"作用，而将批判焦点转向了嘉靖初年崛起的诗歌各派，包括六朝派、初唐派、中唐派和性气诗派。再到公安、竟陵派崛起称雄，又将前后七子派打倒，重新表彰其被打压的诗歌人物、诗歌流派，如徐渭、汤显祖和吴中派，以及宋、元相对于唐诗的言其所欲言的新变精神和作风，由此也相应地整理了诗歌发展史的新的线索和理念。当然，公安、竟陵派对建立流派都抱有相当的警惕心理，强调每位诗歌创作者都要成为一个独特的自己，不要去学某位当代名人或前辈，无意于重建新的诗歌发展谱系。但实际上，他们也树立了当必变之时就不要墨守汉魏盛唐陈规，而要敢于向宋元诗歌学习的流派发展理念。再到陈子龙及其云间派登场，又将七子派推上正统大雅的位置，而否决公安、竟陵派的师心乱变，使得诗道榛芜。到明末清初的钱谦益、黄宗羲和王夫之等人之时，由于对整个明代诗歌流派的更迭情况了如指掌，在反思中，他们开始了第一次对全明诗歌流派谱系的梳理和构筑。

一　"挽回大雅还谁事？嗤点前贤岂我曹？"

立志扫灭前后七子派复古残焰和竟陵派鬼魅幽光，力挽万历以来的诗坛颓波，追"回大雅"风尚的钱谦益，有着相当浓厚的树立正统典范的诗歌宗盟和流派意识。其在明朝时曾仿杜甫《戏为六绝句》，作《姚叔祥过明发堂共论近代词人戏作绝句十六首》，就相当集中表露了这方面的自觉追求。

《其二》彰显了钱谦益欲挽回万历以来诗坛颓波的宏伟志向："一代词章孰建镳，近从万历数今朝。挽回大雅还谁事？嗤点前贤岂我曹？"《其三》表彰汤显祖的词赋和戏曲艺术成就，为鸣不平。《其四》表扬绵亘整个明代的吴中诗派，称高启、杨基、文徵明、沈周和王稚登前后相继，蔚为吴中区域和全国诗坛的表率。《其六》、《其七》赞袁中道、马之骏和曹学佺、尹伸。《其八》赞嘉定派李流芳"晚年篇翰更清新"，归昌世"和陶"，"也是风流澹荡人"。《其九》抨击前后七子派："关陇英才未易量，刮磨何、李竞丹黄。吴中往往饶才笔，也炷娄江一瓣香。"《其十》提揭茶陵派："台阁词章衣钵在，柯亭刘井半丘墟。"《其十一》抨击竟陵派："王微杨宛为词客，肯与钟谭作后尘？"钱谦益在此鲜明地表达了自己的诗派观点，梳理出心目中的诗派正宗和伪体系谱的框架：正宗是以李东阳为首的茶陵派，公安派的代表袁中道，汤显祖（既是公安派的文学前驱，也是钱谦益思想继承的重要来源），以及吴中派和嘉定派，而伪体则是前后七子派和竟陵派。

而《其一》则称程嘉燧："孟阳诗律是吾师"①，则标明了自己的诗学祁向与程氏的一致。程氏对钱谦益《列朝诗集》（含《小传》）的编撰和对明代重要诗人及诗歌流派的评论有极大的指导作用。其《列朝诗集序》曾对此予以追述。程氏逝世十二年后，《列朝诗集》始刊行问世。沧

---

① 钱谦益：《牧斋初学集》卷17，第601—606页。

海桑田，世事大变，王朝更迭，华夷倒置，清王朝顺治年间的钱谦益，充满了激越的痛楚和感伤。而"草创斯集"、"奇文共赏，疑义相析"、"讨论风雅，别裁伪体"①的推举，以及"孟阳诗居丁集中，实为眉目"②的安排，也真切告知了程嘉燧在号称一代诗史的《列朝诗集》的重要作用。作者按：钱谦益《列朝诗集》的"诠次"是特殊命意的：首"乾集"，分上下，上收"圣制"，即皇帝诗集，下收"睿制"，即诸王诗集，然后按甲、乙、丙、丁四集排列，这是正集，四集之后是"闰集"，收僧道、香奁、宗室和外国使节等诗人诗作，相当于附庸。"甲集"之前有"前编"：收录太祖元末壬辰起义至丁未建国凡一十六年的由元入明的诗人诗作，相当于序幕，始自诚意伯刘基；"甲集"则收录从洪武开国至建文两朝三十五年的诗人诗作，元末明初诗歌各派均在其中，仍始自刘基，录刘氏元明各体诗总计546首，为一代之冠；"乙集"始于解缙，收录永乐至天顺六十二年的诗人诗作，主要是台阁派和景泰十才子；"丙集"始于李东阳（347首），收录成化至正德的诗人诗作五十七年的诗人诗作，茶陵派、陈庄体、吴中派和前七子派及其余脉；"丁集"则收录的范围甚大，从嘉靖至崇祯，包含六朝一百二十四年③，于此又分为上、中、下三大部分，上始自高叔嗣（111首），嘉靖初各派和后七子派在其中，中始自陆师道（11首），公安派、竟陵派在其中，下即始于钱谦益尊称为"松圆诗老"的程嘉燧（115首），领导着继承归有光遗志的嘉定四君子，确实堪称《列朝诗集》的"眉目"，占到了书中领袖群伦的重要位置。又，程嘉燧对于揭示李东阳在整个明代诗派发展和抗击七子派的中流砥柱作用，也颇有"搜剔"遗集、"洗刷其眉目，发挥其意匠"、"复开生面"的功劳。④

二　《列朝诗集》的诗派谱系

当然，最能全幅细密地展现钱氏诗派谱系的，还是《列朝诗集》及

① 钱谦益：《牧斋有学集》卷14，钱曾笺注，钱仲联标校，上海古籍出版社2009年第2版，第678页。
② 同上书，卷18《耦耕堂诗序》，第781页。
③ 钱谦益：《列朝诗集诠次》，《列朝诗集》卷首，《四库禁毁书丛刊》本。
④ 钱谦益：《牧斋初学集》卷83《题怀麓堂诗钞》，第1759页。参钱谦益《列朝诗集小传》乙集《李少师东阳》，第246页。

其《小传》。

先看《列朝诗集》诗歌入选数量居前六十位的诗人情况（见表4）：

表4　　　　　　　　　《列朝诗集》诗歌入选前六十位排名

排名	一	二	三	四	五	六	六	八	九	十	十一	十二	十三	十四	十五	十六	十七	十八	十九	二十
姓名	刘基	高启	李东阳	杨维桢	袁凯	张羽	王叔承	杨基	王稚登	杨慎	王逢	徐渭	沈周	皇甫汸	吴宽	谢榛	戴良	祝允明	汤显祖	徐祯卿
入选诗	546	456	347	324	304	240	240	215	203	179	175	171	168	166	159	154	142	139	135	123

排名	廿一	廿二	廿三	廿三	廿五	廿五	廿七	廿八	廿八	三十	三十	卅二	卅三	卅四	卅五	卅六	卅七	卅八	卅九	四十
姓名	蔡羽	张以宁	薛蕙	陈献章	程嘉燧	吴兆	高叔嗣	徐贲	沈明臣	林鸿	王履	唐时升	顾璘	邵宝	何景明	汪广洋	王冕	于慎行	袁中道	贝琼
入选	121	120	119	119	115	115	111	110	110	108	108	107	104	103	102	100	98	94	91	90

排名	四十	四十	四三	四四	四五	四六	四七	四七	四九	四九	四九	五二	五二	五二	五五	五六	五七	五八	五九	五九
姓名	王问	王镗	袁宏道	文徵明	曹学佺	吴鼎芳	倪瓒	王廷陈	桑悦	顾清	唐寅	刘嵩	张宪	范汭	张时彻	刘炳	张元凯	王世贞	刘溥	郭登
入选	90	90	87	84	83	82	79	79	75	75	75	74	74	74	73	72	71	70	69	69

注：入选诗与排名第四十位的贝琼相等的，还有嘉靖前期中唐派王问，明代末年的王镗。

由上可见：第一，明初各诗派代表人物有十九位进入了前六十名，且相当靠前。前十位中占了六位（越诗派刘基，吴中四杰高启、张羽、杨基，铁崖派杨维桢，被前七子派推举的袁凯），十到二十有两位（王逢、戴良），二十一到三十占四位（闽派张以宁、林鸿，吴中四杰徐贲，王履），三十二到四十有三位（汪广洋、王冕、贝琼），四十到六十有四位

（倪瓒、张宪、刘嵩、刘炳）。以五十一年的时间，竟有如此多的诗派诗人进入，说明了钱谦益重视元末明初诗歌流派各抒所得的特点。尽管按钱谦益的诗史视野和诗派眼光，在追述七子派的唐诗学思维和台阁体诗风啴缓的来源时，曾对闽派张以宁、林鸿、高棅等人和西江派刘嵩等人的诗风予以过由后及前的潜在批评，有过"惩其后"的想法。他称："国初诗派，西江则刘泰和，闽中则张古田。泰和以雅正标宗，古田以雄丽树帜。江西之派，中降而归东里，步趋台阁，其流也卑冗而不振；闽中之派，旁出而宗膳部，规摹唐音，其流也肤弱而无理。余录二公之诗，窃有叹焉。江、闽之士，其亦有当于吾言乎？"① 但让在选录诗歌时，却仍对这些人物的诗歌大量收入，这大概与其继承元好问《中州集》"以诗系人，以人系传"的诗史意识有关，也与保存元末明初诗歌文献的意识有关。②

　　第二，吴中人物在此排行榜中又占据了十分突出的地位，六十人中有十八位都来自这个地区（除王世贞外）。在明初各诗派中，吴中四杰全数入围，高启高居第二，两人跻身前五，三人跻身前八，四人跻身前三十。而这个情况，又和以后各个时期吴中诗人的入选数都大大超出其他流派、地域相呼应。中期有沈周、吴宽、祝允明、徐祯卿、蔡羽、顾璘、邵宝、桑悦、文徵明、顾清、唐寅（吴中四才子全数入围五十强，祝允明和徐祯卿在前二十名③），晚期有王稚登、程嘉燧、唐时升，合计有十四人。其中，程嘉燧虽是徽州新安人，但长期定居嘉定，钱谦益是把他看成继承归有光抗衡七子派遗志的嘉定派首脑人物。吴宽、邵宝又进了茶陵派，徐祯卿和顾璘又进了前七子派。但徐、顾二人的入选诗甚多，靠的不是其七子派而是吴中人士身份，表现出与李、何等典型复古派相离的倾向，这突出显示了钱谦益对本地独立自由文学传统的标扬意识。④

　　第三，肯定以李东阳为代表的茶陵派在明代中期诗坛的领袖地位，推倒了前后七子派对该派的否定。李东阳诗歌的入选数是347首，高居第三，确实体现了好友程嘉燧"为之摘发其指意，洗刷其眉宇，百五十年

①　钱谦益：《列朝诗集小传》甲集《刘司业嵩》，第88页。
②　钱谦益：《牧斋有学集》卷14《列朝诗集序》，第678页。
③　值得注意，钱谦益不是将徐祯卿、顾璘放在前七子派，而是分别放在"吴中四才子"这个吴中文学集团和"金陵三俊"这个南京文学集团来予以肯定的，其指认的作风也是如此。《列朝诗集小传》丙集《徐博士祯卿》，第301页；丙集《顾尚书璘》，第339页。
④　周兴陆：《钱谦益与吴中诗学传统》，《文学评论》2008年第2期。

之后，西涯一派焕然复开生面，而空同之云雾，渐次解駮"① 的重新整顿
构建诗派谱系的意图。属于这个集团的吴宽和邵宝，分别排第十五和三十
四名，"茶陵六君子"② 中顾清75首，与桑悦、唐寅等吴中人士并列第四
十九位，石珤63首，鲁铎47首，罗玘30首，何孟春10首，其他成员
储巏62首，程敏政42首，陆釴36首，张泰40首，陆容33首，入选
数量都不低，尤其是当他们与前七子派、竟陵派和台阁派相比，就更能
见出迥异的轩轾态度。当然，这些人有很多也是来自吴中，沾了地域的
"光"。

第四，肯定转换前七子派僵硬诗歌宗法的嘉靖初各派。六朝派领袖杨
慎成为钱谦益心目中的十大诗人之一，中唐派皇甫汸位列第十四，高叔嗣
第二十七，无锡中唐派代表王问与贝琼、王鏊并列第四十，初唐派薛蕙第
二十三。其他如唐顺之60首，施渐56首，皇甫涍56首，蔡汝楠53首，
都远远超过了前后七子派成员及其追随者的大多数人。对杨慎，钱谦益表
彰其意在守护茶陵派、抗衡七子派的出身和卓绝诗歌创作："用修垂髫赋
'黄叶'诗，为茶陵文正公所知，登第又出门下，诗文衣钵，实出指授。
及北地哆言复古，力排茶陵，海内为之风靡。用修乃沈酣六朝，揽采晚
唐，创为渊博靡丽之词，其意欲压倒李、何，为茶陵别张壁垒，不与角胜
口舌间也。"③ 对薛蕙，钱谦益虽承认其与前七子派王廷相的师弟关系，
但认为其后来的诗歌创作风貌和诗派观点已经发生转移，对前七子派及其
末流的模拟剽窃作风有相当尖锐的嘲讽，并认为他不甘于屈居何、李之
下。④ 高叔嗣虽看起来不太高，只列名第二十七位，但其在《列朝诗集》
的位置非常重要，排在"丁集上"之首，是全书的重要"眉目"，喻示了
该书"月在癸曰极丁，丁壮成实也。岁曰疆圉，万物盛于内，成于丁，
茂于戊，于时为朱明，四十强盛之时也。金镜子未坠，珠囊重理，鸿朗庄
严，富有日新天地之心，声文之运也"⑤，希望残明重振汉人山河的宏大
意愿的。且他与薛蕙、李濂等人一样，虽少年受知前七子派盟主李梦阳，

① 钱谦益：《列朝诗集小传》丙集《李少师东阳》，第246页。
② 钱谦益所指"茶陵六君子"是：石珤、罗玘、邵宝、顾清、鲁铎和何孟春，同上书，第273页。
③ 同上书，第354页。
④ 同上书，第324页。
⑤ 钱谦益：《牧斋有学集》卷14《列朝诗集序》，第679页。

"未尝登坛树帜,与献吉分别淄渑,固已深惩洗拆之病,而力贬其膏肓矣。其意微见于《读书园稿序》中,约之(初唐派陈束)为疏通证明,畅言其脉络。世之君子,堕落北郡云雾中,懵不知返,亦可以爽然而悟矣"①。

第五,对公安派及其前驱非常欣赏看重。徐渭和汤显祖都进了前二十名,袁中道进了前四十名,排第三十九位。袁宏道入选87首,排第四十三名。其他如陶望龄50首,黄辉23首,虞淳熙23首,雷思霈10首,袁宗道4首,都是不错的成绩。这除了说明钱谦益确实欣赏徐渭、汤显祖在后七子派风行天下时的独立对抗精神和公安派诗歌清新活泼、敢于言所欲言、具有革新七子派末流拟古作风的巨大意义,是自己诗派和诗学策略的同盟军和先行者外,也与钱谦益与汤显祖、袁中道有过相当不错的来往有关。②

第六,对受到前后七子派排斥的性气诗派领袖陈献章和山人布衣群体也大力表彰。陈献章的诗歌入选数量达到了119首,与薛蕙并列第二十三名。而名列王世贞文学集团外围——"四十子"中的山人王叔承、王稚登、沈明臣,则分别排第六、九、二十八的高位,与陈献章一起,都远超除谢榛、徐祯卿外的其他前后六子诗歌的入选数和排名,其他前后六子没有一人进入前四十名(最高的是何景明,排第三十五名)。而谢榛的被表彰,排在第十六位,也有一个明显因素,是他与后七子派不睦,发生了绝交事件,而他又是明代山人的代表。其他入选前四十名的山人布衣,还有元末明初的席帽山人王逢排第十一,九灵山人戴良排第十七(与金华派宋濂等为同门),高士王履排第三十③,煮石山农王冕排第三十七,以及晚明处士吴兆。如果说元末明初的山人布衣的被看重,是因为他们身上的

---

① 钱谦益:《列朝诗集小传》丁集上《高按察叔嗣》,第372页。

② 杨连民:《钱谦益诗学研究》,社会科学出版社2007年版,第48—63、222—232页。

③ 明初王履的高入选和高排名与其诗学方法正可针对后七子派李攀龙的泥古方法有关。钱谦益《列朝诗集小传》甲集《王高士履》记其言云:"有问何师,则曰:'吾师心,心师目,目师华山。'又云:'先正言文章,当使移易不动,慎勿与马首之络相似。余游华之诗,敢谓轶昌黎而配少陵?庶免乎马首之络之弊而已。'余读安道诗,并附其跋语于后。世之君子能以近代李于鳞之诗与记,参互观之,而爽然自失焉。于文章家正法眼藏,庶几思过半矣夫!"第101页。

元朝"遗民"和明朝"逸民"色彩,可寄寓钱谦益在明清之交的身份感慨①,则以谢榛、王叔承、王稚登、吴兆等人为代表的明代中后期山人布衣群体的兴盛,确实又是一个诗歌史家所不能不注意的重要现象。"诗在布衣",在中晚明并非空穴来风,而是有着非常坚实的事实背景,名列王世贞"末五子"的屠隆即曾点破此点。②

第七,与前面对其他流派的表彰和提升形成鲜明对比的是,前后七子派、竟陵派和台阁派被大幅度地贬抑。且看他们的诗歌入选数量和三派合在一起的排名情况(见表5)。

表5　　　《列朝诗集》台阁派、七子派、竟陵派三派诗人排名

排名	一	二	三	四	五	六	七	八	九	十	十一	十二	十三	十四	十五	十六	十七	十八	十九	二十
姓名	何景明	王世贞	屠隆	李梦阳	胡俨	李濂	李先芳	吴国伦	曾棨	杨士奇	金幼孜	朱应登	梁有誉	钟惺	李攀龙	边贡	解缙	吴维岳	李维桢	郑善夫
入选	102	70	65	50	49	45	33	33	32	31	28	26	26	26	25	18	15	10	9	8

注:徐祯卿、谢榛分别由于吴中人士和山人代表身份,不进入此项比较。

在三派排名列第一的何景明,在前六十名排位中仅列第三十五,比茶陵派的邵宝还少一首、低一位。列第二的王世贞仅列第五十八,只比"景泰十才子"的代表刘溥多一首、前一位,远远落后于被他和李攀龙等人联合压制的本派中人谢榛,也远远落后于被其安排到"四十子"之列的王稚登等吴中山人群,以及曾有所不满的文徵明、唐寅和祝允明等吴中前辈。而前七子派的盟主李梦阳的入选诗歌数量只寥寥50首,这个数据仅与公安派成员陶望龄持平。其他如具有比较浓厚复古色彩,被称为"弘正四杰"之一的边贡,只有18首入选,比茶陵派的陆容、公安派的黄辉都低。至于后七子派盟主李攀龙,也少得可怜,只区区25首,比性气诗派庄昶、唐宋

---

① 钱谦益言:"或言犁眉公(刘基)在元,筹庆元,佐石抹,暂死驰驱,几用自杀。佐命以后,诗篇寂寥,彼其志之所存,与原吉(王逢)何以异乎?呜呼,皋羽(南宋遗民谢翱)之于宋也,原吉之于元也,其为遗民一也。然老于有明之世二十余年矣,不可谓非明世之逸民也。故列诸甲集之前编,而戴良、丁鹤年之流,以类附焉。"同上书,第14—15页。

② 屠隆:《涉江诗序》,载潘之恒《涉江集选》卷首,《四库全书存目丛书》本。

派的王慎中、山人程诰、举人张含等都还少一两首，比本派成员李先芳、吴国伦、梁有誉和后劲屠隆等人都低；屠隆的入选数量几乎是他的三倍，在三派排名居第三，还超过了李梦阳。再看前后七子派一系的其他成员，如与顾璘、徐祯卿、刘麟并称为"江东四大家"、有着较强北方复古色彩的朱应登，诗歌入选数明显偏少，只26首，学杜的郑善夫只8首，"末五子"之一的李维桢只9首。将此一情况与被钱谦益认为后来有背离前七子派诗学思维之嫌、早期"大梁十子"之一的李濂入选45首相比，则可以相当明显地看出钱谦益对前后七子派诗法的憎恶。①而屠隆的被提升，与其溢出后七子派的取法范围，也与其主张性灵写作有一定的关系。

　　由于和钱谦益所处时代的切近和人际交往的原因，以及本派在明代末季的巨大影响，竟陵派遭受的打压严重。钟惺只入选26首，三派排名中列十四。谭元春只5首，与七子派系列的王维桢（6首）、张诗（5首）、徐中行（4首）、汪道昆（3首）、胡应麟（2首）都在贬黜之列，可入倒数几名了。

　　至于台阁派，入选量和名次也都在下等。最高的胡俨49首，在三派排名中居第五，曾棨、杨士奇、金幼孜分列九、十、十一，解缙则到了第十七名。这种排名情况完全是在百名以外，不入流。不过，这很大程度上不应该与七子派和竟陵派并论为贬抑，而是他们本为台阁重臣，不以诗歌，而是以古文和政事见长。钱谦益在杨士奇小传中言："国初相业称三杨，公为之首。其诗文号台阁体。今所传《东里诗集》，大都词气安闲，首尾停稳，不尚藻辞，不矜丽句，太平宰相之风度，可以想见，以词章取之则末矣。"②在杨荣小传中总论说："国初大臣别集行世者，不过数人。永乐以后，公卿大夫，家各有集。馆阁自三杨而外，则有若胡庐陵（广）、金新淦（幼孜）、黄永嘉（淮）。尚书则东王（直）、西王（英）。祭酒则南陈（敬宗）、北李（时勉）。勋旧则东莱、湘阴。词林卿贰，则有若周石溪（叙）、吴古崖（溥）、陈廷器（琏）、钱遗庵（幹）之属，

---

　　①　钱谦益《列朝诗集小传》丙集《李金事濂》称李濂少为李梦阳所知："自此名满河雒间。介居日久，读书深思，始知献吉持论之颇，而学者沿袭之滋缪也。尝有绝句云：'唐人无选宋无诗，后进轻狂肆贬词。真趣益然流肺腑，底须摹拟失神奇。'又云：'洪武诗人称数子，高、杨、袁凯及张、徐，后来英俊峥嵘甚，兴趣温平似弗如。'当鼠窃剽贼盛行之日，独具只眼，可谓卓尔不群者矣。"第325页。

　　②　同上书，第162页。

不可悉数。余惟（台阁）诸公，勋名在鼎钟，姓名在琬琰，固不屑屑与文人学士竞浮名于身后。我辈徒以先达遗文，过为尊奉，不能刻画眉目，反致簸扬糠秕，如《石仓十二代》之选，亦奚以为？兹所撰录，于先代元老大集，或仅存二三，或概从绳削，岂敢如昔人所云'为魏公藏拙'乎？正以向来一瓣香，固自有在，不欲为齐人之敬王云尔。"① 即表明了这种因人因政而重的文学观念。

综上分析，可以认为钱谦益确实有着浓厚显著的"门户意识"、"流派意识"，而在后来引起了诸多翻覆，王夫之、朱彝尊、王士禛、沈德潜等人都有力反或者调和的论判和行为。② 钱谦益所初构的明代诗歌流派正统谱系，是由明初刘基越诗派、高启吴诗派等开启，到中期由李东阳茶陵派和吴中四才子接力，传到杨慎等嘉靖初各诗派，到晚明由徐渭、汤显祖等人继承并递给公安派，最后落实到程嘉燧等嘉定派，也即自己手中。而伪体邪派，则开始于李梦阳、何景明等前七子派以俗学、粗学、缪学窜居"正始"，"雄霸词盟"③，"力排西涯，以劫持当世，而争黄池之长"④，"聋瞽海内"⑤，将诗歌流派盟主的宝座历史性地由馆阁要人下移到京城郎署，后为杨慎等嘉靖初各派阻遏转换分解。到嘉靖中后期后七子派李攀龙、王世贞等人崛起，再造复古盛张气焰，声价一时无两，无一人一派能与之抗衡。到万历二十年左右，公安派觑破天下人愿大变的心理欲望，"昌言排击，大放厥辞"，打破后七子派一统天下的声势，"王、李之云雾一扫，天下文人才士始知疏瀹心灵，搜剔慧性，以荡涤摹拟涂泽之病"。⑥不过不久即为入室操戈的竟陵派窃据，天下诗派又由七子派的"矜气作"，变为了"昏气出"，"天丧斯文，余分闰位，竟陵之诗与西国之教、

---

① 钱谦益《列朝诗集小传》丙集《李金事濂》称李濂少为李梦阳所知："自此名满河雒间。介居日久，读书深思，始知献吉持论之颇，而学者沿袭之滋缪也。尝有绝句云：'唐人无选宋无诗，后进轻狂肆贬词。真趣盎然流肺腑，底须摹拟失神奇。'又云：'洪武诗人称数子，高、杨、袁凯及张、徐，后来英俊峥嵘甚，兴趣温平似弗如。'当鼠窃剽贼盛行之日，独具只眼，可谓卓尔不群者矣。"第 163 页。

② 陈文新：《中国文学流派意识的发生发展》第二章，武汉大学出版社 2003 年版，第 192—202 页。

③ 钱谦益：《列朝诗集小传》丙集《李副使梦阳》，第 312 页。

④ 钱谦益：《牧斋初学集》卷 83《书李文正手书〈东祀录略〉后》，第 1759 页。

⑤ 同上书，卷 32《曾仲房诗序》，第 929 页。

⑥ 钱谦益：《列朝诗集小传》丁集中《袁稽勋宏道》，第 567 页。

三峰之禅，旁午发作，并为孽于斯世"①，明代国运与之俱终。在明清更迭之际，陈子龙等云间派又"起而嘘李、王之焰"②，文坛有艾南英等人与之抗，诗坛则是钱谦益本人领导的虞山派，这是钱谦益"隔山打牛"，总是批判前后七子派的最为重要的现实原因。至于性气诗派、台阁派和景泰十才子、山人布衣等，则都只能算明代诗派的旁系，既不为邪，也不为正，在诗派正统和伪体之间，增加了明代诗文流派论争的复杂性。

第二节 黄宗羲的明代古文统系构筑和古文流派批评

关于明代古文正宗统系的建立，由于时期和流派的不同其主张也有所差异。就明初声势最大的浙东文派而言，其古文正宗统系的建设是典型的在道统控制下的经世致用意识表现。文学性的文章（如诗赋等）可说仅是一个用来支撑"修辞立诚"的工具，人们强调的还是那些直接阐发理道、可以躬行实践的理学家著述，以及称言道自文出、文道合一、以文载道、有着浓厚政教伦理的实用精神之文学家文章，如自元代标榜起来的唐韩愈、宋欧阳的讲理讲用文章。这对明代后来的古文流派的文统建设产生了深远影响。不过，说到明代自身古文作家的进入正宗谱系，由于尚在开国时期，宋濂一代还不能提上议事日程。只有到第二代盟主方孝孺时，这个推选方露出些端倪，其所推出的自然是其文学老师宋濂，但又不足以构成一个代代相传的谱系。③ 当时间进展到台阁派登场的永乐时期，宋濂等明初作家进一步得到强化，如钱溥天顺五年作的《觉非斋文集序》，即从西汉、唐、宋，梳理出了一个台阁作家的明代文统传承系列，由宋濂而杨士奇："国朝光岳气完，文运聿兴，若金华宋先生景濂、庐陵杨先生士奇，皆自布衣起于洪武、永乐之间，擅一代制作之任，词理精到蔼然，近古作者。"④ 再到茶陵派李东阳等人崛起，如其《呆斋刘先生集序》所推重的明代正宗作家，就从其所自占的馆阁职分角度，由明初的宋濂等人延

---

① 钱谦益：《列朝诗集小传》丁集中《袁稽勋宏道》，第 572—573 页。

② 钱谦益：《牧斋有学集》卷 17《赖古堂文选序》，第 769 页。

③ 与此相仿的是道教界领袖张宇初作于洪武三十五年（也即建文四年）的《翰林学士耐轩先生王先生文集序》，其所推出的明代作家，是与他有过交往的宋濂、王祎、苏伯衡和徐大夔等人。载王达《天游杂稿》卷首，《北京图书馆珍本丛刊》本，第 105 册。

④ 金实：《觉非斋文集》卷首，《续修四库全书》本。

展到永乐至正统的杨士奇等人，而目的是传承到传主刘定之身上，而最终目的还是落脚到自己身上，因为其间曾有过一段动人而实在的文权交接。① 不过到李梦阳、何景明等郎署人士崛起时，以秦汉的硬朗奥涩文风引领天下，就打破了所保持的唐宋温雅和丽文统，而将文权从台阁历史性地下移到了中下层官员手里，由此也就展开了关于明代作家谁才是古文正宗的争论史。

一　全国和浙东的明代古文"正宗""邪宗"谱系建设

关于明代诗文的宗法统系随诗文流派的盛衰迁流而演化的过程，清代官方所著的《明史·文苑传》有十分精练的描述，成为人们认识明代诗文流派的诗歌宗法统系和古文宗法统系的权威判断。而这个权威判断，《文苑传序》又明言是在参考了众多明代诗文流派评论者和研究者的意见基础上得出来的："今博考诸家之集，参以众论，录其著者，作《文苑传》"。② 在这众多意见中，关于各个流派的古文宗法统系部分应该主要是参考了时代最为切近、影响也最大的黄宗羲的成果（诗歌部分则主要参考了钱谦益《列朝诗集》及《小传》的意见）。学界的研究证明了黄宗羲在《明史》编撰中所发挥的虽是间接却是非常重要的参考作用，则黄宗羲的明代古文意见当也会渗入其中。黄宗羲从康熙七年戊申（1668）开始"即为明文之选，中间作辍不一，然于诸家文集蒐择亦已过半"，至康熙十四年乙卯（1675）七月，编辑成《明文案》207卷，选录360多位明代作家的2300多篇各体文章，是一部既录又选、卷帙空前的明文总集。编成后，黄宗羲十分自信地感叹说："试观三百年来，集之行世藏家者不下千家，每家少者数卷，多者至于百卷。其间岂无一二情至之语，而埋没于应酬讹杂之内，堆积几案，何人发视？即视之，而陈言一律，旋复弃去。向使涤其雷同，至情孤露，不异援溺人而出之也。有某兹选，彼千家文集庞然无物，即尽投之水火，不为过矣。由是而念古人之文，其受溺者何限，能不为之慨然？"③ 认为经他这一选录，即使上千家的明人文集都

① 《李东阳集·文前稿》卷5，岳麓书社1984年版，第73—74页。
② 《明史》卷285《文苑传序》，第7307—7308页。
③ 黄宗羲：《明文案序上》，《黄梨洲文集》，陈乃乾编，中华书局1959年版，第387—388页。

消失了，也没有什么可惜的，因为他们所投注的精神和心血——"至情孤露"——已经被他留存于人世，可以传之久远。之后黄宗羲又继续搜罗，"得昆山徐氏（乾学）所藏明人文集"，增辑为《明文海》482卷，"分体二十有八，每体之中又为子目。赋之目至十有六，书之目至二十有七，序之目至五，记之目至十有七，传之目至二十，墓文之目至十有三，分类殊为繁碎，又颇错互不伦"，可能是其子黄百家所为，而非出诸黄宗羲本人，"盖晚年未定之本也"。但"其蒐罗极富，所阅明人集几至二千余家……可谓一代文章之渊薮。考明人著作者，当必以是编为极备矣"①，四库馆臣如是评价说。为方便儿子黄百家课读，黄宗羲又在《明文案》和《明文海》的基础上，选出部分篇章加以朱笔圈点，由黄百家在宗羲过世后三年的康熙三十七年戊寅（1698）整理刊印，共选明代270余位作家的780余篇文章。卷帙虽不大，却是一部明代文章的精选总集，有很强的选本学意义。这三部有关明代文学的总集及其评语，随着清廷明史馆的征集黄宗羲明史著述，而影响到《明史》及其《文苑传》的编撰叙录和判断意见。作者按：清朝于顺治二年（1645）设立明史馆，康熙十八年（1679）修史，到雍正十三年（1735）定稿。而黄宗羲上述三部书的编辑和评论都在《明史》完成之前。

更为重要的是，黄宗羲在编辑上述三书的过程中，对明代一些重要的作家作品作了细致深刻的评论，还写了两篇极其重要的文字介绍他的研究结论，这就是《明文案序》的上、下篇。将它们与《明史·文苑传》关于古文（包括诗歌）的叙述框架、评判意见两相比较，则可知《明史·文苑传》确实受到了黄宗羲《明文案》等书的具体影响。

黄宗羲《明文案序上》提出了关于明文发展纲领的三盛说：

> 而叹有明之文，莫盛于国初，再盛于嘉靖，三盛于崇祯。国初之盛，当大乱之后，士皆无意于功名，埋身读书，而光芒卒不可掩。嘉靖之盛，二三君子振起于时风众势之中，而巨子哓哓之口舌，适足以为其华阴之赤土。崇祯之盛，王、李之珠盘已坠，邾、莒不朝，士之通经学古者，耳目无所障蔽，反得以理既往之绪言。此三盛之由也。

---

① 《四库全书总目》卷190《明文海四百十二卷》，第1729页。

《明文案序下》则提出了明代文章的正宗说：

> 有明文章正宗未尝一日而亡也。自宋（濂）、方（孝孺）以后，东里（杨士奇）、春雨（解缙）继之。一时庙堂之上，皆质有其文。景泰、天顺稍衰。成（化）、弘（治）之际，西涯（李东阳）雄长于北，匏庵（吴宽）、震泽（王鏊）发明于南，从之者多有师承。正德间，余姚（王守仁）之醇正，南城（罗玘）之精炼，掩绝前作。至嘉靖而昆山（归有光）、毗陵（唐顺之）、晋江（王慎中）者起，讲究不遗余力；大洲（赵贞吉）、浚谷（赵时春）相与犄角，号为极盛。万历以后又稍衰。然江夏（郭正域）、福清（叶向高）、秣陵（焦竑）、荆石（王锡爵）未尝失先民之矩矱也。崇祯时，昆山之遗泽未泯，娄子柔（坚）、唐叔达（时升）、钱牧斋（谦益）、顾仲恭（大韶）、张元长（大复）皆能拾其坠绪。江右艾千子（南英）、徐巨源（世溥），闽中曾弗人（异撰）、李元仲（世熊），亦卓荦一方。石斋（黄道周）以理数润泽其间。

又提出了与之相对的"窜居正统"，也即"邪宗"① 说：

> 计一代之制作，有所至不至，要以学力为浅深，其大旨罔有不同，固无俟于更弦易辙也。自空同（李梦阳）出，突如以起衰救弊为己任，汝南何大复（景明）友而应之，其说大行……当空同之时，韩（愈）、欧（阳修）之道如日中天，人方仰企之不暇，而空同矫为秦、汉之说，凭陵韩、欧，是以旁出唐子窜居正统，适以衰之弊之也。其后王（世贞）、李（攀龙）嗣兴，持论益甚，招徕天下，靡然而为黄茅白苇之习……嗟乎，唐、宋之文，自晦而明，明代之文，自明而晦。宋因王氏（安石）而坏，犹可言也，明因何、李而坏，不可言也。

对照《明史·文苑传序》的叙述和判断，可以看到：两者都主以宋濂、方孝孺为代表的明初古文为极盛，以永乐、宣德以还，实际也就是景泰、

---

① "邪宗"一词，见黄宗羲《李杲堂先生墓志铭》，《黄梨洲文集》，第 195 页。

天顺年间的台阁体及其发展为稍衰；都主以成化、弘治之际的李东阳所代表的茶陵台阁派为盛，而以弘治、正德之交李梦阳、何景明等人崛起，倡秦汉文为明代古文发展之一大变，之后王世贞、李攀龙等人再续秦汉派主张；又都主嘉靖的唐顺之、王慎中和归有光等唐宋派人士为抗击前后七子派的代表；都主明文发展到崇祯时，钱谦益、艾南英等人出而倡唐宋文统。概括起来，进入弘治、正德后的明代古文发展史，可以说是秦汉文宗法和唐宋文宗法（以韩愈、欧阳修为典型代表）的流派交锋史。而不同之处主要有：第一，明初代表中，黄宗羲《明文案序》少提了王祎，但其《明文海》选录了王祎各体文25篇，排名也在前列（详后表）。第二，对李、何的崛起，《明史·文苑传》以"变"说，而黄宗羲以为李、何是"窜居正统"，是"邪宗"，将明文正确广阔的发展道路带入了错误的偏狭邪径。但这只是言说评述的立场不同，黄宗羲是以个人的文学观为依据作出的私人判断，《明史·文苑传》则站在更为宏大宽博的官方立场，要做出更为客观而无明显偏倚的叙述。两者在叙述判断的事实上，还是统一的。第三，明末，黄宗羲《明文案序》未提张溥，更突出的是未提陈子龙的复举前后七子派主张。对张溥，黄宗羲在他处多次正面提过，而对陈子龙，黄宗羲则是有意未提。因为他的认识与钱谦益一致，不以陈子龙的复古主张为然。① 但陈子龙节操巍然，故最好的办法就是略而不论。其《明文海》选录了陈子龙的两篇较长文章：《特进左柱国少师兵部尚书恒岳朱公传》和《徐太宰行状》。第四，黄宗羲《明文案序》比《明史·文苑传序》提到的文章正宗代表人物多，且主要集中在万历以来的明代末年，这与黄宗羲所属的"党人"身份和私下交往有关。如叶向高、郭正域一向被认为是东林学派的支持者。焦竑是明代后期的著名学者，万历十年状元，编撰有影响甚大的《明史经籍志》和《国朝献征录》，其文论对七子派的秦汉主张颇为不满，与黄宗羲的文学思想是同一条路线。至于崇祯时特别提到娄坚、唐时升等嘉定文派成员和钱谦益、顾大韶、张大复、艾南英、徐世溥、曾异撰、李世熊等人，则是黄宗羲因为自己，还有

---

① 黄宗羲《姜山启彭山诗稿序》提出了为宋诗师法开路的"善学唐者唯宋"观点，在为此辩护而叙及明诗的发展变化历程时，说："而卧子（陈子龙）犹吹其寒火，顾见绌于艾千子（南英）。阳距而阴从，自он诗文，稍刊其脂粉，而为学未成，天下不以名家许之。"不满陈子龙复兴前后七子派的文学主张，站在与陈论战的艾南英一边，说明黄宗羲也有很强的门户争斗习气。

前辈钱谦益的交情而特别提到。不过,《明文海》却无上述诸人的文章,而《明史·文苑传四》却对上述多人都有载录。倒是序文没有提及、与钱谦益交好的归子慕(归有光之子)有4篇序、2篇记、1首传,程嘉燧有4篇序,李流芳有3篇序入选《明文海》;与艾南英等并称"江右四家"的章世纯有2篇时文序、罗万藻有4篇时文序入选《明文海》。因此,即便是这些看来并不相同的方面,也反映了黄宗羲关于明代古文流派的宗法统系意见,对《明史·文苑传序》的判断和文学传主人物的选择有重要切实影响。而由上亦可知钱谦益等人对黄宗羲古文流派思想的影响。

通过《明文海》的作家作品收录情况来看,黄宗羲确实也贯彻了其在《明文案序》中所宣扬的崇唐宋文而抑秦汉派作家的主张。参见表6:

表6 《明文海》作品入选前三十排名

排位	姓名	赋	奏疏诏表碑	议论说辨考	颂赞铭箴戒	解原述读问答	文诸体文	书序	记传	墓文哀文稗	合计
1	宋濂	2	1	1	3	3		22	14	7	53
2	方孝孺			5	1		1	33	10	1	51
3	唐顺之							23	10	6	39
4	王慎中							21	12	4	37
5	李东阳	2	2	1	1	1		18	9	2	36
6	祝允明	2	1	11	1		1	8	8	1	33
7	杨士奇		1		1			24	4	2	32
7	徐渭	1		2		1	1	17	4	6	32
9	赵贞吉							20	7	4	31
10	罗洪先			3				10	11	5	29
11	桑悦	9	3	4				5	6		27
11	顾璘	3		4	2			7	9	2	27
13	李濂	6	1	9		4		6			26
14	王祎	2	1	2		1		5	9	5	25
15	罗玘							18	1	5	24
16	归有光				1		1	13	4	3	22
17	王守仁		3					12	3	2	20

续表

排位	姓名	赋	奏疏诏表碑	议论说辨考	颂赞铭箴戒	解原述读问答	文诸体文	书序	记传	墓文哀文稗	合计
17	张宁	1	2			1		13	2	1	20
19	皇甫汸	2	1			1		14		1	19
20	王鏊	2	2	1				6	3	3	17
21	文徵明		1					4	3	8	16
21	汤显祖	5	1					6	3	1	16
21	袁宏道						1	8	7		16
24	黄道周		4	1			1	6	2	1	15
24	赵时春	1					1	11	2		15
26	解缙		1					8	3	2	14
26	李梦阳		1			1		7	3	2	14
28	屠隆	1						9	3		13
28	李承箕	2		1				3	4	3	13
30	王世贞	2	1		1			3	3	2	12

　　注：1. 本表数据统计悉依黄宗羲辑《明文海》（《文渊阁四库全书》影印本，上海古籍出版社 1992 年版）正文所录篇名计算，篇名同者以 1 篇计。如方孝孺《深虑论》4 篇，桑悦《养鱼说》上下，黄道周《本治》上中下，徐渭《论中》7 篇，顾璘《杂辨》3 首，李濂《医辨》3 首，赵贞吉《复广西督学王敬所书》4 首，以及顾璘《国宝新编传赞》、王袆《义乌先达小传》等人物系列小传，都只做 1 篇计。

　　2. 表中所列文体在《明文海》基础上有所合并。

　　3. 表中所列人物仅限与明代诗文流派有关的重要人物，其他酌情统计。

　　由上表可见，明初的宋濂、方孝孺以 50 篇以上的文章高居明文排行榜的第 1、2 名，王袆也以 25 篇排在第 13 位，且入选的体类都较多。唐宋派代表人物唐顺之和王慎中，则分列第 3、4 位，与王、唐交好的理学家罗洪先以 29 篇名列第十，算是实践了黄宗羲推举唐宋派文章的主张，但相对说来，入选体类不及明初诸人广泛。其他提到的文学人物，李东阳入选 36 篇排第五，赵贞吉 31 篇排第九，罗玘 24 篇排第十五，王守仁 20 篇与张宁并列第十七，王鏊 17 篇排第二十，赵时春则与其师黄道周同以 15 篇并列第二十四，黄道周成了晚明古文的代表。而台阁派鼎盛时期的代表人物杨士奇入选 32 篇，排第七，解缙 14 篇，与李梦阳并列第二十六，则说明黄宗羲所抨击的并非典型台阁派——他们还是其明文正宗谱系当中的重要代表，而是台阁派在景泰、天顺"稍衰"的末流。

比较意外的，一是被黄宗羲许为与李东阳南北并立的南方代表、茶陵派的吴宽，却没有进入前三十位，他只有 11 篇文章入选（序 5 首，记 2 首，墓文 4 首），比被列为"邪统"的王世贞还少；二是唐宋派中被以艾南英、钱谦益等人为代表的人们认为是"明文第一"的归有光，却只以 22 篇文章的入选排在第 15 位，茅坤则只有 6 篇（原 1 首，书 1 首，序 1 首，记 2 首，墓文 1 首），连上表都未进入。不过对归有光和茅坤，这也正是黄宗羲所要达到的效果，原因详下节。

至于前后七子派的四位盟主，确实成了黄宗羲"正宗"和"邪宗"之分的牺牲品，李梦阳以 14 篇排第二十六位，王世贞 12 篇堪堪跻身前三十名，何景明 6 篇、李攀龙 5 篇，未能进入排行榜。即使在同派比较中，屠隆还有 13 篇在王世贞之前，顾璘 27 篇并列第十一，李濂 26 篇排第十三，都远在李梦阳之前。再将王世贞、李梦阳二人与公安派一系比较，袁宏道 16 篇与汤显祖并列第二十一位，徐渭则以 32 篇与杨士奇并列第七，进入前十名；再与吴中人士比较，祝允明 33 篇高居第六，桑悦并列第十一，皇甫汸第十九，文徵明第二十一，都是不如远甚，可见对李、何、王、李的特别排斥态度。对此，黄宗羲《明文案序下》有特别阐明，说他们是在不应当变之时发动了错误的变法策略，企图篡夺韩、欧建立的古文正统，从此让明文走上了你争我斗的末路，演为唐宋文和秦汉文的对抗历史。此外，为了以正视听，针对七子派的古文理论和方法，黄宗羲又细密分析了李、何、王、李四人的不同病状，说："曰：古文之法亡于韩（作者按：指何景明）。又曰：不读唐以后书（作者按：指李梦阳）。则古今之书，去其三之二矣。又曰：视古修辞，宁失诸理（作者按：指李攀龙）。六经所言唯理，抑亦可以尽去乎？百年人士染公超之雾而死者，大概便其不学耳。虽然，今之言四子者，目为一途，其实不然。空同沿袭《左》、《史》。袭《史》者断续伤气，袭《左》者方板伤格。弇州之袭《史》，似有分类套括，逢题填写。大复习气最寡，惜乎未竟其学。沧溟孤行，则孙樵、刘蜕之舆台耳。四子所造不同途，其好为议论则一。姑借大言以吊诡，奈何世之耳目易欺也。鄮人君房（余寅）、纬真（屠隆），学四子之学者也。君房之学成，其文遂无一首可观。纬真自歉无深湛之思，学之不成，而纬真之文泛滥中尚有可裁。由是言之，四子枉天下之才，亦已多矣。"由此也顺带解释了何以屠隆文章入选《明文海》的数量和排位名次尚在李、何、王、李之上，原来是他没有学成，反而"尚有可裁"。

全国性的古文流派正宗谱系既已确立，"当夫流极之运，无所发越"①的黄宗羲，又同步进行了作为地域的浙江文学正宗谱系建设。与全国文学史所持的文学思想和所构筑的叙述评判框架一致，黄宗羲也推崇明初浙江文人的自得精神，贬抑明代中后期复古派在浙江文学的代表人物，而表扬与七子派抗衡的个人，如陈冈、徐渭、王守仁等，坚持文与道一，文从道出。这样的文献至少有如下三篇：

《封庶常桓野陈府君墓志铭》表彰嘉靖初年浙江鄞县人陈束（字约之，号后冈）与唐顺之、王慎中等人一起抗遏李、何前七子复古派，担负起浙江籍人士复兴文学正宗的功绩。这个评价显然受到了钱谦益《列朝诗集小传》的影响，其曾言："嘉靖初，王道思、唐应德倡论，尽洗一时剽拟之习。伯华（李开先）与罗达夫（洪先）、赵景仁（时春）诸人，左提右挈，李、何文集，几于遏而不行。"② 而这个"诸人"中，非常重要的就是陈束："入中秘，与唐应德、王道思诸人，刻励为古学。"③

《李杲堂先生墓志铭》梳理出作为地域的浙东文学从明初的发展历程和所涌现出的文学人士。与全国文学史一致，其中又有"正宗"和"邪宗"之分④。明初杨维桢和戴良寓居明州（即鄞县），推动了明州、越州（古会稽）两州文学的发展。唐肃字处敬，会稽人，著有《丹崖集》；谢肃，字原功（上引黄文作"元功"误），上虞人，著有《密庵集》。两人并称"会稽二肃"。赵㧑谦，名谦，一名古则，余姚人。著有《考古余事》。此三人与杨维桢、戴良同时并作。又有宋元禧，字无逸，余姚人，著有《庸庵集》；郑真，字千之（上引黄文作"千子"误），鄞县人，著有《荥阳外史集》，两人均为杨维桢弟子。⑤ 此时（元末明初）浙江明、越二州文学号为极盛。到正德、嘉靖后，七子复古派影响到全国范围，浙

---

① 黄宗羲：《时裎谢君墓志铭》，《黄梨洲文集》，第 223 页。

② 黄宗羲：《封庶常桓野陈府君墓志铭》，同上书，第 225 页。

③ 钱谦益：《列朝诗集小传》丁集上《李少卿开先》、《陈副使束》，第 377、373 页。

④ 黄宗羲：《李杲堂先生墓志铭》，《黄梨洲文集》，第 195 页。

⑤ 黄仁生《铁崖诗派成员考》所附《铁门弟子考》表，有宋禧，却无郑真。见其《杨维桢与元末明初文学思潮》附录三，东方出版中心 2005 年版。

地明、越州也不例外，但相对极盛的明初本地文学而言，这在黄宗羲看来是一种陵夷，乃是"竞起邪宗"，于是出现了黄宗羲所不愿看到的七子派复古声气占上风的情况。孙陞（1501—1560），余姚人，嘉靖十四年进士，竟然鼓励前七子派余脉的关中王维桢，希望他坚持高调复古，沦为七子派的输心者。① 鄞人余寅，字君房，一字僧杲，万历八年进士，著有《农丈人集》，又对后七子派成员吴中刘凤佩服得五体投地。刘凤，字子威，长洲人，嘉靖二十九年进士。钱谦益称其为"剽贼之最下者"②，又说他"专愚成病，坚不可疗"③。黄宗羲好友李邺嗣编辑《甬上耆旧集》称余寅诗："癯而坚，质而峭，介然之色，绝似其人。"④ 显然也坠入了七子派的沦调中。至于鄞人屠隆，不消再说。余姚孙鑛，字文融，万历二年进士，累官至兵部尚书，著有《月峰先生集》。其与余寅论文书曰："王元美谓昌黎于诗无所解，即鄞见亦谓然。昨偶看古诗一二篇，弇州如何能到？"《斋中偶成》诗云："吟诗还逊历城李（攀龙），作字犹惭鄞县丰（坊）。"⑤ 同意王世贞说韩愈不懂诗的看法，又表示自作诗不如李攀龙，其间虽有小小不满，说王世贞不如古诗，但立场无疑还是后七子一派的。

《高元发三稿类存序》则着重批驳明代中期浙东籍文学人士以屠隆、余寅为代表的后七子派所发动的对古文正宗的争论。结尾和第二条结尾一致，说明几十年过去后，浙东文坛与全国文坛一起努力，终于赢得了对于复古七子派古文正宗争执的胜利，走上了"原本经术"的"古文正路"。⑥

由上可见，即从浙东文坛风气变幻之一隅，亦可见有明一代文章正宗争论的激烈过程。

而黄宗羲所持的文章正宗评价是："文之美恶，视道合离。文以载道，犹为二之。聚之以学，经史子集。行之以法，章句呼吸。无情之辞，外强中干。其神不传，优孟衣冠。五者不备，不可为文。"⑦ 而七子派只

---

① 参本书《心灵调适和宗法位移：由前七子到六朝、初唐、中唐三派》。
② 钱谦益：《列朝诗集小传》丁集中《刘金事凤》，第 484 页。
③ 同上书，第 437 页。
④ 陈田：《明诗纪事》庚签卷 13《余寅》引，第 2487 页。
⑤ 同上书，第 2442 页。
⑥ 黄宗羲：《高元发三稿类存序》，《黄梨洲文集》，第 333 页。
⑦ 同上书，第 196 页。

在"无情之辞"上下功夫,结果是"外强中干,其神不传,优孟衣冠",自然也就在正统文学的排斥之列了。

二　指向末流:对唐宋派和七子派的批判

黄宗羲有很强的古文正统构筑意识,这与他深入研究了明代古文的发展道路分不开。他并非完全是出于一种文学宗派的排他意识,而是以其文学思想判断,前后七子派的秦汉文运动在一个应变可变之时,却选择了错误的应变策略,又确实将明代古文引入了一个文学流派宗法纷争的歧路。在黄宗羲前,关于明文发展曾有三种议论:一是以为前七子派出而复古,明文方臻于鼎盛,一是以为正是七子派出,才损害了明文的兴盛局面,在这两种议论的基础上,又有人要做"调人",以为七子派和明初文派(浙东派,实质也就是唐宋派)可以并存。对此,黄宗羲以"唐文一大变"的古文发展史大判断来坚决反对。他认为唐文确实是古文有史以来一大变化的关键处,但变的是"时",不关文章的好坏,而其所变的,仅仅是词,强调不以时代先后、修不修辞论优劣。由此他坚决不同意将宋濂、方孝孺的明初正宗文章和李、何、王、李的"邪统"文章进行调和,当然就更不同意以秦汉派为正宗的观点。不过,他以为李、何变于台阁派衰弱肤廓之时,有其时代需要,但不应该以"奇崛之语"来变,而应该在明初宋、方开拓的正确大路上加以深厚之学,"以深湛之思一唱三叹而出之,无论其沿其词与不沿其词,皆可以救弊"。也就是说,七子派应该从文章的本根来改变,而不是只从修辞、修奇崛的秦汉文辞来故作异响,其实这是黄宗羲以道、以学为文,道、学至,则文自至的观点。自前七子派后,王守仁和唐宋派等人又变,于是演成了明代古文流派的纷争,"人者主之,出者奴之,入者附之,出者汙之,不求古文原本所在,相与为肤浅之归而已矣"。① 其原因,在黄宗羲看来,即是七子复古派走上了错误的变的道路,而实际只应在宋濂、方孝孺的方向上加强充实,弥补台阁体末流的肤廓。这是他和钱谦益最大的不同,钱谦益是站在以归有光为代表唐宋派一边,而黄宗羲则站在明初的宋濂、方孝孺一边。当然两人最终是殊途同归,都要求返经还古,从经术中来,到文章中去。

不过,不只是对七子派及其末流如此,对唐宋派成员中的归有光、茅

---

① 黄宗羲:《高元发三稿类存序》,《黄梨洲文集》,第385页。

坤，黄宗羲也有不满之词。加上归有光在晚明的被艾南英、钱谦益等人的提携张扬，众多自称学习韩愈、欧阳修、曾巩的"震川正派"，也如七子派及其末流般，得意忘形，更是引起了黄宗羲的愤慨。于是在批判七子派及其末流的时候，往往也对唐宋派的末流加以抨击，称为是同一不本经术、性情、本色的肤陋表现。而且，黄宗羲还将嘲讽批判的锋芒指向了引起归文狂潮的艾南英和钱谦益。

黄宗羲本就反对归有光为"明文第一"的说法。《明文案序上》谈到明代作家以个人论，无一人能及唐代的韩愈、宋代的欧阳修、苏轼、金代的元好问、元代的姚燧、虞集等诸位大家，而以一章一体论，则未尝不有上述诸家之文时，说："议者以震川为明文第一，似矣。试除去其叙事之合作，时文境界，间或阑入，较之宋景濂尚不能及。此无他，三百年人士之精神，专注于场屋之业，割其余以为古文，其不能尽如前代之盛者，无足怪也。"认为归文间或有"时文境界""阑入"其中，损害了古文高贵纯粹的审美艺术品格，而原因即在于三百年的科举制度和时文考试方式，伤害了明人最为宝贵的艺术创造才能和精力，以至出现了以归有光为代表的参加科举考试的文人，甚至都不及那些未经科举时文折磨熏染，如宋濂、方孝孺等的明初文人，因为他们"当大乱以后，无意于功名，埋身读书，而光芒卒不可掩"。在这里，黄宗羲还为归有光的拥护者留了些情面，只将归氏与宋濂比，而实际通过上表，黄宗羲甚至认为归氏还不如王慎中、唐顺之。其原因恐怕是，在黄宗羲其时，拥护及模仿归有光的人越来越多，以至也出现了之前竞相仿效王、李字句而现在又仿效震川的"雷同"现象，有了所谓"震川一派"和"震川末流"的说法。其《郑禹梅刻稿序》再次重申归有光为明文第一的说法："已非定论，不过以其当王、李之波决澜倒，为中流之一壶耳。然震川之所以见重于世者，以其得史迁之神也。其神之所寓，一往情深，而纡回曲折次之。顾今之学震川者，不得其神，而求之枯淡。夫春光之被于草木也，在其风烟缥缈之中，翠艳欲流，无迹可寻，而乃执陈根枯干，以觅春光，不亦悖乎？宋景濂言文有九病，其一种臭腐阘茸，厌厌不振者，非此之谓欤……夫文章在古今，亦有一治一乱。当王、李充塞之日，非荆川、道思与震川起而治之，则古文之道几绝。逮启、祯之际，艾千子雅慕震川，于是取其文而规之而矩之，以昔之摹仿于王、李者摹仿于震川。盖千子于经术甚疏，其所谓经术，蒙存浅达，乃举子之经术，非学者之经术也。今日时文之士，主于先入,改头换面而为古文,竞为摹仿之学,而震川一派,遂为黄茅白苇矣。古文之道,不又绝哉?"① 可见其强调性情、本色,不满雷同、模仿造成的黄茅白苇、弥望皆是的不良状况,而对归有光及打着学习归有光的旗号,包括对经术本为浅薄肤陋的艾南英,都有十分强烈的不满。而对茅坤,黄宗羲也曾通过评唐顺之《答茅鹿门书》说:"鹿门泥于富贵,未尝苦心学道,故只小小结果,辜负荆川如此。"②

由此看来,黄宗羲实际上对唐宋派这个"正宗"及其末流,与七子派这个"邪宗"及其末流一样,都有不满。"以为文章不本之经术,学王、李者为剿,学欧、曾者为鄙;理学不本之经术,非矜《集注》为秘录,则援作用为轲传。高张簧舌,大抵为原伯鲁地也。"③ 当文学和理学都不以经术为本原时,则理学和文学都会产生流弊,缺乏深沉博厚之思和孤往独露之情。于是学七子派者竞于剿袭,学唐宋文者也争为鄙俗,成了互赛功利心的场地。"周元公曰:文所以载道也。今人无道可载,徒于激昂于篇章字句之间,组织纫缀以求胜,是空无一物而饰其舟车也。故虽大辂余艎,终为虚器而已矣。况其无真实之功,求卤莽之效,不异结柳作车,缚草为船耳。"④ 两派于此都是同病。而由此也会造成看来两相对立,而实际都只是挂羊头卖狗肉、应酬之文漫天飞舞的文坛怪现状:"应酬之文,本无所谓文章。而黠者妄谈家数,曰:吾本王、李,风雅之正宗也。曰:吾师欧、曾,古文之正路也。究其伎俩,不过以剿袭之字句,饰时文之音节耳。王、李云不读唐以后书,若人亦曾读唐以前书耶?欧、曾谓学文之要在志道穷经者,若人亦知经之与欧、曾,其相似何等乎?故其持论虽异,其下笔则唯之与诺也。有如假潘水为鼎实,别器而荐之,曰:此截芟也,曰:此折俎也。吟唱虽异,其为潘水则同也。文章岂可假人?我不怪其文,而怪其以一十分二五也。"⑤ "自余为此言(按:指古文与时文分途,而使明代古文亡),已历一世矣。风气每变而愈下,举世眯目于尘羹

---

① 黄宗羲:《高元发三稿类存序》,《黄梨洲文集》,第354页。另参黄宗羲《戴西洮诗文题辞》言:"以视今日之名士,摹仿得欧、苏一二转折语,自称震川正派者,见之能不自愧乎?"第368页。

② 骆兆平:《〈明文海〉黄宗羲评语汇录》,《文献》1987年第2期。

③ 黄宗羲:《陈葵献先生五十寿序》,《黄梨洲文集》,第496页。

④ 同上书,第342页。

⑤ 同上书,第485—486页。

土饭之中。本无所谓古文，而缘饰于应酬者，则又高自标致，分门别户，才学把笔，不曰吾由何、李以溯秦汉者也，则曰吾由二川以入欧、曾者也。党朱、陆，争薛、王，世眼易欺，骂詈相高，有巨子以为之宗主，则巨子为吾受弹射矣。此如奴仆挂名于高门巨室之尺籍，其钱刀阡陌之数，府藏筐箧所在，一切不曾经目，但虚张其喜怒，以恫喝夫田驺纤子；高门巨室，顾未尝知有此奴仆也。"①揭露了七子派和唐宋派的末流之依傍行径、奴仆心态。

有了这样的抨击文学流派末流的想法，则黄宗羲不仅对学习归有光、自称"震川正派"的唐宋派末流会大加呵斥，申明文章正法乃在经术为本、性情为原，指出归文本非至文而有"时文境界阑入"，还会对一生提倡归有光文的文学前辈艾南英和钱谦益，也多有抨击嘲讽论调。对艾南英，除上引《郑禹梅刻稿序》指出其所举之经术，只是"举子之经术，非学者之经术"的空疏浅陋本质外，还抨击艾南英只是一个依附时文讨生活的人，所为学问乃陈腐不堪的"纸尾之学"，结果"以时文为不朽之具，震而矜之，为有识者所笑"。②更鲜明的是黄宗羲曾模仿枚乘《七发》作《七怪》，列举其所经见的"今通都大邑，青天白日，怪物公行，而人不以为怪，是为大怪"的七大怪现状，其第二条就是当今学者不学道而学骂，典型代表中即是艾南英。他说："读艾千子《定》、《待》之尾，则骂象山、阳明为禅学矣；濂溪之主静，则曰盘桓于腔子中者也；洛下之持敬，则曰是有方所之学也；逊志，骂其学误主；东林，骂其党亡国。相讼不决，以后息者为胜。东坡所谓墙外悍妇，声飞灰火，如猪嘶狗嗥者也"。③可谓淋漓尽致，而所称艾南英《定》、《待》，即《文定》、《文待》。

对钱谦益，除说其《列朝诗集》"去取失伦"④，"评选之谬"⑤，诗派

① 黄宗羲：《陈葵献先生五十寿序》，《黄梨洲文集》，第340页。
② 同上书，第497页。参《马虞卿制义序》，攻击"批尾之学"乃艾南英作俑于前，同上书，第357页。又参《天岳禅师诗集序》，将时文的"批尾之学"与诗歌的"乡愿之诗"并论，第371页。
③ 同上书，第485页。
④ 同上书，第372页。
⑤ 同上书，第355页。

评论不公允①等并不太恭敬的评论话语外，黄宗羲又在康熙八年己酉（1669）所作的《钱屺轩先生七十寿序》中，提出"且人非流俗之人，而其文非流俗之文"的以人格修养论文的观点。指出："学文者，亦学其所至而已矣。不能得其所至，虽专心致志于作家，亦终成其为流俗之文耳。钱虞山一生訾毁太仓，诵法昆山，身后论定，余直谓其满得太仓之分量而止。以虞山学力识见，所就非其所欲，无他，不得其所至耳。"②黄宗羲嘲笑钱谦益一生诋毁王世贞、歌颂归有光尽心竭力，死而后已，结果身后论定，钱谦益自身的成就最多也只是王世贞的水平而已，"所就非所欲"，"不得其所至"。

第三节　王夫之的文学流派批评和明代"霸统""魔诗"批判

　　钱谦益、黄宗羲和王夫之等明末清初人，目击时势板荡，沧海横流，华夷顿改，衣冠委地，至于毛发不保，而"庐舍血肉之气，充满胸中，徒以字句拟其形容，纸墨有灵，不受汝欺也"③，尽化为冷灰雾泡，不由百感交集。荒凉颓唐之中，又思振作奋发精神，故时时提倡或刚大劲骛或凄楚激越的"天地之元气"、"清气"、"浩气"、"正气"等声音。故在论及明代诗文流派纷争时，就显出一种"怒其不幸，哀其不争"的心理，昌宏正大的评论标准，又溢为疾言厉色，显得神飘气浮，过于刚猛狠重，失去了一向标榜的雍容典雅、平易亲和风度。这就是明末清初人士论世论人论文，所几乎共同拥有的时代特色——"霸气"和"戾气"。原来他们极力批判、欲除之而后快的明代文学流派论争的不良风气，又灵魂附体般地浸入到了他们的神经和血脉，且非常自然地发诸其举止言行。他们所极力逃避摆脱的，结果时时处处与之碰面。他们事实上还是明代人，还是明代的理性文化解体后与感性文化所共同培养出来的具有冲动气质的明代文化人，他们并不能完全从其所憎恶的出身中蜕变出来。他们高调倡导的归

---

　　①　黄宗羲《寒邨诗稿序》不同意钱谦益在陈献章和庄昶之间分出优劣，而在公安、竟陵之间宽前恶后，第352页。

　　②　同上书，第490页。

　　③　同上。

返本原、济世致用的大经大法，只是他们的感性遭受重创后理性所顽强思考出来的结果，当它去应对解释有各种偏至陋习的明代文化和文学时，传体同风，内在本有的性情就不由自主表现出来，显出猛虎和狮子的面目。

"明代的文学批评，由于偏重纯艺术论，所以常带一种泼辣辣的霸气，用来劫持整个的诗坛。他们所持的批评姿态，是盛气凌人的，是抹煞一切的。正因如此，所以只成为偏胜的主张；而同时又正因为他们的偏胜，所以又需要劫持的力量，以博取一般人的附和。待到时过境迁，诗坛易帜，理论尽管变更，姿态却仍如旧。所以明代诗坛会造成这一般的趋势。到了钱谦益虽想纠正此种偏差，然而一股泼辣辣的霸气，还在字里行间充分流露着。他们的病根，就在只知片面地看问题，看不到问题的全面。"① 郭绍虞先生如是前因后果说。再引申一下，"霸气"也就是"戾气"；"戾气"者，乖戾而不正大宽容，缺乏原始儒家所讲的"忠"之外还要"恕"的精神；"恕"者，如也，如己也，他人有病痛，如己有病痛，所谓设身处地、将心比心，如此则见他人有不当事，不是疾言厉色地去呵斥棒骂，而是心平气和去劝说敦促，让其发自内心地改换。但明代中后期的文学流派不是如此，钱谦益、黄宗羲和王夫之等人也不是如此，他们喜爱的都是金刚怒目，作狮子吼，作降龙缚蛇状，故都又不免于"正气"与"霸气"、"戾气"交作。

一 《姜斋诗话》对文学流派建立和习气的批评

楚湘文化的继承者王夫之《自题墓石》云："有明遗臣行人王夫之，字而农，葬于此。其左则其继配襄阳郑氏之所祔也。自为铭曰：抱刘越石之孤愤，而命无从致；希张横渠之正学，而力不能企。幸全归于兹丘，固衔恤以永世。"② 向后人表明其矢志抗清复明不成、藏身而走思想家路径的遗民身份。他也有很强的风雷之气和傲兀之论，尤其面对明代纷争的文学流派时，更有不同凡响、可谓正气有余的"戾气"之论。下面分别从《姜斋诗话》看其对文学流派建立和文学流派论争习气的批评，从《明诗

---

① 郭绍虞：《中国文学批评史》六三《钱谦益与艾南英》，上海古籍出版社1979年版，第452—453页。参郭绍虞《明代文学批评的特征》，《照隅室古典文学论集》上编，第513—517页。

② 王夫之：《姜斋文集补遗》，《王船山诗文集》，中华书局1962年版，第116页。

评选》看其对明代文学流派批评的具体实践。

王夫之有《诗绎》和《夕堂永日绪论》，丁福保合辑为《姜斋诗话》。在该书中，王夫之对文学流派（含文学集团）的建立和文学流派（特别是明代）的种种习气进行了辛辣的嘲讽，并以是否建立文学流派、引起了人们的追效和是否具有文学流派习气作为重要标准，来评判作家的成就。

"门庭"和世间所谓的"格""法"在王夫之的诗学思维里几乎都是否定词，尤其是"门庭"；而"格""法"又与"门庭"的建立密切相关。"门庭"也者，后世文学集团、文学流派之谓也。同一时代的作家，一般要求有领袖、盟主，有宗法统系（学习典范，或时段，或体式，比较集中的是作家），有亲密程度不等的实际交往，有比较趋同的流派创作风格等，这是"横而成派"；不同时代的作家，则要求有一个宗主统系，这又是"流（纵）而成派"。无论哪种，都存在"法""格"的趋同问题，也无论哪种，王夫之都反对；相较而言，又以对同时代作家的"横而成派"更形义愤。

王夫之说："建立门庭，已绝望风雅。"① 一建立文学流派，就已经意味着创作成就和境界的不高。为什么呢？"立门庭者必饾饤，非饾饤不可以立门庭。"② 建立文学流派的人，一定要留下可以向人展示的作"法"和风"格"，能让有心学习仿效的人找到可以追踪达成的途径，由此才能吸引广大的附和者和跟随者，进而形成文学流派。这些可以向人展示的作"法"和风"格"，即是本处所说的"饾饤"；对学习者而言，就是按照某派所示的"格""法"进行字面意味的拼凑粘贴。而在另外的地方，就是王夫之所极力嘲笑的"教师棋"和"艺苑教师"，也就是文学流派中的盟主或中坚成员；招摇于世，也就是各种名目的"大家""才子"。不过，这在王夫之看来，有其利必有其弊："才立一门庭，则但有其局格，更无性情，更无兴会，更无思致；自缚缚人，谁为之解者？"建立文学流派的人和追随某一文学流派的人，一旦进入文学流派这个"自缚缚人"的大团伙中，讲的是趋同的"法""格"，则人们将失去作为诗歌创作本源的独特本真"性情"，最为需要积郁酝酿的创作灵感（"兴会"）和苦心经

---

① 王夫之：《姜斋诗话》卷 2 第 40 条，夷之校点，人民文学出版社 1961 年版。

② 同上书，卷 2 第 33 条。

营、反复打磨的"思致",如此怎能希望有独特优秀的文学作品出现。所以王夫之才说"建立门庭,已绝望风雅"。

由此,王夫之赞赏那些不"立门庭与依傍门庭",有自己独立高卓的追求,也不示人以"格""法","绝壁孤骞",让有心仿效也"无可攀跻"的人们。因为只有他们,才是真正希心风雅,也才能"各擅胜场,沉酣自得;正以不悬牌开肆,充风雅牙行,要使光焰熊熊,莫能掩抑,岂与碌碌馀子争市易之场哉?李文饶有云:'好驴马不逐队行'。立门庭与依傍门庭者,皆逐队者也。"① 其原因是:"盖心灵,人所自有而不相贷,无从开方便法门,任陋人支借也。……用事不用事,总以曲写心灵,动人兴、观、群、怨,却使陋人无从支借;唯其不可支借,故无有推建门庭者,而独起四百年之衰。"② 关于"兴观群怨"这个来自《论语》的古老命题,王夫之曾有非常富有新意的创见。他不像黄宗羲那样从作诗者的角度分四个物事来阐释,提炼出创作的几大类型题材,而从读诗者的角度,强调作者要从心灵入手,方能动读者情思,使读者能"各以其情而自得……人情之游无涯,而各以其情遇,斯所贵于有诗"③。由此来看,他说"曲写心灵,动人兴、观、群、怨",就是最为文学本位(情思)的讲法,如此作诗也就无"任陋人支借"的讲"格"讲"法"毛病。

王夫之还以一种否定嘲笑的评述方式,梳理了文学集团、文学流派,从魏晋一直到明代的建立史,而把诱发这个不良风气的责任推到了曹植身上,把伤害明代诗歌成就的责任置于了闽派高棅、前后七子派和竟陵派肩上。曹植成为文学流派的始作俑者,在王夫之看来,是其诗歌"铺排整饰,立阶级以赚人升堂,用此致诸趋赴之客,容易成名,伸纸挥毫,雷同一律",有低级的流于字面的"铺排整饰"之"法"及其所造成高华的风"格"让人可以去仿效,从而造成了多人追捧,结果压倒了文学才华本来高于他、"精思逸韵,以绝人攀跻,故人不乐从"的乃兄曹丕。王夫之能作出这个独特发现,很大程度得归因于他对文学流派的憎恶。自曹植建立了文学集团或文学流派后,诗歌史也就不断地演化为文学集团、流派的兴

---

① 王夫之:《姜斋诗话》卷2第28条。
② 同上书,卷2第33条。
③ 王夫之:《诗绎》。参郭绍虞《中国文学批评》六八《从王夫之到王士禛》,第514—515页。

衰史和独立精英人物的斗争抗衡史：一方面，曹植之后，在大群"和哄汉"的追随下，诗歌史渐次出现了萧梁时期的宫体诗派，初唐四杰，大历十才子，温李体，宋代西昆派，江西诗派，和明代的前后七子派、竟陵派；另一面，也就有不屑文学集团和流派的精英人物，从郭璞、阮籍到李、杜，一直到明代的刘基、高启、汤显祖、徐渭等人。而有了文学流派后，文学流派之间的纷争习气就层出不穷，从宋代欧阳修开始反西昆体，一直延续到明代。其间的是非，在王夫之看来不过是"党同伐异"，"争疆垒"，以"矫枉""为工"，遂使宋、元两代无诗。而明代风雅，不属于文学流派的建立者和追随者们，而属于那些"不与竞胜，而自问风雅之津"的人们。①

王夫之还揭示了明代文学流派中前后七子和竟陵的饾饤方法，并对它们表示了强烈的憎恶：

> 所以门庭一立，举世称为"才子"、为"名家"者有故。如欲作李、何、王、李门下厮养，但买得《韵府群玉》、《诗学大成》、《万姓统宗》、《广舆记》四书置案头，遇题查凑，即无不足。若欲咉竟陵之唾液，则更不须尔，但就措大家所诵时文"之"、"于"、"其"、"以"、"静"、"澹"、"归"、"怀"熟活字句凑泊将去，即已居然词客。如源休一收图籍，即自谓酅侯，何得不向白华殿拥戴朱泚耶？为朱泚者，遂襄然自以为天子矣。举世悠悠，才不敏，学不充，思不精，情不属者，十姓百家而皆是。有此开方便门大功德主，谁能舍之而去？又其下更有皎然《诗式》一派，下游印纸门神待填朱绿者，亦号为诗。《庄子》曰："人莫悲于心死。"心死矣，何不可图度予雄耶？②

王夫之所揭示的七子派竟陵派字句，又是受到了钱谦益《列朝诗集小传》对两派评述的影响。

在建立文学流派的明代人物中，王夫之又似乎为了瓦解所在流派的声

---

① 王夫之：《姜斋诗话》卷2第28条。

② 同上书，卷2第30条。参王夫之《明诗评选》卷6《袁宏道〈和翠芳馆主人鲁印山韵〉》评语，《船山全书》本，岳麓书社1996年版，第1529页。

势，而在批判策略上采取了区别对待的方法。他分出两类人，一类是明初闽派的高棅、前后七子派的何景明、王世贞和竟陵派的钟惺等人，是"本无才情"而以文学流派"为安身立命之本"，只企图从中获得名利；一类是与之区别的，本自有些才情，结果因为成立了文学流派，反受其害，如李梦阳、李攀龙和谭元春等人，只是口吻不无揶揄。①

王夫之对文学流派习气的憎恶态度，还表现在抨击文学流派的末流。王夫之列举了好几种看来在"门庭之外"，而实际也在文学流派之内的"恶诗"和"诗佣"，并分别追溯它们的源头和在明代文学人物的表现。"似妇人"的诗，王夫之追踪到了《国风》，明代王衡、谭元春是恶劣的代表；"似和尚"的诗，王夫之认为渊源于陶渊明，明代钟惺、陈继儒是突出代表；"似私塾先生"和"游客"的诗，王夫之溯源到《诗经·卫风·北门》，认为陶渊明和杜甫都有些难辞其咎，到明代陈昂、宋登春等山人是突出代表。在王夫之看来，一旦诗风犯了上述这几种粉饰气、"蔬笋气"和打秋风的"乞儿气"，就万劫不复了。而"诗佣"则指向了非常普遍的代人作诗文、代人歌哭的文学创作虚假不动人现象，指出高棅是始作俑者，而后七子派宗臣则大行其道，暴露了明代文人人品的低劣。② 不过，被王夫之奖掖的徐渭，生平也作过很多代人歌哭的"抄代"文字，并留下了辛酸的记录，则王夫之所指，主要是一种官场应酬作诗的恶习。这也与明代文学流派空前繁盛，使得官场应酬中也少不了自标高洁的文学流派人员的身影。

"王夫之是哲学家，他对流派及盟主的鄙夷心理尽管以理论的方式表达出来，仍未冲淡其中情绪化的内容，可见他对流派纷争确乎达到了非同寻常的程度。"③ 加一句话，还有对流派末流的厌憎和不遗余力的揭露嘲笑，都显示了王夫之堂堂正气之外的"戾气"。

二 《明诗评选》的"霸统""魔诗"批判

与钱谦益、黄宗羲一样，王夫之也有很强的梳理区分诗歌流派正宗和伪体谱系的意识。在其略显庞杂的诗学体系里，《诗经》以其"兴观群

---

① 王夫之：《姜斋诗话》卷2第40条。
② 王夫之：《姜斋诗话》卷2第46条。
③ 陈文新：《中国文学流派意识的发生和发展》第二章，第192页。

怨"说和"风雅正变"说（王夫之演为"雅俗之界"说）占领着诗学阐释的本源地位。以此为基，王夫之认为汉魏晋和初盛唐诗歌是后世诗坛的正宗取法范围，而对中唐韩愈的散文化议论化诗风（旁及杜甫夔州以后流离哭穷的卑俗诗风），元稹、白居易宛转叙事、俚俗浅切的"长庆体"诗风，晚唐罗隐、杜荀鹤无事唱酬的"松陵体"诗风和许浑的七律诗，以及整个宋、元，尤其是以梅圣俞、苏轼为代表的叙事议论无余地的宋诗做派，持坚决的否定态度。加上其仇恨文学流派的心理，明初以林鸿、高棅为代表的取法偏下的闽派，作风狂怪的"景泰十才子"，成、弘之际受茶陵派末流影响、以吴宽、沈周等为代表的吴中诗人群，性气诗派，特别是前后七子派、竟陵派和作为文学流派的公安派（作为个人的袁宏道、中道等人被认为是有独立创作能力的"自位"，未被一体攻击），总体上都以为导致了不良的雷同风气，而将它们置于或"霸统"、"魔诗宗派"、"魔民眷属"和"种性入魔"的"魔诗"批判视野下。

下面以王夫之《明诗评选》入选诗歌数量为据，排出前四十名集中看他对明代各不良诗派的批评（见表7）。

表7　　　　　　　　　《明诗评选》入选前四十名

排名	一	二	三	四	五	六	七	八	八	十	十	十	十三	十四	十五	十五	十七	十八	十八	十八
人名	刘基	高启	杨慎	汤显祖	杨维桢	徐渭	沈明臣	祝允明	王稚登	袁凯	王逢	蔡羽	贝琼	曹学佺	孙贲	高叔嗣	袁宏道	刘炳	李东阳	张宇初
入选	85	82	40	37	32	31	25	20	20	19	19	19	18	17	16	16	15	14	14	14
排名	廿一	廿一	廿一	廿一	廿五	廿五	廿七	廿七	廿九	廿九	卅一	卅一	卅一	卅四	卅四	卅四	卅四	卅四	卅八	卅八
人名	张羽	石珤	许继	梁有誉	皇甫涥	蔡汝楠	朱日藩	袁中道	郑善夫	文徵明	周砥	李梦阳	唐寅	郭奎	宋濂	胡翰	唐时升	李攀龙	薛蕙	黄姬水
入选	13	13	13	13	12	12	10	10	9	9	8	8	8	7	7	7	7	7	6	6

注：与薛蕙等二人并列的还有徐燉、张元凯、僧德祥。

231

在明初各诗派及其成员中，"吴中四杰"中亦为杨维桢铁崖派一员的杨基，因为"诗多俗"① 只入选1首，受到集中批判："国初艺苑，以高、杨、张、徐并称四才。杨之于高，声气之交耳，殆犹富侩之视王孙，邸妓之拟闺秀，清浊异流久矣。蒙古之末，杨廉夫始以唐体杜学救宋诗之失。顾其自命为'铁'，早已搏撠张拳，非廓清之大器。然其所谓杜者，犹曲江（张九龄）以前、秦州以上之杜也。孟载依风附之，偏窃杜之垢腻以为芳泽，数行之间，鹅鸭充斥，三首之内，柴米喧阗，冲口市谈，满眉村皱……呜呼！诗降而杜，杜降而夔府以后诗，又降而为学杜者，学杜者降而为孟载一流，乃栩栩然曰：'吾学杜，杜在是，诗在是矣。'又何怪乎近者山左、两河之间，以烂枣糕、酸浆水之脾舌，自鸣风雅，若张、王、刘、彭之区区者哉！操觚者有耻之心焉，姑勿言杜可也。"② 追源溯流，王夫之以为是人们对流离夔州以后的杜甫诗的不当推崇，而下移到杨维桢、杨载，使得诗歌卑俗不堪，风雅扫地。

明初各诗派中作为整体未能得到王夫之正宗大雅承认的，是闽派和西江派。他们的领袖都未进入前四十，只有一个略可算西江派成员的刘炳进了前二十，而张以宁、高棅和刘嵩都无诗入选，林鸿也只1首。看来鉴于钱谦益所曾指出的两派诗学思维之弊，王夫之在此作了较为严苛的处理，且对闽派的憎恶更深。而这与王夫之对闽派诗歌创作宗法中唐的否定认识有关，认为他们："一瓣香俱从唐人掂起，便落凡近。而于唐人中，又拣钱、刘为宗主，卑弱平俗，益不可耐，相对正令人生气都尽……诗之不可不善择宗主也如是夫！"③ 王夫之认为盛唐人李颀的风格是罪魁祸首，引出了明人的很多诗病："千秋以来，作诗者但向李颀坟上酹一滴酒，即终身洗拔不出，非独子羽、廷礼为然。子羽以平缓而得沓弱。何大复、孙一元、吴川楼、宗子相辈以壮激而得顽笨。钟伯敬饰之以尖侧，而仍其莽淡。钱受之游之以圆活，而用其疏梗。屡变旁出，要皆李颀一灯所染。他如傅汝舟、陈昂一流，依林、高之末焰，又不足言已。吾于唐诗深恶李

---

① 王夫之《明诗评选》卷4《五言古·陈基〈秋怀〉其一》评语，第1263页。详参卷6《七言律·杨基〈客中寒食有感〉》评语，第1483—1484页。

② 同上书，第1483—1484页。

③ 同上书，第1296页。

顾，窃附孔子恶乡愿之义，睹其末流，益思始祸。区区子羽者流，不足诛已。"① 由林鸿、高棅所代表的闽派牵而及于唐代李颀，又下转七子派、竟陵派和钱谦益，可见王夫之使用了追本渊源的批判惩戒思维。

明代中期诗坛真正"领袖大雅"的，在王夫之看来，不是前七子派，也不是陈献章、王守仁的性气诗派，而是祝允明、唐寅、蔡羽等吴中才子，认为他们扫除了始于韩愈而以苏轼诗歌为代表的拖沓沉闷的宋诗作风。不过由此也殃及池鱼，茶陵派中的吴人顾清、吴宽、邵宝等和嘉定派中的程嘉燧，以及吴中诗派的领袖沈周和成员杨循吉等人，却由于诗风趋近韩愈、苏轼和元稹、白居易，而遭到明显排斥，很少有诗歌入选或不选。他们被王夫之认为是茶陵派宋诗学盛行，"末流一变而为狂俗，如吴匏庵、杨君谦、沈石田一流，嚣语失心，不复略存廉耻"的"疫疠之风"效应②，并多次在评述其他诗人诗作时连类抨击之③。对钱谦益极其欣赏、列为明诗发展重要"眉目"的程嘉燧，王夫之也不以为然，认为其诗风俗滥，是中唐许浑的七律货色。④

对李东阳和茶陵派，王夫之虽基本肯定其诗坛正宗地位，但也认为有缺点，造成了诗坛大雅正宗的消失，落入到一个类似"景泰十才子"狂魔乱舞的嚣陋时代。王夫之对茶陵派前后的诗风流变作了一个概括性述评：

> 一代之诗，莫恶于景泰刘御医（溥）、汤参将（胤绩）一流！钉铰魔风，夸速争多，尽古今来风雅之厄极矣。西涯（李东阳）、方石（谢铎）、沧洲（张泰）、鼎仪（陆钹）诸公出，斯道乃有更生之望。以彼风力心理，即力返大雅，当令咫尺，而脱胎韩、苏，卒为何、李所诃。读诸公诗，未尝不惜其才之小用也。藉令诸公直以大雅之音，降群魔，显正宗，定天下之心魄，俾何、李无从下砭，一统元化，不生异同矣。乃授缺于何、李而使之补，遂使作者复以毛击自雄，何、

---

① 王夫之《明诗评选》卷4《五言古·陈基〈秋怀〉其一》评语，第1263页。详参卷6《七言律·杨基〈客中寒食有感〉》评语，第1376—1377页。

② 王夫之：《明诗评选》卷6《七言律·储巏〈送杭东卿〉》评语，第1492页。

③ 王夫之：《明诗评选》卷2《歌行》孙蕡《南京行》、尹嘉宾《前湖词》、孙炎《龙湾城》、祝允明《董烈妇行》、顾梦圭《雷雪行》评语，第1198、1216、1194、1203、1207页。

④ 同上书，第1228页。

李下流，粗豪复进，如谢榛、宗臣一种嚣陋习气，复入景泰十狂人之垒，则孙叔绵蕞之罪，只为秦政敺耳。俛仰盛衰，聊云三叹。①

与钱谦益的高调推举相比，王夫之眼中的茶陵派毋宁是处在了一个由盛而衰转换的当口，病根即在茶陵派和李东阳身上。其本有力，却师法错误，以韩、苏为范，给了前七子派夺取诗坛正宗的机会。在《明诗评选》，茶陵派入选人数虽多，有李东阳、石珤、张泰、陆釴、谢铎、乔宇、储巏和邵宝等八人，但入选诗数偏少，排名偏低，且钱谦益心目中两个重要的代表人物吴宽和顾清并未入选。李东阳仅14首诗入选，诗体少，都为近体，其名噪一时的古乐府无一入选；排名也大大下滑，从钱氏的第三掉到第十八位，沦为二流。茶陵派群体里，王夫之反倒凸显了石珤，取代了邵宝的第二号位置，入选诗仅比李东阳少1首，而诗体比李东阳还多，只歌行和五律无选。从评价看，王夫之大有度越上之的架势。②

对公安派一系王夫之特别表彰，汤显祖排第四，徐渭第六，袁宏道第十七，袁中道二十七名。王夫之称许袁宏道有"自位"，有天才，虽不能谋篇，却能作句，非如七子、竟陵派之学人而有窠臼者，亦非登坛作将，欲为文学流派以争名利者，其学白居易、苏轼，仅是偶然兴会，与其天姿相近而已。为此他作了长篇说明。③ 对袁中道，王夫之则称赞他"自命正以千古为期。不但标宗与王、李为敌也"④。说他有真正的文人、诗人追求。

前后七子派、竟陵派仍是王夫之批判的主要对象，是所谓的"霸统"、"魔民眷属"、"魔诗宗派"和"种性入魔"，体现了王夫之用词狠重的特点。前三个词是王夫之对前后七子派的否定性称谓："霸统"见于评李梦阳《杂诗》："致思不浅，仿佛傅鹑觚，亦诗家之霸统也。献吉之论古诗也，曰必汉魏，必三谢。反覆索其汉魏、三谢者而不可得，亢响危

---

① 王夫之：《明诗评选》卷2《歌行》孙蕡《南京行》、尹嘉宾《前湖词》、孙炎《龙湾城》、祝允明《董烈妇行》、顾梦圭《雷雪行》评语，第1590页。
② 同上书，第1319页。
③ 同上书，第1528—1529页。
④ 同上书，第1336页。

声，正得一傅鹑觚而已。其地同，其人品气义略同，遂尔合辙，亦一异也。"① "魇民眷属"见于评郑善夫《即事》，何景明、傅汝舟和谢榛是典型代表②。"魇诗宗派"见于评李攀龙《寄许殿卿》，特点是"粗豪诞率"。而被恶评为"自是种性入魇，佛出世亦不能度"的，是竟陵派领袖钟惺，还说谭元春"为其所摄，狂谬中尚露本色"。③ 在王氏眼中，竟陵派是比前后七子派和"景泰十狂人"（景泰十才子）沦入了更深魇道的"狂谬""魇诗"。

值得注意的是，前后七子派中排名最高的，不是兼有吴中诗人身份的徐祯卿，而是第二十一位的后七子派徐有誉。王夫之认为他最少七子派的嚣张鲁莽，能得古人古作的神气。其评梁氏《咏怀》其一"神情远，音节舒。公实立七子中，如杜祁公入里社，傩鼓嚣烦，独抒静赏，居然有公辅之度"；评其二"见处真，言之不迫。有真见者自不迫。宗子相（臣）辈戟手戟髯，正其无心无目。全赖一结之深。彼七子者，到此便一直去，悻悻然穷日之力"；评其五"诸篇唯此仿佛阮公，遂尔神肖。不求肖者肖必神，方是拟议，方是变化；于鳞未免忽然。须看他转处不粘，句虽苍直，意度自远。宗、吴、徐、谢辈，一条老鼠尾相似，正是罗隐、杜荀鹤家行货耳"。④ 其次是郑善夫（字继之）的9首，与文徵明并列第二十九名。王夫之认为郑氏有学杜的天资，也与明代的一般意见不一样。王夫之在评其《即事》五律时，引出了以何景明为首的魇道诗谱系：

> 继之天才密润，以之学杜，正得杜之佳者。杜有上承必简翁翁
> [作者按：疑衍一翁字] 正宗诗，有下开卢仝、罗隐末道诗。自非如
> 继之者，必堕恶道。何仲默、傅木虚、谢茂秦皆魇民眷属也。善学杜
> 者，正当学杜之所学。吟"李陵、苏武是吾师"、"王杨卢骆当时体"
> 二绝句，犹以枯骨大髂为杜，真不复有人之心矣。⑤

---

① 王夫之：《明诗评选》卷2《歌行》孙蕡《南京行》、尹嘉宾《前湖词》、孙炎《龙湾城》、祝允明《董烈妇行》、顾梦圭《雷雪行》评语，第1312页。

② 同上书，第1394页。

③ 王夫之：《明诗评选》卷5《五言绝》评语，第1560—1561页。

④ 同上书，第1324—1326页。

⑤ 同上书，第1394页。

至于李梦阳8首，李攀龙7首，进了前四十，但入选诗歌数量少且不是最能代表七子派复古精神追求的乐府创作，对此，王夫之是坚决否定。他曾分析石珤乐府诗创作取得成功的原因，并与李梦阳、李攀龙和陈昂、宋登春等山人的创作失败并论，说明拟古必须"笔贵志高，乃与古人同调"，而二李是"心非古人之心，但向文字中索去，固宜为轻薄子所嘲也。诗虽一技，然必须大有原本。如周公作诗云：'于昭于天'，正是他胸中寻常茶饭耳，何曾寻一道理如此说？"①

不过，相对于只有嘲讽和恶评的何景明、王世贞等人来说，王夫之还是故作客观地肯定了李梦阳"有才情固自足用，而以立门庭故自桎梏"②，称许其"五言小诗，冠冕今古，足知此公才固有实，丰韵亦胜，胸中擘括亦极自郑重，为长沙所激，又为一群嘬蒜面烧刀汉所推，遂至戟手赪颧之习成，不得纯为大雅，故曰不幸"③。王夫之觉得是为其所建立的门派所耽误，觉得可惜。"蒜面烧刀汉"，指前七子派北方作家康海、王九思、王廷相等人，活画出伧俗面目。王夫之又将李梦阳及派别放在明诗三变史上作了分析评定：

> 立北地于风雅中，恰可得斯道一位座。乃苦自尊已甚，推高之者又不虞而誉，遂使几为恶诗作俑，亦北地之不幸。要以平情论之，北地天才自出公安下；六义之旨，亦堕一偏，不得如公安之大全。至于引情动思，含深出显，分胫臂，立规宇，甌俗劣，安襟度，高出于竟陵者，不啻华族之视佫魁。此皇明诗体三变之定论也。乃以一代宗工论之，则三家者皆不足以相当。前如伯温（刘基）、来仪（张羽）、希哲（祝允明）、九逵（蔡羽），后如义仍（汤显祖），自足鼓吹四始。三家者岂横得誉，亦横得毁，如吴越争霸，《春秋》之所必略，蜗角虚争，徒劳而已。三家之兴，各有徒众。北地之裔，怒声醉呶，掣如狂兕。康德涵（海）、何大复（景明）而下，愈流愈莽。公安乍起，即为竟陵所夺，其党未盛，故其败未极。以俗淫而坏公安之风矩者，雷何思（可霈）、江进之（盈科）数子而已。若竟陵，则普天率

---

① 王夫之：《明诗评选》卷5《五言绝》评语，第1171页。
② 王夫之：《姜斋诗话》卷2第40条，第161页。
③ 王夫之：《明诗评选》卷7《五言绝·李梦阳〈江行杂诗〉》评语，第1548页。

土乾死时文之经生、拾滓行乞之游客，乐其酸俗淫佻而易从之，乃至
鬻色老姬，且为分坛坫之半席。则回思北地，又不胜朱弦疏越之想。
夕堂骘一代之诗，直取三家置之是非之外，以活眼旁观，取其合者，
其余一置而不论。①

认为三变中公安派最上，前后七子派其次，竟陵派最下。这个评价与对袁
宏道及其公安派的意见一致。

对李攀龙，王夫之虽然否定其"形埒字句""粗豪之气"的复古创作
实践②，却多次承认其《唐诗选序》"唐无五言古诗"的说法并非狂妄或
者错误，还认为在前后七子和竟陵派六人中，李攀龙诗歌品格最高。评
《寄许殿卿》云："破尽格局，神光独运。于鳞自有此轻微之思、深切之
腕，可以天游艺苑；其不幸而以粗豪诞率标魔诗宗派者，正坐为谢榛、宗
臣辈牵率耳。不似钟伯敬全身埋入醋罋，尚赖谭友夏、刘同人（侗）提
携之力，稍露双鼻孔出气也。"语气中不无惋惜。又评《重别李户曹》：
"亦渐入钱、刘，而风神自腴。此等诗蔑论宗、谢、吴、徐，即元美亦必
不能至。以其腕粗、指硬、喉咙陡、肠胃直也。于鳞固有远神，不容渠辈
梦到，又况汪南溟（道昆）以下卢柟、李先芳之区区者乎！论嘉靖诸子
者，当亟为分别。"③希望人们对李攀龙另眼相看，不得与后七子派其他
成员并论，一否到底。

对在钱谦益《列朝诗集》中排名还比较靠前的徐祯卿、何景明和王
世贞，王夫之的态度似更鲜明。本来，对徐祯卿，王夫之与钱谦益的态度
应该一致，也觉得他本很有诗人的本领和才情，不建立门庭，只可惜为李
梦阳复古诗学所误。《姜斋诗话》称许其诗"密赡"，与李东阳、高叔嗣、
徐渭等人并列为第二流诗人④。不知何故，《明诗评选》却只录其《送士
选侍御》1首，说："居然高寄，自昌谷本色，后来苦为北地抹杀矣。"⑤

① 王夫之《明诗评选》卷四《五言古·李梦阳〈赠青石子〉》评语，第1311—1312页。
② 王夫之：《姜斋诗话》卷2第9条，第148页。
③ 王夫之：《明诗评选》卷五《五言律》，第1427页。
④ 王夫之：《姜斋诗话》第28条，第156页。
⑤ 王夫之：《明诗评选》卷二，第1203页。

而对虐称为"印板套子"、"但于句句觅浑,何得不入俗"的何景明①,只录1首稍可的五律,以为明代贯穿七子和竟陵的"魔道"诗派的集中批评,还对六位首领的诗品作了称量。② 对王世贞,王夫之也只选1首诗,是为有机会正面指出其本质不过是:"记问博,出纳敏,于寻常中自一才士,顾于诗未有所窥耳。"然后逐体评价,总结说:"然则虽曰王、李,其不相配耦者久矣!为存小诗一章,而论之如此。"③ 可说抨击得体无完肤:既无诗才,又无诗学,浪得虚名。这种强烈的不满,发泄到宗臣身上,不仅只选1首,说他的诗"最恶,大要似摆锡铁枪,炫目而已,不映日月之光"④。是比数种"恶诗"更为"猥贱"的"诗侩"⑤。与上述三人比,能稍自振拔神采的七子派成员的入选数量则有所提升,屠隆6首,王韦5首,顾璘3首,王世懋2首。

竟陵派比前后七子派更惨,钟惺无诗入选,谭元春1首,只为略示肯定的嘲讽而已。王夫之评两人唯一的诗《安庆》云:"疏亮中有攒括。友夏尚能为此,伯敬不能也。"然后分疏谭元春的不幸:"人自有幸不幸,如友夏者,心志才力所及,亦不过为经生为浪子而已,偶然吟咏,或得慧句,大略于贾岛、陈师道法中依附光影,初亦何敢以易天下?古今初学诗人,如此者亦车载斗量,不足为功罪也。无端被一时经生浪子,挟庸下之姿,妄篡风雅,喜其近己。伯敬自是种性入魔,佛出世亦不能度。友夏为其所摄,狂谬中尚露本色,得良友夹持之,几可与陈仲醇、程孟阳并驱;其不能尔,且不至作'蛇虎夜深求忏度'、'估客孝廉伴不问'、'遥天峰没却如空'等语,而伯敬公然为之,曾无愧耻。言钟、谭者,不可不分泾中之渭也。"⑥ 矬子中选高人,谭元春比钟惺更有诗人天分,而钟惺在前后七子和竟陵派六位领袖中,诗品最低。王夫之还通过王季思斥骂竟陵派:"竟陵狂率,亦不自料遽移风化,而肤俗易亲,翕然于天下……其根柢极卑劣处,在哼着题目讨滋味发议论,如'稻肥增鹤秩,沙远讨凫

---

① 王夫之言:"信阳印板套子,半锭钞不买也。"同上书,第1373页。另参卷2,第1205页。

② 同上书,第1391页。

③ 同上书,第1554页。

④ 同上书,第1553页。

⑤ 王夫之:《姜斋诗话》卷2第46条,第164页。

⑥ 王夫之:《明诗评选》卷5《五言绝》评语,第1560—1561页。

盟'，皆是物也。除却比拟钻研，心中元无风雅，故埋头则有，迎眸则无；借说则有，正说则无。竟陵力诋历下，所恃以为攻具者，止'性灵'二字。究竟此种诗，何尝一字自性灵中来？靠古人成语，人间较量，东支西补而已。宋人诗最为诗蠹在此。彼且取精多而用物弘，犹无一语关性灵，矧竟陵之尠见寡闻哉！五六十年来，求一人硬道取性灵中一句亦不可得。"[①] 还对与竟陵派诗风相类的曹学佺诗作了细致辨析，指出曹氏诗是"气幽"，竟陵派是"情幽"，"情幽者，暧昧而已。竟陵外矜孤孑，中实俗溷，鄙夫之患，往往不能自禁；其见地凡下，又以师宣城而友贵阳，益入腐奸女谒之党，摇尾声情，不期而发。石仓忠孝炳日星，与彼旧有薰莸之别。不得屈老、庄以齐申、韩，知者自别有目在也。"[②] 这又是借吹捧曹学佺而抨击竟陵派的人格卑下和学问浅薄。曹学佺诗入选 17 首，排第十四名。

综上所析，与钱谦益比，王夫之的明代诗歌流派正统和"霸统"、"魔诗"谱系在总体框架和评判立场上大体一致，也以明初刘基、高启等人为代表的各诗派为极盛，以李东阳茶陵派和吴中四才子为中期诗坛的正宗，以嘉靖初杨慎等新变各派和革新的公安派为合理，对陈献章诗歌表现出一定程度的欣赏，对被七子派压抑的山人予以比较大的重视和表彰，而以前后七子派和竟陵派为主要批判对象，又尤其是后者。但也有一些比较重要的区别：第一，王夫之批判的文学流派和集团更多，使用的词汇更加狠重，称"建立门庭""绝望风雅"的前后七子派和竟陵派为"霸统""魔诗"，称"景泰十才子"作风"狂率"，骂沈周、吴宽、杨循吉等吴中诗人"无耻""无心"，还批判以林鸿、高棅为代表的闽派，说也是本无才情、绝望风雅而以建立门庭为安身立命之本。第二，在基本肯定和表扬的文学人物中，王夫之也显出了与钱谦益比较大的差别。王夫之对杨慎极其赏慕，将其提升到全明诗人排行榜中的第三位，却对李东阳及其茶陵派肯否夹杂，以为正是他们师法入宋、元的缺点，才导致了前七子派的有机可趁，追原其过，难辞其咎。又在茶陵派极力表扬石瑶，将他抬升为可与李东阳比肩的第二号人物。在"四皇甫"中，王夫之最欣赏的不是皇甫汸，而是皇甫涍。而最大的分别，可能还是被钱谦益推为明末诗坛拯救

① 王夫之：《明诗评选》卷 5《五言绝》评语，第 1453 页。

② 同上书，第 1339 页。

者的程嘉燧等嘉定派人士上，王夫之选录他们的诗歌都不多（娄坚和李流芳无诗人选），不以他们为晚明诗坛的"眉目"。第三，在同一流派中，王夫之特别注意区分个人的天分与文学流派的关系。在七子派中，他肯认李攀龙、李梦阳的天分，认为影响他们除了本身的"自尊"情结外，文学流派同志的推戴实际也成了他们文学成就的牵累，这其实是他们的"不幸"，而痛贬何景明、王世贞两位领袖并无真才实学，只是靠着文学流派谋名利。在竟陵派中，扬谭元春，抑钟惺，说谭氏不幸有了钟惺这样的"种性入魔，佛出世亦不能度"的朋友，结果伤害了本可有所作为的资质（而钱谦益在区分时是站在与之为进士同年的钟惺一边，而极力贬斥谭元春）。如此区别对待，一是为显示"平心静气"，做到流派批评的客观公正，二是有减少流派批评阻力的现实考虑。

第三编

地域文学流派和全国主流文学流派的竞争

　　在明代众多的文学集团和流派中，相当一部分的地缘特征十分突出，以至仅从"其命名方式就足以显示明代文学是'地缘'的文学"①。它们常常以本集团或流派的首领和主要成员的籍贯来代称，如为人熟知的明初五诗派、"吴中四才子"、茶陵派、公安派、竟陵派等。其间细致考究起来，确实有些文学流派，如吴中派、闽派、岭南诗派等的地域文化传统特征十分突出，而且连绵的时间甚长，从明初一直到明中期和晚明，以至它们的文学流派特征都打上了它们鲜明的地域文化印记。这样的情况使得它们一方面有了"一个明确的地理指向，因而，也就必然会与地域学意义上所展示的积淀与空间的内容相关联。正是由这一特殊的积淀与空间构筑出了特定地域上的文化性情、文化品格等，进而再影响到其文学制作。积淀即其已有的传统，空间包括自然空间与社会空间，而社会空间是在变动中不断重组的，进而引起经验的变化"，另一方面又与"更大地理板块上的文化格局、文学变动"，也即"主导整个文学变动思潮"的主流文学流派，联系起来。② 于是，在主流文学流派和地域文学流派之间，就有了纷繁复杂的论争关系，或者是显性的对立，或者是隐性的对峙。

　　不过，仍有相当多的明代地方文人并称、结社和以地缘命名的文学流派并不具备十分严格的地域文化意义。其突出代表如茶陵派、公安派、竟陵派，就显然只能是指其领袖们的籍贯，以之来代称而已，而在事实上这些文学流派的文学主张和风格特色与他们的籍贯湖南茶陵、湖北公安、湖北竟陵（天门）并无太多的直接关系。李东阳只是在成年为官后才短暂地回过老家省墓，而他的出生、成长和扬名都是在政治文化中心的首都北京。至于三袁和钟、谭所在籍贯的故楚大地，至多也只能说给他们带来了足以自豪骄傲的楚文学传统，而不能说仅仅如此他们就足以提出奔走天下、震撼一世的文学主张了。他们的文学主张，主要还是得益于明代全国文化（尤其是思想潮流和文学潮流的共同变化）的培育，而非湖北公安、竟陵这两个地方就可以天然养成。从本质上来说，发展到帝国晚期的明代，各地域之间的经济文化互动相当密切，能葆有自身地域文化特色者并

---

① 何宗美：《文人结社与明代文学的演进·绪论》，人民出版社 2001 年版，第 23 页。

② 黄卓越：《明中后期文学思想研究》第三章，北京大学出版社 2005 年版，第 89—90 页。

不是特别多。更何况，这个地域文化特色显现的，主要还是其优秀文明而非自然纯朴的一面。因为，能称为具有地域文学特质的地域文学流派，就必须具有相当成熟的文学艺术。如果当差异只是集中到一个狭小的地理范围而无相当特色的文化、文学表现，则此种地域文学的含义就实在太过宽泛，以致其学术研究的意义就不大了。由此，我们初步认为明代堪称具有地域文学特色的地域文学流派，就是我们上述的闽派、吴中派、岭南诗派。当然，到晚明，地域文学争鸣的声调竞起，是为了抗衡后七子派、公安派、竟陵派等主流文学流派，则又可不如此严格地看待。只要他们主张具有特色的某地之音，即可。

　　本编的两章，我们首先选取明代中期加入了前七子派的吴中四才子之一徐祯卿作为观察点，在一个更为宽宏的学术视野下，看围绕在他生前身后之争中所体现出的南北文学对立融合态势和心学与文学的对峙交锋状况，从而彰显文学流派论争所辐射出的文学发展和思想发展情形。又以地域文学争鸣的晚明为典型时段，探讨在王世贞去世，文坛失去了一统天下的霸主之后，公安派、竟陵派的竞相崛起称雄，虽征服了全国很多地方的文学之士，但都是不久，就引来了他者的批判，其中即有为各地文学传统声张的地域之音。这是一个谁都不能再一统天下文坛的时代。明代文学发展进入了一个地域文学流派争盟的时期。为此，我们先勾画出一个简明的晚明地域诗学地图，然后以本期的闽派谢肇淛为中心，看他与其他地域文学流派和主流文学流派的争盟表现。

第 一 章

北学与南学、心学与文学：明中期吴中派的
思想态势

　　"前七子"这个时代性称呼，是一个典型的以北方籍贯尤其是西北关中人员为主而稍及南方人士的文学集团，体现了很强的北方文学思维特点和风格追求，"浑雄沈著"①。深受传统儒学以复古为革新思维模式的影响，即使它尊重文学自身的审美特征，也愿意在文学范围内投入相当的精力，探讨关于诗文创作的各种体式、法则和立志问题，但最后都试图让文学落脚到和某些实用性的观风、观人理念，以复兴失落已久的悠悠古道。所以在诗歌上他们坚持不断上溯的思维方式，一方面到达诗歌体制和精神诞生的源头——《诗三百》，从中获取与台阁作家不一样的抒情动力源（志、遇）和比兴体制（假物以神变）及精神（社会批判），也即抑扬人人、歌咏荡志的风诗精神；另一方面以此诗歌精神为指引，在上溯过程中找到各种诗歌体制在创立发展过程中所形成的美学典范，以满足被金字塔政治体制所压抑的中下层官员的情志表达需求。在古文上，他们也大抵如此，坚持越过为台阁派所表彰的唐宋文尤其是以被改造了的欧阳修文为标志的宋文所造成的思想、风格障蔽，而上渡到唐宋以前，选择更具思想创造活力和蓬勃干世精神的先秦两汉时期，从中获取子学的独立思考精神和史学的鉴往知来眼光，以增强不断下滑的士人人格和不断弱化的修辞力度；而经学和孔子，则往往只是用来应对台阁和理学说教的武器。② 受此

---

　　① 孙宜：《洞庭集》卷39《周氏集序》，《北京图书馆珍本丛刊》，第105册。

　　② 如李梦阳《缶音序》、《潜虬山人记》，都引孔子"礼失而求诸野"语，为回到民间谣口的民间思想作支撑。

种思维路径的总体规约，以立志图高、唯求第一义的态度向最高的经典作家作品学习，北方复古人士所倡导的主体风格是，古文简重粗朴、倔奇其辞气，歌诗豪雄悲壮、煌丽其哀音（以李梦阳为典型代表），在"先其体"的前提下，不避粗朴亢硬。对此，有着清嘉地域文化传统和自由散漫创作个性的吴中派，将如何应对这个正强势崛起又将席卷南北、一统天下的北方集团呢？本章通过李梦阳和徐祯卿的生前之争、徐祯卿身后文的李梦阳、王守仁评论之争和长居吴中的吴中派诗文理论等三个方面来观察。

第一节　南学向北学的趋近与融合：
李梦阳和徐祯卿之争

作为"前七子"中南方文学人士的唯一代表，号称"吴中四才子"和"江东三才"之一的徐祯卿在弘治十八年登第为进士伊始，就主动派人向其时声誉渐起、敢为敢言的郎署文学代表李梦阳示好，希望按照吴中人士的交往习惯，以本地文学的发端者唐朝皮日休、陆龟蒙的联韵唱酬方式进行友好的情感联络交流。时间大概在李梦阳应诏上书言朝廷弊病下狱又获释出狱的四月十六日之后。① 没曾想，派出去等回信的使者往返了好几次，才得到李梦阳的长篇回信《与徐氏论文书》，态度十分严肃，语气十分郑重。对徐氏所建议的皮、陆之事，李梦阳深为不满，以为连联斗押只是要杂技，非有志于真正诗歌创作的君子所为，提出真正的诗歌创作精神和标准应该是："夫诗，宣志道和者也，故贵宛不贵嶮，贵质不贵靡，贵情不贵繁，贵融洽不贵工巧。故曰：闻其乐而知其德。故音也者，愚志之大防，庄诐、简侈、浮乎之界分也。"而三代以下的诗歌要以汉魏为榜样，才"最近古"。最后，还以作战为喻，希望徐氏能在诗歌创作上采取"图高"策略，截断上游，占据诗学战术的制高点，而切不可自安驽下，沦为二三流人物。② 大受感动的徐祯卿，起初还倔强，也以将军对垒为喻，赋诗表示其不服之气："我虽甘为李左车，身未交锋心未服。顾予多

---

① 范志新：《徐祯卿年谱简编》，《徐祯卿全集编年校注》附录八，人民文学出版社2009年版，第980页。

② 李梦阳：《空同集》卷62。

见不知量，此项未肯下颇、牧。"① 并回一封长信《与献吉论文书》，详述自己也有推崇汉文的思想，也主张文辞贵实，以道德为本。②

通过徐氏答书，可明确一个事实，即徐在见李前，已有类似于"北学"的文学复古思想，这是他们合作成为复古派人士的文学思想基础和创作基础。最终，徐、李二人接席连榻，你唱我和，徐祯卿的诗歌创作体式和方法也有了相当鲜明的北学特征，重视向汉魏古作的模拟效仿，重视目击时艰，表现悲慨沉郁的感情，而逐渐抛弃其早先偏重水乡风情描绘、风格华丽忧伤的吴中做派。这一次论争的结果，可称为"南学"向"北学"趋近。

有必要补充两点：第一，徐祯卿以皮、陆推举李梦阳，从其吴中出身说，很自然。之前，来自吴中的茶陵派人士吴宽即将皮、陆视为吴中文学鼻祖③。而且吴中颇多联韵唱和之事，即在徐祯卿登第的前一年，就多人共酬沈周首唱的《落花诗》，成为一段广泛流传的文坛佳话。④ 但这在李梦阳看来，首先就有一个诗歌取法问题，皮、陆属晚唐人，诗歌格调卑下，不在其高傲的眼目下，其次是联韵唱酬的习气，或许还让他想到了眼前京师茶陵派的同样作风，而这又是他刚从诏狱里出来的特殊"心病"，对作为内阁大臣的李东阳没有出声相救，他已有隐约的不满⑤，至此借题发挥，将皮、陆连着有同样爱好唱和的元、白、韩、孟等人一起批判。由此可认为，这次论争的真正起因其实在李梦阳，而徐氏大抵不过是师吴宽向李东阳投诗之故伎，主动和京师主流文坛取得联系罢了。⑥

第二，徐见李前，即有高谈诗歌取法汉魏的《谈艺录》之作。其基本思想被今人归纳为"因情立格"和"由质开文"，"明确提出要以情实为本，以质朴为宗，然后去追摹汉魏的格调、文辞。这就给七子派的追随者指出了一个比较正确的学习汉魏古诗的途径，克服了李梦阳诗论中的不足。特别是他以'由质开文'的观点来分析先秦两汉古诗与魏晋诗歌的

---

① 转引自朱彝尊《静志居诗话》卷 10《徐祯卿》，第 263 页。

② 徐祯卿：《迪功集》卷 6，《文渊阁四库全书》本。

③ 吴宽：《匏翁家藏集》卷 43《石田稿序》。

④ 文徵明：《落花诗册记》，详参范志新《徐祯卿全集编年校注》，第 150 页。

⑤ 李梦阳：《上孝宗皇帝书稿》附《秘录》，《空同集》卷 39。对此的详细分析，可参刘化兵《士风与诗风的演进》，社会科学文献出版社 2007 年版，第 103—106 页。

⑥ 李东阳：《麓堂诗话》，《历代诗话续编》本，第 1393 页。

差别，涉及了对民间风谣与文人诗的评价问题，与李梦阳求古人真诗的精神是一致的，对以后胡应麟的《诗薮》、陆时雍的《诗镜总论》，都产生了较大的影响。"①

总之，在李梦阳严厉又不失温情的帮助下，徐祯卿坚定了早年关于复古的理论认识成果——取法时段的确定和图高的学古策略，相当彻底地剔除原来的吴中少年作为诗文的风流习气和六朝风格，最终将理论成果和创作实践的趋向统一起来，蜕变为一个典型的追求气格高古的复古派作家。黄鲁曾说徐祯卿："弱冠时学古文，进造敏疾，凡成一篇，即焚之，竟不存稿。作《谈艺录》，诗有《叹叹集》，此二者诚牴牾也。二十七岁中进士，李梦阳倾盖见二书，曰：'《谈艺》之文，超驾六朝，而《叹叹集》则气格卑弱，若出二人之手。'君即大悟。凡三十三日夜不寐而沉思之，遂越唐人以遡汉魏。苦吟遥拟，如与谢灵运、宋之问诸人对面焉。"② 即由登进士前的理论和创作的"牴牾"到见李后的"大悟"，完成了实际创作题材与风格的转变，以至在徐祯卿辞世之前整理《迪功集》六卷附《谈艺录》时，也只留下能与复古高格相吻合的后期作品，而将早期吴中的六朝风流作品删汰殆尽。

第二节　北学和心学评价的南方回响：徐祯卿的身后之争

正德六年（1511）三月丙寅，年仅三十三岁的徐祯卿以偃塞不达的国子监博士冷官身份猝然京城于辞世；临终前，遗命将文集序言交给文学导师李梦阳，而将盖棺论定的墓志铭写作交给心学宗师王守仁。不曾想，这两篇有关他一生的文学成就和思想归宿的评价文字，在其出生的南方，引起了极大的非议和争论。由于前者关涉明代文学复古运动中的南北文学关系，后者关涉复古派人士后期的思想转向和他们的文学家身份问题，颇多纠缠，含有丰富的文学性灵变化和文学流派的发展情况，故值得深入

① 袁震宇、刘明今：《明代文学批评史》，上海古籍出版社1996年版，第173—174页。
② 黄鲁曾：《续吴中往哲记·俊异第十一》，《四库全书存目丛书》本。

分析。①

一　北学评价的南方回响

先看文学上引起纷纭争议的焦点——李梦阳《迪功集序》：

> 予曰：《谈艺录》备矣。夫追古者，未有不先其体者也，然守而未化，而蹊径存焉。虽然，辞荣而耽寂，浮云富贵，慷慨俯仰，迪功所造诣，予莫之竟究矣。今详其文，温雅以发情，微婉以讽事，爽畅以达其气，比兴以则其义，苍古以蓄其词，议拟以一其格，悲鸣以泄不平，参伍以错其变，该物理人道之懿，阐幽剔奥，纪记名实，即有蹊径，厥俪鲜已，修短细大，又何论焉。②

与通常都正面褒奖死人、朋友或上司的文字不同，李梦阳在这篇为故去的复古派朋友所作的序言里，开篇就指出徐祯卿的文学复古创作还存在"守而未化，而蹊径存焉"的缺憾。之后虽竭力指出徐在短暂的一生里，其实已表现出相当全面杰出的文学复古创作才华，但在文学风气不断变换的吴中和南方，具有不同流派主张的文士们，就对这个敏感的南北文学关系和诗歌取法、成就问题产生极大争议。于是一出徐祯卿身后的版本刊行和文学成就争论史，就在李梦阳"守化""蹊径"的评论语境下，牵出含有丰富变相的文学流派论争内容。

在徐祯卿去世十年后的正德十五年（1520）③，前七子派的闽中代表郑善夫（1485—1523）为同乡诗人傅汝舟所收藏的新刻徐祯卿集家藏本作跋。他虽没有提到李的考语，但他所介绍的徐祯卿情况却有些和李梦阳唱反调：第一，说徐氏"二十外稍厌吴声，一变遂与汉魏盛唐大作者驰骋上下，今之世绝无而仅有者也"。似乎徐氏的二十岁之变，就注定其未来一生的伟大成就，颇有否定李梦阳的文学导师作用之意。第二，攻击徐

---

① 参见冯小禄《明代诗文论争研究》，第 161—168 页；余来明《嘉靖前期诗坛研究（1522—1550）》，武汉大学出版社 2009 年版，第 59—71 页。本处材料有很大补充，特别是关于王守仁评语的争论部分，而论证思路和结构也有很大变化。

② 徐祯卿：《迪功集》卷首。

③ 文中言"昌谷死今十年"，参徐缙为徐伯虬家藏本所作跋署"正德庚辰春正月三日"，则当在是年。

生前手定的文本，在刊行时为李氏破坏，结果失去了"昌谷之真"①。原因是徐、李虽同调，但性情有很大的不相容。其实按今人的比对结果，郑善夫所见的家藏本和李梦阳的豫章刻本差别并不大②，则善夫之言，乃别有皮黄。盖郑善夫后期对前七子派的复古作风已有反思，故不免有此种议论。

嘉靖七年（1528），顾璘（祖籍吴中，后占籍南京上元，常自称吴人），为徐祯卿子伯虬作《题徐迪公（功）集序》，对徐的评价是"混涵造化，陶冶风雅，斯一家之名言也"。对李梦阳之言只说了八个字："岂其然与？岂其然与？"似乎不同意李的评价。不过，结合其嘉靖十五年（1536）所作的《国宝新编》对此也无评论看，大概其实他是倾向于赞同李的意见。因为在著名的李何之争中，他就站在李氏一边，以为"夫文章之道，初慎师承，乃能立体，驯臻妙境，始自成家"③。而他对徐氏"一家之名言"和"冀成一家之言"的评价也符合其学古体纯熟始能成家的思想。

嘉靖二十一年（1542），被王世贞、胡应麟等后七子派列入六朝、中唐派的长洲人皇甫涍（1497—1546），又从徐伯虬处得祯卿逸稿百余篇，编刻为《迪功外集》二卷，作序一首，其弟皇甫汸作后序一首。皇甫涍在序中坦言本派与七子派不同的创作方法："夫诗之为艺，独异众体。作者韵度鲜朗，情言超莹，而原其趣，参之以神，要其构，极之以变，考则古昔，往往冥契。"对李讥议徐，不太以为然："夫并包众美，言务合矩，检而不隘，放而不踰，斯述藻之善经也，奚取于'守化'而暇诋其'未至'哉！"④ 然他说"卒所成就，多得之李子"，仍肯定徐氏的北学复古，没为其吴中靡丽故步辩护。皇甫汸则以为："李子'未化'之谈，家兄'知难'之叹，可合而观矣。"并对嘉靖初期诗文作风的嬗变表示不满，以为背离了风雅之道："今或未辨音节，罕闲兴寄，剽缀靡辞，诡于风雅。俗方贵耳，群起吠声，譬爝火之燔，其能争光于日月乎？"⑤ 结合其兄批评时人欣赏祯卿"纤下"的少作，不能识梁、陈真风味，则皇甫汸

① 郑善夫：《少谷集》卷16，《文渊阁四库全书》本。
② 范志新：《徐祯卿诗文集版本考》，《徐祯卿全集编年校注》附录七，第940—942页。
③ 顾璘：《国宝新编》，《丛书集成初编》本，上海商务印书馆1936年版。
④ 皇甫涍：《皇甫少玄集》卷23《徐迪功外集序》。
⑤ 皇甫汸：《皇甫司勋集》卷36《徐迪功外集后序》。

所鄙薄的应是嘉靖初期开始流行的初唐诗风。① 而皇甫兄弟的立场是站在六朝和中唐一边的——王世贞《明诗评·后叙》将他们和黄省曾兄弟归入了六朝派②，胡应麟《诗薮》则归入中唐派③。如此，皇甫兄弟此时编刻被李和徐抛弃的作品，就有为自己新的六朝、中唐诗歌宗法和从作者韵度出发的创作途径树立标杆的用意了。

　　嘉靖二十九年（1550），姑苏袁氏（尊尼）又"刻《徐迪功集》七卷、《外集》二卷、《徐氏别稿》六卷（包括《别稿》五卷、《别稿附》一卷），凡十五卷"④。其中，《徐氏别稿》六卷为徐的少年之作。这个刻本在作"徐祯卿全集"的同时，又恢复了其"江左风流"、"吴中故步"。

　　嘉靖三十七年（1558）之前，王世贞《艺苑卮言》提到了皇甫氏和袁氏这两个徐祯卿自选"正集"外的刻本，说："昌谷自选《迪功集》，咸自精美，无复可憾。近皇甫氏为刻《外集》，袁氏为刻《五集》。《五集》即少年时所称'文章江左家家玉，烟月扬州树树花'者是已，余多稚俗之语，不堪覆瓿。世人狠以重名，遂概收梓，不知舞阳、绛、灌既贵后，为人称其屠狗吹箫，以为佳事，宁不泚颡？"集中攻击袁氏所刻《五集》，即《徐氏别稿》。盖《外集》尚有所选择，而《五集》则全为幼稚靡丽之作。而王世贞这段话，又隐约谈到了在李、何、徐弃世后，复古派诗人各尊宗主的分裂情形："昌谷少即摛词，文匠齐梁，诗沿晚季，迨举进士，见献吉始大悔改……今中原豪杰，师尊献吉；后俊开敏，服膺何生；三吴轻隽，复为昌谷左祖。"⑤ 至于王世贞力挺李梦阳，当然是为后七子派重振"修辞复古"大业作立场表态。所以王世贞对《徐氏别稿》的刻行者袁尊尼直言不讳地说："（袁）履善别致迪功《五集》，云出足下家梓人。仆向读其诗，谓如介翮搏风，三危吸露，快爽种种，不可名状。此集殊多下乘恶趣，大抵六朝，时沿晚唐，以此标饰迪功，如出狐白之裘而益羊韡也……足下果徐氏忠臣，宜急谢剞劂，留迪功《前集》。名世之

---

　　① 皇甫汸《解颐新语》卷7《讥评》批评他们是："生剥张（九龄）篇，行剽沈（佺期）集。"《全明诗话》本，第1413页。

　　② 王世贞：《明诗评》，《全明诗话》本，第2040页。

　　③ 胡应麟：《诗薮·续编》卷2，第363页。

　　④ 范志新：《徐祯卿年谱简编》，《徐祯卿全集编年校注》，第1007页。

　　⑤ 王世贞：《艺苑卮言》卷6，《历代诗话续编》本，第1049、1045页。

语，岂在多哉？"①

　　大约与王世贞的议论同时，华亭何良俊②为同乡张之象作《剪绿集序》，言："艺家沿袭，自古为然。即李空同序昌谷之集，讥其'守而未化，蹊径存焉'，今观李公蹊径更甚，徐生则知大复'舍筏'之言，亦欺人耳。"开始以子之矛，攻子之盾，说李梦阳的复古"蹊径"更甚，其实成就不及徐祯卿。这和他既重体裁又尚辞采的诗歌创作主张有关，也受到源自六朝二陆偏重文辞绮褥的地域文化传统和当今"不汉魏则齐梁"的诗歌风尚影响。其言"其大端有二：夫铺张篇什，全在体裁；润色辞条，其先菁藻。譬之衮冕，实繁典章，苟欲擅美一时，必待兼资二者。是故张采施色，著在《夏谟》，差第等威，详于礼籍，所谓合之则双美，弃之则两乖者也"；又言当今的诗歌风尚是"才情雄健者，咸取模于汉魏；思致清绮者，复降意于齐梁。由是建安、永明之风洋洋乎遍于域中矣"。③

　　之后，顾起纶《国雅品》又在二皇甫、王世贞和何良俊的话头上，将李、何、徐三家在"蹊径"和"舍筏"问题上并论："至献吉犹讥其'守而未化，蹊径存焉'。仲默云：'论文亦直取舍筏，诚为精确。'余读李、何之筏蹊，有甚于徐者，岂力与志违邪？"④ 也是以李、何之论，来为更少"筏蹊"的徐祯卿辩护。胡应麟则正式推出了李、何、徐三分说："弘、正间，诗流特众。然皆近逐李、何……昌谷虽服膺献吉，然绝自名家，遂成鼎足。献吉议其'大而未化，蹊径存焉。'何元朗谓：'献吉诗，比之昌谷，蹊径尤甚。'王长公谓：'昌谷所未至者，大也。非化也。'世以何、王为笃论。"⑤ 至此，"蹊径"已经成了评论复古派创作的重要术语。

　　在姑苏袁氏刻本后，又有昆山陈王道（字敬甫）重刻豫章本《迪功集》六卷，名列后七子派"广五子"之一的南海欧大任（1516—1595）为该本作序。欧大任序中虽没正面提及李梦阳考语，但全文紧扣这个时期

　　① 王世贞：《弇州山人四部稿》卷122《与袁鲁望书》。
　　② 王世贞《艺苑卮言》初稿成于嘉靖三十七年，其后有所增益，到四十四年脱稿付印，之后又增益两卷，至隆庆六年完成。莫如忠《何翰林集序》言何良俊集刻于嘉靖四十四年，载《明文海》卷244，第3册，第708页。
　　③ 载《明文海》卷244，第3册，第710—712页。
　　④ 顾起纶：《国雅品·士品三·徐博士昌谷》，《历代诗话续编》本，第1100页。
　　⑤ 胡应麟：《诗薮·续编》卷2，第363—364页。

十分敏感的南北文学关系，追述吴中文学从春秋季札到明代的悠远发展历史，强调言偃的"北学中国"、"开光倡始"，表彰"汉魏至唐，才盛江左，所谓南方之学，得其精华"。述及明代，虽肯定高启、杨基的"一时领袖"地位和宣德以后三吴人才的"翕然并兴"，但要么是放在与杨士奇台阁派、李东阳茶陵派配合的位置，要么就委婉表明"大都吴语为工，转徙流易"。此言实有针对茶陵派风格缺点的味道，意在为下文推介在北学中原、坚持复古上为吴人所示的优秀榜样做转折。欧大任明确提出，要是没有李梦阳等北方复古人士的帮助，作为南方吴中人的徐祯卿也不能成就其现有的文学复古功业，而吴人也不能摆脱中原人对其轻软柔靡的"吴歈"刻板印象：

> 昌谷摘词稚齿，束发登朝，北地、信阳、闽中（郑善夫）、历下（边贡）、仪封（王廷相）、宝应（朱应登）、建业（顾璘）、亳州（薛蕙）七八大家，雅见推重，益共切磋，标界悬旌，匠心师古。于是穷奥研深，搜奇猎秘……每有属缀，肆其定力，以就千秋之业。今考集中，乐府、古诗，已窥汉魏，歌行、杂体，准则盛唐，骚赋赞颂、书记碑诔，骎骎乎潘陆江鲍之撰著矣。嗟乎，延陵之业，以齐鲁大夫；言氏之业，以孔门三子；迪功之业，不以献吉诸君哉……中原冯轼之士，闻奏雅于闾闾之墟，所不以曩昔吴歈相诧者，其无忘徐先生哉！①

这可以算作徐祯卿身后之争所系南北学关系的一个总结陈词。

不过，这只是"嘉隆之际，而北风日竞矣，一旦坐夺南人之气"②，南人、吴人并失其故步的阶段。到明末清初，钱谦益就将徐祯卿直接从前七子复古派中单列出来，放到他认为的自由独立、不染北学粗狂气息传统的吴中派中，与唐寅、祝允明并列。③

从这场徐祯卿身后的文学纷争中，可见如下几个特点：第一，论争主

---

① 欧大任：《重刻徐迪功集序》，转引自范志新《徐祯卿全集编年校注》附录四，第850—851页。

② 徐学谟：《二卢先生诗集序》，载《明文海》卷269，第4册，第126页。

③ 钱谦益：《列朝诗集小传》丙集《徐博士祯卿》，第301页。

要集中于诗文风尚多变的嘉靖时期，人物主要集中在南方吴中，文学思想
具体到诗歌宗法上有一个比较大的位移过程，但都在大的复古范围内。第
一代复古派人士郑善夫、顾璘开始反思以李梦阳、康海为代表的必汉魏盛
唐的诗歌宗法，虽郑站在徐、顾站在李的看法有异，然基本的复古立场，
强调由古体入的观点，却未有改变。而以六朝、中唐派名世的二皇甫，有
取于徐祯卿早期的六朝、中唐作风（喜爱刘禹锡和白居易），所以对李的
议论不以为然，认为从作家创作个性出发得来的作品，也具有和古作媲美
的价值，在学古的总体方向上，由汉魏盛唐移到了六朝中唐。何良俊的情
形与二皇甫差不多。至于王世贞、胡应麟、欧大任等人高扬李何复古大
旗，推戴李梦阳、表扬徐祯卿的北学中原自在情理中。顾起纶则至少可算
七子派的同情者。第二，总结复古成果的说法，主要出现于前七子派复古
风有所消歇和后七子派重燃复古烽火及将暂熄两个时期。前一个时期，六
朝、中唐、初唐等诗歌流派纷起，正是通过争议李、徐的得失，二皇甫欲
建立本派的诗歌宗法和创作途径；后一个时期，王世贞和胡应麟通过三分
说的总结比较方式，达到抬举复古宗祖、拓展复古空间和完善复古途径的
目的。由此可见文学风尚的变迁。第三，为徐祯卿辩护的人居多。这里所
列的多半都赞成徐祯卿的北学复古之路和所取得的复古成果，并不为其吴
中故步辩护。而赞同拥护其江左风流的，这里所述的只有姑苏袁氏（是
可能）和钱谦益（是坚决支持）。不过，通过复古派的批判和钱谦益的指
陈，可知有此看法的当不少，只是缺乏足够的正面材料反映。为其吴中故
步明确击节赞赏的，要等到下一个时期公安派袁宏道，他强烈抨击吴中人
士（包括徐祯卿和王世贞等人）的北学，认为丢掉了最可宝贵的自我特
色——"少变吴歈"。① 而钱谦益为徐氏"江左风流"叫好，除了他一向
的排击复古派的立场外，亦有袁宏道的影响。第四，"南学"和"北学"
的关系其实一开始就潜伏在李梦阳对徐祯卿所作出的复古效果评价里，这
一点越到后来越受到人们重视，欧大任、徐学谟、袁宏道和钱谦益都是在
这样一个大的认识背景下立论的。对南方作家来说，复古与否及参与的程
度深浅，在特定的时代风气下，会成为诗学评论的一个热点。对明人来
说，自从前七子派掀起典型严格的诗文复古大潮后，南北话题就显得十分

---

① 袁宏道：《袁宏道笺校》卷18《叙姜陆二公同适稿序》，钱伯城笺校，上海古籍出版社
1981年版。

突出。无论赞成鼓励还是反对批判，南人"北学"都是一个复杂的有关成体与成家、成大家与成名家、性灵和复古、清丽与雄壮等重要命题的问题。

二　心学评价的南方回响

现在再叙述王守仁为徐祯卿所作墓志铭所引发的议论风波。

在这篇按一般人看来本应是偏重叙述徐祯卿的生平履历、表彰文学志节的文字里，王守仁却来了个喧宾夺主，重点讲述徐氏在辞世的前一年正德庚午冬，与"亦尝没泥于仙释"的王守仁讨论"摄形化气之术"的过程，而只在后面用了一小段文字来完成这"例行任务"。而且，讨论的过程被设置成问答的方式，显得徐是在向一位手握人生灵珠的智慧导师发问请教，导师则或笑而不答，或长篇大论，或循循善诱，欲其自我觉悟，走出迷途。在"例行任务"的生平一栏，王守仁又故技重施，将按世人看来应予表扬的文学成就，却轻描淡写地说成"然非其至者"，转而强调徐氏最后的"有志于道"，"昌国之学凡三变，而卒乃有志于道"，只用了寥寥九十七字。其赞语性的铭辞也为此服务：

> 惜也昌国！吾见其进，未见其至。早攻声词，中乃谢弃；脱淖垢浊，修形炼气；守静致虚，怳若有际。道几朝闻，遽夕先逝。不足者命，有余者志。璞之未琢，岂方顽砺？隐埋山泽，有虹其气。后千百年，曷考斯志！①

崇道轻文的畸重看法昭然若揭，显示了新一轮的心学思潮对文学空间的再度压抑，一如之前僵硬的理学。在心学看来，解决人生立世的大问题，从事心性之学，明白最终的生命和思想归宿，方是头等重要的大事；其他如文学辞章，则大可不必浪费精力。这自然会激起以修辞成章为成名途径的文士的强烈反应。对后七子派来说，尤其如此。

王世贞有至少两处直接提到了王守仁《徐昌国墓志》：

---

① 王守仁：《王阳明全集》卷25《徐昌国墓志》，吴光等编校，上海古籍出版社1992年版，第932、933页。

祯卿诗体高朗，雅短吏牍；既短常调，后尔下迁。龌龊自可，夭折何甚！王伯安志墓，甚欲收入门下，非实录也。诗韵本清，华调复古。秀如白云自流，山泉泠然。①

以贫病卒，年仅三十三。时王文成公守仁为吏部郎，初与其侪谈道。先生骤见而悦之。亡何，卒。王公为志铭，意若欲当先生师，而谓其诗与《谈艺录》皆非其至者。操觚之士争笑之。先生貌戍削，血不华色，非饭颗吟瘦，将亦通眉长爪之伦也。故不如以诗名，吐纳何益矣。王公语诞不情。②

前文重在评述徐诗风格，故说得比较简单，意谓守仁想收徐氏为弟子，其实只是一厢情愿，徐氏并无此想法。后文是像赞，相对可以展开，则说到王守仁想做徐氏的老师，否定其文学成就，结果遭到操笔为文的人们争先恐后的嘲笑，并说徐祯卿相貌瘦削，容颜苍白，说明如果他不是为诗苦吟而瘦的杜甫，就是那个后来升天做了玉皇大帝的文书、有着"通眉长爪"的李贺。对徐氏来说，粗浅的吐纳功夫有什么用处呢，所以还不如以诗成名。总之一句话，王守仁的话荒诞，不切合徐祯卿一生用志的方向和实情。这番淋漓尽致的批驳，也暴露了王世贞个人，特别是在文学复古情结非常浓烈的早期，非常渴望以文章诗歌来成就一番人生伟业，觉得比什么儒学道德、政治功业都更加久远可靠；个人天才加上努力和正确的方向（复古），就基本可以掌握。在这种情绪高涨到极端之时，王世贞甚至表示，要是能有徐祯卿的一代高名，即使是用坎坷不偶的遭际和生年短促的命运来作代价，他也非常乐意，"昌谷振奇士，玄览意何卓。芙蓉秀浊水，苍隼攀寥廓。调古鲜同驱，名高远时作。讵为坎坷恨？短年余亦乐。"③ 作为徐的同乡后辈，王世贞欲继承其志业，改变所出生的吴中"妖丽"靡弱风格，励志复古，北学中原，获得古文词的正音宏响和文坛的盟主地位："伊昔吴都彦，挥翰藻思披。珊瑚间木难，粉黛映参差。岂乏妖丽睹，适志良以希。奕奕昌谷生，中道起其微……贞也乡之人，瓣香

---

① 王世贞：《明诗评·一》，《全明诗话》本，第2003页。
② 王世贞：《弇州山人续稿》卷148《徐祯卿像赞》。
③ 王世贞：《弇州山人四部稿》卷14《徐迪功昌国》。

宿所私。《广陵》怅云绝，山水欣自知。要令千岁后，更奏金兰辞。"① 因为在他看来，徐祯卿当年是有和李梦阳、何景明争夺中原盟主的资格，"而惜其蚤死，不获执牛耳"②。

王世贞的看法在后七子派中得到了传响。吴国伦作诗言："吴都擅妖丽，作者纷自宝。昌谷起中微，澹然志幽讨。濯发临清渊，驱车遵周道。宛彼舜华姿，被服纨与缟。轮斤有疾徐，应手不言巧。得意尘磕间，超忽逾灵鸟。谭艺有独致，颓风一以扫。年短流誉长，胡为悲不造？"③ 融合了王世贞上述两诗的意思。"末五子"的胡应麟也说："肝胆平生献吉闻，金丹炼就肯离群？时人浪自开门户，点染高流入墓文。"④ "时人"即指王守仁，"高流"指徐祯卿。意谓徐氏一生肝胆相照的朋友还是复古派文学盟主李梦阳，不会因为临殁的倾向神仙思想，就与文学分道扬镳；王守仁只是为了开启自己的心学门派，才在墓文里将一心向文的徐祯卿编织进道学的网罗里。对嘉靖后期不断盛行的王学，胡应麟也相当反感。在一篇自制策论中，回应"文章学问之途"，直言："奈何近日冒士之名者，畏恶其能而且自揣其弗能，至乃欲以虚名高之。远宗主静之禅机，近述良知之欹说，以词章为雕饰，以文字为浮华。《诗》《书》名物，问之茫然，曰：《六经》皆注脚也。秦汉君臣，诘之莫对，曰：诸史皆陈编也。其意若甚玄而可喜，其言若甚简而易循，其自处若高于子贡……进世之高谈性命以自文而中无所有者，士之赝也，才之蠹也。"⑤ 该文抨击奉"良知"说者高蹈无学，其实只是赝士、蠹才。

到晚明，长洲文林之后文震孟崛起（天启二年状元，后以礼部左侍郎入阁为东阁大学士），也提到王守仁墓志："徐先生年仅三十而死，迪功之名则已传矣。先生好谈仙，又好谈道学，故王文成公志先生，几欲当先生师。吁，此迪功也，文成强以为吾徒，北地、弇州援以为吾侪，乃究其然，故在《迪功集》也。雕虫小技乎哉？!"⑥ 文震孟称王守仁是"强以为吾徒"，而李梦阳、王世贞又都"援以为吾侪"，以此证明徐祯卿

---

① 王世贞：《弇州山人四部稿》卷14《读李献吉、何仲默、徐昌谷三子诗》。
② 王世贞：《弇州山人续稿》卷148《徐祯卿像赞》。
③ 吴国伦：《甔甀洞稿》卷5《徐博士昌谷》。
④ 胡应麟：《少室山房类稿》卷76《夜读献吉、仲默、廷实、昌谷、于鳞诗，漫兴五首》。
⑤ 胡应麟：《少室山房类稿》卷100《策》。
⑥ 文震孟：《徐祯卿传》，转引自范志新《徐祯卿全集编年校注》附录五，第884页。

《迪功集》的巨大价值，绝非一帮以儒者自居的人所认为的"雕虫小技"。

不过由于王守仁及其王学的巨大影响，还是有不少人同意王氏对徐祯卿有志于道的终极看法，将王氏所述徐祯卿行迹和思想转变当作实录进行转述。如宋仪望作于嘉靖戊申（1548）的《徐迪功祠记》及《嘉靖太仓州志》等著即是如此，文繁不赘。

就事实而言，王守仁所述徐祯卿倾慕神仙、与谈摄行化气术之事，当非编造，这在正嘉之际的士大夫精神生活中相当普遍。[①] 徐因为身体瘦弱和心灵抑郁的缘故，在一段时间热衷炼丹飞升之术，也比较自然。但就此说其思想由文学转向儒学，不仅过头，还本末倒置：第一，时间短，徐与王交谈三月左右即去世；第二，他还托李梦阳为作文集序言，其文士的心理仍很突出。王守仁在此自然是要了可以理解的花招，将徐的求神仙之道与归儒家心性之道做了一个直接通流，而本来其间有多种可能，并不一定就能由此转向儒家心性的。董沄就是一个极好的例子。他先学神仙，听王守仁谈心性有得，即转而走心学之路，但不久后，又故态复萌，回到了神仙之好。如此将临死的徐祯卿编排入自家的心学系统里，王守仁的心学宗师意识显见得浓厚。思想转型成功的王守仁，也确实对文学辞章之事抱有一种轻蔑心理，故在强调徐思想转向的同时，也有借机打击文学复古士的作用。而急剧变化和渴望得到人生终极归宿的急切时代心理，又为王守仁的编排准备了一个宏大的思想背景。

前七子派文学复古运动的发生根本在于文学要素自身的运动（性理对情的压制规范，要求"得其正"，必然需要一个强大的反拨阶段，以情为第一位），但激发为磅礴的席卷全国的文学思潮，又与自明朝建国伊始就一直积累的向汉唐复古的文化心理及需要抗击宦官和皇帝的现实政局要求密切相关。当志节和文学遭遇强权和软弱，文学复古运动的根叶在短暂的喷发后（这是其积极成果），就将步入一个心灵的调适期。人们常说的"由文入道"或"悔文进道"问题就浮出这个时代的思想水面，成为一道令人瞩目的精神现象。

---

① 徐祯卿：《王员外不解〈参同契〉，但索一诗，许以遗我，率尔戏之》云："王烈持洞章，茫然不能读。石气销紫烟，十年秘空簏。从来楚使诇三坟，阮籍焉能辨赤文？一自华阳窥妙诀，猴山夜夜鹤相闻。"参黄卓越《明永乐至嘉靖初诗文观研究》，北京师范大学出版社 2001 年版，第 229—232 页。

不过，当这样的思想波流再往前行，占领文学界，唐宋派诞生，虽又是一番新的思想光景，但仍对文学所需要的情和辞产生了极大的压抑。于是，当一批新的文学之士——后七子派——以斩钉截铁的口吻和同进同退的青年团队、宗派面貌出现于文学舞台，打出前七子派偃伏未久的文学复古大旗，就自然有无数的文学新兵投靠其下，从而又造就出一番不同于前七子派的归宿追求。他们将人生的终极归宿落脚到了其前辈曾经犹豫动摇的文学修辞大业上。盖文学于他们，就是独立自足之事，就是不朽的千秋伟业。① 由此，也就不难理解王世贞等人何以会对王守仁收编徐祯卿的行动和心理洞若观火，冷嘲热讽，而要将作为本乡复古前辈的徐祯卿重新争取回到文学复古运动队伍中来。

理学和文学，以及文学的不同流派，就这样在一个南方吴中的文学士徐祯卿的身后之争中纠缠着上演，蕴含极其丰富的文学流派发展内容和文学心灵思想的演化、归宿等重要问题。

第三节　与北学的对峙和呼应："伊余守初质"的 吴中诗文理论

唐寅于嘉靖二年（1523）十二月辞世，此时距离徐祯卿去世已十二年，已是六旬的老翁祝允明在梦中见到了他们和门人张灵，作诗言徐祯卿和自己："徐子十□周，邃讨务精纯。皇皇访魏汉，北学中离群。伊余守初质，温故以知新。谁出不由户？貌别情还均。"② 说徐氏自十多年前登第为进士后，就离开了"吴中四才子"这个文学团队，一个人到北方去求学古老的汉魏传统，而自己则留在苏州，坚守本初的质地，以温故的方式了解时代新的发展动向；看来求知的方式可能有所不同，而致力思考的方向却一致。这几句诗可以说形象地揭示了前七子派和明中期吴中派的关系，就像北学的徐祯卿和留吴的祝允明等人，外表若有所对峙，在创作风格和成就上各有特点，而内在却能如有呼应。

确实，在留吴三人中，祝允明表现出了远超其吴地同侪、可与前七子

① 冯小禄：《李攀龙受批判原因探论》，《贵州师范大学学报》（哲社版）2009 年第 1 期。
② 祝允明：《怀星堂集》卷 4《梦唐寅、徐祯卿》，《文渊阁四库全书》本。本诗系年参简锦松《明代文学批评研究》，第 91 页。

派相抗衡文学复古意识。诗统观上，祝允明提出了以区分诗体的方式向各自最高典范学习的"诗各有所至"论："五言，独为汉魏最高；爱及六代，亦可择尤而从，随宜以就；唐则姑欲置之。歌行长调，宜衡览前后，益用精遴。乐府只应法魏，止乎唐前；入唐仅仅绮靡一二，当更置于歌行也。近体徇唐，更无他歧，倘涉残唐，则亦靡矣。"还有更激烈的否定宋诗的言论——"诗死于宋"论："诗之美善，尽于昔人，止乎唐矣。初宋数子，仍是唐余，自崑坡鬼谷，姿负崖峻，乃不从善，强作别态，自擅为家。后进靡然从之，迄其代而不返，虽有一二自振，河决千里，支流渗注，安能回之？其失大抵气置温柔敦厚之懿，而过务抑扬，辞谢和平丽则之典，而专为诘激……《三百篇》者，不著忠孝清贞等语，而所蓄甚至，所劝惩者转深，与百篇谟诰，本体不同乃尔，故曰：诗忌议论。而宋特以议论为高，大率以牙驵评校为儒，嚣讼哗评为典，炫耀怒骂为咏歌。此宋人态也，故于诗歌而并具之……盖诗之唐后，大厄于宋，始变终坏，回视赧然。虽前所论文变于宋，而亦不若诗之甚，可谓《三百》之后，千年诗歌道至此而灭亡矣，故以为死！"① 所称"崑坡鬼谷"，乃苏轼、黄庭坚。而用以攻击宋诗议论的标准，则来自《诗经》的温柔敦厚诗教和劝惩大义。言诗文有别，故《诗经》不像《书经》要出忠孝清贞语。这比李、何之简单宣称"宋亡诗"论述更系统，语气更激烈。在文章体统观上，祝允明也实践并倡导一种从宋到唐到秦汉的文体上溯意识，以古邃奇奥的秦汉文风为尚，而蔑视以欧、曾为代表的宋文，且发表的时间比前七子派早很多。其《答张天赋秀才书》言：

今为士，高则诡谈性理，妄标道学，以为拔类；卑则绝意古学，执夸举业，谓之本等。就使自成语录，富及百卷，精能程文，试夺千魁，竟亦何用？呜呼，以是谓学，诚所不解，吾犯众而非之……亦招尤之术也……观宋人文无若观唐文，观唐文无若观六朝晋魏，大致每如斯以上之，以极乎六籍。审能尔，是心奴耳目，非耳目奴心，为文弗高者未之有也。至乎元与本朝之文，虽佳者亦不必多视，其否者请与绝迹，毋令厕我面侧。终日跨蹇驴，不越数堠，一乘飞黄，便自千

---

① 祝允明：《祝子罪知录》卷9，《四库全书存目丛书》本。

里，安可忽诸？①

抨击科举和伪道学之害，这是学习创作文章的极力上溯意识。至于以六经为源头，看起来好像又回到了台阁派的老路，其实只是他"所尊而援引"的辩论武器，心手揣摸，乃在秦汉耳。试看王锜对其二十九岁时的创作情况记载："所尊而援引者，五经、孔氏；所喜者，左氏、庄生、班、马数子而已；下视欧、曾诸公，蔑如也。"② 再看文徵明对其二十四岁时的评价："同时有都君玄敬者，与君并以古文名吴中。其年相若，声名亦略相上下。而祝君尤古邃奇奥，为时所重。"③ 如果说祝允明前引诗歌体统意识的表述由于写作在正德十四年（1519），可能确实受到了已经非常盛行的前七子派思想的影响，则"吴中地区倡兴文复秦汉的意识要早于前七子，而在祝允明以后，偏尊秦汉文者就更多了"④。因为，祝允明的吴中前辈王鏊已经有了浓厚的先秦两汉文之好。

就复古创作实践言，祝允明古文大体实现了其理论呼吁，观上引文可知确实富有奇崛古奥的秦汉文风特征，而诗歌却似乎并未达到其后来总结的分体学习最高典范的要求，而较多地受到了吴地流丽轻靡诗风的影响。顾璘的评价是："效齐、梁月露之体，高者凌徐、庾，下亦不失皮、陆。"⑤ 风致在六朝、晚唐间，格调并不高迈。这或许就是祝允明所自认的与徐祯卿诗歌一宗"北学"后的"貌别"。

文徵明与徐祯卿有非常深厚的友谊，即使自徐祯卿"北学中离群"后，他们之间的往来唱和也仍十分频繁。大体来说，徵明诗文肖其为人，温文静净，没有过于激烈悲慨、富于历史感和悲剧感的高格追求，但也不会堕入唐寅般的纵情声色，流于酒酣耳热、俚俗打诨，而是端庄稳重、秀雅精洁。在诗歌创作上，他不强求七子派动辄声言要紧的气骨格调，也不拘守唐宋家法，往往是任情而至，赋到便工。他曾对后辈何良俊说："我

---

① 祝允明：《怀星堂集》卷12。据陈麦青《祝允明年谱》考证，本文作于正德十五年（1520）广东兴宁县令任上，复旦大学出版社1996年版。

② 王锜：《寓圃杂记》卷5《祝希哲作文》，张德信点校，中华书局1984年版，第37页。

③ 《文徵明集》卷23《题希哲手稿》。

④ 黄卓越：《明中后期文学思想研究》第四章，第142、146页。

⑤ 钱谦益：《列朝诗集小传》丙集《祝京兆允明》，第299页。

少年学诗，从陆放翁入门，故格调卑弱，不若诸君皆唐声也。"① 自甘"格调卑弱"。其子文嘉述其诗学是："公于诗，兼法唐宋，而以温厚和平为主。或有以格律气骨为论者，公不为动。"这种姿态放在前七子派讲求"格古调逸"的诗学宗法盛行背景下，确实有些别样的抗衡意态。热衷于发掘吴中人物言行深意的钱谦益就此说："论诗而及于格律气骨，有微词焉。厥后吴门之诗，抽黄对白，日趋卑靡，皆名为文氏诗，嘉固已表其微矣。"② 之后，这种不能"上超开元"、只谨守大历的诗风，为王世贞等人鄙弃为"吴歈"和"文家诗"。

唐寅，则受科场案的影响太大，为学博杂，为人烂漫，既有吴中的多才放诞风流传统，又融入了发达商业都市生活的影响，在人生观和世界观上已不能用一般标准来衡量，秦汉文、唐宋诗在他已不是需要思考的问题。

所以总体讲，留居苏州的吴中派三人在文章复古意识上与前七子派相合之处甚多，而在诗歌创作的宗法追求上，则与前七子派的强悍决断态度相合的地方较少（主要集中在反道学、科举对诗文的伤害，至如祝允明的反宋诗和严分诗体学习的诗歌体统观，则是他的超越吴中派之处，不具通约意义），而相对的地方多③，且时有反驳之论，如前举文徵明似乎甘认卑弱、不讲格律气骨的姿态。

统一了理论认识和创作实践的徐祯卿，在后来面对与自己并称为"江东四才子"④ 的朱应登时，在送行序中就出以完全的复古派观点来审视朱应登和自己所携带的南方文学特征，并展开严厉的批评。本文作于正德四年四月，时朱应登以南京户部主事的身份"奏谒京师"，与徐氏多日"剧谈"，"往往评勘文字，他或古今政理，人品名物，亦时时往覆相论。"是故，临别时徐氏赠的该《叙》，也以注意志节、政业与文学（"文技"）的关系相勉励，符合一般赠序的写作特点。从他推举志节为第一义来看，

---

① 何良俊：《四友斋丛说》卷 26《诗三》，第 237 页。

② 钱谦益：《列朝诗集小传》丙集《文待诏徵明》，第 306 页。

③ 黄卓越：《明中期吴中派的诗文体统观》，《明中后期文学思想研究》，第 155—158 页。

④ 李梦阳《凌溪先生墓志铭》言朱应登："年二十，举进士。时顾华玉璘、刘元瑞麟、徐昌谷祯卿，号江东三才，凌溪乃与并奋，竞骋吴楚之间，欻为俊国。一时笃古之士争慕向往，乐与之交。"载李梦阳《空同集》卷 45，又载朱应登《凌溪集》卷 18《附录》，《四库全书存目丛书》本。

可见当时刘瑾擅权的政治环境,复古派人士纷纷以气节相劝勉,绝不是无病呻吟;推举政业为第二义,既为切合朱应登现在的官员身份,也可见复古派人士渴望在政治事功上有所作为;而贬文学为不足多道的"文技",则是他深刻思考了既往的惨痛历史教训而得出的结论,不能以传统的"三不朽"论视之,也不能以"重道轻文"的道学家观点视之。因为他提出的观点是:"词章陆离,非国之宝也。"① 其反面则是强调文要有为而作,增强文学创作的现实针对性和批判力。其实这正是弘治、正德之间文学复古运动得以慷慨激烈进行,造成广泛影响的真正原因。又由于两人都是南方人(朱为扬州宝应人,弘治十二年登第后,即在南京为官),都有很深的南方文化习染,长期沉湎于华丽的六朝文学风格,于是对东南的人文风习和讲求辞采的传统作了严厉的告诫,显示出其北学中原、坚定了复古思想后的精神成果。"文词不患其不华,而患于气格之不振",多像李梦阳当初劝其要取法乎上的主张。

---

① 徐祯卿:《与朱升之叙别》,载朱应登《凌溪先生集》卷18《附录》。

第 二 章
晚明地域诗学地图和地域文学流派竞争

在万历五年（1577）冯梦祯等人登第时，诗坛的天下明显是后七子派王世贞和汪道昆的，"于时海内名能诗赋古文辞者，罔不以坛坫奉琅玡、新都，盖操觚之业未有能外二氏自为言者"①。万历八年时，人们论诗已经称李梦阳为弘治诗人之冠，王世贞为当今之冠。②万历十二年，王世贞作《重纪五子篇》和《末五子篇》，此时后七子派的声势可谓如日中天，笼盖四裔。不过，一当万历十八年王世贞辞世，后七子派的文坛主流地位便一落千丈。就在王世贞去世的第二年春，仅仅两三个月，沈一贯就提出了"鄞县三司马"的说法，抨击李攀龙"宁失于理，毋失于辞"的论调，倡导文以六经为极致，诗以汉魏为宗法，加大历一等。③到万历二十三年，"则世之论诗者已掊击吴下、济南矣。数十年来，并北地、信阳几无完章，而弹射所及，浸及盛唐诸子"④。被王世贞许为后七子派盟主继承人的李维桢、屠隆、胡应麟等人论诗"既夷其樊圃"⑤，时代风潮也以波谲云诡、奇正相生的方式深刻地演变。在公安派、竟陵派相继崛起为

---

① 顾起元：《具区先生快雪堂集序》，载冯梦祯《快雪堂集》卷首，《四库全书存目丛书》本。

② 王逸民：《欣赏诗法序》，署"万历庚辰秋七月既望"，载茅一相《欣赏诗法》卷首，《全明诗话》本，第2115页。

③ 沈一贯：《天一阁集序》，载范钦《天一阁集》卷首，《续修四库全书》本。

④ 王惟俭：《林孝廉集序》，转引自陈文新《中国文学流派意识的发生和发展》，第374页。按：王惟俭谓"往在都下时，时从客问诗，则……"王乃万历二十八年乙未进士。

⑤ 宋征舆：《皇明诗选序》，载陈子龙、李雯、宋征舆《皇明诗选》卷首，华东师范大学出版社1991年版。

全国性文学流派、肆言鼓动其打倒前派文学主张的同时，加上盲从的群体心理气氛的推助，文学盟主的争夺和地域诗音的出位之思也愈演愈烈。值此之际，文坛宗法纵横，乱流飞渡，一如万历后期到天启的朋党政局和纷乱学术。这里即牵涉以盟主之争为象征，以地域文学流派为主体，以文学流派末流为隐形助力等多重因素。

第一节 后王元美时代：晚明地域诗学地图和文学盟主之争

在王世贞还在世的时候，以他为中心，团聚了除李攀龙为盟主时期的"七子"、"六子"、"五子"、"四甫"、"三甫"① 之外的"二友"、"重纪五子"、"广五子"、"续五子"、"末五子"、"四十子"等多种不同名目。这些名单不仅将很多江南籍人士揽入，也包括了相当一部分北方籍人士，使得其时的后七子派，成为名副其实的拥有盟主、中坚和外缘的向着全国范围扩散的全国性主流文学流派。以万历十八年王世贞去世加上吴国伦、汪道昆万历二十年去世为标志，这个文学创作思想面貌和成员阶层本就复杂，很多只是因为王、汪的个人文学交往关系才聚合在一起的大文学集团，就事实上四分五裂，再难行统一之流派宗法号令。随着公安、竟陵派的相继崛起，人们或固守旧垒，或适当趋新，或干脆投奔新军、反攻故主，与原先曾受到压制的地域文学流派共同组成了万、天时期文坛纷乱复杂而以地域文学流派版图为主的地域文学景观，从而上演了长期的地域诗学之音和文学盟主之争。

一 晚明地域诗学地图

万历中后期到天启的地域诗派中，流派因素最为庞杂、影响也最大的自然是容纳了七子、公安和竟陵派的楚地（湖广）诗学，不过，吴派（江苏）、闽派（福建）、浙江、山东、安徽和广东的文学声势也不小。为

---

① 陈文烛：《二酉园续集》卷2《余德甫先生诗序》称："执牛耳之盟，七子并驾；增鸡林之重，四甫同称。""四甫"指南昌余曰德字德甫、新蔡张九一字助甫、铜梁张佳胤字肖甫、蒲圻魏裳字顺甫。李维桢《大泌山房集》卷21《雷中丞诗序》称："七子三甫之属，为诗社高自标帜，海内翕然宗乡。""三甫"指前三人。陈有守《青萝馆诗序》称："七子篇章，汹汹朝省间。"

便于对这一时期地域文学流派有一总体印象，我们特制成表8 "晚明地域诗学地图"以示之。因楚地诗学人们讨论已多，此处仅列其代表人物；又为了对照，也列出影响较大的其他地方的代表人物。

表8　　　　　　　　　　　　晚明地域诗学地图

派别	姓名	籍贯	科第	历官	文学流派倾向
江苏	王稚登	江阴，迁长洲	监生	山人	吴门风雅领袖。"四十子"之一。其诗华整纤秀。有不满吴人学北的言论
1	王留	长洲	诸生	山人	稚登子。钱传第658页：未能传习其家学，而又浸淫于时调
2	张凤翼	长洲	嘉43举		从事戏曲创作。与弟献翼、燕翼称"三张"。"四十子"之一。其《答汤考功书》批评王世贞不死于三十年前
3	张献翼	长洲	监生		作风狂诞，与王稚登争名不能胜，颓然自放。"四十子"之一。辑李攀龙、王世贞往返诗为《南北二鸣编》。与袁宏道、谢肇淛均有交往和争论
4	刘凤	长洲	嘉23进①	河南按察金事	朱话第354页：局守于鳞"唐无古诗"一语，叹为知言。其诗襞积纂组，节节俱断，俾读者茫然如堕云雾中。曾为此而与卜者袁景休打官司
5	徐桂	长洲	万5进	袁州推官	"四十子"之一。与王世贞、汪道昆、屠隆等交往
6	吴安国	长洲	万5进	浙江副使	朱话第450页：诗是家学。批评以文学工丽结党的傲诞浮华风气
7	王士骐	太仓	万17进	吏部员外郎	世贞子。钱传第439页：论诗文多与弇州异同。朱话第474页：不拾过庭片语

---

① 钱谦益《列朝诗集小传》丁集中《刘金事凤》（第484页）作嘉靖庚戌进士（二十九年，1550），钱伯城《袁宏道集笺校》卷3《刘子威》笺（第148页）承之作嘉靖二十九年进士。朱彝尊《静志居诗话》卷12《刘凤》（第354页）作嘉靖甲辰（二十三年，1544）进士，《四库全书总目》卷61《续吴先贤赞十五卷》同。查乾隆《江南通志》卷122《选举志·进士四》长洲刘凤为嘉靖甲辰科秦鸣雷榜进士，则钱谦益误。

续表

派别	姓名	籍贯	科第	历官	文学流派倾向
8	曹子念	太仓		山人	世贞外甥。与袁宏道等人有交往。钱传第482页：近体歌行、酷似其舅
9	王衡	太仓	万29榜眼	翰林院编修	王锡爵子。"四十子"之一
10	顾绍芳	太仓	万5进	翰林院编修	朱话第449页：工于五律，不露新颖，矜炼以出之，颇有近于孟襄阳、高苏门者
11	袁年	吴县	万8进	云南参政	袁褧子。朱话第453页：五言虽少精诣，不坠台胥（按：应为胥台）家法
12	章士雅	吴县	万17进	工部郎中	钱传第485页：章美中子。美中与皇甫汸、王世贞善，士雅授毛诗于魏学礼，兼得父师初唐六朝体
13	吴鼎芳	吴县		布衣	钱传第609页：不与钟、谭为伍
14	葛一龙	吴县	贡生	理问	钱传第609页：晚自信不笃，颇折入于钟、谭
15	范沜	乌程人迁吴县	监生		钱传第608页：辑全唐诗千余卷。不傍古，不缘今，不拘律，不适耦。希风抗志，在大历、元和之间
16	张恒	嘉定	万8进	太常少卿	朱话第454页：自序"语不必工，意不必远，古不必合，今不必离"。古风磊落，近体亦安详
17	殷都	嘉定	万11进	兵部员外郎	"四十子"之一
18	吴扩	昆山		山人	游大人以成名
19	归子慕	昆山	万19举		钱传第583页：清真静好，五言诗澹雅，似其为人
20	王志坚	昆山	万38进	湖广提学副使	钱传第585页：少与李流芳同研席，为诗文已知法唐宋名家，而深鄙庆、历间之俗学
21	岳岱	苏州卫		山人	集交友诗为《今雨瑶华》，犹存次山《箧中》遗意
22	王叔承	吴江		山人	"四十子"之一。与王世贞等人有深入交往，后有不满七子派的言论
23	俞安期	吴江		山人	与汪道昆、吴国伦结社有名

续表

派别	姓名	籍贯	科第	历官	文学流派倾向
24	冯时可	华亭	隆5进	湖广参政①	与邹迪光狎主齐盟。钱传第484页诋之甚，以为刘凤之重儓。朱话第439页以为其五古胜过刘凤
25	董其昌	华亭	万17进	礼部尚书	陈继儒《容台集叙》：和易近人，不为崖岸。少曾谏李维桢曰："神仙自能拔宅，何事傍人门户？"
26	陈继儒	华亭		山人	
27	邹迪光	无锡	万2进	湖广提学副使	"四十子"之一。不满公安、竟陵派，欲为文学盟主
28	华善继	无锡	贡生②	永昌府通判	与弟善述称"二华"，"四十子"之一
29	叶之芳	无锡		山人	钱传第501页：以能诗出游人间，好使酒骂座。邹迪光与之同里，繆相延重，而心殊苦之
30	华淑	无锡	诸生		有《明诗选》。推崇竟陵派
31	陆弼	江都	诸生		钱传第499页：王叔承评其隆庆二年以后，多染七子时调，万历二十三年以后，乃为陆无从
32	冒愈昌	如皋	诸生		钱传第632页：万历末年，抨击七子者日众，愈昌恪守师说，抗词枝柱，愤楚人之訾謷，至欲以身死之
福建	李廷机	晋江	万11榜眼	礼部尚书、入阁	朱话第457页：生时以帖括名，诗非专务
1	叶向高	福清	万11进	吏部尚书、入阁	为邓原岳诗作序，极力表彰闽派。朱话第458页：诗品在山林台阁之间，诸体皆具
2	邓原岳	闽县	万20进	云南提学金事	编《闽诗正声》，与陈荐夫、徐熥、徐𤊹、曹学佺、谢肇淛、安国贤称"七子"

① 钱谦益《列朝诗集小传》丁集中《刘金事凤附见冯时可》关于冯时可生平仕履的记载误，其言："厥后有华亭冯时可者，字元成，万历间进士，官至副使。"当以朱彝尊《静志居诗话》卷15《冯时可》（第439页）记载为确："字敏卿，松江华亭人。隆庆辛未进士……调广西、湖广参政。"《四库全书总目》卷28《左氏释二卷》所言与朱氏同。

② 关于华善继的功名，诸书无载，按明为官惯例，当为贡生资格。参葛一龙条。

续表

派别	姓名	籍贯	科第	历官	文学流派倾向
3	陈价夫	闽县	诸生		诗为家学。与荐夫为兄。谢肇淛列入"后五子",称:典则沿汉魏,高舆曹刘偶
4	陈荐夫	闽县	万22举		作《晋安风雅叙》。谢肇淛列入"五子",称:情深语瑰奇,往往似长吉
5	徐熥	闽县	万16举		编《晋安风雅》,鼓吹晋安诗派。朱话第467页:力以唐人为圭臬,七绝原本王江宁,声谐调畅
6	徐㷖	闽县	诸生		编《闽中诗选》以彰吾郡文物之盛。曹学佺称为词场领袖
7	谢肇淛	长乐	万20进	广西左布政使	晚年云:徐、陈里闬久相亲,钟、李湖湘非吾邻。丸泥久已封函谷,怕见江东一片尘
8	曹学佺	侯官	万23进	礼部尚书	编有《石仓十二代诗选》,推扬本地风流。钱传第607页:为诗以清丽为宗
9	蔡复一	同安	万23进	兵部右侍郎	朱话第483页:景陵之邪说行,率先倒戈者,蔡敬夫也
10	陈鸣鹤	闽县	诸生		与二徐、谢肇淛唱和
11	康彦登	闽县	诸生		钱传第650页:万历间称福州七才子,彦登其一也
12	商家梅	闽县	诸生		钱传第589页:少为诗,饶有才调,已而从钟惺游,一变为幽闲萧寂,不多读书,亦不事汲古
浙江	沈明臣	鄞县	诸生	山人	"四十子"之一。王世贞为其《丰对楼诗选》作序。屠隆先以之为师,后交恶。与王稚登、王叔承并称万历初三大山人
1	沈一贯	鄞县	隆2进	吏部尚书、入阁	自称学诗于明臣,学文于余寅。表彰甬东诗学
2	屠隆	鄞县	万5进	礼部主事	万历十二年罢官。为沈明臣诗作序鼓吹甬东诗派
3	沈九畴	鄞县	万5进	江西布政使	明臣侄。朱话第449页:以诗名重乡里
4	余寅	鄞县	万8进	太常少卿	朱话第452页:自负古文,然与作者尚远。其于诗,自谓"涉其藩未窥其奥",亦自知之明

269

派别	姓名	籍贯	科第	历官	文学流派倾向
5	袁时选	鄞县	万47进	刑部主事	《甬上耆旧诗》：少有才，工于诗，屠隆一见赏之。托以身后文章之事
6	杨承鲲	鄞县	监生		沈明臣亟称之，有名于世
7	胡应麟	兰溪	万4举		与屠隆为同年举人，同列王世贞"末五子"
8	孙鑛	余姚	万2进	南京兵部尚书	其《与余君房论诗书》称李攀龙诗虽工，却是中唐调
9	冯梦祯	秀水	万5进	南京国子祭酒	朱话第447页：诗不蹈时习，五古能盘硬语，尤见意匠经营。同谱若沈君典、屠纬真，皆不及也
10	虞淳熙	钱塘	万11进	吏部稽勋郎中	为袁宏道集作序。钱传第620页：少见知于李、王，于时贤，颇心折汤显祖、屠隆
11	朱长春	乌程	万11进	刑部主事	黄汝亨推为王、李之后能为异的四个人之一，其他三人是汤显祖、余寅和虞淳熙①
12	王思任	山阴	万23进	江西按察佥事	钱传第574页：颇负时名，自建旗鼓。其诗才情烂漫，无复持择，入鬼入魔，恶道垒出。钟谭之外，又一傍派也
13	邵景尧	象山	万26榜眼	左谕德	陈事第2566页引倪勖《彭姥诗搜》：少有才名，与甬上杨守勤等结社赋诗，号浙东十四子
14	杨守勤	慈溪	万32状元	右庶子	会试第一。有《宁澹斋集》十卷
15	何白	永嘉		布衣	著《汲古堂集》。编《鄞诗嫡派》四卷。其《与王伯度书》论晚明诗派史，主张"范古矩度，传我神情"
16	茅维	归安	监生		茅坤子。与臧懋循、吴稼竳、吴孟旸称四子
17	茅元仪	归安		待诏	茅坤孙、国缙子。论诗推崇钟惺、谭元春

---

① 黄汝亨：《虞长孺集序》，载虞淳熙《虞德园先生集》卷首，作于天启癸亥（1623）九月九日，《四库禁毁书丛刊》本。

续表

派别	姓名	籍贯	科第	历官	文学流派倾向
山东	于慎行	东阿	隆2进	礼部尚书	《总目》：典雅和平，自饶情韵，又不似竟陵、公安之学。其矫枉而不过直，抑尤难也
1	邢侗	临邑	万2进	陕西行太仆卿	以书法闻名于世。"四十子"之一。与公鼒、谢肇淛等倡和，抨击晚明诗坛真伪混杂和争盟的现象
2	冯琦	临朐	万5进	礼部尚书	袁宏道座师。反思七子拟古作风。陈事引王锡爵语：诗以情事为宗，次传声调
3	公鼒	蒙阴	万29进	礼部右侍郎	多次鼓吹"齐风"，渴望成一家言
4	公㒜	蒙阴	万25举	主事	公鼒弟。著《小东园集》，王象春为序。与王象春、李若讷并称"山东三才子"
5	王象春	新城	万38进	南京吏部郎中	与钟惺为同年。希望"重开诗世界，一洗俗肝肠"
6	于若瀛	济宁卫	万11进	右金都御史	《总目》：其诗不脱历下流派，文则偶然挥洒而已。为靳学颜全集作序，表彰七子宗法
7	高出	莱阳	万26进	河南按察使	与钟惺争论。朱话第489页：家本东莱，不袭历下遗派。与王象春、文翔凤并称"北方三子"
8	李若讷	临邑	万32进	副使	作《徐文长袁中郎二集序》批评竟陵派、文党、士党，指出"后中郎"时代的诗学乱象
9	刘士骥	禹城	万32进	翰林院编修	《总目》：于李攀龙为乡人，而不循其门径
安徽	王寅	歙县		十岳山人	朱话第420页：少走大梁，问诗于献吉，不遇，遂从少林僧，习兵杖。……晚辑乡人之诗曰《新都秀运集》
1	王野	歙县		弃儒经商	从祖王寅。钱传第606页：晚年诗颇为竟陵熏染
2	潘纬	歙县		中书舍人	
3	潘之恒	歙县	监生		辗转于后七子、公安、竟陵派之间
4	汪道贯	歙县	诸生		道昆弟。与从兄道贯称"二仲"。"四十子"之一。曾与胡应麟在王世贞座上争诗统
5	沈懋学	宣城	万5状元	翰林修撰	与屠隆等人交

续表

派别	姓名	籍贯	科第	历官	文学流派倾向
6	汤宾尹	宣城	万23榜眼	南京国子祭酒	会试第一。以制义名天下
7	阮自华	怀宁	万26进士	邵武知府	钱传第646页：自谓超于鳞而上之，其实无以相远也
8	梅守箕	宣城	诸生		袁宏道赠其诗
9	梅鼎祚	宣城	监生		"四十子"之一。钱传第627页：其为诗，宗法李、何，虽游猎汉魏三唐，终不出近代风调。七言今体，步趋李于鳞
10	程可中	休宁		布衣	与潘之恒、何白、梅守箕交。李维桢序其诗
11	吴子玉	休宁	贡生	应天府训导	钱传第628页：其于近代文章，专推李于鳞
12	程嘉燧	休宁		山人	钱谦益称其为松圆诗老
13	吴兆	休宁		山人	钱传第604页：早年秾华婉至，中岁清真潇洒。大要沉酣于六朝、唐人，而傅之以性情，干之以风调
广东	区大相	高明	万17进	南京太仆寺丞	朱话第473页引屈大均语：岭南自张曲江倡正始之音，明三百年之美者，海目为最，在泰泉、兰汀、仑山之上
1	陈子壮	南海	万47探花	礼部侍郎	《番禺县续志》卷40：天启间，顺德梁元柱以疏劾魏阉罢归，复与陈子壮、黎遂球、赵焞夫、欧必元、李云龙、梁梦阳、戴柱、梁木公开诃林净社
2	黎遂球	番禺	天7举		
3	韩上桂	南海	万22举	南京国子监博士	钱传第587页：要是万历间岭南第一才子
湖广	李维桢	京山	隆2进	南京礼部尚书	"末五子"之一
1	郭正域	江夏	万11进	礼部右侍郎	朱话第458页：其论乐府云："今人全用拟议而无变化，令人读之，如抉陈人口中珠。"殆为于鳞辈发也
2	王子鸣	黄冈	万14进	知县	王廷陈从孙。钱传第624页：酒酣大叫，黄金白雪，流毒千载

续表

派别	姓名	籍贯	科第	历官	文学流派倾向
3	袁宗道	公安	万14进	右庶子	钱传第566页：其才或不逮二仲，而公安一派实自伯修发之
4	袁宏道	公安	万20进	吏部稽勋郎中	钱传第567页：中郎之论出，王、李之云雾一扫，天下之文士始知疏瀹性灵，搜剔慧性，以荡涤模拟涂泽之病，其功伟矣
5	袁中道	公安	万44进	南京礼部仪制郎中	公安派立场的坚持者和修正者
6	钟惺	天门	万38进	福建提学佥事	与同乡后生谭元春著《诗归》，风行天下，号钟、谭体
7	谭元春	天门	天7解元		同上
其他	汤显祖	江西临川	万11进	遂昌知县	钱传第564页：少熟《文选》，中攻声律，四十以后，诗变而之香山、眉山，文变而之南丰、临川
1	邓渼	江西新城	万26进	右佥都御史	总目：深中秦汉、唐宋派之弊。钱传第645页：当王、李末流，楚人崛起之会，欲箴两家之病，而集其所长，其志则大矣
2	王惟俭	河南祥符	万23进	工部右侍郎	钱传第639页：为人疏通轩豁，口多微词，评骘艺文，排击道学，机锋侧出，人不能堪
3	马之骏	河南新野	万38进	户部主事	钱传第658页：欲为调人于李何袁钟之间，以才情风调自树赤帜
4	文翔凤	陕西三水	万38进	光禄少卿	钱传第653页：赠王象春诗曰：元美吾兼爱，空同尔独师。朱话第503页：学有异端，诗亦有异端，文太青、王季重是已

注：1. 本表主要据钱谦益《列朝诗集小传》、朱彝尊《静志居诗话》、《四库全书总目》、陈田《明诗纪事》制成，分别简称为"钱传"、"朱话"、"总目"、"陈事"。

2. 所列人物以活到王世贞去世的万历十八年之后为准，可见他们对公安、竟陵和七子派的倾向。

上表列江苏 33 人，其中狭义的吴中（苏州府）24 人，福建 13 人，浙江 18 人，山东 10 人，安徽 14 人，广东 4 人，湖广 8 人，其他 5 人，合计 105 人。就社会阶层言，进士以上的官员有 59 人，侍郎、少卿、尚书有 18 人，入阁为大学士者有 3 人。科第功名为举人的 9 人，出仕为官的仅公鼐和韩上桂 2 人，而张凤翼、胡应麟、徐𤊹等人则未为官。剩下的诸生（秀才）、监生（太学生）、贡生有 39 人，而称作山人、布衣（不是做官士人的雅号）的有 16 人，又以江苏、安徽为多。由此可见：

第一，主持晚明文坛风尚及其变迁者，仍是以进士阶层为主的官员群体，其中，翰林院官员和高官仍是重要参与者。如公安派中的袁宗道、陶望龄、黄辉，大倡齐风的于慎行、邢侗、冯琦、公鼐，表彰本地甬东诗风的沈一贯，力撑闽派中兴的叶向高，以及在文坛上享有很大名声的李维桢、董其昌等人，都有显赫的科名，或高官的支持。于是，公安派的异军突起，山左诗风继前后七子边贡、李攀龙等人之后的再度中兴、气魄十足，浙派尤其甬东跃跃欲试，闽派不甘落后，奋力与吴、楚、山左、浙争衡天下，都有上述占据文学和政治权力上层人物的鼎力支持，或者直接参与。而没有这样的政治和文化背景的竟陵派领袖之所以遭到晚明社会和文坛的很多抨击，除了其自身文学流派策略和创作取向幽僻所引起的逆反效应之外，还有其所影响的多是科第和官位不高的人群，尤其是举人及以下的诸生、山人。而江苏（吴中）和安徽，本期虽人数众多，但由于缺乏高官的强力支持（汤宾尹虽为宣党之魁，但自身官位不高，仅做到南京国子监祭酒，而且还因为韩敬中状元的事件，卷进了险怪诡谲、波涛汹涌的科场案中，而让自己的政治前途和道德、文学声誉受到极大影响），这两个前一时期还领导文学复古运动的地域流派，即进入到一个与新起的主流文学风尚——公安、竟陵——相对的衰落时期，或者抗衡，或者融入。而岭南派本期偏于一隅，较少得到全国文学流派的瞩目。

第二，在文学盟主竞争者之中，闽派的谢肇淛、曹学佺和后七子派的李维桢之所以受到多人的推举，除了他们自身的文学成就和影响力之外，也与他们的出身进士（李维桢还是庶吉士，曾在翰林院任职）、跻身中上高位有关。与他们相比，有意争夺盟主或被认为具备盟主才能的邹迪光、冯时可、汤显祖、屠隆、胡应麟等人，则各有其致命缺陷。其中又以仅为举人、一辈子没有做官的胡应麟最无竞争力，早早就被罢官的屠隆和弃官的汤显祖希望也较渺茫，由此也就可以理解半途丢官的邹迪光会和冯时可虚伪地将文学盟主之位相互推诿。而其他跻身上层的于慎行等人，又不将文学盟主放在心上，他们还是比较典型的理学家和政治家；当然，更重要的是，他们自身的文学成就确实也相当有限。

　　第三，山人群体确实成了晚明非常显著的社会阶层。他们中的佼佼者如陈继儒、王稚登等人看似能呼风唤雨，而实际要背负社会的嘲讽和内心的煎熬（参下引王稚登的自白）。晚明急速转换的文学风尚与这一批山人（布衣、诸生）的大量参与密不可分。

　　第四，在对抗流行病（即七子派末流的生硬模拟、公安派的油滑无根、竟陵派的幽情单绪）的文学区域中，钱谦益主要针对七子派和竟陵派，表彰江苏尤其是吴中文学集团对江左风流（吴中故步）的坚守和分辨（如为王叔承、王稚登等人鸣不平）；而对追随七子派的陆无从、俞安期等人、追随竟陵派的葛一龙等人，或者无情地嘲笑，或者为之惋惜；至于对闽派，则多持苛刻的批判态度，而这又是他一以贯之的文学流派立场。相比之下，朱彝尊也有较强的本地乡贤之好和对竟陵作风的切骨痛恨。不过，为了与钱谦益不同，朱彝尊主要表扬浙派和闽派的对抗态度。而实际上，据上表所列，对抗（也是参与、调和）三派时尚流行末流者，不止浙派、闽派、吴派，还有关中、河南和江西。这是一个以地域文学为大背景的争鸣景象。

　　再具体到各地域文学场景。江苏比较有代表性或者说有特色的人物，主要是王稚登、张凤翼、张献翼、王叔承、邹迪光、冒愈昌和章士雅，他们分别代表了不同类型的文学思想倾向。

　　王稚登是吴门风雅领袖。在王世贞还活着之时，王稚登即曾对以李梦阳为代表的北方复古文学和以徐祯卿为代表的吴中文学风格之间的冲突，有过比较深刻的反思。他反对吴地的年轻人丢弃本地追求精诣的艺术传统，去学与自己本性不相吻合，而且已经显露出"调高而意直，才大而情疏，体正而律庸，力有余而巧不足"等弊病的异地之学。其所诉求的，是在保持吴地"土风清嘉，民生韶俊"文化习性的先天传承和个人真性情的自在抒发前提下，要求对时代转型所引起的和平优柔的社会心理变化进行适应，并创造符合这个时代要求的精致艺术——不是高声大语，而是"清声古色"；不是"拨乱反正"，而是"粉饰太平"。① 正是由于这样的文学思想，他在与王世贞、李攀龙并世之际，也追求自己独特的艺术家与山人相结合的人生艺术道路，为人"上不能为寒蝉之洁，下不屑为壤虫之

---

　　① 王稚登：《与方子服论诗书》，《王百谷集》，《四库禁毁书丛刊》本。

汗，盖行己在清浊之间而已"①，诗歌"雕香刻翠"②，纤秀"华整"③。在李、王去世后，他又以一种无往非新的姿态，与新起的公安派袁宏道、闽派代表人物谢肇淛和后七子派的新变者屠隆等人交相往来，而不觉得有隔阂。因此，一定程度上可以说，正是王稚登代王世贞而起的吴派领袖地位，造成了晚明江南文坛旗号和声音的混杂。

张凤翼批评王世贞"惜其不死于三十年前，而死于三十年后"④，代表了本地人士对这位长期把持文坛领袖宝座的人物的不满。乃弟张献翼与公安派、闽派人物的频繁接触，却并不能消除彼此之间根深蒂固的文学思想和人生态度差异，引发了激烈论争，以致断交（详见下一节），说明他尽管在诗文创作风致上与后七子派有距离，却仍是"盛事追求、点，高标属李、王"⑤，具有七子派的基本审美标准。

在钱谦益、朱彝尊等人眼里，作风生硬奇崛的长洲刘凤，与后来的华亭冯时可一样，都是被后七子派的严苛诗文宗法所误。而两人在当时文坛的声名，让钱、朱都记录了刘凤与本地卜者袁景休因争论而打官司的事件，并以后者的宁打不屈，来彰显刘凤虽可赢得好奇的士大夫之心（如与刘凤唱和的魏学礼）却不能让老百姓心服口服。至于冯时可与邹迪光推让盟主的行为，在钱谦益的描绘里显得相当的滑稽可笑，由此也可说明王世贞去世后的吴地文坛确实缺少一位真正能服众的文学盟主性人物（王稚登可为艺苑泰斗，却难言文学盟主）。

王叔承在王世贞去世前后的不同表现，代表了很多与他一样的山人（如陆无从、俞安期等）等面临文学新风尚时的徘徊徙倚心态。冒愈昌则代表了后七子派宗法的坚守者。而突出章士雅，可见其所代表的家族文学现象（父子、兄弟、亲戚）和这个时期相当稀少的初唐六朝作风。家族文学现象也是中晚明在其他地区也比较突出的文学创作景象，总计上表所列，至少有十七对。

浙派中，鼓吹甬东诗风的鄞县人占了主体。对此，从后七子派阵营出来的屠隆的地位便显得相当特殊。他是本地文学特色的鼓吹者，又是当时

---

① 王稚登：《与方子服论诗书》，《广长庵主生圹志》。
② 乾隆《江南通志》卷 165《人物志·文苑一·王稚登》，《文渊阁四库全书》本。
③ 朱彝尊：《静志居诗话》卷 14《王稚登》，第 430 页。
④ 张凤翼：《答汤考功书》，《处实堂集》，《四库全书存目丛书》本。
⑤ 《袁宏道集笺校》卷 3《张幼于》。

地域文学流动的代表人物，与吴派、徽派和闽派人物均有深入交往，是当时文坛的活跃人物，一定程度上也被当成了区域性的文学盟主。请看钱谦益关于万历三十一年闽中邻霄台大会的记录文字："长卿既不仕，遨游吴越间，寻山访道，啸傲赋诗。晚年出盱江，登武夷，穷八闽之胜。阮坚之司理晋安，以癸卯中秋，大会词人于乌石山之邻霄台，名士宴集者七十余人，而长卿为祭酒，梨园数部，观者如堵。酒阑乐罢，长卿幅巾白衲，奋袖作'渔阳掺'，鼓声一作，广场无人，山云怒飞，海水起立。林茂之少年下坐，长卿起执其手曰：'子当为挝鼓歌以赠屠生。快哉，此夕千古矣！'"① 这次大会的主人（即盟主）是在福州做官的安徽人阮自华，而真正的主持者（祭酒）是屠隆，参与者的主体是闽派领袖曹学佺和中坚赵世显等人。

而"才情烂漫，无复持择"的山阴王思任，被钱谦益视为与钟、谭一样的恶道。这种态度，又见之于其对关中文翔凤、山东王象春的评论。

本期山东作家力树新齐风，既批判后七子派及其末流的僵硬做法，又批判新起的公安、竟陵作风，要重开诗歌的新世界。安徽作家虽多，却多是出入于各个流派的辗转者，故以王寅、潘之恒为代表。岭南作家陷入了衰落期。作为强大楚风来源的湖广作家，本表所列人数虽少，却是这个时期文学流派风尚的引领发动者，是全国文坛最为瞩目的地方，集聚了后七子派、公安派和竟陵派的盟主人物。其他各地文学的代表人物，则是各以自己的独特文学创作和文学思想方式，力图走出三派宗尚所造成的迷雾，他们的文学流派策略值得重视。

二　本期文学盟主之争

万历三十九年（1611），福州知州俞政为闽派代表人物谢肇淛作序说："二十年来，天下无王元美先生，而词坛之狃主其柄，散漫而无所属。问鼎之雄，所在棋置，往往有其志而无其学，有其学而无其才，有其才而不能如其精力之鼓舞，足以驱一世而为归市之从。夫所谓精力之鼓舞，不独奖与后进而已矣。掊击前辈则耳目一新，标位俦党则瑕莹互掩，包荒其异己而不之校则纷吠自息，凡此皆鼓而舞之之术也。"确实，"问鼎之雄，所在棋置"，当王世贞辞世后，觊觎文学盟主宝座者大有人在。

---

① 钱谦益：《列朝诗集小传》丁集上《屠仪部隆》，第 445 页。

这个时期参与文学盟主竞争的人员众多，就留下了记录材料而言，有以谢肇淛、邓原岳、曹学佺等人为首的晚明闽派，想顺利承接王世贞衣钵的湖广京山李维桢、浙江金华胡应麟、鄞县屠隆（三人同时名列王世贞"末五子"），以及无锡邹迪光、吴中王稚登、张献翼和华亭冯时可等人，还有重拾边贡、李攀龙雄风，标榜新"齐风"，以公鼐、王象春等人为代表的山左诗人们。下面我们即简略梳理这一出推选文学盟主的闹剧。

按俞政的说法，他以为楚地李维桢和闽地谢肇淛都有这样的资格，可以瓜分天下："而与李本宁中分鲁。王不待大，其在斯人与欤？即不尽然，齐桓之正而不谲，吾必以归之在杭矣。"① 不过最终他还是把票投给了与自己更为亲近的谢肇淛。名列王世贞"四十子"之一的吴中张献翼，还在谢肇淛刚登第的万历二十年后，即将继承七子派盟主衣钵的希望寄托到了谢的身上："在杭解褐鸿渐，将上书凤鸣，以儒术缘饰吏事……于鳞、元美已死，非君将谁与哉？"② 当然，这还只是张献翼出于张大后七子派的个人期许，但也能说明王世贞一死，何人继承其文学盟主衣钵，便成了很多文学士所关心的热门话题。不过，在李维桢的弟子张惟任看来，这个盟主宝座却非李维桢莫属。他在同一年的李维桢全集序中，提出了李梦阳、李攀龙、王世贞、汪道昆和李维桢为七子派的"五宗"说，抨击在王世贞、汪道昆之后崛起的公安、竟陵派是"赢军野战，泥淖土崩而已"，连"直捣中权"的"偏师间道"都不如，而只有李维桢具有"出则堂堂正正，入则萧萧悠悠，军实军容，双美甚盛"的文学盟主才能和气度。③ 而被后七子派一系所抨击的公安、竟陵派，虽外表看来对文学盟主并不太感兴趣，但他们既以抨击后七子派末流的生硬模拟文风和公安派的油滑无根为己任，则自会在他们的文学理念风行天下之时，或者自觉，或者被人黄袍加身，招摇人间，成为不满者的攻击对象。

就在后七子派一系标榜李维桢或谢肇淛的万历四十年，袁中道即邀请已有时名的钟惺结盟，张大公安派所代表的"楚风"的影响。④ 遗憾的是，钟惺不甘居他人屋檐之下，而要自立一派，并不愿与袁中道合作。钟

---

① 喻政：《小草斋集序》，载谢肇淛《小草斋集》卷首，《四库全书存目丛书》本。

② 张献翼：《小草斋集叙》，载谢肇淛《小草斋集》卷首。

③ 张惟任：《太史公李本宁先生全集序》，载李维桢《大泌山房集》卷首，《四库全书存目丛书》本。

④ 袁中道：《珂雪斋近集》卷3《花雪赋引》，上海书店出版社1982重印本。

惺师前人成名之故技，也走上了抨击前辈、树立新风的流派对作路线，通过惩前毖后的流派建设策略和瓦解故垒的流派扩张手段，与谭元春等人一起建立了属于自己文学事业——竟陵派。对此，袁中道又希望能与钱谦益共同"昌言击排"之①。到万历四十八年，钟惺发现了自己苦心经营的流派成果——世间风行起打下了自己的地域和个人烙印的"竟陵一脉"和"伯敬体"——对此他既是高兴又是害怕。因为发生在前不久的文学流派及其领袖人物的起伏盛衰事件，还历历在目。他不想重蹈前后七子派四位领袖和公安派三袁的覆辙，想削除这个埋葬文学流派及其盟主的名号，"请为削此竟陵之名与迹"②。

究其实而言，钟惺的这番推卸，又像发生在大的复古派阵营里的盟主暗斗、推让和请托等情况。据钱谦益《列朝诗集小传》，即有被王世贞列入"四十子"的张献翼与王稚登争夺吴中（也是全国）的文艺盟主之位，虽与文学流派盟主稍有距离而实质一致。③ 而比较集中又有趣的是这一条：

> 隆（庆）、万（历）间，王弇州（世贞）主文章之盟，海内奔走翕服。弇州殁，云杜（李维桢）回翔羁宦，由拳（屠隆）潦倒薄游，临川（汤显祖）疏迹江外，于是彦吉（邹迪光）与云间冯元成（时可）乘间而起，思狎主晋楚之盟。长卿（屠隆）游戏推之，义仍亦漫浪应之。二公互相推长，有唐公见推之喜。彦吉沾沾自负，累见于词章；而又排诋公安，并撼眉山（苏轼），力为弇州护法。盖欲坚其坛墠，以自为后山（陈师道）瓣香之地，则尤可一笑也。长卿通脱，多可而少怪，义仍孤峭，心薄王、李，鄙其尸盟，次睢之社，朱弓之祥，归于不知何人，颔之而已，非其所屑意也。二公晚交于余，而义仍有微词相闻，并及云杜。词坛争长，等于蛮触，今皆成往劫事矣。④

---

① 钱谦益：《列朝诗集小传》丁集中《袁仪制中道》，第 569 页。
② 钟惺：《隐秀轩集》卷 17《潘稚恭诗序》，上海古籍出版社 1992 年版。
③ 钱谦益：《列朝诗集小传》丁集下《张太学献翼》，第 453 页；《王较书稚登》，第 481—482 页。
④ 钱谦益：《列朝诗集小传》丁集下《邹提学迪光》，第 647 页。

牵涉多人：李维桢、屠隆、汤显祖和邹迪光、冯时可。在钱谦益看来，汤显祖、屠隆无意于此，而庸碌狂妄的邹迪光、冯时可二人却在那里觊觎不已，实在可笑。对此，被王世贞也列为"四十子"之一的无锡邹迪光即在一封回复宣城梅鼎祚的通信中，流露了这番故作谦让又自鸣得意的心思。其言：

> 自弇州（王世贞）就殁，东南柱折，大雅遂以不振。寻下雉（吴国伦）物故，肇林（汪道昆）亦故，四明（屠隆）、兰溪（胡应麟）又故，而艺林词苑凋落已甚。幸金闾有百谷（王稚登），五茸有元敏（冯时可），宛陵有足下耳。乃王、冯各近崦嵫，而足下尚远濛汜，所为刑马歃血，执牛耳于坛墠之上者，非足下其谁？若不佞井智管视，罕所知识，小有结撰，率风蝉雨蚓，时至自鸣，无当韵调。而又困于二竖，夺于曲生，分于蜡屐，废于椠礴，妨于麈尾，顷且屏谢杂嗜，舍身慈氏，六时莲漏，杜口毗邪已矣，无所事于著作之途矣。则所为独秉旄羽，竖赤帜，无人乎千里之内者，又非足下其谁？①

作者按：王世贞卒于万历十八年十一月，吴国伦、汪道昆卒于万历二十一年，胡应麟卒于万历三十年五月，屠隆卒于万历三十三年。万历三十三年（1605）时，王稚登（1535—1612）年七十一岁。冯时可，字敏卿，号元成，松江华亭人，隆庆五年进士，官至湖广参政。在王、吴、汪等后七子派领袖人物相继去世，王稚登、冯时可又年老的情况下，邹迪光自谦文学创作才能不行，且曾为很多其他爱好（喝酒、游玩、绘画、清谈）分心，现在又沉溺佛禅，不再以文学创作为事，于是希望梅鼎祚能起而执掌文学盟主。这番你推我让，正是钱谦益所言"有唐公见推之喜"，其实非常愚蠢。因为被唐公李渊推举的李密，最终落为李渊的阶下囚。② 邹迪光寄汤显祖诗与此意图相同，其一有云："四明既委化，兰溪亦冥骞。词坛勿朽

---

① 邹迪光：《调象庵稿》卷 39《复梅禹金》，《四库全书存目丛书》本。
② 所谓"唐公见推"，乃隋末英雄群起，唐公李渊使人作书，甘辞厚礼推尊李密，让李密不以李渊为意。结果李密大喜，对其部下说："唐公见推，天下不足定也。"见（后晋）刘昫《旧唐书》卷 53《李密列传》，（宋）宋祁《新唐书》卷 84《李密列传》，《文渊阁四库全书》本。

事，匪尔孰与肩？"① 他又是在胡应麟、屠隆等人相继去世后，将文学盟主竞争者定位到汤显祖身上，希望汤氏能逊让推还给自己。

被王世贞列为"末五子"之一的屠隆在当时名声很大，于是也就成了文学盟主的有力竞争者，成为多人的推举对象，由此还惹来了极大的麻烦。为其《白榆集》作序的丁应泰自是推举屠隆②，前揭俞政、张献翼也以其为人选。晚明闽派的兴起者之一邓原岳也推举屠隆③。

邓原岳（1555—1604），字汝高，号翠屏，闽县人。万历二十年进士，授户部主事，督察浙江。本信当作于督察浙江期间，表示推尊和求教之意。当然，在不同的场合，他又可能推举其他人，如自己的老师邹观光。其曾有言："方今文章名世者，惟吴楚二三大夫。维真逃虚，应酬为累。老师与本宁先生递执牛耳，政如衡山在楚，卓为群望之宗，玄岳后显而踞其上，吴于是避楚三舍也。"④ 认为在屠隆万历十二年罢官而逃禅的情况下，天下文坛要数李维桢和邹观光最具号召力了。邹观光，字孚如，湖广云梦人，万历八年进士。

屠隆本人则对人们的轰然推举，在万历二十年（1592），却游戏般地将盟主宝座送给在他看来符合"力副而势几"要求的年轻后辈谢肇淛。⑤其要义有：一是在其文学流派演变图景中，盟主之争是一个显著的象征。屠隆以春秋五霸喻指文学流派及其盟主的兴替授受，而王世贞、汪道昆所在后七子派处于争霸的下降史之中，则前所谓的"吴子"，盖指嘉靖前期以"四皇甫"等人为代表的吴中新变人士。二是自王世贞、汪道昆去世后，文坛陷入到了争夺盟主的混乱之中，人人都自以为有机会坐上这个金光闪闪的宝座。三是比较重要的，屠隆提到了自己由于受到后七子派盟主王世贞、汪道昆的共同推举以及自身出众的文学实力，而让有心窥窃盟主宝座的人大为担忧，不断斥责辱骂他，而屠隆则以庄子所高自标置的鹓雏

---

① 邹迪光：《石语斋集》卷4《寄赠临川汤义仍二首》其一，《四库全书存目丛书》本。
② 丁应泰《屠赤水白榆集序》把屠隆和李维桢放在后七子派兴起、汪道昆谈说后起之秀的大背景下予以推崇。载屠隆《白榆集》卷首，《四库全书存目丛书》本。
③ 邓原岳：《西楼全集》卷18《与屠纬真仪部》，《四库全书存目丛书》本。
④ 同上书，卷18《答邹大泽老师》。
⑤ 屠隆：《谢在杭诗序》，载谢肇淛《小草斋集》卷首。

自喻，不屑盟主名号。① 如果出现了符合他心目中盟主要求的人物，则他将率先进奉盟主之位。由此可见其自傲为盟主首选的真实想法。只是正如他下文所说，他其实也不太符合文学盟主的全面要求——丢了官，又一脚踏入了净土的空虚之域（与邹迪光的托词相同）。四是屠隆提出了作为文学盟主的几个要素：深心嗜古，急名盛气，才名，地望，官位，才力。这与前面所引的喻政所言大体相同。确实，在"文无第一，武无第二"的观念下，要成为多数人心目中的文学盟主，除自身的文学创作成就外，还需要与之相配的显赫家族、崇盛官位和广招朋徒，甚至不惜藏污纳垢，如王世贞、汪道昆所已展示和李维桢等人所模仿学习的接纳各色人群的社交态度。

屠隆又为偏于浙江一隅的甬东诗学鼓吹："甬东者，西枕会稽，东俯沧海，故越王勾践之墟，地不壮于此矣！大风之所震荡，而长波之所激射，气不烈于此矣！谓宜有振世豪杰生其间，命令当世，而照耀来兹，与青齐、燕赵、关中、太原相等埒可矣。"② 也有一种以地域诗学争雄天下、狎主齐盟的宏愿。而事实上，他也有作为东南地区文学盟主的创作实力。

有人争夺总盟主，也有人争夺地区性和某次诗社的盟主。这种情况即恰如山东人邢侗为谢肇淛所作集序之言："今夫海内鸡坛错峙，则掩甸光（充）郊；牛耳狎执，则连轊接幕。丽璞涠夫腊鼠，茅苴乱乎人葰。是以叶公之龙非应蟠之物，木寓之骥趴麒（骐）麟之材。匪夫极研穷讨，益以申晰，则朱紫恒至易处，真赝卒之两殽。"③ 这是万历二十七年到万历三十三年间的观察。其他如山左诗人群、闽中诗人群也有很多关于竞争全国文学盟主的表达。如闽派邓原岳约在万历二十八年邀请本乡山人郑琰结盟赋诗云："吾乡雅道方坠，二三兄弟狎主齐盟，传之中原，人马辟易。愿邀三山之灵，引郑先生马首而东。鸡坛未湮，牛耳可执。穷羽徵于中宵，极才情于暇日，岂不快哉！"④ 流露的是强烈的七子派争盟观念，要

---

① 至于因为担心屠隆登上盟主之位而极力排挤诋毁他的人，可能是其本乡前辈、著名山人俞明臣，两人曾有一段师徒般的友好关系，但后来出现了严重龃龉。另外，屠隆和同列王世贞"末五子"中的李维桢、胡应麟的关系也不是特别亲切。尤其李维桢、屠隆《赠李本宁廉访二首》其一云："生平耻附夜郎名，斗大东方董子城。楚泽于今真浩荡，越兵自古号纵横。分予一半龙门客，让汝千年牛耳盟。况已泛舟香水浦，避公近或在蓬瀛。"充满了不服气的唇枪舌剑。参吴新苗《屠隆研究》附录二《屠隆交游考》，文化艺术出版社 2008 年版。

② 屠隆：《由拳集》卷 12《沈嘉则先生诗选序》，《四库全书存目丛书》本。

③ 邢侗：《谢在杭居东集序》，载《明文海》卷 249，第三册，第 775 页。

④ 邓原岳：《西楼全集》卷 18《与郑翰卿山人》。

以富于传统的闽中诗学与中原主流文学抗衡。

公鼐（1558—1626），字孝与，号周庭，蒙阴人。万历二十九年进士，改庶吉士，授编修，官至礼部右侍郎，谥文介。与冯琦、王象春、公鼐在万历后期共同振起山东诗学。公鼐多次表达了要继承前七子时期的边贡和后七子时期的李攀龙传统，在大雅无归之际重新振起齐鲁诗学精神，成为全国文坛的盟主。如下列各诗云：

> 主盟非吾事，愿君恢齐风。（《赠冯季韫》）
> 关中作者擅辞场，海内争传李梦阳。一自源流归历下，至今大雅在东方。（《赠蒋生》）
> 关右辞宗起庆阳，济南白雪照东方。愿君珍重成三李，一代名家总赞皇。（《赠季重》其八）
> 天地数理非秘昔，河岳英灵无终极。啧啧莫问群儿喧，愿成昭代一家言。（《赠邢子愿长歌》）①

王象春则明确表示："重开诗世界，重洗俗肝肠。"② 要在波谲云诡、乱流飞渡的晚明诗学突出重围，树立新的诗学出路，高扬齐鲁泱泱大风精神。

与钟惺、钱谦益为同年进士的河南新野人马之骏似也有为河南诗学鼓吹的迹象。面对公安、竟陵派对七子派的猛烈进攻和分别产生的末流之弊，他推出了嘉靖前期新变中唐派的代表人物，本地前辈高叔嗣，而表彰高氏自立坛宇的精神。他说：

> 嗟乎，豪杰之所创，庸众之所借也。袭者必掇其所长，而变者必反其所短，如水委波，如烛续焰，其孰能止？自李、何以雄丽持世，济南继之而有夸心，以务为扩其未尽，踔棘矜厉之气满域中。今不再荐而馁弃，清虚者递为帝矣。乃李、何之雄丽，讵忍一矢相加？夫雄丽、清虚，美德也。而伪雄丽、伪清虚者，之至于河汉，矛戟借之，势浸然也。先生生李、何时，能不为李、何，则生今之时，岂独可为

---

① 以上均见公鼐《问次斋稿》，《四库全书存目丛书》本。
② 王象春：《公浮来小东园诗序》，载公鼐《公浮来先生诗集》卷首，《四库禁毁书丛刊》本。

283

伪，不为济南，足以谢责哉……以后死之任而亟亟表彰先生，则不免为乡人云尔。①

在这里，马之骏反对之前王世懋等人以偏长独诣称许高叔嗣的说法，以为没能揭橥高氏创作风格和精神的真正可贵之处，即以其高古玄澹的风格独立于前七子派时风众势之外，不仅可与李梦阳双峰并峙，而且还少前者之弊。而这正是他表彰高叔嗣诗文集的原因，希望乡人在面对新的伪雄丽（后七子派及其末流）和伪清虚（公安、竟陵派及其末流）风格竞争之时，也应该清醒地有所作为。这潜在地表达了以本地优良诗学传统争盟天下的隐微意识。钱谦益称其"持论，欲为调人于李、何、袁、钟之间，以才情风调自树赤帜"②，有与王稚登之子王留狎主文盟的想法，得其情实。

第二节　以闽派谢肇淛为中心的晚明地域文学流派竞争

"万历中年，诗派杂出"③。王世贞去世后的全国文坛再一次进入到一个纷乱驳杂、竞相争鸣的地域文学观念强盛的时期，与元末明初的情形后先相顾，令人唏嘘历史的惊人再现。虽然，从文学史的主流叙述看，公安、竟陵派诗学最强盛，是全国性的文学流派，影响了大多数的人群和地域。但与它们叠为时代风尚的同时，也有不同地域的人们竞相"议其后"，严厉批判它们扰乱了文坛，从而在地域文学传统和七子（复古）、公安（新真）、竟陵（性灵）三派诗学鼎立背景下，树立富于自己文化特色的文学思想诉求。为便于看清这一复杂而宏伟的诗学争鸣，本节以闽派谢肇淛为中心讨论地域文学之间的论争情形。

一　围绕郑善夫评价的闽吴之争

在万历间闽派成员和领袖重振本地文学传统声威、重塑本地独特文学

---

① 马之骏：《高苏门先生集序》，转引自陈文新《中国文学流派意识的发生和发展》附录，第349页。

② 钱谦益：《列朝诗集小传》丁集下《王秀才留》，第658页。

③ 朱彝尊：《静志居诗话》卷17《王象春》，第504页。

宗法风格的进程中，"弘正十才子"之一的本地乡贤郑善夫，便成为晚明闽派借来与元末明初的闽中十才子及南宋严羽诗学联结的关键人物。对他们来说，严羽的宗尚盛唐和妙悟，闽中十才子的兴起于前七子派之前，以及郑善夫参与主持前七子复古运动，都是掌握了全国文学正宗正法的重量级人物。但晚明闽派于此遇到了一个艰难问题，即郑善夫连同明初十才子遭到了自居复古文学正宗的吴人王世懋和本地史志的排斥。对此，试图中兴光大闽派的晚明闽人必须有以正之，由此上演了晚明文学流派论争史上的闽吴之争。

王世懋（1536—1588），字敬美，太仓人。与兄王世贞字元美，称"二美"。万历十二年十月至十四年六月在福建任提学副使和左参政之职。在其诗话著作《艺圃撷余》里，写下了一段对于闽中文学印象的文字，成为这件争论公案的起点。其言：

> 闽人家能佔毕，而不甚工诗。国初林鸿、高廷礼、唐泰辈，皆能称诗，号闽南十才子，然出杨、徐下远甚，无论季迪。其后气骨峻峻，差堪旗鼓中原者，仅一郑善夫耳。其诗虽多摹杜，犹是边、徐、薛、王之亚。林尚书贞恒修《福志》，志善夫云："时非天宝，地靡拾遗，殆无病而呻吟"云。至以林釴、傅汝舟相伯仲。又云："釴与善夫颇为乡论所訾。"过矣。闽人三百年来仅得一善夫，诗即瑕，当为掩。善夫虽无奇节，不至作文人无行，殆非实录也。友人陈玉叔谓数语却中善夫之病。余谓以入诗品，则为雅谈，入传记，则伤厚道。玉叔大以为然。林公余早年知己，独此一段不敢傅会，此非特为善夫，亦为七闽文人吐气也。

本段文字辩论的重点是林爌（字贞恒，谥文恪）万历七年己卯所修《福州府志·文苑传》对郑善夫（字继之）诗歌的贬抑和为人的否定评论①，而王世懋意在肯定郑善夫在闽中文学史上的崇高地位，认为郑善夫是三百

---

① 王世懋《艺圃撷余》、林爌《福州府志·文苑传》，均见郑善夫《少谷集》卷23《附录上·志传类》，《文渊阁四库全书》本。在王世懋本段论郑文字之后，编者徐𤋮以小字注云："按林文恪《福州志》云：'釴为御史，颇为乡论所訾。'未尝言及善夫也。王敬美误矣。"至于林爌评郑善夫诗"无病呻吟"所引起的本地议论和其他议论，由于与本题无直接关系，此不赘述。

年来闽地文人中唯一参与主流中原文学并与之抗衡的人物,即使有瑕疵,也不应该著之史书。但为了表扬郑善夫在闽地和全国文学的地位,有意无意之下,王世懋又以吴中人士也是全国主流正宗文学的诗学立场,而贬抑整个闽中文学,尤其是明初闽中文学。认为闽人善经义时文而不太擅长诗,明初十才子不及同时期吴中四杰中的杨基、徐贲远甚,更别提四杰之首、也是一代文学之宗工巨匠的高启。这番"为七闽文人吐气"的扬郑言论,其实又是一篇充溢着浓厚的区域文学歧视情绪的文字,是一种比较典型的地缘主次("吴—闽"、"主流—边缘")对比方式,其居高临下的文学正宗主流感是相当明显的。由此,当它来到一个文学风尚再度变乱的新时空,闽人意图重振闽派文学声威和非闽人士评价闽派重振,则与之的辩驳纠正便在所难免。

非闽人士、湖北京山人李维桢,在为万历时期率先与谢肇淛一起以文学士身份面对全国文坛的邓原岳诗集所作序中(谢、邓同为万历二十年进士),即非常巧妙地将作者的闽地作家身份放在一个文学风尚正在变化的时空中,为其在本地文学和全国文学坐标中定位,而提到与其有师友之谊的王世懋的评闽话头。李维桢所采取的仍是王世懋地缘文学空间的对比应和方式,只是他加上了帝王定都或兴起地的政治因素。认为如果王世懋还在的话,当为邓原岳从闽地的挺出而高兴,因为这不独可补嘉靖、隆庆之际后七子派兴起时闽人无以应的缺憾(在朱元璋和朱棣分别龙兴于南京、北京的前两次,闽中十才子和郑善夫都起而应和南北作家群转换的大图景),而且还可在当前其他各地都纷纷离弃七子派正法的今天,成为全国文坛仿效的典范。①

同样是为邓原岳诗集作序,后来贵为吏部尚书、大学士、入阁为首辅的闽人叶向高的立场就截然不同,他站在了闽派代表全国中兴文艺和世运的立场,批驳了诸如王世懋的实际贬闽言论,只差点名道姓。② 在这篇序言中,叶向高毫不留情地批驳了以王世懋为代表的偏袒郑善夫而实蔑视闽诗的言论,而直接从诗歌和明代文学的发源处讲起。他对以李梦阳、何景明为代表的宗唐祧《诗》之师法方式及所导致的唐宋两不得之争论结果,充满了可以意会的藐视嘲讽之情。有此前提,他在为闽派中衰辩护之时,

---

① 李维桢:《大泌山房集》卷19《邓使君诗序》。
② 叶向高:《苍霞草》卷3《邓汝高诗序》,《四库全书存目丛书》本。

便非常自然地取消了王世懋所提供的地缘主次对比框架，而代之以时序优先则地位优先的评判框架，将明初闽中十才子视为李、何崛起的先导。"那么，其开辟鸿蒙之功应首先归诸十子，李、何的诗学主张及创作成就就是在十子导引的基础上发展起来的，这应该是闽人张扬十子一派真正内在的动机。"① 就叶向高本处的辩论策略而言，确实如此。不过，又应看到台阁作者之恢宏高敞眼光，方有了这番思维逻辑的展演，方有了他后文对邓原岳的谆谆告诫，希望不要一味拘泥于复古创作（取法李梦阳、郑善夫），而要采取更为通达宏伟的新诗歌创作策略——"宁离而合也者，毋宁合而离也者，汝高其妙悟哉"——如此方能由小图大、由闽而全国，实现诗歌关怀世运的宏大功能。

邓原岳则在为同乡诗人康登作序时，也提到了发生在闽吴词场之间的持续对立情形："计元龙之为诗，才一染指，参之吾党，具体而微，其意常有嗫嚅而不肯出者。一发箧而示吴人，吴人辄左其祖。藉令需之异日，当元龙之业成，悬之国门，安知不有好事如浦长源者，走千里俯首而禀绳墨者乎？则闽山川且徼宠于元龙，非独不侫已。"② 在后七子派吴国伦、宗臣、徐中行、王世懋等人到闽地为官的持续扶持下③，闽派自郑善夫去世所造成的衰落局面逐渐得到改观，以举人出身、官至中书舍人的袁表为标志性人物，闽派的社事开始频繁，文学流派的面貌开始呈现，而整理本邦文献和树立本派诗学系谱的活动也蓬勃展开。袁表、马荧选辑的《闽中十子诗》就是其中的突出成果。之后，又在邓原岳、谢肇淛、徐𤊜、徐𤊷、曹学佺等"万历七子"的带领下，闽派实力大增，不仅有了《闽诗正声》（邓原岳编）、《晋安风雅》（徐𤊜）这样标举闽派（以明初十才子为准的）讲求格律精神的正宗唐诗学选本，还有了以进士官员（邓、谢、曹）为领袖，以举人（二徐）为中坚，以家族联姻为纽带，广泛而集中的文学团队，其文学流派的标举争衡意识更加突出。正是以此为底气，邓原岳的这篇序言，才会意气风发，视吴中如无人！一个"吾党"之以其余力偶尔染指声诗的青少年，在闽中还畏手畏脚，结果到了吴中，

---

① 陈广宏：《晋安诗派：万历间福州文人群体对本地域文学的自觉建构》，载陈庆元主编《明代文学论集》上册，海峡文艺出版社 2009 年版。

② 邓原岳：《西楼全集》卷 12《康元龙诗集序》。

③ 其具体情形参陈广宏《晋安诗派：万历间福州文人群体对本地域文学的自觉建构》，载陈庆元主编《明代文学论集》上册。

就几乎无人能敌。假以时日，明初吴人（无锡浦源）到闽中拜求（林鸿）诗学真经的故事，恐怕又要再一次上演，成为闽派与吴中文艺交往的"佳话"。

将邓原岳为徐𤊿所作集序和谢肇淛为郑善夫所作诗序的感慨，附录于此，以见晚明闽派振兴时所要面临的内忧外患。

> 余闻自林鸿、王恭辈有名于洪、永间，海内所称闽中十子者也。历百余年而郑吏部善夫继之，又四十年袁舍人表继之，乃他方之左余闽而持苛论者，犹以吏部之寡于情而舍人之穷于变以为恨。①
>
> 自绘事盛而情性远，七子兴而大雅衰，里中耳食之辈，往往喜远交而近攻。盖先生没且百年，而论今日定。悠悠黄河，宁复可清？而况其以下驷走着也。掩卷卒业，但有三叹。②

邓序当有王世懋的议论背景在，谢序则是针对公安、竟陵派竞相崛起、风靡天下时，一些闽中人士非但没能守住本地的诗学宗风，反而跟着他人来反攻自己的本巢。据钱谦益观察，闽人林古度、商家梅、蔡复一等，"变闽而之楚，变王、李而之钟、谭"③，诗学风尚跟着楚人在转换。

二 谢肇淛的地域文学流派批判

谢肇淛在邓原岳去世将十年的时候，提出了"闽诗三变"说：

> 盖闽诗于是凡三变矣。国初十子为政，其言秀润而弘朗，盖犹有正始之遗焉，则林膳部子羽为之冠。弘、正之间，其人思深沉而词雄郁，相尚以少陵致语，一洗靡靡之声，则郑吏部继之为之冠。及吾党诸子相与切劘，始获穷昆仑之源，探宛委之秘，自汉魏以迨中晚，考千年之变态而折衷之，本于才情而归之气格毋失坠也，于是诗道大明，而邓观察汝高为之冠云……初为诗学郑吏部，已又学七子，比从余辈游，始幡然悟，尽焚其宿业……同时盖有徐孝廉𤊿，亦诗成而早

---

① 邓原岳：《西楼全集》卷 12《徐惟和集序》。
② 谢肇淛：《小草斋文集》卷 4《郑继之诗序》。
③ 钱谦益：《列朝诗集小传》丁集下《谢布政肇淛》，第 649 页。

卒。闽诗之振于世，二君之功为多也。①

其实这也是打上了闽派烙印的"明诗三变"说：邓原岳、徐𤊹，包括谢肇淛自己，即处在成功扭转了闽派在全国诗歌创作和诗学建设颓势的第三变关键点上。"本于才情而归之气格"，就是"第三变"闽派所开出的面对复杂诗学理念冲突的流派创作策略。当然，由于评说对象所处之地域不同，这个"明诗三变"的观察视角可能又会换成吴中、楚地、山东或岭南。无论采取哪种地域诗学架构，都有可能对王世贞去世之后文坛风尚的急速变迁和乱象纷呈，感到相当的郁闷困惑，而试图走出具有本地特色的诗学建设策略。由此，对于试图争霸天下，占领全国文坛创作制高点的地域诗学来说，地域理念之间的冲突碰撞（当然也有融入）便几乎无法避免，甚至很多时候还是主动四面出击。与后七子派余脉、吴中、公安、竟陵、山东、浙江人物都有比较深入交往的闽派谢肇淛，即既有争取他们的支持、与他们联合的一面（尤其是追求成名的青壮年时期），也有恰当时候对他们予以批评的一面。

在谢肇淛成名道路上，后七子派领袖人物王世懋于其有褒扬之恩，余脉中的中坚人物湖北李维桢、吴中王稚登、张献翼、甬东诗风的鼓吹者屠隆等人于其有鼓吹之德。公安派袁宏道、江盈科于其为同年，袁中道于其为知交；山东是他的为官之地，在那里他结识了不少的朋友，如邢侗；到晚年又与竟陵派领袖钟惺有过诗酒唱和。另外，对于闽中诗学来说，又事实上存在着脱离本地诗学理念而投入其他地域诗学尤其是竟陵派的现象。对此，谢肇淛如何处理，值得深入探讨。

先看他对山东诗学的批判，至少有两条。一是对山东临邑人邢侗（字子愿）讲的："齐音凤傲僻，四声多乖违。巴里无阳春，王风遂式微。历下起草昧，临邑传宗衣。独于渊源中，刷意矫其非。力搴上古则，心组天孙机。夕秀未云起，朝华已增晖。"② 一是对山东刘云五说的："三齐之地，包险阻原隰，其音傲僻骄志，邻于《溱洧》，至以其方之声为四声，

---

① 谢肇淛：《小草斋文集》卷 10《邓汝高传》言："汝高有集数十卷，殁且十年，而其孤庆寀、庆宠始捐资梓之，行于世，而求余为之传。"邓原岳卒于万历三十二年（1605），则本传约作于万历四十年（1612）。参陈庆元《谢肇淛年表》，《闽江学院学报》2009 年第 1 期。

② 谢肇淛：《小草斋文集》卷 6《邢太仆子愿》。

以故不谐婉于《大雅》，君子难言之。于鳞天造草昧，立汉赤帜，至今执橐鞬者什九北面。然其滥觞也，务气格而寡性情，刻声调而乏神理，顿令本来面目无复觅处，则英雄欺人，济南不无惭德也。"① 这两条一诗一文，都针对《诗经》中与《郑风》、《宋风》、《卫风》相邻而同类的《齐风》的音声、风俗的邪淫问题。《礼记·魏文侯》载子夏回答魏文侯问："郑音好吟滥志，宋音燕女溺志，卫音趋（或趣）数烦志，齐音敖（或傲）乔（或骄）志。此四者皆淫于色而害于德，是以祭祀弗用也。"② 而且这两条又都针对本时期山东人又恨又爱的李攀龙，说他导扬起了一股非常不好的诗界"滥觞"末流，只注意文辞表面的气格、声调，却丢失了诗歌精神。这一点序文说得更直白，径言李攀龙应该对他矫枉过正所造成的后果感到惭愧。这些对于同样着意要在一个已经天下无主的混乱诗界闯出自己的一番独特名堂，甚至引领天下群豪的山东人来讲——比如这里谢肇淛也说的传李攀龙衣钵的邢侗——其实是颇难为情的。即使这是出于好心，为了讲出论说对象（邢侗和刘云五）与学习模拟李攀龙的末流不同，有自己的风格特点，也是如此。这正如闽人可以自谦为僻居海边一隅，距首善的京师地区甚远，不得与闻大雅声教，故不会有大作为，或易于为主流文学界所忽视③；但如果非闽人士也以此为理由来批判闽人无诗，不足多道，则很容易引起闽人的反感和义正词严的批驳，就像上节我们所分析的那样。

地域文化自豪感对任何地区来说都可能存在。闽中如此，山东也如此，何况他们有弘正四杰的边贡、嘉隆后七子派领袖李攀龙等在全国文坛都叫得响亮的人物呢？只是风云突变，李攀龙这块曾经招摇天下、风光无限的金字招牌，到了万历中后期——由于公安派、竟陵派和其他地域流派

---

① 谢肇淛：《小草斋文集》卷4《刘云五诗序》。

② 转引自张少康、卢永璘编选《先秦两汉文论选》，人民文学出版社1996年版，第271页，括号中为异文。

③ 如郑善夫《少谷集》卷9《叶古厓集序》云："吾闽诗病在萎腰，多陈言。陈言犯声，萎腰犯气，其去杜也，犹臣地里至京师，声息最远，故学之，比中国为难焉。若非豪杰之士，鲜不为风气之所袭者，况遂至杜哉？"认为在学习杜甫上都还存在文化中心与边缘的差别。谢肇淛《小草斋文集》卷4《周所谐诗序》云："中原人士，舌本犀利，喜相标以名，相托以华。《论衡》鄙秽，中郎谬称；子迁短才，敬之缓颊。故朴樕碱砆，皆得籍齿牙以侥不朽于万一。吾闽处乱山穷谷之中，自非握三寸管如青萍，安能上干气象？即夜光之质，犹或按剑矣。其间衣褐怀玉，鹄伏而待沽者，不知其几也。"将中原人士得名之易和闽中偏远成名之难作对比。

的连番冲击以及后七子派内部诗学思想的自我蜕变，加上他的泥古理论和有明显瑕疵的创作实践，当然，更重要的是这个时期政治斗争、学术斗争的激烈诡谲导致了人心与文心的动荡飘摇——不只是一下变得黯然失色，而且是到了过街老鼠人人喊打的厌弃程度。

> 故其盛也，推尊之者遍天下；及其衰也，攻击之者亦遍天下。①
>
> 近称诗不排击李于鳞，则人争异之；犹之嘉、隆间不步趋于鳞者，人争异之也。②
>
> 当公安之时，天下以能晋济南为诗文，不晋济南不诗文也；迨竟陵之时，天下又以能晋公安为诗文，不晋公安不诗文也。然则后此又将晋竟陵乎？犹之乎其晋公安也？犹之乎其晋济南也？反是，则将誉公安乎？誉济南乎？又犹之乎其誉竟陵也？誉则谀，谀则袭，袭则卑。然夫人而群为晋，则亦袭，则亦卑，不佞请以纯灰一斛一涤其齿牙也。③

因此，对于晚明山东人来说，他们对李攀龙是爱恨交加的。一方面，他们得忍痛批判李攀龙的错误创作理论和一味高华豪雄的单一风格，尤其是明显有鼓励偷窃之嫌的古乐府写作理论。对此，他们做了很多毫不留情的批判工作，而意在自稳阵脚。如于慎行之论古乐府和五言古诗，就被以攻击七子派为己任的钱谦益认为是"皆箴历下之膏肓，对病而发药"④。朱彝尊则引录邢侗和公鼒的言论，说是"深中时流之弊"⑤，"盖力攻摹拟之非"⑥。另一方面，当他们要重塑齐鲁文学新形象，打出"泱泱齐风"的浩荡旗帜，有意逐鹿中原，争雄天下之时，他们又要继承发扬李攀龙的文学盟主精神气质，而当各方面的批判蜂拥来袭时，他们又得强调李攀龙与学习模拟他的末流不同和他本人不容轻侮的创作成就。对此，他们也做了很多工作，而意在自张军容。如着力树立新齐风的公鼒，即高标李攀龙

---

① 《四库全书总目》卷172《弇州四部稿一百七十四卷续稿二百七卷》，第1508页。
② 钟惺：《隐秀轩集》卷17《问山亭诗序》。
③ 单思恭：《甜雪斋诗》卷首《甜雪斋诗自序》，《四库全书存目丛书》本。
④ 钱谦益：《列朝诗集小传》丁集中《于阁学慎行》，第547—548页。
⑤ 朱彝尊：《静志居诗话》卷15《邢侗》，第444页。
⑥ 同上书，第490—491页。

正宗大雅的盟主地位：

> 东海茫茫东岱雄，齐王旧国图羁空。厨鸡六传皆绵邈，泱泱惟有
> 古大风。（《赠蒋生》其一）
> 关中作者擅辞场，海内争传李梦阳。一自源流归历下，至今大雅
> 在东方。（《赠蒋生》其二）
> 关右辞宗起庆阳，济南白雪照东方。愿君珍重成三李，一代名家
> 总赞皇。（《赠季重》其八）①

并强调指出前后七子派的各位代表人物是明代诗歌发展史上的"宗工"
巨匠，虽有其瑕，但瑕不掩瑜。他对同乡邢侗说：

> 大抵明兴只数家，瑜者从来不掩瑕。余子纷纷未易说，拟议原非
> 吾所悦。丈夫树立自有真，何为效彼西家颦？天地数理非秘昔，河岳
> 英灵无终极。啧啧莫问群儿喧，愿成昭代一家言！②

注意区分七子派创始领袖的本领和末流只会模仿的差别，声称不必管时人
对七子派的纷纷责难，自己要有成一家真言的精神，而这种精神很大一部
分即来自李攀龙。

探花王象春与钟惺、钱谦益为同年进士，在世人（公安、竟陵派）
的纷纷责骂声中，更是为乡人李攀龙鼓噪。

> 昔人诗禅并称，尚存大雅。今日诗社酷似宦途，端礼门外竖党人
> 之碑，韩佗胄标伪学之禁，谈诗者拾白、苏余唾，矜握灵蛇，骂于鳞
> 先生为伧、为厉、为门外汉。此辈使生七子登坛时，恐咋舌退矣。③
> 七子以大声壮语笼罩一世，使情人韵士尽作木强，诚诗中五霸。

---

① 公鼐：《问次斋稿》卷28，《四库全书存目丛书》本。
② 同上书，卷8《长歌赠邢子愿席上》。
③ 王象春：《济南百咏·李观察沧溟诗序》，《问山亭主人遗诗补集》，《丛书集成续编》
本，台北新文丰出版公司1989年版。

今矫枉太过，相率而靡，坐老温柔乡中，岂不令白云笑人？①

由此可见山东人士本土文化的优越情结，即使其文化传承的某个阶段出现了大问题，也大概只能是自己人说说，别人批判，则很可能遭到本乡人的强烈反击。尤其当所批判对象曾经是那个地区的杰出代表，植入了他们的深层文化心理之中，而现在如果他们想重续辉煌，则对这位先贤更是宝爱有加，容不得他人泼脏水的。

现在回过来再看谢肇淛对本期吴中诗风的批判。他在王稚登传中说："明兴，自北地、信阳以风骨相尚，近于无病呻吟，而诗一变。迨历下为政，专为雄声，务为气格而寡性情，而诗一变。比者，江左诸君远学六朝，摹拟鲍、谢，靡靡之音，不复凌竞，而诗文又一变。先生挺立于三者之中，而默契正宗，不逐颓靡，以梁、陈之绮艳出汉、魏之清苍，以中晚之才情合初盛之轨度。"② 在此，谢肇淛指出吴诗经历了六朝诗风的第三变（前两变是全国性的前后七子派之变），而王稚登在抗击这三风之中发挥了巨大作用，与其《邓汝高传》所总结的"闽诗三变"情形一致。不过，略显诡异的是，谢肇淛此处所表扬的王稚登诗风，"以梁、陈之绮艳出汉、魏之清新，以中晚之才情合初盛之轨度"，其实又含有被批判三风的基本宗法素质和品格，尤其是被当作反面教材的六朝诗风。则谢氏心目中的王稚登实是一个居于褒贬可否之间的历史人物，只是因为王氏于他的亲近尊重地位③，故如此曲折地委婉其词，以显出他对此期以王稚登为领袖的吴中六朝诗风的不满。皇甫四杰（尤其皇甫汸，卒于万历十一年）、二黄等人都是初唐六朝诗风的提倡者和实践者，再前又有徐祯卿和唐寅等人。而谢肇淛对吴中本期六朝诗风的不满，又可以通过他的"丸泥久已封函谷，怕见江东一片尘"④ 之诗和"贱子之诗，上不敢沿六朝，而下不

---

① 王象春：《公浮来小东园诗序》，载公鼐《浮来先生诗集》卷首，《四库禁毁书丛刊》本。

② 谢肇淛：《小草斋文集》卷4《王百谷传》。

③ 王稚登曾为谢肇淛《游燕二集》作序（载谢肇淛《小草斋集》卷首），两人之间颇多诗酒唱和、诗文往来。王稚登去世后，谢肇淛作《哭王百谷二首》（《小草斋集》卷24），其《漫兴二十首》其十五也表达了对王稚登的仰慕和伤逝之情："海内谈诗王太原，一时旗鼓属吴门。伤心南有堂前月，客散池空草满园。"（《小草斋集》卷29）。

④ 谢肇淛：《小草斋集》卷29《漫兴二十首》其十六。

敢宗七子"① 的自白得知。

　　另外，张献翼后来竟然主动发起了与曾经交好的谢肇淛绝交的事件。这让谢肇淛觉得很是伤心，只理解为张献翼狂诞行为之一种，"贫贱交难移，稽生枉作书"②。在万历三十二年（1604）张献翼去世后，谢肇淛仍表示自己还是始终不渝，将他视为一辈子的友人："当年兰蕙交，中道忽弃故。此心谅不渝，黄泉终无负。"③ 这个情形又与万历二十五年（1597）张献翼和袁宏道之间的论争有些相似④，说明了吴中人士对于自己本土文化传统的坚持、对新派的排斥及争盟天下的复杂纠缠心理。

　　况且，闽吴之间的争持，也并非自此期开始。在谢肇淛所梳理的闽诗发展史里，闽吴之间的争霸从明初就萌芽了。前引王世懋《艺圃撷余》论明初闽吴诗之比，是"出杨、徐下远甚，无论季迪"，谢肇淛则认为是各有所长，实力不相上下，并为明初诗坛的正宗："龙飞初革命，中原沿胡音。惟有闽与吴，郑声未陆沉。笙镛虽异奏，山海互高深。"⑤ 如果非要比较两地首领的诗法，则在谢肇淛看来，闽诗的林羽宗奉盛唐更为纯正，吴地的不祧之祖高启反显得驳杂些⑥，暴露的正是地域流派建设和壮大过程中强烈的争盟心理。

　　最后看谢肇淛对公安、竟陵派的抗拒和代表闽派潜露锋芒的争盟意识。本来，谢肇淛与公安派袁宏道、江盈科等人为同年进士，与袁中道也有深厚的交情；袁宗道辞世，谢肇淛还写诗悼念并安慰袁中道。万历三十八年，钟惺成进士，时在京师为官的谢肇淛还携带后辈林古度与之宴集唱和⑦。但这只是文人间个人的友谊，一旦上升到诗歌正法和地域文学争盟的高度，面临公安、竟陵派及其宗法的侵袭，则抗衡批判之声自然就会跃舞而出。对此，谢肇淛同乡好友马歘在为其诗话作序时，即揭示其论诗主旨是标举闽派的盛唐宗法以抗衡公安、竟陵派的新奇之调。其言："余友

---

　　① 谢肇淛：《小草斋文集》卷21《重与李本宁论诗书》。

　　② 谢肇淛：《小草斋集》卷21《答张幼于》。

　　③ 谢肇淛：《张太学幼于》，同上书，卷21。

　　④ 《袁宏道集笺校》卷11《张幼于》，第501—504页。

　　⑤ 谢肇淛：《小草斋集》卷5《读明诗作二首》其二。

　　⑥ 谢肇淛：《小草斋诗话》卷2《外篇上》言："本朝诗，林鸿、高启尚矣。鸿一意盛唐，而启杂出元、白、长吉，此其异也。"《全明诗话》本，第3512页。

　　⑦ 谢肇淛与公安、竟陵派人物交往的具体事迹，参陈庆元《谢肇淛年表》，《闽江学院学报》2009年第1期。

在杭《诗话》一帙，分内、外、杂三篇，大都独抒心得，发所未发，而归宗于盛唐，以扶翼正始之音……闽三山诗，自林子羽高第二玄称吾家诗后，作者不乏，虽瑕瑜相半，要皆共得唐宗。万历之季，渐入恶道。语以唐音，则欠伸鱼睨；语以袁、钟新调，则拊髀雀跃。在杭是编，功固不浅……波靡日甚，是刻一出，诚词林之砥柱，俗耳之针砭也。"① 谢肇淛一生确实也是以此为职志。在上引《郑继之诗序》结尾，谢肇淛感叹："嗟乎！自绘事盛而情性远，七子兴而大雅衰，里中耳食之辈，往往喜远交而近攻。盖先生没且百年，而论今日始定。悠悠黄河，宁复可清？而况其以下驷走者也。掩卷卒业，但有三叹。"这里的"以下驷走者"，应即指公安、竟陵派。同样，在向前辈郑善夫致敬的诗中，谢肇淛也表达了要继承其与李、何中原正音相抗衡的行为，消灭当今师心纵横的野狐禅："淛也乡小子，私淑窃景行。愧无狻貌座，坐视野狐张。"② 只是他的卫护正道消灭邪派的盟主意识不像后七子、公安、竟陵派表达得那样直白嚣张、狂妄傲慢而已。这正如俞政对他的观察："可以掊击前辈而在杭不为，可以标位侪党而在杭不肯，即欲包荒异己不之校而在杭不必。立于不贷之田，而与李本宁中分鲁。王不待大，其在斯人欤？即不尽然，齐桓之正而不谲，吾必以归之在杭矣。"③ 不想太过张扬，也不想拉帮结派，而想自然而然、水到渠成的万众归依。

请看自述其志、潜露争盟锋芒的《漫兴二十首》④ 中的几首：

　　雌雄角逐竞中原，紫色蛙声日月昏。谁道江南有真主，手提一剑定乾坤。（其十二）

　　徐、陈里閈久相亲，钟、李湖湘非我邻。丸泥久已封函谷，怕见江东一片尘。（其十六）

　　石仓衣钵自韦陶，吴楚从风赤帜高。若问老夫成底事，雪山银海泻秋涛。（其十七）

---

　　① 马歘：《小草斋诗话序》，载谢肇淛《小草斋诗话》卷首，《全明诗话》本，第3498页。落款为："天启甲子暮春，社友弟马歘书"。

　　② 谢肇淛：《小草斋集》卷6《读闽诗》其三。

　　③ 俞政：《小草斋集序》，载谢肇淛《小草斋集》卷首。

　　④ 同上书，卷29《漫兴二十首》。

其十二用刘基早在元末天下大乱、群雄纷争之时即认定只有朱元璋才是一清宇内的真命天子典故，来比喻自己不出手则已，一出手则必收全胜之功的真命盟主气质和实力。其十七将自己与曹学佺比较，认为曹氏固然能以陶、韦的高逸清淡诗风和广泛的结社行动取得征服强悍吴楚的效果，而自己也有非常磅礴的才气和雄伟的风格，可与其携手同行，共张闽派。其十六则非常明显地袒露了自己的文学流派态度，不与吴中（江东）六朝诗风、楚地钟惺、李维桢为伍，而甘于与二徐（熥、㷖）、二陈（价夫、荐夫）等同乡好友老守闽地传统，坚持一份天下攘攘、我其独立、不受其熏染影响之抗拒持守精神。①

在与李维桢论诗书中，谢肇淛也明确表达了自己与上述三派风气的距离："贱子之诗，上不敢沿六朝，而下不敢宗七子，初循彀率之中，而渐求筌蹄之外，庶几于严氏之所谓'悟'者。故论诗者，当以风韵婉逸，使人感发兴起为第一义，而法度、气格、才力、体裁兼而佐之，不可废也……（公安、竟陵派）反在七子下。何者？彼尚为葵丘之雄，此真为梁山之靡耳。要其究竟，尚未窥唐人之门户，况敢望风雅之藩篱乎？"②正是以基本的复古宗盛唐、求风韵婉逸的立场认为，如果非要在后七子派和公安、竟陵派之间做个高下判断，则他宁选前者，不选后二者，因为前者还不失齐桓公的霸主气概和本领，后二者相比之下则只是占山为王的梁山泊草寇，不仅没有沾到风雅大道的边际，而且是邪魔外道，野狐禅，于正道极其有害。

总之，在以谢肇淛和邓原岳、曹学佺、二徐为首的万历七子的带领下，闽派取得了"与历下、竟陵鼎足而立"③的历史地位。

---

① 朱彝尊：《静志居诗话》卷16《谢肇淛》引其十六云："是时景陵派已盛行，而在杭能距之。"引其十七云："此在杭自任匪浅矣。"第478页。

② 谢肇淛：《小草斋文集》卷21《重与李本宁论诗书》。

③ 魏宪辑：《百名家诗选》卷25"范承谟兄弟"小引，《续修四库全书》本。

第 四 编

中晚明文学流派的时文根基和古文、时文之争

自韩愈、柳宗元等人创古文运动以来，方有了所谓时文与古文的对立冲突。元代刘将孙即主此说①。明人王世贞也说："夫自国家设为四端以试公车士，而其最近理而远格者，莫如经书义。自经书义名，而文别为古。今若论而表而策，则亦古文辞之属耳，士又日降其格以传于经书义，总而名之曰'时'，而倍于古益远矣。当成、弘之际，吾郡独吴文定公、王文恪二公能精于其业，间以传以古意。"② 汤宾尹也说："制举之义，代舍门墙，寄思圣谛，宜谓古语，而今以其应制也，目为时文。记、序、传、铭、志、赞、歌、诗之类，陈说今事，酬答今人，逢奇则奇，寓庸而庸，其为今语耳，明矣，而世强而推之曰古，见名曰古文词也。"③ 时文者，著为国家功令的科举考试之文也，相对古文而言。唐代试诗赋、策、论、判，宋代王安石革试诗赋，改试经义，元明踵之，到明成化中叶后，方又有了流俗所称"略仿宋经义，然代古人语气为之，体用排偶，谓之八股，通谓之制义"④ 的臭名昭著八股文。八股文在明代有诸多不同的称呼，如八比文、经义、制艺、时艺、四书文，以及为了准备科举考试之用的帖括、程墨、行卷、房稿、社稿、窗稿、题文（大题，小题）等。其含义也各别："八股、八比言其形式，四书、经义言其内容。曰制义，显示其地位尊崇；曰时文，标明其与古文不同。至于制艺、时艺之称，则力图说明这一文体具有文学艺术的性质。"由于"时文这一名称是八股文异名系列中历史最悠久的，最有代表性的一种"⑤，因此本书统一以"时文"来指称明代这一类在大多数人看来与诗古文有别的科举考试文体。

"制举业之道，与古文相表里。"⑥ 明代用来选拔人才的科举时文自洪武三年定下以四书、五经为出题范围和以宋代理学家观点为主要标准后，

---

① 刘将孙：《养吾斋集》卷25《题曾同文公文后》言："文字无二法，自韩退之创为古文之名，而后之探文者，必以经、赋、论、策为时文，碑、铭、叙、题、赞、箴、颂为古文。不知'辞，达而已'，时文之精，即古文之理也。"《文渊阁四库全书》本。

② 王世贞：《弇州山人四部稿》卷67《东壁遗稿序》。

③ 汤宾尹：《睡庵稿文集》卷1《徐见可〈鸠兹集〉序》，《四库禁毁书丛刊》本。

④ 《明史》卷70《选举志二》，第1693页。

⑤ 罗时进：《论八股文长期沿用的文化机制》，《江苏社会科学》2004年第2期。

⑥ 艾南英：《天佣子全集》卷3《金正希稿序》，北师大图书馆藏清道光十六年（1836）艾舟重刻本。

就一直与古文所代表的浓厚的文学艺术性和坚实的道德理性发生着或隐或显、或大或小的冲突，并且与其间流行的诗文流派有密切联系。尤其是成化以后，随着时文体制规范向八股的基本确立和文学流派论争的日趋激烈，谁倡古文、谁佑时文的争辩争斗就愈形复杂，以致诗文流派的发展策略和理论主张差不多都受到影响，从而也反过来影响了文学流派的起伏盛衰的命运。

郭绍虞先生之前也早就说过："我们假使于一时代取其代表的文学，于汉取赋，于六朝取骈，于唐取诗，于宋取词，于元取曲，那么于明代无宁取时文。时文，似乎是韩昌黎所谓'俗下文字，下笔令人惭'者，然而，时文在明代文坛的关系，则我们不能忽略视之。正统派的文人本之以论'法'，叛统派的文人本之以知'变'。明代的文人，殆无不与时文生关系；明代的文学或文学批评，殆也无不直接间接受着时文的影响。所以这一点也是我们研究公安派的文论所应当注意的。"① 其实不仅公安派如此，唐宋派的古文和时文的胶合也为人熟知，而且在公安、唐宋派之前，七子派的秦汉古文作风也已经进入科举时文的创作风尚轨道。

由于明前期文学流派的自觉意识尚不发达，本编主要考察中晚明主要文学流派的科举时文意见和所反映出的古文宗法与时文风尚的复杂纠结，重点论述前后七子派的秦汉文宗尚在科举时文层面的落实，公安派、竟陵派的科举时文意见与其文学流派策略的密切交融，以及艾南英的"以古文为时文"的理论建构。

---

① 郭绍虞：《中国文学批评史》六十《公安派》，第 421—422 页。

第 一 章
表里纠结之一:中明文学流派的
时文观和古文之争

　　明代以四书五经为题的开科取士始于洪武三年五月,但由于国初的多种情况,关于科举考试各项规章制度的"科举通例"①,却迟至洪武十七年才公布出来,到第二年方实行。此后成为定制,影响了明代士人和诗文流派。由此而言,处于元末明初的浙东派、吴中派、闽派和江西派对此自难有见解(当然,他们也有关于元代科举时文的言论)。之后盛行于永乐到正统的典型台阁派,由于其浓烈的帝国政教意识和主人翁意识,虽也会时常谈到有关科举和学校的意见,但总体是以正面的褒扬鼓励为主,比较有价值的文学批判和道德批判很少能见到。由此,本章设两节,先从明代中期的文学流派(包括吴中派、前后七子派和唐宋派)来考察他们各自的科举时文意见,梳理总结时文风气和政治、风俗、学政的复杂关系。然后将前后七子派单独提出,重点考察他们的秦汉文宗尚与时文写作的纠结关系,肯定明代的时文风尚中已经烙下了坚实的七子派秦汉文作风印迹,从而为下一个时期的古文、时文之争在诗文流派上的激烈表现和深入融合作一个学理铺垫。

---

　　① 申时行等《明会典》卷77《科举通例》:"三年大比,八月初九日第一场,试四书义三道,每道二百字以上;经义四道,每道三百字以上;未能者,许各减一道。四书义主朱子《集注》,经义《易》主程、朱传义,《书》主蔡氏传及古注疏,《诗》主朱子《集传》,《春秋》主左氏、公羊、穀梁、胡氏、张洽传,《礼记》主古注疏。后《四书》《五经》主《大全》。"万历朝重修本,中华书局1989年版,第448页。

第一节　中明诗文流派的科举反思和
古文、时文冲突

　　明中期诗文流派主要有茶陵派、吴中派、前七子派、唐宋派和后七子派等，仔细查核他们的众多科举时文意见，不难发现他们也洞察到科举制度的各个环节和当前时文写作所表现出的各种弊病，而在反思批判时提出了不少修正改善措施。其间还激荡着古文辞（诗赋）创作和时文操练的冲突气氛，以及古文流派的宗法习尚进入到时文运作的状况。只是据后来人的评判，这些都还在可以接受的时艺范围，还不像万历之后蜂拥并出的佛、道、禅异端和其他杂牌思想那样可怕。

一　科举环节的反思及修正措施

　　茶陵派领袖李东阳曾多次参与并主持顺天乡试、全国会试和殿试工作，又为各级各类学校和教育官员写过大量文章，其对科举制度试以时文的意见多是正面的官方肯定行为，强调帝国选拔人才根本制度的重要性和合理性。如他在成化二十二年（1486）任考试官时所作的《顺天乡试录序》，即历数本朝科举时文的来源，认为它体制完备，用意深宏，是具有集大成性质的良好选拔人才方式，为人才进取、报效国家的"天下第一途"。科举之所以能成为读书人的第一晋身之阶，是因为它"正且贵"，有远大的发展前途。① 《礼部志稿》也说："天下英俊之士，非此不得进用。"② 《明史·选举志》也说："明制，科目为盛，卿相皆由此出。"③ 可见东阳之言，并无夸大成分，他自己也正是其中的受益者。既如此，广大士人为这个远大光明的前途，自也只好上演千军万马过独木桥的戏段，不过心态却各有差异："今之仕也异于古，皆取之乎科目。舍科目则不得仕，仕亦不显。故凡称有志于天下者，不得不由此焉出。观其平居，向乎道义，将借以自试，则其大者可以兴道宏化，小可以建立功名，随所底极，皆能有以自见。然犹有论笃而志不孚者，有志于始而变于终者，有志

---

　　① 《李东阳文集·文前稿》卷7，第96—97页。
　　② 俞汝楫：《礼部志稿》卷23，《文渊阁四库全书》本。
　　③ 《明史》卷69《选举志一》，第1675页。

虽及而力不足以逮之者。若希富慕贵之徒，贪缘侥觊，惟幸于一出者，又何足望哉?"① 李东阳鼓励立志正大、"兴道宏化"的君子贤人，而对"建立功名"偏向个人私利的想法则稍作贬抑，对"希富慕贵，贪缘侥觊，惟幸于一出"、完全自私自利的小人心态则是坚决地抵制。可见，科举时文虽是按照正宗的儒家经典和治国安邦想法设计出题，却并不能保证参加的人员都怀抱高尚的儒家理想，其中不乏小我自私之徒。以文取人的时文考试对此并无办法，而必须靠科举制度其他环节的管理和控制，譬如提学官员和各类学官的教诫等。当然，也未必都能办到。

茶陵派成员谢铎，弘治二年任南京国子监祭酒，对如何完善教育科举制度、选拔真才实学也有比较系统的思考和建议，提出《论教化六事疏》。其第二事即是"慎科贡以清教化之源"，科是科举，贡是贡士，希望改革当下科贡两端名实不符的不良状况。其言："今之所谓科举者，虽可以得豪杰非常之士，而虚浮躁竞之习，亦莫此为甚。盖科举必本于读书，今而不读《京华日钞》则读主意，不读源流至论则读提纲，甚者不知经史为何书。岁贡必先于食廪，今而不以货贿廪责以权势廪，不以优老廪责以恤贫廪，甚者不知举业为何物。是虽未必尽然，大率实类此。"② 在抨击科举陋习时，谢铎指出了当时国子监学生明显存在的知识能力浅薄化、速成化和道德沦丧的糟糕状况——《京华日钞》等应试书籍的风行就是明证，所以他奏请朝廷下旨督责提学官员对此严加惩处，以绝后患。不过亦只是治标不治本而已。因为难以径直贯通知识与社会、制度与风俗的关系，否则就没有弘治十二年许天锡的同样反映了③。弘治十三年，谢

---

① 《李东阳集·文前稿》卷2《送李士常序》，第31—32页。

② 《谢铎集》卷70《论教化六事疏》，林家骊编校，中华书局2002年版。

③ 到弘治十二年十二月，前七子派成员许天锡在任吏科给事中时，也上疏反映到这一情况："迩者，福建建阳县书坊被火，古今书板荡为灰烬……自顷师儒失职，正教不修，上之所尚者，浮华靡艳之体，下之所习者，枝叶芜蔓之词。俗士陋儒妄相袞集，巧立名目，殆其百家。梓者以易售而图利，读者觊侥幸而决科，由是废精思实体之功，罢师友讨论之会，损德荡心，蠹文害道。一旦科甲致身，利禄入手，只谓终身温饱，便是平昔事功，安望其身体躬行，以济世泽民哉?……其余晚宋文字及《京华日钞》、《论范》、《论草》、《策略》、《策海》、《文衡》、《文随》、《主意》、《讲章》之类……悉皆断绝根本，不许似前混杂刊行。"载《明孝宗实录》卷157，台湾"中央研究院"历史语言研究所1962年校印本，第2825页。据郭培贵《明代科举史事编年考证》言："'舍经传而趋时文'的现象并不始于明代，早在唐代即已出现。"科学出版社2008年版，第127页注释2。

铎出任级别更高的面对整个国家、国学风俗教化的礼部右侍郎兼国子祭酒，其提交的《维持风教疏》也涉及科贡问题，即第二条"重科贡以清入仕之途"，议论的重点则移到了考试官员的选拔和素质。其言："科举一途，虽称得人，奈何考试等官，类皆御史方面之所辟召，职分既卑，学亦与称，恩之所加，势亦随之。于是又以外帘之官，预定去取。或者名为防闲，而实则关节内外相应，悉凭指摩，而科举之法日坏矣。臣愚，乞敕两京大臣各举部属等官素有文行者，取自上裁，每布政司特差二员以为主考，如往岁诸臣之所建白者，庶几前弊稍革而真才亦可以渐得矣。"① 希望另选文行兼著的官员充任考试官员，"而这也是其众多谏议中获廷议通过的唯一一条"②。

谢铎的想法，之前的吴宽也提过。吴宽把改变科场时文萎靡现状的希望寄托在欧阳修式的古文考官身上，不以寻常的重视"主意"的科场录取方式而以博古通经的真古文标准，选拔帝国所需要的人才。他在登第前一年的成化七年送人序中说：

> 今之号为时文者，拘之以格律，限之以对偶，率腐烂浅陋可厌之言。甚者指摘一字一句以立说，谓之"主意"。其说穿凿牵缀，若隐语然，使人殆不可测识。苟不出此，则群笑以为不工。盖学者之所习如此，宜为人所弃也。而司其文者，其目之所属，意之所注，亦唯曰"主意"者而已。故得其意，虽甚可厌之言一不问；其失意，虽工，辄弃不省。其言曰："吾知操吾法，以便吾之取而已，恶暇计其他？"盖有司所取又如此……呜呼！文之敝既极，极必变，变必自上之人始。吾安知今日无若宋之欧阳永叔者而一振其陋习哉？吾又安知无若苏、曾辈出于其下而还其文于古哉？③

吴宽所关心的并非庄昶道学家式的义利之辨和"涵养道德"、加强知行合一的道德践履功夫，而是希望衡文取文者，能按照文道合一、风格醇正典

---

① 《谢铎集》卷72《维持风教疏》。
② 林家骊：《谢铎任礼部侍郎兼国子祭酒时期的教育思想》，《谢铎及茶陵诗派》第六章第三节，中华书局2008年版，第201—202页。
③ 吴宽：《匏翁家藏集》卷39《送周仲瞻应举诗序》。

雅的古文词要求（其实也是时文取录的要求①，但被考官给破坏了），改变现行时文写作的知识浅薄、过于拘谨和不得法度。也即，吴宽所关心的是科举取文和作文的文体文风，是能畅所欲言的古文而非时文，至少也是他在弘治十三年左右所表达的古文、时文两相为用的有内涵又艺术的时文："乡校间士人以举子业为事，或为古文词，众辄非笑之，曰：'是妨其业矣！'噫，彼盖不知其资于场屋者多也！故为古文词而不治经学，于理也必阂；为举子业而不习古作，于文也必不扬。二者适相为用也。"②由此他在坚守古文词写作之志的前提下③，即寄希望于当代的欧阳修，来选拔像周仲瞻和他一样的当代苏轼、曾巩，从而达到国家举办科举考试的目的。

　　唐宋派唐顺之则将希望主要寄托到了各省提学官员身上，希望他们不仅要具备"博识善文"的提学素质，尽到本职工作，能识拔诸生时文的高下，还要承担起转移变化人材风俗的"分外责任"，风厉下级学官，以身为范，严辨诸生德行，如此方能避免科场考试中只见文字而不识其人德行的弊病。

　　　　夫今之为提学者，苟博识善文及程较诸士文字之精与否而一无所
　　　失，则已赫然足以收士心、取高誉矣，至于人材风俗转移变化，则提
　　　学不以是自责而人亦不以是责之也……嗟乎，士之荡于纷华、竞于驰
　　　鹜而不归其根也久矣。闽固多文少实之域也……而欲振之，岂在声色
　　　文字之间哉？固有道矣。若其次，则莫切于风厉学官。④

　　　　今之职守令者，苟有能饰簿书、清狱讼者，则为贤有司矣；至于

---

　　①　王世贞《弇山堂别集》卷84《科试考四》载："仁宗朝俞廷辅奏准：科目取士，务求文辞典雅、议论切实者进之。"《文渊阁四库全书》本。又见《礼部志稿》卷49。

　　②　吴宽：《匏翁家藏集》卷43《容庵集序》。吴宽两文的写作时间，参刘化兵《士风和诗风德演进——明代成化至正德前期士人与诗派研究》，社会科学文献出版社2007年版，第37、40页。

　　③　吴宽在《旧文稿序》中记叙了他年少时就不喜欢当时的时文拘束、不得畅所欲言，而喜欢《文选》、《史记》、《汉书》与唐诸家等古文。稍尝郡试前列甜头后，又累遭之后的有司之弃，尽管如此，仍坚守"古人乃自有文"的初志，"研究其立言之意，修词之法，不复与年少争进取于场屋间"，结果在成化八年大魁天下，成了状元。《匏翁家藏集》卷41。

　　④　唐顺之：《荆川集》卷5《答江五坡提学书》，《文渊阁四库全书》本。按："江五坡"应为"江午坡"，江以达之别号，此时为福建提学副使。

为百姓根本之虑，则未之及也。今之司学校者，苟有能品藻文字，严督详程，则为好提学矣；至于为学校根本之虑，则未之及也……今士子中，有实行者多不长于文字，工文字者多不修于实行，盖淳朴之与浮华，往往相病。然糊名之制行，则不得不征之于文，则其文可以与选而其行或不齿于市人者，亦不容不取高第而登显仕，是以诗书为世流毒，庄生至有"发冢"之说，豪杰士扼腕太息，无可奈何。窃以为低昂轻重，其权实在提学。盖提学可以知诸士之文而又可以知诸士之行，非如科场之为糊名所蔽，虽欲品藻其行而无所从也。抑此伸彼，示之急向，非吾丈又谁望之？①

嗟乎，古圣贤之道，其不讲于世久矣。声利之焰，薰塞宇宙，日夜驰骛，寡廉而鲜耻，儒生习见以为当然。其有以讲学为事者，又或崇意见而乖实际，竞口耳而寡心得，听其言则美，而考其实，亦无以异于所习见以为当然者。自非精一自信，卓然不惑于流俗之士，则未可以冀于斯者也。仆窃有望于兄辈矣。②

强调提学官员的实践躬行比流为教条的讲道德仁义重要，强调诸生的德行比文华重要，其目的是挽回世道人心。只不过，就像他所说的，连讲学也可以作伪，则身为讲学较文的提学人员又有几个真能做到脚踏实地、亲身践履呢？即使个别能做到，而寄望于少数人的努力，也只会是杯水车薪，难于济事的。

王慎中曾以京官身份主持过广东乡试，又在礼部参与过帝国各种训诫禁令制度的出台工作，之后还任过山东提学佥事，对此深有体会。其言："今日经义所谓各依章句、必守家法者，已稍合于（朱熹）《（贡举）私议》之旨，而学术之卑，人材之下，又有甚于宋时之所患者。岂法固无有善与不善，而在于人之为之如何耶……予观《私议》，其于治经作文固有所科条润饰，以为淑劝之具，其本在于遴选实有道德之人以专教导，而余非其人也。"③说自己"非其人"，一是谦虚，一是确实觉得办不到。之所以说他这里是谦虚，是因为按一般的考试和提学官员职责来看，王慎中其实作出

① 唐顺之：《荆川集》卷5《与应警庵提学书》。
② 同上书，卷5《答廖东雩提学书》。
③ 王慎中：《遵岩集》卷9《易学经义考录序》，《文渊阁四库全书》本。

了相当耀眼的成绩。嘉靖十年辛卯，他主持广东乡试，取中林大钦，第二年林氏即高中状元；十五年丙申，他任山东提学佥事，发现了后七子派首领李攀龙，均是所谓的"得人"和改善了当地的时文文气。

任过陕西提学副使的何景明恪尽职守，严教条，制《学约》，"务在崇本起弊，士初稍不堪，渐久而安，风习亦振"①，看来是达到了唐顺之的要求。但在何景明对于更下的县学教官的寄语中，我们却见到了他对这一层学官群体恶劣表现的批判。

> 然师儒之义大矣，非关柝之司可同也，故试之屡而选之重且难如此。独悲今之任是者，不知所以尽职，举其重且难者而自轻忽之。甚者昕鼓坐堂上，呼唤生揖，弗来者弗诘也。夕鼓反室，与诸生饮酒，虞然弗忌也。诸生脾物来者礼之，弗来者怒之，业之惰勤弗察也。监司视学者至，入其室，寥然不闻弦诵。阅其试，蓦然揖让不就列。考其程课，漫不即叙。诛其弛职，则自谓曰："吾官卑，吾齿迈，苟升斗私吾妻孥尔，安所为哉？"否则又曰："吾尽职，士弗率教也。"咸若是，天下之学职废矣！夫教人者，视其自教……故自教者二：曰贤曰道。教人者二：曰行曰业。贤曰著，道曰立，行曰良，业曰修。尽是四者，其教明矣。②

其原因在于，从程序上看，朝廷对县学的训导、教谕、学正都相当重视，要经过好几个部门的考核才能任职，而实际情形则是出任这些低级学官的，往往是那些多年没能考中进士、年迈志衰、只图以薄奉养家养老的贡生们。请看嘉靖五年进士、任过工科给事中的吴中陆粲的证词：

> 其二、教职往时所重，名臣多出其间，比来此选日轻，有志者多不屑就，而老耄昏塞者居十八。教法不行，人材日坏。臣闻正统、天顺间，岁贡生犹间授京秩，今虽举人，教官行取者仅千万之一二；若进士告就此官，良非得已。而吏部遇其迁转，例不以要职处之。夫儒

---

① 孟洋：《中顺大夫陕西按察司提学副使何君墓志铭》，载何景明《大复集》卷末，《文渊阁四库全书》本。

② 同上书，卷35《送萧文彧分教临川序》。

官落莫，人所不堪，又加挫抑，其谁愿此？臣谓此等果教有成效，宜加升擢以示劝。虽岁贡出身，亦间拔其尤者，不次用之，使知激昂，且以警世之玩忽者。量增其禄，俾得养廉。抚按藩臬务须优待，问答免行跪礼，讲书必令预坐。且以此意戒饬提学官，使为之倡。①

陆粲，字子余，一字浚明，长州人。读书贞山，人称贞山先生。"徐时行序称其出入左氏、司马迁，无论魏晋。彭年序以为专法马、班，雄深雅健，东汉诸家所不及。推奖颇为太过。至黄宗羲《明文海》云：'贞山文秀美平顺，不起波澜，得之王文恪（鏊）居多，乃欧阳氏之支流。'则平心之论，当之无愧色也。"②

以上我们观察了明代文学流派中人为了修正完善科举制度所牵涉的多个环节，而在考试、提学和县学官员等方面所提出的一些批判反思和政策理论建议。这里再看他们对科举考试内容、范围和一些补充性科目设置的反思和建议。

关于科举考试内容程序的设立和所得的名实不副、结果之糟，谢铎也有较为深刻的评议："是故今之科举，罢诗赋而先之经义，以观其穷理之学，则其本立矣。次制、诏、论、判而终之以策，以观其经世之学，则其用见矣。穷理以立其本，经世以见诸用，是虽科举之学，苟于此而用心焉，则古之所谓德行、道艺之教，盖亦不出诸此。而其所以成人才、厚风俗、济世务而兴太平也，应岂有不及于古之叹哉？然考其归，则所谓穷理、所谓经世者，恒浮谈冗说，修之无益于身心，措之无益于国家，甚者口夷、齐而心蹻、跖，名伊、周二迹斯、鞅，遂使科举之学，悉为无用之虚文。"③ 用心设立的科举之学最终沦为"无用之虚文"，环节甚多，其中一个就是包括参加考试的儒生和阅卷的考官，都只注重头场的经义，也即时文、八股文的考试，而二、三场的制、诏、论、判、策，都只是多余的摆设，没有落到实处，故不可避免地会造成此种相互推触而终整个封建社会都无法解决的难堪状况。而这在成化时就已出现，丘濬即言："祖宗

① 陆粲：《陆子余集》卷5《去积弊以振作人材疏》，《文渊阁四库全书》本。
② 《四库全书总目》卷172《陆子余集八卷》，第1505页。按：《总目》本处文字与《陆子余集》书前提要有出入。
③ 《谢铎集》卷73《科举私说》。

308

时，其所试题目，皆摘取经书中大道理、大制度、关系人伦治道者，然后出以为题。当时题目无甚多，故士子专用心于其大且要者。其用功有伦序，又得以余力旁及于他经及诸子史。主司亦易于考校，非三场匀称者不取。近年以来，典文者设心欲窘举子，以所不知，用显己能。其初场出《经》、《书》题，往往深求隐僻，强裁句读，破碎经文，于所不当连而连，不当断而断，遂使学者无所据依，施功于所不必施之地，顾于纲领体要处反忽略焉。以此，初场题目数倍于前，学者竭精神、穷日力，有所不能给。故于策场所谓古今制度、前代治迹、当世要务，有不暇致力焉者。甚至登名前列者，亦或有不知史册名目、朝代前后、字画偏旁者。可叹也已！然以科额有定数，不得不取以足之。以此，士子仿效成风，策学殆废。间有一二有策学者，又以前场不称，略不经目。人才所以不及前者，岂不以是哉！"① 也谈及考官出题摘裂牵缀，胡乱配搭，让考生竭精疲力于初场的经义考试，却无暇及于更重经世为官能力的二、三场论、策之试，遂使得人才日下。之后，抨击科举时文者日多矣。

针对谢铎所说唯重首场经义所造成的士子空疏不学状况和科举时文由于各种原因实际不可能"尽得天下士"的客观情形②，与茶陵派和前七子派秦汉文风都有些联系的吴中王鏊③提出他的补救办法，即常科之外再设

---

① 丘濬：《清入仕之路》，载黄训《名臣经济录》卷26，《文渊阁四库全书》。

② 吴宽《匏翁家藏集》卷40《赠施焕伯同知许周诗序》说："余昔两忝校文之列，自谓能得士，至所失亦不少焉。谓每试不失天下士，其可信乎！谓尽得天下士，其亦可信乎！"确如郭培贵《明代科举史事编年考证》所言："科举在选拔了大量人才的同时，也压抑了大量人才。由于科目单一、名额有限和考官衡文失误等原因，明代有越来越多的有才之士被挡在科举正途之外。"科学出版社2008年版，第332页。

③ 文徵明《太傅王文恪公传》说王鏊："少工举子业。既连捷魁选，文名一日传天下。程文四出，士争传录以为式。公叹曰：是足为吾学耶？及官翰林，遂肆力群经，下逮子史百家之言，莫不贯总。……晚益精诣，铸词发藻，必先秦两汉为法，在唐亦惟二三名家耳，宋以下若所不屑。"《文徵明集》卷28，第662、664页。王鏊论文重视讲法，反对六经无文法的成说，举例说明六经是文法的渊薮（见《震泽长语》卷下《文章》）。推崇《左传》有法，为秦汉唐宋名家所学习："如为文而无法，法而不能取诸古，殆未可也。……后之以文名家者，孰能遗之？而为史者尤多法焉。……迁得其奇，固得其雅，韩得其富，欧得其婉。"（见《震泽集》卷13《重刊左传详节序》）又在宋濂的基础上反思秦汉、唐宋文之尚各自的末流之敝，认为症结在于学不得其法："文之制大率有二：典重而严，敷腴而文，如韩、柳可谓严矣，其末也，流而为晦，甚则艰棘钩棘，聱牙而难入；文至欧、苏可谓畅矣，其末也，流而为弱，甚则熟烂萎苶，冗长而不足观。盖非四子之过，学之者过也。学之患不得其法，得其法，则开阖操纵，惟意所之，严而不晦也，畅而不浮也。"（见《震泽集》卷14《容春堂集序》）

类似博学鸿词的制科，以收通经学古、兼善诗赋文词的特别人才。王鏊（1450—1524），字济之，吴县人，世称守溪先生。是吴中继吴宽之后的又一位重量级文坛人物和政治人物。成化十年甲午（1474）乡试第一，第二年会试第一，廷试第三，官至少傅兼太子太傅、户部尚书、武英殿大学士。他"以制义名一代，虽乡塾童稚，才能诵读八比，即无不知有王守溪者。然其古文亦湛深经术，典雅遒洁，有唐宋遗风。盖有明盛时，虽为时文者，亦必研索六籍，泛览百氏，以培其根柢，而穷其波澜。鏊困顿名场，老而得遇，其泽于古者已深，故时文工而古文亦工也。"其在科举时文上最突出的见解，是《明史·本传》所称"上言欲仿前代制课如博学宏词之类，以收异才，六年一举，尤异者授以清要之职，有官者加秩。数年之后，士类濯磨，必以通经学古为高，脱去谀闻之陋。时不能用"①。全文见其《震泽集》②。

继王鏊之后，吴中祝允明、陆粲也提出了相似的改良思路。陆粲的上疏大抵是王鏊上言的翻版③，此不赘录。祝允明则说得细密条畅多了，节略如下：

> 窃见贡举一事，有应稍为更定以合时措……第一，今之司校者，惟重首考而略于后选。是国初定制之旨已有重轻，今复加偏焉，益重其重、轻其轻也。故愚以为三试取舍，宜均其力为便。第二，夫圣贤之言，浑涵易直……自先儒诂释，已不能无异，今必欲同归一道。或执宋人一词两字以为主意，翻乱经文，以徇传家。或自出诡见，雕凿圣文，乃窒通途，暗求符己。凡斯有违，必见黜落。故愚以为求之宜大，勿拘一律为便。第三，经词弘深，理趣赜奥，或涉冥思，类移晷刻。纷纭之场，苟欲精覈，又望周全，日辰有涯，资赋非齐。无邪一语，足蔽全经，茉莒数叠，徒衍余兴，何必务图盈数衹、费纸笔哉！今或过午，篇数未登，终场如制减作，辄至不腾录，或不给烛。俾研覈之功，委之无用，强记之辈，多遂登升。故愚以为如制减场，不关去取为便。第四，……本朝独取《戴记》而废"二礼"，盖以《戴

---

① 《四库全书总目》卷171《震泽集三十六卷》，第1493页。
② 王鏊：《震泽集》卷33《拟皋言》，《文渊阁四库全书》本。
③ 陆粲：《陆子余集》卷5《去积弊以振作人材疏》所开第四条款"复制科"。

记》文多论说，可以作题敷论，而"二礼"多叙详制度，可为词者寡也。然因事明理，他经所同，直述制度，又且何害？故愚以为《三礼》宜复为便。第五，……故愚以为宜以《学》、《庸》还之《礼》家，《论语》并引《孝经》同升以为一经，《孟子》祇散论场为便。第六，诸经笺解传释，今古浩穰，然自昔注疏一定，似有要归。本朝惠制《大全书》俾学者遵守，亦未尝禁使勿观古注疏诸家也，今习之既久，至或有不知人间有所谓注疏者。愚恐愈久而古昔传经家之旨益至泯灭，故以为宜令学者兼习注疏，而宋儒之后为说附和者，不必专主为便。第七，减场之法，以五篇为则。愚谓既欲其精，不须务广，或以五篇为全场，而其余随力所及，但不得省于三篇，必理精词达，虽寡亦取为便。第八，……故愚以为论题宜简于性理道学，而多论政术人才等事为便。……故愚以为诏诰表内宜增科二道判语，须求用事精博，词文华缛为便。第九，诗赋之说，固非所急，先进论驳既繁，不必广辩，但愚谓人之性情，惟言可测，而因言识情，诗赋尤易，故古人之用诗赋以求性情也。今或稍用一二以验其性情正邪、心术宽猛可也。第十，至如设策问答，正为从事之需，政事之方，何有限极？五篇所具，初不为多……故愚以为策场所试专以政术为便。①

为便理解，我们在引文中加上数字，以示其所列意见条款。可见有十条之多，涉及科举时文考试的多个环节，其中值得珍视的属于性情和学术思想方面的突破意见主要有：三场并重；扩大经书及其注疏的阅读范围，不必专守宋儒意见；重视实际的政治见识和公文写作能力；重视文采，甚至还要求诗赋考察的加入。这些都显示出吴中博学文华传统的厚固积累，而希望在现实的帝国选拔人才制度政策里得以更为宽舒尽情地施展，改变为程朱理学和官方科举学体制所塑造出来的"耳目奴心"②的鄙陋昏聩状态。

---

① 祝允明：《怀星堂集》卷10《贡举私议》，《文渊阁四库全书》本。
② 祝允明：《怀星堂集》卷12《答张天赋秀才书》。另参其《烧书论》、《学坏于宋论》等文对科举时文等知识平庸状况的辛辣嘲讽和对宋学固蔽明人头脑才智的尖锐议论，同上书，卷10。

前七子派中的王廷相，也有他的建议。简言之，就是针对入仕官员，增设贤良、孝廉、政事异等科考察之①。也是为弥补时文考试选拔过程中不见其人德行和才能的弊病，而意图在小范围内恢复汉朝贤良文学对策和左雄考察孝廉的传统，针对已经入仕的官员，特别增设一科（也即制科）以激励士心和官志。与吴中人士的公开上言或私下论议相较，少了文学性的诗赋和知识博学强调；而与唐顺之只重德行而轻文华相较，则强调对德行之士也要加以政事才能的考核和推举。不过，王廷相的意见其实仅仅止于私下的论述，还没有进到上言朝廷以试行的阶段，其效果如何，固难得知，但只针对现任官员，估计效果也不会太大。

二　古文诗赋写作与时文操练的冲突

由于科举时文是通往层层利禄仕进或致君尧舜程度之路的敲门砖，是"弁髦"②，是"赘疣"、"阶梯"③，是捕鱼捉兔的"筌蹄"④。如果没能取得合格的身份尤其是举人、进士的身份，则士人对于时文的苦心揣摩、悉力模仿便几乎无法一刻放下，当然也无多少机会去从事更富于性灵才华，有不朽可能和现实名声的古文辞或诗赋创作。即使举子本人也对时文厌恨透顶，而对诗古文特别感兴趣，也会在家人、家族和社会舆论的巨大压力下，去俯首为时文，冀望"高中"命运的某一刻眷顾。而一旦得隽，则

---

① 王廷相《雅述·下篇》，《王廷相集》，王孝鱼点校，中华书局1989年版，第860页。
② 如王鏊《震泽集》卷11《会试录后序》言："若曰既登进士矣，弃所学如弁髦，是岂今日取士之意而亦安在其为重也？"卷13《瓜泾集序》言："进世士争治文词以干科第，既得第，则遂弃去如弁髦。盖以时之进退升绌不在是焉耳。"卷33《拟皋言》言："夫古之通经者，通其义焉耳。今也割裂装缀，穿凿支离，以希合主司之求，穷年毕力，莫有底止，偶得科目，弃若弁髦，始欲从事于学，而精力竭矣，不复能有尽矣。"
③ 祝允明：《怀星堂集》卷10《烧书论》言："子亦以科第之录、场屋之业若赘疣然，何不及之？"《贡举私议》言："今人往往谓科目为进身之阶梯，意以致用之术自有所在，此特借以入其地云尔。"
④ 如李东阳《李东阳集·文前稿》卷31《漳州府进士题名记》言："则兹石也，不独为科目光邪。若筌蹄经史，梯航科目，惟兹石之为荣，则其自待于世亦轻矣。"边贡《华泉集》卷9《河南乡试序》言："士自今求初志如程朱教哉？抑以科目为筌蹄，将遂兔鱼计也？"顾璘《顾华玉集·息园存稿·文》卷1《赠吕泾野先生序》言："今天下之师三：曰文辞，曰经义，曰道学。……经义者，抱六经之遗，寻绎衍说，涉猎支肤，不为无助，然破裂圣真，假筌蹄以干利禄，一切不求之身，徒美口耳而已。"方良永《方简肃文集》卷2《送林宗盛分教宿松序》："世固有柢蜡其文以徼倖一时，乃亟弃于既仕之后如弃筌蹄者，君子视之如蠛蠓也，虽擢魏科都美官奚取焉？"

往往弃时文如敝履。因此，相当多的明代士人确实深刻感受到了时文操练和古文诗歌创作的剧烈冲突，在他们的生平科第记述里，我们都能见到对这两者关系的复杂处理。

大体而言，有这样三大类情况：一是先通过时文阶梯成进士，再写古文辞。这是相当多的作家记录；二是进取不同等级的科第功名之时，既炼时文又作古文辞，其情形又有两种：1. 成功了。则潜在意思是，古文辞提升了他的时文审美愉悦品格和义理宽博底蕴；2. 失败了。则是古文辞妨碍了时文锻炼的功夫。这种情况又有两种选择：（1）放弃古文辞，专力时文；（2）放弃时文，专力古文辞；三是在放弃不同等级的科第功名之时，专攻古文辞不炼时文，但这不可能一开始就出现。因为明代作家几乎都拥有生员身份，都从事过时文写作。他们放弃时文操练，只有在绝望于科第或得到了满意科第的情况下才能做到，或者是举人，或者是进士（这就是第一大类的情形）。大概只有到明嘉靖以后，随着生员人数的增多和生活出路的扩大，部分士人才在诸生的阶段，即放弃了进一步的科第功名进取，"弃巾"而去，不炼时文。

且看表9关于明代不同时期不同科第人员的古文辞、时文写作情况：

表9　　　　　　　　　　　　不同科第的古文、时文习染情况

科类	人名	科第	籍贯	古文词、时文写作情况	出处
进士	张楷	永22	慈溪	十七领乡荐，登永乐甲辰进士，愈肆力于古文辞	李贤《古穰集》卷十三《张公神道碑铭》
	刘俨	正7状	吉水	时年十六七，为文必主理，虽修举子业，耻为口耳之学，务探底里。年二十四领乡荐。正统壬戌乃得隽。位既显，学益进，以古文名天下	李贤《古穰集》卷十四《刘公基碑铭》
	杨守陈	景2	鄞县	稍长学举业，及为古文辞，复出流辈，四方多传其程试之文。（乃祖）恐其泥此，恒诲之曰：圣贤之学以慎思力践为要，博闻强记，辅此而已	程敏政《篁墩文集》卷二十二《杨文懿公传》
	王瓒	天8	太原	既仕，始从事古文辞，质鲁而气锐，昼夜不衰，大有所进	倪岳《青溪漫稿》卷二十四《哀王器之辞》
	王鏊	成11状	吴县	少工举子文，既连捷魁选，文名一日传天下。程文四出，士争传录以为式。公叹曰：是足为吾学耶？及官翰林，遂肆力群经……	文徵明《文徵明集》卷二十八《太傅王文恪公传》

313

续表

科类	人名	科第	籍贯	古文词、时文写作情况	出处
进士	林俊	成14	莆田	年十六，（岳正）为郡守，试破题，立对……莆士雅工程试之文，不事博综，公所业虽专《尚书》，而于他经咸通之……稍习为古文词，于诸经义若不屑意，而为之辄工。一时文名大起	郑岳《山斋文集》卷十四《见素林公行状》
	钱仁夫	弘12	常熟	（少）为古文词有声，弱冠……受举子业，为经义、论、策复有声……凡四上春官乃得第（时年五十四）	顾清《东江家藏集》卷四二《东湖钱君墓志铭》
	郑善夫	弘18	闽县	暋椎隶学官，则已厌薄经生言，学为古文辞有声矣。弱冠举弘治乙丑进士……益相切劘为千秋业	邓原岳《郑继之先生传》
	浦瑾	正16	无锡	在太学，其古文词与程文并驾	邵宝《容春堂集·续集》卷十五《丽水知县浦君文玉墓志铭》
	王慎中	嘉5	晋江	年十三四，不惟通举子业，而且多读古人书	李开先《李开先集》卷十《遵岩王参政传》
	唐顺之	嘉八	武进	以幼时尝竭精神于举业，几成瘵疾	李贽《续藏书》卷二十二
	瞿景淳	嘉23榜	常熟	于书无所不窥，尤好《左传》，攻制科业，与王鏊齐名	《江南通志》卷一六五
	李攀龙	嘉23	历城	晋江王慎中来督山东学，奇于鳞文，擢诸生冠。然于鳞益厌时师训诂学，间侧弁而哦若古文辞	王世贞《弇州四部稿》卷八三《李于鳞先生传》
	王世贞	嘉26	太仓	稍长，从学官习章句……既举进士京师，稍稍学为诗矣	王世贞《明诗评后叙》
	归有光	嘉44	昆山	九岁能成文章……弱冠通六经、三史、大家之文，及濂洛关闽之学（嘉靖十九年乡试中举第二）其后八上春官不第（到嘉靖四十四年六十岁方成进士，名列三甲）	唐时升《三易集》卷十七《归公墓志铭》

续表

科类	人名	科第	籍贯	古文词、时文写作情况	出处
举人	林春	景1	宣城	为诸生，日夜策励，治经之暇，尤肆力为古文词及书翰……凡五举进士不第。天顺七年授应天府通判	程敏政《篁墩文集》卷四十二《林君墓表》
	陈璲	成4	吴县	"居家为《易》师，弟子亦有取科第者。然其学不专治进士业，兼能古文词。"成化十三年卒，年止三十六	吴宽《家藏集》卷六二《乡贡进士陈君墓志铭》
	徐元献	成16	江阴	"然君所习，不但如今世举子而已，凡它经诸子及汉唐以来古文词，悉务记览。"会试落第，卒，年止二十九岁	吴宽《家藏集》卷六三《乡贡进士徐君墓志铭》
	祝允明	弘5	长洲	九岁能诗，有奇语……稍长，贯综群籍，稗官杂家……发为文章，崇深钜丽，横从开阖，茹古涵今，无所不有。一时声名大噪。岁壬子，举于乡……自是连试礼部不第	陆粲《陆子余集》卷三《祝先生墓志铭》
	王良佐	弘8	华亭	七岁通诗书大义，十三能文章，逾五十始荐于乡，屡上春官弗利，久之补靖海学谕……乃从好古文辞，益以撰述自娱	孙承恩《文简集》卷四十九《鹤坡王先生墓表》
	顾兰	弘11	吴县	征明虽同为邑学生而雅事博综，不专治经义，喜为古文辞，习绘事。众咸非笑之，谓非所宜，而春潜不为异，日相追逐唱酬为乐……凡七上礼部不中，以太学生释褐，授山东淄川知县	文徵明《文徵明集》卷二十七《顾春潜先生传》
	黄鲁曾	正11	吴县	弱冠，（与弟省曾）并充弟子员，窃鄙时义，博综群籍，探古文辞……方其弥留，犹不忘一第，悲哉！	皇甫汸《皇甫司勋集》卷五十四《黄先生墓志铭》
	徐京	正11	长洲	后累科不第，辄弃之，曰：此殆非不朽业，奚足困壮夫哉？遂拟古文辞，特闲诗赋	皇甫汸《皇甫司勋集》卷五十四《徐隐君墓志铭》
	邵圭洁	嘉28	常熟	工制举业，尤工策论、古文词。五上公车不第，选德清教谕	《江南通志》卷一六五

续表

科类	人名	科第	籍贯	古文词、时文写作情况	出处
诸生	杜董		丹徒	累举进士不第，遂绝意进取，专为古文词	王毓贤《绘事备考》卷八
	方冕		钱塘	少尝有志为世用，中弗利于场屋，乃尽弃所习，大肆力古文辞，有声播绅间	程敏政《篁墩文集》卷二十二《志云先生集序》
	方太古		兰溪	初受经于章懋，中年弃去，专力于诗，不苟随时尚	朱彝尊《静志居诗话》卷九
	徐渭		山阴	九岁能属文……二十为邑诸生……举于乡者八，而一售。俶数椽，储瓶粟者十年	陶望龄《徐文长传》
	俞允文		昆山	稍长即游心文艺，然雅不好举子业，唯喜读古文辞及临摹法书。作为歌诗，极力模拟古人（故布衣终身）	顾章志《俞先生行状》
	王稚登		苏州①	初举武进诸生，不喜博士家言，期以竹素。/隆庆初入太学不纳，弃去，曰："吾人千载之业，宁在一第?"	王稚登《广长庵主生圹志》/李维桢《王百谷先生墓志铭》
	陆采		长洲	始为校官弟子，不屑守章句，纵学无所不观……锐意为古文辞。寻以例升太学……在太学二十年，累举辄踬，遭世玩侮，中不能无少望	陆粲《陆子余集》卷三《天池山人陆子玄墓志铭》
	蒋生		长洲	（早卒）故未及为古文辞，独时文数十篇，自题曰《东壁稿》②	祝允明《怀星堂集》卷二十九《表弟蒋秀才遗文序》
	周天球		长洲	及籍诸生，不喜治帖括，独好古文词，日夜切劘之，其业乃成。	万经《分隶偶存》卷下

① 据刘体乾考证，王稚登二十四岁之前基本在武进生活，由武进迁苏州后是先居吴县，后居长洲，故本处暂系以大的苏州府。《江苏明代作家研究》，第229—231页。

② 按：蒋生其名待查。《东璧稿》应为《东壁稿》，参王世贞《弇州山人四部稿》卷67《东壁遗稿序》。

续表

科类	人名	科第	籍贯	古文词、时文写作情况	出处
诸生	黄姬水		吴县	自少为诸生，即以古文辞著声，而其于诸生业亦不废。试凡数上则报罢，最后有所不得志，遂谢诸生归	黄省曾子。王世贞《弇州山人四部稿》卷六十八《黄淳父集序》
	钱百川		无锡	少豪迈不羁，资禀聪慧。弱冠学琵琶，半日度四十曲，人以为神解。既长，好读书，不习举业，词赋宗陈白沙，有《寒斋狂稿》	凌迪知《万姓统谱》卷二七
	梅鼎祚		宣城	年十六，廪诸生。性不喜诸生业，以古学自任。文词雅赡，海内皆知其名	《江南通志》卷一六七
	曹昌先		太仓	材高为诸生，弃之，习古文词，任侠自喜	王世贞《弇州四部稿》卷八八《曹祥墓志铭》

　　以上我们几乎只是随机地简列了明代文人在时文（他们或称为举业、举子业、科举业、经生业、制科业、进士业、诸生业、举子文、程文、训诂学、章句、帖括、博士家言、经义、时义、时文，等等）和古文词（古文辞、古学）、诗赋的习练情况：进士 15 人，举人 9 人，诸生 13 人。由于选录的是有古文词习染和成就的人员，所以有些情况值得说明：

　　第一，举子的古文词习染确实会妨碍其操练时文，反过来，时文也会严重妨碍对古文词的喜好，而这种喜好是关乎性灵情致和未来的恒久价值。所以我们见到的，几乎都是肯定古文词（或价值更在其上的圣学，如杨守陈其父的教诲）而鄙薄时文，称为"口耳之学"，等等，动不动即欲"弃去"，这在"诸生"一类里的声明最多。之所以如此，是鄙薄时文的群体心理和文学批评风气，认为时文再好也只是敲门砖，不可能像古文词那样不朽。由此，上表所录的很多记述都对他们的古文词爱好及水平作了的引申夸大，以表现诸生、举人们失志落魄至于断然弃去的原因，或者表现他们早有大志从事远大的文学不朽事业（如郑善夫、李攀龙）或理

317

学事业（如刘俨、杨守陈）。

第二，成进士的人员中，有古文词习练背景的，除张楷、王璿、王鏊、唐顺之、瞿景淳、王世贞等六人材料中没有交代之外，还有刘俨等九人有这方面的记录，占了多数。但我们不能就此认为在明代兼善古文词（如上表中的杨守陈、林俊、钱仁夫、浦瑾等）对其考中进士有好处。真实情况应该还是他们的时文功夫（包括对时文格调、法度的体会和临场的发挥能力），如刘俨、杨守陈、林俊、王慎中、李攀龙、归有光、钱仁夫、浦瑾等六人的时文在当时都很有名。当然，王鏊、唐顺之、瞿景淳的时文在明代更为有名，被后人看成明代时文的典范，以至于认为其背后有古文辞习练的背景，是在以古文的气度、才识、文采来为时文。而其他只能止步于举人和诸生的，则很少这方面的记录；即有，如陆采，也欠缺命运的眷顾。由此也可说明，明代文人真正大规模从事诗文创作活动，是在中进士之后。对此，王世贞认为由于明朝科试特重初场的经书义（时文）而轻二三场的论、策、表（近于古文），所以士子用在论、表、策的时间是十分之三，而用在时文的时间是十分之七，还苦不足。① 由此可以推知，明人中兼力于论、表、策之近于古文的考试文体者最多十分之三，而专力于时文者则是十分之七还强。

第三，大规模的科第失败记录。三十岁之前登进士科的人数极少，其中反而要算诗文流派中人的整体命运要好一些，如王世贞、王慎中、李攀龙、唐顺之等人就是较早摆脱了举业的烦恼，来从事诗文创作。即使在这份不全的记录里，我们也能见到诸生和举人的连败记录，徐渭"举于乡者八而不一售"的冲击举人功名、顾兰"凡七上礼部不中"、归有光"八上春官不第"、黄鲁曾"方其弥留，犹不忘一第"的冲击"进士金牌"之经历，可以告诉我们一个基本事实——那些宣称是为了古文辞、诗赋、书画等爱好追求而鄙薄甚至放弃追逐功名的人，大半只是出于记述者对于失败者的安慰奖勉之辞，不能完全当真。而其中的"中途辍学"者，要么是死神夺去了他的生命，如陈璲和徐元献；要么是进取的门径被堵死了，如王稚登想进太学而不能，就只好发出豪言壮语，我有千秋文艺事业，岂在乎区区一第。

黄鲁曾（1487—1561）至死不忘一第的经历颇值得引录。据皇甫

① 王世贞：《弇州山人四部稿》卷70《四书文选序》。

沆载：

> 鲁曾，字得之，人称为中南先生云……弱冠，（与弟省曾）并充弟子员。窃鄙时义，博综群籍，探古文辞，好奇纵谲，为文闳衍，莫能加焉。长则方面巨耳，修髯炯目，昂躯山立，伟然丈夫也。丙子试南畿，主司为李公廷相，览其卷，深加叹赏，置《易》第一，录其论以献，不窜一字，俾为后学式云。屡上春官不第。同年崔公桐时为少宗伯，讽曰："自日暮矣，时不可失。礼曹司务员缺，姑屈效一官，可乎？"君笑而拒之，出曰："咄嗟崔生，安知余之心哉？方今专重进士，即才如董、贾，学擅班、扬，位跻卿贰，勋垂竹帛，问之非由进士，终赧颜憾心矣！"是时抱志，不屑谒选者……己未之春，年逾七十，犹担簦蹑屩，自潞河徒步入京师，其笃如此……是岁业将北上，趣（省曾子姬水）治装，把臂谓曰："人各有志，余岂智不逮而父耶？"盖五岳由辛卯举于乡，亦置《诗》第一，壬辰走京师观乐而返，后更不往，世尽高之。亡何，君卒。方其弥留，犹不忘一第，悲哉！是为嘉靖辛酉六月晦，生当弘治丁未三月朔，享年七十有五。①

黄鲁曾（1487—1561），字得之，号中南山人，吴县人。正德十一年（1516）举人。己未，为嘉靖三十八年（1559），鲁曾年逾七十，还徒步入京师应试。辛酉，为嘉靖四十年（1561），鲁曾卒，之前还敦促侄儿姬水为其备装北上应试。临死之时，还念念不忘一第，与乃弟一试之后不成即断然放弃形成强烈反差。正可谓"人各有志"，亦是明代中后期畸重进士的制度和社会风气使然。细致算来，黄鲁曾一生参加的会试考试有十多次，可惜不一中。在第十次落第春官时，其好友徐缵作《闻黄子得之下第》诗云："十上空垂橐，三春只弊裘。《说难》心何苦，途远暮何投？闻雁书频系，看花泪暗流。谁怜一生恨，头白在皇州？"②哀伤与抑郁，令人满腹凄凉。人生到此，真是人各有志，悟与不悟，又有何别？当然，很多人并不会如黄鲁曾这样执着，在实在熬不过命运的煎煮和生计的逼迫

---

① 皇甫汸：《皇甫司勋集》卷54《黄先生墓志铭》。

② 朱彝尊：《明诗综》卷43，中华书局2007年版。

之时还是无奈地放弃了，去做卑微的教官或七品芝麻，如祝允明，如很多很多人。黄省曾（1490—1540），字勉之，号五岳山人，黄鲁曾弟。嘉靖十年辛卯（1531）中举。据本文，他是第二年壬辰试礼部不中，即未再参加会试。黄姬水（1509—1574），字淳甫（父），号质山，省曾子，诸生。

关于时文与古文辞的写作冲突，重视时文者会称操练时文为"本等"，而笑兼习古文辞者为"迂"、"矫"、"狂"。而被笑者则可能反唇相讥，认为那些占主流的跟在塾师、教官后面习句读、章句、作八股文者，才是最可怜的空疏不学的利禄虫，跟着考官的"题目"、"格律"、"主意"按部就班地走，完全没有自己的见识和文采；即使他们真正"登贤书"、"得隽"了，也没什么光荣。必须说明，尤其在秀才（含诸生）这个功名阶段，习练古文辞的人是科举考试中的绝对少数派、特立独行者，甚至是"异类"，而多的是从事"科举之学"、写作时文的人们。因此，当他们之间产生这样的对立情形，则少数派除非以他的成功科名来证明，否则就要以无比的心灵痛苦和纠结为沉重代价。或者回归"正道"，循规蹈矩；或者自觉绝望于仕进之路，而坚持符合本性要求，以未来的古文辞和诗赋、艺术的成功来作交换。事实是，能坚持到底的人不多。

祝允明对视举业为"本等"的"科举学"进行了辛辣热烈的批判和嘲讽："凡学者，士之食也；质者，学之田也；才者，学之稷也；功者，学之末也；文者，学之馈也……今之为学者，上欲为圣贤君子，下欲不失作儒生，取官禄耳；即不为上为下，且不与彼庸孺子欲为一僧者同？……古之为学者何也？至于今盖亦多变矣！其在于初，将明理修身以成，已用于时，以立政安人建之为志……以迄于兹，宁独为人而已乎？其间不能以缕计。波冲飚驰，颠汩缪迷，日不可支而坏焉。一坏于策对，又坏于科举，终大坏于近时之科举矣。且科举者，岂所谓学耶？如姑即以论其业，从隋唐以至于杪宋，则极靡矣。今观晚宋所谓科举之文者，虽至为獟浇，亦且猎涉繁广，腐绮伪珍，纫缀钮镂，眩曜满眼；以视近时，亦不侔矣。其不侔者愈益空歉，至于蕉萃萎槁。如不衣之男，不饰之女；甚若纸花土兽，而更素之，无复气彩骨毛，岂壮夫语哉！而况古之文章本体哉！而又况乎圣贤才哲为己之学之云哉！今为士，高则诡谈性理、妄标道学，以为拔类，卑则绝意古学、执夸举业，谓之本等；就使自成语录，富及万卷，精能程文，试夺千魁，竟亦何用？呜呼，以是为学，诚所不解。"① 以一个真正的学者须具备天资、才能、功夫和文华的兼备才可以学为生，以及为己（为圣贤之学）和为人（功名利禄）的区别，来抨击当今的比汉唐宋以来更其腐烂空疏的科举之学，甚至成了忸怩作态的不男不女模样，这不是一个大丈夫所应追求的。

文徵明终身都没能博得一个举人名号，他在年轻的时候，就对自己的古文辞诗赋爱好和时文进取的冲突有过深刻的体会。他在给本乡连魁天下、差点连中三元的通家前辈王鏊的信中吐露了自己的纠结心声。面对世人的纷纷议论，以及知心友人的先精时文打通仕进路后再从事心爱的古文辞诗赋的诚恳建议，文徵明认为在科举考试能否得中这个问题上，其实无论哪条路——是以古文辞辅佐加强时文，还是一门专精时文——都并无必胜的把握。很大程度上，它只是命运的垂青，不关乎你做的究竟是时文还是加上了古文辞功底和才华的时文。既然如此，与其浪费大好青春华年去俯首为不符合自己性情才智并且也不一定能得中的时文，还不如把宝押在以古文辅佐加强时文上，从自己所好，说不定也有可能得中（其本乡前辈吴宽、王鏊一定程度即是如此）。但即使命中注定这条路还是不能走通，"终身不第"，那也好过"终身不得为古文"。不过，这番力"排群议"的决定，也耽误了他的时文锻炼兴趣和功夫，"志则分矣"②。一语成谶，文徵明果然"终身不第"，后来只是以精善书艺的特殊才能，被招入了翰林院做待诏，享受了一定荣光的同时，也遭受了几多的难堪和羞辱。

无独有偶，文徵明从事古文辞被视为"狂"，后七子派李攀龙在为诸生时也遭遇过。③ 而文徵明友人的建议，前七子派康海和后七子派王世贞也都提到过。康海在送邵铨之序中说到科举考试以"绳尺法度"取人，而赴试者不得不俯就的情形。其言：

　　　夫以文字试礼部者，凡试几四千人。四千人者皆取于其乡，亦数千人。摘而举也，而但以三百五十人。其举若以遗矣，意而欲同焉，字而欲稽焉，绳尺法度错出而欲亡有背焉，其豪放不羁者，故恒弗逮也。邵君勉乎哉！夫士固当欲有以遇也，过其人矣，不能有以立遇之

---

①　祝允明：《怀星堂集》卷12《答张天赋秀才书》。
②　《文徵明集》卷25《上守溪先生书》。
③　王世贞：《弇州山人四部稿》卷83《李于鳞先生传》。

道，夫犹不遇而已。夫绳尺法度虽非所以尽士者，顾求之者率是用焉。苟豪放不羁者稍自裁损就之，则天下莫敢京也。邵君勉哉！①

康海以过来人的身份指出科举考试是一个残酷的选拔性考试，其间必定有甄辨的标准，即"绳尺法度"。如果修习古文辞的豪放不羁之士不遵守，则很可能在这个不到百分之九的录取率中被残酷淘汰。王世贞则在送汪道昆之弟道贯（字仲淹）的赠言中，谆谆叮咛修习古文辞已颇有名气的汪道贯要牢记其父亲的教训：其兄道昆从事诗古文辞写作是在"倦宦"之后，难道你想"以诗古文辞宦乎哉"？而这在明代以《四书》、《五经》为考试内容的科举时文时代是几乎不可能的。所以，对包括汪道贯在内的很多诸生来说，习尚古文词而作时文还存在一个"勉而就时趋"的问题。王世贞说："第今天下名为右文，然不得越经生术而遽显。古文辞士故渐多显者，然亦不得越经生术而自显。仲淹稍卑之，其为我举一觞曰：藉大夫海，勉而就时趋矣！"② 与康海的思路一致。当然，正如谨慎缜密的文徵明所曾预想到的，即使这批修习古文辞的豪放不羁之士委屈俯就时文格律法度的要求，也不一定就能通过这个科举时文选拔的独木桥。

要兼善古文辞和时文，无论是理论还是实践，其实都相当困难，其间实有很大的需要填补、调适的空间。吴宽在弘治十三年左右所写的《容庵集序》曾提出古文与时文交相为用，一定程度就是后世所说的以古文为时文之路。③ 但这条路在这个时期的探索并不广泛成熟，王世贞即认为吴宽、王鏊的举业其实仅能"间传以古意"④。人们强调的还是放弃古文的爱好，先作好时文，这也是大多数人的选择和实际所走的路。于是，如不幸而有古文辞的爱好追求又不愿放弃时文的进取，则古文与时文的两相为害也就难以避免。古文辞妨碍作为"本等"的时文操练，而时文又占去古文辞宝贵的精气神。李东阳即在为茶陵派和台阁派文学人物写诗文集

---

① 康海：《对山集》卷3《送邵铨之序》。

② 王世贞：《弇州山人四部稿》卷56《别汪仲淹序》。

③ 吴宽：《匏翁家藏集》卷43《容庵集序》说："乡校间士人以举子业为事，或为古文词，众辄非笑之，曰：'是妨其业矣！'噫，彼盖不知其资于场屋者多也！故为古文词而不治经学，于理也必阂；为举子业而不习古作，于文也必不扬。二者适相为用也。"

④ 王世贞：《弇州山人四部稿》卷67《东壁遗稿序》。然在卷70《四书文选序》中，他又说王鏊、唐顺之的时文其实与古文相比也无多少距离。

序言的随缘说法中，接触到这个时文、古文"兼善"的难题。其《春雨堂稿序》在指出诗文各有体、自古难兼时，即思及对明人而言，又新增了一个时文和古文辞相兼的困难："且今之科举，纯用经术，无事乎所谓古文歌诗，非有高识余力，不能专攻而独诣，而况于兼之者哉？"① 其《括囊稿序》也指出古文歌诗和举业、经术的冲突："夫士之为古文歌诗者，每夺于举业，或终身不相及；山林岩穴之间，虽富有述作，或不本之经术，卒未免支离畔散而无所归：论者盖两难之。"② 确乎如此，在明代要从事古文、歌诗，比其他时代难得多，在登第之前要解决科名问题，而一考虑到这个，古文词就会成为障碍，非有高识（即如吴宽所成功的以古文为时文，或"以经学为程式"③）和余力（在从事时文合格训练之余来从事古文词创作）不可。因为说到底，科举时文和古文词是不相干的两回事，孰先孰后，孰轻孰重，看起来本该是一目了然的事情——就像文徵明友人的建议那样，先解决登第问题、重时文，然后再从事古文辞诗赋写作——然而实际深入论究起来却也让人愤愤不平。

王慎中即说到这一层面："昔唐以诗赋取士，士既以诗赋收其科发身，乃有增治经术者。方今号为黜诗赋，尊经术，士亦必以经术收其科发身，然后习为诗赋。其轻重不同，亦制使之然也。然必收其科发身后习为诗赋者，乃可以钓誉射声；其不能收其科者，虽善为诗赋，世亦莫赏也。"④ 这其实是一个由政治权力而来的文学话语权威问题。在一个选拔人才重经术时文的时代，只要通过了人才"瓶颈"，以后就一路畅通。弃去昔日重若千钧、今日轻若鸿毛的时文，再新鲜染指诗赋创作，就可以凭借已经拥有的政治文化权力去趁势"寻租"文学的话语空间，"乃可以钓誉射声"。

---

① 《李东阳集·文后稿》卷3。

② 《李东阳续集·文续稿》卷4，钱振民点校，岳麓书社1997年版，第182页。

③ 《李东阳集·文后稿》卷4《匏翁家藏集序》。

④ 王慎中：《遵岩集》卷9《陆龙津诗集序》。又参同卷《易经存疑序》言："（时文）行之几二百年，海内同风，不讲于朱氏之说，不名为士。以其行之专，信之众，名为士者，宜莫不能为朱氏学，然能通其意以自行其言，盖亦鲜矣。"这是说朱熹学说对时文士的阅读和思想的阻碍。同卷《易学经义考最录序》言："时文之行于世，观者徒以为希世决科之物，苟足以剽剟附离为徼得之计而已，宜其术之卑，材之下也。"这是抨击世人眼中的功利时文观。卷16《陈紫峰先生传》言："呜呼，士敝于场屋之业，而固陋浮浅，梏其心腑，专一经以自业，茫然皓首，尚不能通其义，以传于绳尺之文，又乌知所谓圣贤之学哉？宿辈末生，相寻以敝。"这又是抨击时文士的固陋及与所标榜的圣贤之学的隔膜。

323

相反，那些失志背时的人们，即使擅长诗赋，由于其低落卑下的布衣身份，也不能得到世俗的认可。世俗认可的不是文学，而是所谓文学背后的政治和社会地位。宋元明清，这样的官帽诗人相当不少，有关他们的诗文集序言，充溢的无不是阿谀吹捧的文字，正与墓志铭、神道碑的谀墓交相辉映。

第二节　七子派秦汉文宗法进入时文写作轨道

明代科举时文风气自成化起渐渐进入到一个机法激烈动荡的时期，而与此期诗文流派的风起云涌、此起彼伏状况相适应。更重要的是，物质积累的趋于富足繁荣、知识成果的成倍增长（可以出版业的发达为标志）所显示出精英阶层的思想活跃以及社会风气的日益浮躁，使得明初所确立推行的科举时文规范——"理宗程朱，辞尚简洁"①——及各种保证维护措施，到了正德以后越来越受到强烈的冲击。诗文流派的宗法习尚也开始不断进入到时文写作轨道，从而为明后期时文风气作了铺垫。朝廷三令五申，结果却并不见好转。

且看明人对不同阶段时文义理及风气的概括说明。徐阶在李春芳、王世贞、张居正等人登第的嘉靖二十六年（1547）说："国家以文取士，百八十年于兹。在宣德以前，场屋之文虽间失之朴略，而信守经传，要之不牴牾圣人。至成化、弘治间，则既彬彬盛矣。正德以降，奇博日益，而遂以入于杨、墨、老、庄者，盖时有之。"② 万历十五年礼部尚书沈鲤说："近年以来，科场文字渐趋奇诡，而坊间所刻及各处士子之所肄集者，更益怪异不经，致误初学，转相视效。及今不为严禁，恐益灌渍人心，浸寻世道……今士子为文，式乎？不式乎？自臣等初习举业，见有用《六经》语者。其后以《六经》为烂套，而引用《左传》、《国语》矣。又数年以《左》、《国》为常谈，而引用《史记》、《汉书》矣。《史》、《汉》穷而用百家，甚至取佛经、道藏，摘其句法、口语而用之。凿朴散淳，离经叛

---

① 刘建明：《明代政权运作与文学走向》第二章第二节，光明日报出版社 2010 年版，第50 页。

② 徐阶：《世经堂集》卷 12《崇雅录序》，《四库全书存目丛书》本。

道，文章之流弊，至是极矣！乃文体则耻循矩矱，喜创新格。"① 赵南星说："嘉、隆之间，文体日变，然不失为时艺。浸淫至于今日，率皆亦颇僻幽渺之见，托之乎经书之言；而其词非经书也，又非《左》、《国》、《史》、《汉》、韩、欧、三苏之词也。一切佛老异端，稗官野史，丘里之常谈，吏胥之文移，皆取之，以快其笔锋而骋其词……时艺、古文，都无所似，士大夫奈何作此以取富贵？此天下之乱，所以越至今矣！"② 可见时文风气日益衍化、不可收拾的情形。在他们看来，正德之前的时文风气还是比较正常的，虽然"朴略"，文采不够，但是思想正宗，文辞简明；到了成化、弘治之间，文采的增强刚好能配合思想正宗的需要，故为彬彬之盛；正德以后到嘉靖、隆庆之际，时文的儒家思想规范就开始受到冲击，出现了一些异端苗头，但还在可以接受控制的范围内；而越入万历十五年左右，就已经不可收拾了。其间人们所指责的时文模仿《左》、《国》、《史》、《汉》或韩、欧、三苏或佛老、道藏，其实正可分别对应前后七子派、唐宋派和公安派、竟陵派的古文宗法习尚。当然，佛、道思想的进入公安、竟陵派和时文领域，又是拜王阳明心学及其禅学左派所赐。

弘治、正德间前七子派从郎署的集体崛起，将本来由台阁、翰林院等上层主创人员积累推扩的台阁政治活动、翰苑史事活动和日常游宴集会活动的诗意化倾向（也即李东阳为首的茶陵派③，当然，还得加上地方古文辞运动的推行，如苏州文苑），又再一次推向了高潮，并把它和抗击宦官专权的政治斗争，古典诗文范式的高调提倡，士人群体的情志压抑相结合，获得了更为广阔的文学发展空间，迅速波及全国，成为影响深远的文学复古运动。而这又必然会影响到易受时代文学风气和思想风气影响的科举时文创作。时文者，逐时尚而起者也。一个影响广大的文学流派凭借其信奉者的传播和实质性的占领选拔岗位，很快就可以反映到时文创作和选拔上来。前七子派中李梦阳、何景明、王廷相、边贡、朱应登、顾璘、刘

① 沈鲤：《题乞正文体疏》，载俞汝楫《礼部志稿》卷49。

② 赵南星：《赵忠毅公诗文集》卷7《叶相公时艺序》，《四库禁毁书丛刊》本。

③ 这方面的记载甚多，此随举一例。李东阳《白洲诗集序》云："当其兴况所寄，群纷众虑，一不以婴其心，然官剧曹……固未尝以此废彼也。"对此，简锦松言："故正德六年崔铣有《上西涯相国书》，乃谏其'减省文艺，及时悟主救民。' 时李为首相，自崔氏言中观之，其奖爱文学之士，已影响到选才施政矣！"《明代文学批评研究》，第284页。

麟等人都或做过提学官员，或主管过学校事务，写过不少有关科举时文的学官序、登科录序、乡试录序、古时文选本序、学校记、学约等文章，可以反映出他们的科举时文意见，其中即包含以自己所熟悉的秦汉派文风来指导士子们的时文学习对象和方式。古文辞积累到弘治、正德之际，已经成为一个有坚实人力资源和精神基础的运动，人们乐于表彰这种在科举时文之外的古文辞写作追求。既然执教和选拔时文的各级人员都对古文辞表现出较大的好感，则一些本来就嫌弃时文"题目""主意"的人们，就更会重视向文坛上已经树立起来的先秦两汉文章及其模范《左传》、《国语》和《史记》、《汉书》学习，而一些惯于揣摩圣贤语气、只读呈文墨卷的人们，为了得隽，至此也不得不向秦汉文风的"套子"学习，由此也为批判前七子派所发起的秦汉古文运动埋下了伏笔。当后七子派再度将秦汉派的重文辞理念灌入到"屡出屡变"① 的时文风尚中，酿就了"上之所以待下者愈变，而其辞益工，盖至于嘉、隆之际，灿如矣"② 的古文流派宗尚与时文写作深度交融的局面。

理论上说，前七子派之前的茶陵派、台阁派和浙东派的古文宗尚应该也影响到其间的时文写作，但由于古文、时文都紧紧围绕正统理学规范和典雅文体追求，使得两者的关系较难理清。另外，人们也讨论过唐宋派的兴起与时文的紧密关系③，故本处主要论述前后七子派的古文宗尚是如何进入到时文的写作轨道，有哪些具体表现，具有何种意义，等等。

有很多材料可以证明前七子派向秦汉文章典范的学习影响到了正德、嘉靖之际的时文风潮。

一　官方记录的反映

弘治十二年（1499），李东阳再一次出任校阅天下时文的会试考试官，结果感慨丛生，发现仅仅六年，时文所表现出的文采之盛就已到了执政者需要加以警惕预防的地步。

---

① 《李东阳集·文后稿》卷 2《会试录序》。
② 王世贞：《弇州山人四部稿》卷 70《四书文选序》。
③ 余来明：《唐宋派与明中期科举文风》，《嘉靖前期诗坛研究·附论》，武汉大学出版社2009 年版。

癸丑之试，臣东阳实与试事，尝尽观天下之文，今乃获再至。再观其所谓文者，较诸曩岁有加焉，为之目眩心动，累日不置。择其纯，俟宸断，得三百人。其限于制额而不能悉取者，盖亦多矣。乃相与叹曰：文之盛，一至于此哉！夫文之在人，实关乎行；在天下，则政治系之。我国家天造之初，气化浑厚，历数十年渐以宣朗；又数十年而条制之精明，典仪之贲饰已极。故文之于科举亦然。洪武、永乐之制，简而不遗，质而成章，迄于今日，屡出屡变，愈趋愈盛。然议经析理，细入秋毫，而大义或略；设意造语，争奇斗博，惟陈言之务去，而正气或不充。若必如是而后可以为文，则其议论识见，见诸猷为著于事业、布于朝廷天下者，视前辈何如也？故文之极盛，亦识治体者之所慎也。是宁独士之责哉？典教之官，惟程课是急，司考校者，操尺寸以临之，而于大且正者，鲜加之意。故其为法虽精，而顾不能无弊，亦势使之然也。①

李东阳以一个帝国内阁大臣的文质相济眼光，发现了随文采飚发而来的人心激越。对文体、文法、文辞的极力揣摩和研讨追逐，必将对经典、义理造成潜在的破坏作用。如不适时加以人为的控制，要求各级主管教育和科举的官员对此加以调试纠正，则其所引发的后果将甚为严重。这是一种典型的政治本位和理学本位主导下的科举社会化思维。他在这样的面向皇帝、朝廷和全国士子、教育官员的《会试录序》里讲出其深沉的忧虑，自也体现了一个台阁派文人对于理、辞调衡的本能要求和以此为内在根据的主考官员职能要求。值得注意的是，唤起李东阳喜悦而继以忧虑的这个事实，恰是前七子派领袖和中坚成员在进士科场的纷纷崛起。一直积累的物质财富、人文精神追求发展到弘治朝，已经成了一种势不可当的潮流。与李东阳的担忧一致，莆田方良永也在本年作文，攻击其时已经盛行的奇崛险奥之风，并希望出任各级学官者担负起力挽狂澜的重任："今天下之文弊也极矣，高者锻炼雕琢，恣其诡险，必聱牙诘屈不可句读然后已，下者剽窃掇拾，务必辨博，至蔓延草积，使读者厌倦思睡犹不自觉。"②

---

① 《李东阳集·文后稿》卷2《会试录序》。

② 方良永：《方简肃文集》卷2《送林宗盛分教宿松序》，《文渊阁四库全书》本。按：原文有云"弘治己未夏五月，郡庠贡士林君宗盛实领安庆府宿松司教"，则在本年。

作者按：弘治五年，李梦阳中陕西乡试解元，何孟春湖广乡试第二，祝允明、王守仁等人中举。王鏊、杨杰主考应天府乡试，取中祝允明。弘治六年，李梦阳、杭济、许天锡、何孟春、顾清、汪俊等人成进士，李东阳、陆简为会试考试官。弘治九年，王九思、边贡、顾璘、刘麟、熊卓等人成进士，徐溥、刘健、李东阳充殿试读卷官。弘治十二年，朱应登、张凤祥、王守仁、杭淮等人成进士，李东阳、程敏政为会试考试官。弘治十五年，康海、何景明、王廷相、王尚絅、何瑭等人成进士，刘健、李东阳、谢迁充殿试读卷官。弘治十八年，徐祯卿、郑善夫、孟洋、王韦、殷云霄、崔铣等人成进士，刘健、李东阳、谢迁充殿试读卷官。这表明由翰林院、台阁上层和地方上如东南文苑、西北文苑所共同推举的古文辞风气，已经反映到了由全国各地而来的举人会试创作上来。

嘉靖十一年（1532），礼部左侍郎夏言上疏皇帝，褒奖成化、弘治的科举文风典雅醇正，而批评正德末年所表现出来的源于前七子派而剽窃割裂《左传》、《国语》、《战国策》辞句的怪诞浅薄以及嘉靖十余年来新的不良表现，要求"变文体以正士习"。其言："盖至于成化、弘治间，科举之文，号称极盛，凡会试及两京乡试所刻文字，深醇典雅，蔚然炳然，诚所谓治世之文矣！近年以来，士大夫学为文章，日趋卑陋，往往剽剟摹拟《左传》、《国语》、《战国策》等书，蹈袭衰世乱世之文，争相崇尚，以自矜眩。究其归，不过以艰深之词饰浅近之说，用奇僻之字盖庸拙之文，如古人所谓减字、换字法云耳，纯正博雅之体，优柔昌大之气，荡然无有。盖自正德末年，而此风始炽。"① 由此可知，兴起于弘治、正德时期的前七子派秦汉文风确实深深影响了当时和后来嘉靖朝的科举时文风气，到本年夏言上疏时，都还有它的印记。

事实并不止此，前七子派中坚王廷相在嘉靖十五年前所作的三十五首策问中，其第八策即涉及时文修习中秦汉文、唐宋文和六经、宋儒之文的争持："何今之士欲以文自见者，不曰唐、虞、三代而曰先秦，不曰《六经》而曰《左氏》、《国语》，其意何居……近世若周、程、张、朱之言论，可谓体道之文矣，而后世之论者，必曰韩、柳、欧、苏，而于四子无

---

① 夏言：《南宫奏稿》卷1《正文体、重程序、坚考官以收真才疏》，《文渊阁四库全书》本。

称焉。"① 可见前七子派所导扬的秦汉文风和唐宋派所导扬的唐宋文风都已进入到时文写作的风尚之中，并与六经至文、宋儒体道之文形成两大对峙的力量。

顾璘嘉靖十六七年任湖广按察使期间所作的《文端序》，还提到楚地学生"为文率务奇奥"，而思以《六经》、西汉和程朱等理学家之文正之②，说明直到嘉靖十七年的地方郡学，都还有秦汉派文风影响着或逐时或守旧的儒生们。不过，文学史的叙述往往简单化，以为此期唐宋派已经登上历史舞台，使得"李何文集，几于遏而不行"③。到嘉靖二十九年，李攀龙、王世贞等人，再树复古大旗，"崆峒强魂"又再次"为崇世间"④，造成了声势浩大的后七子派诗文复古运动。这场运动发扬了前七子派的秦汉文风精神，并将其深深刻入官方记录。这就是王世贞在万历二年九月到三年为副都御史抚治勋阳期间，曾做策问考察湖广生员；其第四问，即将前七子派的古文辞运动和前后七子派的节义、文学精神纳入其中。其言：

> 问：西汉尚事功不如东汉矜节义，固也。然事功之效能立见于国，而节义则先养名而晚收效，且寺人党锢之祸亦云有以激之。夫晋人贵清谈，六代开靡词，其驱江左而削弱，亡论已。末宋之季，明理学者视其人何啻天壤？乃入朝而奋袂以称恢复，群居而敛襟以谈性命。或者谓宋势之不复振，亦与有力焉。何也？国家履恒泰之运，治平久，而弘、正间有倡古文辞者，其俦颇推扬之，大概少伸而多抑。其卓然欲以节明志者，往往抗谏诤而殉封疆，君子称之。天下北孽敌，南孽倭，搢绅先生投笔而修羽檄之业，暴起腾贵。及至于性命之学兴，云合而景从，而一切下视为土苴为焦螟也。是四者于左之所矜尚同耶？异耶？其于世果孰益而孰损也？诸生有辨志之学否？⑤

---

① 《王廷相集·王氏家藏集》卷三十《策问·八》，第 540—541 页。据葛荣晋《王廷相著作考》，《王氏家藏集》编定于嘉靖十五年，见《王廷相集》附录二，第 1467 页。至于本策的具体写作时间，待考。

② 顾璘：《顾华玉集·凭几集续编》卷 2《文端序》。

③ 钱谦益：《列朝诗集小传》丁集上《李少卿开先》，第 377 页。

④ 唐顺之：《重刊荆川先生文集》卷 6《与洪芳洲书》。

⑤ 王世贞：《弇州山人四部稿》卷 116《策·湖广第四问》。

可见，前后七子派的古文复秦汉运动确实对当时的时文创作产生了深刻的影响，而反映到了一些官方文献之中，成为历史的真实见证。后来有人即将唐宋派的归有光、唐顺之和后七子派中的李维桢相提并论，说："归、唐、李大泌诸君子，以功令文之法为古文，故其古文最不古。"（蒋子潇语）① 认为他们都是以"功令文"之法也即时文之法为古文，影响了古文的高贵纯洁品格。王闿运在批判"以时文为古文"时，也将明代复古派与唐宋派、清代的桐城派一并算在内，说："明人复古，徒矜夸耳……至于文，更无一语似古者，故明代无文。以其风尚在制义，相去辽绝也。茅鹿门始以时文为古文……方苞等从而张之，于是有古文之说。古文、制义混而为一，乃与昔文大异，然其为八股腔一也。"② 其原因即在于明代古文受科举时文之累，并无真古文，而所谓以古文为时文，结果只是让古文也染上八股腔，降低了思想品格和审美品格。

到公安、竟陵派出，后七子派的复古谱系不绝如线，到明末，又由陈子龙等几社、复社、云间派成员重新建立。值得注意的是，每一次文学流派的兴起，都带动了其间时文风气的变幻。艾南英的观察和认识确实是深刻的，趋时逐新的时文与起伏盛衰的古文风尚确实是相表里的关系。

二　七子派的教学措施、效果和秦汉文选本反映

在一个"以教化为守令首务"③ 的时代，文学流派人员无论是做提学官员还是中央、地方官员，都有很多机会将其习得的文学流派思想结合灌入到帝国选拔人才和教正风俗的诸生教学中去，从而让某些地方的时文风气受到文学流派之古文作风的影响。对文学流派色彩十分浓厚的七子派来说，更是如此。在这之中，顾璘、王廷相尤其是何景明在为陕西提学副使、李梦阳在为江西提学副使、田汝耔为江西提学佥事、江以达为福建提学佥事、吴嘉祥任陕西华州学正期间，所施行的教学措施和所取得的效果最为显著，而被各种历史文献记录下来，成为秦汉派文风有力影响时文写

---

① 转引自黄强《明清"以时文为古文"的理论导向》，《晋阳学刊》2005 年第 4 期。

② 王闿运：《论文》，载王代功编《湘绮府君年谱》卷 5，民国十二年（1923）湘潭王氏湘绮楼刻本。

③ （清）刘于义等：《陕西通志》，转引自何景明《大复集》附录。

作的坚实证据。下面我们一一列述。

何景明曾作《师问》，猛烈抨击当时的举业师。认为世间的老师之中，"道德师为上，次有经师，次有诗文师，次有举业师。师而至于举业，其卑而可羞者，未有过焉者也"。原因是，"今之师也，举业之师也。执经授书，分章截句，属题比类，纂摘略简，剽窃程式，传之口耳，安察心臆？叛圣弃古，以会有司。是故今之师，速化苟就之术，干荣要利之谋也"①，只会传授八股套子和利欲目标。而他要做的，是融汇了前七子派古文典范和性理、经史修养的"学约古文"。

> 今列为程，始自十六年春，按季考省。经书每岁一周，《性理》、《史鉴》而下，则接年续去，期三岁而卒其业。正诵之余，复读名家文字数篇。要其取，虽非全编而实览大义，于是究心，则古人作述之意，源流可窥，而斯文经纬之情，变化俱见矣。理无形而藏密，言有文而行远。由圣贤之训以至诸家之撰，皆言也。殊途异门，积案充栋，有不可穷览者，然言宣乎理，理存诸心，体用显微，同源无间，故反求而为己则一而有获，外驰而为人则多而益弊，此公私之辨，义利之分，君子小人之向也。②

本处虽未明确提及秦汉文经典，但可肯定在其中。对此，《陕西通志》说何景明："教人以德行道谊为先，以秦汉文为法，条约精密，以教化为守令首务。"③《中州人物志》说他："以经求世务教诸士，其规约尚严，志在崇本起弊。士初稍不堪，久之，幡然兴起，自是士习、文体为之一变云。"④ 在诸生的时文培养中取得了比较明显的秦汉文效果。耀州乔世宁即为其在关中提学时所振起的名学生之一。

李梦阳的科举时文思想本身虽不见有多激进出彩的地方⑤，但他在嘉

---

① 何景明：《大复集》卷33《师问》，同上书。
② 何景明：《学约古文序》，同上书，卷34。
③ 刘于义等：《陕西通志》，转引自何景明《大复集》附录。
④ 孙奇逢：《中州人物志》，转引自何景明《大复集》附录。
⑤ 李梦阳科举时文思想散见于《空同集》卷42《东山书院重建碑》、《提学江西分司题名碑》、《盱江书院碑》，卷50《白鹿洞志序》，卷52《秦君饯送诗序》、《代同榜序齿录序》，《文渊阁四库全书》本。

靖二年以复古派领袖的身份对于《战国策》的议论和在《论学》中对于《檀弓》的议论，却对前七子派余脉的作风有很大影响。而他正德六年到九年江西提学副使任上的造士成绩，在与唐宋派关系十分密切的罗洪先眼里，是一位实实在在地向时文写作灌输了秦汉派文风的重要人物。

李梦阳《刻战国策序》以巧妙的问答方式为理学家所抨击为离经叛道的《战国策》作辩护，指出它有"录往者迹其事，考世者证其变，攻文者模其辞，好谋者袭其智"等"四尚"，"袭智者谲，模辞者巧，证变者会，迹事者该。是故述者尚之，君子斥焉"，最后以"反古之道者，忠焉质焉，或可矣"的大道理，为河南省刻行《战国策》以有助于时文写作开了绿灯。① 在《论学》中，李梦阳又对时人竞相模拟《檀弓》的字句简省以至诘屈聱牙的情况进行了批评："夫文者，随事变化，错理以成章者也。不必约，太约伤肉；不必该，太该伤骨。夫经史体殊：经主约，史主该。譬如画者，形容之也，贵意象具……自《檀弓》文极之论兴，而天下好古之士惑于是，惟约之，务为煎洗，为聱牙为剜剔，使观者知所事而不知所以事，无由仿佛其形容。西京之后，作者无闻矣。"② 由此可见，当时在古文创作和时文书写领域里，确实存在刻意模拟典范的词句而故意艰深奥涩的现象。不仅前七子派余脉中张含、江以达、王廷陈等人的古文作风近于此（后七子派的刘凤也是），而且李梦阳、何景明、崔铣、吕柟等前七子派领起者也多半如此。何景明之所以在弘治十二年会试中落榜，其原因之一据说就是因为"文多奇字"③。

李梦阳的秦汉派古文作风对于时文写作产生了实质性影响的证据，是罗洪先所述来自李梦阳提学江西时的材料。在周仕墓志铭中，罗洪先说：

> 正德间，空同李先生督学江右，尚气节，精鉴裁，诸生入品题者，才能无毫发爽失，然其最高等类以举业擅长。先生既博学好古，时时向诸生诵说之，鲜有应者。独庐陵草冈周公，为古文诗歌，不屑举业，与先生意合，试而奇之，遇以加等。未几，举江西癸酉乡试。乡试故以举业，而公之取，独以古文诗歌。于是，江右莫不闻公，而

① 李梦阳：《刻战国策序》，《空同集》卷50。
② 李梦阳：《论学上篇第五》，同上书，卷66。
③ 见《皇明名臣言行录》关于何景明的记载，转引自何景明《大复集》附录。

先生亦得公自庆，遇所知则延誉之。先生所知多四海名士，于是公之名骎骎远矣……于是，深钩密构，经经纬子，章炼句断，务高绝险刻，不道唐宋以下语。又多识篆籀，工书法，难字称引，艰僻不可流诵。时人莫不嗤之，而公咀掇未有厌也……我朝自弘、正以来，大雅辈出，而李、何四子遂以辞鸣，至于今可谓彬彬矣。然公之可述，顾有不在此者，则当时好尚不犹可以想见乎？①

李梦阳将他对于《左传》的偏爱和"不道唐宋以下语"的秦汉派作风带进了周仕等人的诸生时文生涯。直到嘉靖三十年（1551）周仕弃世，罗洪先虽对李梦阳和前七子派的诗文作风有微词，但对他们所带动的豪士气节和为文风采还是比较肯定的。

前七子派成员田汝籽，字勤父，河南祥符人，与崔铣为同年举人（弘治十一年）、同年进士（弘治十八年）。据崔铣记载，田汝籽在正德八年癸酉（1513）十一月到正德十二年丁丑（1517）任江西提学佥事期间，曾以自己的秦汉古文爱好为校阅诸生的标准——"勤父雅好秦汉诸家书，刻行《史记》。往以举业誉者，勤父病其腐，置下列。"②

还有，正德举人、眉州吴嘉祥在任陕西华州学正时，也向当地生员传授秦汉派文法。《华州志》载其："负廉节，好督率诸弟子员诵读秦汉古文辞。治一经者，俾博及他经，而尤加意修行之士。官至太仆寺卿。"③还有嘉靖五年进士江以达，作文喜欢"险语"，在为福建提学佥事主持福建乡试时，考生刘汝楠即"以险语迎合得置首解"④。按：江以达，字于顺，信州贵溪人。与陈束、李开先、唐顺之、王慎中等人友善。王慎中称其："最慕李献吉之为人，其诗文独宗之。其豪放敢决，临以威武刑祸而益峻，大略相类……尝为予评李空同先生之文，以为近世绝出，谓其人已死，为诗哭之，其末云：'乾坤只病眼，终日□□□。'一代文人之不幸，其推

---

① 《罗洪先集》卷21《明故承直郎南京工部虞衡清吏司主事草冈周公墓志铭》，徐儒宗编校整理，凤凰出版社2007年版，第845—846页。另参同卷《明故野塘张公墓志铭》、《明故奉政大夫河南等处提刑按察司佥事梧冈王公墓志铭》关于李梦阳与张凤仪、王昂的时文、文学关系记录。

② 崔铣：《洹词》卷10《按察副使水南田君墓志铭》，《文渊阁四库全书》本。

③ 刘于义等：《陕西通志》卷54《名宦》，《文渊阁四库全书》本。

④ 雷礼：《皇明大政记》卷23，明万历刻本。

慕之至，而亦有悼叹之深也。"① 钱谦益也说："其论诗专推何、李，且谓献吉之文，力已出欧、苏之上。叙张惟静集，则云：'杜文不逮诗，韩诗不逮文，而惟静兼韩、杜之所不能。'盖亦浸淫于俗学，好为夸大，而不知所以裁之者与？"② 朱彝尊也说他："以北地文出庐陵、眉山之上。又谓：昌黎诗不逮文，尚沿习气。胥台（袁褧）赠诗云：'赋窥宋、贾室，诗登潘、陆堂。'不免阿其所好矣。"③ 可见江以达是比较典型的前七子派余脉。这两则事例，可作为前七子派古文宗尚影响时文写作的证据④。

此外，七子派在推行自己的古文宗尚进入时文和古文的写作轨道时，也会借助宋代以来选编古文范本以资时文写作的方式，选编数量相当不菲的秦汉派古文选本以为时文之用，在结合教化和性理要求时，标榜蕴含本派古文理念的以古文为时文的做法。经多方收集，七子派的时文选本和序言至少有：何景明《学约古文》；田汝籽刻行秦汉派的标志性宗法读物《史记》；嘉靖二年李梦阳为河南监察御史王某所编《战国策》作序；顾璘命杨奇逢编古文选本《文端》以为湖广诸生之用，中有西汉文，并为作序，又为涂相的唐宋文选本题为《会心编》，作序；潼关王某将先秦两汉唐宋文选录类编为《古文类选》于嘉靖二十四年刊行，"以便举子业之习，振时文之陋"，崔铣为作序⑤；王世贞万历二三年抚治勋阳时为诸生科试编《四书文选》，序称"吾故择其（四书）者以梓而示诸书生，夫非欲诸书生剽其语也，将欲因法而悟其指之所在也"，万历十三年又为傅逊所著可资场屋之用、"可当科目之选"的《春秋左传属事》作序，又为抑损唐宋派宗法而张扬七子派古文宗法的《古四大家摘言》作序，宣称

---

① 王慎中：《遵岩集》卷20《江午坡先生哀辞》。

② 钱谦益：《列朝诗集小传》丁集上《江副使以达》，第386页。

③ 朱彝尊：《静志居诗话》卷12《江以达》，第327页。

④ 王世贞在嘉靖三十五年送李攀龙入关任陕西提学副使序中，对关中这块与明代复古文学十分密切的区域文化文学再度振起深为关注，而将重任寄托到作为后七子派领袖的李攀龙身上。他希望李攀龙继承李梦阳等豪杰之士的文学复古遗志，发扬杨一清以提学振起一方士气和文风的精神，将士子们从狭隘的宋人训诂和"甲乙科第"的利欲中解脱出来，发现一些真正的文学复古人才。见王世贞《弇州山人四部稿》卷57《赠李于鳞视关中学政序》。

⑤ 崔铣：《洹词》卷11《古文类选序》。序言"乙未明年刊行"，则在嘉靖丙申（1536）。

"习宋者"要以此为桥梁"而求之古"①；徐中行为"代狩东莱赵公"所编"自《左》、《国》而迄曾、苏"以"思迪髦士"的兼容秦汉文和唐宋文家法的古文选本作跋②，又有《史记百家评林序》。这些秦汉古文之为时文用的选本和序言连同他们所作的各种诗话、七子派的诗文集序言，必将深刻地影响到其间的各地士子们，让他们对此心摹手追，从而出现后期秦汉古文风格进入到时文写作轨道，还往往能高科取第的社会现象③。

三　七子秦汉派的时文作风和对时文风尚的反映

在前后七子派人员所写的试录序和策问中，以笔者狭窄视野所及，能在这种最讲究光明正大、"博厚典正"的台阁文体里④，也或多或少灌注七子派的秦汉古文风格，大概只有边贡在正德十一年丙子（1516）任河南提学副使时所作的《河南乡试录序》和李攀龙为陕西提学副使时的策问。另外，还未转向唐宋派的王慎中和陈束的乡试录文也有秦汉派的思想和文学风格特征。注意，这也是时文，而且是非常重要的时文，要交给官方审查和备案，又是士子们学习时文写作的范本。

边贡序文的前大半并无特别之处，是照例的交代职司分工、乡试录取名额，并结合河南的地势、文化和前代名人特点，讲明科举得人的朝廷意图和对河南举子"学出必行"的希望。比较特别的，是后面对举人未来心志的考问：

　　　　士自今求初志如程、朱教哉？抑以科目为筌蹄，将遂兔鱼乎计

---

①　分见王世贞《弇州山人四部稿》卷70《四书文选序》；朱彝尊《经义考》卷203《春秋左传属事》所录王世贞前序，潘志伊万历乙酉秋九月后序，《文渊阁四库全书》本；王世贞《弇州山人四部稿》卷68《古四大家摘言序》。

②　徐中行：《天目先生集》卷19《古文隽跋》。

③　顾璘：《顾华玉集·息园存稿·文》卷7《读书图说》言："独慨夫今之学者与古异矣。始卯角为童儒，未烛大义，负其高明，驰意于荒忽诡诞之技，取庄、骚、扬雄氏之言而影响刻画，艰文奇字，读者不能句，朋徒相誉，号之曰才。举《六经》之文以教之，则曰：'是学究所习，非所以为文。'然往往上第进身，为时所华。后生相师，不悟其非，而伏羲、尧、舜、禹、汤、文、武、周公之道日晦。故尝为之说曰：《六经》重则圣人之道尊而天下昌，《六经》轻则圣人之道丧而天下乱，恶师之不正也。"

④　王惟中：《河南布政司参政王先生慎中行状》，载焦竑《国朝献征录》卷93。

335

也？夫志士尚友，近则景其乡先生。河南，宋之所都也，实王、李、韩、范诸人立业之地。然二程倡心学，又实起于洛、伊。士出将景之以行其学乎？抑饰诈曲学者伦也？且夫获士者，获文焉耳，不敢谓获非士者，获公焉耳。士他日诚易其学，诸事试事者将文焉，公焉，委矣；士何以自委哉？於乎，慎哉，慎哉！①

对这批新科举人和参加乡试的河南全体秀才来说，确实是一个不大不小的考验。科举之成为敲门砖虽是一个人人都知道的事实，但当这个问题以排比句的方式抛出来，还是有直击人心的力量，得秦汉文跌宕其词的特点。

李攀龙文集中有两篇策问，一问西安三学诸生曰：

> 九则安错？大气焉举？干维焉系？隅隈安处？溪谷丘陵，所在多有，何所邢德？何所牝牡？厥上左旋，下焉取夫右转？清浊攸判，夫何坎何衍？何得以宁？今孰发焉？何致以位？今孰捃焉？何四极之相属，卒其异方？雍何倾覆？豫何逢长？南北顺榰，孰知其理？胡遵迹既化，而厥壤爰止？广厚何坼？儵忽焉合？重夫华岳，匪载匪沓，阳伏不出，厥出安居？阴遁不烝，厥烝何如？縠洛何关？何神争明？梁山何朽？何帝不飨？子晋何谏？后何庸？伯宗何告？后何从？气何以复？何所摇政？胡臣事是修，而代终以废？②

二问华清诸生曰：

> 潼关之于崤函，其犹重楗也。在昔强秦，建瓴山东，注如决雷；每一出兵，割地效贿，有若俯拾。山东诸侯，合从而来，止于一夫；成列而进，道恶为解，则俯仰之势异也。今天下为家，圣天子封域，崤函不异于宇下，山以东何患焉？独以北虏凭陵，数入寇上谷、北地间，而先零诸羌往往窥西河、玉门塞。一旦交困，秦人之卒，空国出乘障矣。即有若往时，大啸聚商洛者，窃发其中，鼓采金、鬻盐、亡命之徒，以为有司者难扼潼关而据黄河之津，则山东之援不至；守武

---

① 边贡：《华泉集》卷9《河南乡试录序》，《文渊阁四库全书》本。
② 李攀龙：《沧溟先生集》卷25《问西安三学诸生策》，第580页。

关以分掠汉中诸邑，则郧阳之师不入；西北出蓝田，以犯长安，而称
屯灞上，虽欲不弃华、渭不得也。此非王公自失其险，而制于人之道
乎？二三子，华、清之间人也，其明发念乱久矣，何以告我？①

前文简直就是一篇《天问》式的策问，内容广博，涉及天文、地理、历
史和政治等诸多方面，表现了后七子派领袖李攀龙对于屈原骚赋的重视，
视为诸生必须涉猎的东西，所以问多而暗含的答案少。后文则显然受到了
西汉文的影响，拟题中除取材本地风光，以华清和陕西所在地理形势位置
发问外，还有西汉贾谊等人《过秦论》的印记。

　　值得一提的是，王慎中在嘉靖十年以礼部主事的京朝官身份受朝廷委
派，到广东主持乡试所作的《广东乡试录序》，风格"峭厉雄奇有可喜"，
即是跟随前七子派秦汉文风而模拟仿效的产物。这份乡试录序在当时产生
了较大的影响，一是引起了他后来在山东任提学金事的士子们的仿效，一
是让后七子派中坚顾璘注意到了他。只是他在嘉靖十二三年间文学思想开
始转向，他自己和他的家人才对这一段"辉煌"的经历有所反思和遮盖②。
而嘉靖八才子之一的陈束，在为湖广金事期间，曾作《湖广乡试录》，所
录试文中，有几篇具有较强的七子秦汉派奇奥色彩，"词致瑰奇，文彩伟
丽"，"是使秦汉之士复生，授之以简，使为之，亦若是而已"。陈束自己
所作的第二策问中，又有"指斥宋儒，殊失其真，且诬其书，以为读之
令人眩瞀而不可信"的文字，让王慎中觉得陈束应该潜心去读读这些宋
人的文字，"尽心于宋人之学"。③

---

①　李攀龙：《沧溟先生集》卷25《问华清诸生策》，第581页。
②　王惟中《河南布政司参政王先生慎中行状》载其兄王慎中嘉靖十年八月所为《广东乡
试录序》的风格和嘉靖十五年在山东提学金事任上的取文标准有很大不同："初，山东士子见先
生所为《广东录》，争相慕效。先生自以所作虽峭厉雄奇有可喜，然不足为式，而所谈乃成化、
弘治间诸馆阁博厚典正之格。士由此知所向往，其文一出于正。"载焦竑《国朝献征录》卷93。
按：《广东乡试录》不见于文渊阁四库全书本《遵岩集》，想即是因为其"峭厉雄奇有可喜"近
于七子派的秦汉风格，故不录。这篇文章得到了顾璘的喜欢，顾璘《赠别王道思序》言："道思
弱冠举进士为郎，读书过目成诵，文词烂然。尝主广东试事，刻文甚奇，余以故志其名。今年来
为南京礼部主客郎中，会余，余称其试文。乃蹙然曰：'公阅某邪？某初学文好拟古，最先《六
经》语。已而学左氏，又之迁、固，试文则是物也。殆扬雄所谓雕虫技乎？近乃爱昌黎为文，日
见其难及，不知昔者何视之易也？'"《顾华玉集·息园存稿·文》卷3。
③　王慎中：《遵岩集》卷21《与陈约之》。

后七子派成员中又有多人反映其间时文与古文流派的纠缠和时文风尚的变迁情形，其中又都包含有七子派的奇奥生涩作风。

李维桢曾为汪道昆主持、潘之恒等人参与的时文社团颖上社的时文作过跋语，称赞本社成员能以古文为时文，故取材广博，旁及《老子》、《庄子》、《左传》和《史记》等子史著作，虽是举子业，但不为举子业所限。他称："假令举子业皆若是，又何病焉？故法得理而胜，未闻理足而离法者也；执法而文尤不具，未闻废法而能文者也。四家之言具在理与法，皆沿六经，至谓六经无法，不亦悖哉？"① 这可说明两点：一是随着七子派占据主流文坛，其秦汉文风确实已深入到了时文写作领域；二是老庄哲学成了时文写作的思想和文法资源，表明隆、万之际理学纲维作用的逐渐减弱和儒生思想的日益恣肆，体现出晚明放纵特色。

终身只是举人的胡应麟，在一篇为主管浙江山阴科举教育的官员的代言文章中，站在朝廷的立场对当前时文的运行状况进行了较为深刻的反思、批判和希望。其言：

> 昭代之文，至于今而极盛矣。而于越，以东南大藩，翘然冠群省而出其上。其文之发为时义，以演绎圣真、宣泄儒术者，称极盛中之尤盛焉……虽然，吾尚有诮于越诸士，文词之极盛莫盛于今日，而文体之变衰，亦莫有甚于今日者。始也，程、朱之不足，则抗之而《左》、《史》以为高；既也，《左》、《史》之不足，则放之《庄》、《列》以为奇；终也，《庄》、《列》之不足，则遁之而贝经竺典倘恍窈冥昏惑不可知之域：兹三者，非必越一方为然，而越诸士故其嚆矢！②

提到了从成化、弘治到嘉靖、隆庆的时文内容所发生的三次值得重视的大变化：突破程朱理学的樊篱，转而宗尚秦汉《左传》《史记》文风，这是前七子派文风影响时文的又一后发证据。之后时文又转而宗尚道家的《庄子》、《列子》，传抄佛家语录，完全突破了儒家经典限制，则又是王阳明心学和左派王学思想流行后的产物，它也反映到了时文的创作中，这

---

① 李维桢：《大泌山房集》卷 133《颖上社草跋》。
② 胡应麟：《少室山房类稿》卷 86《观风录序（代）》。

个观察与官方的记录是一致的。请看：

[嘉靖十七年] 会试校文，务要醇正典雅，明白通畅，合于程式者，方许取中。其似前驾虚翼伪、钩棘轧茁之文，必加黜落，仍听考试官摘出。不写经传本旨，不循体制，及应用《庄》、《列》背道不经之言，悖谬尤甚者，将试卷送出，以凭本部指实，奏请除名，不许再试。①

[嘉靖十七年] 朕历览近代诸儒，惟朱熹之学醇正可师，祖宗设科取士，经书义一以朱子传注为主。比年各处试录文字，往往诡诞支离，背戾经旨……今后若有创为异说、诡道背理、非毁朱子者，许科道官指名劾奏。②

[隆庆元年三月] 近来经书时义体制大坏，有浮蔓至千余字者，宜严立程式，一篇止许五百字以上、六百字以下，违式者不与誊录。③

[隆庆六年十二月] 候选训导侯贵言学政六事……今教官徒取充位，不获实用。或聚之书院，倡为讲学，有类谈禅，名为主静，无异入定。圣如孔子，犹曰传学于文，贤如颜子，犹曰传我以文；今则以六经为糟粕，谓不立文字，直可超悟圣贤。千言万语皆从心上说来，中和位育之功皆自心上做出；今谓心亦不用，曰不思善，不思恶，但看本来面目，曰六经注我，我注六经。以佛、老之似，乱孔、孟之真。及徐观其所以，则又人所深耻而不为者。分门主党，自谓圣学，而以举业为俗学。夫举业所学，亦圣贤之义理也，以其既资出身，旋即弃去……近来时文漫失旧制，险怪钩棘，破析文义，冗长厌观，虽时加禁毕，难以猝改。④

[万历八年] 国家明经取士，说书者以宋儒传注为宗，行文者以典实纯正为尚。今后务将颁降《四书》、《五经》、《性理大全》、《资治通鉴纲目》、《大学衍义》、《历代名臣奏议》、《文章正宗》及当代

---

① 俞汝楫：《礼部志稿》卷23《凡文字格式》。
② 《明世宗实录》卷218，第4485页。
③ 《明穆宗实录》卷6，第168—169页。
④ 《明神宗实录》卷8，第297—299页。

诰律典制等书，课令生员诵习讲解，俾其通脱古今，适于世用。其有剽窃异端邪说，炫奇立异者，文虽工弗录。所出试题亦要明白正大，不得割裂文义以伤雅道。①

至于胡应麟代言所提出的"平、朴、显、实"标准和向"古文词、功业、德行"的进军，则又自是当政者对科举时文考试所能作出的最佳幻想。

屠隆则肯定了时文之为时文的趋时性（他称为"制艺"，"制"者，皇帝的命令也；"艺"者，抬举时文的称谓也。合言之，"制艺"乃不得不遵从的功令文字），以及即使是豪杰之士也不能"降而与时偃仰"。并描述了他所见到的时文风尚变迁，可与胡应麟和公安派中人的看法参证：

> 夫彝敦存古，裘葛适时，存古者永，适时者迁，虽有雄姿儁骨，不得不降而与时偃仰，则今之制义是已。不慧结发操管，时见都人士为制义，并趋软熟，维时繁诬无贤豪，无亦为降心谐俗取妍？其后海内四三曹偶奋臂起，博综群籍，蒐览万汇，吐奇胸臆，禀法古人，力扫萎蘼阘茸之气，雄儁之士始得以风神骨力自见，益务诠讨而操鸿巨蒸蒸矣！十余年来，国家所得士，亦多超乘之材，轶群之品。而后侥少年，不深惟豪杰所以沈雄邃密，精理凝神，而徒□速肖之心，负轻懔之气，谓名可骤而力取，于是舍古法而师心，决纪律而野战，其敝也，流为虚谲险诐，奇而无当。又或妄剿《左》、《史》之糠粃，强掇老、释之土苴，牵合装缀，而体荡然，而味索然，有识者忧之。近者朝堂厌其如此，下明旨，广厉学官，以儆多士：自后为文，务典正尔雅，险怪有禁。所以淘汰士风，型范民俗，虑至深也。②

他也提到了时文风尚的迁替：所谓其结发时所见的"软熟"文风，当指茶陵派文风之影响于当时的时文创作者，所谓"海内四三曹偶"，则指李

---

① 张居正：《张太岳先生诗文集》卷39《请申旧章饬学政以振兴人才疏》。
② 屠隆：《栖真馆集》卷11《梅秇馆七生社草叙》，《续修四库全书》本。

梦阳、何景明、康海等人所倡导的《左》《史》秦汉文风①，至于之后的时文风尚变迁中，则既有唐宋派、心学的学老溺释末流，也有七子派的学《左传》、《史记》末流，当然最多的还是师心纵横、随意乱道的无法无纪之徒，以致引起了最高统治者的注意，三令五申，要求时文回到典正尔雅、不险怪的道路上来。值此之际，屠隆开出的药方是专意凝神，潜心苦研，以获得妙悟、神助。从实际的践行空间来说，其实也相当狭隘，基本不具备操作性，因为绝大多数的儒生，都是视时文为"进身羔雉"，希望"以旦暮取"，唯恐成名不早，心急如焚的。

由此可见，胡应麟和屠隆等后七子派一系所描述的时文风尚变迁，确实是与古文风尚的发展相表里。在其潜在的运行过程中，茶陵派的台阁古文统系（其核心是学韩、欧、苏，尤其还是欧）导致了七子派眼目中"软熟"、"靡弱"的时文文风流行（当然，从朝廷和正统的文学眼光看，这又是典雅醇正的时文文风建立期，吴宽、王鏊等吴中文人是其代表），而前七子派的秦汉古文宗法又导致了时文和古文中模拟末流的产生，唐宋派则从时文领域的崛起引向了古文领域唐宋统系的建立，之后又与前七子派一起形成了思想末流，流于庄禅佛老，成为后七子派在古文、时文领域崛起的条件。

---

① 李开先《对山康修撰传》说："诗靡于六朝，而陈子昂变其习；文敝于八代，而韩退之振其衰。国初诗文，犹质直浑厚，至成化、弘治间，而衰靡极矣。自李西涯为相，诗文取絮烂者，人材取软滑者，不惟诗文趋下，而人材亦随之矣。对山崛起而横制之，天下始知有秦、汉之古作，而不屑于后世之恒言。"《李开先集》卷10，第593页。王世懋《康对山集序》说："先生（康海）当长沙（李东阳）柄文时，天下文嬺弱矣。关中故多秦声，而先生又以太史公质直之气倡之，一时学士风移，先生卒用此得罪废，而使先秦两汉之风至于今复振。"《王奉常集》卷6，《四库全书存目丛书》本。

第 二 章

表里纠结之二:晚明文学流派的
时文观和古文之争

进入隆庆、万历时期的时文风气越来越多变,思想内容不断突破程朱理学和官方的限制,"离经畔注,穿凿揣摩,及撮拾佛书俗语,隐讳怪诞者"① 者层出不穷,语气格调也不断冲决代圣贤立言的"纯正典雅、明白通圆"② 的规制,机风四出,"文体险怪"③ 破碎,"吊诡挟奇"④,轻薄跳荡,"文体日纤,世风日巧"⑤。即使严厉惩处违规的考生、出题和考试官员,也是怙恶不悛,愈演愈烈,与其间所发生的诗文流派风尚的急速更迭桴鼓相应,若合符节。"举业之用,在于得隽,不时则不隽,不穷心而极变,则不时"⑥,鼓吹新变的袁宏道如是说。"夫以文取士者,是教人以求胜者也。不胜不足以取科名,不异不足以胜。故其始也,未尝不正;正之久,则求奇;奇则易至于支离;支离之久,则反于正;而既奇则不能粹于

① 万历三十四年十二月神宗诏谕礼臣语,载《明神宗实录》卷428,台湾"中央研究院"历史语言研究所1962年版校印本,第8069页。

② 嘉靖十年明神宗诏书语,载俞汝楫《礼部志稿》卷6,《文渊阁四库全书》本。

③ 万历三十九年十月南京、河南道御史张邦俊论科场出题不符合规范语,载《明神宗实录》卷488,第9194—9196页。

④ 万历四十年十二月礼部复漕臣孙居相条摘场蠱四款,载《明神宗实录》卷503,第9553页。

⑤ 万历三十九年十月南京、河南道御史张邦俊论科场出题不符合规范语,载《明神宗实录》卷488,第9194—9196页。

⑥ 《袁宏道集笺校》卷18《时文叙》。

正,此百世可知者也。"① 厉行文体之禁的东林党人赵南星仍如是解释时文由正而奇的势所必然,在于捷求科场之胜,演化不已,禁而愈幻。于是,自明代中期以来就不断出现的古文与时文的双轨纠结、文学流派宗法与时文风尚的表里配合现象,到了万历之后的晚明末世阶段,就愈发成为提倡新异的文学流派之重要征象。时文也成了他们标举新异的文学流派宗尚的精神气质和时代特征,甚至是一种坚实的物质和精神根底。随着时文和古文发展的交相配合演进,以时文为古文,或以古文为时文的呼声愈来愈强烈,到明末艾南英等人时,就已经落实为比较成熟的以古文为时文的理论和实践。

为看清其来龙去脉,我们特先设一节讨论作为公安派文学思想先驱的徐渭、汤显祖、李贽的古文、时文观,兼及科举心态,以见出公安派为时文的新奇时尚鼓吹的前奏。在专节讨论了公安派"新"、"真"时文观、"苦"、"命"、"幸"的科举心态和竟陵派重视时文结社的以下促上功能后,又设一节专论明末艾南英等人"以古文为时文"的理论体系。

第一节　鼓吹新灵:公安派前驱的时文观

汤显祖、李贽等人向来被文学史家和明代文学研究者视为公安派的文学思想先驱,他们的科举心态和时文观值得重视。汤显祖和李贽不同,李贽提出了时文和古文"千古同文"的观点,肯定时文的进取功能和逐时而新的风尚,汤显祖有非常丰厚的时文创作实践,其性灵化、诗意化的时文创作观和对有损性灵、诗意的科举时文批判,是正反两个方面压力和追求的产物,其时文与古文、戏曲、诗歌发生了非常深切的联系。由此可见,这些被后人视为倡导创新、鄙薄僵硬复古的文学人物,对时文的为时而作和逐时而新,这些在复古派以及广大世人看来都世俗、庸俗、时俗的体制、格调,反有一种亲近甚至亲热的文化认同,并成为他们反驳复古的重要思想支柱和物质基础,是他们最受今人重视的文学理论和文学批评中非常重要的部分,值得梳理总结。

---

① 赵南星:《赵忠毅公诗文集》卷7《时尚集序》。

一 性灵诗意化的赞赏与批判：汤显祖的科举时文观

为中国古典戏曲献出卓荦幽丽才华的汤显祖（1550—1617），字义仍，号若士、海若、清远道人等，临川人。在当时又是以文辞绮丽、敢于为奇的举业名家和诗文名家，受到了被视为宣党之魁、亦为举业大家的宣城汤宾尹的极力推崇，称曰：“制义以来，能创为奇者，义仍一人而已。吾尝腴义仍曰：'公制举文不可无一，古文词不能有二。'然闻义仍课子，但取天下之至平者如我辈者，而转自讳其奇也。”①“天下文章有义仍先生也！义仍所行科举之文，如霞宫丹籙，自是人间异书，所著古文，传情事之所必至，开今昔之所未曾，一代之业，尽在兹也。”②

汤显祖有多篇文字都论及科举时文。他为当时的多部时文选集和个人时文集作序。为时文选集作序的有《揽秀楼文选序》（江西）、《合奇序》（海内时文，丘兆麟编）、《汤许二会元制义点阅题词》（汤宾尹、许獬）等。为个人时文集作序的有《义墨斋近稿序》（王启茂，字天根，石首人。著有《渚宫集》）、《朱懋忠制艺序》（朱钦相，字懋忠，号如容，临川人，万历三十八年进士）、《王季重小题文字序》（王思任，字遂东，号季重。山阴人）、《张元长嘘云轩文字序》（张大复，字元长，昆山人。著有《梅花草堂集》）、《序丘毛伯稿》（丘兆麟，字毛伯，临川人，时文名家③。著有《学余园初集》）、《汪阇夫制义序》、《萧伯玉制义题词》（萧士玮，字伯玉，泰和人）等。

《揽秀楼文选》是江西士人会于揽秀楼而作的一部具有文社性质的时文交流选集。汤显祖选出三百篇文字“裁定点正”，说明其“盖同而大，大而可观”的会文意图。汤显祖首先用了比较单一的标准时文评论术语“理”、“法”、“才”的关系处置来评论：“总之各效其品之所异，无失于法之所同耳已，况吾江西固名理地也。故真有才者，原理以定常，适法以

---

① 汤宾尹：《睡庵稿文集》卷4《四奇稿序》。所谓汤显祖课子取宾尹时文作典范，见《汤显祖诗文集》卷33《汤许二会员制义点阅题词》，徐朔方笺校，上海古籍出版社1982年版，第1100页。

② 汤宾尹：《睡庵稿文集》卷3《王观生近义序》。

③ 汤宾尹《四奇稿序》云：“吾每人闻，必荐得一二奇士，如戊戌阮坚之自华，丁未李能始光元、孙子蒿谷，庚戌丘毛伯兆麟、王永启宇、郭季昭浣，姓名皆惊海内。今海内盛行毛伯文，后生小学案头皆是。”

尽变。常不定不可以定品，变不尽不可以尽才。才不可强而致也，品不可功力而求。子言之：'吾思中行而不可得，则必狂狷者矣。'语之于文，狷者精约俨厉，好正务洁，持斤捉引，不失绳墨，士则雅焉。然予所喜，乃多进取者。其为文类高广而明秀，疏夷而苍渊，在圣门则曾点之空（窨），子张之辉光。于天人之际，性命之微，莫不有所窥也。因以裁其狂斐之致，无诡于型，无羡于幅，峨峨然，沨沨然。证于方内，不知其何如。"① 而最终还是转向到推举符合自己个性追求的狂者进取为文形态和风格，高广明秀，疏夷苍渊，兼容壮美幽秀的多样生命形态和审美风格。

《合奇序》则是为同乡丘兆麟的海内时文选集而作："世间惟拘儒老生不可与言文，耳多未闻，目多未见，而出其鄙委牵拘之识，相天下文章，宁复有文章乎？予谓文章之妙，不在步趋形似之间，自然灵气，恍惚而来，不思而至，怪怪奇奇，莫可名状，非物寻常得以合之……故夫笔墨小技，可以入神而证圣，自非通人，谁与解此……凡天地间奇伟灵异高朗古宕之气，犹及见于斯编。神矣化矣。夫使笔墨不灵，圣贤减色，皆浮沈习气为之魔。士有志千秋，宁为狂狷，毋为乡愿，试取丘毛伯是编读之。"② 与前文的评论大体一致，都提出不要拘泥于所谓格式、程文的迂腐儒生之见，而应该超越时文的小技品格，寄意于笔墨之外，入神证圣。而要达到这一点，则要求创作主体具有鲜明独特的个性，缥缈的行文本领，能捕捉文思灵感，突破循规蹈矩、人云亦云的平庸规范，才能拥有不朽的艺术魅力。

这种对"气"、"奇"、"灵"、"神"的推崇，要求从时文、制义的体圣贤大义与语气为文的狭小体式中突破超越出来，言作者之所欲言，寄意于笔墨绳缚之外，让奇情、灵气与翱翔的主张，也是汤显祖的个人时文集序的主张。正是在这个意义上，他推举当代归有光、诸君燮、胡友信和王季思等人的"时文字能于笔墨之外言所欲言者"，并表彰王季思"能为古文词诗歌，故多风人之致，光色犹若可异焉"③，具有优美可人的本质风格。汤显祖推崇具有"生气"的"奇士"之文：

---

① 《汤显祖诗文集》卷32《揽秀楼文选序》，第1076—1077页。
② 《汤显祖诗文集》卷32，第1078页。
③ 《汤显祖诗文集》卷32《王季重小题文字序》，第1074页。

> 天下文章所以有生气者，全在奇士。士奇则心灵，心灵则飞动，能飞动则下上天地，来去古今，可以屈伸长短生灭如意，如意则可以无所不如。彼言天地古今之义而不能皆如者，不能自如其意者也。不能如意者，意有所滞常人也。①

如其所言，气奇则心灵，心灵则飞动，能飞动则能突破时空和文体规范的限制，当然也就能够彻底改变时文的卑下格调，而不能与于此者，自然是庸人和俗人。所以，汤显祖表彰"年少而多奇"的汪阍夫之文，具有"奇肆横出，颖竖独绝，旁薄而前，天下莫能当"的气势②；力揭萧士玮文能独抒情志，"大致奇发颖竖，离众独绝，绳墨之外，粲然能有所言，非苟为名而已"③。

还有一个"清"词值得拈出，汤显祖对此特别重视："万物惟清者贵。元骨皆清，十之三不能无侧者耳。"④ 由此可见，汤显祖所推尊的风格主要偏于幽秀神郁，并不太推崇博大深沉的壮美。

将这种对于"气"、"灵"、"奇"、"神"、"清"的推崇凝结到一个具体的物象来说，那就是出没变幻、来去无踪的神龙：

> 盖十余年间，而天下始好为才士之文，然恒为士所疑异，曰："乌用是决裂为？文故有体。"嗟，谁谓文无体耶？观物之动者，自龙至极微，莫不有体，文之大小类是，独有灵性者自未龙耳。近吴之文得为龙者二：龙有醇灏丰烨，云气从瀹郁而兴，幽毓横薄，不可穷施者，钱受之（谦益）之文也；有英秀娟媚，云气从之，天矫而舒，凌深倾洗，不可测执者，张元长（大复）之文也。⑤

由此可见，汤显祖即使是在时文创作上，也是一个天赋论者，"父不能得

---

① 汤显祖：《序丘毛伯稿》，《汤显祖诗文集》，第 1080 页。
② 汤显祖：《汪阍夫制义序》，同上书，第 1081 页。
③ 汤显祖：《萧伯玉制义题词》，同上书，第 1101 页。
④ 汤显祖：《王季重小题文字序》，同上书，第 1074 页。
⑤ 汤显祖：《张元长嘘云轩文字序》，同上书，第 1079 页。

其子"①。当然，这个天赋异禀，如果不加以调养护侍，即"养气"②，也有可能半路夭折。更重要的，是后天的习污染，如被教养的迂腐时文创作方式以及迂腐道理，都有可能伤害天赋。这就是汤显祖对待时文态度的另一面，批判时文伤害性灵，伤害古文词和诗歌创作，使得人无其人，文无其文。

在多篇文字中，汤显祖都抨击了科举考试八股文制度的多方面危害，一再声称：

> 天下大致，十人中三四有灵性。能为伎巧文章，竟伯什人乃至千人无名能为者，则乃其性少灵者与？老师云：性近而习远。今之为士者，习为试墨之文，久之，无往而非墨也；犹为词臣者习为试程，久之，无往而非程也；宁惟制举之文，令勉强为古文词诗歌，亦无往而非墨程也。则岂习是者必无灵性与，何离其习而不能言也？夫不能其性而第言其习，则必有所余；余而不鲜，故不足陈也；犹将有所不足，所不足者，又必不能取引而致也。③

> 童子之心，虚明可化。乃实以俗师之讲说，薄士之制义，一入其中，不可复出，使人不见泠泠之适，不听纯纯之音。是故为诸生八年而后乃举于乡，又十三年而后乃举于庭。素学迂而大义不明也，因思世人受此病者甚众，独无秦越人之术，刳其内，药而洗之，令别生美气也。④

> 大致天之生才，虽不能众，亦不独绝。至为文词，有成有不成者三。儿时多慧，裁识书名，父师迷之以传注帖括，不得见古人纵横浩渺之书。一食其尘，不复可鲜，一也。乃幸为诸生，困未敏达，蹭蹬出没于校试之场。久之，气色渐落，何暇议尺幅之外哉？二也。人虽有才，亦视其生。生于隐屏，山川人物、居室游御、鸿显高壮、幽奇怪侠之事，未有睹焉。神明无所练濯，胸腹无所厌余。耳目既窘，手足必塞，三也。凡此三者，皆能使人才力不已焉。才力顿尽，而可为

---

① 汤显祖：《汤许二会员制义点阅题词》，《汤显祖诗文集》，第1100页。
② 参汤显祖《朱懋忠制义序》论"以静养气"和"以静养气"，同上书，第1068页。
③ 汤显祖：《张元长嘘云轩文字序》，同上书，第1079页。
④ 汤显祖：《光霁亭草序》，同上书，第1041页。

悲伤者，往往如是也。①

凡为文，苟有才力志意之士，咸欲有以传其人。传其人而不有以出乎人，虽穷岁年，谢欢昵，疲形焦思以文之，犹弗传也。故士之有所为于此者，必皆以出乎人为心。然而环视天下之为此者亦众矣，其材力，其志意，翩翩焉，兀兀焉，捷疾而争高。巧质之相乘，玄思之相倾，卒未能有所出也。嗟夫，古文词之不可作矣。今之为学士本业者，而欲有所出乎人，其亦且奈何哉？虽然，就其相乘相倾之处，而尽谓其无所出乎人，则是世无人也。何也？举天下之士，奉其材力志意，而毕争于此，然则今之世所为出乎人而庶几有传焉者，其亦可得而概矣。②

第一条集中说明了明人如何由性灵写作转向时文写作，使得很多时文写作者，包括应试的举子和考试的文官，由于习染卑污的时文太久，以致写作需要抒发性灵的古文词诗歌时，也已经有了一股不能解脱的时文迂腐之气，即人们常说的古文中阑入的八股腔调和时文气息。③ 第二条则可谓现身说法，以自己的亲身经历为例，证明广大明人"虚明可化"的"童子之心"，是如何被外来强加的塾师教条和科令时文给腐蚀了本来具足的盎然生机和诗意，而变得精神冥顽，麻木不仁，一如《牡丹亭》中被丫头春香打趣嘲讽的陈最良。这个思考又可说与李贽"童心"说的精神实质是同趣共响的。第三条则集中到一个人的文学才华上，说明除了先天的禀赋和兴趣偏向（"性灵"）外，还受着后天的教育和文化环境的莫大影响。而汤显祖所归纳的三个大原因中的前两个即是时文（"传注帖括"）和科举制度（"校试之场"），前者蒙昧了灵明的秀气，后者磨灭了昂扬的志气。第四条则说到明人汲汲于"文章经国之大业，不朽之盛事"，结果主要被科举时文害了，虽有其雄猛志意和高强材力，却多半为"学士本业"所断送。结果是文章著述虽铺天盖地，却有几人能不朽？志气消磨，精光顿失，才力耗薄，求出于人，已是万万不能了。

---

① 汤显祖：《王季重小题文字序》，《汤显祖诗文集》，第 1074 页。
② 汤显祖：《义墨斋近稿序》，同上书，第 1066 页。
③ 黄宗羲《明文案序上》即称归有光古文"除去其叙事之合作，时文境界，间或阑入，较之宋景濂尚不能及"。不同意归氏为明文第一的说法。《南雷文定前集》卷1，《四部备要》本。

汤显祖对科举时文的反思，并非个人私见，而是明人共识。宣德、正统时的吴讷，即提到了当时已有人"不顾文辞题意，概以场屋经训性理之说，施诸诗赋及赠送杂作之中"[①]。也即将时文的写法运用到传统的古文词和诗赋题材中，这是时文向正统文学内容的渗透。徐渭又曾批评弘治间老儒生邵璨《香囊记》是"以时文为南曲"。到隆庆、万历时，累官至礼部尚书的山东东阿于慎行（1545—1608），在要求"纯心术，正文体"时也提到了时文的沦肌浃髓作用。他说：

> 学术不可不纯也，关乎心术；文体不可不正也，关乎政体。今之文体当正者三：其一，科场经义为制举之文；其一，士人纂述为著作之文；其一，朝廷方国上下所用为经济之文。制举、著作之文，士风所关，至于经济之文，则政体污隆出焉，不可不亟图也。然三者亦自相因，经济之文由著作而敝，著作之文由由制举而敝，同条共贯则一物也。何者？士方其横经请业、操觚为文，所为殚精毕力、守为腹笥金籯者，固此物也。及其志业已酬，思以文采自见，而平时所沉酣濡载入骨已深，即欲极力模拟，而格固不出此矣。至于当官奉职，从事筐箧之间，亦惟其素所服习以资黼黻，而质固不出此矣。雅则俱雅，敝则俱敝，己亦不知，人亦不知也。故欲使经济之文一出于正，必匡之以制作，欲使著作之文一出于正，必端之于制举，而欲使制举之文一出于正，反之于经训而后可也。[②]

语词不可谓不激烈。但比较而言，还是以汤显祖的思考更为深切透析。

观察汤显祖所使用的时文评论术语，即来自于其曾苦心揣摩的时文创作本身，是故他也偶尔讲"机"，讲"法"，讲文字的"起伏离合断接"，讲"证圣"。但更为重要的来源，还是他精心研磨的独树一帜的绮丽诗文创作和畅情理、越生死、通鬼神、达三教而落脚于人生高峰体验的戏曲创作实践，是故他更多地是讲作为天赋异禀的才性之"性"（材性、天赋），

---

① 吴讷：《文章辨体序说·凡例》，于北山校点，人民文学出版社 1962 年版，第 9 页。
② 于慎行：《谷山笔麈》卷 8《诗文》，吕景琳点校，中华书局 1984 年版，第 84 页。

讲受心学和狂狷人格强烈影响的"灵"明幽秀①，讲不可抗拒、英雄无奈的时代之"机"（气运）和一往奔腾、不可阻遏而跌宕夭矫的个人之"气"（气质、气势）②，讲"奇"，讲"怪"，讲"神"，讲"养气"，尤其讲气度和行文、风格的"清"。总之讲对时文卑琐文字、语气和格度的超越，要在笔墨之外言所欲言，得一种高贵清秀灵明的气质和"行所当行，止所不得止"的行文风采，高超精彩的时文创作所体现出来的法度和精神，都能与真正的古文辞诗赋创作相通。换句话说，时文创作的高度发展和成熟精美，已经使得时文拥有了与古文词、诗歌、戏曲同等重要的创作审美特点和功能意义，是寄寓了作者独特感情和体验的的重要文学艺术样式。正因汤显祖对时文与对戏曲、诗文赋创作一样，都投入灌注了充分的激情，所以他对时文所凭持的态度，是既有欣赏，也有愤恨；欣赏的是精美时文创作所体现出来的灵明纵横、清奇幽杰，愤恨的是科举时文考试本身却让很多人一辈子没能走出其牢笼耗磨，伤害了其本来可能具有的灵明之气。一句话，汤显祖的文学思想和理论中，时文是一个不可或缺的重要基础，没有时文评论，就没有汤显祖具有重要文论价值的独特性灵说：汤显祖"可以填词的方法作时文，也可以填词的标准论时文。于此关打得破，则自然笔有锋刃，墨有烟云，砚有波涛，纸有香泽，而四友自灵。这即是性灵说。大抵当时论诗文与七子派异趣者，对于戏曲时文每有独到之处，即因此能把此种关键，应用到诗文上去而已。徐文长长于戏曲，袁中郎长于时文，而汤若士则兼此二者"③。

而汤显祖之能将上述这些来自时文和古文甚至戏曲的写作经验融为一体，形成富有个人特征的性灵论，是汤显祖有过徘徊徙倚于时文、古文词创作的经历，也有过把自己的时文创作经验通过对时文优秀选本——尤其是"会员"之作——的点评，让自己的后代也能在这条道路上走得更为

---

① 关于此的最好说明，可以《秀才说》之阐释最富有象征性："秀才之才何以秀也？秀者，灵之所为，故天生人至景也。孟子曰：'以为未尝有才者，岂人之性也哉？不能尽其才也。'故性之才为才也，尽其才则日新。心含粹，而英华外楘，行则有度，言则有音。《易》所谓'黄中以通其理'是也。才而为秀，世实需才，正需于此。"盖秀才在明代为儒生的最低功名，是必须作时文的。而一儒生见如此称呼，以为有轻蔑之意，故汤显祖作此说，以明"称之者与当之者俱未易也"。《汤显祖诗文集》卷37，及徐朔方引沈际飞笺语，第1166—1167页。

② 参汤显祖《朱懋忠制义序》的"气机"论和"养气"论，《汤显祖诗文集》，第1068页。

③ 郭绍虞：《中国文学批评史》五九《公安派的前驱与羽翼》，第409页。

顺畅，并能以此了悟时文不朽的途径和境界。且看其作于万历三十八年的
对儿子的经验之谈和所体认的时文技法：

> 人之爱子甚于爱其身，度其身常智，度其子常愚。此其故何也？
> 予弱冠举于乡，颇引先正钱（福）、王（鏊）之法，自异其伍，
> 已则流宕词赋间。所知多谓予：何不用法，更一幸为南宫首士最，而
> 好自溃败为？予心感其言，不能用也。庚壬二午间，制义不能盈十。
> 比杭守贰监利姜公奇方迓予明圣湖头，令作艺。已近腊而逾春，卒卒
> 成一第去。久乃悔之。予力与机可为王、钱，而远之者，亦非命也。
> 生长子蘧，年孟舒早慧，因以所常悔者望之。取国朝省会诸元作，定
> 为"正清"、"侧清"之目，示之。儿蘧曰："何一以清耶？"予曰：
> "万物惟清者贵。元骨皆清，十之三不能无侧者耳。"此目随蘧亡去。
> 仲大耆曰："元多时贵人，或以侧为讳。"已之。
> 时季子开远方学艺，求可为法者。予教之曰："文字，起伏离合
> 断接而已。极其变，自熟而自知之。父不能得其子也。虽然，尽于法
> 与机耳。法若止而机若行。"钱、王远矣，因取汤、许二公文字数百
> 篇，为指画以示。汤公止中有行，行而常止。许公行中有止，止而常
> 行。皆所谓"正清"者也。不从横气来，不从横袭见；得天高而入
> 深，故法圣而机神。此予之所迁延流离而不能得者也，而以教吾子，
> 此岂不谓之大愚也哉？①

本文提到的明代时文四大家是：钱福，号鹤滩；王鏊，号守溪，王夫之
称："钱鹤滩与守溪齐名，谓之钱、王两大家"②；汤宾尹，宣城人，万历
二十三年乙未（1595）会试第一名，廷试第二名，累官南京国子监祭酒，
万历三十八年因党争罢职；许獬，福建同安人，万历二十九年会元，有
《丛青轩集》。"庚壬二午"，指隆庆四年庚午汤显祖二十一岁中举，万历
十年壬午的第二年中进士。本文关于父之视子的智愚疑问，实在是一个非
常微妙而可解的心理，而他所标示的时文"清"境界，已经是一个可以
含跨整个文学艺术领域、具有很高阐释价值的诗学术语了。由此可见，汤

---

① 《汤显祖诗文集》卷33《汤许二会元制义点阅题词》，第1099—1100页。
② 王夫之：《姜斋诗话》卷2。

显祖一生对时文的态度实在是爱多于恨，赏多于弃，故会有如许的人生体验、心理波澜和诗学妙悟了。

二 "千古同文"：李贽的时文观

李贽时文观最为突出的，是他代人为李中丞所选时文集所作的《后序》，从流动变化的时间观上为时文鼓吹，而与一般时文家和政治家的言经义、功令制度不同。他说：

> 时文者，今时取士之文也，非古也。然以今视古，古固非今；由后观今，今复为古：故曰文章与时高下。高下者，权衡之谓也。权衡定乎一时，精光流于后世，曷可苟也！夫千古同伦，则千古同文，所不同者，一时之制耳。故五言兴，则四言为古；唐律兴，则五言又为古。今之近体既以唐为古，则知万世而下，当复以我为唐无疑也，而况取士之文乎？彼谓时文可以取士，不可以行远，非但不知文，亦且不知时矣！夫文不可以行远而可以取士，未之有也。国家名臣辈出，道德功业，文章气节，于今烂然，非时文之选欤？故棘闱三日之言，即为其人经身定论。苟行之不远，必言之无文，不可选也。然则大中丞李公所选时文，要以期于行远耳矣。吾愿诸士留意观之。①

古今流动，变化不拘；脱言高下，乃是权衡，可见李贽辩论中偷换概念以服务自己的时文主张。而从科举考试制度出发，肯定时文能选拔到真人才，又明显含有察文观人、人文合一的思想和鼓励儒生耐心作文、将来必有前途的意图。这种用素来相传、耳熟能详的诗歌体式演变史来为时文的前行大开绿灯，保驾护航，并否定与此极端对立冲突、以时代和文体论高下的复古思想，都为公安派更为深入全面的时文思想和诗古文思想的拓进，开辟了道路。

① 李贽：《焚书·续焚书》卷3《时文后序（代作）》，中华书局1974年版。

第二节　时文根基与反思:公安、
竟陵派的科举时文观

公安派众多时文意见最值得重视的,无疑应该是他们早期狂飙突进之时所留下的鼓吹时文,并以此为认识评论基础,反对古文、诗歌领域中的模拟复古方法,倡导在天下情境、包括文学和时文风尚已经变化时,就要坚持随时而变,逐时取新,表现自己独特个性和风采,言其所欲言的系列言论。这在袁宏道身上体现得最为明显。不过,问题又是复杂的,当他们转换立场,站在考试官员的帝国体制规范立场,他们又会要求一味新艳无根的时文风尚回归典则正大的轨道,而多少违背了他们当初逐新求真的文学流派根柢。袁中道,则以其坎坷的时文进取经历,相当鲜明地体现了明代士子的科举心态。

一　与文学流派策略相应:为"新""真"的时文鼓呼

万历二十四年（1596）,袁宏道为吴县县令,与在苏州同城任长洲县令的江盈科一起,在后七子派的复古大本营王世贞的家乡,向复古派及其带动的文学模拟观念和做法,发起了猛烈的进攻扫荡。其此期结集的《锦帆集》中,本年既有提出了公安派"独抒性灵,不拘格套"口号的《叙小修诗》①,向本派中人丘坦申说"夫诗之气,一代减一代,故古也厚今也薄。诗之奇之妙之工无所不极,一代盛一代,故古有不尽之情,今无不写之景。然则古何必高,今何必卑哉?"② 的尚今理念,也有为时文鼓吹、与此思想同脉共贯,甚至还可以说前述的诗歌古文反复古言论一定程度上也是得益于其时文造诣的《诸大家时文序》:

> 当代以文取士,谓之举业,士虽借以取世资,弗贵也,厌其时也。夫以后视今,今犹古也,以文取士,文犹诗也。后千百年,安知不瞿（景淳）、唐（顺之）而卢（照邻）、骆（宾王）之,顾奚必古文词而后不朽哉!且所谓古文者,至今日而敝极矣。何也?优于汉,

---

① 《袁宏道集笺校》卷4。
② 《袁宏道集笺校》卷6《丘长孺》。

谓之文，不文矣；奴于唐，谓之诗，不诗矣。取宋、元诸公之余沫而润色之，谓之词曲诸家，不词曲诸家矣。大约愈古愈近，愈似愈赝，天地间真文渐灭殆尽。独博士家言，犹有可取。其体无沿袭，其词必极才之所至，其调年变而月不同，手眼各出，机轴亦异，二百年来，上之所以取士，与士之伸其独往者，仅有此文。而卑今之士，反以为文不类古，至摈斥之，不见齿于词林。嗟夫，彼不知有时也，安知有文！

夫沈（周）之画，祝（允明）之字，今也。然有伪为吴兴（赵孟頫）之笔、永和（王羲之）之书者，不敢与之论高下矣。宣（德）之陶，方之金，今也。然有伪为古钟鼎及哥、柴等窑者，不得与之论轻重矣。何则？贵其真也。今之所谓可传者，大抵皆假古董、赝法帖类也。彼圣人贤者，理虽近腐，而意则常新，词虽近卑，而调则无前。以彼较此，孰传而孰不可传也哉？①

在此，袁宏道将明代已经涌现的时文大家如瞿景淳、唐顺之比作"初唐四杰"中的卢照邻、骆宾王，以为都应该分享当代人的尊信，并直接以时文的体制独创、调法机轴无前的"新"和"真"来反古文辞的因袭和假赝，不能言所欲言。其所抨击佞古的范围广泛涉及古文、诗歌、词曲和书画等文学艺术领域，而又推波至明代新起的贵物——陶器、金器——时尚领域，由此可见袁宏道大范围反赝古、旧古的坚决信念。袁宏道对新兴玩物风尚的喜好，又可通过其记录吴中民间技艺的《时尚》一文可以窥知。② 值得指出，三袁兄弟均于时文有精深造诣和相当大的声誉：其兄宗道是万历十四年会试第一名，年二十九；袁宏道也是少年成名，二十四岁即中进士，其八股文被誉为"骨力苍劲，言约旨深"③，原因在于自小有时文修炼的专深功底，"总角，工为时艺，塾师大奇之。入乡校，年方十五六，即结文社于城南，自为社长。社友三十以下者皆师之，奉其约束不敢犯。时于举业外，为声歌古文词"④；袁中道虽万历四

---

① 《袁宏道集笺校》卷 4。按：世界书局本《袁中郎全集》作《与友人论时文》。

② 同上书，卷 20。

③ 王一宁：《读袁中郎时艺跋》，转引自《袁宏道集笺校》卷 4，钱伯城笺语，第 185 页。

④ 《公安县志·袁宏道传》，转引自郭绍虞《中国文学批评史》，第 422 页。

十五年（1617）才成进士，然成名很早，以至其万历三十一年（1603）三十四岁中举时，不相熟者还以为他是老师宿儒①，因为"久于场屋，举业之声闻海内"②。

万历二十五年（1597），袁宏道辞去吴县县令之职，纵游山水，大得解脱之趣，诗文结集为《解脱集》，内中收录了在江苏仪征与江盈科的通信，继续挥洒这种随时而变的文学精神。他从古今赋体的迭更变化，在"夫物始繁者终必简，始晦者终必明，始乱者终必整，始艰者终必流丽痛快。其繁也，晦也，乱也，艰也，文之始也……古之不能为今者，势也。其简也，明也，整也，流丽痛快也，文之变也。夫岂不能为繁，为乱，为艰，为晦，然已建安用繁？已整安用乱？已明安用晦？已流丽痛快，安用聱牙之语、艰深之辞……世道既变，文亦因之，今之不必摹古者也，亦势也"的尊今顺变应势的思想认识下，推出"古不可优，后不可劣"③的反复古结论。袁中道也以"性灵"论时文："时义虽云小技，要亦有抒自性灵，不由闻见者……盖剪彩作花，与山水芙蓉，一见便知，不待摸索也……无论为奇为平，皆出自胸臆，绝不剿习世人一语。一题中每每自辟天地……夫以真文章，自有真人品，真事功。"④口吻和尺度与抨击复古派、宣扬公安派的诗歌古文主张殊途同归。

万历二十六年（1598）四月至二十七年（1599）三月，袁宏道在北京任顺天府学教授。其间为早年时文业师王辂《竹林集》作序，由绘画入手阐明公安派"师物"、"师心"、"不师先辈"的"反而胜"策略，否定复古派末流拘泥于汉、魏、盛唐、六朝诗歌的"机格与字句"的师法策略。然后说："今夫时文，一末技耳。前有注疏，后有功令，驱天下而不为新奇不可得者，不新则不中程故也。士即以中程为古耳，平与奇何暇论哉？"⑤可见其抨击泥古学习之弊，而必以时文的新奇为证。在万历二十七年三月辞去教职后，他又作《时文叙》，将时文与唐诗的发展并论，认为时文之"时"，主要是在上所取的眼光变，故下之作文者也穷新极变，不得不然：

---

① 袁中道：《珂雪斋集》卷 9《送兰生序》，钱伯城点校，上海古籍出版社 1989 年版。

② 《袁宏道集笺校》卷 49《墨畦》。

③ 同上书，卷 11《江进之》。

④ 袁中道：《珂雪斋集》卷 10《成元岳文序》。

⑤ 《袁宏道集笺校》卷 18《叙竹林集》。

355

举业之用，在乎得隽，不时则不隽，不穷新而极变，则不时。是故虽三令五督，而文之趋不可止也，时为之也。才江之僻也，长吉之幽也，《锦瑟》之荡也，《丁卯》之丽也，非独其才然也，体不更则目不艳，虽李、杜复生，其道不得不出于此也，时为之也……余自是始知时势之趋，非独文家心变，乃鉴文以目，则未始不变也。夫至于鑑文目变，则其变盖有不可知者，虽欲不殚力之所极，而副时之所趋，何可得哉？故余谓诸公文之极新也，可以观才，不如是，不足以合辙也，可以观时。①

时文之为时文的体性，就是要合上方取士的辙和应时文风尚的变。由此，明代时文在进入中期以后，就开始穷新极变、追逐新艳。这种情况，与唐诗在盛唐后即不得不进入李贺等人的诡丽新奇时期是一致的，都受制于时代情势发展到了必须变化的关口的需要。看准了滔滔变化的规律，袁宏道就站在了能变、得令、代表了时代求新创新精神的时文一边，而反对仍穷守故步并趋于末流的复古派做法。其万历二十七年所作的论述诗歌古文辞的《叙姜陆二公同适稿》、《叙梅子马王程稿》等文，即体现了同一种思想指导下的苏州文苑评论和复古派评论：前者极力抨击以李攀龙为代表的复古派及其末流，表彰复古派兴起之前、"铸词命意，随所欲言，宁弱无缚"的吴宽、王鏊，以及被复古派压抑的唐顺之、归有光，欣赏"半趋时，半学古，立意造词，时出己见"的黄省曾、皇甫汸，爱惜书画"精绝一时，诗文之长因之而掩"的沈周、唐寅、祝允明和文徵明，而遗憾北学中原、丢掉吴中独立自由传统的徐祯卿和王世贞②；后者则赞扬能脱离后七子派复古路线的宣城梅蕚祚："余论诗多异时轨，世未有好之者，独宣城梅子与余合。凡余所摈斥诋毁，俱一时名公巨匠，或梅子旧师友也。梅子的然以为是。而其所赞叹不容口者，皆近时墨客所不曾齿及之人，梅子读其诗，又切切然痛恨知名之晚也。"③而将这种逐时而变的思想继续推进到万历二十八年为公安派主将江盈科诗文集作序，就是："文

---

① 《袁宏道集笺校》卷18《时文叙》。
② 同上书，卷18《叙姜陆二公同适稿》。
③ 同上书，卷18《叙梅子马王程稿》。

之不能不古而今也，时使之也。妍媸之质，不逐目而逐时……唯识时之士，为能隐其媸而通其所必变。夫古有古之时，今有今之时，袭古人语言之迹而冒以为古，是处寒冬而袭夏之葛者也。"① 为逐时通今的古文辞新变呐喊。在此，袁中道也有将古文诗歌与时文并论的意见："天下之文，莫妙于言有尽而意无穷，其次则能言其意志所欲言……举业文字，在成、弘间，犹有含蓄，有蕴藉，至于今而才子慧人，蜚英吐华，穷其变化，其去言有余而意不尽者远矣。虽然，由含裹而披敷，时也，势也，惟能言其意志所欲言，斯亦足贵已。"② 与宏道意见一致。

万历三十二年（1604），袁宏道退居老家柳浪湖，为郝之璇时文作序，将这种为时文鼓吹的主张推向一个极致，不仅坚持以诗比举子业，以四唐诗比明代时文的发展，而且认为明代时文的成就超过了明代的诗古文：

> 夫诗与举子业，异调而同机者也。唐以诗试士，如"桃李不言，行不由径"等篇，束于对偶使事，如今程墨。然而行卷赠送之什，即今之窗课也。今代为诗者，类出于制举之余，不则其才之不逮，逃于诗以自文其陋者，故其诗多不工。而时文乃童而习之，萃天下之精神，注之一的，故文之变态，常百倍于诗，迫于今雕刻穿凿已。余如才江、《锦瑟》诸公，中唐体格，一变而晚矣。夫王（鏊）、瞿（景淳）者，时势之沈（佺期）、宋（之问）也，至太仓（王锡爵）而盛；邓（以赞）、冯（梦祯）则王（维）、岑（参）也，变而为家太史（袁宏道），是为钱（起）、刘（长卿）之初，至金陵（焦竑）而人巧始极，遂有晚音，晚而文之态不可胜穷矣。③

袁宏道认为明代时文比之诗歌古文辞，更能显耀明代文人的才学和风格，表现明代人文风尚的起伏变迁。这种论调实际已经开了后来的以明代时文为明代文学之绝、之盛、之代表的先河。万历三十四年（1606）在公安，袁宏道为张五教诗文作序，又将时文的逐"时"而新和脱手而"旧"的

---

① 《袁宏道集笺校》卷18《雪涛阁集序》。
② 袁中道：《珂雪斋集》卷10《淡成集序》。
③ 《袁宏道集笺校》卷35《郝公琰诗叙》。

含义叙述得非常形象，淋漓如见。①

二 帝国体制的立场：纠正新艳无根的时文风尚

但正如袁宏道早在万历二十七年的北京顺天府学任教授时所已经看到的那样，由于人人都逐新而变，人人都希望时尚得隽，则这备受袁宏道等公安派中人所鼓舞的时文，亦会有产生如之前复古派末流所形成的深固难徙的"八寸三分帽子"，变成"新奇套子"。他对妻弟李元善说："文章新奇，无定格式，只要发人所不能发，句法、字法、调法，一一从自己胸中流出，此真新奇也。近日有一种新奇套子，似新实腐，恐一落此套，则尤可厌恶之甚。"② 要谨防这种可恶的套路，而要"发人所不能发"的真"新奇"精神。因此，当他换一个立场，以一个国家"禄养"的顺天府学教授和派往一省主持乡试的高级官员身份，来看待这股日新不已的"新艳"之风时，他就不像对文坛上的复古派开火时那样斩钉截铁、义无反顾，而是显得忧心忡忡，若有所失，因为他要批驳纠正的屡禁不止新风里，或多或少也有公安派敲锣打鼓、"功劳"。

万历二十七年，袁宏道模仿韩愈《师说》，写了一篇告京师某门人的文字："今世禁文体者日益厉，而时文之轨辙日益坏。上之人刻意求平，下之人刻意求奇，所标若此，所趋若彼，岂文体果不足正哉？夫禁士者一人，取士者又一人，士向利背德，故从取不从禁。即不然，令禁士者取士，将一出于平，而平不胜取，不得不求其异者；求其异者，而平者自斥，虽欲自守其禁，不可得也，势为之也。"③ 在这里，袁宏道分析了明王朝几次三番发出禁止文体邪浮、要求回返平正典雅的指令，结果还是适得其反，时文轨辙像故意做对一样，越变越糟。他认为个中原因，除了禁者和取者的错位，考者的"平不胜取"，以及取者的无识外，归纳起来还是时文逐新本性的"时""势"二字，难以真正阻止。由此，他的方案是回到应考者身上，加强儒家圣贤之道和文章本根的学习培养："知学则知文"，由内而外，发为文辞，方能不"险"、不"表"、不"贷"。但很显

---

① 《袁宏道集笺校》卷35《张茂才时艺序》。
② 同上书，卷22《答李元善》。
③ 同上书，卷18《叙四子稿》。

然，这种寄希望于应考者作出改变，正如陆云龙"三弊何人得免"[①] 的评论，也非常的不现实。有几个急于登第、满足全家和自己殷切期望的儒生们，会如此不计后果、长年累月地积攒所谓的"学之本"呢？

万历三十三年（1605），家居的袁宏道在一番吹捧后，就提醒董其昌："楚中文体日敝，务为雕镂，神精都失，赖宗匠力挽其颓。"[②] 希望他能改革地方时文的"雕镂"不正风气。万历三十七年（1609），袁宏道奉命典试秦中，作《陕西乡试录序》，对明代的时文风尚变迁和当今"以文为学"的无本漂浮状况作了深刻的反映：

　　臣窃叹昔之士以学为文，而今之士以文为学。以学为文者，言出于所解，而响传于所积，如云簇而雨注，泉涌而川浩，故昔之立言难，而知言易也。以文为学者，拾余唾于他人，架空言于纸上，如贫儿之贷衣，假姬之染黛，故今之立言易而知言难也。夫文章与时高下，今之时艺，格卑而意近，若于世无损益，而风行景逐，常居气机之先，盖天下之精神萃焉。故臣每于尺幅之中，阅今昔之变态，无不验者……洪（武）、永（乐）之文简质，当时之风习，未有不俭素真至者也。弘（治）、正（德）而后，物力渐繁，而风气渐盛，士大夫之庄重典则如其文，民俗之丰整如其文，天下之工作由朴而造雅如其文。嘉（靖）、隆（庆）之际，天机方凿，而人巧方始，然凿不累质，巧不乖理，先辈之风，犹十存其五六，而今不可得矣。臣尝以今日之时艺，与今日之时事相比较，似无不合者。士无蓄而藻缋日工，民愈耗而淫巧奇丽之作日甚，薄平淡而乐深隐，其颇僻同也。师新异而骛径捷，其跳越同也。夫紫阳注疏，载在令甲，犹爱书之有《律》，礼例之有《会典》也。今有人焉，以《春秋》案狱，以《周礼》近例，世必以违制坐之。时义而废注疏，此奸纪之大者，天下翕然以为新，不惟见原，而且以得隽，后学何创焉？夫高皇帝范围天下之道，托于经传，而章程于宋儒，此其中自有深意，故洛、闽之学脉穷，则高皇帝之法意衰。臣见天下之以令甲为儿戏，而变更之无日也。夫士之竞偶也，犹射者之望的，货者之走廛也，冒焉以及格，知

----

① 《袁宏道集笺校》卷18《叙四子稿》。

② 同上书，卷43《答董玄宰太史》。

群然趋之，趋之而不得，势将自止，故文之至于澜颓波激，而世道受
其簸扬者，取士之过也。①

这里说到了之前的应试和主试状况，是作者立言难而阅者试官知言易，现
在却背道而驰，是立言易而知言难，原因即在于以前的读书人是以学为
文，而今天是以文为学，一个由本而华难，一个无本空花易，所以只好假
借抄袭，东拼西凑，不成体段。能显示袁宏道别具慧眼的，是他看到了一
个时代的物质、民俗和士人心态都能在时文中得到反映，成为一个时代物
质和精神状况的晴雨表。对此，他分四个时期说明：第一，洪武、永乐的
"简质"文风与社会风气的"俭素真至"的对应关系，物质上虽未明言，
却暗含了其时的物力由于开国草创，不够发达，还处于复苏的情况，故有
上述的文风和士风；第二，弘治、正德以后，随着物力和文化的积累繁
盛，士风和文风都由朴趋雅；第三，到嘉靖、隆庆时期，文风就开始走下
坡路，但由于典型未远，所以还留下了文质兼备、理法统一的好作品，而
到现在就很难看见了；第四，万历时期，多乱忧患的时事、多歧失范的时
学和好奢好俗的时风、浮躁逐新的士人心态都在这个已经糜烂难收、"澜
颓波激"的时文中得到了充分反映。种种触目惊心，而尤以流于庄老佛
禅的干犯功令、违背理学的思想波流和走捷径、务新异的"跳越"文风，
让为世道人心计者忧心忡忡，感叹如不再厉行禁止，就有末世之虞了。在
此，袁宏道完全站在了帝国行政和科举考试的立场。而之前，袁宏道们也
曾有如上的冲决罗网、快意世俗和俚俗的思想和为文心态。这也说明公安
派在不同的文学流派发展阶段所体现的时文观的复杂性。

对这个好变、好奇而难以把捉的时文风气，公安派中坚陶望龄的描述
评论也值得重视：

今之为古文词者，己未能病而易古人病病焉，转相易以为举业，
而陋益甚，累之连牍，而己未尝置一语焉，吾何由而窥其意哉？而又
以为奇博，为艰深，噫，其亦过矣！②
我明制义自弘（治）、正（德）以前，其文士名价甲乙，若肆中

---

① 《袁宏道集笺校》卷54《陕西乡试录序》。
② 陶望龄：《歇庵集》卷14《汤君制义序》，《续修四库全书》本。

之帛，尺幅有度，皆先定不越，其文要皆自为而可观。嘉（靖）、隆（庆）之季，声承响接，更相论谬，混然一途。敝风穷而变化起，遂莫盛于万历之世，至丙戌而大肆，壬辰而绮丽诎诡之观极矣。然其能者刻露舒泄，剷削之痕，组缀之迹，亦间杂互见，此能自为矣，而不能出之莫为，其养未深而气涸故也。①

予自通籍来，经生制举之文略已再变。壬辰、戌戌之间，文士务极才力，旁摅广鹜，庶几乎浩漾无涯涘之观，而俪法毁方，浮浊不泏，往往有之。至辛丑（万历二十九年，1601）后，其能者率刊华吐朕，相高以理，相矜以态，其流又纤俭寒弱，不复振耸，人第见夫潦水清为可爱玩，不知继以消缩，且趣于竭也。今之经义，犹古之诗歌也，其盛衰皆足以观世。季札闻歌《郑》，曰："其细已甚，民将不堪。"闻歌《秦》，曰："此之谓夏声，能夏则大。"夫声大兆王细征替。由此言之，纤俭寒弱者，细之类，大之反也。是故言文体，今日宜振其弱态，以强其神干，有是人焉，世运将赖之。②

第一条指的是七子派的复古模拟文辞之风影响了当代的时文创作，显得奇博、艰涩。第二条回顾了明代时文的三个发展阶段：弘治、正德以前的时文创制时期；到嘉靖、隆庆末年，开始出现弊端；到作者切近的万历丙戌（1586，袁宗道为本年会元，改庶吉士，入翰林院），承敝而起的变化到达顶点，再过两科六年的万历壬辰（1592，袁宏道、江盈科、谢肇淛、李日华等人本年成进士），时文又把好奇好丽作风推衍到了极致，而不顾本末倒置，义理阙如。第三条则从自己亲身经历着眼，说万历己丑（1589）中会元、探花通籍以来（本年状元是焦竑，榜眼是吴道南，董其昌、黄辉为该年进士，改庶吉士，入翰林院），到万历壬辰、戌戌（1598，顾起元中会元，赵秉忠状元），文士们纷纷骛才，又出现了背弃格法的不良现象，再到万历辛丑（1601，许獬中会元，张以诚状元），则又出现了"纤俭寒弱"的末流。由此可见，公安派兴起后对于时文新奇浮艳方向确有推波助澜的作用，而"纤俭寒弱"的时文之风又多像是对

---

① 陶望龄：《歇庵集》卷3《罗澄溪制义》。
② 同上书，卷3《戴太圆制义序》。

继公安派而起的竟陵派"幽情单绪"① 的合响。

由上可见，明代时文发展到隆庆、万历时期，随着士人思想在以王学及其左派为代表的冲击下而变得日益脱离程、朱理学和时文体制、格调的规范引导，好奇、好变之风劲吹。各种思想资源如心学、佛、道、禅等非正统思想在心学人士一度大幅掌握了朝廷和地方的衡文大权后，或陈仓暗渡，或明示趋向②，指导着已经从里溃围的人心向着更为杂而多端、乱而无宗的思想奔骛。而七子复古派盛行所培养的修辞风气和唐宋派盛行所培养的重视"机"、"法"风气，又让士子踊跃于文辞的雕琢或技法的揣摩。于是，晚明时文的内容和格调日益脱离了正大宏雅的帝国规范轨道，而变得理义乖戾，机锋侧出，不断引来最高统治阶层的行政干预，要求时文转向。但事与愿违，时文并不乖乖听话，而是按着科举考试选拔人才的制度和时文逐新的本性，继续裹挟着古文辞和士人心态前行。到艾南英、陈子龙等人登场之时，这个紧张混乱得令人发狂的末世氛围非但没有得到消解，反而变本加厉，促成了最为复杂多端的艾陈之战。

总体来看，进入明代是中后期，时文风尚确实多变善变，一如这个时期的古文、诗歌领域和政治、学术领域。是故，即使是前期看起来不太关心世事而后期有所调整转换的公安派中人，也开始拿着手里的衡文选文利器，要求时文回到雅正敦实的文风上来。陶望龄要求从文章的根本做起，重视养气和强神干，而黜落气涸和态弱的毛病，袁宏道则要求"积学守正，以求无悖时王之制。士如是即学问，吏如是即经济，未有二道也"，语气无奈，办法也老套。

三 "苦"、"命"、"幸"：袁中道的科举心态

在公安三袁中，袁中道有关科举时文的意见最值得注意的，是他通过

---

① 钟惺：《隐秀轩集》卷16《诗归序》。

② 吴承学、李光摩：《八股四题·三·新学横行与技法追求》，《文学评论》2004年第2期。对此，袁中道《寿裕吾邹公偕元配张孺人七十序》也有揭示反映："自东越（王守仁）揭良知以开天下学者，若披云见日矣。而数传后，始有借解悟之说，以恣其无町畦之行者。曾不知真见真修，如车毂鸟翼，如凌云之台，不可累黍有轻重也。昔之专言修者，病在执糠粃，遗神理，以影为月，以砾为珠，不得千圣易简直捷之宗，同于冥行。而后之专言悟者，执其圆通无碍之理，以尽弃其检押。至于今日，犹可谓《碧落碑》无赝本耶？至空疏也，而目考亭为支离；至放逸也，而鄙正叔为木偶。弊亦甚矣！自非二三大儒，持躬行实践以救之，将安所极？"《珂雪斋集》卷9。

多篇文字所反映科场心态和终于得第后的庆幸后怕心理。

袁中道多次说到他参加科举考试的"苦"。当面对叔叔的五十岁寿辰时，他想到了自己的苦难经历："若予为博士弟子，每入试，头须为白。人生几何，而能堪之？"① 而在送一位姓兰的诸生离开时，终于中举的袁中道回想起自己的辛酸经历，两言"苦"字：

> 予下闱多年，沉思谛想，焚君苗之砚，见子云之肠，甚矣，予之苦也！三十四而举于乡，海内不熟予者，竟以予为宿儒。盖因予名早著，而疑其年。登贤书之夜，六以后俱登楮，留前五，发三而得予名，堂上堂下划然大笑，载手而贺主者曰："今年得名士矣。"南中士夫，有以书往来者，曰："今年南有某氏，北有小修，可为是科吐气。"人皆诧予之名震海内，不知予之苦久矣。②

说到他的早有名于四海，并非为了炫耀，而只为说明"予之苦久矣"，安慰对方。对袁中道等看破功名利禄、着眼于出世性命之学的有志士人来说，不能成进士的最大的压力可能不是来自己，而是来自望眼欲穿的父母：

> 士之屈首受书，愿食国家之禄者，虽以行道，概以逮亲为荣。幸而得逮，则升斗胜钟鼎焉。故古人云："累茵列鼎，不如鸡豚逮亲存也……近日仕进之路甚狭，刀笔不屑为，科第多徼天幸。其廪于上庠者，积日累月，或至华颠，乃得一班一级。其为亲者必上寿，乃得沾一日之养。故今之禄逮亲也难。虽然，士有高才邃养，不早致青云，而次且胶序之间，最后乃沾一命，其得于天者诚啬，若不能不感叹于遭逢。"③

往年予亦修香光之业，自觉功名已灰冷。伯修去家，大人绝苦，予偶拈笔为时义，大人见之，叹曰："此是我破郁丹也。"予乃发愤下闱……故每撰一义，穷日之力，通于梦寐。去年大人年六十，儿辈

---

① 袁中道：《珂雪斋集》卷9《寿孟溪叔五十序》。
② 同上书，卷9《送兰生序》。
③ 同上书，卷9《寿桃源张母序》。

设酒筵，招歌舞，欲以娱大人。大人曰：“尔但偕二弟来作举业两首，吾脾自开，胜于歌舞酒筵多矣。”父母恩深，既见其生，亦欲其可，此实人情也。今稍藉手报大人矣。①

在此，袁中道几乎彻底掀开了蒙在历代科举考试上有志国家天下的冠冕面纱，露出“逮亲”的渴盼面容，其间不幸运者之苦捱和不得已者之转换，都让人同情。而袁中道父亲的“破郁丹”比喻，又让人不由得联想起《儒林外史》中鲁小姐对其丈夫的殷切期待。确实，“命运”“遭逢”在这里起了关键作用，得其青睐者入青云，失其神气者委路尘。“虽有异才清操，命不值则不亨，此南唐冯贽云：‘早知穷达有命，悔不十年读书！’非人力也。岂惟事科举，即宦途可知矣。”② 难怪后来很多时文家讲时文写作，多强调在功夫精熟之余③，要离形得似，弃形取神，获致一种圣贤和后人、作者和读者，最重要的是应者和取者之间精神的沟通感悟。然这个若有若无、信者自信的渺茫过程，绝非想来即来，而是要寤寐反侧，方有可能在神游梦境中再现作八股的情形。对此，袁中道有过苦涩的追述：

予少不量力，持其意根，与造物战。以屡不售，愈厉。记往日习艺春草堂下，有两耦不属，至枕上沈思冥去。两耦化为两国，相角竟夜。甫觉，则两耦又在心目间矣。甚矣，予之苦也！乃头颅种种，其效止此耳。始知才人早贵，信乎有命。④

到袁中道终于中举成进士后，他有一种非常强烈的庆幸和后怕心理。他说这是“了经生事”⑤，“了帖括缘”，并引用“先儒有言：‘举业是人生一大厄’，过了此关，正好理会性命。夫儒释之战皂乙也久矣。”⑥ 还说

① 袁中道：《珂雪斋集》卷9《送石洋王子下第归省序》。

② 同上书，卷9《送邑大夫方公归田序》。

③ 袁中道《送石洋王子下第归省序》说：“然此虽小技，政不厌精，愿王子且将诗赋及持诵等事，少停三年，打并精神，归向一路，如鸡抱卵，如猫捕鼠，使心华开敷，承蜩转丸，三年而后业成，为瞿、唐，为王、薛，为今之冯具区、吴无障诸公，何不可哉？”同上书，卷9。

④ 袁中道：《珂雪斋集》卷10《王维果文序》。

⑤ 同上书，卷10《瞿起田制义序》。

⑥ 同上书，卷10《申维烈时义序》。

是"完世缘"："王子与予，皆有志于出世之学，而王子较切，即区区功名，直欲一了以完世缘耳。"① 举业这"人生一大厄"与人生的终极出路存在一个先后问题，不能解决前者，又何能安心图置后者？于是，也就难怪高鹗在为《红楼梦》续书时，会改成让贾宝玉结婚中举后才飘飘然与茫茫大士、疯癫道人出家去。

不过，时文的长久操习确实会对明代文人的文学创造力产生极大伤害。"嗟乎，诗之累于应酬也久矣！"② 是袁中道对明代诗歌世俗功能的谴责，其中应有一份为了科举行卷、交游扩大名声的"功劳"。对朋友刘玄度的文学创作成绩，他最终还是不得不遗憾地说："大都玄度急于一第，以少酬其志，故一生精神，用之时艺，而以其余力，旁及诗文，是以输写有余，淘炼不足，性灵、应酬，合并而出。"③ 科举时文妨碍古文词创作，影响明代诗歌、古文等传统文学的创造性，这是明清人的共识。

四　"莫急于社"：竟陵派的科举时文观

相比公安派主要在创作主体精神上为时文鼓舞，竟陵派钟惺则更偏向于具体落实的形而下问题，体现其静明深思又不免隐约飘忽的思想特点。

钟惺在为自己的时文集作序时，声称："时义非小道也，能至之者不能言，有神存焉；能言之者不能至，有候存焉。"④ 所谓的"神"，是指时文创作的最高境界；而所谓的"候"，则是时文在圣贤的思想、语气和八股的对偶、声调体制捆缚下的传情达意功夫，需要锻炼揣摩，功到自然成，功夫不到则不成，其间有"症候"，有行文的感觉。

他对时文文体存在的问题也是洞若观火，他认为有两个原因："国家以时义取士，士之见取者，不必其皆至也……今士之为文以望取者，其文原未至也，一不售，以为吾文已至而不见取，则亦不必至，相率为苟且卑浅之文，以庶几乎一取……文体士习之所以日坏者，大要皆此一念为之也……夫一时义耳，必读书学道，明乎义命之故，而后能为至也，则其至可易言哉……唯求其至，中不中则是命矣。"⑤ 一是考官，二是士子，前

---

① 袁中道：《珂雪斋集》卷9《送石洋王子下第归省序》。
② 同上书，卷10《徐乐轩樵歌序》。
③ 同上书，卷11《刘玄度〈云在堂集〉序》。
④ 钟惺：《隐秀轩集》卷18《隐秀轩时义自序》。
⑤ 钟惺：《隐秀轩集》卷18《萧伯玉时义序》。

者可能昏庸，取人不按典雅平正标准，由此自然达不到更正文体的目的；而后者因为侥幸心理，由此导致了文体大坏，几于不可收拾。因此，转而对应试者，则是"唯求其至，中不中则是命矣"，希望能调整应试的急迫求中的心态，把中不中看成是不可知的命运问题，而将自我求至看成是个人的努力问题。而这个"命"，袁中道也曾多次感言。显然，此法只能起到短暂的安慰科场失意者的作用，却无助于解决现实的社会问题。

他又对明人喜欢谈论的唐代以诗取士和明代的以时文取士问题，非常感兴趣，并对此作了不乏新意和深度的分析，并落脚到更为经生们关心的"工"和"得"尤其是后者的关系看待态度。而实际上这也是他一开始就确定好的"题目"和"主意"，要安慰一个有文才而未能得隽的朋友，因为他面容神志常戚戚如秋冬。为了安慰他，钟惺特意绕路说禅，借唐诗明时文取士来开路：

> 唐重诗，用以取士，其工者内自快于己，外以有名于世，因而得科名焉，则其赢也。明重时义，亦用以取士，其工者得科名，因而内自快于己，外以有名于世焉，则其赢也。赢者，数外不可必之物，得固欣然，失亦有以自处之谓也……故诗如李、杜，可以布衣终其世，时义如王、唐，而不得科名，则退而无以自处……予为广之曰：夫时义之工不同，有工而不必得者，深险精核之文是也；有工而不必不得者，高华奇肆之文是也；有工而必不得者，幽寒艰促之文是也；有工而必得者，灵畅温秀之文是也。子之时义，机灵而局畅，气温而色秀，未尝操必不得之具，子何忧焉？子不尝作诗乎？子不以子之穷罪诗而独怏怏于时义者，何也？世不以诗取士故也。时义之于科名，有可以得之之道，人遂有必得之心……观子之文近春夏，而子之意常涉秋冬。夫春夏者，通之象也；秋冬者，塞之象也。养子之为春夏者以待其通，去子之为秋冬者以无疑于塞，为子计者，不亦两得乎？①

他认为诗歌和时文两者从本质上讲，都具有"内自快于己"、满足自己的情志抒发要求和"外以有名于世"的效果功能，至于因此而缘得科名、富贵、实现政治道德的抱负理想，则是"赢"。而所谓"赢"，是望外之

---

① 钟惺：《隐秀轩集》卷18《沈雨若时义序》。

物，本不必得，而得之在"数"；换个词，也就是通常所说的"命运"。因此，正确对待科举考试的态度，是"得固欣然，失亦有以自处"，近乎苏轼所说"胜固欣然败亦喜"的下棋心态，只是钟惺将"败亦喜"换成"失自处"。接着，钟惺就举李白、杜甫为例，说他们虽布衣终身，却赢得了伟大不朽的诗歌名声，而反过来，明代的时文大家王鏊、唐顺之如非考中了会元，则很难自处，这就暴露了明人对于人生命运的得失心态没有唐人豁达。然后钟惺再具体罗列"工"和"得"的四种情况，最后一种即是符合竟陵派文学创作和思想理念的"机灵而局畅，气温而色秀"的"工而必得"之文，希望朋友沈春泽（字雨若）能调整好心态，等候"赢"、"数"和"科名"。很显然，这个判断仍然只能是出于安慰，也并不具有必然性。

本文值得注意的是，除唐、明科举考试的比较话头外，还有钟惺用竟陵派的文学创作和思想理念来指导评论当代的时文创作，证明明代的"以古文为时文"运动发展到竟陵派时期，已经是以各自的文学流派策略来为时文了。公安派在为时文辩护鼓吹时，常常拉上"落后"的复古派来论，已经将这个问题讲到了一个非常鲜明的阶段，在此基础上，竟陵派又做了一个将自己流派思想与时文的功夫紧密结合的推进。还有，钟惺对于唐、明科举考试的本质的阐释，将它们的实质性功能说成是"内自快于己"，就已经消解了之前以公安派为代表的流于世俗功利眼光的"时文得隽"说，而让唐代的省试、礼部诗赋和明代的时文也获得了与文学作品相提并论的地位，这实在值得特别提出来予以表彰和阐发。

最能显示钟惺"孤行静寂于喧杂之中，而乃以其虚怀定力，独往冥游于寥廓之外"的智性深思精神和偏独眼光的，是他挽救时文风气的议论。从一大片关于正文体的喧嚷议论中，他至少讲出了虽不见得可行，但却确有独到的见解：

> 钟子观于近日应制文章体裁习尚之变，深虑其终，而思目前补救之道，莫急于社也。然钟子在诸生时，为文实不知有社……人亦无与为社者……私计时义以题为师，以古文及先正名家为友，以心为衡为鉴为赞，何往非社，乌用群居终日为已，而自听其才趣学术所之，服习既久，亦复满其所本有而快其欲得，如是，是亦可以为文矣。此所论于一人文字之工拙，而于其中体裁习尚邪正真伪之故，关系世运

367

者，未之思也……三十年前，士所以挟以自售，与上之所求于士者，浅深偏全不同，同乎一真，故上之所取，即士之所以为法，而士亦有所据以无疑无恐，近之取士者，稍有出入，始而杂，中而邪，终而伪；始而偶然，中而以为固然，终而莫不皆然。士虽有真才趣、真学术，相戒莫敢以其真者应故……今夫真者可久，伪者易厌……豪杰者能以士子之识力，逆夺有司之好尚……夫文犹海也，衡文者，入海求宝之人也。士之文能使衡文者舍其所欲取以从我，则邪正真伪之关，士亦不可谓无权，而要不可责之一人也，故吾以为其道莫急于社……今日之士子即他日之主司，身当衡文之时，人人持此一念以往，何忧今日之文章邪者不正，而伪者不真，其于世道士习，岂小补哉？①

他把"补救"时文风气的任务居然托寄到了社业身上，希望各种文社紧密团结起来，以数量和质量一起影响朝廷赋予主司选拔的标准，实际上也就是以我为主，"潜夺"占领时文得道的权利。这个想法乍一看相当天真，盖其前提是主司错了，取文标准是邪伪的，而真正之文在应举的士子手里，但主司又怎会自以为错呢？人为刀俎，我为鱼肉。现在鱼肉要反过来影响主导刀俎，确实有些异想天开。闭门造车，而希求出门合辙。何况，它还需要一个强有力的前提，即人人都团结起来写真文、正文，但这又谈何容易呢？不过，这也说明到了季明，人们对于主持考试者的文学选拔水准的怀疑，真文章的写作权力已经转移到了下层。具有嘲讽意味的是，当揣摩文场风习的文社，遍地开花，从组织和声气上真正团结起来，统一到张溥、陈子龙等人领导的强大复社后，加上与朝廷政局的复杂关系，就真地凭着民间的选文权影响了科考的主司，即说明了明代文权从前七子派后一直往社会下层移动的趋势。

谭元春则有《汪闇夫时文序》、《金正希文稿序》、《特丘文稿序》、《长安古意社序》、《刻黄美中文序》、《自订制艺序》、《黄叶轩诗义序》、《官子时文稿序》等作。其中比较值得注意的是：一是谭元春称金声时文，"而不敢题为制科义，直题之曰'文稿'。犹之乎读汉注疏尔，犹之乎观史论尔，犹之乎名臣奏、大家集，而真理学语录尔"。尊时文、制义为古文，说明一般的流俗之见，时文仍因为其敲门砖功能和依附逐时、俯

---

① 钟惺：《隐秀轩集》卷18《静明斋社业序》。

首格律的特性而受到贬抑，故谭元春如此这般的伸张。更值得注意的是，他阐述时文具有与古文诗赋同样的不受世俗功利干扰、表现个人"才力精魄"的独创性质："呜乎！天下之人，怵于昔人久定之名，动于今人易售之路，而不暇自申其才力精魄，以争奇人魁士之所不能致，又不暇自理其喧寂歌哭，以挽神鬼人天之所不能夺，而日夜艰瘁，灯寒蠹苦，从俗所号，为制科之文，毕委心力以求之，究竟命数，所幸所不幸，与此何涉哉？而以予私计之，凡此心力之耗，与人世声色货财，同一苦毒。使其欲为古文字，则将舍此而别有古文，苟真有志性命也，不舍此将无以学道。由此言之，彼耗心力于举业者，其于人世嗜欲，以何分别而独得美名也乎？"抨击一般时文的汩没于声色货财等物欲，而不具有"冷面隔俗"、"性灵骨体"的古诗人文人气质，自然为的也就是浅俗卑下的时文，而非申托创作者"才力精魄"的载性载灵之不朽文了。[①] 这种评论时文的标准，显然来自竟陵派苦心孤诣，追求一种冥游于寥廓之外的无限精神。盖在谭元春的评价体系里，时文只能为诗歌、古文所包容，而不是相反，正如科举考试中每三年各地所产生的解元（谭氏自己也是乡试解元），也不能体现个人的品质和践履。其曾说："如制科以来，更三年有一人领楚贤书，其小小者耳，然亦幸而目之为'元'。元者，苞之道也。非诗、古文无以苞举业，非质行无以苞著作，非有一段长林丰草不欲干进之意无以苞质行。虽论元者万万不及是，而包裹永久之道，则有于此者。"[②] 至此，时文和古文、诗歌已经取得了同样的评价体系。二是有了这样追求独立不朽的情志表达的古文诗歌评价体系和标准，自评时文，也就不以"中不中"的实际功利效果论，而着力表现自我所拥有的"耻为教束"、"不衫不履"、不为"成法"所拘执的出群气度和"自下圈点，自下评骘，略明孤往之怀"，不介意于世俗计较的功利得失，而在意于未来不朽的自我评价标准。[③] 三是反时文的趋新媚俗。在此，谭元春作了一个比较有意思的女色比喻，说："士之有文，如女之有色。文之有先辈、时辈，如色之有故人、新人。善论色者曰：'颜色虽相似，手爪不相如。'又曰：'将嫌来

---

① 《谭元春集》卷 23《金正希文稿序》，陈杏珍标校，上海古籍出版社 1998 年版。

② 《谭元春集》卷 24《白湖稿序》。清阮葵生《茶余客话》卷 3 历数明代科举考试的会员风格，对时文风气的巨大影响，成为"元灯"，齐鲁书社 2001 年版。梁章钜《制艺丛话》卷 12 又有"元脉"、"元度"、"元派"等说，上海书店出版社 2001 年版，第 230 页。

③ 《谭元春集》卷 23《自订制艺序》。

比素,新人不如故.'知手爪之所以妙,又知素之所以胜。此一人也,岂目挑而心招,倚门而刺绣,可以徼倖于欢侬之交者哉?夫时文中有多数句者,而先辈常少数句;有重后半者,而先辈常重前半;有用过文者,而先辈常用本文。此论色者之及于手爪也。时文中有读之欲笑者,而先辈不苟嬉;有读之欲泣者,而先辈不苟悲;有读之动人心目、快人口齿者,而先辈不苟艳。此论色者之明于缫素也。前辈沦亡,莫究此义,有志之士,多伤心焉。"① 在此,谭元春又与公安派前期鼓吹时文逐新逐艳的论调截然有别,或许这也与时文风气的提倡经学、转向素朴平实有关。

总体来看,竟陵派论时文主要转向了对时文创作态度的反思,要求时文创作也应该体现如古文、诗歌一样的独立精神和不朽追求,并在关心时文创作者对于得失的人生态度上,对时文风气的改良提出了富有洞见的人文思考。

第三节　晚明文社斗争中的艾南英 "以古文为时文"理论

从天启年间起,讲究联盟互动、"声气之孚"② 的晚明文社随着诡谲的政治局势和激扬的经世思潮而风起云涌,层出不穷,遍布全国各地,成为五光十色的晚明文坛之出现象。以努力求科举中第为原动力,晚明文社掺杂了很多的政治、思想、学术和文学因素。到崇祯时期,各地向吴中大联合的复社成为"明代文人结社史上""一座具有划时代意义的里程碑","它既是科举社团,也是政治社团,还是思想、学术、文学的社团,外在形制的规模化、组织化和内在机制的更趋复杂化和多功能化,使之具有其他社团所从来不曾有过的综合性内涵"。③ 其间,以艾南英、章世纯、罗万藻、陈际泰等"江右四家"为首的江西(豫章)文社是晚明文社的重镇,他们的通经学古理念及与复社(几社)的复杂论争和联合关系④,尤其是艾南英在文社内外激烈论争中所建立的"以古文为时文"理论,值

---

① 《谭元春集》卷23《官子时文稿序》。
② 朱彝尊:《静志居诗话》卷21《孙淳》,第649页。
③ 何宗美:《文人结社与明代文学的演进》,人民出版社2011年版,上册,第448页。
④ 艾南英曾和复社、几社的代表陈子龙发生过两次激烈论战,详细讨论请参冯小禄《文社·宗派·性格——艾陈之战再检讨》,《云南师范大学学报》(哲社版)2006年第1期。

得深研。

虽然在后人的评价中，以古文为时文的创作实践早在成化、弘治时期的王鏊、吴宽和嘉靖时期的唐顺之、归有光、王慎中等人的创作中即已体现出来。茅坤即谓："妄谓举子业，今文也。然苟得其至，即谓之古文亦可也。世之为古文者，必当本之六籍以求其至，而为举子业者，亦当由濂洛关闽以沂六籍，而务得圣贤之精，而不涉世间，不落言诠。本朝独王（鏊）守溪为最上乘，唐（顺之）太史辈间亦从而羽翼之。"① 清人方苞也说："以古文为时文自唐荆川始，而归震川又恢以闳肆。如此等文，实能以韩、欧之气达程、朱之理，而吻合于当年之语意，纵横排荡，任其自然。后之作者，不可及也已。"② 但在文体观念上，绝大多数的人们，包括不时以古文为时文的唐宋派中人，也更多是以仇视的眼光批判"当其时矣"的时文卑微品格和压抑人才的不良后果，并没将以古文为时文的理论提升到一个非常成熟的高度。以古文为时文的理论要趋于成熟，需要满足这样几个要求：第一，将古文与时文的内容和品格打通，提升时文的地位，由此要求对一般流行的古文、时文之辨做出突破；第二，梳理出古文和时文的正统谱系，并将两者进行完美的熔铸，使得两个谱系是一而二、二而一的；第三，全面探析以古文为时文的架构和底蕴。艾南英在这三个方面可说都有比较深入的建树。

一　统一平等的评价标准：艾南英的古文、时文之辨

早在弘治十三年左右，吴宽即提出古文、时文并不妨碍而适相为用的观点，鼓励人们不要一味拘牵于时文的格律、题目和主意，而要向优秀的古文学习，认为古文"资于场屋者多也！故为古文词而不治经学，于理也必阁；为举子业而不习古作，于文也必不扬。二者适相为用也"③。在他看来，古文、时文各有优长，时文的经义本色是学习古文者也要遵循的根柢，否则古文的义理很难通畅；古文的成熟文法和优秀风格，又有助于逐时而文的时文审美品格的提高，否则时文的文气很难打动主司，达到敲开功名仕途的效果。于是吴宽提出了调和取长的两相为用思路，以批判盛

---

① 茅坤：《茅鹿门先生文集》卷6《复王进士书》，《续修四库全书》本。
② 方苞：《钦定四书文》卷2《正嘉四书文》，《文渊阁四库全书》本。
③ 吴宽：《匏翁家藏集》卷43《容庵集序》。

行于世的以时文操练为本等，而以古文词染指为妨碍的主流意见。这其实是在重视时文的前提下，为古文辞争取文法和风格进入时文的合法性，其间仍然存在本与末、体与用的差别。但在社会时文的操作实践层面，还是古、时分裂，很难统一。其情形正如王世贞所言：

> 夫自国家设为四端以试公车士，而其最近理而远格者，莫如经书义。自经书义名，而文别为古。今若论而表而策，则亦古文辞之属耳；士又日降其格以传于经书义，总而名之曰"时"，而倍于古益远矣。当成、弘之际，吾郡独吴文定（宽）、王文恪（鏊）二公能精于其业，间传以古意。①

连本来属于古文写作文体的论、表、策也被"最近理而远格"的时文给时文化了，于是世间真能以时文传古意者甚少，说明了时文的强大同化功能。这不是以古文为时文，而是以时文为古文。② 这个观察和议论，其实与元代刘将孙所谈的唐宋试经赋论策一致，只态度有别而已。刘言："文字无二法。自韩退之创为古文之名，而后之谈文者，必以经赋论策为时文，碑铭叙题赞箴颂为古文。不知'辞达而已'，时文之精，即古文之理也。予尝持一论云：能时文未有不能古文，能古文而不能为时文者有矣，未有能时文、为古文而有余憾者也……时文起伏高下、先后变化之不知所以，宜腴而约，方畅而涩，可引而信之者，乃隐而不发，不必舒而长之者，乃推之而极。若究极而论，亦本无所谓古文，虽退之，政未免时文

---

① 王世贞：《弇州山人四部稿》卷67《东壁遗稿序》。

② 王世贞之前的赵贞吉在《复李生书》中，即不客气地批评了一些年轻后生动辄以写作古文"名世"，而其实"特举业体式之稍变"的情况，以为"以此逐取青紫则易矣，欲驾作者之门则未也"，而勉以圣贤大志。载《明文海》卷152，第597页。嘉靖时期的刘绘《与从侄桂芳秀才论记书》在告诫后辈时，也认为古文与时文绝不相同："名为古，非但与举业不同，将与今文不同矣。直以举业言之，举业贵浅淡平顺者，著刺眼聱牙字句不可，若古文，正欲不与举业同，犹举业正欲不与古文同。且如释家梵语、道家清词、法家招议、曲家腔韵，其命意用字各有不同，若今法家参一举业语，举业参一辞赋语，便可笑尔。"当然，这说的是那个时期的古文、时文两不相干的状况。载《明文海》卷152，第602页。王慎中《与项瓯东》也说："今称述必在乎经，援引必则古先王，如书生科举之文者，岂不为正？而岂可以为文？而亦岂可以谓之知道者哉？"载《明文海》卷153，第609页。

耳。"① 王世贞是为被时文同化的古文而悲哀，刘将孙则不仅声称其当然，"时文之精，即古文之理也"，这个"理"不是大多数明人所说的经书"义理"的"理"，而是行为的通理，类似于孔门所谓的"辞达"，而且认为时文可兼古文之功，而古文则未必能兼时文之能。

明人马一龙也有这样的想法，在一封与友人书中，他说：

> 来谕时文、古文，某不谅诸兄何见也，岂以科举中式者为"时"，而以碑铭叙记诗赋者为"古"耶？殊非知道之语。前辈论文章，以理为主，以气为辅，而作文者必先立意，然后定格，然后命词，意为上，格次之，辞为下：时文、古文一也。其中式则时文，有排比对待之病，但意在格中，何忧不式？格高意病，虽式不文。若排比对待必有意义，不害其为时，亦不害其为古耳。立意浅近，虽三坟五典之体，《系传》《檀弓》之言，无裨于道，无关于世教，安在"时"与"古"之间？②

认为时文、古文的评价标准、先后次第（含作文途径）都是一致的，并不能崇古抑时。

万历二十九年会元、福建同安许獬承袭了刘将孙的思想，不仅为时文鼓吹，而且声称举业之中可见古文优秀作者的真精神。其言：

> 既名为时文，自宜与时上下，如"十翼"虽古，终不能复追"典谟"。蝌蚪变而篆隶，篆隶变而为锺、王、颜、柳诸法。诗则《三百篇》，有苏、李五言，又有建安，有江左，有盛唐五七言律、排律。时代固然，其无足怪。横桴土鼓，不可以荐清庙；汗樽杯饮，不可以羞王公；商彝周鼎，不可陈于百战之场；封建井田，肉刑兵车，不可治后世之天下。试使古之能文之士如左丘、屈原、司马迁、相如、扬雄、韩退之之徒，复生今世，未始不可以即古文为举业，而今之善为举业者，亦未始不可即举业之中，而复见左、屈、司马迁、相如、扬雄、韩退之诸作者之精神。惟得其精神而遗其面目，此真能

学古文者。不古不可以为精，不今不可以为古……余所论者，盖文体耳。①

此与袁宏道为时文和诗古文的逐时而新鼓吹的思维逻辑一致。功令时文在明代获得了空前的自信力，不仅希望从古文中获取文法和风格的养料，而且要从古文中获得真精神。古文为时文，时文为古文，在晚明人士看来，甚至不再是相互隔阂妨碍的两极。不过，究其实而言，这还仅仅是理论上的达观或霸道说法（言先秦两汉唐代名家置换时空，来到考八股文的明代，也必以其古文为时文）；实际在许獬身上，就没有实现他自己所悬想的以时文传古文、古人真精神、真面目的目标。四库馆臣即言："獬以制艺名一时，而所恃为根柢者，不过如此（疏舛）。"② "盖明自正、嘉以后，甲科愈重，儒者率殚心制义，而不复用意于古文词。洎登第宦成，菁华已竭，乃出余力以为之，故根柢不深，去古日远。况獬之制义，论者已有异议，则漫为古调，其所造可知矣。"③ 许獬自身的古文根底浅，却高中会试第一，拥有制艺名家的名声，可见其所谓的时文见古文真精神，仅是理想审美图景，实际仍只是埋首沉酣于时文的机锋和时尚之中，去苟求命运的垂青。

崇祯十二年举人、福建晋江人曾异撰（1591—1643）④，理论上虽认同以古文为时文的可能性，却认为此非"正体，不可为训"，真正可行、也为绝大多数人所遵循的还是以时文为时文的道路。其言：

> 某窃谓今日制义之途有二：其一以古文为时文，其一以时文为时文。以古文为时文者，如戊辰之某某，庶几近之；若今日某某之为古文，非古文也。以时文为时文者，亦非仅仅从时艺之后，袭其绮语之谓也，如近日浙中之某某、吴下之某某，则真时文也。时艺之于古

---

① 许獬：《丛青轩集》卷6《与李芳琼》，转引自叶庆炳、邵红《中国文学批评资料汇编》明代下集，台湾成文出版社1979年版，第872页。

② 《四库全书总目》卷138《八经类集二卷》，第1172页。

③ 同上书，卷179《许锺斗集五卷》，1620页。

④ 《明史》卷288《文苑四·曹学佺传》附《曾异撰传》云："崇祯十二年举乡试，年四十有九矣。再赴会试，还，遂卒。"第7401页。李清馥《闽中理学渊源考》卷77录《雍正九年郡志》云："崇祯己卯举于乡，癸未归，卒。"

文，本判然为二；以古文为时文者，盖畸笔之士，无可奈何不得已而出于此，然竟非举业正体，不可为训。而时文之为言者，亦谓此时王之制，非若世俗所谓丽草浓花，如蜉蝣之羽，取媚一时已也。①

还历数明朝各时期的时文名家，说明真正以古文为时文者少，而以时文为时文和间为时文、间为古文者多。以遵循官方要求（时王之制）和题目、主意为前提，时文也可借古文来养气添彩，但毕竟仍以时文为主、古文为辅。正如他所认为的，时文、古文本来就判然二途，所谓以古文为时文也只是不得已而为之的办法，并非适于多人的通衢。这就像他在另一篇文章所说的，古文采用的是缩地法，尽量求简，而时文是皮革充气法，尽力伸张，则时文中有古意，即是"以古人缩地之意，而行于今世廓革之文"②，其难度可想而知。盖在曾异撰心目中，时文与古文两相为用虽是一个多人讨论的课题，但要实现两者文体和文法的统一，其实仍然相当困难，几乎不可行。

大概到明末的艾南英和复社等人手里之时，震于当下时文的腐烂、时风的日下和时局的堪忧、时术的卑靡，通经学古口号下的以古文为时文、以时文为古文的呼吁才不仅显得理直气壮、理所当然，而且理论和实践都相当成熟深刻。且看艾南英与夏允彝辩论时所推出的古文、时文之辨：

> 夫平淡古质，不为烦华者，古文之别称也。兄知古文之所以名乎？今之时，以碑铭序记传为古文，对八股时艺而言耳。古人未有八股时文，所称古文者安在？如以碑铭序记为古，则韩、欧有之，王、杨、卢、骆辈皆有之。欧阳公得旧本韩文，乃始知为古文。其序苏子美曰："子美之齿少于予，而予学古文，乃在其后。"盖昔人以东汉末至唐初偶排摘裂、填事粉泽、宣丽整齐之文为时文，而反是者为古文。譬之古物器，其艳质必不如今，此古文之所为名也。若以辞华为古，则韩之先为六朝，欧公之先有五代，皆称古文矣。③

---

① 曾异撰：《纺授堂集·文集》卷5《与潘昭度师书》，转引自叶庆炳、邵红《中国文学批评资料汇编》，明代下集，第822页。

② 曾异撰：《纺授堂集·文集》卷1《序刘子卮草》，同上书，第819—820页。

③ 艾南英：《天佣子集》卷5《答夏彝仲论文书》。

在此，艾南英撒开了古文、时文产生的时代先后和文体用途的差异，只着眼两者统一平等的风格要求，实质也是义理要求——平淡古质则为古文，繁富华丽则为时文（这里的时文，是骈文、四六文）——由此反驳流行世间的崇古抑时的古文、时文分裂论，为时文寻找到通于古文的义理庄严和风格庄重的突破口。正是在这个意义上，艾南英提出了以正确的唐宋古文统系和法度来拯救明末糜烂不堪的八股时文之思路。

二　三轨并驰不悖：艾南英的古文、时文、明文正宗谱系

艾南英对万历末年以来日益华靡庸腐的时文风气非常不满，曾多次直言不讳地批评：

> 举业至万历之季，卑陋极矣！①
>
> 制举之业至今日败坏极矣！群天下聪明才俊之士，所奉甚尊，所据甚远，而究归于丑腐不可读……士子谈经义辄厌薄程、朱，为时文辄诋訾先正，而百家杂说，六朝偶语，与夫郭象、王弼、《繁露》、《阴符》之俊句，奉为至宝。②
>
> 万历之季，此风浸达［按："达"应为"远"］，一二轻薄少年中无所得，而以浮华相尚，相习成风。其文非经、非史、非韩柳欧曾诸大家之言，其人皆登馆阁台省。则自南宫之试，至两畿各道，所为典试事、校分闱者，又皆其人主之。居高而呼，其应甚众，而近日十八房稿之文为甚。于是制艺中大都以里巷之语代圣贤之言，遂至于庸靡臭腐而不可读者。原其初，皆起于中无所得，乃以浮华为异，而至不能为异也。③

艾南英把矛头直接指向了那些以浮华为词却科场得意的人们，指出正是他们布列科举考试的各路要津，才使得时文风气向着中无所得而一味剌取浮华的道路滑落，以致几于不可收拾，必须力挽狂澜。

---

①　艾南英：《艾千子先生全稿》卷首《四家合稿原序》，《明代论著丛刊》本，台北伟文出版有限公司 1977 年版。

②　艾南英：《天佣子集》卷 1《戊辰房书删定序》。

③　同上书，卷 2《王子巩观生草序》。

对明代隆万以来的诗歌古文流派风气，艾南英也非常不满，多次作文批判。其最集中的当数他和陈子龙的辩论书信以及和周钟的第二封论文书，后者提到他所著《文勣》、《文妖》、《文腐》、《文冤》、《文戏》五种，几乎将晚明各个诗文流派的代表人物都囊括其中。

> 《文勣》者，弟尝笑谓：《左》、《国》、《史》、《汉》为人生吞活剥，固其当然，然竟不顾义类之所安，往往出自大老。稍举一二。太史公曰："予登箕山，其上盖有许由冢云。"盖相距千年，疑其人之有无也。每见空同、凤洲为人作志铭，辄云："盖闻嘉靖间有某老先生云。"此岂千年后疑词耶？先汉兵农婚丧大费，皆取给冯翊、扶风、京兆，今朝廷大事，户、工二部实为之，于大兴、宛平无与也。辄曰："无以佐县官之急。"可乎？不可乎？十行之中，非《左》、《国》、《史》、《汉》不道。我朝一代官右、一部郡县，为数公改换，后世竟不知有顺天、应天、知府、知县矣。此《文勣》也，而太仓、历下之文为多。《文腐》则古之《客难》、《解嘲》、《宾戏》、《七启》、《七发》之类，而今时尤众。每笑谓友人：京山李本宁为人作诗序，辄就其人姓氏起首，使此公作我姓艾人，诗首必当毕窘矣！凡此真文腐也。《文妖》则以杨子《太元（玄）》为首，而今日如文翔凤所作古文辞及他同类者附之，与夫毁谤孔孟之人皆在焉。《文冤》则诸家墓志盖美饰非，颠倒朝政，相为贤不肖之论也。以文为戏，坡公不免作俑，而袁中郎为甚。今皆类成一部。五种出，而后天下知古文矣！①

其重点是指向前后七子派的学古语、用古官职、古地名、古人名等字面做法，这是前后七子派遭人诟病最多的地方。之前冯琦、于慎行、袁宏道等人都集中批判过，这里艾南英再度出击，点出了其领袖人物李梦阳、王世贞、李攀龙、李维桢，是所谓的文勣、文腐。文腐中又包括汉代的客难体和七体，以为屋下架屋，床下叠床。文妖指向扬雄《太玄经》和晚明文翔凤。文戏则以苏轼为首，袁宏道最甚。至于文冤，则指向"谀墓"的墓志铭。

---

① 艾南英：《天佣子集》卷5《再与周介生论文书》。

对明代时文和古文学习的榜样，艾南英特别推举唐宋文，认为它们在道、法、辞三者上具有优越于秦汉文的纯粹性，因而他多次批判秦汉派模拟秦汉文和当代七子派作家的模辞方法，而处处指出秦汉作家在文辞、章法和理道上的驳杂性。为此，他还将东汉与六朝的排偶文风并论，以为都不是正宗古文、时文所应该学习的榜样。

为此，艾南英建立了相当严密的明文（含古文和时文）和古文正宗谱系，以作为人们学习的正确榜样和必须趋避的反面教材。而这三条看来分列的谱系，实际又并行不悖，都为其通经学古的最高时文任务和崇尚实学、罢黜浮华的明道功能服务。为便于看清其三大谱系的关系，我们汇于一表以示（见表10）。

表10　　　　　　　　艾南英的古文、时文和明古文谱系

古文谱系	先秦	西汉	东汉六朝	唐宋	宗旨	出处
正宗	孔孟六经	唯董仲舒明天人、《繁露》，贾谊识时务，司马迁千古一人		韩愈、柳宗元、欧阳修、曾巩、王安石、苏轼/程朱义理	上本孔孟经书，中法程朱，而一禀于帝制。推崇秦汉之气，唐宋尤其宋之体备、法严、合圣，排斥东汉六朝排偶浮华之趋与习	《四家合稿原序》、《王子巩观生草序》《再答夏彝仲论文书》
旁门	老庄荀列管商等怪奇伟丽之文，不合圣人之道，爱博者溺之，则因其辞以累法与道	汉赋相袭似类书，邹阳狱中书已开六朝骈偶庸秽之习	文辞软靡柔媚，泥之者乐其纤佻灵俊。王弼之《易》、郭象之《庄》			
时文谱系	明初	成弘	万历之季	启祯之际	宗旨	出处
正宗	刘基、姚广孝去宋未远，奇古高质	王鏊、唐顺之，极盛而中衰之渐			以明道为主，本之中者，知明而理足，高出秦汉晋魏之上	《陈大士合并稿序》《四家合稿原序》《王子巩观生草序》
旁门			卑陋极矣	学江右四家和复社的末流		
明古文谱系	洪永时期	洪永而后	弘治而后	嘉隆以来	宗旨	出处

续表

古文谱系	先秦	西汉	东汉六朝	唐宋	宗旨	出处
正宗	最盛，崇实学。刘基、宋濂、王祎、陶安；苏伯衡、高启、解缙、方孝孺		罗玘为小宗，当邪说始兴之时，矫俗自立，力追古大家体裁，当时以为直逼柳州	归有光、唐顺之、王慎中	推崇实学，高扬明初文人，表彰唐宋派和罗玘，抨击前后七子派、公安派和作风怪奇人物	《重刻罗文肃公集序》《再与周介生论文书》《再答夏彝仲论文书》
中间		文章浸衰，文权无主。杨士奇、王守仁				
邪说			李梦阳	王世贞、李攀龙、李维桢、袁宏道、文翔凤		

由上可见，艾南英确实有十分强烈的卫道意识。其古文正统谱系甚至比明初浙东派、台阁派和唐宋派作家都更苛刻，严格区分其间道、法、辞的正统平顺，否则即将其剔除在外。以此为名，他排斥了六朝连同启示它的东汉文章在文辞学习上的合法性。他的时文统系，也坚持一种与政治、道德结盟的实用主义文学观。由此，他最推崇明初时文，以为有一种奇古高质之气，代表了雄浑沉实的开国气象，寄托了他对于明末乱象的感伤和愤怒。又认为王鏊、唐顺之虽代表了明代时文的最高成就；然而在以文观政的目光下，这又毋宁预示了盛极而衰的不良趋势，质过则文，文过则衰，万历之后诡怪奇异的时文风气，正是在这条道路上继续追逐的结果。"夫制举之业，数变而愈工。"① 时文的逐时而新本性，加上科举制度衡文的疏漏，让大批文华之士登上了科第和仕宦的高位，加速了时文追逐文辞浮华、义理乖谬怪奇的趋势和后果。正是在这个意义上，艾南英才在纠正当代时文风向之时，向着提倡通经学古的江右四家（包括他自己）和复社的学习模拟末流也发起猛烈抨击，进而要求区分江右四家和复社提倡通

---

① 艾南英：《艾千子先生全稿》卷首《四家合稿原序》。

经学古的功过得失，以正视听。至于他的明古文统系，其思维中轴与时文、古文统系的划分是一致的，都以理、道、法为综合要求，以经世致用的实学为基准。由此认为明初文人众多，体现了雍容大雅的开国气象，之后由于杨士奇、王守仁的不专于文章，导致文柄到弘治之后的旁落，进到一个他所称的"邪说"纵横时期，至晚明更是不可收拾，一如古文统系和时文统系的旁落所造成的乱象一样。

三　艾南英"以古文为时文"的理论架构和底蕴

针对晚明时文的恶劣状况，艾南英多次提出"以古文为时文"的文社（流派）论争策略和解决办法。不过，要达到他心目中既具体又恢宏的以古文为时文的理论体系，则至少要在三个相互联系的层面作综合互动的辨析工作：第一，古文正宗和旁门谱系的辨别。"文必秦汉"的七子复古派宗法虽不能完全说错，但需要特别小心甄察。就中唯唐宋文较少问题，可以放心取法。第二，时文正宗和旁门谱系的辨别。国初之文的奇古高质比成熟极盛的王鏊、唐顺之文更值得作精神气象的追踪，即使都是通经学古的复社和江右四家时文，也有很多伪经史子而真六朝习气的东西，需要甄察剔除。第三，明代古文的正宗和旁门、邪说谱系的辨别。三个文体层面综合互动，近及明代古文变迁，远揽古文源流起伏，都以帝王之制和经义之核的时文为基点为中轴贯穿之。而用以判断上述三个文体的正宗、旁门或邪说之标准，则是结合了时文作为帝王选拔人才的制艺、选拔内容的经术和选拔方式的古文（文章）三者要求的道（孔孟程朱之理，实学）、法（唐宋文法，秦汉之气）、辞（浑朴古雅深纯）。用艾南英自己的话来说，即是：

> 制举业者，文章之属也，非独兼夫道与法而已，又将兼有其辞焉……存其正论，上本孔、孟，中法程、朱，而一禀于帝制。[①]
> 以《易》、《诗》、《书》、《春秋》、《礼》、《乐》之言，代孔门之文，以古雅深淳之词，洗里巷之习。……夫为文而根六经，本道德，亦圣人之门所当然耳，非有异也。[②]

---

① 艾南英：《艾千子先生全稿》卷首《四家合稿原序》。
② 艾南英：《天佣子集》卷2《王子巩观生草序》。

制举业之道与古文常相表里，故学者之患，患不能以古文为时文。不能以古文为时文，非庸腐者害之也，好夸大而剽猎浮华以为古，其弊亦归于庸腐……予常亦是绳今之为古文者，而因并以是绳今之为时文者……能按欧、曾以来之旨，推其源流，与史迁合而见之古文辞。①

文以明道为主，道胜者，文不难而自至。是故有得于道，则本之中者有余，然后知明而理足。知明而理足，然后能自守。能自守，然后能极其心之所明，而发之外者，无穷而光且大。既光且大，然后于圣贤之言，能广其所藏之质而不泥其迹，故其时有以自立，而其后可以传。②

夫文之通经学古者，必以秦汉之气行《六经》、《语》、《孟》之理。即间降而出入于韩、欧、苏、曾，非出入数子也，曰：是数子者，固秦汉之嫡子嫡孙也。今也不然，为辞章者不知古文为何物，而猎弇州、于鳞之古以为足，不知此非古也；六朝之浮艳，而割裂补缀，饰之以《史》《汉》之皮毛者也。为制艺者不知古文为何物，而袭大士、大力轻俊诡异之语以为足，不知此非古也；晋魏之幽渺纤巧，当世以为清谈，为元慧者也。最陋则造为一种似子非子，似晋魏非晋魏，凿空杜撰之言，沾沾然以为真大士、大力矣……夫文之古者，高也，朴也，疏也，拙也，典也，重也；文之卑而为六朝者，轻也，渺也，诡也，俊也，巧也，排也。③

夫足下不为左氏、司马氏则已，若求真为左氏、司马氏，则舍欧、曾诸大家，何所由乎？夫秦、汉去近远矣，其名物、器数、职官、地里、方言、里俗，皆与今殊，存其文以见于吾文，独能存其神气尔。役秦、汉之神气而御之者，舍韩、欧奚由？……夫韩、欧者，吾人之文所由以至于秦、汉之舟楫也。由韩、欧而能至于秦、汉者，无他，韩、欧得其神气而御之耳。④

此老（归有光）留心《史记》，摹神摹境，假道于欧。欧者，

---

① 艾南英：《天佣子集》卷3《金正希稿序》。
② 同上书，卷4《陈大士合并稿序》。
③ 同上书，卷5《与周介生论文书》。
④ 同上书，卷5《答陈人中论文书》。

《史记》之嫡子，而此老则欧之高足也。（由古至今）又泛及近日荆川、遵岩、震川数公，然后以较王、李，真若一入芝兰之室，虽非古清庙明堂，而芳洁自在；一若入粪厕屠肆，腥秽扑鼻……大约古文一道，自《史记》后，东汉人败之，六朝人又大败之，至韩、柳而振，至欧、曾、苏、王而大振。其不能尽如《史记》者，势也。然文至宋而体备，至宋而法严，至宋而本末遂能与圣贤合……至元与国初，而有振有不振。至嘉、隆之王、李而大败，得震川、荆川、遵岩救之而稍振。①

"道"、"法"、"辞"这三个能跨越时文、明代古文和古文三大领域的文体要素紧密结合起来，则拥有"体备"、"法严"、"本末源流遂能与圣贤合"的宋文，便具有了兼具"制举业"、"文章"（古文）的两栖文体特性和"道"、"法"、"辞"的三重层面和功能，在"道"上它拥有"上本孔、孟，中法程、朱，而一禀于帝制"的正确性，在"法"上能"役秦、汉之神气而御之"，在"辞"上更符合明代时文和古文的实用要求，是明人学习秦汉文和谨守孔孟程朱之道的舟楫，具有典范性。由此，艾南英形成了一整套的时文写作理论框架，包括了以秦汉文为神气、东汉六朝偶对文为大败、唐文振之、宋文大振为典范、明初文为贵、七子复古为大败、唐宋派救之的正宗旁门（邪说）对立的文学史观，以及文以明道达用的实学功能论，以秦汉为气、唐宋文为法的气格文法论，浑朴古雅高贵深纯生动的文辞风格论，不论虚实而论形势的形势论②，文社和文学流派的模辞末流论③，等等。

这套"以古文为时文"的理论体系，确实具有非常丰厚而切实的现实社会和人文关怀。首先，江西的宋文、理学和心学的发达使得艾南英对于明代古文、时文的发展比之他地，有更浓厚真切而复杂的地域文化感在

---

① 艾南英：《天佣子集》卷5《再答夏彝仲论文书》。

② 本论详参艾南英《匡庐小草序》，同上书，卷3。

③ 关于文社和文学流派的模拟末流，艾南英广泛涉及前后七子派的复古末流、复社和江右四家的通经学古末流，而强调自得自运，达于孔孟程朱六经的圣贤义理、帝王时制的典则正大和唐宋文的兼善"道"、"法"、"辞"。参艾南英《四大家合稿序》、《王子巩观生草序》、《陈兴公湖上草序》、《重刻罗文肃公文集序》、《与周介生论文书》、《再与周介生论文书》、《四与周介生论文书》、《答陈人中论文书》、《与郑超宗书》等文。

内。在宋代，江西是宋学和宋文的重镇，宋文六家中欧阳修、曾巩、王安石均为江西人，对他们艾南英有一种自觉和不自觉的本土文化自豪感，推举欧阳修为"体备"、"法严"、"本末源流遂能与圣贤合"① 的宋文代表，曾巩"以六经之文为诸儒倡"，王安石"并生其时，其文皆以明道为主，而其人又当濂洛未兴，故能开深淳之先，无事理之障"，"又以六经之旨创为时艺，吕吉甫佐之。读其当时所式士子者，奇古渊博，莫不泽于道。盖非荆国之时艺，而即荆国之所为文也。然其为法，可以备见古今，精通性命，故虽以高皇雄略，度越前代，而取士之法，一禀于宋"。② 到明代王学兴起，江西又成为王学重镇，号江右王学。晚明之时，王学所携带的禅学心理和语汇不断进入到时文中，搅乱了艾南英心目中的理想模样，对此，他多次毫不留情地批判，以为徐阶、杨起元等王学学者应负担破坏孔孟大道、程朱正学的责任。③

其次，经世致用、主张通经学古的实学思潮在晚明的兴起，为艾南英推举明初时文和古文、批判诗文流派和时文写作奠定了思想基础。"时文在明末已经成为严重阻碍社会进步的消极因素，这至少表现在，时文遮蔽了圣学，消解了士气，破坏了文体。因此，反对时文，倡导古学，便成为当时广大有识之士的普遍共识，而古学的提倡，其目的恰在于拯救糜烂的时文。可见，古学与时文客观上构成了一种相互对立的矛盾，若要恢复圣学昌明、人才鼎盛、士气淳厚、文体雅正的理想时代，就必须改造时文、兴复古学。"④ 对艾南英来说，所谓"兴复古学"，"崇尚实学"，更多落脚在对于"上本孔孟，中法程朱，而一禀于帝制"召唤的积极响应上，高举时文所引领的学术思想权威和政治权威话语，极力排斥打压学术思想和文学思想的异端及偏于政治、学术和文风主旋律的小道旁门行为，以时文而非古文来一统文章界的所有现象，理顺时文与古文、思想发展的矛

---

① 艾南英：《天佣子集》，卷5《再答夏彝仲论文书》。
② 同上书，卷4《陈大士合并稿序》。
③ 关于徐阶，艾南英《戊辰房书删定序》称："嘉、隆以前，姚江之书虽盛行于世，而士子举业尚谨守程、朱，无敢以禅窜圣者，故于理多合……自兴化、华亭两执政尊王氏学，于是隆庆戊辰《论语程义》首开宗门义端，兆于此矣。此后浸淫无所底止。科试文字大半剿窃王氏门人之言，阴诋程、朱。近复佐以诸子百家、管商杂霸之说，故去理愈远。"关于万历五年进士杨起元，《四库全书总目》卷125《讲学编四卷附证学论第一卷》据《日知录》考证，艾南英《文待序》所指"以宗门糟粕为举业之俑者"，即杨起元。
④ 何宗美：《文人结社与明代文学的演进》，人民出版社2011年版，第494页。

盾，让时文也具有高贵雄伟的精神和出神入化的审美品格。一句话，艾南英的"以古文为时文"理论和创作，是定位到时文上的。

最后，艾南英之所以能有如此具体而恢宏的"以古文为时文"体系构想，跟明代文学流派的极度繁荣和时文的飞速发展变迁，尤其是贡献出很多时文大家名家，并在社会上拥有很高的世俗地位有关。"以古文为时文"及其反方向的"以时文为古文"是明代文化和文学症候的集中体现，是晚明文学急速世俗化的产物。"但是到了晚明，时文的地位却发生了明显的变化。这倒不是因为时文的代圣内容和八股写作改变了，而是由于大批古文家的加入，提升了时文的艺术品格。在这之前，不断有古文家们将古文的写作法度和精神输入时文，从而使得时文不但占得了内容的先机，也拥有了后天的艺术。从洪武到崇祯几百年来的时文写作积累，时文一系也拥有了自己的写作经典人物，从成化、弘治的钱福、王鏊，到嘉靖、隆庆、万历的王慎中、唐顺之、茅坤、归有光、薛应旂、袁宗道等，都是其中的名家。而李贽、袁宏道也曾热情的表彰明代时文，也相当于提高了时文的品格。而时文在文化市场的持续繁荣和到晚明的臻于高峰，又不断提高了时文名家在大众心目中的地位。于是以讲求时文（制艺）大义、交流写作心得、揣摩科场风习等为主旨的文社蜂拥而起，到天启、崇祯时期蔚为大观。在这个时候，即使还只是个举人身份，只要他闯荡出了时文之名，他也就能成为大批下层士子的追效对象，因而也容易成为书商的合作对象，来操持时文的编选大权。"① 艾南英就是在这样的大文化背景下，从事其看来保守实则激进、看来低微实则远大的以时文为中心的文章体系建构。最后再看艾南英的这段自白，即可知其在时文一道上的寄托之深和推举之力：

> 嗟乎！举业至万历之季，卑陋极矣！自四家之文出，而天下始知以通经学古为高。即其意以为圣贤之理，推而上之，至于精微广大，而要当使之见于形名度数、礼乐刑政，以为先王治天下之大经大法存焉，而于圣贤所以修己待人，处事应变，以言其确然者，为可见可行之理。及其放而之于文辞，则又欲于八股中抑扬其局，错综其句，出入于周、秦、西京、韩、欧、苏、曾之间，以为不如是，则制举一

---

① 冯小禄：《明代诗文论争研究》，第412页。

道,不能见载籍之全,而不如是,恐于立言之意,终有所未备,则势不得不搜猎经、子、百史,网罗迁、固,兼总唐宋大家,而始变而及于董江都,再变而入于郭象、王弼,好奇爱博之势相激使然,无足怪者,而天下亦遂骎骎向风矣。然则可不谓之功欤?①

———————————
① 艾南英:《艾千子先生全稿》卷首《四家合稿原序》。

结　语

在从四个大的论题走完明代文学流派论争研究的艰难旅程时，还有必要对事关研究全局和深度的几个重要问题作集中阐述。

一　揭示流派论争对于明代文人生存状况和终极人生价值的安顿意义

有多方面文学审美意义、人文价值和社会政治、思想、风尚意义的论争之所以能产生，与文人的文学流派生存状况密切相关。而文学流派生存，又包含物质生存和精神生存两个方面。物质生存状况的不同，又会导致文人对于文学流派精神生存的差异看法，包括对文学、文学流派和文学流派论争的认识态度，以及对文学流派和流派论争中人生的终极价值安顿等内容。

清人赵翼曾从社会阶层的角度对明代文人的官员出身、功名出身做了分类：第一，进士而入翰林（词林）者，代表人物有李东阳、吴宽、康海、王九思、杨慎、袁宗道、黄辉、钱谦益、张溥、吴伟业等；第二，进士而官郎署者，明代中后期几个影响甚大的诗文流派成员多出此途；第三，"非进士而举人"者，著名的有桑悦、祝允明、唐寅（"吴中四才子"），黄省曾（吴人，兼前七子派和六朝派文学身份），李流芳（嘉定派），谭元春（竟陵派），艾南英、章世纯、罗万藻（时文，"江右四大家"）等，归有光长期是老举人；第四，"不由科目而名倾一时者"，也即他们曾获得的最高科第功名也是初始功名仅是诸生（括州县生、监生、贡生、廪生等，俗称秀才，在中晚明又多自称山人、布衣），其著名的有沈周、文徵明、蔡羽、谢榛、卢柟、徐渭、沈明臣、余寅、王稚登、俞允文、潘之恒、陈继儒、娄坚、程嘉燧等。① 此还可以补充一类，曾入为内

---

① 赵翼：《廿二史简记》卷34"明代文人不必皆翰林"条，中华书局1984年版，第782—783页。

阁大臣者，其出身在天顺以后多是进士而官翰林院者，台阁派的典型代表"三杨"中，仅杨士奇非进士出身，这是台阁派成员的基本身份构成。

在明代中后期，当非进士不得入翰林、非翰林不得入内阁的惯例形成后，没有入翰林的进士，没有成进士的举人和没有成举人的诸生，从社会身份上说，就孕育了各个不同的文学流派生存态度，进而是文学流派的论争态度。对台阁派主要成员来说，其对文学、文学流派和文学流派论争，主观上毋宁是逃避的，害怕卷入流俗所谓的文学和文学流派中。他们不太愿意被认为是纯粹的文人，他们最想做的是政治家、史学家和理学家，故虽参与文学应制和主持一些诗文游宴、集会活动，但总体是对文学、文学流派之事不大热衷，对文学流派论争就更多是先存逃避之心了。这可以解释我们讲过的杨士奇排斥王瑬的以诗文诱惑皇太子，王直对聂大年的"以德报怨"，李东阳及其茶陵派面对前七子派的文学进攻往往沉默，即使有所反映也是旁敲侧击等问题。当然，他们也会有对文学和文学流派评论甚至批判的时候，但往往是普遍现象式的大面积批判，着眼于文风而非某个具体的文学流派和个人；与他们对科举时文的讲话一致，总是从国家行政大局的角度来谈"端正文体"、厉风励俗。因此，对他们而言，连文学都不足以提供足够的安身理由，则有着拉帮结派习气的文学流派和需要针锋相对论争的文学流派批评，更不可能成为他们的人生归宿。他们的归宿还是在传统的政治功业和道德楷模里。对此，连最为爱好文艺的李东阳也是如此认识的。

对进士而职郎署的广大中下层京官来说，他们已解决了搏命一第的出身问题，在文化积累扩张、文学训练日益深入而官职事务又比较清闲的情况下，热衷于文学创作的人们自会将相当一部分的精力和热情投注到交往唱酬、文学结社，进而是文学流派观念、策略的形成中去。再如果他们本来就多多少少不满于文坛现状，在成进士前后已积累起相当的文坛知名度，却没能成为庶吉士、进入翰林院，并为此感到深深的遗憾、懊恼乃至不满，比如前七子派以李梦阳、何景明、徐祯卿等人为代表所处的情况，则在风云际会的时局到来时，他们会借助政治上对抗宦官而赢得官民青睐，成为时代关注的焦点，由此他们对于文学流派和文学流派论争的积极态度，自然就与之前较为松散的文学流派有了本质的区别。文学流派和论争是他们进取成名的阵地和武器，他们并不惮于使用它，反而积极地用它来争取成员、统一思想、扩大影响，并在取得文坛主流和盟主地位后，注意保持这种以复兴"古道"、"古学"和古典审美体式、理想为名的影响。这就是李梦阳成为一个文学流派论争性人物的关键所在。以他为中心所发动的流派内外论争，我们考察过的即有三次。对李梦阳来说，文学流派事业和文学流派论争是具有终极人生意义的，因为他寄寓在文学上的价值目标很大，值得终生为之努力。这也是一帮理学家（如吕柟）、心学家（如王守仁）和转换了人生终极归宿的前七子派成员（如顾璘）对他相当不满的重要原因之一。而何景明之放弃与李梦阳辩论，则说明其人生重心已由文学向理学发生了转移。吾谨所映带的前七子派思想转型风潮，又清楚告白了本派之中除李梦阳外，无人能以文学安身，当然更不会以文学流派和文学流派论争安身了。不过，很多前七子派成员最终还是以文学士的身份留在后世的文献记录归类里，因为他们在文学创作、文学流派上花费了相当大的精力，并取得了一些成就。

在建立文学流派、从事文学流派论争这一点上，前后七子派和公安派、竟陵派，还有复社、云间派和钱谦益的嘉定派、虞山派，只有程度的差别，却没有本质的差别。他们都是相当积极或十分积极的。除钱谦益外，其领袖多是进士出身而没能入翰林的郎署官员。在前七子派的文学流派组织和论争取得成功的历史背景下，后来兴起的嘉靖初各新变诗派和唐宋派之所以不如上述四派表现那样抢眼（不过也还是发动过相当有效的文学流派批评论争），从这个角度说，也与他们的领袖多曾有过长短不一的翰林身份有关。在这几派中，据笔者的考察，后七子派整体上是文士气习最为浓厚的文学流派，他们对于以文学流派论争打开扩大现实社会影响、以文学成名不朽是有终身以之的精神追求的，文学流派论争是实现他们人生终极价值的必要途径。公安派虽始终都有以性命解脱之学寻求整个社会和个体人生的终极价值倾向，然慧业文人以文度日的精神本色，使得他们对文学、文学流派和文学流派批评论争也始终抱有极其认真的态度。进入文学史，对他们而言，是具有相当的精神生存意义和终极意义的。袁宏道即曾对本派黄辉语重心长地说："诗文是吾辈一件正事，去此无可度日者。穷工极变，舍兄不极力造就，谁人可与此道者？如白、苏二公，岂非大菩萨？然诗文之工，决非以草率得，望兄勿以信手为近道也。"① 竟陵派也如此，钟惺《自题诗后》即接过袁宏道的话头说："袁石公有言：

---

① 《袁宏道集笺校》卷 43《答黄平倩》。

'我辈非诗文不能度日。'此语与余颇同。昔人有问长生诀者，曰：'只是断炊。'其人摇头曰：'如此虽寿，千岁何益？'余辈今日不作诗文，有何生趣？"① 对乃弟也意味深长地说言："功名富贵，皆有尽时，此物终是路远味长。晚年骨肉，便用此为安乐窝也。"② 嘉靖初各新变诗派和前七子派余脉，对文学流派论争的兴趣虽不如上述四派强烈，但对诗歌创作和评论也付诸了非常精心的实践和总结，他们毋宁是愿意以文学和文学流派安身的。唐宋派和新兴哲学（心学）的密切关系，使得他们对文学流派和文学流派论争在中晚明影响较大的流派中是相对偏向消极的。是故，以他们公开的人生安顿方式而言，是倾心于传统的立德和立功，这在唐顺之身上表现最为突出。不过，王慎中和茅坤却有着可以和后七子派相比较的文士气习，以文学（立言）安顿一生，是他们所不反对、可以退而求其次的终极归宿。

　　对举人来说，他们固然可以在绝望于进士的情况下选择出去做官，但往往位卑职微，远离京师，比较难以建立起真正有效的文坛话语权。他们在当世的名声，往往是得之于进士以上出身的人们对他们的奖掖扶持，如桑悦之依赖丘濬、李东阳，黄省曾之依赖李梦阳，谭元春之依赖钟惺，李流芳之依赖钱谦益等；或者是得之于本地堪称发达的文学传统资源，如吴中的祝允明、唐寅等。所以他们的文学流派归宿感多半不强烈，也无法强烈。在文学流派兴盛发达的时代语境下，基于自己的社会身份和文化身份，他们会相对说来比较独立，其实也是比较含混地发表对于某些文学流派的现象式批判意见，而走着自己稍显孤寂的写作道路。他们的人生归宿，往往是在文学中又结合其他多样的艺术精神存在。当然，情绪激烈之时，也不妨像老举人归有光，偶尔发抒一些对于一二"妄庸巨子"的不满，表明其文学流派态度，而卷入到文学流派的论争旋涡中。但归有光并没有明确具体的文学流派归宿，即使当他终于老来得第，也是如此。其人生安顿是更为切实地靠向文学。至于艾南英、章世纯、罗万藻、陈大士，则靠的是四个举人结盟所获得的区域时文名声，而非全国性的文学名声。这在晚明文社发达的背景下是可以理解的，凭举人的名头已足可在时文场中获得不错的权威性。因此，虽然他们从事的主要是时文，在公开的声言

---

① 钟惺：《隐秀轩集》卷35。
② 同上书，卷28《与弟恮》。

中，往往会借重传统的经术和古文，而实际可能企求的人生最终也只能停留在宽泛的文学领域。

而诸生，流落为不得已的山人、布衣的诸生，就更难有文学流派主人的感觉。即使偶然进入成为某个强大文学流派的中坚层，也会因为社会身份这个厚障壁而在离合中摆动，典型如谢榛等人。更多的情况是无法进入核心层，只能进入其外围部分，成为这个文学流派影响阶层广泛的一个征象，可命名为外缘层，如王稚登、沈明臣、俞允文等人之于王世贞，陈昂、商家梅等人之于钟惺。不过，最为典型的，还是浮游于大小层级不等的文学流派、文学集团和文学人物之间的潘之恒，晚明三大文学流派他辗转了一个遍，而小的文学社团和大的文学人物更是难以计数。所以准确说来，山人、布衣都是文学流派的寄居者，不会为某一个文学流派"守节"。晚明各大文学流派都纷纷指责末流，往往指的都是这些被冠以山人名号、而实质"无名"的诸生。要不然，他们就会留在一个文化影响强大的地区，如沈周、文徵明、蔡羽等吴人。否则，就会像狂奔乱突的徐渭，类似僻处自说的庄子，发表对沉浊、荒唐、谬悠世事的诙嘲弃绝，说些对势焰熏天的后七子派尖锐义愤的文学流派批判言论，而不能在当时激起文坛论争的涟漪。徐渭曾十分辛酸地记录了他为人抄文、代言作文的苦涩郁闷心情，并指出这种现象在晚明社会生活中的普遍性和科举试时文制度的必然性，显现了流落到人生底层的诸生的悲凉生存状况。① 从这个角度上讲，诸生是希望成为文学流派的主人，而不愿意寄居、流落在文学流派之外。于此，也就可以基本断言，诸生与举人都愿以文学，来寄托一生的终极价值追求。

可见，正是激烈文学流派论争的广泛存在，使得明代文人的文学生存和文学流派生存状况得以清晰地显现出来，成为明代文学流派和明代文学演化的一个重要考察窗口和一条重要阐释基线。而且也正是文人的文学生存状况不同，决定了他对文学流派和文学流派论争所可能采取的态度。

二　揭示流派论争对于文学流派的审美思想策略选择和盛衰演化机制的意义

当文学与一个时代的政治、思想发展到一个关键时刻，使得在一段时

---

① 《徐渭集·徐文长三集》卷19《抄代集小序》，中华书局1983年版，第536页。

间范围内曾经属于主流风尚的文学审美思想过度地膨胀，使得另外的审美趣味和文学主张被过度地压抑，从而造成一种需要迫切疏导的紧张感，则适逢其会、又想改变现状的文学个人和文学流派，就会在其提出文学思想和文学流派发展策略时予以充分考虑，以适应那个关键时刻的心态需要。而这个策略，又包含文学创作所必然涉及的审美情感表达和文学主张所必然涉及的思想要求表达向度。当然，这并不是说这些文学流派从一开始即能如此自觉地设计周密，刚好能严丝合缝地对上时代的要求，而是在时代审美、思想需要的总体情况下和流派与流派交锋的具体情形下不断调整。时代通过社会群体的选择，使得能对上时代要求的文学致思方向成为那个时期的流行口号。吴承学先生说："文学流派，是一股有相当势力的合流。文学流派的形成固然离不开个别杰出的作家诗人，然而更有赖于一个社会群体的集体意志。所以流派研究的意义，与研究个别作家相比，往往更为集中、强烈地反映了某个时代的社会思潮和审美理想……流派与流派之间互相竞争、互为辩难可以使彼此的理论更为系统化、明朗化。"[1] 正能说明这个道理。通过文学流派论争所显现出来的"更为系统化、明朗化"的流派理论，在更深的层次上就是那个流派最具个性的底线和本色，从而也就可以看作是那个流派应对时代审美心理需要的文学策略。而盛衰转换的机制，也就潜藏在流派的审美思想策略。还有一点也值得补充说明，即一个较长时期内的文坛，总是不断发生流派的交相更迭，就是那个时期已经进入了大众心理学所说的只会听从领袖指令的群体心理期。而此后所发生的流派盛衰转换，都可以看作这个群体心理受到领袖的宣传而继续"传染"的反映。[2] 这个开始的时期在明代，就是前七子派宣言"文必先秦两汉，诗必汉魏盛唐"和政治对抗刘瑾等宦官集团而崛起于京城郎署的正德年间。

下面我们简单综述一下几个影响甚大的主流文学流派的审美思想策略。如前所述，在前七子派崛起前，以台阁派和茶陵派的影响为最大，但它们的诗文宗法乃同一个谱系，它们之间的转换是出于同一种官僚阶层的自然延承，还谈不上文学流派的审美思想策略问题。尽管如此，我们仍从

---

[1]　吴承学：《从体到派——中国古代风格类型论与文学流派论》，《学术研究》1993 年第 4 期。

[2]　[法] 古斯塔夫·勒庞：《乌合之众：大众心理研究》，第 95—116 页。

元末明初开始回顾。

元末明初各诗派基本是自然形成审美表达的欲望冲动，感伤乱离之后，继以歌颂统一和表达忧患，有选择典范取法的倾向，却不存在强化的宗法色彩，人人自抒其所感受到的个人和时代情怀。浙东文派由于强调文自道出，宣扬大文观，不愿以文士而渴盼以经世致用的儒学名世，故虽有比较鲜明的古文统系和文法写作要求，却无意于强行征服天下文士。

到台阁派，政治伦理跃为首要问题，文学表达只是素朴的政治道德大思维，个人审美欲望被服务国家政局安定祥和的实用要求压迫。有限的审美创作，在"修辞立其诚"的名义下，也是用无关紧要的不加修饰的方式来完成，由此造成了国家实用主义对个体私人的消闲享乐欲望，包括审美欲望的压迫。[①] 实用主义思维膨胀的同时，个人的审美空间随着台阁体的长期占据主导地位而变得日益狭小。而这一切的背后，就是帝王权威的无所不在，使得感谢荣宠和恩赐成为翰林台阁、各部大臣和各中高级官员的写作常调。与当时物质生活的简朴和精神生活的保守、遵循程朱思想传统（加上帝王诏令）相匹配，士人们大都行动安静，谨守帝国规范的各种社会伦理秩序。因此，如果一定要说台阁派有流派审美思想策略，则可以是古文的宗欧和诗歌的崇汉魏盛唐，其中也体现了当代帝王的文艺指示精神。

李东阳茶陵派的成功之处，是在沿守台阁派的政治伦理主导意识之余，在社会的物质积累和文化积累已经相当丰盈的情况下，加强对私人休闲空间和交往空间的审美享受、文艺表达，有向日常生活审美靠拢的迹象。其抒情主人公大抵是一个在严肃的政治道德生活之余的安逸消闲人生形象。与此相适应，整个茶陵派写作实践所体现出的即使是比较一致的师法状况，也是相当的泛揽旁采，各种体式和风格均有：典型台阁派所坚持的古文宗欧，在此时被扩大，不仅雄畅的苏轼和峭拔的韩愈有多人学效（如吴宽），《左传》、《史记》等秦汉文风也有人下功夫钻研，并进入到自己的创作风格中（如王鏊、林俊），诗歌也由汉魏盛唐扩展为汉魏唐宋

---

① 以此期的理学家曹端为例，其曾在宣德四年八月间，与门人论诗文时，对唐人"吟成五字句，用破一生心"，脱口而出说："可惜一片心，用在五字上。"一如他早在洪武二十八年时追和宋人蓝文崇理诗所云："作文不必巧，载道即为宝。不载道之文，藏文梲上藻。"张信民、张璟《曹月川先生年谱》，载《曹端集》附录二，王秉伦点校，中华书局2003年版，第296、262页。

元兼综互出（李东阳是典型代表）。这种不完全定于某种格调体系的流派建设策略，对于提高茶陵派的文学创作水平和扩大茶陵派的社会影响面，当然是极有助力的——以山林诗面貌出现的陈庄性气诗派和以水乡都市文艺歌咏面貌出现的沈周为代表的吴中派，由此也能得到茶陵派的共鸣和牵引——但潜在的缺点也很明显，即缺乏刚健雄劲的骨力和慷慨悲歌的精神，当碰到巨大的政治风浪和激烈的学术思想转型时，这很容易成为突破口。

前七子派即抓住了这个突破口！正德初，对抗宦官和荒唐皇帝的政治节操问题被时代疾速地放大凸现。李梦阳等人以骨鲠刚毅的政治人格之挺生，与李东阳等人委曲衰颓的政治人格恰成对照，由此一跃而为当时士人群体的精神领袖。再辅以诗歌领域的统一高格宛调和古文领域的趋同奇崛拗折，从而完成了对于不拘一格的茶陵派的文学思想胜利。在当前诗文宗法总体宽泛无归的时代状况下，前七子派的流派策略就是向核心价值观念实行大幅度的收缩与精练，将古典诗文时段所凝结的审美理想范式化、法度化，并用人生的高标实践来激发艺术的高格追求，以重现古典文学体式的表达力量和审美效果。如此，前七子派内外讲求得较多，也较为精细的，必然主要是偏向诗文艺术文本制造方面的"景"、"势"、"法"、"格"等（并将这方面的探索推向了诗学史的一个新高度），以造成一种大面积的集体轰动效应。值得特别申明的是，情志遭遇仍在其中起了最为重要的创作动力源作用。① 只是或许对李梦阳个人而言，其情感类型和发抒的方式、风格显得比较偏于劲质沉雄罢了。

当时局再度大幅变迁，本为藩王的朱厚熜临朝揽政，尊奉本生父亲的"大礼议"又疾速凸现为时代政治生活的大问题，考验着上上下下的人心。帝王的人伦尊亲和帝王、台阁的政治权威较量相结合，使得对这个集伦理、亲情和政治、学术于一身的大问题的理解呈现出多元化的倾向，从而打开了从正德朝以来一直潜存于人们心底、谋求人生方式转向的情志多元化通路。嘉靖初兴起的相对于前七子派的新变各诗派，从六朝、初唐到中唐，士人快速探索转换，正是为了适应这个由前七子派竖立起来的汉魏盛唐中心价值观念被打倒后所留下的情感多元化要求。而古文领域兴起的唐宋派文学思想探索转换，也是在结合了新兴的心学运动后，提出回归文

---

① 袁震宇、刘明今：《明代文学批评史》，上海古籍出版社 1996 年版，第 148—149 页。

学创作主体的情理尤其是精光识见，而适应这个由前七子派竖立起来的秦汉奇奥文风被打倒后所留下的情感表达多元化要求。唐宋派是以创作主体的情理识见方式来反应，其机制与诗歌领域的新变思维完全一致。这只需要参照唐宋派在谋求从前七子派古文思想中脱胎转换的过程，曾有一段关于秦汉、唐宋文的宗法关系讨论，就可了然唐宋派何以能在后来超越秦汉、唐宋文之辨，而直接进驻创作主体的思想层级，真正实现对古文秦汉派的文学思想超越。因此，概括说，嘉靖初诗文流派的审美思想策略是情志表达的多元化。

后七子派之所以能实现对嘉靖以来兴起的诗文各派的征服，除了政治的对抗严嵩，取得和前七子派集体政治精神和文学精神沟通外，还在于他们对文学流派的宗法、组织和行动步调进行了十分严格的统一化措施，以一种志向高卓的青年才俊团队面貌相互激励标榜，宁矫枉过正，青春俊发，也绝不老迈中庸，四平八稳。他们的口号："视古修辞，宁失诸理。"① "文自西京以下、诗自天宝以下不齿，同盟视若金匮冏渝。"② 完全符合大众心理学所说的群众接受领袖宣传说服的几种直接因素：第一，形象、词语和套话。"群体的想象力""特别易于被形象产生的印象所左右"，"利用一些词语和套话，巧妙地把它们激活。经过艺术化处理后，它们毫无疑问有着神奇的力量，能够在群体心中掀起最可怕的风暴，反过来说，它们也能平息风暴"；"说理和论证战胜不了一些词语和套话。它们是和群体一起隆重上市的。只要一听到它们，人人都会肃然起敬，俯首而立……它们是藏在圣坛背后的神灵，信众只能诚惶诚恐地来到它们面前"。③ 李攀龙等人所借助的虽不是金字塔这样的宗教圣物崇拜，却也是与其有同样魔力的文学法宝，那就是在中国读书人心目中享有无可怀疑的神圣崇高地位的经典时段、经典作家和经典作品——秦汉古文和汉魏盛唐诗歌。而"经典"文学，是"高雅"文学的"高峰"，"它是文学的那一部分，那部分为好几代人都感兴趣、对好几代人都有权威性，而构成的'黄金储备'"，"是文学顶峰的顶峰"。"经典文学，总是被积极地纳入不

---

① 李攀龙：《沧溟先生集》卷16《送王元美序》。

② 徐中行：《天目先生集》卷13《重刻李沧溟先生集序》，《四库全书存目丛书》本。

③ ［法］古斯塔夫·勒庞：《乌合之众》，冯克利译，中央编译出版社2005年版，第82—83页。

同时代之间的（跨越历史的）对话关系之中（这也正是它的本质所在）"，"在某种程度上乃葆有大写的'圣书'的品级"。① 尽管李攀龙等人所说的经典，在后来清醒的人们看来，确实只是些"词语"、"套话"，但对当初那些已经失去理智的群体信众而言，却具有神圣的召唤力和魅惑力。何况李攀龙等人还为他们的文学口号，加上了也属于群体心理学所说的武断强横的群体领袖语气和"传染"手法！② 第二，幻觉。它可以是宗教的、哲学的和社会的，当然也可以是文学的。"群众从来就没有渴望过真理，面对那些不合口味的证据，他们会拂袖而去，假如谬论对他们有诱惑力，他们更愿意崇拜谬论，凡是能向他们供应幻觉的，也可以很容易地成为他们的主人，凡是让他们幻灭的，都会成为他们的牺牲品。"③ 在后来攻击前后七子派的人们看来，七子派的信徒们所相信的只要写作汉魏盛唐式的诗歌、秦汉式的古文（还有时文），就一定比肤浅老套的唐宋风格和其他时代的诗风好得多，完全是彻头彻尾的谬论。但因为恰好对上了七子派信徒们的空虚脾胃，所以就愿意"崇拜谬论"。而如果有人要教育这帮信徒，要他们反省其信念的虚妄，回到本心、另觅新路去走，则七子派的信徒们要么会说："非是族也，摈为非文。"要么就会不屑一顾地说：新路是野狐禅、旁门左道。而让说教的人疯狂。焦竑、袁宏道当初即碰到过这样的尴尬情况④。第三，经验。盲从群体的文学创作和理论经验都是单薄贫乏的，易于受到时风众势的影响。晚明闽派谢肇淛曾感叹明人学诗有"七厄"：其一是"与诗为仇"的科举时文；其二是无师友之助；其三是学问浅薄；其四是"鼎贵达官""浮慕时名，效颦染指"；其五是"文苑清曹，世胄公子""借手他人"；其六是"无行文人""落魄谋糈，怀刺

---

①　［俄］瓦·叶·哈利泽夫：《文学学导论》，周启超、王加兴、黄玫、夏忠宪译，北京大学出版社 2006 年版，第 165、166、170 页。

②　［法］古斯塔夫·勒庞《乌合之众》说："很多影响要归因于模仿，其实这不过是传染造成的结果。""传染的威力甚大，它不但能迫使个人接受某些意见，而且能让他接受一些感情模式。"这就是他所言的群体领袖说服非理性群众的"传染法"。第 104—105 页。

③　同上书，第 89—90 页。

④　焦竑《澹园续集》卷 2《文坛列俎序》说："近代李氏倡为古文，学者靡然从之，不得其意，而第以剿略相高，非是族也，摈为非文。噫，何其狭也！"李剑雄整理，中华书局 1999 年版，第 781 页。袁宏道《袁宏道集笺校》卷 4《序小修诗》说："盖诗文至近代而卑极矣，文则必欲准于秦、汉，诗则必欲准于盛唐，剿袭模拟，影响步趋，凡人有一语不相肖者，则共指以为野狐外道。"

干人"；其七是"文人笔端，升沈任意"，批评无准的，无公识。① 总之都指向明人的理论水平和创作经验都大为缺乏。第四，理性。"群体是不受推理影响的，它们只理解那些拼凑起来的观念。因此，那些知道如何影响它们的演说家，总是借助于它们的感情而不是它们的理性。逻辑定律对群体不起作用。"② 李攀龙等人也运用了这种打动群体用感情而不用理性的领袖演说方式。总之，后七子派综合利用了上述影响群众的几种直接方式，此后也确实起到了类似流行病毒"传染"的效果，钱谦益即多次如此轻蔑地评述过这一股激烈的后七子派风潮。

公安派的崛起是在后七子派领袖王世贞去世之后的事情，恰好是群体旧偶像消逝、文学信仰出现真空的时候。袁宏道在苏州和江盈科振臂一呼，也以同样矫枉过正的群体领袖宣传手法，大肆传播其新写作理念，信腕信口，不拘法度，独抒性灵，不拘格套，在解除了后七子派戴在群众头上、此时已有大为松动的复古魔咒的同时，又换上了新的更为方便的性灵活套。之后，竟陵派和云间派、钱谦益的嘉定派在应对文学群体心理时，使用的仍是同样的手法，只换了新的流行形象、词语、套话和利用新的经验感情而已。他们的流派策略分别是：竟陵派扫抹七子派和公安派，在"灵"外加上"清"和"厚"的信念；云间派是重树复古七子派的汉魏盛唐诗歌的金字招牌和李、何、王、李还有魔力的符号形象；嘉定派在钱谦益的带领下，是以归有光为招牌，以回返经术、重振古学相号召，等等。

群体意见在明代中晚期确实显出了它多变的面目，而之前某个文学流派风行时，其观点又是那样的难以改变，其根本原因就在于大众，还包括文学流派的领袖和中坚层，其实都没有坚定的、发自内心的对于文学神圣的精神信仰和终极追求。在明末清初的总结者眼里，有一个东西至关重要——时文，其背后映射的是明代中后期整个王朝政局的跌宕起伏，学术思想的议论蜂起和士人心态的匆遽多变等综合情况。诗歌是时文之余，古文也是时文之余，而时文掏空了明人的骨气精力，于是用之于诗歌古文的，尽是明人的性灵余火和残羹冷炙。由此而可以理解，在明代，无论是所谓的精英阶层还是普通大众，多半都是将诗古文作为应酬交流的一种社会工具，一种可以带来声誉和物质利益的既传统又时尚的产品。这种浅薄

---

① 谢肇淛：《小草斋诗话》卷 1《内篇》，《全明诗话》本，第 3499—3500 页。

② ［法］古斯塔夫·勒庞《乌合之众》，第 91—92 页。

的实用主义心理，又正好为文学流派利用，从而造就了明代文学流派盛衰起伏的状况。

但无论如何，还是必须予以肯定，尽管中晚明文学流派的盛衰转换机制呈现出只收近效、不图远功的世俗态度一面，但"没有一个文学批评家真能把自己降为一个否定审美规范存在的世代主义者，或者真去依附那种主张所谓'固定等级'的极为贫乏而学究气十足的绝对主义。他可能有时听起来像一个世代主义者，那只是在他通过适当方式把过去时代的作家和现在的作家加以类比，以便表明反对或期望研究和理解过去时代的作家时才是这样。他的用意是要证实通过这种方法所发现的价值是确实地或潜在地存在于艺术作品中的，即不是通过由读者硬塞进作品中去或由于联想依附上去的，而是在作品内部通过由特殊的刺激所产生的较强的洞察力而发现的"①。经过明人文学创作观念的反反复复，首先得承认，他们至少梳理出了古代文学史在各个重要发展阶段所呈现出来的特色和传统，为此几乎对各个时代的文学人物和各种体式的文学作品，都作了深入的检验和总结，为古代文学史的写作奠定了坚实的材料基础和观念认识基础。其次得承认，以对文学创作和观念传统的梳理评价为依据，其偏执的文学创作理念也为文学创作带来了很多风格迥异的成果，而且他们多方向和反方向的探索，也将人们对文学创作的认识推上了一个历史的新台阶。最后还得承认，明人通过反反复复的文学流派论争方式（复古和性灵观念在其中是主线），将各种方向不一甚至相反的文学理念和文学创作结果都推上前台，拓展了文学理论批评的空间，为古典文学理论批评体系的建立作出了贡献。文学理论批评在古典文学时代还从来没有发挥过如此巨大的威力，这一点，必须引起我们的充分重视，认真总结。② 这就是我们下面要阐述的内容。

三　揭示流派论争对于拓展文学批评空间、健全批评姿态和催生文学理论的作用

"往者代生数人，相继以起，其议如波；今则各立门庭，同时并角，

---

① ［美］勒内·韦勒克、奥斯汀·沃伦：《文学理论》，刘象愚等译，江苏教育出版社 2005 年版，第 298 页。

② 郭英德主编：《中国古代文学通论·明代卷》，辽宁人民出版社 2005 年版，第 10 页。

其议如讼。拟古造新，入途非一；尊吴右楚，我法坚持。彼此纷嚣，莫辨谁是。"① 这是明末清初的范景文对明代文学流派论争的总体不良印象。王夫之也曾毫不客气地批评明代文学流派所持的文学理论批评水平其实非常低下，都只是一般常识，或冒充风雅，其实什么精髓都不懂。② 朱彝尊也说："吾于诗无取乎人之言派也……吾言其性情，人乃引以为流派，善诗者乃不乐居也。"③ 厉鹗也说："诗不可以无体，而不当有派。"④ 于是干脆即有人引《说文解字》"派，别水也"作为论证"流派"这个词原就不佳，说："夫邪流别赴，异于正派，本非雅词。"⑤ 可说都是有鉴于明代文学流派论争的激烈反复和没有多大意义（甚至有的人还将它与被认为是明代亡国的重要原因之一的党争一起批判），而发此过激言论。虽然事出有因，不无道理，但我们不能因此而对文学流派论争之于文学批评空间的扩展、批评姿态的建设和文学理论的生成、深化等积极作用视而不见。

第一，文学批评有着多样的展开方式，不同的方式所建立起来的批评空间和批评效力是有差别的。"僻处自说"（包括自设论争）和泛泛现象式的一己私人化批评，批评的面积和力度可以很大，但因为难以得到批评对象的回应就如同批判已经过世的文学人物，其批评空间是局促狭小的，批评的实际效果也往往只是自说自话。这就像领导讲话，多是不点名的批评，目的是躲避具体点名批评可能引起的麻烦。而如果是个人和流派、流派和流派之间的往复激烈争论，则由此交织构建起来的批评话语空间，就可以说具有了现实的维度，表明了思想主张对于社会精神生活的占有。整体说来，明代中后期文学批评空间的建设，主要是靠着文学流派的往复激烈论争来完成的。而这，也说明了中晚明文艺思潮和哲学思潮的活跃，以及文学（含时文）之于当时明人的独立自由人格的建树所具有的非同寻常意义。当我们将中晚明这种热衷于论争的气质，与文学政治化时代的明前期的普遍化人格萎缩和思想沉闷相比，则无论其有多少在古今人看来的肤浅、"狂易"、狠霸之处，都首先应该大力肯定和表扬。这也是我们现

---

① 范景文：《范文忠公文集》卷 6《葛震甫诗序》，《丛书集成初编》本，2455 册。

② 王夫之：《薑斋诗话》卷 2 第 40 条。

③ 朱彝尊：《曝书亭集》卷 38《冯君诗序》，《四部丛刊》本。

④ 厉鹗：《樊榭山房文集》卷 3《查莲坡蔗塘未定稿序》，《四部丛刊》本。

⑤ 李详：《论桐城派》，转引自《李审言文集》，李稚甫编校，江苏古籍出版社 1989 年版。

在研究文学流派论争的重要意图之一。当然由此也提示我们，对文学批评
姿态的正确认识和良好建设，即使在古典文学时期，也还是一个相当严峻
的问题。中晚明人包括后来的清人，在此表现出异乎寻常地狂霸，一方面
说明了文学批评源于论争的"引而使归于己"本性的扩张，肯定会引起
更为猛烈的怒火，直至如黄宗羲所说的，像市井小民骂街，以先息为输一
样①；另一方面也由此说明了中晚明文人在论争的作风气度，包括创作的
偏至取向上，确实有与近现代文人相通之处，这或许又从另一个侧面说明
了明代文学的潜近代性。

　　明代诗文流派在成立建设之初，往往都有比较明确的针对性，针对着
某些"不良"的文坛创作现状和可能导致的"颓弊"走势。如前七子派
针对的对象，有宋学流行后在诗歌领域所留下的不顾诗歌抒情本性而大讲
性理的陈庄体，在古文领域所留下的偏于中正软靡的欧（阳修）式台阁
文风，以及其时在政治上面对宦官专权横行却无正面有力抵抗的茶陵派
（背后是影响甚大、时间甚长、诗文风气中庸的台阁体）。前七子派借古
复苏，希望以充实有力、健康奋发的先秦西汉古文、汉魏盛唐诗歌来对抗
规行矩步的宋学、柔腻乏力的政治。这就形成了流派的写作纲领，也即流
派的生存发展策略。

　　作为一种曾经成功过的文学流派策略、纲领，当然绝不仅仅是如前述
大众心理学理解的那样，只要有几句简单"应时"的写作口号就可以。
文学流派在大力推行其策略过程中，还要有文学作品的展示和创作理论的
推广，通过结社、交游、刊行社稿、诗文集，借助写序、著诗话、编选诗
文集等方式，扩大文学作品的影响和文学主张的"公信力"，磨砺文学批
评的武器，拓展文学批评的空间，争取更大的文学批评话语权力，最终实
现文权的某种程度转移，将本派的写作理念推至更为广阔的人群中去。正
是如此，经过中晚明文学批评空间的不断拓展，文坛话语权逐渐"下
移"，由台阁、翰林到京城郎署、进士，再到地方，到晚明甚至连举人
（如归有光、艾南英）、诸生（如徐渭）、山人和布衣都有了程度不等的创
作权和话语权，以至屠隆都有了晚明"诗在布衣"的说法。"文章，天下

---

　　① 黄宗羲《七怪》言："相讼不决，以后息者为胜。东坡所谓墙外悍妇，声飞灰火如猪嘶
狗嗥者也。"《黄梨洲文集》，第485页。

公器也。"①"然以天下公器趋舍相诮，识者非之。"② 这其中，应该也有文学流派为扩散流派写作策略，而努力扩大文学创作批评话语空间的一份功劳。何况，文学流派在进行论争时，离不开文学批评武器的使用，而这些武器在文学流派的手里，也越来越具有理论建设的功用和价值。

第二，再就文学流派论争与文学理论的关系来说，文学流派论争不只是如其概念所示的文学批评活动中偏向否定评价的批判方式，还含有对已掌握的文学认识评价体系——文学理论批评——的运用和生发。换句话讲，文学流派论争立足在批判，通过批判促成自我文学批评空间，实质也就是文学思想主张的扩张，而旨归在建设，通过这种特殊的文学批评活动，达到文学创作、阐释和评价的有机体系的建立，其中就可能含有新的文学史大判断和新的文学批评理论。尤其是激烈往复的文学流派论争，虽然会有确实显见的"实用"、"验证"、"补救"等近期意图，但也容易成为催生新观念和新理论的温床，此即笔者所谓的生成和深化作用。

明代的文学理论在很大程度上确实都依赖着一些具体的文学流派，是文学流派的理论，具有很强的现实针对性，是文学流派批评实践活动的具体展开，但我们并不能因为这确实显见的为近期效应而设置的文学理论批评方式，就以为其都只是"艺苑教师棋"、"充风雅牙行"③，都"比较缺乏远见卓识，比较缺乏审美追求的高度"④。这可从三方面来说：

一是可从其近期效应总结出流派的生存发展策略。其所教授的方式方法，启示的标准境界，卑之可能确实无甚高论，但究其所出，本即为钝根人说法，譬如金针度人，虽不能救人一世，但可救文学风尚转变之一时。⑤ 明代中后期文学批评空间之所以显得异乎寻常的广阔，当然与文学流派的组织性和主张的针对性加强密切相关。但组织性和主张针对性的加强，固然对本派文学思想更多地影响大众有好处，但并不等于对个人的文

---

① 彭时《文章辨体序》，吴讷《文章辨体序说》卷首，于北山校点，人民文学出版社 1962 年版，第 8 页。
② 朱曰藩：《山带阁集》卷 28《袁永之集序》。
③ 戴鸿森：《薑斋诗话笺注》卷 2，人民文学出版社 1981 年版，第 98 页。
④ 陈书录：《明代诗文的演变·动因篇》，第 615 页。
⑤ 刘声木《苌楚斋随笔》卷 1《论明七子诗》言："明七子之诗，虽不免模拟，然与唐人风骨为近，学诗者有脉络可寻，终为正轨。国初诸家，过事贬斥，实非公论。"刘笃龄点校，中华书局 1998 年版，第 8 页。

学创作成就也有好处。说到底，文学创作成就的高低，并不能由所谓事先设定好的流派写作策略来决定。因为文学流派之间主要争论的是有关文学创作的思想、策略、评价标准和未来趋向等，与个体和流派的文学创作成就评价有关，但又不等于文学成就的评价。因为说到底，文学论争是在做文学批评，和文学创作本质上是两回事。而文学批评的好坏，与其文学批评空间大小，所掌握的论辩技巧和时代的流行话语关系密切，而与自身的文学创作成就的关系不大。所以我们常能见到文学创作成就不如李梦阳、王世贞的人，在大肆批评他们，而遭到为王、李辩护者的反攻击。与此同慨，就如同李白、杜甫身后，也还是不断有人去议论他们创作的得与失，譬如那位老而弥辣的王夫之就对杜甫诗格的某些流向大为不满。同样的道理，如果某位个人或流派在文学批评论争上言辞犀利，却并不一定就等于其有足够的创作实力，那最多只说明他在论辩策略上掌握了当时最能说服人的道理、方法和具体的论辩技巧而已。问题的另一面是，当某个文学流派的主张在批评空间占据上风也就为其文学创作的流行提供了条件，以致在一个时期范围内造成大面积的拷贝效应，也就出现了许多的拥趸和末流。对此，明末曹勋曾将明代古文（含时文）的发展史，概括归纳为以李攀龙为代表的秦汉宗风和以唐顺之为代表的唐宋宗风的斗争史，即道出了上述两派的风行和末流，在于习尚之敝和改变之畸："尝私论昭代文章之盛，人坛户铎，而大要不出历下、毗陵两端。历下如危峰侧岭，可以淬砺才锋，当其崎岖，几于窘步；毗陵如洪流巨川，可以滋溉学植，当其泛滥，亦能溃堤。盖有融结，自不能无方隅，自不能无习尚，有习尚自不能无衰敝，既敝矣，思所以捄之，势不得不趋于畸，而终不可为典要。故惟超然于方隅、习尚之外，而后所为天者出焉，而后所为人者成焉。"[①] 而当这股风气又终于为另外的流派所击败时，则受批评者不只是那些随流派风行而涌起的末流，它们常常被当成一种集体现象来批判，还有那些文学流派的创始者们，在"始作俑者，其无后乎"和"作法于凉"的思维作用下，流派创始者的真正"精神光焰"又可能被遮蔽！我们应该学一部分有着"辩证"平和思想的古人，肯定其当时之"功"，当时之合理，而不必反戈倒算，即归咎于文学流派的策略和流派的创始人。明末赵士喆即曾别有皮黄地将对立的王世贞和竟陵派并论："师弇州者高可决科，次者

---

① 曹勋：《恬致堂集序》，载李日华《恬致堂集》卷首，《四库禁毁书丛刊》本。

亦有声庠序；师钟、谭者，高则垂世，下则不保其青衿矣。故学诗未成者，不可不服膺元美；诗格稍就者，不可不参酌钟、谭。"① 清人袁枚也颇含深意地说："前明门户之习，不止朝廷也，于诗亦然。当其盛时，高、杨、张、徐，各自成家，毫无门户。一传而为七子，再传而为钟、谭，为公安，又再传而为虞山：率皆攻排诋呵，自树一帜，殊可笑也。凡人各有得力处，各有乖谬处，总要平心静气，存其是而去其非。试思七子、钟、谭，若无当时之盛名，则虞山选《列朝诗》时，方将搜索于荒村寂寞之乡，得半句片言以传其人矣。敌必当王，射先中马：皆好名者之累也！"② 平心静气，存是去非，正应是我们今人所采取的认识态度。

二是在为着近期效应而由流派论争、批评提出来的一些问题，本身即或是包孕着真知灼见的文学史大判断，或是可以生发为具有广泛"指导"意义的深刻文学理论，并非只有短期的批评效应，而一无是处或无多是处的。对明代中后期文学流派论争来说，在这方面确有堪称杰出卓越的表现。朱东润先生曾热情洋溢地表扬过复古派前七子中何景明在《与李空同论诗书》中所提出的一系列大胆的文学史判断："夫文靡于隋，韩力振之，然古文之法亡于韩；诗弱于陶，谢力振之，然古诗之法亦亡于谢。"称其"在传统的环境中，敢为打破一切之议论，对于历代认为宗主的陶、谢、杜、韩诸公，皆不恤与之启衅，纵所言者未必尽为定论，其气势之宏阔，自非随声附和之辈，所能望其项背矣"。③ 而郭绍虞先生尽管也对明人论文的"偏胜，走极端，自以为是，不容异己"等"法西斯"作风很是反感④，但在谈到袁中道的"功臣"论时，仍说他在充满各种各样文学流派写作理念冲突的晚明文坛能见到不同文学流派都"能完成其历史的价值"，"能解决当时的主要矛盾"。⑤ 这种了不起的历史思维，应该说是明代文学流派论争对文学理论批评的一个重要贡献，意味着文学流派的关系不再是你死我活，而是同存共荣，各有所长。一种宽宏博大的论争意识

---

① 赵士喆：《石室谈诗·总论第五条》，《全明诗话》本，第 5131 页。
② 袁枚：《随园诗话》卷 1 第 3 条，顾学颉校点，人民文学出版社 1982 年版，第 2 页。
③ 朱东润：《何景明批评论述评》，《中国文学论集》，中华书局 1983 年版，第 70 页。
④ 郭绍虞：《明代文学批评的特征》，《照隅室古典文学论集》上编，第 513 页。
⑤ 郭绍虞：《中国文学批评史》，第 420 页。

诞生了。①

　　此再简提两例。李梦阳《迪功集序》对徐祯卿作出的"守而未化，蹊径存焉"评价，其引起的纷纷争论姑不去议，更重要的是后人在评价有学古倾向的作家成就时，也多学习这样的方式，用"守化"、"蹊径"的字眼。这种现象提示我们，如果超越其最初的具体作家作品评论，则"守"与"化"的关系，实是有关复古的一个大话题。清初汪琬谈学古的方法，还说："非学其词也，学其开合呼应、操纵顿挫之法而加以变化，以成一家者也。"② 所谓的"学"和"变化"，实际就是"守"和"化"。这是由流派内部的话题之争而来的深刻。再举一个流派之间的争论。王世贞《赠李于鳞序》可看作后七子派与唐宋派争论的重要文献资料，在其中，王世贞和趋向了唐宋派的蔡汝楠争论了"理"、"辞"的关系问题，说："古之为辞者，理苞塞不喻则之辞；今之为辞者，辞不胜，跳而匿诸理。"超越其具体是非，"理"、"辞"的相得益彰一直是文学家和理论家所要讨论解决的问题，实大有阐发余地。对此，我们可以弃其批评的近期企图，而采其可能的理论发展方向，深入思考"守"与"化"、"理"和"辞"这两对创作学上的关系处理问题。这又是文学流派论争中所含文学理论的升华问题。

　　三是为文学流派的生存发展而施行的文学批评、论争活动本身，特别是各类序言、诗话、诗文选集，其中往往含有深刻的文学史认识和文艺观念。诸多明代诗文理论批评的研究成果，可以很好地说明这一点。即使是对明代七子派极其愤怒的王夫之，在面对被众人批驳得体无完肤的李攀龙的"唐无五言古诗"论时，也三番五次地用不同语气表达，认为很有道理（参前）。

　　四　揭示流派论争对于政治格局、学术思潮和个人重心转移的重要作用

　　对于集合了多重社会身份（官位和职能部门）、文化身份（科第）和地域身份的文学流派来说，每一次的文学流派论争，可说就是这些不同的

---

① 冯小禄：《"功臣"论：明代诗学论争的重要认识》，《古代文学理论研究》第二十三辑，华东师范大学出版社 2005 年版。

② 汪琬：《尧峰文钞》卷 32《答陈霭公书二》，《文渊阁四库全书》本。

身份再加上一些"文学常识"在说话，其背后都有政治格局和学术格局在发挥作用。以不同的时间距离看明代的政治格局和学术格局，会在不同的阶段上与文学流派的产生、发展、兴盛和衰落具有某种程度的对应性，从而使得文学流派论争这个"聚焦"的"论战"视野，会浮现出很多政治格局和学术格局的演化轮廓。这也是我们在研究每个时期和每一次的文学流派论争时，都要着力描述和尽力揭示的问题。但因为我们的着眼点毕竟还是在文学流派论争上，所以有些情况并不能得到细致透彻的阐述，而必须在这里再简单说明一下。

如所展示，我们曾将明前期称为文学流派论争的文学政治化时代，以此为据，突出了台阁派对于明前期政治生活、学术生活、道德精神生活和文学生活的统制威力，并着力分析了典型台阁派（"三杨"台阁派）的诗文统系和盟主意识特点。而其实，我们的强调还不止此，在政治斗争占首要地位的洪武时期，即使是较为"自觉"的浙东文派和其他诗文流派在进行论争时，总是采取一种现象式的大面积批判或自设论争的方式，就有做人谨慎态度之外的政治无常阴影在笼罩。刘基、宋濂等人的不得善终和高启等人的半途夭折、袁凯的装疯卖傻、唐肃等人的谪戍濠梁，就是其间最为明显的例证。在景泰到弘治时期，我们将茶陵派和台阁派统一合论，指出茶陵派兼政治道德和文艺审美的一体两面性，也是为了说明了这个时期的文学流派论争仍然逃不了政治权威的统制，他们对于文艺意见的普泛性和对待争论的"虚声"反映，正是其政治道德规范的产物。而"翰林四谏"事件的发生和丘濬与庄昶的冲突，也很能说明成化、弘治时期台阁派内部的文艺、政治斗争和新人格的努力苦生情形。而这种强悍的政治声音，又当然需要的道德声音的配合，于是明前期的知识积累和学术演说状况，总体是如黄宗羲所讲的"述朱"框架——"有明学术，从前习熟先儒之成说，未尝反身理会，推见至隐，所谓'此亦一述朱，彼亦亦述朱耳。'"① 如早先黄佐的洞识："道术尚一，而天下无异习，士大夫视周、程、朱子之说，如四体然，惟恐伤之。"② 养成的是一种如临深渊、如履薄冰的小心谨慎心态。

明中期是文学流派论争的文学复古化时代，当然也与政治格局和学术

① 黄宗羲：《明儒学案》卷10《姚江学案》，第178页。
② 黄佐：《泰泉集》卷35《眉轩存稿序》，《文渊阁四库全书》本。

格局在不同阶段上的大小变化息息相关。看来小小的康母墓文写作事件，却折射了茶陵派领袖集团在与宦官刘瑾等人的政治抗衡斗争中的软弱萎靡和相形弥重的前七子派"以气节为文章"① 以及郎署与翰苑的政治文化权利冲突，其间所发生的"文权"转移，不只是文学层面的，还有政治和道德人格层面的。正、嘉之际前七子派的纷纷转向，或归理学，或入心学，或栖身仙道，又都与他们的宦途升降和时代的心性之学（讲学）开始兴盛有关。② 嘉靖前期之所以出现在前七子派诗文宗法基础上的广泛"位移"风潮，六朝、初唐、六朝诗派和六朝文派、唐宋文派蔚然兴起，则与嘉靖初年大礼议所造成的士人集团分化和新兴王学的积极招揽分不开，向内转和多元化的士人心理需要是其间社会心理的集中反映。③ 批判前后七子派秦汉文风的主力军，来自于政治界、理学界和文学界的联合——唐宋派是突出代表，其间有很强的政治、道德收缩要求，因为先秦两汉文所映射的政治道德是驳杂的（不喜六朝诗文大抵也是出于同样的文化要求）。后七子派的文学集团特征，正表明了其时经宋代以来到明代的理学、心学与文学的紧张关系发展到极点，所以他们的批判对象中就有贯穿明代中晚期的性气诗派（唐宋派成员多在其中）。明代有多人提及此，如王世贞自己说："讲学者动以词藻为雕搜之技，工文者则举拙语为谈笑之资，若枘凿不相入。"④ 邹观光也说："自理学先生土苴文词，修词之士亦反唇讥之，则理学、文林判而为二。而文章中曰议论，曰叙事，其体又若相岐而不能相兼。"⑤ 而此期文学流派宗法和盟主争夺的激烈，也正说明了文学与理学、政治之间的巨大张力——理学和政治想一统文学领域，而文学士又希望能摆脱政治和理学的笼罩，自成一独立自足的人生价值和生命安顿世界。

---

① 邹观光《答邹尔瞻》云："弟尝谓本朝自弘、正而后有三大文章：以理学为文章，则王文成（守仁）破洪荒而超埃圠，而河津（薛瑄）开其先；以气节为文章，则李献吉凛秋霜而劲烈日，而仲默为之翼；以文章为文章，则王司寇（世贞）成经纬而沛江河，而毗陵（唐顺之）为之翼。司寇、毗陵分道而驰若敌国，然而乃推而佐之。司寇自喜其文于意无所不达，夫能达其意而亦不废法，则毗陵能耳。"载《明文海》卷158，第650页。

② 简锦松：《明代文学批评研究》第五章《正、嘉理学与复古派文学批评之转变》，第275—359页。

③ 冯小禄：《唐宋派与七子派关系原论》，《上海交通大学学报》（哲社版）2006年第5期。

④ 王世贞：《艺苑卮言》卷6，《历代诗话续编》本，第1050页。

⑤ 邹观光：《答邹尔瞻》，载《明文海》卷158，第650页。

即使到文学世俗化时代的晚明，政治和理学也给这个时期的文学流派及论争带来相当浓重的影响。公安派的崛起在学界看来，和彼时兴起的王学左派和心性解脱之学（其间夹杂着必不可少的表现为诃佛骂祖、言语道断的佛禅思维之学）的风行密不可分。而其衰落主要是由于高层政治斗争中抑佛势力的需要（当然，在此之前是有一个王学势力在朝堂的崛起，其中，徐阶为阁臣是一个显著标志），而很快雪消冰融，人心又由"英特"、不死于前人语下的冲决罗网气象，回复到一个"稳实"可靠的正统本分老路。① 竟陵派在此时期代替公安派崛起于失去群体领袖而慌乱无主的士林，其所打出的"灵"、"厚"旗帜中的"厚"字旗，正是要满足世人求"稳实"的这种心理要求。张居正去世之后的万历岁月，之所以主流文学流派和地域文学流派的争盟意识都非常突出强烈，呈现出乱流飞渡的纷纭景观，与万历皇帝的懒惰无所作为和朝廷大臣的分党斗争脱不了干系。于此时局，大部分中下层士人只能一边沉浮于宦海，一边经营着"不朽"的文学流派事业。之后的阉党和东林党之斗所引起的腥风血雨及所带动的"实学"思潮（结合着程朱理学的回归和经史致用之学的兴起），为复古派的再度变相出击和文社的联合统一营造了最为恰当的时代氛围。由此给这个时段的文学流派论争带来了狠辣犀利的抨击色彩。

至于个人思想重心的转移，则表现为文学流派态度的转换（这构成了我们所说的"自我流派论争"，也是文学流派论争表现形式之值得重视揭示的一种），能够辐射时代政治（具体到个人身上，则为官位的升迁或贬谪、罢官家居）和学术思潮的变化。这在文学复古化时代的前七子派成员、唐宋派的唐顺之、王慎中，以及文学世俗化时代的公安派袁宏道、袁中道等人身上，表现得最为明显。但因为论题选择的关系，这些都没有作专题讨论。

五 揭示流派论争对于展拓文学流派与科举时文关系研究的重要意义

关于明代的科举时文，明末清初的黄宗羲异常重视，在其《明文海》

---

① 袁中道《珂雪斋集》卷19《吏部验封司郎中中郎先生行状》记李贽曾对人说：老大袁宗道"稳实"，老二宏道"英特"。《珂雪斋集》卷18，第756页。然"英特"的宏道到后期也转向了"稳实"。中道万历四十年壬子五月一日《告中郎文》即说："自己酉冬、庚戌春秋半载，时时聚首。论学，则常云须以敬持，以澹守。论用世，则常云须耐烦生事、厌事等病。论诗文，则常云我近日始稍进，觉往时大披露，少蕴藉。"

所收录的序类文章中，即有七卷是序"时文"（卷307—313）。对作为功令的制艺、程墨、窗稿等时文，明人可谓态度复杂，大体上有肯定赞扬、弥缝其阙、辩护开解和否定抨击乃至弃若敝履等不同态度。具体到时文和古文关系，则又大体有：第一，时文的功利之心和应题作文、排比格式等会妨碍古文练习的功夫和理学修养心志。第二，与之相反的思路，"不急之务"的诗古文会妨碍入仕时文。如果沉溺其中，时文的成功便遥不可及。第三，解决了科第问题之后再从事诗古文的写作，由此得到的批判是古文辞乃时文和精气之余，古文辞的成就不高。第四，古文的练习有助于时文写作能力的提高，即"古文有资于场屋"，可称为"以古文为时文"。第五，时文的精熟练习有助于古文议论组织的条理化等，可称为"以时文为古文"。第六，但"以时文为古文"，也可能被真正的有识之士指责为其实还是"以时文为时文"。① 再深入到时文与文学流派的（诗歌）古文宗法关系，则情形更加不易把握。因为大致首先有一个前提，即诗文流派中的领袖或成员绝大多数都是在解决了科第和出仕关口之后再从事诗古文的创作（最多是在时文攻苦之余，来从事少部分的诗古文创作），是后来才养成的诗古文宗尚，与早先的时文写作经历为两件完全不同的"事业"。所以，在还没有非常"自觉"的诗文流派出现之前，我们大体可以不去考虑他们的时文与古文宗尚的关系。由此，我们可以将讨论的诗文流派放在"三杨"台阁派之后成化、弘治时期的茶陵派、吴中派开始。本书正是如此处理的。

由我们对明代中后期文学流派的古文、时文意见的梳理总结可知，明代的科举时文确实深刻地影响到了明代社会文化的各个层面和角落，从科举考试制度的基本确立和调整（出题的内容、字数要求、体式和组织环节等）、学术思想变迁、道德风俗状况、士人心态（士习）、社会组织结构（家族、宗族、地方式的科举）、官私出版业的刻印销售到明代文人的生存方式、读书生活、文化社交（文社）、精神心态，等等，无不与之紧紧相连，成为朝野官民、理学和文人共同关注的文化现象。以帝国朝廷的"正文体"和士人的"逐时尚"为鲜明主题，明代中后期各个阶段环节的

---

① 如邹观光（字孚如，云梦人，万历八年进士）即被四库馆臣说成是："其文往往体近制艺，盖揣摩科举，先入者深。观其《云梦儒学藏书记》，极论明人不务博学，非久历名场，不能言之如是切中也。"《四库全书总目》卷179《邹孚如集》，第1616页。

科举时文（含乡试录文、会试录文，其中有官方撰定和录用中式的程文①，各种各级考试的房稿文，以及士子练习交流的时义、窗稿、墨义等）确实和诗文流派的宗尚结下了不解之缘。我们梳理归纳了诸多诗文流派领袖及其成员（含理学家、心学家、政治家）的科举时文意见（含制度措施的建议实施、时文与古文的关系、对时文风气的反映）、科举心态（含对科举得失、科场经历的情感体验和理智体悟），发现明人特别重视古文词（理学）与时文写作的多样复杂意见，进而发现除了人们所已较为深入地研讨过的唐宋派与时文关系非常紧密之外，前后七子派和公安派、竟陵派等这些主流文学流派的古文宗尚和文学理念，也与时文风尚有着非同一般"表里纠结"关系。前后七子派的秦汉宗法时尚和修辞风格，不仅与其间的时文风尚和风格两相吻合，而且其间的官方记录、七子派成员的教学选拔措施、程文风格、时文选本和对时文风尚的秦汉宗法反映，都可以确切无疑地证明七子派的秦汉宗尚深深进入到了时文的写作轨道，成为时文中的秦汉派，并在以后一直与时文中的唐宋派双峰对峙。这可以帮助丰富我们对七子派（秦汉派）与唐宋派关系的理解，他们不仅在正统的诗古文领域，也在功利的时文领域里存在着冲突。对公安派前驱和公安派、竟陵派的科举时文意见的梳理总结，又让我们深深明白，公安派及其前驱在正统诗文上的坚持新变理念，正是以其对时文的尚变逐新精神（连同通俗文学的戏曲、小说和杂艺的古董收藏、园林建筑）为坚实的"物质精神基础"的，其不拘时代的文学史发展观和讲求独特新异的文学风格趣味观，也是从时文应试和录取中的"文与人合"法转换升华而来的。竟陵派谈诗论文的方式方法和理念，可以说与他们谈时文的方式方法和理念如出一辙，都有一股清幽淡远、自在我心、讲究人立纸上、人自来取的竟陵味道在内。而所推出的"莫急于社"想法，又可证明竟陵派对于晚明文社发展势力和选拔环节的透彻熟悉；虽然对绝大多数人来说，这仍然只会是水中捞月，望洋兴叹。对以艾南英为代表的"以古文为时文"理论的分析研究，可见这个理论的成熟还需要明代时文谱系和古文谱系的双向成熟，而这双向成熟又必然经历漫长而激烈的古文与时文之争、诗文

---

① 张朝瑞《皇明贡举考》卷一《举人程文》载丘濬曰："（洪武）十八年会试止录士子姓名、乡贯，而未刻程文；录文自二十一年始也。"《续修四库全书》本，史部，第828册，第175页。

流派的秦汉宗法与唐宋宗法之争，其所汇聚的社会文化气息和个人气息是十分丰厚的。

综上所述，由于明代文学在长时段的中国文学发展史上的特殊意义，很多文学史著作都认定近古文学始于明代嘉靖，使之成为含跨古代文学和近代文学两大阶段的结合体，由此也开启了古典文学走向近现代文学的辉煌历程。明代文学已具有"潜近代"的特征。"五四"以来历史学界对明代社会的资本主义萌芽的持续讨论，文学界对"五四"新文学运动与晚明文学的"隔代联姻"，以及中晚明文坛的腐朽和明代文人论争时的狂暴作风，都在提醒我们明代文学包括此处所论的文学流派论争，确实有着可以超越其封建专制时代的古典文学阈限，而与近现代文学流派论争状况作对比学术联想的地方。①

---

①　冯小禄：《文学流派论争研究的古今攸通简论》，《当代文坛》2010 年第 6 期。

主要参考文献

一 文集之部

《养吾斋集》，刘将孙著，《文渊阁四库全书》本，台湾商务印书馆 1983
年版。

《铁崖古乐府》，杨维桢著，《文渊阁四库全书》本

《铁崖先生复古诗集》，杨维桢著，《四部丛刊》本。

《剡源集》，戴表元著，《文渊阁四库全书》本。

《九灵山房集》，戴良著，《文渊阁四库全书》本。

《石初集》，周霆震著，《文渊阁四库全书》本。

《宋文宪公全集》，宋濂著，（清）严荣校刻，《四部备要》本。

《王忠文公集》，王祎著，《文渊阁四库全书》本。

《陶学士集》，陶安著，《文渊阁四库全书》本。

《梁石门先生集》，梁寅著，光绪十五年重刻本。

《西郊笑端集》，董纪著，《文渊阁四库全书》本。

《登州集》，林弼著，《文渊阁四库全书》本。

《清江诗集》、《清江文集》，贝琼著，《文渊阁四库全书》本。

《始丰稿》，徐一夔著，《文渊阁四库全书》本。

《高青丘集》，高启著，（清）金檀辑注，徐澄宇、沈伯宗校点，上海古籍
出版社 1985 年版。

《半轩集》，王行著，《文渊阁四库全书》本。

《王常宗集》，王彝著，《文渊阁四库全书》本。

《海桑集》，陈谟著，《文渊阁四库全书》本。

《槎翁文集》，刘嵩著，《四库全书存目丛书》本。

《翠屏集》，张以宁著，《文渊阁四库全书》本。

《鸣盛集》，林鸿著，《文渊阁四库全书》本。

《唐诗品汇》，高棅编，《文渊阁四库全书》本。

《白云樵唱集》，王恭著，《文渊阁四库全书》本。

《风雅翼》，刘履辑，《文渊阁四库全书》本。

《光岳英华》，许中麓辑，明洪武九年刻本。

《平桥稿》，郑文康著，《文渊阁四库全书》本。

《逊志斋集》，方孝孺著，《四部丛刊》本。

《曹端集》，曹端著，王秉伦点校，中华书局2003年版。

《东里文集》，杨士奇著，刘伯涵、朱海点校，中华书局1998年版。

《东里集》、《东里续集》，杨士奇著，《文渊阁四库全书》本。

《文敏集》，杨荣著，《文渊阁四库全书》本。

《金文靖集》，金幼孜著，《文渊阁四库全书》本。

《颐庵文选》，胡俨著，《文渊阁四库全书》本。

《古廉文集》，李时勉著，《文渊阁四库全书》本。

《泊庵先生文集》，梁潜著，《北京图书馆珍本丛刊》，第105册，书目文
　　献出版社2000年版。

《泊庵集》，梁潜著，《文渊阁四库全书》本。

《石溪周先生文集》，周叙著，《四库全书存目丛书》本，齐鲁书社1997
　　年版。

《文毅集》，解缙著，《文渊阁四库全书》本。

《毅斋集》，王洪著，《文渊阁四库全书》本。

《友石先生诗集》，王绂著，《北京图书馆珍本丛刊》，第100册。

《青城山人诗集》，王璲著，《北京图书馆珍本丛刊》，第100册。

《天游杂稿》，王达著，《北京图书馆珍本丛刊本》，第105册。

《觉非集》，罗亨信著，《北京图书馆珍本丛刊》，第103册

《东冈集》，柯暹著，《北京图书馆珍本丛刊》，第103册。

《翠渠摘稿》，周瑛著，《文渊阁四库全书》本。

《古直先生文集》，刘翔著，《四库全书存目丛书》本。

《倪文僖集》，倪谦著，《文渊阁四库全书》本。

《李东阳集》，李东阳著，周寅宾点校，岳麓书社1984年版。

《李东阳续集》，李东阳著，钱振民点校，岳麓书社1997年版。

《桃溪净稿》，谢铎著，《四库全书存目丛书》本。

《郁洲遗稿》，梁储著，《文渊阁四库全书》本。

《圭峰集》，罗玘著，《文渊阁四库全书》本。

《瓠翁家藏集》，吴宽著，《四部丛刊》本。

《篁墩文集》，程敏政著，《文渊阁四库全书》本。

《明文衡》，程敏政辑，《文渊阁四库全书》本。

《思玄集》，桑悦著，明万历四十四年翁宪祥刻本。

《陈献章集》，陈献章著，孙通海点校，中华书局 1987 年版。

《定山集》，庄昶著，《文渊阁四库全书》本。

《医闾集》，贺钦著，《文渊阁四库全书》本。

《椒丘文集》，何乔新著，《文渊阁四库全书》本。

《方洲集》，张宁著，《文渊阁四库全书》本。

《古穰集》，李贤著，《文渊阁四库全书》本。

《文温州集》，文林著，《四库全书存目丛书》本。

《王阳明全集》，王守仁著，吴光等编校，上海古籍出版社 1992 年版。

《空同集》，李梦阳著，《文渊阁四库全书》本。

《大复集》，何景明著，《文渊阁四库全书》本。

《对山集》，康海著，《文渊阁四库全书》本。

《渼陂集》、《渼陂续集》，王九思著，《四库全书存目丛书》本。

《王氏家藏集》，王廷相著，《四库全书存目丛书》本。

《王廷相集》，王廷相著，王孝鱼点校，中华书局 1989 年版。

《迪功集》，徐祯卿著，《文渊阁四库全书》本。

《顾华玉集》，顾璘著，《文渊阁四库全书》本。

《清惠集》，刘麟著，《文渊阁四库全书》本。

《少谷集》，郑善夫著，《文渊阁四库全书》本。

《洹词》，崔铣著，《文渊阁四库全书》本。

《凌溪先生集》，朱应登著，《四库全书存目丛书》本。

《泰泉集》，黄佐著，《文渊阁四库全书》本

《泾野子内篇》，吕柟著，《文渊阁四库全书》本。

《小山类稿》，张岳著，《文渊阁四库全书》本。

《怀星堂集》，祝允明著，《文渊阁四库全书》本。

《文徵明集》，文徵明著，周振甫辑校，上海古籍出版社 1987 年版。

《唐伯虎全集》，唐寅著，中国书店 1985 年版。

《棠陵文集选》，方豪著，《四库全书存目丛书》本。

《鸟鼠山人小集》，胡缵宗著，《四库全书存目丛书》本。

《高拱论著四种》，高拱著，流水点校，中华书局1993年版。

《皇甫少玄集》，皇甫涍著，《文渊阁四库全书》本。

《皇甫司勋集》，皇甫汸著，《文渊阁四库全书》本。

《五岳山人集》，黄省曾著，《四库全书存目丛书》本。

《考功集》，薛蕙著，《文渊阁四库全书》本。

《王氏存笥稿》，王维桢著，《四库全书存目丛书》本。

《孙文恪公集》，孙陞著，《四库全书存目丛书》本。

《嵩渚文集》，李濂著，《四库全书存目丛书》本。

《丘隅集》，乔世宁著，《关中丛书》本。

《少华山人文集》，许宗鲁著，《四库全书存目丛书》本。、

《衡藩重刻胥台先生集》，袁袠著，《四库全书存目丛书》本

《苏门集》，高叔嗣著，《文渊阁四库全书》本。

《山带阁集》，朱曰藩著，《四库全书存目丛书》本。

《何翰林集》，何良俊著，《四库全书存目丛书》本。

《震川先生文集》，归有光著，周本淳校点，上海古籍出版社1981年版。

《荆川集》，唐顺之著，《文渊阁四库全书》本。

《重刊荆川先生文集》，唐顺之著，《四部丛刊初编》本。

《遵岩集》，王慎中著，《文渊阁四库全书》本。

《王遵岩先生文集》，王慎中著，北京师范大学藏康熙五十年（1711）闽
　　中同人书社刻本。

《茅坤集》，茅坤著，浙江古籍出版社1993年版。

《方山先生文录》，薛应旂著，《四库全书存目丛书》本。

《李开先集》，李开先著，路工辑校，中华书局1959年版。

《陈后冈诗文集》，陈束著，《四库全书存目丛书》本。

《万文恭公摘集》，万士和著，《四库全书存目丛书》本。

《自知堂集》，蔡汝楠著，《四库全书存目丛书》本。

《衡庐精舍藏稿》，胡直著，《文渊阁四库全书》本。

《沧溟先生集》，李攀龙著，包敬第点校，上海古籍出版社1992年版。

《弇州山人四部稿》、《续稿》、《读书后》，王世贞著，《文渊阁四库全
　　书》本。

《谢榛全集》，谢榛著，朱其铠等校点，齐鲁书社 2000 年版。

《太函集》，汪道昆著，《四库全书存目丛书》本。

《王奉常集》，王世懋著，《四库全书存目丛书》本。

《甔甀洞稿》，吴国伦著，《四库全书存目丛书》本。

《宗子相集》，宗臣著，《文渊阁四库全书》本。

《少室山房类稿》，胡应麟著，《文渊阁四库全书》本。

《栖真馆集》，屠隆著，《续修四库全书》本。

《白榆集》，屠隆著，《四库全书存目丛书》本。

《处实堂集》，张凤翼著，《四库全书存目丛书》本。

《仲蔚先生集》，俞允文著，《四库全书存目丛书》本。

《负苞堂集》，臧懋循著，古典文学出版社 1958 年版。

《二西园文集》，陈文烛著，《四库全书存目丛书》本。

《郁仪楼集》、《石语斋集》、《调象庵稿》，邹迪光著，《四库全书存目丛书》本。

《徐渭集》，徐渭著，中华书局 1983 年版。

《汤显祖诗文集》，汤显祖著，徐朔方笺校，上海古籍出版社 1982 年版。

《汤显祖全集》，汤显祖著，徐朔方笺校，北京古籍出版社 1999 年版。

《藏书》、《续藏书》，李贽著，中华书局 1965 年版。

《焚书》、《续焚书》，李贽著，中华书局 1975 年版。

《李贽文集》，李贽著，张建业、刘幼生主编，社会科学文献出版社 2000 年版。

《澹园集》，焦竑著，李剑雄整理，中华书局 1999 年版。

《白苏斋类集》，袁宗道著，钱伯城标点，上海古籍出版社 1989 年版。

《袁宏道集笺校》，袁宏道著，钱伯城笺校，上海古籍出版社 1981 年版。

《珂雪斋集》，袁中道著，钱伯城点校，上海古籍出版社 1989 年版。

《珂雪斋近集》，袁中道著，上海书店 1982 年重印本。

《江盈科集》，江盈科著，黄仁生辑校，岳麓书社 1997 年版。

《歇庵集》，陶望龄著，《续修四库全书》本，台北伟文出版有限公司 1977 年版。

《睡庵稿》，汤宾尹著，《四库禁毁书丛刊》本，北京出版社 1998 年版。

《赵忠毅公诗文集》，赵南星著，《四库禁毁书丛刊》本。

《涉江集选》，潘之恒著，（清）陈允衡辑评，《四库全书存目丛书》本。

《石民四十集》，茅元仪著，《续修四库全书》本。

《快雪堂集》，冯梦祯著，《四库全书存目丛书》本。

《隐秀轩集》，钟惺著，李先耕、崔重庆标校，上海古籍出版社 1992
年版。

《谭元春集》，谭元春著，陈杏珍标校，上海古籍出版社 1998 年版。

《七录斋诗文合集》，张溥著，《明代论著丛刊》本。

《天佣子全集》，艾南英著，北京师范大学图书馆藏清道光十六年（1836）
艾舟重刻本。

《艾千子先生全稿》，艾南英著，《明代论著丛刊》本。

《陈忠裕公全集》，陈子龙著，北京师范大学藏清嘉庆八年簳山草堂刻本。

《陈子龙诗集》，陈子龙著，上海古籍出版社 1983 年版。

《安雅堂稿》，陈子龙著，《明代论著丛刊》本。

《娜嬛文集》，张岱著，岳麓书社 1985 年版。

《黄宗羲全集》，黄宗羲著，沈善洪主编，浙江古籍出版社 1985—1992
年版。

《黄梨洲文集》，黄宗羲著，陈乃乾编，中华书局 1959 年版。

《明文海》，黄宗羲辑，上海古籍出版社 1994 年版。

《牧斋初学集》，钱谦益著，（清）钱曾笺注，钱仲联标校，上海古籍出版
社 2009 年第 2 版。

《牧斋有学集》，钱谦益著，（清）钱曾笺注，钱仲联标校，上海古籍出版
社 1996 年版。

《王船山诗文集》，王夫之著，中华书局 1962 年版。

《船山全书》，王夫之著，岳麓书社 1996 年版。

《顾亭林诗文集》，顾炎武著，中华书局 1959 年版。

《尧峰文钞》，汪琬著，《文渊阁四库全书》本。

《盛明百家诗》，俞宪辑，《四库全书存目丛书》本。

《皇明文范》，张时彻辑，《四库全书存目丛书》本。

《明文衡》，程敏政辑，《文渊阁四库全书》本。

《皇明诗选》，陈子龙、李雯、宋征舆编，华东师范大学出版社 1991
年版。

《明文海》，黄宗羲编，《四库文学选刊》本，上海古籍出版社 1994 年版。

《列朝诗集》，钱谦益编，《四库禁毁书丛刊》本。

《明诗综》，朱彝尊编，中华书局 2007 年版。

《明诗别裁集》，沈德潜、周准编，上海古籍出版社 1979 年版。

《明诗纪事》，陈田辑撰，上海古籍出版社 1993 年版。

《全明文》第一册，钱伯城等主编，上海古籍出版社 1992 年版。

二 史料之部

《史记》，司马迁撰，中华书局 1959 年版。

《汉书》，班固撰，中华书局 1962 年版。

《元史》，宋濂等撰，中华书局 1976 年版。

《新元史》，何绍忞撰，吉林人民出版社 1995 年版。

《明实录》，台湾"中央研究院"历史语言研究所 1962 年校印本。

《弇山堂别集》，王世贞著，中华书局 1985 年版。

《明会典》，申时行等修，万历朝重修本，中华书局 1989 年版。

《翰林记》，黄佐撰，傅璇琮、施纯德编《翰学三书》本，辽宁教育出版
　社 2003 年版。

《皇明贡举考》，张朝瑞著，《续修四库全书》本。

《国朝献征录》，焦竑编，上海古籍书店 1986 年影印明万历刻本。

《明史》，张廷玉等撰，中华书局 1974 年版。

《明史纪事本末》，谷应泰撰，中华书局 1977 年版。

《明史》，南炳文、汤纲著，上海人民出版社 1991 年版。

《国榷》，谈迁著，中华书局 1958 年版。

《钦定续文献通考》，《文渊阁四库全书》本。

《剑桥中国明代史》，［美］牟复礼、［英］崔瑞德主编，张书生等译，中
　国社会科学出版社 1992 年版。

《明通鉴》，夏燮撰，沈仲九标点，中华书局 1959 年版。

《明清进士题名碑录索引》，朱保炯、谢沛霖编，上海古籍出版社 1980
　年版。

《廿二史劄记校证》，赵翼著，王树民校证，中华书局 1984 年版。

《江南通志》，于成龙等纂，《文渊阁四库全书》本。

《青箱杂记》，吴处厚著，中华书局 1985 年版。

《谰言长语》，曹安著，《文渊阁四库全书》本。

《草木子》，叶子奇著，中华书局 1959 年版。

《寓圃杂记》，王锜著，张德信点校，中华书局1984年版。

《菽园杂记》，陆容著，中华书局1997年版。

《国宝新编》，顾璘著，《丛书集成初编》本，上海商务印书馆1936年版。

《祝子罪知录》，祝允明著，《四库全书存目丛书》本

《林泉随笔》，张纶著，《丛书集成初编》本第2902册。

《管天笔记外编》，王嗣奭著，《丛书集成续编》本，台北：新文丰出版公司1989年版。

《吴郡二科志》，阎秀卿著，《丛书集成初编》本。

《吴中往哲记》，杨循吉著，《四库全书存目丛书》本。

《续吴中往哲记》，黄鲁曾著，《四库全书存目丛书》本。

《水东日记》，叶盛著，魏中平点校，中华书局1980年版。

《四友斋丛说》，何良俊著，中华书局1959年版。

《名山藏》，何乔远撰，北京大学出版社1993年版。

《玉堂丛语》，焦竑著，中华书局1981年版。

《谷山笔麈》，于慎行著，吕景琳点校，中华书局1984年版。

《戒庵老人漫笔》，李诩著，魏连科点校，中华书局1982年版。

《今言》，郑晓著，中华书局1984年版。

《治世余闻》、《继世纪闻》，陈洪谟著，中华书局1985年版。

《松窗梦语》，张瀚撰，萧国亮点校，中华书局1986年版。

《少室山房笔丛》，胡应麟著，中华书局1958年版。

《五杂俎》，谢肇淛著，中华书局1959年版。

《万历野获编》，沈德符撰，中华书局1959年版。

《池北偶谈》，王士禛著，靳斯仁点校，中华书局1982年版。

《分甘余话》，王士禛著，张世林点校，中华书局1989年版。

《古夫于亭杂录》，王士禛著，赵伯陶点校，中华书局1988年版。

《苌楚斋随笔续笔三笔四笔五笔》，刘声木著，刘笃龄点校，中华书局1998年版。

《茶余客话》，阮葵生著，齐鲁书社2001年版。

《中国野史集成》，缪钺主编，巴蜀书社1999年版。

《弇州山人年谱》，钱大昕著，《续修四库全书》本。

《黄宗羲年谱》，黄炳垕著，王政尧点校，中华书局1993年版。

《王夫之年谱》，王之春著，汪茂和点校，中华书局1989年版。

417

《归震川年谱》，张传元、余梅年著，上海商务印书馆 1936 年版。

《李贽年谱》，容肇祖著，三联书店 1957 年版。

《汤显祖年谱》修订本，徐朔方著，上海古籍出版社 1980 年版。

《晚明曲家年谱》，徐朔方著，浙江古籍出版社 1993 年版。

《明清江苏文人年表》，张慧剑著，上海古籍出版社 1986 年版。

《李开先年谱》，曾远闻著，齐鲁书社 1991 年版。

《沈周年谱》，陈正宏著，复旦大学出版社 1993 年版。

《钟惺年谱》，陈广宏著，复旦大学出版社 1993 年版。

《康海年谱》，韩结根著，复旦大学出版社 1993 年版。

《李东阳年谱》，钱振民著，复旦大学出版社 1995 年版。

《祝允明年谱》，陈麦青著，复旦大学出版社 1996 年版。

《丘浚年谱》，周伟民、唐玲玲著，《海南大学学报》2000 年第 1、2 期。

《明代传记丛刊》，周骏富辑，台湾明文书局 1991 年版。

《清代传记丛刊》，周骏富辑，台湾明文书局 1985 年版。

《北京图书馆藏珍本年谱丛刊》，北京图书馆编，北京图书馆出版社 1998
    年版。

《明史讲义》，孟森著，中华书局 2006 年版。

《万历十五年》，黄仁宇著，生活·读书·新知三联书店 1997 年版。

《明代内阁政治》，谭天星著，中国社会科学出版社 1996 年版。

《明代政治制度研究》，关文发、严广文著，中国社会科学出版社 1996 年版。

《明代政治史》，张显清、林金树主编，广西师范大学出版社 2003 年版。

《明代的社会与国家》，[加拿大]卜正民著，陈时龙译，黄山书社 2009
    年版。

《明代中后期江南社会与社会生活》，陈江著，上海社会科学院出版社
    2006 年版。

《明代国家权力结构及运行机制》，方志远著，科学出版社 2008 年版。

《明代科举文献研究》，陈长文著，山东大学出版社 2008 年版。

《明代科举史事编年考证》，郭培贵著，科学出版社 2008 年版。

《明清社会群体研究》，吴琦主编，中国社会科学出版社 2009 年版。

三　思想之部

《张载集》，张载著，章锡琛点校，中华书局 1978 年版。

《周子通书》，周敦颐著，上海古籍出版社 2000 年版。

《二程集》，程颐、程颢著，王孝鱼点校，中华书局 1981 年版。

《陆九渊集》，陆九渊著，钟哲点校，中华书局 1980 年版。

《朱子语类》，朱熹著，中华书局 1986 年版。

《朱子诸子语类》，朱熹著，上海古籍出版社 1992 年版。

《朱子全书》，朱熹著，上海古籍出版社、安徽教育出版社 2002 年版。

《日知录》，顾炎武著，《文渊阁四库全书》本。

《明儒学案》（修订本），黄宗羲著，沈芝盈点校，中华书局 2008 年第
   2 版。

《明儒讲学考》，程嗣章著，《四库全书存目丛书》本。

《宋明理学史》，侯外庐、邱汉生等著，人民出版社 1984 年版。

《朱元璋评传》，黄冕堂、刘锋著，南京大学出版社 1998 年版。

《宋濂方孝孺评传》，王春南、赵映林著，南京大学出版社 1998 年版。

《刘基评传》，周群著，南京大学出版社 1995 年版。

《陈献章评传》，黄明同著，南京大学出版社 1998 年版。

《王守仁评传》，张祥浩著，南京大学出版社 1997 年版。

《杨慎评传》，丰家骅著，南京大学出版社 1998 年版。

《张居正大传》，朱东润著，百花文艺出版社 2000 年版。

《焦竑评传》，李剑雄著，南京大学出版社 1998 年版。

《李贽评传》，许苏民著，南京大学出版社 2006 年版。

《汤显祖评传》，徐朔方著，南京大学出版社 1993 年版。

《袁宏道评传》，周群著，南京大学出版社 1999 年版。

《罗钦顺评传》，胡发贵著，南京大学出版社 2001 年版。

《王畿评传》，方祖猷著，南京大学出版社 2001 年版。

《顾宪成高攀龙评传》，步进智、张安奇著，南京大学出版社 1998 年版。

《黄宗羲评传》，徐定宝著，南京大学出版社 2002 年版。

《中国学术思想史论丛》，钱穆著，安徽教育出版社 2004 年版。

《晚明思想史论》，嵇文甫著，东方出版社 1996 年版。

《明清之际党社运动考》，谢国桢著，中华书局 1982 年版。

《明末清初的学风》，谢国桢著，人民出版社 1982 年版。

《明清之际士大夫研究》，赵园著，北京大学出版社 1999 年版。

《明代知识界讲学活动系年：1522—1602》，吴震著，学林出版社 2003

年版。

《明代中晚期讲学运动（1522—1626）》，陈时龙著，复旦大学出版社 2006
　　年版。

《小群体社会学》，［美］西奥多·M. 米尔斯著，温凤龙译，云南人民出
　　版社 1988 年版。

《社会研究方法新论——人类行为的科学研究》，［美］霍顿·亨特著，郑
　　建宏、易国庆、王明华译，华中理工大学出版社 1989 年版。

《中国前近代思想的演变》，［日］沟口雄三著，索介然、龚颖译，中华书
　　局 1997 年版。

《学术与政治》，［德］马克斯·韦伯著，冯克利译，生活·读书·新知三
　　联书店 1998 年版。

《乌合之众：大众心理研究》，［法］古斯塔夫·勒庞著，冯克利译，中央
　　编译出版社 2005 年版。

四　诗话文论之部

《归田诗话》，瞿佑著，《历代诗话续编》本，中华书局 1983 年版。

《文章辩体序说》，吴讷著，于北山校点，人民文学出版社 1962 年版。

《南濠诗话》，都穆著，《历代诗话续编》本。

《麓堂诗话》，李东阳著，《历代诗话续编》本。

《谈艺录》，徐祯卿著，《历代诗话》本。

《升庵诗话》，杨慎著，《历代诗话续编》本。

《升庵诗话笺证》，杨慎著，王仲镛笺证，上海古籍出版社 1987 年版。

《四溟诗话》，谢榛著，《历代诗话续编》本。

《艺苑卮言》，王世贞著，《历代诗话续编》本。

《艺圃撷余》，王世懋著，《历代诗话》本。

《诗薮》，胡应麟著，上海古籍出版社 1979 年版。

《国雅品》，顾起纶著，《历代诗话续编》本。

《逸老堂诗话》，俞弁著，《历代诗话续编》本。

《诗镜总论》，陆时雍著，《历代诗话续编》本。

《文体明辩序说》，徐师曾著，罗根泽校点，人民文学出版社 1962 年版。

《诗学梯航》，周叙著，周维德辑校《全明诗话》本，齐鲁书社 2005
　　年版。

《诗法》，黄子肃著，《全明诗话》本。

《西江诗法》，朱权著，《全明诗话》本。

《诗家一指》，怀悦著，《全明诗话》本。

《琼台诗话》，蒋冕著，《全明诗话》本。

《拘虚诗谈》，陈沂著，《全明诗话》本。

《余冬诗话》，何孟春著，《全明诗话》本

《诗谈》，徐泰著，《全明诗话》本。

《解颐新语》，皇甫汸著，《全明诗话》本。

《雪涛诗评》，江盈科著，《全明诗话》本

《明诗评》，王世贞著，《全明诗话》本。

《蓉塘诗话》，姜南著，《全明诗话》本。

《梦樵诗话》，游潜著，《全明诗话》本。

《小草斋诗话》，谢肇淛著，《全明诗话》本。

《珍本明诗话五种》，张健辑校，北京大学出版社 2008 年版。

《列朝诗集小传》，钱谦益著，上海古籍出版社 1983 年版。

《姜斋诗话》，王夫之著，夷之校点，人民文学出版社 1961 年版。

《静志居诗话》，朱彝尊著，人民文学出版社 1993 年版。

《随园诗话》，袁枚著，顾学颉校点，人民文学出版社 1982 年版。

《瓯北诗话》，赵翼著，霍松林、胡佑校点，人民文学出版社 1963 年版。

《清诗话》，丁福保辑，上海古籍 1978 年版。

《清诗话续编》，郭绍虞编选，富寿荪校点，上海古籍出版社 1983 年版。

《四库全书总目》，永瑢、纪昀著，中华书局 1965 年版。

《中国文学批评资料汇编（明代上集)》，叶庆炳、邵红编辑，台湾成文出
　版社 1979 年版。

《中国历代文论选》，郭绍虞、王文生主编，上海古籍出版社 1979 年版。

《宋金元文论选》，陶秋英编选，人民文学出版社 1993 年版。

《明代文论选》，蔡景康编选，人民文学出版社 1993 年版。

《谈艺录》补订本，钱锺书著，中华书局 1996 年版。

《中国文学批评史》，郭绍虞著，上海古籍出版社 1979 年版。

《中国文学批评史大纲》，朱东润著，章培恒导读，上海古籍出版社 2001
　年版。

《中国文学理论史》，成复旺等著，北京出版社 1987 年版。

《中国文学理论批评史》，敏泽主编，吉林教育出版社 1993 年版。

《中国文学批评理论发展史》，张少康主编，北京大学出版社 1995 年版。

《明代文学批评史》，袁震宇、刘明今著，上海古籍出版社 1996 年版。

《回顾与反思——古代文论研究七十年》，张海明著，北京师范大学出版社 1997 年版。

《中国古代文学理论体系：范畴论》，汪涌豪著，复旦大学出版社 1999 年版。

《中国古代文学理论体系：方法论》，刘明今著，复旦大学出版社 2000 年版。

《中国古代文学理论体系：原人论》，王运熙、黄霖等著，复旦大学出版社 2000 年版。

《中国古代文学批评方法研究》，张伯伟著，中华书局 2002 年版。

《中国诗学史·明代卷》，朱易安著，鹭江出版社 2002 年版。

《古典诗学的现代诠释》，蒋寅著，中华书局 2003 年版。

《中国古代文体学论稿》，郭英德著，北京大学出版社 2005 年版。

《中国文学批评史研究》，韩经太著，福建人民出版社 2006 年版。

《中国诗学研究》，余恕诚主编，福建人民出版社 2006 年版。

《中国文学批评范畴及体系》，汪涌豪著，复旦大学出版社 2007 年版。

《中国诗学批评史》，陈良运著，江西人民出版社 2007 年版。

《美学三书》，李泽厚著，安徽文艺出版社 1999 年版。

《中国美学史》，李泽厚、刘纲纪著，安徽文艺出版社 1999 年版。

《中国诗学》，〔美〕叶维廉著，三联书店 1992 年版。

《美学》，〔德〕黑格尔著，朱光潜译，商务印书馆，1979 年版。

《文学理论》，〔美〕雷·韦勒克、奥·沃伦，刘象愚、刑培明、陈圣生、李哲明译，生活·读书·新知三联书店 1984 年版。

《艺术原理》，〔英〕科林伍德著，王至元、陈华中译，中国社会科学出版社 1985 年版。

《文学社会学》，〔法〕罗贝尔·埃斯卡尔皮著，符锦勇译，上海译文出版社 1988 年版。

《艺术哲学》，〔法〕丹纳著，傅雷译，安徽文艺出版社 1991 年版。

《艺术的法则：文学场的生成和结构》，〔法〕皮埃尔·布迪厄著，刘晖译，中央编译出版社 2001 年版。

《中国文学理论》，﹝美﹞刘若愚著，杜国清译，江苏教育出版社 2006
年版。

《文学学导论》，﹝俄﹞瓦·叶·哈利泽夫著，周启超、王加兴、黄玫、夏
忠宪译，北京大学出版社 2006 年版。

《审美经验与文学解释学》，﹝德﹞汉斯·罗伯特·耀斯著，顾建光、顾静
宇、张乐天译，上海译文出版社 2006 年版。

五 明代文学研究之部

1. 论著

《明代文学》，钱基博著，商务印书馆 1933 年版。

《文学百题》，生活书店 1935 年版，岳麓书社 1987 年重印本。

《插图本中国文学史》，郑振铎著，人民文学出版社 1982 年版。

《中国古典文学论文精选丛刊》，张健、简锦松编，台湾幼狮文化事业公
司 1979 年版。

《照隅室古典文学论集》，郭绍虞著，上海古籍出版社 1983 年版。

《中国文学论集》，朱东润著，中华书局 1983 年版。

《明代文学批评研究》，简锦松著，台湾学生书局 1989 年版。

《痴情与幻梦——明清文学随想录》，郭英德著，生活·读书·新知三联
书店 1992 年版。

《明代文学复古运动研究》，廖可斌著，上海古籍出版社 1994 年版。

《中国古典文学研究史》，郭英德等著，中华书局 1995 年版。

《明代中期文学演进与城市形态》，郑利华著，复旦大学出版社 1995
年版。

《明清诗歌史论》，周伟民著，吉林教育出版社 1995 年版。

《明代诗文的演变》，陈书录著，江苏教育出版社 1996 年版。

《李贽与晚明文学思想》，左东岭著，天津人民出版社 1997 年版。

《中国古代文人集团与文学风貌》，郭英德著，北京师范大学出版社 1998
年版。

《中国文学史》第四卷，黄霖、袁世硕、孙静主编，高等教育出版社 1999
年版。

《王学与中晚明士人心态》，左东岭著，人民文学出版社 2000 年版。

《明代诗学》，陈文新著，湖南人民出版社 2000 年版。

《明代文学研究》，邓绍基、史铁良主编，北京出版社 2001 年版。

《复古与新变——明代文人心态史》，史小军著，河北教育出版社 2001 年版。

《明永乐至嘉靖初诗文观研究》，黄卓越著，北京师范大学出版社 2001 年版。

《黄宗羲与中国文化》，朱义禄著，贵州人民出版社 2001 年版。

《王世贞研究》，郑利华著，学林出版社 2002 年版。

《晚明诗歌研究》，李圣华著，人民文学出版社 2002 年版。

《中国文学流派盟主意识的发生和发展》，陈文新著，武汉大学出版社 2003 年版。

《明清散文流派论》，熊礼汇著，武汉大学出版社 2003 年版。

《公安派的文化阐释》，易闻晓著，齐鲁书社 2003 年版。

《明末清初文人结社研究》，何宗美著，南开大学出版社 2003 年版。

《文学：地域的观照》，陈庆元著，上海远东出版社 2003 年版。

《崇古理念的淡退：王世贞与十六世纪文学思想》，孙学堂著，天津古籍出版社 2004 年版。

《中国古代文学通论》（明代卷），郭英德主编，辽宁人民出版社 2005 年版。

《明中后期文学思想研究》，黄卓越著，北京大学出版社 2005 年版。

《李贽思想演变史》，许建平著，人民出版社 2005 年版。

《公安派结社考论》，何宗美著，重庆出版社 2005 年版。

《杨维桢与元末明初文学思潮》，黄仁生著，东方出版中心 2005 年版。

《论钱谦益的明代文学批评》，焦中栋著，浙江大学博士学位论文，2005 年。

《明代诗文论争研究》，冯小禄著，云南人民出版社 2006 年版。

《明代中后期士人心态研究》，罗宗强著，南开大学出版社 2006 年版。

《竟陵派研究》，陈广宏著，复旦大学出版社 2006 年版。

《明代徽州文学研究》，韩结根著，复旦大学出版社 2006 年版。

《明代唐诗接受史》，查清华著，上海古籍出版社 2006 年版。

《杨慎诗学研究》，雷磊著，中国社会科学出版社 2006 年版。

《李东阳研究——以政治心态、文学思想为核心》，薛泉著，湖南人民出版社 2007 年版。

《明代诗学的逻辑进程与主要理论问题》，陈文新著，武汉大学出版社
　　2007 年版。

《明代复古派唐诗论研究》，陈国球著，北京大学出版社 2007 年版。

《士风与诗风的演进》，刘化兵著，社会科学文献出版社 2007 年版。

《钱谦益诗学研究》，杨连民著，中国社会科学出版社 2007 年版。

《明代前中期诗学辨体理论研究》，邓新跃著，上海古籍出版社 2007
　　年版。

《袁宏道诗文系年考订》，何宗美著，上海古籍出版社 2007 年版。

《〈四库全书总目〉学术思想研究》，张传峰著，学林出版社 2007 年版。

《曹学佺研究》，陈超著，福建师范大学博士学位论文，2007 年。

《胡应麟文艺思想研究》，陈丽媛著，福建师范大学博士学位论文，
　　2007 年。

《谢铎及茶陵诗派》，林家骊著，中华书局 2008 年版。

《明代唐宋派研究》，黄毅著，上海古籍出版社 2008 年版。

《公安派的文化精神》，尹恭弘著，同心出版社 2008 年版。

《屠隆研究》，吴新苗著，文化艺术出版社 2008 年版。

《明代中古诗歌接受与批评研究》，陈斌著，上海三联书店 2009 年版。

《嘉靖前期诗坛研究（1522—1550）》，余来明著，武汉大学出版社 2009
　　年版。

《2007 年明代文学论集》，陈庆元主编，海峡文艺出版社 2009 年版。

《明代戏曲理论批评论争研究》，敬晓庆著，人民出版社 2010 年版。

《明代政权运作与文学走向》，刘建明著，光明日报出版社 2010 年版。

《江苏明代作家研究》，刘廷乾著，东南大学出版社 2010 年版。

《谢肇淛与晚明福建文学》，李玉宝著，上海师范大学博士学位论文，
　　2010 年。

《文人结社与明代文学的演进》，何宗美著，人民出版社 2011 年版。

《曹学佺文学活动与文艺思想研究》，孙文秀著，北京大学博士学位论文，
　　2011 年。

　　2. 论文

《李梦阳与晚明文学新思潮》，章培恒撰，《安徽师范大学学报》1986 年
　　第 2 期。

《〈明文海〉黄宗羲评语汇录》，骆兆平撰，《文献》1987 年第 2 期。

《茶陵派与复古派》，廖可斌撰，《求索》1991 年第 2 期。

《论明代景泰至弘治中期的文学思潮》，廖可斌撰，《杭州大学学报》1991
年第 3 期。

《明代文人结社说略》，郭英德撰，《北京师范大学学报》1992 年第 4 期。

《从体到派——中国古代风格类型论与文学流派论》，吴承学撰，《学术研
究》1993 年第 4 期。

《中国文学史的原生态生长情状》，王钟陵撰，《学术研究》1994 年第
6 期。

《唐宋派与阳明心学》，廖可斌撰，《文学遗产》1996 年第 3 期。

《明"后七子"结社始末考》，李庆立撰，《山东师范大学学报》1996 年
第 3 期。

《论明代的文学流派研究》，郭英德撰，《求是学刊》1996 年第 4 期。

《传奇戏曲的兴起与文化权利的下移》，《中国社会科学》1997 年第 2 期。

《明代中叶吴中文人集团及其文化特征》，郑利华撰，《上海大学学报》
（社科版）1997 年第 2 期。

《中国文学批评史的回顾与展望》，彭玉平、吴承学撰，《中国社会科学》
1997 年第 5 期。

《从一个新的视角重述中国文学史——中国文学流派研究刍议》，梅新林
撰，《学术月刊》1997 年第 5 期。

《理论的崩溃和理想的幻灭——明代中后期的仕风与士风》，谢景芳撰，
《学习与探索》1998 年第 1 期。

《起承转合：机械结构论的消长——兼论八股文法与诗法的关系》，蒋寅
撰，《文学遗产》1998 年第 3 期。

《论铁雅诗派的形成》，黄仁生撰，《文学遗产》1998 年第 5 期。

《一个期待关注的学术领域——明清诗文研究三人谈》，蒋寅、曹虹、吴
承学撰，《文学遗产》1999 年第 4 期。

《论明代中期文权的外移——弘治朝文学振兴活动考略》，黄卓越撰，《中
国文化研究》2000 年夏卷。

《嘉靖前期承前启后的文学思想》，孙学堂撰，《殷都学刊》2001 年第
3 期。

《明弘治、正德时期吴中文学思想的新变》，孙学堂撰，《华侨大学学报》
（人文社科版）2001 年第 4 期。

《"五四"与晚明——20世纪关于"五四"新文学与晚明文学关系的研究》，吴承学、李光摩撰，《文学遗产》2002年第2期。

《信古论与信心论在晚明融合的学理依据及其历程》，陈文新撰，《山东社会科学》2002年第2期。

《万历文坛"楚风"之崛起及其背景》，陈广宏撰，《中国文学研究》2002年第3期。

《袁小修与"公安派"之思想变化》，马宇辉撰，《南开学报》（社科版）2002年第4期。

《论明七子的文化人格》，孙学堂撰，《兰州大学学报》2003年第1期。

《试析钱谦益对胡应麟的评价》，李庆立、崔建利撰，《山东师范大学学报》（人文社科版）2003年第1期。

《徐渭与秦汉派唐宋派关系重估》，付琼撰，《中州学刊》2003年第2期。

《明代山人群体的生成演变及其文化意义》，张德健撰，《中国文化研究》2003年夏卷。

《明正嘉年间山人文学及社会旨趣的变迁》，黄卓越撰，《文学评论》2003年第5期。

《明代文学论争的发生及其研究价值》，冯小禄撰，《社会科学辑刊》2003年第6期。

《科举阴影中的明清文学生态》，蒋寅撰，《文学遗产》2004年第1期。

《八股文异名述论》，罗时进撰，《中国文学研究》2004年第1期。

《论八股文长期沿用的文化机制》，罗时进撰，《江苏社会科学》2004年第2期。

《关于中国近世文学公共领域的思考》，郭剑鸣撰，《学术研究》2004年第2期。

《中国古代文学流派研究笔谈》，刘勇强等撰，《武汉大学学报》2004年第2期。

《新思潮萌生期的进取与彷徨——祝允明思想述评》，徐楠撰，《北方论丛》2004年第6期。

《关于中国近世文学公共领域的思考》，郭剑鸣撰，《学术研究》2004年第12期。

《台阁与山林的交融——李东阳诗歌的审美取向》，郭瑞林撰，《中国韵文学刊》2005年第1期。

《试述明前期八股文对文学的影响》，龚笃清撰，《中国文学研究》2005
年第1期。

《"功臣"论：明代诗学论争的重要认识》，冯小禄撰，《古代文学理论研
究》第二十三辑，华东师范大学出版社2005年版。

《明清"以时文为古文"的理论导向》，黄强撰，《晋阳学刊》2005年第
4期。

《论竟陵派出现的契机及钟谭的诗歌创作》，沈金浩撰，《广州大学学报》
2005年第11期。

《文社·宗派·性格——艾南英陈子龙之战再检讨》，冯小禄撰，《云南师
范大学学报》（哲社版）2006年第1期。

《晚明山东文坛宗尚》，周潇、裴世俊撰，《山东师范大学学报》（人文社
科版）2006年第1期。

《胡应麟与王世贞的关系考论》，王明辉、刘俭撰，《安庆师范学院学报》
（社科版）2006年第1期。

《小品盛行与晚明文学权力的下移》，张德健撰，《中国文化研究》2006
年夏卷。

《中国古代文学流派研究述评》，江中云撰，《南都学坛》（人文社科版）
2006年第3期。

《谢榛与李攀龙"绝交"始末辨析》，周潇撰，《青岛大学师范学院学报》
2006年第4期。

《唐宋派与七子派关系原论》，冯小禄撰，《上海交通大学学报》（哲社
版）2006年第5期。

《竟陵派文学的发端及其早期文学思想趋向》，陈广宏撰，《复旦学报》
2007年第1期。

《明代中前期程朱理学、八股文与文学创作的关系》，朱铁梅、马琳萍撰，
《河北学刊》2007年第4期。

《论明末科举文风的文学效应》，张涛撰，《南京师大学报》（社科版）
2007年第5期。

《从唐宋元三朝诗合论看明诗学的展开》，冯小禄撰，《云南师范大学学
报》（哲社版）2007年第6期。

《钱谦益与吴中诗学传统》，周兴陆撰，《文学评论》2008年第2期。

《从台阁体到茶陵派——论山林诗的特征及其在明诗发展史上的意义》，

陈文新撰,《文学遗产》2008 年第 3 期。

《论地域文学在主盟文学影响下的生存模式》,袁志成撰,《社会科学家》
2008 年第 3 期。

《八股文与古文谱系的嬗变》,李光摩撰,《学术研究》2008 年第 4 期。

《论明代景泰以后文学思想的转变》,罗宗强撰,《学术研究》2008 年第
10 期。

《明诗正宗谱系的建构——云间三子诗学论析》,谢明阳撰,《文与哲》第
13 期(2008 年 12 月)。

《明代古学思维与诗学逻辑》,郭万金撰,《中国文化研究》2008 年冬卷。

《多重关系中的王世贞及晚年的诗学批评风度》,冯小禄撰,蒋寅、张伯
伟主编《中国诗学》第十三辑,人民文学出版社 2008 年版。

《明清八股取士与文学及士人心态》,赵伯陶撰,《深圳大学学报》(人文
社科版)2009 年第 1 期。

《李攀龙受批判原因探论》,冯小禄撰,《贵州师范大学学报》(哲社版)
2009 年第 1 期。

《谢肇淛年表》,陈庆元撰,《闽江学院学报》2009 年第 1 期。

《袁中道与钟惺断交时间和原因考论》,戴红贤撰,《长江学术》2009 年
第 1 期。

《唐宋派与明中期科举文风》,余来明撰,《武汉大学学报》(人文科学
版)2009 年第 2 期。

《闽中诗坛与主流诗坛关系研究》,左东岭撰,《北方论丛》2009 年第
3 期。

《论"嘉靖十才子"的文学活动和创作倾向——以唐顺之早期文学思想演
变为中心》,杨遇青撰,《中国文学研究》2009 年第 4 期。

《地域文学兴起的原因与表现形式》,袁志成、唐朝晖撰,《天府新论》
2009 年第 4 期。

《祝允明的古文观》,徐慧撰,《苏州大学学报》(哲社版)2009 年第
5 期。

《作家传:一种重要的文学批评形式》,冯小禄撰,《云南民族大学学报》
(哲社版)2010 年第 3 期。

后　记

　　接到学校科研处通知，我申报的本书稿已通过多个程序，包括校外三个专家的鉴定，决定全额资助出版。我意识到该写篇文字来说说感谢和回想的话。其实也是早藏于胸中的话。

　　谢谢学院、科研处和学校全力支持本书的出版。谢谢各位结题鉴定专家和书稿鉴定专家的建议和意见。

　　谢谢四川师范大学万光治先生的抬爱赐序。这是他第二次为拙著作序。虽有些赧然，要耽误万老师的宝贵时间，但一看到本序前面部分的文字，我就高兴极了，觉得再麻烦也要这么做，——因为万老师记录了一份十分珍贵的学术资料，即万老师自己在北师大上研究生时所作的课堂笔记，关于黄药眠先生讲明代白话小说的"实录"！要知道，第一，黄先生是著名的文艺理论家，讲小说，稀奇；第二，所讲鞭辟入里，发人深省，有禅师开悟后学的功效；第三，最重要的，是从未被公布。为此，万老师还给我发来他当初听课笔记的照片，照片中的本子颜色是陈旧了，然字迹俊爽、清晰，有种瞬间穿越时空的感受。有这样的意外之喜，我又怎能不"劳动"万老师呢？

　　谢谢北京师范大学郭英德教授的慷慨赐序。郭教授是明清文学研究的大名家，在戏曲和小说、诗文研究上都有扛鼎示范之作，特别是他1998年出版的专著《中国古代文人集团和文学风貌》，对我启发甚大。请他作序，于我确有修行需高人印可和鼓励之意。谢谢郭教授的过奖之词，我会努力不负所期。

　　这是我个人的第三本学术著作，又是我和张欢合作的第一部著作。这本书写得相当辛苦，其间经过多次调整修改，方成现在这般模样。这还得多谢张欢的帮助和激励。书中有关"群众心理"、"作家声望"变化和时间对作家声望的"消磨"等部分，都是由张欢所提示，而拿来讨论文学风气更迭转换时的大众"传染"心理机制，讨论公安派流行所造成的"因疵而传"的特殊现象。本来，完成这个课题应该不会太困难，但由于中间去还了一笔"账"——写了《汉赋书写策略与心态建构》一书，结果就大大延缓了研究进度。最初的结题成果有五十多万字，是按时间顺序，分文学政治化时代、文学复古化时代和文学世俗化时代来设计专题进行讨论。文后还有一个论争年表附录。由于相比之前的著作，论述结构新意不突出，故结合结题鉴定专家的建议，我们又反复思考、商议、修改、调整，决定从明代文学流派（主要是诗文，含八股文）的论争范围、主题和性质归纳出四个大的论争层次和领域，以《流派论争——明代文学的生存根基与演化场域》为题，来彰显明代文学流派论争的时代性、多层次性和丰富深刻的学术研究内涵。如此一来，原来的有些章节就无法放在现在安排的论述结构中，只好忍痛割爱（包括为郭教授所肯许的关于晚明楚地三风竞争一章，认为相比之前的著作，有比较大的深入和突破，开拓了原论题的论旨）。而论争年表由于字数太多，也只能全部割舍。唯寄望今后用单篇论文的形式，让失落的它们有机会去面见学界。

时光荏苒，流水人间。回想接触这个课题，即使从进北师大的第二年论文开题算起，也有十二年了。

记得2001年10月第一次随众人一起去见启先生时（还有一位日本同学，名宫本雄介），出乎我们很多人意料之外，启先生显得格外矍铄，精神头十足，并自得满满地对我们大家说：我现在身体好得很，我要自己带学生，不要别人帮我。听得我们都很激动。确实，那一次一见就是三个多小时，基本都是先生说话。说了很多，比如讲"猪跑学"的重要（后来定名为"古籍整理常识"，我们学的是文献学专业）；讲他从来没带过书法学生，如谁这么讲，他会很生气（后来知道，确实有学生拉先生之虎皮作大旗，对此先生很不喜欢）；讲"熊猫"典故的来历（人称先生是国宝，比作熊猫；先生也爱熊猫）；讲老北京和老朋友的底里深蕴；讲他是"胡人"（满族），所以是"胡说"，不要当真；讲他不是"博导"，而是"一拨就倒"；讲书画鉴定没什么诀窍，就是要多看真迹，看过了真的，就知道哪个是假的；讲某某将军要他写字，他说我不写，有本事你派飞机来轰炸……京腔京韵，络绎不绝；有扣必应，其出如神。最妙的是，老人家虽笑意盈盈，却绝不出声大笑，搞得我们更是笑个不停。我当时注意到，我至今也还记得，那一次见面的上午，阳光也挤上了先生"红六楼"那长长的书桌，在纸笔墨砚和满室书画间来回徜徉，流下它阑珊可爱的斑驳光影。至今我也还记得，那整整一上午，先生很少喝水——问他，说是怕上厕所。这就是我对名满天下的启先生的第一印象：意外的谦和、诙谐，以及孩童似的顽皮。

之后也多次单独去见过先生。其中有一次让我印象深刻，碰到他见一位穿蓝涤卡衣服、戴黄帽子、个子不高、相貌平凡的白发老头，相处十分熟络亲热，敢情是先生多年的老朋友？人说启先生和很多普通人打成一片，此言看来不虚。到三年级上学期，因为在《社会科学辑刊》和《北师大学报》等刊物上发表了两三篇小文，师姐于翠玲老师要我申请2003年度优秀研究生，需要启先生意见。我去了，先生很高兴，说：既然都发表了，可见他们认可你的水平，那我也认可你的水平——他们是专家嘛。说完，在申请书上写下"同意"二字，签上"启功"之名。这让我很兴奋，似乎得了莫大的褒赏，还将这一页复印下来，留作纪念。

论文开题，是在启先生口中的"狡兔三窟"之一的国管局所给住所中（另一在小乘巷）。先生为我们请来的开题老师，有著名文学批评家李长之先生的女婿、北师大文学院教授于天池先生，以及赵仁珪、张海明两位先生。启先生说：本来要请任继愈先生的，但事不凑巧，他抽不出时间。这让我一瞬间从热望的顶峰，跌落到了惆怅的深谷。确实，那时的我，是有些追星的，追学术、学问之星；对于那些只读过其书却未见其人的大学问家，是相当崇拜的，心中很想见见他们的长相和说话的样子。不过，这一瞬间的怅惘，马上就因启先生对我的肯定，而彻底改变了。当我说到想选明代诗文论争研究为题时，至今我还大致记得先生所给的意见大意：这个有意思，明清人特别爱争论，弄清楚它是有价值的；清代王渔洋不就不喜欢别人说他是"清秀李于鳞"吗？对他的神韵诗，他的外甥赵执信不也是很不满意，说是"诗中无人"吗？明代人的争论更是激烈反复，流派倾轧特别厉害。总之，值得研究。启先生的肯定鼓励，就像一汪热油浇上了跃跃欲试的火苗，让火势更盛了。于是，在出版博士论文之后，又以本课题继续研究。不知不觉，迄今为止，已是整整十二年的流光了。

以前，在启先生去世之后，在2006年出版博士论文之际，我并没有写下以上这几段文字来表示纪念（其他珍铭于心之事尚多），只笼统地说："见到启功先生、郭预衡先生，才知道暮年的人生非但不会让人悲伤难过，而会让人心驰神往。让人心驰神往的，当然不是所谓如雷贯耳之名，而是在繁华解驳之后的，满是丰神与逸气的精气神！很珍惜那份不再能多得的亲承謦欬的感受。启功先生已然去了，竟没能去送送他。好在，他不会寂寞，无论是天国还是人间。"（《明代诗文论争研究·后记》）那时，我确实是震于先生的俗世之名，不敢直承是他的学生，也不愿扯虎皮壮大旗。现在启先生去世已八年了，郭先生去世也三年了，唯以这份虽稚拙但诚朴的文字敬上一瓣心香，记录曾经萦回在这份书稿上的一段受益缘分。

人生是一条长河，满载星辉和花朵。

金马啸风，十年于兹；碧鸡唤日，载欣载集。

2013 年 12 月晓庐志于昆明望湖居